SUSAN ELIZABETH PHILLIPS

Küß mich, Engel

Buch

An dem angeblich schönsten Tag im Leben einer Frau, ihrem Hochzeitstag, hat Daisy Devereaux noch genau zwei Möglichkeiten: entweder geht sie ins Gefängnis – oder sie heiratet den mysteriösen Unbekannten, den ihr Vater für sie ausgewählt hat. Eine arrangierte Ehe? In der heutigen Zeit? Was muß da nur passiert sein, daß sich ein attraktives, reiches Mädchen aus der New Yorker High-Society in dieser Zwickmühle wiederfindet?
Diese Fragen stellt sich auch Alex Markov – ein Mann, der, wie Daisy sehr bald feststellt, gefährlich humorlos und beinahe tödlich attraktiv ist. Sicher ist nur eines: Alex hat überhaupt keine Lust, den liebenden Ehemann für einen verwöhnten, niedlichen Wirrkopf mit Champagner-Allüren zu spielen. Also reißt er Daisy aus ihrem luxuriösen Lebensstil und verpflanzt sie in seinen etwas heruntergekommenen Wanderzirkus, den er mit ihrer Mitgift endlich sanieren kann. Was der Mann jedoch nicht ahnt: In Daisy hat er eine absolut ebenbürtige Partnerin gefunden – sie ist ebenso dickköpfig, stolz und heißblütig wie er. Und bald schon balancieren sie beide auf dem gefährlichen Drahtseil der Liebe – ohne Netz und doppelten Boden ...

Autorin

Susan Elizabeth Phillips wurde bereits für ihr erstes Buch mit Auszeichnungen geehrt, u. a. erhielt sie den Preis für das »Lieblingsbuch des Jahres« der *Romance Writers of America.* Susan Elizabeth Phillips lebt mit ihrem Mann und zwei Söhnen in der Nähe von Chicago.

Im Blanvalet Taschenbuch bereits lieferbar:

Bleib nicht zum Frühstück! (35029)
Träum weiter, Liebling (35105)
Kopfüber in die Kissen (35298)
Wer will schon einen Traummann? (35394)
Ausgerechnet den? (35526)
Der und kein anderer (35669)
Verliebt, verrückt, verheiratet (35339)
Dinner für Drei (35670)
Vorsicht frisch verliebt (35829)
Komm und küss mich (36023)
Frühstück im Bett (35830)

Susan
Elizabeth Phillips

Küß mich, Engel

Roman

Aus dem Amerikanischen
von Gertrud Wittich

BLANVALET

Die amerikanische Originalausgabe erschien unter dem Titel
»Kiss An Angel« bei Avon Books, New York

Umwelthinweis:
Alle bedruckten Materialien dieses Taschenbuches
sind chlorfrei und umweltschonend.

Blanvalet Taschenbücher erscheinen im Goldmann Verlag,
einem Unternehmen der Verlagsgruppe Random House.

Einmalige Sonderausgabe Oktober 2004

Umschlaggestaltung: Design Team München
Umschlagfoto: Photonica/A. B.
Satz: deutsch-türkischer fotosatz, Berlin
Druck: GGP Media GmbH, Pößneck
Verlagsnummer: 36235
MD · Herstellung: Heidrun Nawrot
Made in Germany
ISBN 3-442-36235-0
www.blanvalet-verlag.de

Dies sind meine ganz speziellen Engel – Frauen, die mir im Laufe meiner Karriere sehr geholfen haben. Einige von ihnen sind Schriftstellerinnen, andere Lektorinnen. Die Anleitung und Hilfe, die sie mir zukommen ließen, sind für mich unschätzbar. Hier sind sie in der Reihenfolge, in der sie in mein Leben traten:

Claire Kiehl Lefkowitz
Rosanne Kohake
Maggie Lichota
Linda Barlow
Claire Zion
Jayne Ann Krentz
Meryl Sawyer
Carrie Feron

Dieses Buch sei Euch bemerkenswerten Frauen gewidmet, in Liebe und Dankbarkeit!

1

Daisy Devereaux war der Name ihres Bräutigams entfallen.
»Ich, Theodosia, nehme dich, ...«

Sie biß sich auf die Unterlippe. Sie war ihm vor ein paar Tagen von ihrem Vater vorgestellt worden, an jenem schrecklichen Vormittag, als sie zu dritt beim Standesamt die Heiratslizenz beantragt hatten, und dort hatte sie auch seinen Namen gehört. Der Mann war gleich danach wieder verschwunden, und sie hatte ihn erst vor ein paar Minuten wiedergesehen, als sie die Treppe des am Central Park West gelegenen Duplex-Apartments ihres Vaters herunterkam, in dem an diesem Vormittag die überhastete Zeremonie stattfinden sollte.

Ihr Vater stand hinter ihr, und Daisy fühlte ihn förmlich vor Mißbilligung vibrieren, doch das war nichts Neues für sie. Er war schon von ihr enttäuscht gewesen, bevor sie überhaupt auf der Welt war, und egal, wie sehr sie sich auch bemühte, es war ihr nie gelungen, seine Meinung über sie zu ändern. Sie riskierte einen verstohlenen Seitenblick auf diesen Bräutigam, den ihr Vater ihr mit seinem Geld gekauft hatte. Der typische Hengst. Ein ziemlich furchteinflößender Hengst, so groß wie er war, so hart, ja fast hager, und so muskulös, und mit diesen unheimlichen, bernsteinfarbenen Augen. Ihre Mutter wäre entzückt gewesen.

Lani Devereaux war letztes Jahr auf einer brennenden Jacht ums Leben gekommen – in den Armen eines vierundzwanzigjährigen Rockstars. Daisy war inzwischen soweit, ohne übergroßen Kummer an ihre Mutter denken zu können, und sie mußte lächeln, als ihr der Gedanke kam, daß der

Mann neben ihr in den Augen ihrer Mutter zu alt gewesen wäre. Er sah aus wie Mitte Dreißig, und Lanis Obergrenze hatte bei neunundzwanzig gelegen.

Sein Haar war so dunkel, daß es fast schwarz wirkte, und mit seinen feingemeißelten Gesichtszügen hätte er beinahe zu schön ausgesehen, wenn da nicht das energische Kinn gewesen wäre, ganz zu schweigen von dem finster-bedrohlichen Ausdruck auf seinem Gesicht. Der brutal-attraktive Typ war eigentlich mehr Lanis Sache, sie selbst bevorzugte seit jeher den eher konservativen, väterlichen Typ. Nicht zum ersten Mal, seit die Zeremonie begonnen hatte, wünschte sie, ihr Vater hätte einen weniger einschüchternden Kerl für sie ausgesucht.

Sie versuchte, ihre flatternden Nerven mit dem Gedanken zu beruhigen, daß sie ja nicht mehr als ein paar Stunden in der Gesellschaft ihres frisch angetrauten Gatten würde verbringen müssen. Sobald sich die Gelegenheit ergab, würde sie ihm von ihrem Plan erzählen, und dann wäre die ganze leidige Angelegenheit vergessen. Unglücklicherweise beinhaltete ihr Plan leider auch den Bruch der heiligen Ehegelübde, die sie soeben dabei war abzulegen, und da sie nicht zu jenen Menschen gehörte, die Gelübde auf die leichte Schulter nehmen – ganz besonders nicht Ehegelübde –, fürchtete sie zu Recht, daß ihr schlechtes Gewissen für diese Denkblockade verantwortlich war.

In der Hoffnung, daß ihr der Name auf wundersame Weise ins Gedächtnis hüpfen würde, fing sie noch mal von vorne an. »Ich, Theodosia, nehme dich …« Wieder verlief sich ihre Stimme.

Ihr Bräutigam hatte nicht mal einen Blick für sie übrig, ganz zu schweigen von dem ersehnten Zauberwort. Er blickte starr nach vorn, und sein kompromißloses Profil jagte ihr einen Schauder über den Rücken. Er hatte sein Ehegelübde gerade abgelegt, also mußte er seinen Namen ja wohl erwähnt haben, doch in dem kalten Monoton seiner Stimme, das ihre Panik noch erhöht hatte, war er ihr vollkommen entgangen.

»Alexander«, fauchte ihr Vater von rückwärts, und so wie das klang, war Daisy sicher, daß er mal wieder die Zähne zusammenbiß. Für einen der bedeutendsten Diplomaten der Vereinigten Staaten besaß er beklagenswert wenig Geduld, wenn es um sie ging.

Sie grub die Fingernagel in die Handflächen und sagte sich, daß sie ja schließlich keine Wahl hatte. »Ich, Theodosia ...« Sie rang nach Luft. »... nehme dich, Alexander ...« Erneut ein Luftringen. »... zu meinem schlechtmäßig angetrauten Ehemann ...«

Erst als sie ihre Stiefmutter Amelia aufkeuchen hörte, wurde Daisy klar, was sie gerade gesagt hatte.

Der Hengst drehte den Kopf und blickte auf sie herab. Er zog eine dunkle Augenbraue ein wenig in die Höhe, als ob er nicht glauben könne, was er gerade gehört hatte. *Mein schlechtmäßig angetrauter Ehemann.* Auf einmal meldete sich ihr Sinn für Humor wieder, und sie fühlte ihre Mundwinkel zucken.

Seine Brauen fuhren zusammen wie zwei Gewitterwolken, und seine unheimlichen, tiefliegenden Augen betrachteten sie ohne einen Funken von Belustigung. Offenbar litt der Hengst nicht unter demselben Problem wie sie, nämlich unangebrachtem Humor.

Tapfer kämpfte sie ihre aufblubbernde Hysterie herunter und stammelte weiter, ohne sich zu korrigieren. Wenigstens dieser Teil ihres Gelübdes stimmte, denn er war ganz sicher ein denkbar schlechter Ehemann für sie. In diesem Augenblick löste sich ihre Denkblockade in Luft auf, und sein Nachname ploppte in ihr Gehirn. *Markov. Alexander Markov.* Noch einer von diesen Russen, mit denen sich ihr Vater so gerne umgab.

Als ehemaliger amerikanischer Botschafter für die Sowjetunion besaß ihr Vater, Max Petroff, enge Verbindungen zu den Russen, sowohl hier in Amerika als auch im Ausland. Selbst in diesem Raum, in dem die Trauung stattfand, war seine Leidenschaft für die Heimat seiner Ahnen nicht zu übersehen: blauer Wandanstrich, so typisch für Rußland, ein gelbgekachelter Kamin und ein bunter Kelim-Teppich. Links von ihr standen eine Kommode aus Walnuß mit Vasen aus russischem Kobalt sowie erlesene Stücke aus Porzellan und Glas aus den Manufakturen in Sankt Petersburg. Die Möblierung war eine Mischung aus Art Deco und achtzehntem Jahrhundert, die dennoch nicht unharmonisch wirkte.

Die große Hand ihres Bräutigams ergriff ihre kleine und streifte ihr brüsk einen einfachen Goldring über.

»Mit diesem Ring nehme ich dich zur Frau«, sagte eine schroffe, unnachgiebige Stimme.

Verwirrt blickte sie den schlichten Ring an. So lange sie denken konnte, schwelgte sie in »bourgeoisen Hirngespinsten über Liebe und Ehe«, wie ihre Mutter Lani es immer genannt hatte, und so etwas wie das hier hätte sie sich beim besten Willen nicht vorstellen können.

»... kraft meines Amtes erkläre ich Sie nun zu Mann und Frau.«

Sie erstarrte, während sie darauf wartete, daß Friedensrichter Rhinsetler den Bräutigam dazu aufforderte, die Braut zu küssen. Als das nicht geschah, wußte sie, daß ihr Vater ihn gebeten hatte, es zu unterlassen, um ihr die Peinlichkeit zu ersparen. Sie war froh, diesen harten, verkniffenen Mund nicht küssen zu müssen. Typisch Vater, an ein Detail zu denken, das jeder andere außer acht gelassen hätte. Obwohl sie das nie und nimmer zugegeben hätte, wünschte sie, ein wenig mehr wie er zu sein, aber sie war ja noch nicht mal in der Lage, ihr Leben in großen Zügen in den Griff zu kriegen, geschweige denn die unwichtigeren Einzelheiten.

Selbstmitleid lag ihr nicht, also schüttelte sie die Anwandlung ab und reckte ihrem Vater gehorsam die Wange hin, als dieser vortrat, um ihr den obligatorischen Gratulationskuß zu geben. Sie ertappte sich dabei, wie sie auf ein Wort der Zuneigung hoffte, war jedoch nicht überrascht, als nichts kam. Ja, sie brachte es sogar fertig, sich nichts anmerken zu lassen, als er sich wieder von ihr zurückzog.

Er zog ihren mysteriösen Bräutigam an die Fensterfront, die auf den Central Park zeigte, wo sich ihnen Richter Rhinsetler anschloß. Die beiden anderen Zeugen der Trauung waren der Chauffeur, der sich taktvoll zurückzog, um sich seinen Pflichten zu widmen, und die Frau ihres Vaters, Amelia, mit ihrem kühlen, hellblonden Haar und dem nasalen Südstaatenakzent.

»Herzlichen Glückwunsch, meine Liebe. Was für ein wunderschönes Paar ihr doch seid, du und Alexander. Sehen sie nicht wundervoll aus, Max?« Ohne eine Antwort abzuwarten, zog Amelia Daisy an ihre stark parfümierte Brust.

Amelia tat, als würde sie die uneheliche Tochter ihres Mannes wirklich mögen, und obwohl Daisy ihre wahren Gefühle kannte, mußte sie Amelia zugute halten, daß sie es immerhin versuchte. Sicher war es nicht leicht für sie, mit dem lebenden Beweis für die einzige unverantwortliche Handlung, die ihrem Gatten je unterlaufen war, konfrontiert zu sein, selbst wenn ihm diese Handlung schon vor gut sechsundzwanzig Jahren unterlaufen war.

»Ich weiß wirklich nicht, warum du unbedingt auf diesem Kleid bestanden hast, meine Liebe. Es mag ja recht nett für einen Tanzabend sein, aber wohl kaum für eine Hochzeit.« Amelias kritischer Blick glitt vernichtend über Daisys sündteures Trägerkleidchen mit dem kurzen Rüschenrock aus Goldmetallic-Tüll, der ihr bis zur Mitte der Oberschenkel reichte.

»Es ist fast weiß.«

»Gold ist nicht weiß, meine Liebe. Und es ist außerdem viel zu kurz«

»Der Blazer ist aber ganz konservativ«, entgegnete Daisy und strich mit den Händen über ihren voluminösen goldenen

Satinblazer, der ihr bis zum Ansatz ihrer Oberschenkel reichte.

»Was den Rest auch nicht besser macht. Warum konntest du nicht das traditionelle Weiß tragen? Oder zumindest etwas weniger Auffälliges.«

Weil das hier keine echte Ehe ist, dachte Daisy, und je mehr sie sich der Tradition beugte, desto stärker wurde sie daran erinnert, daß sie im Begriff stand, einen Eid zu brechen, der heilig sein sollte. Sie hatte sogar die Gardenie aus dem Haar genommen, die ihr Amelia dorthin gesteckt hatte, nur leider hatte ihre Stiefmutter es sofort bemerkt, als sie herunterkam, und sie ihr wieder hineingesteckt.

Sie wußte, daß Amelia auch ihre goldenen Schuhe mißfielen. Sie sahen aus wie die Sandalen von römischen Gladiatoren, mit dicken, zehn Zentimeter hohen, goldenen Plateausohlen. Sie waren schrecklich unbequem, aber zumindest bestand nicht die Gefahr, sie mit den traditionellen weißen Pumps zu verwechseln.

»Dein Bräutigam sieht nicht gerade glücklich aus«, flüsterte Amelia. »Nicht, daß mich das überrascht. Versuch also, nichts Dummes zu sagen, wenigstens eine Zeitlang, ja? Du solltest wirklich etwas gegen diese ärgerliche Angewohnheit von dir unternehmen, einfach, ohne zu überlegen, alles herauszuplappern.«

Daisy unterdrückte mühsam einen Seufzer. Amelia sagte nie, was sie wirklich dachte, während Daisy das immer tat, und ihre entwaffnende Ehrlichkeit löste beständiges Entsetzen bei ihrer Stiefmutter aus. Aber Daisy war nicht gut im Verstellen. Vielleicht daher, weil ihre Eltern so gut darin waren.

Sie warf einen verstohlenen Blick auf ihren Gatten und fragte sich, wieviel ihm ihr Vater wohl für die Heirat mit ihr bezahlt hatte. So verrückt der Gedanke auch war, sie hätte gerne gewußt, wie die eigentliche Transaktion stattgefunden hatte. In bar? Per Scheck? *Verzeihen Sie, Mr. Markov, aber nehmen Sie auch American Express?* Sie sah, wie ihr Bräutigam einen auf einem Tablett angebotenen Cocktail zurückwies, und versuchte sich vorzustellen, was wohl in ihm vorgehen mochte.

Wie lange noch, bevor er den kleinen Fratz rausbugsieren konnte? Alex Markov warf einen ungehaltenen Blick auf seine Armbanduhr. Fünf Minuten sollten genügen, entschied er. Er sah, wie der Steward mit seinem Tablett mit Erfrischungen um sie herumscharwenzelte. *Genieß es, Süße, so lange es noch geht. Passiert dir so schnell nicht wieder, darauf kannst du dich verlassen.*

Wahrend Max dem Richter einen antiken Samowar zeigte, beäugte Alex die Beine seiner Frischangetrauten, die gut sichtbar unter diesem absolut unmöglichen Ding, das sie wohl für ein Hochzeitskleid hielt, hervorlugten. Sie waren schlank und wohlgeformt, und er fragte sich, ob der Rest ihrer Figur, die sie unter einem haarsträubenden Goldblazer mit enormen Schulterpolstern verbarg, wohl ebenso wohlgeformt und verlockend war. Doch nicht einmal der Körper einer Sirene hätte ihn für diese Zwangsehe entschädigen können.

Er mußte an sein letztes Gespräch mit Daisys Vater denken. »Sie ist vollkommen verzogen, oberflächlich und unzuverlässig«, war Max Petroffs Urteil. »Ihre Mutter hat einen schlimmen Einfluß auf sie gehabt. Ich glaube nicht, daß Daisy je etwas Nützliches und Sinnvolles getan hat. Zugegeben, es ist nicht allein ihre Schuld. Lani hat sie immer ausgehalten und bis zu ihrem Tod überall mit sich herumgeschleppt. Es ist das reine Wunder, daß Daisy sich nicht auch auf dem Boot befand, als das Feuer ausbrach. Meine Tochter braucht eine starke Hand, Alex, oder sie treibt dich in den Wahnsinn.«

Nach dem, was Alex bis jetzt von Daisy gesehen hatte, war er nicht gerade geneigt, Max' Urteil in Frage zu stellen. Ihre Mutter war Lani Devereaux, ein englisches Fotomodell, das vor dreißig Jahren äußerst populär gewesen war. Lani und Max Petroff hatten damals – er fing gerade an, seinen Weg als außenpolitischer Experte zu gehen – eine stürmische Liebesaffäre gehabt, die er sich heute nur noch mit der abgedroschenen Phrase der berühmten Gegensätze, die sich anzogen, erklären konnte, und das Resultat war Daisy.

Max machte Alex auf seine steife Art deutlich, daß er Lani damals die Ehe angeboten hatte, als sie so unerwartet schwanger geworden war, aber Lani war nicht bereit gewesen, das Hausmütterchen zu spielen. Dennoch, so beharrte Max, hatte er seiner unehelichen Tochter gegenüber, so peinlich ihm die ganze Angelegenheit auch sein mochte, immer seine Pflicht getan.

Die Tatsachen deuteten jedoch auf das Gegenteil hin. Als es mit Lanis Karriere allmählich bergab ging, entwickelte sie sich zu einem professionellen Partygirl, das bei den Reichen und Schönen unentwegt die Runde machte. Und wo Lani hinging, da mußte auch Daisy hin. Zumindest hatte Lani früher einmal eine glänzende Karriere gehabt, dachte Alex, Daisy dagegen hatte es anscheinend bis jetzt noch nicht mal ansatzweise zu etwas gebracht.

Als Alex seine junge Braut nun etwas genauer unter die Lupe nahm, entdeckte er tatsächlich eine gewisse Ähnlichkeit mit ihrer Mutter. Beide besaßen dasselbe blauschwarze Haar und jene blasse, ja weiße Haut, die nur Frauen zu eigen ist, die sich hauptsächlich drinnen aufhalten. Ihre Augen waren von einem ganz ungewöhnlichen Blau, einem tiefen, leuchtenden Veilchenblau, das beinahe lila wirkte. Aber sie war viel kleiner als ihre Mutter – für seinen Geschmack viel zu zierlich –, und ihre Gesichtszüge waren nicht annähernd so kühn wie die ihrer Mutter. Soweit er sich an alte Bilder in Zeitschriften erinnern konnte, war Lanis Profil beinahe maskulin gewesen, während Daisys eine verwischte Qualität besaß, die besonders stark in ihrer lächerlichen kleinen Stubsnase und dem albernen kleinen Kindermund hervortrat.

Laut Max hatte Lani zwar blendend ausgesehen, war jedoch, was Hirn betraf, nicht gerade üppig ausgestattet gewesen, eine Eigenschaft, die der kleine Hohlkopf dort hinten offenbar ebenfalls geerbt hatte. Man konnte sie nicht gerade als Dummchen bezeichnen, dafür war sie zu gebildet, doch er konnte sie sich ohne Schwierigkeiten als Betthäschen irgendeines reichen Mannes vorstellen.

Er war immer ziemlich wählerisch gewesen, was seine Bettpartnerinnen betraf, und so verlockend ihre süße kleine Figur auch aussehen mochte, er bevorzugte eine andere Art Frau, eine, die mehr zu bieten hatte als ein Paar wohlgeformter Beine. Er mochte intelligente und unabhängige Frauen, Frauen mit Ehrgeiz und der Fähigkeit, ebensogut auszuteilen wie einzustecken. Er respektierte Frauen, die ihm ordentlich ihre Meinung sagten, aber er haßte Schmollen und Geheule. Er wurde schon gereizt, wenn er die kleine Spitzmaus dort hinten nur ansah.

Nun, zumindest war's kein Problem, sie kleinzukriegen, und kleinkriegen würde er sie. Sein Mundwinkel verzog sich zu einem sardonischen Lächeln, während er sie ansah. *Verwöhnte kleine Mädchen müssen am Ende immer bezahlen, so ist nun mal das Leben. Baby, Baby, sei froh, daß du nicht weißt, was dir bevorsteht.*

Daisy blieb am anderen Ende des großen Raums vor einem antiken Wandspiegel stehen, um sich zu betrachten. Sie tat das nicht aus Eitelkeit, sondern aus reiner Gewohnheit. Für ihre Mutter war die äußere Erscheinung alles gewesen. Verschmierte Wimperntusche war in ihren Augen eine größere Katastrophe als ein nuklearer Holocaust.

Daisys neuer Haarschnitt war vorne kinnlang und hinten ein wenig länger; er war frisch, duftig und jugendlich, mit einigen leichten Wellen und Locken. Sie liebte ihre neue Frisur, und erst recht, seit Amelia heute vormittag mißbilligend mit der Zunge geschnalzt und gemeint hatte, wie unordentlich sie doch aussehe für eine Hochzeit.

Daisy, die immer noch in den Spiegel blickte, sah auf einmal ihren Bräutigam hinter sich auftauchen. Sie beeilte sich, ein höfliches Lächeln aufzusetzen, wobei sie sich versicherte, daß schon alles gut werden würde. Es mußte einfach.

»Pack deine Sachen, Engelchen. Wir gehen.«

Sein Ton gefiel ihr nicht, aber sie hatte gelernt, mit schwierigen Menschen umzugehen, und überhörte ihn. »Maria hat ihr spezielles Grand-Marnier-Soufflé als Nachspeise geplant, aber es ist noch nicht ganz fertig, also müssen wir noch ein wenig warten.«

»Ich fürchte, daraus wird nichts. Wir müssen unser Flugzeug kriegen. Dein Gepäck ist bereits im Wagen.«

Sie brauchte noch etwas Zeit. Sie war noch nicht bereit, schon mit ihm allein zu sein. »Könnten wir nicht einen späteren Flug nehmen, Alexander? Ich möchte Maria nicht gerne enttäuschen. Sie ist Amelias Augapfel, und ihre Brunches sind einfach himmlisch.«

Sein Mund verzog sich zwar zu einem verständnisvollen Lächeln, doch seine Augen durchbohrten sie messerscharf. Sie besaßen eine ungewöhnliche Farbe, seine Augen, ein heller Bernsteinton, der sie an etwas Unheimliches erinnerte. Sie konnte sich zwar nicht genau erinnern, an was, doch fühlte sie sich zunehmend unbehaglich.

»Der Name ist Alex, und du hast 'ne Minute, um deinen süßen kleinen Hintern hier rauszubewegen.«

Ihr Herz machte einen erschrockenen Satz, und ihr Puls fing an zu hämmern, doch bevor sie etwas sagen konnte, drehte er sich um und verkündete den drei anderen Anwesenden in ruhigem, aber nichtsdestoweniger respekteinflößendem Ton: »Ich hoffe, ihr entschuldigt uns. Wir müssen unseren Flug noch kriegen.«

Amelia trat vor und schenkte Daisy ein wissendes Lächeln. »Ach du liebe Güte. Da kann's jemand kaum abwarten, daß die Hochzeitsnacht anbricht. Unsere Daisy ist aber auch ein kleiner Leckerbissen, nicht wahr?«

Daisy verlor mit einem Mal jeden Appetit auf Marias Soufflé. »Ich zieh mich rasch um«, sagte sie.

»Dafür haben wir keine Zeit mehr. Du bist völlig in Ordnung, so wie du bist.«

»Aber ...«

Eine feste Hand legte sich auf ihr Hinterteil und bugsierte sie hinaus ins Foyer. »Das ist sicher deine Handtasche.« Als sie nickte, nahm er die kleine Chanel-Handtasche von der vergoldeten Konsole und reichte sie ihr.

Da erschienen auch schon ihr Vater und Amelia, um sie zu verabschieden.

Obwohl sie nicht vorhatte, weiter als bis zum Flughafen mit ihm zu fahren, wäre sie am liebsten vor ihm zurückgezuckt, als er sie nun mit fester Hand zur Haustür steuerte. Sie drehte sich zu ihrem Vater um und haßte sich wegen der leisen Panik, die aus ihrer Stimme klang und die sich beim besten Willen nicht unterdrücken ließ. »Vielleicht könntest du Alex dazu überreden, noch ein wenig länger zu bleiben, Dad. Wir sind doch kaum richtig hiergewesen.«

»Tu, was er sagt, Theodosia. Und denke daran – das hier ist deine letzte Chance. Wenn du auch diesmal versagst, will ich nichts mehr mit dir zu tun haben. Bemühe dich, wenigstens einmal in deinem Leben, etwas richtig zu tun.«

Eigentlich hätte sie inzwischen daran gewöhnt sein sollen, daß ihr Vater sie in aller Öffentlichkeit bloßstellte, aber daß er es nun vor ihrem frischangetrauten Ehemann tat, war ihr so peinlich, daß sie es kaum schaffte, sich aufzurichten und das Kinn zu recken. Mit hocherhobenem Kopf trat sie vor Alex und marschierte aus der Tür.

Sie weigerte sich, ihn anzusehen, als sie stumm vor dem Aufzug warteten, der sie in die Lobby hinunterbringen würde. Sie traten ein. Die Türen schlossen sich hinter ihnen und öffneten sich erneut einen Stock tiefer und ließen eine ältere Frau mit einem braunen Pekinesen ein.

Daisy drückte sich sofort erschrocken an die mit Teakholzpaneelen gedeckte Wand des Aufzugs, aber der Hund erspähte sie dennoch. Er legte die Ohren zurück, japste wildwütend los und sprang sie an. Sie kreischte, als er an ihren Beinen hochsprang und ihr die Seidenstrümpfe zerriß. »Los, weg mit dir!«

Der Hund sprang weiter an ihr hoch und zerkratzte ihr die Beine. Sie stieß einen schrillen Schrei aus und krallte sich an das Messinggeländer. Alex blickte sie verblüfft an, dann stubste er das Tier mit der Schuhspitze weg.

»Unartige Mitzi!« Die Frau raffte das Hündchen an sich und bedachte Daisy mit einem bösen Blick. »Also das verstehe ich einfach nicht. Mitzi liebt wirklich *jeden.*«

Daisy fing an zu schwitzen. Sie umklammerte das Messinggeländer wie einen Rettungsring und ließ das bösartige kleine Biest, das sie weiterhin wütend ankläffte und nach ihr schnappte, nicht aus den Augen. Da öffnete sich zum Glück die Aufzugtür zur Lobby.

»Ihr beiden scheint euch zu kennen«, sagte Alex, während sie den Lift verließen.

»Ich – ich hab den Hund noch nie im Leben gesehen.«

»Das glaube ich nicht. Dieser Hund haßt dich.«

»Ich bin nicht« – sie rang mühsam nach Luft – »ich hab da dieses *Problem* mit Tieren.«

»Du hast ein *Problem* mit Tieren? Sag bitte nicht, das heißt, du fürchtest dich vor ihnen.«

Sie nickte und bemühte sich, ihren rasenden Puls wieder unter Kontrolle zu bekommen.

»Na herrlich«, brummte er und schritt mit langen Schritten durch die Lobby. »Einfach herrlich.«

Es war inzwischen beinahe Mittag. Der Apriltag war trüb und regnerisch. Keine Papierschlangen zierten die Limousine, die vor dem Gebäude auf sie wartete, keine Blechdosen oder »Just Married«-Schilder wie bei gewöhnlichen Paaren, die einander in Liebe verbunden waren. Daisy warf sich vor, übersentimental zu sein. Lani hatte sie jahrelang damit aufgezogen, hoffnungslos altmodisch zu sein, doch alles, was Daisy sich je gewünscht hatte, war, ein ganz normales, alltägliches Leben zu führen. Was gar nicht so ungewöhnlich war für jemanden, der eine derart unnormale Kindheit gehabt hatte.

Als sie in den Wagen einstieg, sah sie, daß die getönte Trennscheibe, die den Chauffeur von den Passagieren separierte, heruntergelassen war. Nun, wenigstens besaßen sie auf diese Weise die Ungestörtheit, die sie brauchte, um Alex Markov von ihren Plänen in Kenntnis zu setzen, bevor sie am Flughafen ankamen.

Du hast ein Gelöbnis abgelegt, Daisy. Ein heiliges Gelöbnis. Sie schüttelte diesen beunruhigenden Gedanken ab, indem sie sich sagte, daß sie ja keine andere Wahl gehabt hatte.

Er stieg ebenfalls ein, und auf einmal erschien ihr das geräumige Wageninnere viel zu eng. Sie dachte, wenn er nicht so kraftvoll wirken würde, wäre sie gewiß nicht so nervös, was die nächsten Minuten betraf. Auch wenn er kein Muskelpaket war, wie die Bodybuilder, die es wirklich übertrieben, so besaß er dennoch den harten, sehnigen Körper eines Mannes in Topform. Seine Schultern waren breit, die Hüften schmal. Die Hände, die auf seiner schwarzen Anzughose lagen, waren langfingrig, kräftig und tief gebräunt. Etwas durchzuckte sie blitzschnell bei diesem Anblick.

Der Wagen hatte sich kaum vom Straßenrand gelöst, da begann er auch schon, an seiner Krawatte zu zerren. Er riß sie herunter, stopfte sie in die Tasche seines Jacketts und öffnete dann mit einer raschen Handbewegung den obersten Knopf seines Hemds. Sie erstarrte und hoffte, daß er nicht noch mehr ausziehen würde. In einer ihrer liebsten erotischen Phantasien malte sie sich immer eine leidenschaftliche Liebesszene auf dem Rücksitz einer weißen Limousine aus, die im Verkehr von Manhattan festhing, während Michael Bolton »When a Man Loves a Woman« sang, doch zwischen Traum und Realität bestand nun mal ein himmelweiter Unterschied.

Die Limousine setzte sich in Bewegung. In dem Bemühen, sich ein wenig zu beruhigen, holte sie tief Luft und atmete dabei den schweren Duft der Gardenie ein, die immer noch in ihrem Haar steckte. Erleichtert stellte sie fest, daß Alex aufgehört hatte, sich auszuziehen, doch als er seine Beine ausstreckte und ihr den Kopf zuwandte und sie zu studieren begann, rutschte sie nervös auf dem Sitz hin und her. Egal, wie sehr sie sich auch mühte, sie würde nie so schön sein wie ihre Mutter, und wenn sie zu lange angestarrt wurde, fühlte sie sich immer wie ein häßliches Entlein. Das Loch in ihren goldschimmernden Seidenstrümpfen, das sie von ihrer Begegnung mit dem zornigen kleinen Pekinesen davongetragen hatte, trug auch nicht gerade dazu bei, ihr Selbstbewußtsein aufzupolstern.

Sie öffnete ihre Handtasche und fischte eine dringend benötigte Zigarette heraus. Es war eine schreckliche Angewohnheit, das wußte sie, und sie war beileibe nicht stolz darauf. Lani selbst war seit jeher Raucherin gewesen, doch Daisy hatte sich nie mehr geleistet als eine gelegentliche Zigarette nach dem Abendessen zu einem guten Glas Wein. Doch in jenen ersten Monaten nach dem Tod ihrer Mutter hatte sie festgestellt, daß Zigaretten sie beruhigten, und war daraufhin wirklich süchtig danach geworden. Nach einem tiefen Zug entschied sie, endlich ruhig genug zu sein, um Mr. Markov von ihrem Plan erzählen zu können.

»Mach sie aus, Engelchen.«

Sie warf ihm einen schuldbewußten Blick zu. »Ich weiß, es ist eine schreckliche Angewohnheit, und ich verspreche auch, den Rauch ganz bestimmt nicht in Ihre Richtung zu blasen, aber im Moment brauche ich die Zigarette wirklich dringend.«

Er griff über sie hinweg, um das Seitenfenster herunterzulassen. Ohne Vorwarnung ging die Zigarette in Flammen auf.

Sie stieß einen schrillen Schrei aus und ließ sie fallen. Funken stoben in alle Richtungen. Er zog rasch ein Taschentuch aus seiner Brusttasche und schaffte es irgendwie, die glühenden Reste auszutupfen.

Keuchend blickte sie auf ihren Schoß nieder und sah die winzigen Brandlöcher auf ihrem goldenen Spitzenkleid und dem Seidenblazer. »Wie konnte das nur passieren?« stieß sie atemlos hervor.

»Muß wohl 'ne fehlerhafte Zigarette gewesen sein.«

»Eine fehlerhafte Zigarette? So was hab ich noch nie gehört.«

»Es ist wohl besser, ich werfe den Rest der Packung weg, falls die anderen ebenfalls nicht in Ordnung sind.«

»Ja, sicher. Sie haben recht.«

Sie händigte ihm eilig das Päckchen aus, und er schob es in seine Hosentasche. Sie war total aus dem Gleichgewicht geraten, doch er schien vollkommen ruhig zu sein. Er lehnte sich in eine Ecke des Wagens zurück, verschränkte die Arme vor dem Oberkörper und schloß die Augen.

Sie mußten dringend miteinander reden – sie mußte ihm erklären, wie sie dieser peinlichen Farce ein Ende zu machen gedachte –, doch er schien nicht in der Stimmung für ein Gespräch zu sein, und sie hatte Angst, alles zu vermasseln, wenn sie nicht vorsichtig war. Dieses letzte Jahr war eine solche Katastrophe gewesen, daß sie sich angewöhnt hatte, sich mit stummen Selbstgesprächen aufzumuntern, damit sie sich nicht gar so sehr wie ein Versager vorkam.

Sie erinnerte sich daran, daß ihre Schulbildung zwar unorthodox, aber umfassend gewesen war. Und auch wenn ihr Vater anderer Ansicht war, sie wußte, daß sie *seinen* Verstand und nicht den ihrer Mutter geerbt hatte. Sie besaß außerdem einen guten Sinn für Humor und war von Natur aus ein optimistischer Mensch, was nicht einmal das katastrophale letzte Jahr hatte ändern können. Nicht ganz zumindest. Sie sprach vier Fremdsprachen und konnte zu jedem beliebigen Couturierkleid den Modedesigner nennen. Außerdem war sie eine Expertin, wenn's um das Beruhigen von hysterischen Frauen ging. Unglücklicherweise besaß sie jedoch nicht ein Quentchen gesunden Menschenverstand.

Warum hatte sie nicht zugehört, als ihr der Pariser Anwalt ihrer Mutter erklärte, daß nichts mehr übrig wäre, wenn Lanis Schulden beglichen waren? Sie war mittlerweile zu dem Schluß gekommen, daß ihre Schuldgefühle sie in jenen monatelangen Kaufrausch getrieben hatten, der einer Zeit emotionaler Betäubung unmittelbar nach der Beerdigung gefolgt war. Seit Jahren sehnte sie sich danach, den emotionalen Erpressungsversuchen ihrer endlos vergnügungssüchtigen Mutter zu entrinnen. Aber sie hatte sich nicht Lanis Tod gewünscht. Wirklich nicht.

Tränen stiegen ihr in die Augen. Sie hatte ihre Mutter verzweifelt geliebt, und trotz Lanis Egoismus, trotz ihrer endlosen Forderungen nach Liebe, nach der Versicherung, daß sie ihre Schönheit nicht verloren hatte, wußte Daisy, daß Lani sie ebenfalls geliebt hatte.

Je größer Daisys Schuldgefühle über die unerwartete Freiheit, die sie durch Lanis Tod gewonnen hatte, wurden, desto mehr Geld gab sie aus, nicht nur für sich, sondern auch für alle alten Freunde von Lani, die gerade Pech hatten. Als ihre Schuldner langsam ungeduldig wurden, schrieb sie einfach noch mehr Schecks aus, um sie sich vom Leib zu halten. Weder wußte sie, noch bekümmerte es sie, daß sie nicht genug Geld hatte, um alles bezahlen zu können.

Max erfuhr von ihrer Verschwendungssucht, als schließlich ein Haftbefehl gegen sie ausgestellt wurde. Mit einem Knall fand sie sich in der Realität wieder und erkannte mit Entsetzen, was sie getan hatte. Sie flehte ihren Vater daraufhin an, ihr das Geld zu leihen, um ihre Schuldner beruhigen zu können, und versprach ihm, alles zurückzuzahlen, sobald sie wieder auf die Beine gekommen war.

Doch der verlegte sich auf Erpressung. Es wäre höchste Zeit, daß sie erwachsen wurde, meinte er, und wenn sie nicht im Gefängnis landen wolle, müßte sie ihrem ausschweifenden Leben ein Ende machen und tun, was er von ihr verlangte.

In barschem, mitleidlosem Ton hatte er ihr seine Wünsche

diktiert. Sie würde den Mann heiraten, den er für sie aussuchte, sobald er es arrangieren könne. Außerdem müsse sie ihm versprechen, sechs Monaten lang mit ihm verheiratet zu bleiben, wobei sie sich wie eine gehorsame, pflichtbewußte Ehefrau zu benehmen habe. Erst am Ende dieser sechs Monate könne sie sich von ihm scheiden lassen, wenn sie wollte, und er wolle danach einen Trustfonds für sie einrichten – den natürlich *er* kontrollieren würde. Falls sie ein Kind erwartete, würde sie von den Zinsen aus diesem Fonds bis ans Ende ihres Lebens bequem leben können.

»Das meinst du doch nicht im Ernst!« rief sie, als sie ihren anfänglichen Schock schließlich überwunden hatte. »Heutzutage gibt es keine arrangierten Ehen mehr.«

»Es war mir nie im Leben ernster. Wenn du dieser Ehe nicht zustimmst, wanderst du ins Gefängnis. Und wenn du es nicht schaffst, sechs Monate lang verheiratet zu bleiben, siehst du keinen Penny mehr von mir.«

Drei Tage später hatte er ihr ihren künftigen Gatten vorgestellt, ohne auch nur ein Wort über sein Leben oder seinen Beruf fallen zu lassen. Das einzige, was er sagte, war: »Er wird dir etwas über das Leben beibringen. Mehr brauchst du im Augenblick nicht zu wissen.«

Sie überquerten die Triborough Bridge, und sie erkannte, daß sie schon bald am La Guardia-Flughafen sein würden, was bedeutete, daß sie ihr Gespräch nicht länger hinauszögern durfte. Aus alter Gewohnheit zog sie eine zierliche goldene Puderdose aus ihrer Handtasche und überprüfte ihr Make-up. Beruhigt, daß alles an seinem Platz war, klappte sie die Dose mit einem Schnappen zu und steckte sie weg.

»Entschuldigen Sie, Mr. Markov.«

Er reagierte nicht.

Sie räusperte sich. »Mr. Markov? Alex? Ich glaube, wir müssen miteinander reden.«

Die Lider über den hellen, bernsteinfarbenen Augen hoben sich langsam. »Worüber?«

Trotz ihrer Nervosität mußte sie lächeln. »Wir kennen uns überhaupt nicht, sind aber trotzdem miteinander verheiratet. Ich glaube, da gibt es wirklich ein paar Dinge zu besprechen.«

»Falls du Namen für unsere Kinder aussuchen willst, Engelchen, muß ich passen.«

Also besaß er doch Sinn für Humor, wenn auch einen eher zynischen. »Ich finde, wir sollten darüber reden, wie wir die nächsten sechs Monate überstehen sollen, bis wir die Scheidung einreichen können.«

»Ich finde, wir sollten einen Tag nach dem anderen nehmen.« Er hielt inne. »Eine Nacht nach der anderen.«

Ihre Haut kribbelte, und sie sagte sich, daß sie nicht albern sein sollte. Er hatte eine vollkommen unschuldige Bemerkung gemacht, und den sinnlich-rauchigen Unterton, den sie gehört zu haben glaubte, gab es nur in ihrer Phantasie. Sie setzte ein strahlendes Lächeln auf.

»Ich habe einen Plan. Er ist wirklich ganz einfach.«

»Ach wirklich?«

»Wenn Sie mir einen Scheck über die Hälfte der Summe geben, die mein Vater Ihnen dafür bezahlt hat, mich zu heiraten – und ich finde, Sie müssen mir zustimmen, daß das nur fair wäre –, dann können wir beide unserer eigenen Wege gehen und dieser Peinlichkeit ein Ende bereiten.«

Ein Ausdruck von Belustigung huschte über seine steinernen Züge. »Welche Peinlichkeit meinst du?«

Sie hätte wissen müssen, aus den Erfahrungen, die sie mit den jungen Liebhabern ihrer Mutter gemacht hatte, daß ein so gutaussehender Mann nicht mit einem Übermaß an Verstand gesegnet sein würde. »Die Peinlichkeit, mit einem vollkommen Fremden verheiratet zu sein.«

»Wir werden uns noch gut genug kennenlernen, kann ich mir vorstellen.« Da war er wieder, dieser heiser-sinnliche Unterton. »Und ich glaube nicht, daß getrennte Wege zu gehen das war, was Max im Sinn hatte. Soweit ich mich erinnere, sollen wir zusammenleben und schön brav Mann und Frau spielen.«

»Das ist typisch mein Vater. Er ist ein kleiner Diktator, wenn es darum geht, das Leben anderer zu bestimmen. Das Herrliche an meinem Plan ist aber, daß er nie erfahren wird, daß wir nicht zusammengelebt haben. Solange wir uns keinen Haushalt in Manhattan einrichten, wo er unerwartet hereinplatzen kann, hat er nicht den leisesten Schimmer über das, was wir tun.«

»Wir werden ganz bestimmt keinen Haushalt in Manhattan einrichten.«

Er war nicht so kooperativ, wie sie gehofft hatte, aber sie war Optimistin genug, um anzunehmen, daß er nur ein wenig mehr Überredung brauchte. »Ich weiß, mein Plan wird funktionieren.«

»Wollen sehen, ob ich dich richtig verstanden habe. Du erwartest von mir, daß ich dir die Hälfte von dem abtrete, was Max mir für die Heirat mit dir bezahlt hat?«

»Wieviel ist das eigentlich?«

»Nicht annähernd genug«, murmelte er.

Sie hatte es nie nötig gehabt zu schachern, und es jetzt tun zu müssen, ging ihr gewaltig gegen den Strich, aber sie hatte keine Wahl. »Wenn Sie darüber nachdenken, werden Sie sicher feststellen, daß das nur gerecht ist. Immerhin, wenn ich nicht wäre, hätten Sie keinen Penny.«

»Das heißt wohl, daß du vorhast, mir die Hälfte des Gelds aus dem Trustfonds zu geben, den er für dich einrichten will.«

»O nein, das habe ich ganz und gar nicht vor.«

Er stieß ein kurzes, bellendes Gelächter aus. »Hatte ich irgendwie auch nicht angenommen.«

»Sie mißverstehen mich. Ich zahle Ihnen das Geld zurück, sobald ich Zugang zu meinem Trust habe. Ich will das Geld bloß geliehen haben.«

»Und ich leih's dir nicht.«

Da wußte sie, daß sie es vermasselt hatte. Sie besaß die

schlechte Angewohnheit, von sich auf andere Leute zu schließen. Wenn sie zum Beispiel Alex Markov gewesen wäre, dann hätte sie sich ganz sicher das Geld geliehen, nur um sich loszuwerden.

Sie brauchte eine Zigarette. Ganz dringend. »Könnte ich meine Zigaretten wiederhaben? Ich bin sicher, daß nur die eine fehlerhaft war.«

Er holte die zerknitterte Packung aus seiner Hosentasche und gab sie ihr zurück. Sie zündete sich rasch eine an, schloß die Augen und inhalierte tief.

Da hörte sie ein Zischen, und als ihre Augen wieder aufflogen, stand die Zigarette auch schon in Flammen. Mit einem verzweifelten Keuchen ließ sie sie fallen. Wieder raffte Alex den Stummel und die brennenden Reste mit seinem Taschentuch zusammen.

»Vielleicht solltest du die Firma verklagen«, erklärte er milde.

Sie preßte die Hand an ihre Kehle. Vor Entsetzen und Überraschung brachte sie kein Wort heraus.

Er streckte den Arm aus und faßte ihr an den Busen. Sie fühlte seinen Daumen kurz über die innere Schwellung einer Brust streicheln und zuckte zurück. Gegen ihren Willen erhärtete sich die Brust unter dem Seidenblazer. Ihr Blick flog hilflos zu seinen unergründlichen goldenen Augen.

»Ein Funke«, sagte er.

Sie legte die Hand auf die Brust und spürte ihr Herz hämmern. Wie lange war es her, seit eine andere Hand als die ihre sie dort berührt hatte? Zwei Jahre, fiel ihr ein, seit ihrem letzten Besuch beim Frauenarzt.

Sie sah, daß sie am Flughafen angekommen waren, und raffte all ihren Mut zusammen. »Mr. Markov, Sie müssen einsehen, daß wir nicht wie Mann und Frau zusammenleben können. Wir sind einander vollkommen fremd. Die ganze Idee ist einfach lächerlich, und ich fürchte, ich muß darauf bestehen, daß Sie etwas kooperativer in der Sache sind.«

»Darauf bestehen?« sagte er milde. »Ich glaube nicht, daß du ein Recht hast, auf irgendwas zu bestehen.«

Sie richtete sich entrüstet auf. »Ich lasse mich nicht von Ihnen zu etwas zwingen, Mr. Markov.«

Er seufzte kopfschüttelnd und betrachtete sie mit einem mitleidigen Ausdruck, den sie keine Sekunde lang für aufrichtig hielt. »Ich hab gehofft, das nicht tun zu müssen, Engelchen, aber ich nehme an, ich hätte wissen müssen, daß es nicht so leicht sein würde mit dir. Vielleicht sollte ich dir am besten gleich sagen, wie der Hase läuft, damit du weißt, was du zu erwarten hast. Ob wir wollen oder nicht, wir sind für ein halbes Jahr miteinander verheiratet. Du kannst dich jederzeit aus dem Staub machen, wenn du willst, aber ohne meine Hilfe. Und falls du's noch nicht gespannt hast, das hier wird keine dieser modernen Ehen, in denen alles besprochen und überall Kompromisse geschlossen werden, wie du's aus all den Frauenzeitschriften kennst. Das hier wird eine altmodische Ehe.« Seine Stimme wurde noch sanfter, noch mitleidiger. »Und das heißt, Engelchen, daß ich der Boß bin und du tust, was ich dir sage. Wenn nicht, dann wirst du schon sehen, was passiert. Das Gute an der Sache ist, daß du nach den sechs Monaten tun kannst, was du willst. Mir ist das scheißegal.«

Ein Gefühl von Panik überfiel sie, und sie versuchte sie niederzukämpfen. »Drohungen mag ich nicht. Sie sagen mir besser gleich, was passiert, wenn ich nicht tue, was Sie wollen, anstatt vage Andeutungen zu machen.«

Er lehnte sich wieder zurück, und bei dem kleinen, dämonischen Lächeln, das um seinen Mund spielte, lief ihr ein eiskalter Schauder über den Rücken.

»Ach, Engelchen, das brauche ich gar nicht. Bis heute abend bist du ganz von selbst draufgekommen.«

2

Daisy kauerte in einer entfernten Ecke des Abflugschalters der USAir, in der winzigen Rauchersektion. Sie zog so hektisch an ihrer Zigarette, daß ihr ganz schwindlig wurde. Ihr Flug ging nach Charleston in South Carolina, wie sie entdeckt hatte, und das war eine ihrer Lieblingsstädte. Sie versuchte das als gutes Zeichen in einer Kette von Ereignissen zu nehmen, die von Minute zu Minute katastrophaler wurden.

Zuerst mal hatte sich der arrogante Mr. Markov geweigert, bei ihrem Plan mitzumachen. Dann hatte er ihr Gepäck sabotiert. Als der Chauffeur nur eine übervolle Reisetasche aus dem Kofferraum holte anstelle der Kofferparade, die sie gepackt hatte, hatte sie zuerst angenommen, daß es sich um ein Versehen handelte, doch Alex räumte rasch die Zweifel beiseite.

»Wir reisen mit leichtem Gepäck. Ich habe die Haushälterin gebeten umzupacken, während wir verheiratet wurden.«

»Sie hatten kein Recht dazu!«

»Wir nehmen die Sachen als Handgepäck, anstatt sie einzuchecken.« Er hatte seine eigene, viel kleinere Tasche aufgehoben, und sie hatte mit offenem Mund zugesehen, wie er davonspazierte, ohne weiter darauf zu achten, ob sie ihm folgte oder nicht. Sie hatte ihre unförmige Reisetasche kaum hochheben können und war mit wackeligen Fußgelenken auf ihren hohen Absätzen hinter ihm hergewankt. Verzweifelt und niedergeschlagen hatte sie sich bemüht, mit ihm Schritt zu halten, wobei sie sicher war, daß jeder ihr nachstarrte, wie sie mit löchrigen Nylons, versengtem Goldkleidchen und einer verwelkten Gardenie im Haar dahinstolperte.

Als er in der Herrentoilette verschwand, wollte sie sich rasch eine neue Packung Zigaretten kaufen, mußte jedoch zu ihrem Leidwesen feststellen, daß sie nur mehr einen einzigen Zehn-Dollar-Schein in ihrer Brieftasche hatte. Entsetzt erkannte sie, daß dies alles war, was ihr noch an Geld geblieben war. Ihre Bankkonten waren aufgelöst, ihre Kreditkarten gekündigt worden. Also steckte sie den Schein wieder in ihren Geldbeutel und schnorrte statt dessen eine Zigarette von einem gutaussehenden Geschäftsmann.

Gerade als sie sie ausdrückte, tauchte Alex aus der Toilette auf, und als sie sah, wie er angezogen war, sank ihr das Herz. Der maßgeschneiderte Anzug war einem vom vielen Waschen schon ganz weichen Jeanshemd gewichen und einer Jeans, die so ausgebleicht war, daß sie beinahe weiß aussah. Ausgefranste Hosenbeine fielen über abgetretene Cowboystiefel. Die Hemdsärmel hatte er hochgekrempelt, wobei zwei kräftige, tiefgebräunte Unterarme mit einem leichten Überzug aus schwarzen Haaren zum Vorschein kamen sowie eine goldene Uhr mit einem Lederarmband. Sie vergrub ihre Zähne in ihrer Unterlippe. Trotz all der Dinge, die ihr Vater ihr bis jetzt angetan hatte, wäre sie nie auf den Gedanken gekommen, daß er sie mit dem Marlboro-Mann verheiraten würde.

Er ging zu ihr, die Reisetasche lässig und locker schwenkend. Die enganliegenden Jeans enthüllten schmale Hüften und endlos lange Beine. Lani wäre außer sich gewesen. »Das war der letzte Aufruf. Komm.«

»Mr. Markov – bitte – Sie wollen das doch nicht wirklich durchziehen. Wenn Sie mir nur ein *Drittel* der Summe leihen würden, die mir rechtmäßig zusteht, dann könnten wir das hier hinter uns bringen.«

»Ich habe deinem Vater ein Versprechen gegeben, und ich halte immer mein Wort. Kann sein, daß ich altmodisch bin, aber für mich ist das eine Frage der Ehre.«

»Ehre! Sie haben sich an ihn *verkauft!* Sie haben sich von meinem Vater kaufen lassen! Was für eine Art Ehre ist das?«

»Max und ich haben einen Deal, und ich hab nicht die Absicht, mich zu drücken. *Du* kannst ihn natürlich brechen, wenn du unbedingt willst; ich werd dich nicht aufhalten.«

»Sie wissen, daß ich das nicht kann. Ich hab überhaupt kein Geld.«

»Dann also los.« Er holte ihre Flugscheine aus seiner Hemdtasche und wandte sich zum Gehen.

Sie besaß kein Bankkonto mehr, keine Kreditkarten, und ihr Vater hatte ihr ausdrücklich befohlen, sich nicht mehr bei ihm zu melden. Mit einem flauen Gefühl im Magen erkannte sie, daß ihr wohl keine andere Wahl blieb, als ihm zu folgen. Sie hievte ihre Reisetasche hoch.

Alex, der schon ein Stückchen vorausgegangen war, kam soeben an der letzten Stuhlreihe vorbei, in der ein Junge im Teenageralter saß und rauchte. Als ihr frischgebackener Ehemann den Jungen passierte, ging dessen Zigarette in Flammen auf.

Gut zwei Stunden später stand sie in der brütenden Nachmittagssonne auf dem Parkplatz des Flughafens von Charleston und musterte Alex' schwarzen, vollkommen verstaubten Pickup, dessen Nummernschild so mit vertrocknetem Schlamm verkrustet war, daß man das Kennzeichen von Florida kaum mehr erkennen konnte.

»Wirf sie einfach auf die Ladefläche.« Alex ließ seine Tasche mit einer lässigen Armbewegung auf besagter Ladefläche landen, erbot sich jedoch nicht, dasselbe für sie zu tun, wie er sich auch nicht erboten hatte, ihr die Reisetasche aus dem Flugzeug zu tragen.

Sie preßte trotzig die Lippen zusammen. Wenn er dachte, daß sie ihn um Hilfe bitten würde, dann hatte er sich geschnitten. Ihre Arme schrien Protest, als sie versuchte, die bullige Reisetasche über die Seitenabgrenzung der Ladefläche zu hieven. Sie spürte seinen Blick im Rücken, und obwohl sie fürchtete, am Ende dankbar dafür zu sein, daß die Haushälterin ihres Vaters so viel in die eine Tasche gestopft hatte, so hätte sie in diesem Moment alles um eins von den kleinen, eleganten Louis-Vuitton-Reisetäschchen gegeben.

Sie packte den Taschengriff mit der einen und die Schlinge am Taschenboden mit der anderen Hand. Mit einem heftigen Ruck riß sie sie hoch.

»Brauchst du Hilfe?« fragte er mit geheuchelter Unschuldsmiene.

»Nein ... danke«, grunzte sie vor Anstrengung.

»Bist du sicher?«

Sie hatte die Tasche nun bis auf Schulterhöhe gehievt und besaß nicht mehr genug Luft zum Antworten. Bloß noch ein paar Zentimeter. Sie wackelte auf ihren hohen Absätzen. Nur noch ein paar ...

Mit einem verzweifelten Quieken fiel sie mitsamt der Tasche nach hinten. Sie jaulte auf, als sie auf dem Pflaster aufschlug und dann noch mal aus purer Wut. Das Gesicht zur blendenden Sonne aufgewandt, merkte sie, daß die Tasche ihren Fall abgefangen hatte, was der einzige Grund dafür war, daß sie sich nicht weh getan hatte. Außerdem merkte sie, daß sie in einer recht unattraktiven Stellung dahockte. Ihr Minikleid spannte sich über ihre Oberschenkel, ihre Knie waren zusammengepreßt und die Füße rechts und links nach hinten gespreizt.

Ein Paar abgewetzter Cowboystiefel tauchte in ihrem Augenwinkel auf. Ihr Blick glitt an jeansumhüllten langen Beinen hinauf, über eine breite Brust und schließlich zu zwei bernsteinfarbenen Augen, die sie belustigt anfunkelten. Sie raffte rasch ihre Würde und ihre Beine zusammen und stützte sich auf die Ellbogen. »Ich hab's jedenfalls versucht.«

Sein Glucksen klang irgendwie rostig, als ob er es lange Zeit nicht gebraucht hätte. »Was du nicht sagst.«

»Ja, das sage ich.« Mit so viel Würde, wie sie aufbringen konnte, drückte sie sich noch ein wenig höher in eine sitzende Position. »Daran ist nur Ihr kindisches Verhalten schuld, und ich kann nur hoffen, daß es Ihnen leid tut.«

Er stieß ein bellendes Gelächter aus. »Du brauchst einen Wärter, Engelchen, keinen Ehemann.«

»Würden Sie bitte aufhören, mich so zu nennen!«

»Sei froh, daß ich dich nicht anders nenne.« Er schnappte sich den Taschengriff mit drei Fingern einer Hand und warf sie über die Abgrenzung auf die Ladefläche, als ob sie nicht mehr wöge als ihr Stolz. Dann zog er sie mit Schwung auf die Füße, sperrte die Wagentür auf und stieß sie in die brüllheiße Fahrerkabine.

Sie hatten den Flughafen bereits weit hinter sich gelassen und befanden sich nun auf einer zweispurigen Schnellstraße, die ins Landesinnere zu führen schien anstatt nach Hilton Head, wie sie gehofft hatte, als sie sich endlich wieder so weit über den Weg traute, um erneut den Mund aufmachen zu können.

Eine weite, ausgedörrte, mit Zwergpalmen und trockenem Unterholz bestandene Ebene erstreckte sich zu beiden Seiten der Straße, und bei der heißen Luft, die durch die offenen Wagenfenster hereinwehte, flatterte ihr das Haar nur so um die Wangen. Mit bewußt freundlicher Stimme meinte sie schließlich, das lange Schweigen unterbrechend: »Könnten Sie bitte die Klimaanlage einschalten? Der Wind bläst mich ja in alle Richtungen.«

»Die funktioniert schon seit Jahren nicht mehr.«

Vielleicht stumpfte sie ja allmählich ab, denn seine Antwort überraschte sie nicht. Meile um Meile zog an ihnen vorbei, und die Besiedlung wurde immer dünner. Noch einmal stellte sie ihm die Frage, die er nicht hatte beantworten wollen, als sie aus dem Flugzeug ausstiegen. »Würden Sie mir bitte sagen, wo wir hinfahren?«

»Ist wahrscheinlich besser für deine Nerven, wenn du wartest, bis du's mit eigenen Augen siehst.«

»Klingt nicht gerade gut.«

»Laß es mich so sagen. Eine Cocktail-Lounge gibt's da nicht.«

Jeans, Cowboystiefel, Pickup mit Florida-Kennzeichen. Vielleicht war er ja ein Rancher! Sie wußte, daß es viele reiche Rinderzüchter in Florida gab. Vielleicht nahmen sie ja den längeren Weg nach Süden. *Bitte, lieber Gott, mach, daß er ein Rancher ist. Wie in Dallas. Wunderschönes Haus, schicke Kleider, Sue Ellen und J.R. eingeölt am Swimmingpool.*

»Sind Sie ein Rancher?«

»Seh' ich etwa so aus?«

»Im Moment klingen Sie wie ein Psychiater. Sie beantworten eine Frage mit einer Frage.«

»Da kenn' ich mich nicht aus. Hab' nie einen gebraucht.«

»Natürlich nicht. Sie sind ganz offensichtlich viel zu normal.« Sie meinte das sarkastisch, war aber leider nicht sehr gut darin, und es sah aus, als hätte er die Bemerkung überhaupt nicht registriert.

Sie blickte auf die hypnotisch gerade dahinführende Schnellstraße. Rechts sah sie ein heruntergekommenes Haus mit einem vertrockneten Baum davor, an dem mehrere Futterhäuschen aus Flaschenkürbissen hingen. Die heiße Luft blies ihr ins Gesicht.

Sie schloß die Augen und versuchte sich vorzustellen, daß sie den Rauch einer Zigarette inhalierte. Bis jetzt war ihr nicht klar gewesen, wie süchtig sie bereits nach Nikotin war. Sobald die Dinge sich ein wenig beruhigt hatten, würde sie aufhören. Auf jeden Fall. Sie war auf dem Weg in eine völlig neue Umgebung und würde ein paar Regeln für sich aufstellen. Zum Beispiel würde sie nie im Ranchhaus selbst rauchen. Wenn sie eine Zigarette brauchte, würde sie hinaus auf die Veranda gehen oder in einem Liegestuhl am Pool rauchen.

Während sie langsam einschlummerte, schickte sie noch mal ein Stoßgebet gen Himmel. *Bitte, lieber Gott, mach, daß es dort eine Veranda gibt. Mach, daß es einen Pool gibt …*

Irgendwann später wurde sie durch das ruckartige Anhalten des Pickup aufgeweckt. Sie schrak hoch, machte die Augen auf und stieß ein ersticktes Keuchen aus.

»Stimmt was nicht?«

»Bitte sagen Sie mir, daß das eine Halluzination ist.« Mit zittrigem Finger deutete sie auf ein sich bewegendes Objekt auf der anderen Seite der Windschutzscheibe.

»Wär eine ziemlich dicke Halluzination, wenn das stimmen würde.«

Ein Elefant. Ein wirklicher, lebendiger Elefant. Das Monstrum nahm gerade ein Büschel Heu mit dem Rüssel auf und warf es sich auf den Rücken. Sie starrte in die gleißende Nachmittagssonne und betete, daß sie noch schlief und das nur ein Traum war. Ein Alptraum. »Wir halten hier an, weil Sie mich mit in den Zirkus nehmen wollen, stimmt's?«

»Nicht ganz.«

»Sie wollen allein zur Vorstellung gehen?«

»Nö«

Ihr Mund war staubtrocken, und sie brachte die Worte kaum heraus. »Ich weiß, Sie mögen mich nicht, Mr. Markov, aber bitte sagen Sie nicht, Sie arbeiten hier.«

»Ich bin der Manager.«

»Sie managen einen Zirkus«, wiederholte sie schwach.

»Genau.«

Geschockt sank sie gegen die Sitzlehne zurück, doch selbst ihr unverwüstlicher Optimismus konnte an dieser Situation nichts Positives entdecken.

Auf dem brütenden Freiplatz standen ein großes, rotblaugestreiftes Zelt, mehrere kleinere Zelte und eine Anzahl Wohn- und Lastwagen. Der größte Wohnwagen war ebenfalls rotblau-gestreift, und außerdem prangte darauf in roter Inschrift QUEST BROTHERS CIRCUS, EIGENTÜMER: OWEN QUEST. Zusätzlich zu einer Reihe von Elefanten mit eisernen Fußfesseln erblickte sie außerdem ein Lama, ein Kamel, mehrere große Tierkäfige und jede Menge zwielichtiger Gestalten, inklusive einiger schmutzig aussehender Männer, denen zumeist die Vorderzähne fehlten.

Ihr Vater war immer ein Snob gewesen. Er liebte alte

Stammbäume und Adelstitel. Er selbst prahlte damit, von einer der großen aristokratischen Familien aus dem zaristischen Rußland abzustammen. Die Tatsache, daß er seine einzige Tochter einem Mann gab, der in einem Zirkus arbeitete, hätte keine klarere Botschaft über die Gefühle, die er ihr gegenüber empfand, abgeben können.

»Ist nicht gerade *Ringling Brothers.*«

»Das sehe ich«, erwiderte sie schwach.

»Quest Brothers sind das, was man gemeinhin als Schlammshow bezeichnet.«

»Wieso?«

Seine Antwort besaß einen diabolischen Unterton. »Das wirst du noch früh genug rausfinden.«

Er fuhr den Wagen zwischen eine Reihe anderer, stellte die Zündung ab und stieg aus. Bevor sie ganz herausgeklettert war, hatte er auch schon ihre beiden Reisetaschen von der Ladefläche genommen und sich auf den Weg gemacht.

Sie stolperte ungeschickt hinter ihm her, und ihre hohen Absätze versanken im Sand, der über den unebenen Boden gestreut worden war. Alle, die sie sahen, hielten mit ihrer Beschäftigung inne und starrten sie an. Das Loch in ihren Seidenstrümpfen war inzwischen größer geworden, so daß nun ihr ganzes Knie durchguckte, ihr Seidenblazer war voller Brandflecken und hing ihr von einer Schulter, und ihr Schuh versank in etwas, das sich verdächtig weich anfühlte. Mit einem Gefühl zunehmender Mutlosigkeit blickte sie nach unten, nur um zu sehen, daß sie genau in das getreten war, was sie befürchtet hatte.

»Mr. Markov!«

Ihr Schrei besaß etwas Hysterisches, doch er schien sie nicht zu hören, sondern marschierte vielmehr ungerührt auf eine Reihe von Wohnwagen und Mobilheimen zu. Sie wischte die Schuhsohle, so gut sie konnte, an der sandigen Erde ab, was sie prompt noch mehr verklebte. Mit einem erstickten Laut setzte sie sich erneut in Bewegung.

Er näherte sich zwei dicht beieinanderstehenden Trailern. Der nächststehende war ein hochmodernes, silbernes Ungetüm mit einer Satellitenschüssel auf dem Dach. Daneben stand ein heruntergekommener, rostiger alter Trailer, der in einem früheren Leben vielleicht einmal grün gewesen sein mochte.

Bitte laß ihn zu dem modernen Wohnwagen gehen und nicht zu diesem abscheulichen alten Schrotthaufen. Bitte laß ihn …

Er blieb vor dem kotzgrünen Trailer stehen, machte die Tür auf und verschwand im Innern. Sie stöhnte und merkte dann, daß sie bereits so abgestumpft war, daß sie nicht einmal das mehr überraschte.

Einen Augenblick später tauchte er wieder im Türrahmen auf und sah zu, wie sie schwankend näher kam. Als sie die verbogene Metallstufe erreicht hatte, dic in den Trailer hineinführte, lächelte er sie zynisch an. »Home Sweet Home, Engelchen. Soll ich dich über die Schwelle tragen?«

Trotz seines Sarkasmus' wählte sie ausgerechnet diesen Moment, um sich daran zu erinnern, daß sie noch nie über eine Schwelle getragen worden war, und ungeachtet der Umstände war dies nun mal ihr Hochzeitstag. Vielleicht würde eine kleine Verbeugung vor der Sentimentalität ihnen beiden ja guttun und noch ein wenig von diesem katastrophalen Tag retten.

»Ja, bitte.«

»Du machst Witze.«

»Sie müssen nicht, wenn Sie nicht wollen.«

»Ich will nicht.«

Sie versuchte ihre Enttäuschung herunterzuschlucken. »Also gut.«

»Das ist 'n verdammter Trailer!«

»Das sehe ich.«

»Ich glaub nicht, daß Trailer überhaupt Türschwellen haben.«

»Wenn etwas eine Tür hat, dann hat es auch eine Türschwelle. Selbst ein Iglu hat eine Türschwelle.«

Aus dem Augenwinkel konnte sie sehen, daß sich allmählich eine Menschenansammlung bildete. Alex bemerkte es ebenfalls. »Jetzt komm schon rein.«

»Sie sind derjenige, der sich erboten hat.«

»Ich hab's ironisch gemeint.«

»Ist mir schon aufgefallen, daß Sie das oft sind. Falls es Ihnen noch niemand gesagt hat, es ist eine nervtötende Angewohnheit.«

»Jetzt komm rein, Daisy.«

Irgendwie war etwas, das ganz impulsiv begonnen hatte, zu einem Willenskampf geworden. Sie stand am Fuß der Stufen, ihre Knie schlotterten vor Angst, aber sie war nicht bereit, in dieser Sache auch nur einen Zentimeter nachzugeben. »Ich wäre Ihnen dankbar, wenn Sie zumindest diesen Brauch ehren würden.«

»Himmelherrgottnochmal.« Er sprang herunter, schwang sie auf seine Arme und trug sie hinein, wobei er der Tür hinter sich einen Fußtritt versetzte. Er stellte sie auf die Füße, kaum daß sie zugefallen war.

Bevor sie entscheiden konnte, ob sie dieses Scharmützel gewonnen oder verloren hatte, wurde sie sich ihrer Umgebung gewahr und vergaß mit einem Mal alles andere. »Ach du liebe Güte.«

»Du verletzt meine Gefühle, wenn du jetzt sagst, daß es dir nicht gefällt.«

»Es ist abscheulich.«

Von innen sah der Trailer sogar noch schlimmer aus als von außen. Es war eng wie in einer Sardinenbüchse, bloß daß es hier nach Milben, Altersschwäche und abgestandenem Essen roch. Direkt vor ihr befand sich eine winzige Küche, deren blaue Plastikarbeitsfläche schon ganz verblichen und zerkratzt war. Schmutziges Geschirr war in dem winzigen Spülbecken gestapelt, und eine rostige Pfanne stand auf einem

Herd, dessen Backrohr mit Draht zugehalten wurde. Der vollkommen durchgelaufene Teppich war wohl früher einmal goldfarben gewesen, doch nun konnte man ihn nur mehr mit den Farben von gewissen Eingeweideprodukten vergleichen. Rechts von der Küche war der verblaßte Karoüberzug einer Miniaturcouch unter dem Stapel von Büchern, Zeitungen und Männerkleidung kaum zu erkennen. Sie sah einen zerkratzten, abgesplitterten Kühlschrank, Oberschränke, deren Laminat bereits abging, und ein einziges ungemachtes Bett.

Sie fuhr herum und suchte nach dem zweiten. »Wo sind die anderen Betten?«

Er betrachtete sie ungerührt und trat dann um die Reisetaschen herum, die er mitten auf dem Teppich abgestellt hatte. »Das ist ein Wohnwagen, Engelchen, nicht eine Suite im Ritz. Mehr, als was du siehst, ist nicht.«

»Aber –« Sie klappte den Mund wieder zu. Ihre Kehle war wie ausgedörrt, und ihr Magen krampfte sich angstvoll zusammen.

Das Bett nahm den größten Raum der einen Trailerhälfte ein; es war vom Rest der Einrichtung mittels eines durchhängenden Drahts mit einem braunen Vorhang daran getrennt, der im Moment ganz zur Seite geschoben war. Auf dem zerwühlten Bett lagen weitere Kleidungsstücke, ein Badetuch und etwas, das aus der Entfernung wie ein dicker schwarzer Gürtel aussah.

»Die Matratze ist echt bequem«, sagte er.

»Also mir genügt die Couch.«

»Von mir aus.«

Sie hörte ein metallisches Klappern und drehte sich um. Er lud gerade den Inhalt seiner Taschen auf die Küchenanrichte: Wechselgeld, Autoschlüssel, Brieftasche. »Ich hab bis vor einer Woche in einem anderen Trailer gelebt, aber der war zu klein für zwei Leute, also hab' ich diesen hier beschafft. Leider hatte ich noch keine Zeit, meinen Innendekorateur anzurufen.« Er wies mit einem Kopfnicken nach hinten. »Der

Donnicker ist da. Ist das einzige, was ich bis jetzt saubermachen konnte. Du kannst versuchen, dein Zeug in dem Schrank hinter dir unterzubringen. Die Spec fängt in 'ner Stunde an; halt dich von den Elefanten fern.«

Donnicker? Spec?

»Ich glaub wirklich nicht, daß ich so leben kann«, sagte sie. »Das ist ein Saustall.«

»Da hast du ausnahmsweise recht. Ich denke, hier fehlt 'ne weibliche Hand. Putzmittel sind unter der Spüle.«

Er ging an ihr vorbei zur Tür, dann hielt er inne. Bevor sie richtig merkte, wie ihr geschah, war er zur Anrichte zurückgegangen und hatte seine Brieftasche wieder eingesteckt.

Sie war zutiefst entrüstet. »Ich stehle nicht.«

»Sicher tust du das nicht. Und wir wollen dafür sorgen, daß es auch so bleibt.« Sein Oberkörper streifte ihren Arm, als er sich umdrehte, um an ihr vorbei zur Tür zu gehen. »Heute ist Vorstellung um fünf und um acht. Sieh zu, daß du bei beiden bist.«

»Also Moment mal! Ich kann nicht in diesem Saustall bleiben, und ich weigere mich, Ihren Dreck aufzuräumen!«

Er blickte abwesend auf seine Schuhspitze und dann wieder auf sie. Sie sah in seine hellen, goldenen Augen und verspürte ein ängstliches Schaudern, doch daneben auch etwas, das sie lieber nicht zu genau untersuchen wollte.

Er hob langsam die Hand, und sie zuckte zusammen, als er sie sanft um ihren Hals legte. Sie fühlte, daß sein Daumen ein wenig rauh war, als er damit sanft, ja beinahe liebevoll über die Einbuchtung unter ihrem Ohr streichelte. »Hör zu, Engelchen«, sagte er leise. »Wir können das hier auf die leichte oder die harte Tour machen. Aber ich gewinne in jedem Fall. Die Entscheidung liegt bei dir.«

Ihr Blicke verhakten sich ineinander. Einen Moment, der ihr endlos lange vorkam, forderte er wortlos ihre Unterwerfung. Seine Augen schienen sich bis in ihr Innerstes zu bohren, durch ihre Kleidung, ihre Haut, so daß sie sich vollkommen nackt und verwundbar vorkam, all ihre Schwächen vor ihm ausgebreitet. Am liebsten wäre sie davongelaufen und hätte sich irgendwo versteckt, aber seine schiere Willenskraft nagelte sie fest.

Seine Hand strich über ihren Hals und schob dann den steifen Blazer von ihren Schultern. Er fiel wispernd zu Boden. Er fuhr mit dem Finger unter den goldenen Träger ihres Kleidchens und schob ihn ebenfalls herunter. Sie hatte keinen BH an – das war bei diesem Kleid nicht möglich –, und ihr Herz fing wie wild an zu hämmern.

Mit der Fingerspitze zog er den zarten Stoff so weit herunter, bis er an ihrer Brustwarze hängenblieb. Dann beugte er sich nieder und nahm das zarte Fleisch, das er soeben freigelegt hatte, zwischen seine Zähne.

Ihr stockte der Atem, als sie seinen Liebesbiß fühlte. Es hätte eigentlich weh tun müssen, doch ihre Nervenenden registrierten den kleinen Biß als lustvoll. Sie fühlte seine Hand über ihr Haar streichen, und dann wandte er sich von ihr ab, einfach so, nachdem er seine Markierung auf ihr hinterlassen hatte, wie ein wildes Tier. Da fiel ihr auf einmal ein, woran sie seine Augen erinnerten. An eine große Raubkatze.

Die Trailertür schwang in den Angeln. Er trat hinaus und blickte zu ihr zurück. Die Gardenie, die er aus ihrem Haar gestohlen hatte, entfiel seiner Hand.

Dabei ging sie in Flammen auf.

3

Daisy schmetterte die Tür zu, damit sie die brennende Gardenie nicht mehr sehen mußte, und preßte die Hand auf ihre Brust. Was für ein Mann war das, der sogar über das Feuer herrschte?

Während sie unter ihrer Hand ihr Herz hämmern spürte, gemahnte sie sich daran, daß dies ein Zirkus war, ein Ort der

Illusionen. Er mußte über die Jahre ein paar Zaubertricks aufgeschnappt haben; kein Grund, gleich die Phantasie davongaloppieren zu lassen.

Sie berührte den kleinen roten Abdruck auf ihrem Brustansatz, und ihre Brustwarze zog sich erregt zusammen.

Sie sah das ungemachte Bett an und sank auf einen der Stühle am eingebauten Küchentischchen. Die Ironie ihrer Situation war einfach unfaßbar.

Meine Tochter hebt sich für die Ehe auf. Diese Bemerkung pflegte Lani als Gesprächsstoff beim Dinner in die Runde zu werfen, um ihre Gäste zu amüsieren, während Daisy heftig an ihrer Verlegenheit schluckte und tat, als würde sie mit den anderen mitlachen. Lani hatte schließlich mit ihren öffentlichen Verkündigungen aufgehört, als Daisy dreiundzwanzig wurde, weil sie fürchtete, ihre Freunde könnten glauben, ihre Tochter sei nicht ganz normal.

Jetzt, im Alter von sechsundzwanzig, war Daisy durchaus klar, daß sie ein Relikt aus der viktorianischen Zeit darstellte, und verstand darüber hinaus genug über menschliche Psychologie, um zu wissen, daß ihre Abneigung dem vorehelichen Geschlechtsverkehr gegenüber auf Rebellion zurückzuführen war. Von klein auf hatte sie die Drehtür am Schlafzimmer ihrer Mutter beobachten müssen. Schon damals hatte sie gewußt, daß sie selbst nie so sein könnte. Sie sehnte sich verzweifelt nach Ehrbarkeit. Einmal hatte sie sogar geglaubt, sie gefunden zu haben.

Sein Name war Noel Black, und er war ein vierzigjähriger Geschäftsmann, der in leitender Stellung bei einem britischen Verlag tätig war. Sie hatte ihn bei einer Hausparty in Schottland kennengelernt. Er repräsentierte all das, was sie an einem Mann bewunderte: Stabilität, Intelligenz, eine gute Bildung. Es hatte nicht lange gedauert, bis sie sich in ihn verliebte.

Sie war eine Frau, die es mochte, berührt und liebkost zu werden, und Noels Küsse und erfahrene Zärtlichkeiten hatten sie so erregt, daß sie an einem Punkt beinahe den Kopf verloren hätte. Und dennoch, sie hatte es nicht geschafft, ihre tiefverwurzelten Prinzipien beiseite zu schieben und mit ihm ins Bett zu gehen. Ihre Weigerung irritierte ihn zunächst, doch allmählich verstand er, warum sie in dieser Sache so eisern war, und bat sie, ihn zu heiraten. Sie nahm überglücklich an und schwebte in der Zeit danach wie auf Wolken.

Lani tat, als wäre sie ebenfalls überglücklich, aber Daisy hätte wissen müssen, daß ihre Mutter eine panische Angst davor haben würde, allein zu sein. Lani brauchte nicht lange, um sich einen sorgfältigen Plan zurechtzulegen, einen Plan, Noel Black zu verführen.

Zu Noels Gunsten muß angemerkt werden, daß er es fertigbrachte, ihr fast einen Monat lang zu widerstehen, aber Lani bekam immer die Männer, die sie wollte, so am Ende auch ihn.

»Ich hab's für dich getan, Daisy«, sagte sie, als es vorbei war und eine tränenüberströmte Daisy die Wahrheit herausgefunden hatte. »Ich mußte dir zeigen, was für ein Heuchler er ist. Mein Gott, du wärst todunglücklich geworden, wenn du ihn geheiratet hättest.«

Sie hatten sich heftig gestritten, und Daisy hatte ihre Sachen gepackt, um zu gehen. Lanis Selbstmordversuch hatte dem ein Ende bereitet.

Jetzt zog sie den dünnen Träger ihres Hochzeitskleids wieder hoch und seufzte. Es war ein tiefer, verzweifelter Seufzer, die Art von Seufzer, die vom Grund der Seele kommt, wenn einem die Worte fehlen, um seine Gefühle auszudrücken.

Für andere Frauen schien Sex eine so einfache Sache zu sein. Warum nicht für sie? Sie hatte sich geschworen, nie außerehelichen Geschlechtsverkehr zu haben, und jetzt war sie verheiratet. Doch die Ironie war, daß sie ihren Ehemann viel weniger kannte als all die Männer, die sie zurückgewiesen hatte. Die Tatsache, daß er gefährlich attraktiv war, änderte auch nichts daran. Sie konnte sich nicht vorstellen, sich einem Mann ohne Liebe hinzugeben.

Ihre Augen wanderten zum Bett. Sie erhob sich und schritt dorthin. Etwas, das wie ein Stück von einem schwarzen Gürtel aussah, spitzte unter einer Jeans hervor, die nachlässig über das zerwühlte blaue Bettzeug geworfen worden war. Sie beugte sich vor und berührte den vom Waschen ganz weichen Jeansstoff. Dann fuhr sie mit den Fingerspitzen über den offenen Reißverschluß der Hose. Wie wäre es wohl, mit einem Mann zu schlafen? Jeden Morgen aufzuwachen und dasselbe Gesicht neben sich auf dem Kissen liegen zu sehen? Ein Heim und Kinder zu haben? Einen Job? Wie wäre es, normal zu sein?

Sie schob die Jeans beiseite und fuhr abrupt zurück, als sie sah, was darunter lag. Kein Gürtel. Eine Peitsche.

Ihr Herz begann wie wild zu hämmern.

Wir können's auf die leichte oder auf die harte Tour machen. Ich gewinne auf jeden Fall.

Ihr Mann hatte gesagt, sie würde schon sehen, was passierte, wenn sie ihm nicht gehorchte. Als sie ihn fragte, was er damit sagen wollte, hatte er gemeint, sie würde es bis heute abend schon selbst herausgefunden haben. Ganz bestimmt hatte er nicht gemeint, daß er sie schlagen würde, oder?

Sie versuchte, ihren aufgeregten Atem wieder unter Kontrolle zu bekommen. Die Männer im achtzehnten Jahrhundert mochten ihre Frauen ja vielleicht ungestraft gezüchtigt haben, aber die Zeiten hatten sich gewandelt. Und sie würde die Polizei rufen, wenn er sie auch nur mit dem kleinen Finger anfaßte. Sie würde sich auf keinen Fall der Gewalttätigkeit eines Mannes aussetzen, egal, wie verzweifelt ihre Lage auch war.

Ganz bestimmt gab es für all das eine simple Erklärung: das Feuer, die Peitsche, ja selbst diese ominöse Drohung. Sie war erschöpft und zutiefst beunruhigt über diese drastische Veränderung in ihrem Leben, und es fiel ihr schwer, klar zu denken.

Aber bevor sie irgend etwas tun konnte, mußte sie zuerst mal aus ihren Sachen rauskommen. Sobald sie geduscht und umgezogen war, würde sie sich bestimmt besser fühlen. Sie hievte ihre Reisetasche auf die Couch, öffnete sie und stellte fest, daß all ihre schickeren Sachen fehlten, obwohl das, was noch da war, auch nicht viel passender für eine Umgebung wie diese war. Sie entschied sich schließlich für eine khakifarbene Hose, ein melonenfarbenes, kurzes Häkeltop und Sandalen. Das winzige Badezimmer war, wie sich herausstellte, viel sauberer als der restliche Wohnwagen, und als Haare und Make-up wiederhergestellt waren, fühlte sie sich wieder soweit wie ihr altes Selbst, daß sie rausgehen und die Umgebung ein wenig erforschen konnte.

Sobald sie den sandigen Boden berührt hatte, schlug ihr der Geruch nach Tieren, Heu und Staub entgegen. Die milde Spätaprilbrise blies über den Festplatz und brachte die Seiten des großen Zirkuszeltes in sanftes Flattern, und die farbigen Lichterketten über dem Eingang klackten leise aneinander. Aus dem offenen Fenster eines Wohnwagens ertönte Radiomusik, aus einem anderen plärrte ein Fernseher. Jemand grillte etwas im Freien, und ihr Magen knurrte hungrig. Gleichzeitig fing sie den dünnen Hauch von Zigarettenrauch auf und folgte ihm bis zur anderen Seite eines Trailers. Dort lehnte eine kleine, feenhafte Gestalt an der metallenen Wohnwagenwand und sog verstohlen an einem Glimmstengel.

Sie war ein zierliches, engelhaftes Wesen mit glattem, goldbraunem Haar, Bambiaugen und einem süßen kleinen Puppenmund. Sie mußte so um die vierzehn, fünfzehn Jahre alt sein, und unter ihrem ausgebleichten T-Shirt, das am Halsausschnitt einen Riß hatte, zeichneten sich ihre kleinen Brüste ab. Sie trug Jeansshorts und Birkenstockimitate, die an ihren zierlichen Füßen wie Klötze aussahen.

Daisy begrüßte sie freundlich, aber die Bambiaugen des Mädchens musterten sie mürrisch und feindselig.

»Ich bin Daisy.«

»Is' das dein richtiger Name?«

»Mein richtiger Name ist Theodosia – meine Mutter hatte ein Faible fürs Dramatische –, aber alle nennen mich Daisy. Wie heißt du?«

Lange Stille. »Heather.«

»Wie hübsch. Bist du auch beim Zirkus? Aber natürlich bist du das, sonst wärst du ja nicht hier, stimmt's?«

»Ich gehöre zu den Brady-Pepper-Akrobaten.«

»Du bist eine Artistin! Das ist ja toll. Ich hab noch nie eine Artistin kennengelernt.«

Heather musterte sie mit der mürrischen Verachtung, die nur Teenager so perfekt aufzubringen scheinen.

»Bist du beim Zirkus aufgewachsen?« Während Daisy ihre Frage stellte, rang sie im Innern mit dem Gedanken, wie moralisch – oder unmoralisch – es wohl sein mochte, von einem Teenager eine Zigarette zu schnorren. »Wie alt bist du eigentlich?«

»Bin grade sechzehn geworden. Bin schon 'ne Weile hier.« Sie steckte die Zigarette in ihren Mundwinkel, was irgendwie obszön wirkte. Dann, die Augen gegen den Rauch zusammenkneifend, warf sie die Ringe einen nach dem anderen in die Luft, bis schließlich alle fünf ihre Hände verlassen hatten. Ihr glatte Stirn zog sich in krause Falten, so sehr konzentrierte sie sich auf das, was sie tat, was bei Daisy den Eindruck hinterließ, daß ihr das Jonglieren nicht gerade leichtfiel, noch dazu, wo ihr die Augen vom Rauch zu tränen begannen.

»Wer ist Brady Pepper?«

»Mist.« Heather verfehlte einen Ring und fing dann die anderen vier. »Mein Vater.«

»Ihr seid also bloß zu zweit bei eurer Nummer?«

Heather sah sie an, als hätte sie den Verstand verloren. »Du spinnst wohl. Ich und Brady, wo ich noch nicht mal fünf Ringe in der Luft halten kann.«

Daisy fragte sich, ob Heather wohl immer so unhöflich war.

»Brady macht unseren Akt mit meinen Brüdern, Matt und Rob. Ich steh' bloß rum und posiere.«

»Posieren?«

»Na, ich mach Posen fürs Publikum. Weißt du eigentlich überhaupt nichts?«

»Nicht über den Zirkus.«

»Über Männer anscheinend genausowenig. Ich hab' gesehen, wie du vorhin mit Alex im Trailer verschwunden bist. Weißt du, was Sheba über Frauen sagt, die sich mit Alex einlassen?«

Daisy war sich ziemlich sicher, daß sie das nicht hören wollte. »Wer ist Sheba?«

»Sheba Quest. Ihr gehört der Zirkus, seit ihr Mann gestorben ist. Und sie sagt, jede Frau, die sich an Alex ranmacht, ist lebensmüde.«

»Tatsächlich?«

»Die beiden hassen sich.« Sie nahm einen tiefen Zug und mußte husten. Als sie sich wieder gefangen hatte, betrachtete sie Daisy mit zusammengekniffenen Augen, ein Blick, mit dem sie ihr Gegenüber auszulöschen gedachte, der jedoch bei einer kleinen Fee nur lächerlich wirkte. »Ich wette, er gibt dir den Laufpaß, wenn er dich 'n paarmal gefickt hat.«

Daisy war von klein auf mit den schlimmsten Schimpfwörtern konfrontiert worden, doch dieses spezielle Wort brachte sie immer noch aus der Fassung, besonders, wenn sie es aus dem Munde eines Jugendlichen hörte. Sie selbst benutzte keine Schimpfwörter. Noch so eine Laune ihrer rebellischen Natur.

»Du bist so hübsch. Eine solche Ausdrucksweise steht dir überhaupt nicht.«

Heather warf ihr einen Blick weltmännischer Verachtung zu. »*Fuck off.*«

Sie nahm die Zigarette aus ihrem Mundwinkel, ließ sie zu Boden fallen und trat sie mit ihrer Sandale aus.

Daisy blickte sehnsüchtig auf den zertretenen Stummel. Da waren mindestens noch drei gute Züge drin gewesen.

»Alex kann jede haben, die er will«, warf ihr Heather noch über die Schulter zu, bevor sie davonstapfte. »Du bist vielleicht im Moment seine Freundin, aber glaub mir, lange machst du's nicht.«

Bevor ihr Daisy sagen konnte, daß sie Alex' Frau war, nicht seine Freundin, war der Teenager schon verschwunden. Selbst beim besten Willen ließ sich nicht behaupten, daß diese erste Begegnung mit einem der Zirkusleute gut verlaufen war.

Die nächste halbe Stunde verbrachte sie damit, über das Gelände zu schlendern. Die Elefanten beobachtete sie aus sicherer Entfernung und versuchte überhaupt, niemandem im Weg zu sein. Sie erkannte, daß eine subtile Ordnung im Aufbau und in der Organisation des Zirkus steckte. Vorn und in der Mitte standen die Souvenirstände und Eßbuden, daneben ein Zelt mit grellbunten Plakaten, auf denen wilde Tiere grauslig ihre Beute verschlangen. Auf einem Schild über dem Zelteingang war zu lesen: QUEST BROTHERS MENAGERIE. Gegenüber stand ein Zirkuswagen mit einem Ticketschalter. Schwere Lastwagen waren an den Seiten und etwas abseits von den Besuchern abgestellt worden, während die Haustrailer, Wohnwagen und Campmobile im hinteren Teil parkten.

Während sich die Menge vor dem großen Zelt zu sammeln begann, ging sie vorbei an Imbißbuden, Souvenirständen und Ständen mit diversem Zuckerzeug, darunter die unvermeidliche Zuckerwatte. Es roch nach Waffeln und Popcorn und nach Tieren und auch ein wenig muffelig vom großen Zelt her. Ein Mann Anfang Dreißig mit schütterem, sandfarbenem Haar und einer lauten Stimme versuchte die Besucher in die Menagerie zu locken.

»Für nur einen Dollar, Ladies and Gentlemen, können Sie einen wilden sibirischen Tiger sehen, dazu ein Kamel, ein

Lama, das Ihre Kinder lieben werden, und einen riesigen, gefährlichen Gorilla ...«

Während er munter weiterdröhnte, ging Daisy um die Menge herum und an einem Küchenzelt vorbei, in dem gerade ein paar Arbeiter beim Essen saßen. Schon bei ihrer Ankunft war ihr aufgefallen, wie laut es hier war, und nun sah sie, woher dieses ständige laute Brummen kam: aus einem Laster mit zwei großen gelben Stromgeneratoren. Dicke Kabel schlängelten sich von dort zum großen Zelt, andere zu den Buden und Wohnwagen.

Eine Frau in einem taubenblauen, mit Marabufedern besetzten Cape tauchte aus einem Camper auf und unterhielt sich mit einem Clown mit knalloranger Perücke. Andere Artisten sammelten sich unter einem Zeltvordach, das wohl der Bühneneingang zum großen Zelt sein mußte, wie Daisy vermutete, da er auf der entgegengesetzten Seite des Publikumseingangs lag. Von Alex war keine Spur zu sehen, und sie fragte sich, wo er wohl sein mochte.

Da tauchten die Elefanten auf, in herrlichen scharlachrotgoldenen Decken und prächtigem, federnschwingendem Kopfschmuck. Als sie in ihrer gemächlichen Gangart an ihr vorbeitrotteten, schrak sie gegen die Hauswand eines Trailers zurück. Kleine Hunde jagten ihr schon eine Heidenangst ein, und wenn ihr ein Elefant zu nahe kam, fiel sie sicher in Ohnmacht.

Ein paar prächtige Pferde mit straßbesetztem Zaumzeug tänzelten anmutig vorbei. Sie suchte nervös in ihrer Tasche nach der fast leeren Packung Zigaretten, die sie einem Lastwagenfahrer hatte abschwatzen können, und zündete sich eine an.

»Alles aufstellen zur Spec! Auf geht's, nun macht schon!«

Die Aufforderung kam von dem Mann, der zuvor volldröhnend das Publikum angelockt hatte; er schlüpfte soeben in die knallrote Smokingjacke eines Zirkusdirektors. Da erschien auf einmal auch Alex auf einem herrlichen schwarzen

Hengst, und Daisy merkte, daß er nicht nur der Manager war, sondern auch zu den Artisten gehörte.

Er hatte die »Bühnenversion« einer Kosakentracht an: weißes, weichfließendes Seidenhemd mit weiten Ärmeln und weiten schwarzen Hosen, die in wadenhohen, enganliegenden schwarzen Lederstiefeln steckten. Um die Hüften trug er eine straßbesetzte scharlachrote Schärpe, deren Fransenenden an einer Seite des Pferdes herunterhingen. Es brauchte nicht viel Vorstellungsvermögen, um ihn über eine russische Steppe reiten zu sehen, plündernd und raubend. Sie sah, daß eine aufgerollte Peitsche an seinem Sattelknauf hing, und stellte mit großer Erleichterung fest, daß ihre Phantasie wieder einmal mit ihr durchgegangen war. Die Peitsche auf seinem Bett war nichts weiter als eine Requisite für seinen Zirkusakt.

Als sie ihn dabei beobachtete, wie er sich von seinem Pferd herunterbeugte, um mit dem Ringansager zu sprechen, fiel ihr wieder ein, daß sie ein heiliges Gelübde abgelegt hatte, das sie unweigerlich mit diesem Mann verband, und sie wußte, daß sie der Stimme ihres Gewissens nicht länger ausweichen konnte. Mit brutaler Ehrlichkeit gestand sie sich ein, daß die Zustimmung zu dieser Heirat das Feigste war, was sie je in ihrem Leben gemacht hatte. Sie war zu unsicher, zu charakterlos, zu unselbständig gewesen, um ihrem Vater und seinen Erpressungsversuchen die kalte Schulter zu zeigen und ihren eigenen Weg einzuschlagen, selbst wenn das bedeutet hätte, ins Gefängnis zu gehen.

Würde das ihr ganzes Leben lang so weitergehen? Sich vor der Verantwortung zu drücken, den Weg des geringsten Widerstands zu nehmen? Scham stieg in ihr auf, als sie sich daran erinnerte, daß sie das Ehegelöbnis ohne die leiseste Absicht, es zu halten, ausgesprochen hatte. Auf einmal wußte sie, daß sie etwas wiedergutzumachen hatte.

Sie wußte, was zu tun war, ihr Gewissen versuchte schon seit Stunden, es ihr klarzumachen, war jedoch auf taube Ohren gestoßen. Jetzt konnte sie die Tatsache akzeptieren, daß sie sich nicht mehr würde ins Gesicht sehen können, wenn sie nicht zumindest den Versuch machte, ihr Ehegelöbnis zu halten. Bloß weil ihre Situation so schwierig war, hieß das noch lange nicht, daß es nicht notwendig war. Sie hatte das deutliche Gefühl, wenn sie jetzt wieder davonrannte, dann gab es keine Hoffnung mehr für sie.

Und dennoch, ihr Verstand sträubte sich. Sie wußte, was sie tun mußte, doch ihr Verstand sträubte sich dagegen. Wie konnte sie ein Gelöbnis ernst nehmen, das sie einem Fremden gegeben hatte?

Du hast es nicht einem Fremden gegeben, sagte ihre innere Stimme. *Du hast es vor Gott abgelegt.*

In diesem Moment wurde sie von Alex erspäht. Ihre Entscheidung war noch zu neu für sie, um jetzt schon mit ihm darüber reden zu können, aber es blieb ihr keine Wahl. Sie nahm einen nervösen Zug an ihrer Zigarette und behielt sein ein wenig ungestüm wirkendes Pferd mißtrauisch im Auge, als er nun auf sie zugeritten kam. Das Tier trug ganz besonders schönes Zaumzeug sowie eine kostbar bestickte, scharlachrote Satteldecke und Zügel, an denen feine Goldmünzen und tiefrote Steine hingen, die aussahen wie richtige Rubine.

Er blickte irritiert zu ihr herunter. »Wo warst du?«

»Hab mich ein bißchen umgesehen.«

»Es gibt jede Menge undurchsichtiger Typen im Zirkus. Bevor du dich hier nicht richtig auskennst, bleibst du besser in meiner Nähe, wo ich ein Auge auf dich hab.«

Da sie sich soeben vorgenommen hatte, ihr Bestes zu tun, um aus ihrer Ehe etwas zu machen, schluckte sie ihren Ärger über seine befehlshaberische Art herunter und sagte statt dessen, so freundlich sie konnte: »Na gut.«

Ihre Handflächen wurden allmählich feucht, weil ihr das Pferd so nahe war, und sie drückte sich noch enger an den Wohnwagen. »Ist das deins?«

»Yep. Perry Lipscomb versorgt ihn für mich. Er hat 'ne

Pferdedressurnummer und nimmt Mischa immer mit seinen Tieren im Pferdewagen mit.«

»Ach so.«

»Geh rein und sieh dir die Show an.«

Er schnalzte mit den Zügeln, und sie trat rasch zurück. Dann stieß sie ein verzweifeltes Zischen aus, als das, was noch von ihrer Zigarette übrig war, in Flammen aufging.

»Willst du wohl aufhören!« kreischte sie und wischte hektisch über ihre Sachen und stampfte die brennenden Überreste, die zu Boden fielen, aus.

Er warf ihr einen Blick über die Schulter zu. Ein Mundwinkel zuckte. »Die Dinger werden dich noch umbringen, wenn du nicht aufpaßt.« Mit einem leisen Lachen kehrte er zur Schlange zurück und nahm seinen Platz zwischen den anderen Artisten ein.

Sie wußte nicht, was sie mehr beunruhigte, die Tatsache, daß er schon wieder eine ihrer Zigaretten mit seinen blöden Tricks ruiniert hatte, oder die Erkenntnis, daß sie bei jeder ihrer Auseinandersetzungen bis jetzt den Kürzeren gezogen hatte.

Sie kochte immer noch, als sie vorsichtig um die Tiere herum und durch den Hintereingang ins Zelt ging. Sie fand einen freien Platz auf einer der langen Holzbänke. Sie war hart und schmal, und man konnte seine Füße nirgends hinstellen, außer zwischen die Popos der Vorderen, doch sie vergaß die Unbequemlichkeiten rasch, als sie sah, wie begeistert die Kinder waren.

Sie liebte Kinder. Sie hatte es zwar noch nie jemandem erzählt, aber insgeheim wünschte sie sich schon immer, Erzieherin zu werden. Doch obwohl sie sich nicht vorstellen konnte, daß ihr Traum je wahr werden könnte, dachte sie gerne daran.

Die Beleuchtung wurde schwächer, ein Trommelwirbel ertönte und ein Spotlicht schickte seinen Strahl in die Mitte der Manege, in der der Ringansager stand. »Laaadiies und Gentlemen! Kinder aaaller Altersstufen! Willkommen im Zirkus Quest!«

Musik ertönte, die von einer Zweimannkapelle mit Drums, einem Synthesizer und einer Art Computer gespielt wurde. Sie gaben eine fröhliche Version von »I'd like to Teach the World to Sing« zum besten, und ein weißes Pferd mit einem Showgirl, das eine amerikanische Flagge trug, kam durch den Hintereingang in die Manege getrabt. Artisten mit bunten Bannern folgten lächelnd und winkend.

Dann tauchten die Brady-Pepper-Akrobaten auf, drei gutaussehende Männer, gefolgt von Heather, die Goldspangen, einen glänzenden Gymnastikanzug und ein kunstvolles Make-up trug. Ihren frischgelockten Kopf zierte eine Tiara mit falschen Rubinen und einem aufragenden Kometen. Daisy hatte keine Schwierigkeiten, Brady Pepper von seinen Söhnen zu unterscheiden. Er war ein muskulöser Mann mittlerer Größe, der sie an einen altgewordenen Straßenjungen erinnerte. Die Akrobaten wurden von Dressurreitern, Clowns, Jongleuren und dressierten Hunden gefolgt.

Alex kam auf seinem wilden Hengst in die Manege galoppiert, und er allein winkte und lachte nicht. Verschlossen und geheimnisvoll wie sein russisches Herz, umringte er die Manege. Er nahm das Publikum zwar zur Kenntnis, setzte sich jedoch irgendwie ab und verlieh dem lärmenden Schauspiel damit etwas Würdevolles. Das Publikum jubelte, als die Elefanten den Einzug schließlich abschlossen.

Die Vorstellung begann, und die Zirkusnummern nahmen ihren Fortgang. Daisy war überrascht über die Vielfalt von Talenten. Nach einem rumänischen Trapezkünstlertrio mit Namen *The Flying Toleas* verdunkelte sich die Manege wieder, und die Musik verklang. Ein blaues Spotlicht beschien den Ringansager in der Mitte der dunklen Manege.

»Sie sehen jetzt eine Vorstellung, die einmalig auf der Welt ist und nur im Zirkus Quest gezeigt wird. Aber zunächst einmal möchte ich Ihnen eine erstaunliche Geschichte erzählen.« Seine Stimme senkte sich dramatisch, und im Hintergrund erklang eine traurige russische Melodie.

»Vor nun beinahe dreißig Jahren stieß ein Stamm wandernder Kosaken in der eisigen Wildnis Sibiriens auf einen sehr jungen Knaben, der nichts besaß als die zerschlissenen Kleider auf seinem Leib und ein unbezahlbares russisches Medaillon, das an einer Lederschnur um seinen Hals hing. Die Kosaken nahmen ihn in ihre Gemeinschaft auf und brachten ihm alles bei, was sie selbst von ihren Vorvätern gelernt hatten. Doch nur das Medaillon gab einen Hinweis auf seine wahre Identität.«

Die traurige Balalaikamelodie verschmolz mit der gedämpften Stimme des Ringansagers, und während die Lichter wieder heller wurden, lauschte das Publikum atemlos. »Während die Jahre vergingen, bildete sich eine Legende um diesen Mann, eine Legende, die, wie seine Retter bis zum heutigen Tag beteuern, absolut wahr ist.«

Die Musik wurde lauter.

»Sie glauben, daß er der einzige direkte Nachfahre des ermordeten Zaren Nikolaus II. und seiner Frau Alexandra ist.« Seine Stimme wurde lauter. »Ladies und Gentlemen, das würde bedeuten, daß der Mann, den Sie heute abend sehen werden ...« Ein Trommelwirbel. »... der Anwärter auf die russische Zarenkrone ist!«

Daisy überlief ein erregter Schauder, obwohl sie kein Wort von der Geschichte glaubte.

Die Stimme des Ringansagers dröhnte durchs Zelt. »Quest Brothers sind stolz, Ihnen ... den unvergleichlichen Alexi den Kosaken präsentieren zu können!«

Die Lichter gingen an, die Musik erreichte ihren Höhepunkt, und Alex kam in dramatischem Galopp in die Arena. Seine weiten Hemdsärmel flatterten, und die Straßsteine auf seiner scharlachroten Schärpe funkelten wie Blutstropfen. Das mächtige Pferd bäumte sich auf die Hinterbeine. Gleichsam der Gravitätstheorie trotzend, hob Alexi beide Arme über den Kopf und hielt sich lediglich mit der Kraft seiner muskulösen Oberschenkel im Sattel.

Das Pferd kam wieder herunter, und Alexi war mit einem Mal verschwunden. Daisy rang erschrocken nach Luft, doch da tauchte er auch schon wieder auf, graziös vom Sattel hängend. Während das Pferd um die Manege galoppierte, zeigte er ein paar waghalsige und dramatische Manöver. Schließlich schwang er sich wieder in den Sattel, nahm die lange Peitsche, die um sein Sattelhorn geschlungen gewesen war, und ließ sie in einem weiten Bogen über seinem Kopf knallen. Das Geräusch war so laut, daß die Leute auf ihren Bänken zusammenfuhren.

Einige Requisiten waren während der Einführungsrede des Ringansagers in der verdunkelten Manege aufgebaut worden: eine Reihe von Ringen, an denen Schleifen und scharlachrote Ballons hingen. Immer im Kreis herumreitend, ließ Alex einen roten Ballon nach dem anderen mit der Peitsche zerplatzen, wobei mit jedem Peitschenknall ein Schauer scharlachroten Flitters, der im Licht wie Blutstropfen funkelte, aufstob.

Ein Showgirl zündete einen riesigen, sechsarmigen Leuchter an. Er ließ die Peitsche mit einem hypnotischen Schwung über dem Kopf kreisen und löschte die Flammen dann eine nach der anderen.

Das Publikum applaudierte, und jene, die hinten saßen, standen auf, um besser sehen zu können. Alex sprang leichtfüßig zu Boden, und das Pferd trottete aus dem Zelt. Die Lichter verdunkelten sich, bis nur noch ein einziger blutroter Scheinwerfer auf den alleinstehenden Mann in der Manege gerichtet war. Er nahm eine zweite Peitsche und fing an, beide rhythmisch schnalzen zu lassen, immer ein Arm oben, ein Arm unten, vorne, hinten. Und dann fing er an, tanzend über die Peitschen zu hüpfen, ein Tanz, dessen maskuline Bewegungen so anmutig und kraftvoll und flink aussahen, daß ihr der Atem stockte. Die Musik wurde schneller und schneller, seine Bewegungen immer rasender, bis die beiden Peitschen wie durch Zauberhand auf einmal zu einer einzigen, gigantischen verschmolzen. Mit einem kräftigen, weitausholenden Schwung ließ er die Riesenpeitsche über seinem Kopf knallen, wo sie plötzlich in Flammen aufging.

Das Publikum rang nach Luft, die Lichter gingen aus, und die Feuerpeitsche tanzte ihre wahnsinnige Mazurka in der schwarzen Manege.

Als das Licht wieder anging, war Alexi der Kosake verschwunden.

4

»Was machst du hier draußen, verdammt noch mal?«

Daisys Augenlider flogen auf, und sie sah sich denselben goldenen Augen gegenüber, die sie bis in ihre Träume verfolgt hatten. Einen Moment lang wußte sie nicht, wo sie war, doch dann fiel ihr mit einem Mal wieder alles ein: Alex, die Hochzeit, die Feuerpeitsche.

Sie merkte, daß er sie an den Schultern festhielt, was der einzige Grund dafür war, daß sie nicht aus seinem Pickup gefallen war, als er die Tür öffnete. Sie war hierhergekommen, um sich zu verstecken, denn sie hatte nicht den Mut gehabt, in einem Trailer mit nur einem Bett und einem peitschenschwingenden Fremden mit einer mysteriösen Vergangenheit zu schlafen.

Sie befreite sich vorsichtig aus seinem Griff und wich so weit von ihm weg wie möglich. »Wie spät ist es?«

»Nach Mitternacht.« Er stützte eine Hand am oberen Türrahmen ab und betrachtete sie mit seinen eigenartigen goldenen Augen, die sie in ihre Alpträume verfolgt hatten. Anstelle seines Kosakenkostüms trug er nun alte, ausgebleichte Jeans und ein ausgewaschenes T-Shirt, doch das machte ihn kein bißchen weniger gefährlich.

»Engelchen, du machst mehr Schwierigkeiten, als du wert bist.«

Sie tat, als würde sie ihre Sachen zurechtziehen, um etwas Zeit zu gewinnen. Nach der letzten Vorstellung war sie zum Trailer gegangen, doch da hatte sie die Peitschen, die er bei seiner Vorstellung benutzt hatte, auf dem Bett vorgefunden, beinahe, als ob er sie zum späteren Gebrauch liegengelassen hätte. Sie hatte versucht, sie nicht anzusehen, während sie aus dem Fenster blickte und die Männer beim Zeltabbau beobachtete.

Alex hatte die Männer sowohl dirigiert als auch selbst mit angepackt, und als sie sah, wie sich seine mächtigen Armmuskeln anspannten, während er ganze Stapel von Sitzbänken auf einen Gabelstapler lud und dann hochzog, mußte sie unwillkürlich an seine verschleierte Drohung denken, daß sie schon sehen würde, was passierte, wenn sie nicht tat, was er von ihr wollte. Erschöpft und verloren, wie sie sich fühlte, konnte sie die Peitschen auf dem Bett einfach nicht länger als bloße Zirkusrequisiten betrachten. Für sie waren sie eine Bedrohung, und da hatte sie auf einmal gewußt, daß sie nicht den Mut besaß, in seinem Trailer zu schlafen, nicht mal auf der Couch.

»Komm, laß uns schlafen gehen.«

Das letzte bißchen Schläfrigkeit verpuffte mit einem Schlag, und sie war auf einmal hellwach – und auf der Hut. Sie konnte niemanden sonst sehen. Die meisten Laster waren weg und die Arbeiter mit ihnen, wie es schien. »Ich hab mich entschieden, hier zu schlafen.«

»Das glaube ich kaum. Falls du's noch nicht bemerkt hast, dir klappern die Zähne.«

Er hatte recht. Es war warm im Pickup gewesen, als sie zuvor eingestiegen war, doch die Temperatur war seitdem merklich gesunken. »Mir ist überhaupt nicht kalt«, log sie.

Er zog die Schulter an und wischte sich eine Gesichtshälfte an seinem T-Shirtärmel ab. »Laß dir das eine freundliche

Warnung sein. Ich hab seit drei Tagen kaum geschlafen. Zuerst hatten wir einen bösen Sturm, und das Zelt wär dabei beinahe draufgegangen, dann mußte ich zwei Trips nach New York machen. Mit mir kommt man selbst in den besten Zeiten nicht gerade gut aus, aber wenn ich nicht genug Schlaf kriege, werde ich richtig gemein. Also schieb deinen süßen kleinen Arsch schon raus hier, aber dalli.«

»Nein.«

Er hob den Arm, den er bisher an der Seite hatte hängen lassen, und sie stieß ein erschrockenes Zischen aus, als sie sah, daß er eine aufgerollte Peitsche in der Hand hielt. »Sofort!«

Ihr Herz hämmerte wie wild, und sie kroch schleunigst aus dem Wagen. Die Peitsche war nicht mehr nur eine abstrakte Bedrohung, und sie merkte, daß es eine Sache war, sich bei hellichtem Tag zu sagen, daß sie sich unter keinen Umständen von ihm und seinen Peitschen würde einschüchtern lassen, aber eine ganz andere, wenn es nachts geschah, mitten in einem dunklen Feld, in der Pampa von South Carolina.

Sie rang erschrocken nach Luft, als er sie am Arm packte und über den Platz führte. Ihre Sandalen klatschten über das feuchte Unkraut der Wiese, und sie wußte auf einmal, daß sie sich diesmal nicht kampflos ihrem Schicksal ergeben konnte.

»Ich möchte Sie gleich hier und jetzt warnen: Wenn Sie mich auch nur mit dem kleinen Finger anrühren, dann schreie ich.«

Er gähnte.

»Ich meine es ernst«, sagte sie, während er sie vorwärts zerrte. »Ich möchte nur das Beste von Ihnen annehmen, aber das fällt mir wirklich schwer, wenn Sie mir dauernd drohen.«

Er machte die Wohnwagentür auf und schubste sie mit einem Klaps auf den Po hinein. »Können wir dieses Gespräch bis morgen verschieben?«

Bildete sie sich das nur ein, oder war's hier auf einmal noch enger als beim ersten Mal? »Ich glaube nicht, daß das geht. Und bitte, fassen Sie mich nicht noch mal so an.«

»Ich bin viel zu erledigt, um heut nacht noch über dich herzufallen, falls es das ist, was dir Sorgen macht.«

Seine Worte beruhigten sie keineswegs. »Wenn Sie nicht vorhaben, über mich herzufallen, warum bedrohen Sie mich dann mit dieser Peitsche?«

Er blickte die aufgerollte Peitsche an, als habe er vollkommen vergessen, daß er sie noch in der Hand hielt, aber das nahm sie ihm keine Sekunde lang ab. Wie konnte er bloß so gleichgültig tun? Und warum trug er so spät abends noch eine Peitsche mit sich rum, wenn er nicht die Absicht hatte, ihr damit zu drohen? Da kam ihr auf einmal noch ein Gedanke, einer, bei dem ihr ein kalter Schauder über den Rücken lief. Sie hatte jede Menge Geschichten über Männer gehört, die Peitschen bei ihren Sexspielen benutzten, ja, sie kannte sogar ein paar davon persönlich. War es das, was ihm vorschwebte?

Er brummte etwas Unverständliches, machte die Tür zu und ging zum Bett, wo er sich niedersetzte. Die Peitsche entrollte sich und fiel schlängelnd über den Boden, doch der Griff hing noch über seinem Knie.

Sie beäugte sie ängstlich. Einerseits hatte sie sich geschworen, ihre Ehe ernst zu nehmen. Doch andererseits machte er ihr wirklich angst. Auseinandersetzungen waren nicht ihre Stärke, aber sie wußte, daß sie diese hier nicht vermeiden konnte. Sie holte tief Luft und wappnete sich.

»Ich glaube, wir müssen etwas klären. Ich muß Ihnen gleich jetzt sagen, daß es mir unmöglich ist, mit Ihnen zusammenzuleben, wenn Sie mich weiterhin einschüchtern.«

»Ich dich einschüchtern?« Er inspizierte die Peitsche. »Wovon redest du?«

Sie wurde noch nervöser, zwang sich jedoch weiterzureden. »Ich nehme an, Sie können nichts dafür, daß Sie so sind. Liegt wahrscheinlich daran, wie Sie aufgewachsen sind, nicht daß ich diese Kosakengeschichte auch nur eine Minute lang glaube.« Sie hielt inne. »Sie ist doch unwahr, oder?«

Er sah sie an, als ob sie den Verstand verloren hätte.

»Ja, ja natürlich ist sie das«, sagte sie hastig. »Mit Einschüchtern meine ich Ihre mehr oder weniger verschleierten Drohungen und diese« – sie holte tief Luft – »diese Peitsche da.«

»Was ist damit?«

»Ich kenn mich ein bißchen aus in Abartigkeiten. Falls Sie sadistische Neigungen haben, würde ich es zu schätzen wissen, wenn Sie jetzt gleich damit herausrücken, statt immer nur Andeutungen zu machen.«

»Wovon redest du eigentlich?«

»Wir sind beide erwachsen, und es gibt keinen Grund für Sie, so zu tun, als verstünden Sie mich nicht.«

»Ich fürchte, du wirst noch deutlicher werden müssen.«

Sie konnte kaum glauben, daß jemand so dämlich sein konnte. »Ich rede über Ihre Andeutungen in bezug auf – auf sexuelle Perversionen.«

»Sexuelle Perversionen?«

Immer noch starrte er sie vollkommen verständnislos an, und da rief sie vollkommen frustriert aus: »Um Himmels willen! Wenn Sie glauben, Sie könnten mich auspeitschen und dann mit mir Geschlechtsverkehr haben, dann sagen Sie's doch offen und ehrlich. Sagen Sie ›Daisy, Frauen auspeitschen geilt mich unheimlich auf, und du bist als nächste dran.‹ Dann weiß ich zumindest, was in Ihrem Hirn vorgeht.«

Er zog die Augenbrauen hoch. »Dann würdest du dich besser fühlen?«

Sie nickte.

»Bist du sicher?«

»Wir müssen doch mal anfangen, miteinander zu reden.«

»Also gut.« Seine Augen funkelten. »Frauen auspeitschen geilt mich unheimlich auf, und du bist als nächste dran. Also, ich geh jetzt duschen.«

Er verschwand im Bad und zog die Tür hinter sich zu.

Daisy nahm ihre Unterlippe zwischen die Zähne. Irgendwie war das nicht so gelaufen, wie sie es geplant hatte.

Alex stand glucksend unter dem Duschstrahl. Das hübsche kleine Hohlköpfchen hatte ihm an einem Tag mehr Spaß bereitet, als er im ganzen vergangenen Jahr erlebt hatte. Vielleicht sogar noch länger. Seiner Erfahrung nach war das Leben eine ernste Angelegenheit. Spaß war ein Luxus, den er sich als Kind nicht hatte leisten können, also hatte er sich das Lachen gar nicht erst angewöhnt. Aber es fühlte sich gut an, auch wenn er jedes Lachen mit weiß Gott genug Unannehmlichkeiten bezahlen mußte.

Er mußte an ihre Bemerkung über sexuelle Perversionen denken. Auch wenn sie nicht sein Typ war, so konnte er nicht bestreiten, daß er sexuelle Gedanken in bezug auf sie hegte. Aber er glaubte nicht, daß sie übermäßig pervers waren. Es war schon schwer, nicht an Sex zu denken bei diesen riesigen, veilchenblauen Augen und dem weichen kleinen Mund, der wie geschaffen schien für tiefe, leidenschaftliche Küsse.

Es hätte den Spaß verdorben, wenn er ihr gesagt hätte, daß er immer eine Peitsche bei sich trug, wenn die Arbeiter etwas getrunken hatten. Der Wanderzirkus war ein wenig wie der Wilde Westen – man kümmerte sich selbst um seine Probleme –, und der bloße Anblick der Peitsche genügte, um Choleriker und unverbesserliche Streithähne in Schach zu halten.

Sie wußte das natürlich nicht, und es war ihm keineswegs eilig damit, sie aufzuklären. Um ihrer beider willen war es besser, wenn er die Oberhand über Miss Verwöhnt behielt.

Sosehr er ihre letzte Konfrontation auch genossen hatte, er hatte das Gefühl, daß sein Amüsement nur von kurzer Dauer sein würde. Was hatte sich Max Petroff nur dabei gedacht, ihm seine Tochter einfach so auszuhändigen? Haßte er sie so sehr, daß er sie absichtlich einem Leben aussetzte, das ihre bisherigen Erfahrungen so vollkommen überstieg? Als Max auf der Hochzeit bestand, hatte er gemeint, Daisy brauchte einen Schnellkurs in wirklichem Leben, aber Alex fiel es schwer zu glauben, daß er etwas anderes als Bestrafung im Sinn gehabt hatte.

Daisys Naivität, gekoppelt mit ihrem hirnrissigen Wertsystem reicher Leute, ergab eine gefährliche Kombination. Er wäre überrascht, wenn sie mehr als ein paar Tage hier mit ihm durchhielt, doch er hatte versprochen, sein Bestes zu versuchen, und würde sein Wort halten. Wenn sie beschloß zu gehen, dann nur, weil sie aufgegeben hatte, nicht weil er sie rausschmiß oder ihr Geld gab, um sie loszuwerden. Er mochte Max ja nicht lieben, aber er war ihm etwas schuldig.

Dies war sein Jahr der großen Abrechnungen, zuerst mit seinem Versprechen dem sterbenden Owen Quest gegenüber, den Zirkus für eine letzte Saison unter dem Quest-Namen zu leiten und dann, indem er dieser Heirat mit Max' Tochter zustimmte. In all den Jahren hatte Max nie etwas von ihm dafür verlangt, daß er ihm damals das Leben gerettet hatte, doch als er sich schließlich dazu durchrang, dann ausgerechnet mit einem Knaller.

Alex hatte versucht, Max davon zu überzeugen, daß er sein Ziel auch erreichen konnte, wenn er Daisy bei ihm leben ließ, aber Max war stur geblieben. Ursprünglich wollte Max, daß die Ehe ein Jahr dauern sollte, doch das überstieg selbst Alex' tiefe Dankbarkeit. Man einigte sich also auf sechs Monate, ein Zeitraum, der mit dem Ende der Zirkussaison zusammenfiel.

Alex seifte sich die Brust ein und dachte an die beiden Männer, die sein Leben so entscheidend beeinflußt hatten, Owen Quest und Max Petroff. Max hatte ihn aus einer unerträglichen Lebenssituation, in der er permanentem physischem und emotionalem Mißbrauch ausgesetzt gewesen war, befreit, und Owen hatte einen Mann aus ihm gemacht.

Am Tag, an dem er Max getroffen hatte, war Alex zwölf Jahre alt gewesen, und er und sein Onkel Sergei waren mit einem heruntergekommenen Wanderzirkus herumgereist, der den Sommer über in jedem Ferienort an der Atlantikküste Vorstellungen gab, von Daytona Beach bis Cape Cod. Er würde nie jenen heißen Augustnachmittag vergessen, als

Max wie ein Racheengel erschien und Sergei die Peitsche entriß und ihn, Alex, damit vor weiteren schlimmen Prügeln bewahrte.

Jetzt verstand er Sergeis Sadismus, aber damals hatte er nicht begriffen, daß sich manche Männer zu kleinen Jungen hingezogen fühlten und was sie alles taten, um sich ihre Neigung nicht eingestehen zu müssen. Aus einer großzügigen Laune heraus hatte Max Sergei ausbezahlt und Alex mitgenommen. Er hatte ihn in eine Militärschule gesteckt und mit den nötigen finanziellen, wenn schon nicht emotionalen Ressourcen versorgt, bis er selbst für sich sorgen konnte.

Doch es war Owen Quest gewesen, der Alex während seiner Schulferien, in denen er immer mit dem Zirkus herumreiste, um Geld zu verdienen, die Dinge gelehrt hatte, die einen Mann ausmachten, und dann auch noch später, als Alex bereits ein Mann war und, den Rest seines Lebens hinter sich lassend, alle paar Jahre beim Zirkus auftauchte, um seiner Sehnsucht nach Manegenluft zu frönen. Der Teil von Alex, der nicht durch die Peitsche seines Onkels geformt worden war, wurde von Owens langatmigen Ergüssen und – in der Regel recht zutreffenden – Beobachtungen über das Leben bestimmt, wie verkorkst die Welt doch war und wie hart ein Mann daher sein mußte, wenn er überleben wollte. Das Leben war in Owens Augen eine gefährliche Angelegenheit, in der nicht viel Platz für Lachen und Unbeschwertheit blieb. Ein Mann hatte hart zu arbeiten, auf der Hut zu sein und durfte nie seinen Stolz aufgeben.

Alex drehte die Dusche ab und langte nach einem Handtuch. Beide Männer hatten ihre eigenen, egoistischen Gründe dafür gehabt, einem Kind aus der Not zu helfen. Max sah sich als Wohltäter und genoß es, seinen Diplomatenfreunden – und selbst Alex gegenüber – mit seinen zahlreichen Projekten zu prahlen. Owen andererseits besaß ein monströses Ego, und es gefiel ihm über alle Maßen, sich vor einer atemlosen Zuhörerschaft über seine dunklen Einsichten ins Leben ergehen zu können. Doch welche Gründe auch immer sie motiviert haben mochten, sie waren die einzigen beiden Menschen in seinem jungen Leben gewesen, denen überhaupt etwas an ihm gelegen gewesen war, und keiner von beiden hatte je etwas dafür verlangt, zumindest nicht bis letztes Jahr.

Und jetzt hatte Alex einen runtergekommenen Wanderzirkus und ein dummes kleines Flatterhirnchen am Hals, das ihr Bestes versuchte, ihn in den Wahnsinn zu treiben. Was er natürlich nicht zuließ. Die Umstände hatten aus ihm das gemacht, was er war – zäh und dickköpfig, ein Mann, der nach seinen eigenen Regeln lebte und handelte und keine Illusionen mehr besaß, was ihn selbst betraf. Daisy Devereaux hatte nicht den Hauch einer Chance.

Er wickelte sich das Handtuch um die Hüften, nahm ein zweites zur Hand, um sich die Haare trockenzurubbeln, und öffnete die Badezimmertür.

Daisy schluckte, als die Tür aufging und er herauskam. Meine Güte, der Mann sah vielleicht gut aus! Da er den Kopf im Handtuch hatte, um sich die Haare zu trocknen, konnte sie ihn nach Herzenslust angucken, und sie sah, daß sein Körper ihrem Ideal von männlicher Perfektion entsprach: fein definierte Muskeln, aber nicht zuviel davon. Außerdem besaß er etwas, das sie an Lanis Toy-Boys nie gesehen hatte – den gebräunten Teint eines Arbeiters. Seine breite Brust war wunderbar schwarz behaart, und er hatte ein Art Medaillon um den Hals, doch wurde sie viel zu sehr vom Gesamteindruck gefangengenommen, um sich länger damit aufzuhalten.

Seine Hüften waren deutlich schmäler als seine Schultern, und er besaß den klassischen Waschbrettbauch. Sie folgte der geraden Haarlinie, die sich von seiner Brust über den Nabel zog und dann unter dem lässig geschlungenen Knoten seines gelben Frotteehandtuchs verschwand. Heiße Röte schoß ihr in die Wangen, als sie überlegte, wie er wohl darunter aussehen mochte.

Er war mit dem Trockenrubbeln der Haare fertig und

blickte zu ihr hinüber. »Du kannst bei mir im Bett schlafen oder auf der Couch. Im Moment bin ich so müde, daß es mir egal ist.«

»Auf der Couch«, quiekte sie alarmiert. Ob ihr Schreck nun von seinen Worten oder seinem Anblick herrührte, hätte sie nicht so genau sagen können.

Er verdarb ihr die Sicht auf seine verführerische Frontseite, indem er zum Bett ging, wo er ihr den Rücken zuwandte, die Peitschen aufrollte und in einem Holzschub unter dem Bett verstaute. Nun, da die Peitschen nicht mehr zu sehen waren, konnte sie seine Rückansicht gleich viel besser genießen.

Wieder drehte er sich um und sah sie an. »In genau fünf Sekunden laß ich das Handtuch fallen.«

Sie wartete, und als mehr als fünf Sekunden vergingen, ging ihr plötzlich ein Licht auf. »Ach so. Sie wollen, daß ich mich umdrehe.«

Er lachte. »Laß mich bloß eine Nacht richtig durchschlafen, Engelchen, dann kannst du hinsehen, soviel du willst, das verspreche ich dir.«

Jetzt war's passiert. Sie hatte ihm einen vollkommen falschen Eindruck vermittelt, und den mußte sie unbedingt richtigstellen. »Ich fürchte, Sie haben mich mißverstanden.«

»Ich hoffe nicht.«

»Doch, das haben Sie. Ich war bloß neugierig ... also, nicht direkt neugierig, aber – na ja, vielleicht doch ein bißchen ... Ist ja bloß natürlich, oder? Aber Sie sollten nicht gleich annehmen –«

»Daisy?«

»Ja?«

»Wenn du noch ein Wort sagst, dann hole ich eine dieser Peitschen raus, über die du dir so viele Sorgen machst, und versuch, ob ich nicht ein bißchen pervers werden kann.«

Sie raffte ein sauberes Unterhöschen und ein ausgeblichenes T-Shirt mit einem Aufdruck der Universität von North

Carolina an sich, das sie sich aus einer seiner Schubladen genommen hatte, als er unter der Dusche war, und marschierte mit betonter Empörung zum Bad. Die Tür schloß sie mit einem angemessenen Knall hinter sich.

Zwanzig Minuten später tauchte sie frisch geduscht in seinem T-Shirt wieder auf. Es war dem einzigen Nachtgewand, das sie in ihrem Koffer gefunden hatte, einem hauchdünnen rosa Spitzenfähnchen, das sie in den Tagen, bevor Noel und ihre Mutter sie betrogen hatten, gekauft hatte, nämlich immer noch vorzuziehen, wie sie fand.

Alex schlief bereits tief und fest. Er lag auf dem Rücken, die Bettdecke über den nackten Hüften. Es war unhöflich, einen Schlafenden anzustarren, das wußte sie, doch sie konnte einfach nicht widerstehen und schlich sich ans Fußende des Betts, wo sie ihn schamlos anstarrte.

Schlafend wirkte er lange nicht so bedrohlich wie im Wachzustand, und ihre Hände juckten förmlich, so gerne hätte sie seinen herrlich flachen, harten Bauch angefaßt. Ihr Blick glitt bewundernd von seinen Hüften zu seiner Brust, und gerade, als sie deren perfekte Symmetrie bestaunte, sah sie das goldene Medaillon, das er um den Hals trug. Als sie sah, was es war, erstarrte sie.

Das russische Medaillon.

... der nichts besaß als die zerschlissenen Kleider auf seinem Leib und ein unbezahlbares russisches Medaillon, das an einer Lederschnur um seinen Hals hing.

Ihre Haut kribbelte. Sie studierte das Gesicht der Jungfrau Maria, die ihre Wange an die Wange ihres Kindes gelegt hatte, und obwohl sie nicht viel über derartige Anhänger wußte, so konnte sie doch sehen, daß das Marienbildnis nicht der italienischen Tradition entstammte. Die Goldornamentation auf ihrer schwarzen Robe war eindeutig byzantinisch, ebenso wie das kostbare Gewand des Jesuskindes.

Sie versicherte sich, daß, bloß weil Alex einen offensichtlich wertvollen Anhänger trug, die haarsträubende Geschichte über die Kosaken noch lange nicht wahr sein mußte. Wahrscheinlich war's nur ein Familienerbstück. Dennoch war ihr nicht ganz wohl zumute, als sie wieder zu ihrem Ende des Trailers zurückging.

Die Couch war überhäuft mit den Sachen aus ihrer Reisetasche, die sie noch nicht weggeräumt hatte, und einem Stapel von Zeitschriften und Zeitungen, von denen einige bereits einige Jahre alt waren. Sie schob alles herunter und machte das Bett mit sauberer Bettwäsche aus dem Schrank. Doch nach ihrem Nickerchen im Pickup und ihrer Nervosität über das Geschehene konnte sie nicht mehr einschlafen, also las sie noch eine alte Ausgabe von *Newsweek*. Es war drei Uhr morgens, als sie endlich damit fertig war. Sie hatte das Gefühl, kaum die Augen zugemacht zu haben, als sie auch schon wieder grob wachgerüttelt wurde.

»Hopp, hopp, aufstehen, Engelchen. Wir haben einen langen Tag vor uns.«

Sie rollte sich auf den Bauch. Er zog an der Bettdecke, und sie fühlte kühle Luft über die Rückseite ihrer Oberschenkel streichen. Jetzt bloß nicht rühren. Solange sie sich nicht rührte, mußte sie sich auch dem neuen Tag nicht stellen.

»Komm schon, Daisy.«

Sie drückte ihr Gesicht tiefer ins Kissen.

Eine große warme Hand legte sich über die dünne Seide ihres Unterhöschens, und ihre Augen sprangen auf. Nach Luft schnappend, rollte sie sich auf den Rücken, wobei sie krampfhaft versuchte, sich wieder zuzudecken.

Er grinste auf sie herab. »Hab mir doch gedacht, daß dich das in Bewegung setzt.«

Er war der leibhaftige Teufel. Nur der Teufel war um diese nachtschlafende Zeit frisch rasiert und angezogen. Sie bedachte ihn mit einem Zähnefletschen. »Ich bin ein Morgenmuffel, damit Sie's gleich wissen. Los, gehen Sie, und rühren Sie mich ja nie wieder an.«

Sein Blick glitt gemütlich über sie hinweg, was ihr die Tatsache ins Bewußtsein rief, daß sie nichts unter der Decke anhatte, außer seinem alten, abgetragenen T-Shirt und einem winzigen Unterhöschen.

»Wir haben 'ne Dreistundenfahrt vor uns, und in zehn Minuten ist Abfahrt. Zieh dir was über, und mach dich ein wenig nützlich.« Er ging zum Spülbecken.

Sie blickte mit zusammengekniffenen Augen durch das kleine dreckige Fenster in den grauschwarzen Morgen. »Es ist ja noch mitten in der Nacht.«

»Es ist fast sechs.« Er goß Kaffee in eine große Tasse, und sie wartete darauf, daß er ihn ihr brachte. Statt dessen hob er die Tasse an die eigenen Lippen.

Sie sank wieder auf die Couch zurück. »Bin erst um drei Uhr eingeschlafen. Ich bleib hier, während Sie fahren.«

»Das ist nicht erlaubt.« Er stellte seine Kaffeetasse ab und bückte sich dann, um ein paar von ihren Sachen vom Boden aufzusammeln. Er beäugte sie kritisch. »Hast du keine Jeans?«

»Natürlich hab ich Jeans.«

»Dann zieh sie an.«

Sie betrachtete ihn hämisch. »Sie sind zu Hause, im Gästezimmer meines Vaters.«

»Überrascht mich nicht.« Er warf ihr die Sachen, die er aufgesammelt hatte, in den Schoß. »Los, zieh dich an.«

Sie hätte gerne etwas richtig Unhöfliches gesagt, war sich jedoch ziemlich sicher, daß er sich dann an ihr vergriffen hätte, also stolperte sie widerwillig ins Badezimmer. Zehn Minuten später tauchte sie in einer geradezu lächerlichen Aufmachung wieder auf: türkise Seidenhose und ein busenkurzes, marineblaues Baumwolltop mit riesigen roten Kirschen drauf. Als sie schon den Mund aufmachte, um gegen seine Kleidungswahl zu protestieren, bemerkte sie, daß er mit einem ziemlich grimmigen, um nicht zu sagen gefährlichen Gesichtsausdruck vor dem offenen Küchenschrank stand.

Ihr Blick fiel auf die aufgerollte schwarze Peitsche, die er in der Faust hielt, und ihr Herz setzte einen Schlag lang aus. Sie wußte nicht, was sie getan hatte, sie wußte nur, daß sie in Schwierigkeiten steckte. In ernsten Schwierigkeiten.

Das war's also. Showdown am Kosakencorral.

»Hast du meine Twinkies gegessen?«

Schluck. Die Peitsche nie aus den Augen lassend, sagte sie: »Um welche Twinkies handelt es sich genau?«

»Die Twinkies, die kleinen Küchlein in dem Schrank über der Spüle. Die einzigen Twinkies, die's hier gibt.« Seine Finger, die die aufgerollte Peitsche umklammerten, zuckten krampfhaft.

Lieber Gott, dachte sie. *Zu Tode gepeitscht für eine Packung Twinkies.*

»Nun?«

»Es, äh, wird nicht mehr vorkommen, das verspreche ich. Aber es stand nichts drauf, daß sie Ihnen gehören, wie hätt ich's also wissen sollen.« Ihre Augen hafteten wie hypnotisiert auf der Peitsche. »Und normalerweise hätt ich sie auch nicht gegessen – ich eß nie Junkfood –, aber ich hatte Hunger, letzte Nacht, und da, also, wenn Sie mal drüber nachdenken, müssen Sie zugeben, daß ich Ihnen einen Gefallen getan hab, denn jetzt verstopfen sie meine Arterien und nicht Ihre.«

Seine Stimme klang ganz ruhig. Zu ruhig. Wider Willen sprang ihr das Bild eines Kosaken in den Sinn, der wild einen russischen Mond anheult. »Nimm nie wieder meine Twinkies. Wenn du ein Twinkie willst, kauf dir selbst eins.«

Sie biß sich auf die Unterlippe. »Twinkies sind nicht gerade Vollwertnahrung.«

»Hör auf damit!«

Sie schrak zurück, und ihr Blick flog zu seinen Augen. »Womit aufhören?«

Er hob die Peitsche und fuchtelte wütend damit in ihre Richtung. »Hör auf, die hier anzustarren, als würde ich dir jeden Moment die Haut in Streifen vom Fleisch prügeln, verdammt noch mal. Ich mußte sie einfetten, das ist alles. Ich wollte sie gerade weglegen.«

Sie stieß erleichtert den Atem aus. »Sie wissen gar nicht, wie froh ich bin, das zu hören.«

»Wenn ich dich auspeitsche, dann sicher nicht wegen eines Twinkies.«

Da, er tat's schon wieder. »Hören Sie sofort auf, mir zu drohen, oder Sie werden's noch bereuen.«

»Was willst du tun, Engelchen? Mich mit deinem Augenbrauenstift abstechen?« Er betrachtete sie leicht amüsiert und ging dann zum Bett, wo er die Schublade hervorzog und die Peitsche hineinlegte.

Sie richtete sich zu ihrer vollen Größe von geschlagenen eins vierundsechzig auf und sah ihm tollkühn in die Augen.

»Sie sollten wissen, daß mir Chuck Norris höchstpersönlich Unterricht in Karate gegeben hat.« Unglücklicherweise war das schon zehn Jahre her, und sie konnte sich an nichts mehr erinnern, doch darum ging es schließlich nicht.

»Was du nicht sagst.«

»Außerdem hat mir Arnold Schwarzenegger höchstpersönlich ein ganz spezielles Fitneßprogramm zusammengestellt.« Hätte sie doch bloß *einen* seiner Vorschläge in die Tat umgesetzt.

»Ich höre und schaudere. Jetzt mach, daß du in den Wagen kommst.«

Sie wechselten kaum ein Wort während der ersten Stunde. Da er ihr nicht annähernd genug Zeit gelassen hatte, um sich fertig zu machen, mußte sie sich wohl oder übel im Auto schminken und konnte sich auch nicht mal ihr Haar fönen wie üblich, weshalb sie es mit ein paar Art-Nouveau-Haarkämmen zurücksteckte, die zwar hübsch aussahen, aber nicht besonders gut hielten. Anstatt Verständnis dafür aufzubringen, wie schwer es war, sich in einem ruckelnden Auto zurechtzumachen, ignorierte er ihre Bitte, doch ein wenig langsamer zu fahren, während sie Eyeliner auftrug, und besaß dann auch noch den Nerv, sich zu beschweren, bloß weil er ein winziges bißchen von ihrem Styling-Spray ins Gesicht bekommen hatte.

In einem Truck-Stop in Orangeburg, South Carolina, kaufte er ihr dann Frühstück. Der Trucker-Treff war mit Lampen aus Kupferkesseln dekoriert, und an den Wänden hing ein Sortiment Plastikbrote. Als sie mit Essen fertig war, verzog sie sich auf die Toilette, um klammheimlich eine ihrer letzten drei verbliebenen Zigaretten zu rauchen. Als sie wieder rauskam, stellte sie zwei Dinge fest. Eine attraktive Kellnerin flirtete mit ihm. Und er tat nicht die Bohne dagegen.

Sie sah, wie er den Kopf zur Seite neigte und über etwas lächelte, das die Kellnerin gesagt hatte. Heiße Eifersucht durchzuckte sie bei diesem Anblick. Offensichtlich genoß er die Gesellschaft der Kellnerin weit mehr als die ihre, dennoch war sie bereit, den Vorfall zu übersehen, bis ihr wieder ihr Entschluß einfiel, zu versuchen, etwas aus ihrer Ehe zu machen. Mit einem Gefühl der Resignation straffte sie die Schultern und machte sich auf den Weg zum Tisch, wo sie der Kellnerin ihr strahlendstes Lächeln schenkte.

»Vielen Dank, daß Sie meinem Mann Gesellschaft geleistet haben, während ich weg war.«

Die Kellnerin, auf deren Smiley-Sticker der Name KIMBERLEY stand, geriet angesichts von Daisys ungewöhnlich freundlicher Haltung ein wenig aus der Fassung. »Das war – das war doch selbstverständlich.«

Daisy senkte ihre Stimme. »Nicht jeder ist so nett zu ihm, seit sie ihn aus dem Gefängnis entlassen haben.«

Alex, der gerade einen herzhaften Schluck Kaffee genommen hatte, fing heftig an zu husten.

Daisy beugte sich vor und klopfte ihm bereitwillig auf den Rücken. Dabei blickte sie strahlend zu Kimberley auf. »Es ist mir egal, wieviel Beweise man gegen ihn vorgebracht hat. Ich hab nie auch nur einen Moment geglaubt, daß er die Kellnerin wirklich umgebracht hat.«

Alex, der sich gerade wieder beruhigt hatte, verschluckte sich noch mal. Kimberley wich zurück. »Ich – äh, entschuldigen Sie mich. Die Gäste warten.«

»Gehen Sie nur«, erwiderte Daisy fröhlich. »Und Gott segne Sie!«

Alex bekam seinen Hustenanfall endlich unter Kontrolle. Er drückte sich aus der Sitznische heraus. Sein Gesicht war womöglich noch finsterer als gewöhnlich. Bevor er auch nur ein Wort sagen konnte, preßte sie ihm sanft einen Finger auf die Lippen.

»Bitte verdirb's mir nicht, Alex. Das ist das erste Mal seit unserer Hochzeit, daß du den kürzeren gezogen hast, und ich will jede Sekunde davon genießen.«

Er sah aus, als wollte er sie erwürgen. Doch statt dessen warf er ein paar Dollarscheine auf den Tisch und zog sie aus dem Restaurant.

»Du bist jetzt ganz schön knatschig wegen dieser Sache, stimmt's?« Ihre Sandalen rutschten auf dem Kies aus, während er sie zum Wagen mit dem häßlichen grünen Trailer zerrte. »Wußte ich's doch. Du bist der knatschigste Mann, der mir je untergekommen ist. Steht dir gar nicht, Alex. Wirklich nicht. Ob du nun willst oder nicht, du bist ein verheirateter Mann und solltest wirklich nicht –«

»Steig ein, bevor ich dir den Hintern versohle.«

Schon wieder diese enervierende Droherei. Hieß das nun, daß er sie nicht verhauen würde, wenn sie tat, was er sagte, oder daß er einfach vorhatte, sie im stillen Kämmerlein zu versohlen? Sie grübelte noch darüber nach, als er auch schon den Wagen anließ. Einen Augenblick später befanden sie sich wieder auf der Schnellstraße.

Erleichtert stellte sie fest, daß das Thema Versohlen nicht mehr zur Sprache kam, obwohl sie andererseits beinahe enttäuscht darüber war. Wenn er sie physisch bedroht hätte, hätte sie einen Grund gehabt, ihre heiligen Gelübde zu brechen, ohne daß sie ihr Gewissen zwacken mußte.

Der Vormittag war schön und sonnig, und die warme, aber noch nicht zu warme Luft wehte durchs halboffene Fenster. Sie sah keinen Grund dafür, sich einen wundervollen Vormittag mit Geschmolle verderben zu lassen, also brach sie schließlich das Schweigen. »Wohin fahren wir?«

»Wir haben 'ne Verabredung in der Nähe von Greenwood.«

»Ich nehme an, daß das nicht die Art Verabredung ist, in der man Essen und hinterher Tanzen geht.«

»Fürchte nicht.«

»Wie lange bleiben wir da?«

»Bloß 'ne Nacht.«

»Ich hoffe, daß wir morgen nicht wieder so früh aufstehen müssen.«

»Noch früher. Wir haben 'ne längere Fahrt.«

»Ach du Schreck.«

»So läuft's nun mal im Wanderzirkusgeschäft.«

»Willst du damit sagen, daß es jeden Morgen so läuft?«

»An manchen Plätzen bleiben wir auch zwei Tage lang, aber das sind nicht viele.«

»Wie lang dauert diese Saison?«

»Der Zirkus ist bis Oktober ausgebucht.«

»Das sind ja noch sechs Monate!« Vor ihrem geistigen Auge erschien eine ihr endlos scheinende Parade von Tagen mit verrutschtem Eyeliner. Sechs Monate. So lange, wie ihre Ehe dauern sollte.

»Worüber machst du dir Sorgen?« erwiderte er. »Du glaubst doch nicht ernsthaft, daß du's so lange aushältst, wie?«

»Du glaubst nicht, daß ich's könnte?«

»Sechs Monate sind ganz schön lang, und die hier ganz besonders«, sagte er mit unübersehbarer Genugtuung. »Wir müssen Riesenstrecken zurücklegen. Der Zirkus wird bis nach Jersey rauffahren und im Westen bis Indiana.«

In einem Pickup ohne Air Conditioning.

»Das ist Quest Brothers letzte Saison«, sagte er, »also sind wir gut ausgebucht.«

»Was meinst du, die letzte Saison?«

»Der Besitzer ist im Januar gestorben.«

»Owen Quest? Der Name, der auf den Zirkuswagen steht?«

»Genau. Seine Frau Bathsheba hat den Zirkus geerbt, will ihn aber verkaufen.«

Bildete sie sich das nur ein, oder hatte er den Mund beinahe unmerklich zusammengekniffen? »Bist du schon lang beim Zirkus?« fragte sie, fest entschlossen, mehr über ihn zu erfahren.

»Immer mal wieder.«

»Waren deine Eltern auch beim Zirkus?«

»Welche? Meine kosakischen Stiefeltern oder die, die mich in Sibirien ausgesetzt haben?« Er neigte den Kopf zur Seite, und sie sah, daß seine Augen funkelten.

»Du bist nicht bei Kosaken aufgewachsen!«

»Du hast gestern abend wohl nicht richtig zugehört.«

»Das war nichts wie Humbug, um Zuschauer anzulocken. Ich weiß, daß dir jemand das Reiten und Peitschenschwingen beigebracht haben muß, aber doch wohl kaum Kosaken« Sie hielt inne. »Oder doch?«

Er gluckste. »Du bist schon so was, Engelchen.«

O nein, sie ließ sich nicht wieder von ihm aus dem Gleis werfen. »Wie lang bist du schon beim Zirkus?«

»Ich bin mit Quest Brothers rumgereist, bis ich Anfang Zwanzig war. Danach hab ich mich immer mal wieder für ein paar Wochen hie und da angeschlossen.«

»Und was hast du während der übrigen Zeit getan?«

»Die Antwort auf diese Frage kennst du doch. Ich hab im Knast gesessen für den Mord an dieser Kellnerin.«

Sie funkelte ihn mit zusammengekniffenen Augen an, damit er sah, daß sie ihn durchschaute. »Willst du damit sagen, daß du kein Vollzeit-Zirkusmanager bist?«

»So sieht's aus.«

Vielleicht bekam sie ja mehr aus ihm raus, wenn sie vorläufig aufhörte zu bohren. »Wer waren die Quest Brothers überhaupt?«

»Es gab immer nur Owen Quest. Seit den Ringling Brothers denken die Zirkusleute jedoch, daß es besser ist zu sagen, das Unternehmen würde von Brüdern geleitet, selbst wenn's nicht stimmt. Owen hat der Zirkus fünfundzwanzig Jahre lang gehört, und kurz bevor er starb, bat er mich, ihn eine letzte Saison unter seinem Namen zu führen.«

»Muß ein ganz schönes Opfer für dich sein.« Sie betrachtete ihn erwartungsvoll, doch als er nichts dazu sagte, bohrte sie ein wenig weiter. »Dein normales Leben einfach so hinter dir zu lassen ... deinen normalen Job ...«

»Mm.« Ihre bohrenden Fragen ignorierend, wies er auf einen Strommast am Straßenrand. »Halt die Augen offen nach diesen Pfeilen, okay?«

Sie bemerkte, daß drei rote Pappkartonpfeile, auf denen in blau der Buchstabe Q stand, an Strommasten festgemacht waren und nach links wiesen. »Wozu sind die?«

»Sie weisen uns den Weg zum nächsten Standort.« Er trat auf die Bremse, als er sich der nächsten Kreuzung näherte, und bog nach links ab. »Dobs Murray – er ist unser Vierundzwanzig-Stunden-Mann – macht sich am Abend vorher auf den Weg und hängt sie auf. Man nennt das ›die Route pfeilieren‹.«

Sie gähnte. »Kann's kaum erwarten, bis wir da sind. Ich werde mich sofort hinlegen und ein langes Schläfchen machen.«

»Ich fürchte, du wirst das Schlafen auf die Nacht beschränken müssen. Beim Zirkus gibt's keine Faulenzer, jeder arbeitet, selbst die Kinder. Auch für dich gibt's genug zu tun.«

»Du erwartest von mir, daß ich arbeite?«

»Hast du Angst, du könntest dir einen Fingernagel abbrechen?«

»Ich bin lang nicht so verzogen, wie du glaubst.«

Er sah sie mit einem Blick an, der verriet, daß er ihr das nicht abnahm, aber da sie versuchte, einem weiteren Streit aus dem Weg zu gehen, ignorierte sie ihn. »Ich hab bloß gemeint, daß ich keine Ahnung vom Zirkus habe.«

»Das wird sich schon ändern. Bob Thorpe, der Typ, der normalerweise den Ticketschalter bedient, mußte für ein paar Tage weg. Du kannst aushelfen, bis er wieder da ist, vorausgesetzt, du verstehst genug vom Rechnen, um das Wechselgeld richtig rauszugeben.«

»In allen bedeutenden Währungen«, erwiderte sie ein wenig hochmütig.

»Und dann wär da noch die Hausarbeit. Du kannst mit dem furchtbaren Saustall im Trailer anfangen. Und gegen eine heiße Mahlzeit heute abend hätte ich auch nichts.«

»Ich ebensowenig. Wir werden uns wohl ein gutes Restaurant suchen müssen.«

»Das war's nicht, was mir vorschwebte. Aber falls du noch nicht weißt, wie man kocht, werd ich dir gerne auf die Sprünge helfen.«

Sie schluckte den aufkommenden Zorn herunter und meinte in vernünftigem Ton: »Ich glaub nicht, daß es ein guter Anfang für diese Ehe wäre, mir die ganze Hausarbeit aufzuhalsen. Ich bin für gerechte Arbeitsteilung.«

»Einverstanden. Und es ist Zeit, daß du mit deiner Hälfte der gerechten Teilung anfängst. Und dann wartet noch andere Arbeit auf dich. Sobald wir ein Trikot für dich haben, stecke ich dich in die Spec.«

»In die was?«

»Abkürzung für *spectacle*. Das ist die Parade, mit der der Zirkus anfängt, und Teilnahme ist Pflicht.«

»Du willst, daß ich bei der Vorstellung mitmache?«

»Jeder macht bei der Spec mit, außer den Arbeitern und *candy butchern*.«

»Was sind *candy butcher*?«

»Der Zirkus hat seine ganz eigene Sprache; das hast du nach 'ner Weile schon raus. Die Budenbesitzer heißen *candy butcher*, also ›Zuckermetzger‹, weil im neunzehnten Jahrhundert ein Metzger seinen Job aufgab, um Schaubesitzer im alten Zirkus von John Robinson zu werden. Zuckerwatte heißt *floss*, so was wie ›Seide‹; die Schaubuden *joints*. Das große Zelt wird immer *big top* genannt, nie Zelt; die einzigen Zelte im Zirkus sind das Kochzelt und die Menagerie. Der Zeltplatz selbst wird in den *back yard*, den ›Hinterhof‹, unterteilt, auf dem wir leben und die Wohnwagen abstellen, und den *front yard* oder ›Vorplatz‹, wo der Zirkus und die Buden stehen und sich das Publikum bewegt. Auch die Akte haben ihre eigenen Bezeichnungen. Du wirst's schon noch rauskriegen.« Er hielt inne. »Falls du lange genug hier bist.«

Sie ignorierte seine Stichelei. »Was ist ein Donnicker? Du hast das Wort, glaub ich, gestern benutzt.«

»Die Toilette, Engelchen.«

»Ach so.« Sie fuhren mehrere Meilen weiter, während sie über das Gehörte nachdachte. Was sie jedoch am meisten beunruhigte, war das, was er ihr nicht erzählt hatte. »Findest du nicht, du solltest mir ein wenig mehr von dir erzählen? Was du so tust.«

»Kann mir keinen Grund denken, warum ich das tun sollte.«

»Weil wir verheiratet sind. Ich erzähl dir alles, was du über mich wissen willst.«

»Kein Interesse.«

Das kränkte sie, aber erneut beschloß sie, darüber hinwegzugehen. »Ob es uns nun gefällt oder nicht, wir haben gestern ein Gelübde abgelegt. Ich glaube, die Frage, die wir uns beide stellen müssen, lautet, wollen wir daran arbeiten, daß aus dieser Ehe etwas wird?«

Er fuhr mit dem Kopf zu ihr herum, und sie hatte noch nie jemanden mit so einem entsetzten Gesicht gesehen. »Das ist keine Ehe, Daisy.«

»Wie bitte?«

»Es ist keine Ehe, also schlag dir diese Idee gleich wieder aus dem Kopf.«

»Wovon redest du? Natürlich ist das eine Ehe.«

»Ist es nicht. Es ist ein ... ein Umstand.«

»Ein Umstand?«

»Das ist richtig.«

»Ach so, ich verstehe.«

»Um so besser.«

Seine Dickköpfigkeit machte sie wütend. »Nun, da dies der einzige Umstand ist, in dem ich mich im Moment befinde, werde ich dran arbeiten, egal was du tust.«

»Ich tu's nicht.«

»Alex, wir haben uns ein Versprechen gegeben. Ein heiliges Versprechen.«

»Das war ein leeres Versprechen, vollkommen bedeutungslos, und das weißt du ganz genau. Ich hab dir von Anfang an gesagt, wie's läuft. Ich respektiere dich nicht – ja, ich mag dich nicht mal sonderlich –, und ich hab ganz sicher nicht die Absicht, den Ehemann zu spielen.«

»Fein. Ich mag dich auch nicht!«

»Dann verstehen wir uns ja.«

»Wie könnte ich auch jemanden mögen, der sich kaufen läßt? Aber das heißt noch lange nicht, daß ich mich vor meiner Verantwortung drücke.«

»Freut mich, das zu hören.« Sein Blick glitt aufreizend langsam über sie hinweg. »Ich sorge schon dafür, daß nicht alle deine Pflichten unangenehm werden.«

Sie fühlte, wie sie rot anlief, und ihre unreife Reaktion machte sie zornig genug, um in die Offensive zu gehen. »Wenn du damit Sex meinst, warum sagst du's nicht gleich?«

»Ich meine definitiv Sex.«

»Mit oder ohne Peitsche?« Sie zuckte zusammen, als ihr die Worte so herausrutschten.

»Diese Wahl überlasse ich der Dame.«

Seine Belustigung war auf einmal mehr, als sie ertragen konnte. Sie wendete sich ab und starrte aus dem Seitenfenster.

»Daisy?«

Vielleicht bildete sie sich's ja bloß ein, aber sie hatte das Gefühl, daß seine Stimme ein wenig sanfter klang. Sie seufzte. »Ich will nicht darüber reden.«

»Über Sex?«

Sie nickte.

»Wir müssen realistisch sein«, sagte er. »Wir sind beide gesunde, erwachsene Menschen, und trotz deiner vielen Persönlichkeitsstörungen bist du nicht gerade schlimm anzusehen.«

Sie wirbelte herum und funkelte ihn so wütend an, wie sie nur konnte, mußte zu ihrem Leidwesen jedoch feststellen, daß sich einer seiner Mundwinkel nach oben zog, was bei jedem anderen Mann ganz sicher ein Lächeln gewesen wäre. »Du bist auch nicht gerade schlimm anzusehen«, meinte sie grollend, »aber du hast noch mehr Persönlichkeitsstörungen als ich.«

»Hab ich nicht.«

»Doch, das hast du.«

»Welche zum Beispiel?«

»Nun, da wäre zunächst mal – bist du sicher, daß du das hören willst?«

»Würd's mir um keinen Preis entgehen lassen.«

»Na, du bist stur, dickköpfig und versuchst dauernd, andere zu unterdrücken.«

»Ich dachte, du wolltest was Schlechtes über mich sagen.«

»Das waren keine Komplimente. Und ich fand Männer mit Sinn für Humor schon immer anziehender als den groben, sexbesessenen Macho-Typ.«

»Du sagst mir doch Bescheid, wenn du zum schlechten Teil kommst, oder?«

Sie funkelte ihn an und entschied sich, auf eine Erwähnung der Peitschen, die er unter seinem Bett verstaut hielt, zu verzichten. »Man kann einfach nicht mit dir reden.«

Er rückte die Sonnenklappe zurecht. »Was ich dir begreiflich zu machen versuchte, bevor du mich mit deiner Analyse meines Charakters unterbrochen hast, ist, daß keiner von uns es schaffen wird, sechs Monate lang in Keuschheit zu leben.«

Sie senkte den Blick. Wenn er bloß wüßte, daß sie das schon ihr Leben lang tat.

»Wir leben auf engstem Raum zusammen«, fuhr er fort. »Wir sind legal verheiratet, da ist's doch nur natürlich, daß wir was miteinander anfangen.«

Etwas miteinander anfangen? Seine Offenheit rief ihr in Erinnerung, daß ihm das alles im Grunde gar nichts bedeutete, und entgegen aller Logik hatte sie gehofft, daß er etwas Romantisches sagen würde. Etwas pikiert meinte sie: »Mit anderen Worten, du erwartest also von mir, daß ich die Hausarbeit mache, im Zirkus arbeite und ›was mit dir anfange‹.«

Er dachte darüber nach. »Ja, das wär's wohl im großen und ganzen.«

Sie wandte den Kopf ab und starrte trübsinnig aus dem Seitenfenster. Aus diesem »Umstand« einen Erfolg zu machen würde schwerer werden, als sie es sich vorgestellt hatte.

5

Als Daisy an diesem Nachmittag aus dem Trailer kam, traf sie auf eine große Blondine mit einem Äffchen auf der Schulter. Sie erkannte sie aus der gestrigen Abendvorstellung als Jill, von *Jill and Friends*, einer niedlichen Hunde- und Äffchennummer. Sie besaß ein rundes Gesicht, eine wunderschöne Haut und Haare, die ein wenig strapaziert aussahen von den vielen Dauerwellen, ein Problem, bei dem Daisy ihr, wie sie wußte, helfen konnte, wenn sie die Gelegenheit dazu bekam.

»Willkommen bei Quest Brothers«, sagte die Frau. »Ich bin Jill.«

Daisy erwiderte ihr freundliches Lächeln. »Ich bin Daisy.«

»Ich weiß. Heather hat's mir gesagt. Das ist Frankie.«

»Hallo, Frankie.« Daisy nickte dem Äffchen auf Jills Schulter höflich zu, sprang jedoch zurück, als es auf einmal sein gesundes Gebiß fletschte und sie schrill ankreischte. Sie war sowieso schon nervös vor lauter Nikotinmangel, und die Reaktion des Äffchens brachte sie noch mehr aus dem Gleichgewicht.

»Still, Frankie.« Jill tätschelte sein pelziges Beinchen. »Ich weiß nicht, was mit ihm los ist. Normalerweise mag er Frauen sehr.«

»Tiere sind nicht gerade wild auf mich.«

»Weil du wahrscheinlich Angst vor ihnen hast. Das spüren sie immer.«

»Da hast du sicher recht. Als ich sechs Jahre alt war, bin ich mal von einem deutschen Schäferhund gebissen worden, seitdem hab ich eine Heidenangst vor Tieren.« Der deutsche Schäferhund war nicht der einzige gewesen. Sie mußte an einen Zoobesuch denken, den sie einmal mit ihrer Schulklasse gemacht hatte, als sie sechs war. Sie hatte einen hysterischen Anfall bekommen, als eine der Ziegen im Streichelzoo an ihrer Schuluniform zu knabbern anfing.

Eine Frau in ausgebeulten schwarzen Shorts und einem weiten T-Shirt schlenderte herbei und stellte sich als Madeline vor. Daisy erkannte sie als eins von den Showgirls, die auf Elefanten in die Arena geritten kamen. Als sie ihre legere Kleidung sah, kam sich Daisy auf einmal ein wenig overdressed vor. Sie wollte hübsch aussehen an ihrem ersten Tag am Ticketschalter, also hatte sie sich eine cremeweiße Seidenbluse und ihre perlgraue Donna-Karan-Hose angezogen anstelle der Discount-Jeans und T- Shirts, die ihr Alex unbedingt noch hatte kaufen wollen, bevor sie heute morgen am Zeltplatz eintrafen.

»Daisy ist Alex' neue Freundin«, sagte Jill.

»Hab ich gehört«, erwiderte Madeline. »Du Glückliche. Alex ist ein Prachtstück von Mann.«

Sie machte schon den Mund auf, um den Frauen zu sagen, daß sie Alex' Frau war, nicht seine Freundin, schrak jedoch zurück, weil Frankie sich gerade diesen Moment aussuchte, um sie erneut anzukreischen.

»Sei still, Frankie.« Jill reichte dem Äffchen einen kleinen Apfel und blickte Daisy dann mit der unverhüllten Freude eines Menschen an, der nichts lieber hat als einen guten Tratsch und Klatsch. »Das mit dir und Alex muß 'ne ernste Sache sein. Hab noch nie gehört, daß er jemanden bei sich hat einziehen lassen.«

»Sheba kriegt 'nen Anfall, wenn sie wiederkommt.« Madeline sah aus, als würde ihr diese Aussicht gefallen.

Frankie starrte Daisy an, was diese so nervös machte, daß es ihr schwerfiel, der Unterhaltung zu folgen. Zu ihrem Schrecken hob sich Jill das Äffchen von der Schulter und stellte es auf dem Boden ab, wo es prompt ihr Bein umklammerte.

Daisy trat rasch noch einen Schritt zurück. »Hast du keine Leine für ihn?«

Jill und Madeline mußten beide lachen.

»Er ist dressiert«, sagte Jill. »Er braucht keine Leine.«

»Bist du sicher?«

»Ganz sicher. Also, wie habt ihr euch eigentlich kennengelernt, du und Alex? Jack Daily – der Ringansager – sagt, Alex hat gar nichts von 'ner neuen Freundin erwähnt.«

»Ich bin mehr als eine Freundin – bist du dir sicher, was diese Leine betrifft?«

»Mach dir keine Sorgen, Frankie tut keiner Fliege was zuleide.«

Das Äffchen schien das Interesse an ihr zu verlieren, und Daisy entspannte sich ein wenig. »Ich bin nicht Alex' Freundin.«

»Ich dachte, ihr lebt zusammen«, sagte Madeline.

»Tun wir auch. Ich bin seine Frau.«

»Seine Frau!« Jill quiekte vor Vergnügen, was Daisy das

Herz bis zu den Zehen erwärmte. »Du und Alex verheiratet! Das ist ja wundervoll.«

Madeline betrachtete Daisy freundlich. »Ich werd so tun, als ob's mich freut, auch wenn ich selbst mal 'nen Monat lang nach ihm gelüstert hab.«

»Du und die halbe Welt«, lachte Jill.

»Dai-siie!«

Sie drehte sich um und sah, daß Heather sie vom anderen Ende des Zeltplatzes heranrief. »He, Daisy!« brüllte der Teenager. »Alex sagt, du bist spät dran. Er ist ganz schön sauer auf dich.«

Daisy war das furchtbar peinlich. Sie wollte nicht, daß ihre neuen Freundinnen erfuhren, daß sie mit Alex keine Liebesheirat verband. »Er wird ungeduldig, glaub ich; ich werd wohl besser gehen. Es war nett, euch kennenzulernen.« Mit einem Lächeln wandte sie sich ab, aber bevor sie mehr als ein paar Schritte gegangen war, traf sie auf einmal etwas Hartes zwischen den Schulterblättern.

»Autsch!« Sie wirbelte herum und sah einen halb angefressenen Apfel neben sich auf der Erde liegen. Weiter hinten kreischte Frankie vor Vergnügen, während Jill die Sache offensichtlich peinlich war.

»Sorry«, rief sie. »Ich weiß wirklich nicht, warum er sich so benimmt. Du solltest dich schämen, Frankie. Daisy ist unsere Freundin.«

Jills Worte besänftigten Daisys Drang, das kleine Biest einfach erwürgen zu wollen. Sie winkte den beiden Frauen stattdessen kurz zu und machte sich dann auf den Weg zum Bürowagen. Sie korrigierte sich sofort. Es hieß ja nicht Bürowagen, sondern »roter Waggon«. Das hatte ihr Alex zuvor erklärt, daß die Bürowohnwägen im Zirkus immer »rote Waggons« genannt wurden, egal welche Farbe sie hatten.

Heather schloß sich ihr an. »Ich wollt dir bloß sagen, daß ich gestern nicht so unfreundlich hätt sein sollen. Ich war einfach irgendwie schlecht drauf.«

Daisy hatte das Gefühl, endlich einen Blick auf das wahre Gesicht hinter dieser unpassenden Fassade werfen zu können. »Ist schon okay.«

»Alex ist stinksauer.« Das klang zu Daisys Überraschung, als würde Heather aufrichtiges Mitgefühl für sie empfinden. »Sheba sagt, er ist die Sorte Mann, die es nie lang bei einer Frau aushält, also solltest du dich nicht so schlecht fühlen, wenn er – du weißt schon.«

»Was?«

»Du weißt schon. Wenn er dich abserviert.« Sie stieß einen bedauernden Seufzer aus. »Muß cool sein, auch nur 'ne Zeitlang seine Freundin sein zu können.«

Daisy lächelte. »Ich bin nicht seine Freundin. Ich bin seine Frau.«

Heather blieb, wie vom Blitz getroffen, stehen und wurde kreidebleich. »Das bist du nicht!«

Daisy blieb ebenfalls stehen, und als sie sah, wie das Mädchen auf ihre Worte reagierte, legte sie ihr besorgt die Hand auf den Arm. »Alex und ich haben gestern vormittag geheiratet, Heather.«

Sie riß sich los. »Das glaub ich dir nicht. Du lügst! Das sagst du bloß, weil du mich nicht leiden kannst.«

»Ich lüge nicht.«

»Alex hat dich nicht geheiratet. Das würde er nie tun! Sheba sagt, er heiratet nie jemanden!«

»Manchmal ändern sich die Dinge.«

Zu Daisys Erstaunen füllten sich Heathers Augen mit Tränen. »Du Miststück! Ich hasse dich! Warum hast du's mir nicht gesagt? Ich hasse dich dafür, daß du dich so über mich lustig gemacht hast!« Sie wirbelte herum und rannte spornstreichs auf die Wohnwägen zu.

Daisy starrte ihr nach; sie versuchte zu verstehen, warum Heather auf einmal so feindselig geworden war. Nur eine Erklärung kam ihr in den Sinn. Das Mädchen mußte in Alex verknallt sein. Daisy verspürte auf einmal ein heftiges Mitgefühl. Sie konnte sich noch zu gut daran erinnern, wie es war, ein Teenager zu sein und der Willkür der Erwachsenen um sich herum ausgeliefert zu sein. Mit einem Seufzer machte sie sich wieder auf den Weg zum roten Waggon.

Trotz seines Namens war der Bürowagen weiß, mit vielen bunten Sternen und dem Quest-Brothers-Schriftzug. Im Gegensatz zum fröhlichen Äußeren war's drinnen eng und stickig. Ein zerkratzter Metallschreibtisch stand an einem Ende und gegenüber eine kleine Couch, die mit Papierstapeln überhäuft war. Es gab zwei völlig verschiedene Stühle, einen alten Aktenschrank und eine grüne Schreibtischlampe mit eingebeultem Lampenschirm. Alex saß hinter dem Schreibtisch, ein Zelltelefon in der einen Hand, ein Clipbord in der anderen. Ein einziger Blick auf sein sturmumwölktes Gesicht sagte Daisy, daß Heather zumindest in einem recht gehabt hatte. Alex war stinksauer.

Er brach das Telefongespräch abrupt ab, erhob sich und sprach sie in jenem unheimlich ruhigen Ton an, den sie allmählich zu fürchten begann. »Wenn ich dir sage, du sollst zu einer bestimmten Zeit an einem bestimmten Ort sein, dann erwarte ich, daß du da bist.«

»Aber ich hab mich doch nur eine knappe halbe Stunde verspätet.«

Sein Tonfall wurde noch ruhiger. »Du hast nicht die blasseste Ahnung vom wirklichen Leben, stimmt's, Daisy? Das hier ist ein Job und kein Friseurtermin. Von jetzt an werde ich dir für jede Minute, die du zu spät kommst, fünf Dollar vom Gehalt abziehen.«

Ihre Züge erhellten sich. »Ich krieg was bezahlt?«

Er seufzte. »Natürlich kriegst du was bezahlt. Das heißt, sobald du mit Arbeiten anfängst. Und erwarte ja nicht, dir Diamanten von dem Geld kaufen zu können. Zirkuslöhne sind mit die niedrigsten, die's gibt.«

Das war ihr egal. Der Gedanke, tatsächlich ihr eigenes Geld verdienen zu können, war schrecklich aufregend. »Du brauchst mir bloß zu zeigen, was ich tun soll. Und ich verspreche, daß ich von jetzt an immer pünktlich bin.«

Alex führte sie zum Ticketfenster auf der Seite des Trailers und erklärte ihr den Vorgang in angespanntem Ton. Es war ganz einfach, und sie kapierte rasch.

»Ich werde die Quittungen bis auf den letzten Cent nachprüfen«, sagte er, »komm also ja nicht erst auf den Gedanken, dir ein bißchen Zigarettengeld davon abzweigen zu wollen.«

»Das würde ich nie tun.«

Er sah nicht überzeugt aus. »Laß den Ticketschalter nie unbeobachtet, nicht mal für 'nen Augenblick. Dieser Zirkus operiert mit einem äußerst knappen Budget. Verluste können wir uns nicht leisten.«

»Das versteht sich doch von selbst. Ich bin schließlich nicht blöd.«

Sie hatte das dunkle Gefühl, daß er ihr gerne widersprochen hätte, doch statt dessen entriegelte er die Läden des Ticketfensters. Er stand daneben, während sie die ersten Kunden abfertigte, um sicherzugehen, daß sie auch alles begriffen hatte. Als er sah, daß sie keine Probleme hatte, sagte er, daß er gehen müsse.

»Du gehst doch nicht zum Trailer, oder?« fragte sie.

»Nein, erst wenn ich mein Kostüm anziehen muß. Warum?«

»Ich hab da drin noch ein paar Dinge zu tun.« Sie mußte unbedingt vor ihm wieder im Trailer sein, bevor er das Chaos sah, das sie dort angerichtet hatte. Als sie mit Saubermachen anfing, hätte sie sich die Schränke und Fächer wohl besser für zuletzt aufheben sollen, aber sie wollte alles gründlich machen, also hatte sie sämtliche Fächer ausgeräumt, um die Regale abzuwischen und ganz von vorn anzufangen. Jetzt waren die Schrankfächer zwar sauber, aber sie hatte noch keine Zeit gehabt, irgend etwas wieder einzuräumen, so daß nun alles, Bettzeug, Kleidung, Geschirr sowie eine alarmierend große Sammlung von Peitschen, im Trailer herumlag.

»Ich mach das dann gleich noch, wenn ich hier fertig bin«, versicherte sie hastig, »also mach dir keine Sorgen, wenn noch ein paar Sachen herumliegen.«

Er nickte und ließ sie allein.

Die nächsten paar Stunden verliefen ohne Zwischenfälle. Sie genoß es, mit den Leuten, die Eintrittskarten kaufen kamen, ein wenig zu schwatzen, und in einigen Fällen, wenn ihr die Familien besonders arm vorkamen, erfand sie wundervolle Gründe dafür, warum sie soeben Freitickets gewonnen hatten.

Es hatte sich herumgesprochen, daß sie Alex' Frau war, und eine ganze Anzahl von Zirkusleuten kam unter einem Vorwand vorbei, um ihre Neugier zu befriedigen. Die Freundlichkeit, die sie ihr, einer Fremden, entgegenbrachten, erwärmte ihr Herz. Sie lernte die Männer kennen, die die »joints«, wie die Schaubuden genannt wurden, betrieben, sowie ein paar von den Clowns und einige Mitglieder der Lipscomb-Familie, die für den Pferdedressurakt verantwortlich zeichneten. Sie merkte, daß es einigen der Showgirls schwerfiel, ihre Eifersucht angesichts der Tatsache, daß sie es geschafft hatte, sich Alex Markov zu schnappen, zu verbergen, und sie wußte ihre offensichtlichen Bemühungen zu schätzen. Zum ersten Mal seit ihrer Ankunft empfand sie einen Hoffnungsschimmer. Vielleicht würde ja doch noch alles gut werden.

Der Interessanteste von allen war wohl Brady Pepper, Heathers Vater. Er spazierte in seinem Zirkustrikot herein, einem weißen Bodysuit mit einem breiten Goldgürtel um die Mitte. Goldbordüren zierten auch den tiefen Brustausschnitt sowie die Fußgelenke.

Ein Showgirl namens Charlene hatte ihr bereits gesagt, daß Brady nach Alex der attraktivste Mann im Zirkus war, und sie stellte fest, daß sie mit ihnen einer Meinung war. Brady Pepper kam ihr vor wie eine rauhere Version von Sylvester Stallone, einschließlich Muskelpaketen, keckem Wiegeschritt und einem New Yorker Straßenakzent. Sein unübersehbar männliches Äußeres war anziehend, doch die Art, in der er sie musterte, verriet ihr, daß er darüber hinaus ein leidenschaftlicher Schürzenjäger war. Er setzte sich breitbeinig auf die Schreibtischkante, und man merkte gleich, wie wohl er sich in seinem Körper fühlte.

»Sie sind also vom Zirkus?«

Er stellte diese Frage auf die aggressive, ja beinahe anklagende Art, die so typisch war für geborene New Yorker, selbst bei den unwichtigsten Erkundigungen, und sie brauchte einen Moment, um zu kapieren, was er meinte.

»Ich? O nein. Meine Familie hat überhaupt nichts mit dem Zirkus zu tun.«

»Das macht's um so schwerer für Sie hier. Bei Quest Brothers zählt nur der was, der mindestens auf drei Generationen Zirkusblut verweisen kann. Sie brauchen bloß Sheba zu fragen.«

»Sheba?«

»Ihr gehört der Zirkus. Bathsheba Cardoza Quest. Sie war mal eine der berühmtesten Fliegerinnen der Welt. Am Trapez«, fügte er hinzu, als er ihren verwirrten Gesichtsausdruck sah. »Nun trainiert sie die Tolea-Brüder, Trapezkünstler, die jetzt für uns arbeiten. Sie sind Rumänen. Außerdem macht sie auch die Choreografien von einigen der andern Nummern, überwacht die Kostüme, all so was.«

»Wenn das ihr Zirkus ist, warum ist sie dann nicht die Managerin, statt Alex?«

»Das ist'n Männerjob. Der Zirkusmanager muß mit Betrunkenen, Prügeleien und schwerem Gerät fertig werden. Sheba mag das nicht.«

»Ich hab sie bis jetzt noch nicht getroffen.«

»Weil sie für'n paar Tage fort ist. Das macht sie manchmal, wenn ihr die hiesige Auswahl nicht gut genug ist.«

Offensichtlich merkte er, daß sie nicht verstand, was er meinte, denn er fuhr erklärend fort: »Sheba mag Männer. Sie hält's zwar nie lang mit einem aus. Ist wohl ein Snob, wenn Sie so wollen. Bei ihr zählt kein Mann, wenn er nicht aus 'ner alten Zirkusfamilie stammt.«

Ihre Vorstellung von der Zirkusbesitzerin als einer ältlichen Witwe verblaßte, und die Art, wie er den Mund zusammenpreßte, ließ Daisy vermuten, daß Sheba Quest möglicherweise mehr für ihn bedeutete als nur die Zirkuschefin.

»Mein Alter war Metzger in der Bronx. Hab mich gleich nach der Highschool einem Wanderzirkus angeschlossen und es keinen Tag lang bereut.« Er sah sie beinahe aggressiv an, als ob er erwartete, daß sie ihm widersprach. »Meine Kinder haben von meiner Frau her Zirkusblut in den Adern.«

»Ich glaub nicht, daß ich sie schon getroffen habe.«

»Cassie ist vor zwei Jahren gestorben, aber wir waren schon zwölf Jahre lang geschieden, also bin ich nicht grad in tiefer Trauer. Sie haßte den Zirkus, obwohl sie damit aufwuchs, also zog sie nach Wichita und hat 'ne Ausbildung als Maklerin gemacht. Mir gefiel's beim Zirkus, und ich bin geblieben.«

Also hatten sie und Heather beide ihre Mutter verloren. Sie merkte, daß sie mehr wissen wollte. »Sie haben also Kinder.«

»Heather ist bei ihrer Mom in Wichita aufgewachsen, aber Cassie hatte Probleme mit den Jungs, also kamen sie bald zu mir. Ich hab 'ne Zirkusnummer mit ihnen einstudiert, und die machen wir seitdem. Matt und Rob sind zwanzig und einundzwanzig. Sie sind ganz schön wild, aber was kann man schon erwarten, mit einem Alten wie mir?«

Daisy war nicht an seinen wilden Söhnen interessiert und ignorierte den unüberhörbaren Stolz in seiner Stimme. »Dann ist Heather also erst kürzlich zu Ihnen gekommen?«

»Letzten Monat, aber sie hat zuvor schon immer ein paar Wochen im Sommer bei mir verbracht. Ist aber nicht dasselbe, wie sie dauernd hierzuhaben.«

Seine finster gerunzelte Stirn verriet ihr, daß die Dinge nicht ganz so liefen, wie er sich das vorgestellt hatte, und sie hatte genug Probleme mit ihrem eigenen Vater, um noch einmal heftiges Mitgefühl für Heather zu empfinden. Kein Wunder, daß sie heimlich rauchte und sich in ältere Männer verknallte. Brady Pepper war zwar unzweifelhaft attraktiv, aber wohl nicht der geduldigste Vater, den man sich vorstellen konnte.

»Ich hab Heather kennengelernt. Sie scheint recht sensibel zu sein.«

»Zu sensibel. Das hier ist ein hartes Leben, und sie ist zu weich dafür.« Er erhob sich abrupt. »Ich schau besser, daß ich weiterkomme, bevor die Leute noch verschwinden. War nett, Sie kennengelernt zu haben, Daisy.«

»Ganz meinerseits.«

Als er bei der Tür angekommen war, musterte er sie nochmals mit einem Kennerblick. »Alex ist ein verdammter Glückspilz.«

Sie lächelte höflich und wünschte, Alex würde ebenso empfinden.

Erst nachdem die zweite Vorstellung längst begonnen hatte, konnte sie den Schalter schließen und sich Alex' Nummer ansehen. Sie hoffte, daß es sie beim zweiten Mal ansehen nicht so umwerfen würde wie gestern abend, aber er kam ihr diesmal sogar noch beeindruckender vor. Wo hatte er das alles bloß gelernt?

Erst nachdem die Vorstellung schon zu Ende war, fiel ihr wieder die Unordnung ein, die sie im Trailer hinterlassen hatte. Sie eilte rasch zurück, doch hatte kaum die Tür aufgemacht, als auch schon Jill herbeikam, ein verschwörerisches Lächeln auf dem Gesicht. Frankie saß auch diesmal wieder auf ihrer Schulter, und bei Daisys Anblick begann er sofort zu kreischen und hielt sich die Augen zu.

»Sch, du Stinker. Komm, Daisy, ich muß dir was zeigen.«

Daisy machte hastig die Wohnwagentür zu, damit ihre neue Bekannte das Durcheinander drinnen nicht sah und entdeckte, was für eine schreckliche Hausfrau sie doch war.

Jill nahm sie am Arm und führte sie an der Reihe der Wohnwagen entlang. Zur Linken sah sie Jack Daily, den Ringansager, der gerade mit Alex sprach, während die Arbeiter die Sitzbänke aufstapelten.

»Autsch!« quietschte Daisy, als sie auf einmal hart an den Haaren gezogen wurde.

Frankie gackerte.

»Böser Junge«, flötete Jill, während Daisy außer Reichweite der kleinen Pfote hüpfte. »Ignorier ihn einfach. Sobald er merkt, daß er nicht an dich rankommt, läßt er dich in Ruhe.«

Daisy beschloß wohlweislich, ihre diesbezüglichen Zweifel für sich zu behalten.

Sie gingen um den letzten Trailer herum, und Daisy schnappte überrascht nach Luft, als sie sämtliche Artisten um eine große, viereckige Torte mit einem Brautpaar in der Mitte herumstehen sah. Madeline, das Showgirl, das sie zuvor schon kennengelernt hatte, stand dem Kuchen am nächsten, daneben Brady Pepper und Söhne, der jüngste Lipscomb-Junge, mehrere Clowns und viele andere, die sie zuvor kennengelernt hatte. Nur Heather hielt sich abseits.

Mit einem breiten Grinsen zog Jack Daily Alex nach vorn, und Madeline hob die Arme wie eine Chorleiterin. »Also gut, jetzt alle zusammen. *Herzlichen Glückwunsch für euch! Herzlichen Glückwunsch für euch!*«

Als alle so sangen, bekam Daisy feuchte Augen. Diese Leute kannten sie kaum, aber sie streckten ihr dennoch die Hand der Freundschaft entgegen. Nach der Kälte der Hochzeitsfeier berührte sie die Intimität dieses Augenblicks zutiefst. Im Beisein all dieser Freunde von Alex kam es ihr vor, als befände sie sich auf einer richtigen Feier, gleichsam eine Anerkennung dessen, daß etwas sehr Persönliches, etwas Schönes geschehen war, das Anlaß zum Glücklichsein gab, und nicht eine Bestrafung, die sie laut ihrem Vater verdient hatte.

»Vielen Dank«, flüsterte sie, als der Gesang endete. Sie mußte die Tränen zurückhalten. »Ich danke euch allen von ganzem Herzen.«

Sie drehte sich zu Alex herum, und ihre Fröhlichkeit verpuffte mit einem Mal, als sie sein starres, finsteres Gesicht sah. *Bitte tu mir das nicht an,* dachte sie. *Ich will, daß diese Leute meine Freunde werden. Bitte tu so, als ob du dich freuen würdest.*

Ein paar Frauen warfen sich verstohlene Seitenblicke zu. Die Annahme, Alex sei ein glücklicher Bräutigam, verlief sich rasch, und sie sah, wie die Blicke einiger zu ihrem Bauch glitten, um zu sehen, ob sie schwanger war.

Sie zwang sich, etwas zu sagen. »Ich weiß nicht, wann ich je eine nettere Überraschung erlebt hätte. Du etwa, Alex?«

Es folgte eine lange Stille, bevor er ruckartig den Kopf schüttelte.

Sie reckte ihr Kinn und setzte ein krampfhaftes Lächeln auf. »Der Kuchen sieht einfach köstlich aus. Ich wette, daß jeder gern ein Stück hätte.« Sie blickte Alex flehentlich an. »Laß ihn uns zusammen anschneiden.«

Die Stille schien sich endlos hinzuziehen. »Ich hab schmutzige Hände. Mach du das.«

Ihre Wangen brannten vor Scham, aber sie trat tapfer an den Tisch, nahm das Messer zur Hand und fing an, den Kuchen in kleine Vierecke zu schneiden. Während die Stille sich immer schwerer auf sie niedersenkte, versuchte sie so zu tun, als wäre nichts geschehen. »Ich kann kaum glauben, daß ihr das alles so schnell organisiert habt. Wie habt ihr das bloß geschafft?«

Madeline scharrte unbehaglich mit den Füßen. »Es war – äh – halb so wild.«

»Nun, ich bin jedenfalls schwer beeindruckt.« Daisy, der die Wangenmuskeln schon weh taten vom krampfhaften Lächeln, hob das erste Stück heraus und auf einen Teller, den sie Alex hinhielt.

Er nahm ihn wortlos.

Die Stille wurde langsam unerträglich. Schließlich brach Jill das Schweigen und meinte, nervös zwischen Braut und Bräutigam hin- und herblickend: »Tut mir leid, daß es nur Schokolade ist. Wir haben die Torte ganz kurzfristig bestellt, und die Bäckerei hatte keinen weißen Kuchen mehr.«

Daisy sah sie dankbar an. Zumindest einer, der versuchte, die angespannte Situation zu entschärfen. »Schokoladenkuchen mag ich am liebsten.«

Alex stellte seinen Pappteller so abrupt auf den Tisch, daß das unberührte Kuchenstück mit dem Gesicht nach unten auf der Erde landete. »Entschuldigt mich. Ich muß wieder an die Arbeit. Ich danke euch allen.«

Daisy reichte Madeline mit zitternder Hand den nächsten Teller. Irgend jemand kicherte hämisch. Daisy hob den Kopf und sah, daß es Heather war.

Der Teenager zog eine triumphierende Grimasse und rannte hinter Alex her. »Kann ich dir was helfen?«

»Sicher, Schätzchen.« Seine Stimme, warm und voller Zuneigung, drang durch die klare Nachtluft zu ihnen. »Wir haben ein Problem mit der Kabelwinde. Du kannst mir helfen, das Ganze mal anzusehen.«

Daisy blinzelte energisch. Sie heulte sehr leicht, aber wenn sie es jetzt tat, würde sie diesen Leuten nie wieder ins Gesicht sehen können. »Hier, ich schneid noch ein paar Stücke ab.« Sie stieß den nächsten Teller einem Mann mit leicht schütterem blondem Haar in die Hände, der aussah wie ein überalterter kalifornischer Surfboy. Ihr fiel ein, daß er sich als Neeco Martin vorgestellt hatte, Elefantendompteur, als er beim roten Waggon vorbeischaute.

Er nahm ihn wortlos an und kehrte ihr dann den Rücken zu, um sich mit einem der Clowns zu unterhalten. Madeline trat vor, um Daisy zu helfen. Offenbar fand sie, daß es das beste war, das ganze so schnell wie möglich hinter sich zu bringen. Die Artisten nahmen einer nach dem andern ihr Kuchenstück entgegen und schlenderten dann langsam davon.

Es dauerte nicht lange, und nur noch Jill war übrig. »Es tut mir so leid, Daisy. Ich hielt das Ganze für eine gute Idee, aber ich hätte wissen sollen, daß Alex so was nicht mögen würde. Er ist ein ziemlicher Privatmensch.«

So privat, daß er's nicht mal der Mühe wert gefunden hatte, diesen Leuten gegenüber seine Heirat zu erwähnen.

Daisy rang sich noch ein starres Lächeln ab. »Ich glaub, jeder muß sich erst mal an eine Ehe gewöhnen.«

Jill nahm das Papptablett mit dem restlichen Kuchen und drückte es Daisy in die Hand. »Hier. Warum nimmst du den nicht mit?«

Daisy merkte, wie ihr speiübel wurde. Am liebsten hätte sie den Kuchen nie wieder gesehen, doch sie beherrschte sich und nahm ihn an. »Himmel, so spät, und ich muß noch 'ne Million Dinge erledigen, bevor's Zeit ist zum Schlafengehen.«

Sie floh.

Während der nächsten paar Stunden, in denen das *big top* abgebaut wurde, zwang sich Daisy, alles wieder in Schränke und Kästchen einzuräumen. Sie war wie vor den Kopf geschlagen und so erschöpft, daß sie sich kaum noch auf den Beinen halten konnte, doch sie arbeitete dennoch weiter.

Ihre teure Designerhose war ganz schmutzig, und ihre Bluse klebte an ihrer Haut, aber es war ihr egal. Sie hatte sich so gewünscht, daß diese Leute ihre Freunde wurden, doch das würde nun nie geschehen, wo sie wußten, wie wenig Achtung Alex vor ihr empfand. Und wie wenig vor ihrer Ehe. Die Kuchenzeremonie war in ihren Augen ein kleines Sakrament, und er hatte sie mit Verachtung abgetan.

Alex tauchte kurz nach Mitternacht auf. Im Trailer sah's immer noch so schlimm aus wie bei ihrer Ankunft. Sie hatte es zwar endlich geschafft, alles wieder einzuräumen, aber weder Zeit noch Energie gehabt, außer den Fächern etwas sauberzumachen. Das schmutzige Geschirr stapelte sich noch immer in der Spüle, und dieselbe verkrustete Pfanne stand noch auf dem Herd.

Er stemmte die Hände in die Hüften und ließ seinen Blick über die vollgestellte Anrichte, den schmutzigen Küchentisch und die Reste des Hochzeitskuchens gleiten.

»Ich dachte, du wolltest hier aufräumen. Es sieht immer noch aus wie in einem Saustall.«

Sie biß die Zähne zusammen. »Die Küchenfächer und Schränke sind sauber.«

»Wer kümmert sich um die Schränke? Kannst du denn gar nichts richtig machen?«

Sie überlegte nicht. Sie hatte stundenlang gearbeitet, ihre Ehe war der reinste Witz, und sie war in aller Öffentlichkeit blamiert worden von einem Mann, der vor Gott geschworen hatte, sie zu lieben und zu ehren. Sie griff nach dem dezimierten Hochzeitskuchen und warf ihn schwungvoll nach ihm.

»*Du Arsch!*«

Seine Hände schossen automatisch hoch, um das Geschoß abzuwehren, aber er war nicht schnell genug. Der Kuchen traf ihn an der Schulter, wo er zerplatzte.

Sie beobachtete das Schauspiel mit einer eigenartigen Distanz, ja fast Entrücktheit. Kuchenstücke flogen in alle Richtungen. Weißer Kuchenguß spritzte auf seine Haare, seine Augenbrauen, ja sogar auf seine Wimpern. Schokoladenkuchenstücke hingen an seinem Kiefer und plumpsten dann auf die Schulter seines T-Shirts. Ihre Entrücktheit nahm jedoch ein jähes Ende, als sie sah, wie er langsam rot anlief.

Jetzt würde er sie umbringen.

Er hob die Hände, um sich die Augen abzuwischen, und machte gleichzeitig einen Schritt auf sie zu. Sie wich ihm aus und nutzte den Vorteil seiner temporären Blindheit, um zur Tür zu rennen.

Draußen blickte sie sich panisch um, auf der Suche nach einem Versteck. Das *big top* war abgebaut, die kleineren Zelte verschwunden, ebenso wie die meisten Lastwagen. Sie rannte über eine kleine, unkrautüberwucherte Grasfläche und schoß in den engen Zwischenraum zwischen zwei Lieferwagen. Ihr Herz hämmerte wie wild. Ihr war ganz schlecht vor Angst. Was hatte sie bloß getan?

Ein grollendes Knurren ertönte gleich neben ihrem Ohr.

Ihre Nackenhaare sträubten sich, und ein eisiger Schauder rann ihr langsam über den Rücken. Sie wirbelte herum. Und starrte in zwei goldene Augen.

Ihr Körper war wie gelähmt. Sie wußte, was das für ein Tier war. Sie begriff, daß sie einem Tiger gegenüberstand. Aber die Realität des Ganzen überstieg ihren Verstand.

Das Tier war so nahe, daß sie seinen Atem auf ihrem Gesicht fühlte. Es fletschte seine Zähne, und was für Zähne, messerscharf und tödlich. Sie roch das Tier, hörte, wie sein tiefes Knurren lauter wurde, bis es schließlich in einem wilden, bellenden Brüllen gipfelte. Ihre Lähmung wich, als das Tier einen Sprung auf die Eisenstäbe zu machte, die sie beide voneinander trennte, und sie warf sich zurück.

Ihr Rücken rammte in etwas sehr Festes und Warmes, ein menschlicher Körper zweifellos, aber sie konnte die Augen nicht von dem Tiger losreißen. Ein schreckliches Klingeln dröhnte in ihrem Kopf. In diesem Moment kam ihr das Biest wie die Verkörperung alles Bösen vor, und sie hatte das Gefühl, daß all diese Bosheit sich auf sie konzentrierte. Irgendwie, sie konnte es nicht erklären, fühlte es aber deutlich, irgendwie stand sie in jener wilden Nacht im ländlichen South Carolina ihrem Schicksal gegenüber.

Sie wirbelte herum, weil sie es einfach nicht länger ertrug, in diese goldenen Augen zu blicken. Als sie sich an die Wärme eines Körpers drückte, wußte sie plötzlich, daß sie eine Zuflucht gefunden hatte.

Dann spürte sie auf einmal Kuchenglasur an ihrer Wange. Da kamen mit einem Mal ihre ganze Angst und Erschöpfung, die umwälzenden Ereignisse der letzten zwei Tage an die Oberfläche, und sie stieß ein Wimmern aus.

Seine Hand legte sich überraschend sanft um ihr Kinn und hob ihren Kopf. Sie blickte in zwei weitere goldene Augen, denen des Tigers so ähnlich, daß sie das Gefühl hatte, den Fängen eines wilden Tiers entkommen zu sein, nur um in denen eines anderen zu landen.

»Sinjun kann dir nichts tun, Daisy. Er ist in einem Käfig.«

»Das ist doch egal!« Hysterie drohte sie zu überwältigen. Erkannte er denn nicht, daß sie der Käfig nicht vor dem schützen konnte, was sie in den Augen des Tigers gesehen hatte?

Aber er verstand nicht, und es war ihr unmöglich, ihm dieses deutliche Gefühl zu erklären, das Gefühl, ihrem Schicksal von Angesicht zu Angesicht begegnet zu sein. Sie wich ein wenig zurück. »Es tut mir leid. Du hast recht. Ich hab mich dumm benommen.«

»Wär nicht das erste Mal«, entgegnete er grimmig.

Sie blickte zu ihm auf. Selbst mit all den Kuchenkrümeln und der Zuckerglasur im Gesicht sah er herrlich wild und furchteinflößend aus. Wie der Tiger. Genau wie der Tiger. Sie merkte in diesem Moment, daß sie sich auf eine neue Art vor ihm zu fürchten begann, eine Art, die sie nicht ganz begriff. Sie wußte nur, daß ihre Angst über die rein physische Bedrohung, die er für sie darstellte, hinausging. Es war mehr als das und weniger greifbar. Sie fürchtete, daß er irgendwie ihre Seele zerstören könnte.

Sie war am Ende ihrer Kräfte. Zu viele Veränderungen, zu viele Konflikte. Jetzt konnte sie nicht mehr, konnte nicht mehr kämpfen. Sie war bis ins Mark erschöpft und fand kaum noch die Kraft zu sprechen.

»Jetzt wirst du mir wohl wieder mit was Schrecklichem drohen, stimmt's?«

»Findest du nicht, daß du das verdient hättest? Kinder werfen mit Sachen, nicht Erwachsene.«

»Du hast natürlich recht.« Sie fuhr sich zitternd durchs Haar. »Nun, wie sieht's aus, Alex? Willst du mich demütigen? Davon hatte ich heute abend schon eine kräftige Dosis.

Wie wär's mit Verachtung? Davon hatte ich auch schon mehr als genug. Ablehnung? Das funktioniert auch nicht. Es ist mir mittlerweile egal geworden, ob die Leute mich mögen oder nicht.« Sie hielt inne, und ihre Stimme drohte zu brechen. »Du wirst dir wohl was ganz Neues ausdenken müssen, fürchte ich.«

Alex, der zu ihr hinunterblickte, fand, daß er noch nie ein so unglückliches menschliches Wesen gesehen hatte, und etwas in ihm löste sich mit einem Mal. Er wußte, daß sie Angst vor ihm hatte – er hatte ja dafür gesorgt –, doch er konnte noch immer nicht glauben, daß sie trotzdem den Nerv gefunden hatte, mit dem Kuchen nach ihm zu werfen. Armes kleines Hohlköpfchen. Ihr war immer noch nicht klargeworden, daß es ihr nichts half, ihn mit ihren großen unschuldigen Babyaugen anzusehen und mit ihren kleinen Kätzchenkrallen auf ihn loszugehen.

Er fühlte, wie sie unter seinen Händen zitterte. Ihre kleinen Krallen waren jetzt eingezogen, und in ihren Augen las er nurmehr blanke Verzweiflung. Wußte sie, daß ihr all ihre Gefühle vom Gesicht abzulesen waren?

Er fragte sich, wie viele Männer sie wohl schon gehabt haben mochte. Wahrscheinlich wußte sie's nicht mal. Trotz ihrer großen Unschuldsaugen war sie von Natur aus ein vergnügungssüchtiger Mensch. Und flatterhaft. Er konnte sich sehr gut vorstellen, wie sie in den Armen von mehr als einem Playboy aufwachte, ohne auch nur die leiseste Ahnung zu haben, wie sie dorthin gekommen war.

Nun, zumindest dafür würde sie gut sein. Während er sie so ansah, mußte er gegen den Drang ankämpfen, sie hochzuheben und zum Trailer zurückzutragen, wo er sie auf sein Bett legen und die Antworten auf jede einzelne Frage finden würde, die ihn zu quälen begonnen hatten. Wie fühlte sich ihr Seidenhaar an, wenn es wie eine schwarze Wolke auf seinem Kissen ausgebreitet lag? Er wollte sie sehen, wie sie nackt auf den zerwühlten Laken lag, wollte sehen, wie ihre weiße Haut neben seiner gebräunten aussah, wollte wissen, wie sich ihre Brüste in seinen Händen anfühlten. Er wollte sie riechen, fühlen und berühren.

Erst gestern, auf der Hochzeitsfeier, hatte er sich gesagt, daß sie nicht der Typ Frau war, den er sich als Bettgenossin aussuchen würde, aber das war, bevor er ihren runden kleinen Popo unter seinem T-Shirt hatte hervorblitzen sehen, als sie heute morgen aufwachte. Das war, bevor er sie in seinem Pickup beobachtet hatte, wie sie ihre Beine übereinanderschlug, mal diese, mal jene Seite, bevor er ihre alberne kleine Sandale von ihrem Zeh hatte baumeln sehen. Sie hatte hübsche Füße, klein und wohlgeformt, mit einer ausgeprägten, feinen Wölbung und rotlackierten Zehennägeln, ein Rotton wie das Kleid einer Madonna von Signorelli.

Es gefiel ihm nicht, daß andere Männer mehr über ihre sexuellen Vorlieben wußten als er. Doch er wußte ebenfalls, daß es zu früh war. Er konnte sie nicht eher anfassen, als bis sie begriff, wie die Dinge zwischen ihnen liefen. Und bis das geschah, hatte sie höchstwahrscheinlich bereits ihre Koffer gepackt und sich aus dem Staub gemacht.

Er nahm sie beim Arm und steuerte sie zum Trailer. Sie wehrte sich kurz, gab jedoch rasch auf. »Ich fang wirklich langsam an, dich zu hassen«, sagte sie erschöpft. »Das weißt du, nicht wahr?«

Es überraschte ihn, daß ihm ihre Worte weh taten, noch dazu, wo es genau das war, was er wollte. Sie war nicht geschaffen für so ein hartes Leben, und er hatte nicht die Absicht, sie unnötig zu quälen, indem er die Sache endlos in die Länge zog. Es war besser, wenn sie gleich merkte, daß sie's hier nicht schaffen konnte.

»Das ist vielleicht das beste.«

»Bis zu diesem Zeitpunkt hab ich noch nie einen Menschen gehaßt. Nicht mal Amelia oder meinen Vater, und beide haben mir genug Grund gegeben. Aber dir ist's egal, was ich von dir halte, nicht wahr?«

»Genau.«

»Ich glaub nicht, daß mir je ein kälterer Mensch begegnet ist.«

»Sicher nicht.« *Kalt, Alex. Du bist so kalt.* Das hatte er schon oft von Frauen gehört. Von guten Frauen, mit einem guten Herzen. Kompetente, intelligente Frauen, die etwas Besseres verdienten als einen Mann, dessen Gefühlswelt bereits lange, bevor sie ihn trafen, deformiert worden war.

Als er jünger war, hatte er noch geglaubt, eine eigene Familie könne vielleicht jene Einsamkeit, jene wunden Stellen in ihm heilen. Aber alles, was er mit seiner endlosen Suche nach einer dauerhaften, tiefen Beziehung zu einem Menschen erreicht hatte, war, diese großherzigen, wunderbaren Frauen zu verletzen und sich selbst zu beweisen, daß manchen Menschen die Liebesfähigkeit geraubt wird, bevor sie eine Chance hat, sich zu entwickeln.

Sie waren beim Trailer angekommen. Er faßte um sie herum, öffnete die Tür und folgte ihr nach drinnen. »Ich geh mich duschen. Dann helf ich dir beim Saubermachen.«

Sie stoppte ihn, bevor er die Badezimmertür erreichte. »Hättest du nicht wenigstens so tun können, als ob du ein wenig glücklich wärst, heute abend?«

»Ich bin, wie ich bin, Daisy. Ich mache keinem was vor. Nie.«

»Sie haben's doch bloß nett gemeint. Wär's so schlimm gewesen, zu tun als ob?«

Wie konnte er ihr das erklären, so, daß sie es verstand? »Du bist leicht aufgewachsen, Daisy, ich ziemlich hart. Härter, als du's dir vorstellen kannst. Wenn man aufwächst wie ich, dann lernt man, daß man etwas haben muß, an das man sich halten kann, das immer für einen da ist, das einen davon abhält, zum Tier zu werden. Für mich ist das mein Stolz. Den gebe ich nicht auf. Nie.«

»Auf so was kann man doch nicht sein Leben aufbauen. Stolz ist nicht so wichtig wie andere Dinge.«

»Welche zum Beispiel?«

»Zum Beispiel ...« Sie zögerte, als ob sie wüßte, daß ihm das, was jetzt kam, nicht gefallen würde. »Wie Fürsorge und Mitgefühl. Liebe.«

Er kam sich alt und müde vor. »Liebe existiert nicht für mich.«

»Sie existiert für jeden.«

»Nicht für mich. Versuch nicht, mich zu romantisieren, Daisy. Das wär bloß Zeitverschwendung. Ich hab gelernt, nach meinen eigenen Regeln zu leben. Ich versuch ehrlich zu sein, und ich versuch fair zu sein. Das ist der einzige Grund, warum ich dir die Sache mit dem Kuchen durchgehen lasse. Ich weiß, daß dies eine harte Umstellung für dich ist, und du tust wohl das Beste, was du kannst. Aber bring Fairneß nicht mit Sentimentalität durcheinander. Ich bin nicht sentimental. All diese weichen Emotionen mögen bei anderen funktionieren, aber nicht bei mir.«

»Das gefällt mir nicht«, flüsterte sie. »Das gefällt mir ganz und gar nicht.«

Als er nun sprach, konnte er sich nicht erinnern, seine Stimme je so traurig gehört zu haben. »Du bist einen Bund mit dem Teufel eingegangen, Schätzchen. Je schneller du das begreifst, desto besser für dich.«

Er ging ins Bad, machte die Tür hinter sich zu und schloß die Augen. Er wollte vergessen, was er auf ihrem Gesicht gesehen hatten, die Gefühle, die in rascher Folge darüber hinweggeglitten waren: Mißtrauen, eine beinahe kindliche Unschuld und die verzweifelte Hoffnung, daß er vielleicht doch nicht so schlimm war, wie er zu sein schien.

Armes kleines Hohlköpfchen.

6

»Geh weg.«

»Letzte Warnung, Engelchen. In drei Minuten ist Abfahrt.«

Sie machte ein Auge gerade weit genug auf, um einen Blick auf die Uhr neben der Couch werfen zu können, und sah, daß es fünf Uhr morgens war. Sie ging nirgendwohin um fünf Uhr morgens, also kuschelte sie sich tiefer in ihr Kissen und war einen Augenblick später auch schon wieder eingeschlafen. Bevor sie wußte, wie ihr geschah, fühlte sie, wie sie hochgehoben wurde.

»Stop!« krächzte sie. »Was tust du?«

Ohne ein Wort zu sagen, trug er sie hinaus in die kühle Morgenluft, warf sie auf den Beifahrersitz des Pickup und knallte die Tür zu. Der kalte Kunstledersitz unter ihren Schenkeln riß sie umgehend aus ihrer Schläfrigkeit und erinnerte sie daran, daß sie nichts anhatte außer seinem grauen T-Shirt und einem hauchdünnen, eisblauen Unterhöschen. Er stieg von der anderen Seite ein, und kurz darauf holperten sie auch schon von dem bereits verlassenen Zirkusplatz.

»Wie konntest du das bloß tun? Es ist erst fünf! Kein Mensch steht um diese Zeit auf!«

»Wir schon. Wir müssen heut bis North Carolina.«

Er sah widerlich wach aus. Frisch rasiert, in Jeans und einem weinroten Poloshirt. Seine Augen glitten über ihre nackten Beine. »Nächstes Mal stehst du besser auf, wenn ich's dir sage.«

»Ich bin nicht angezogen! Du mußt mich meine Sachen holen lassen. Und geschminkt bin ich auch noch nicht! Meine Haare – und die Zähne muß ich mir putzen!«

Er langte in seine Tasche und zog ein plattgedrücktes Päckchen Zahnkaugummi hervor.

Sie riß es ihm aus der Hand, und als sie ein Stück herausnahm und sich in den Mund steckte, tauchten die Ereignisse des gestrigen Abends vor ihrem geistigen Auge auf. Sie blickte forschend in seine Züge, suchte nach einem Anzeichen von Reue, sah jedoch nichts. Sie war zu müde und zu deprimiert für eine weitere Auseinandersetzung, aber wenn sie die Sache fahren ließ, würde alles weiter nur nach seinen Regeln laufen.

»Nach gestern abend wird's schwer für mich werden, mich in die Gemeinschaft einzufügen.«

»Das wird so oder so verdammt schwer.«

»Ich bin deine Frau«, sagte sie ruhig, »und du bist nicht der einzige, der Stolz besitzt. Du hast mich gestern abend vor allen blamiert, und das hab ich nicht verdient.«

Er sagte nichts, und wenn nicht die leichte Anspannung um seine Mundwinkel gewesen wäre, sie hätte glauben können, daß er sie überhaupt nicht gehört hatte.

Sie nahm den Kaugummi aus dem Mund und wickelte ihn wieder in die Folie. »Bitte halt kurz an, damit ich meine Sachen aus dem Trailer holen kann.«

»Du hattest deine Chance und hast's vermasselt.«

»Ich war noch nicht wach.«

»Ich hab dich gewarnt.«

»Du bist wie ein Roboter. Du hast überhaupt keine Gefühle, stimmt's?« Sie zog an ihrem T-Shirt, das immer wieder hochrutschte.

Sein Blick blieb auf ihrem Schoß haften. »Ach, ich hab schon Gefühle, aber wahrscheinlich nicht von der Art, die du im Moment hören willst.«

Sie beschäftigte sich mit dem Zurechtziehen ihres T-Shirts. »Ich will meine Sachen.«

»Ich hab dich rechtzeitig genug geweckt.«

»Ich mein's ernst, Alex. Das ist nicht komisch. Ich bin praktisch nackt.«

»Das mußt du mir nicht erst sagen.«

Wenn sie mehr Schlaf gehabt hätte, wäre sie vielleicht nicht so schnippisch gewesen. »Mach ich dich etwa an?«

»Yep.«

Das hatte sie nicht erwartet. Sie hatte eine seiner abfälligen Bemerkungen erwartet. Als sie sich von ihrer Überraschung erholt hatte, funkelte sie ihn zornig an. »Zu schade, denn ich bin nicht interessiert. Falls du's noch nicht gehört hast, das Gehirn ist das wichtigste Sexualorgan, und mein Gehirn will nicht das geringste mit dir zu tun haben.«

»Dein Gehirn?«

»Ja, mein Gehirn. Ich hab auch eins.«

»Hab nie gesagt, daß du keins hättest.«

»Aber dein Ton. Ich bin nicht doof, Alex. Meine Schulbildung mag zwar unorthodox gewesen sein, aber erstaunlich umfassend, wenn man alles betrachtet.«

»Dein Vater scheint da anderer Meinung zu sein.«

»Ich weiß. Er erzählt gern jedem, daß ich eine schlechte Schulbildung habe, weil mich meine Mutter so oft aus der Schule genommen hat. Aber immer, wenn sie auf eine interessante Reise ging, nahm sie mich mit, weil sie dachte, ich könnte davon profitieren. Manchmal vergingen mehrere Monate, bevor ihr einfiel, mich in die Schule zurückzuschicken. Und selbst dann war's meist nicht dieselbe Schule, aber immerhin sorgte sie dafür, daß ich was lernte.«

»Wie?«

»Sie hat jeden, den sie besuchte oder der bei uns zu Besuch war, gebeten, ein bißchen Zeit mit mir zu verbringen und mir beizubringen, was er wußte.«

»Ich dachte, deine Mutter hing nur mit Rockstars rum.«

»Ich hab ja auch eine Menge über Halluzinogene gelernt.«

»Darauf wette ich.«

»Aber sie hat auch 'ne Menge Zeit mit anderen Leuten verbracht. Prinzessin Margaret zum Beispiel hat mir das meiste von dem beigebracht, was ich über die Geschichte der britischen Königsfamilie weiß.«

Er starrte sie an. »Im Ernst?«

»Ja wirklich. Und sie war nicht die einzige. Ich bin unter einigen der berühmtesten Leute der Welt aufgewachsen.« Nur weil sie nicht wollte, daß er sie für eine Aufschneiderin hielt, erwähnte sie nicht ihren bemerkenswerten IQ. »Also wäre ich dir dankbar, wenn du aufhören würdest, zweideutige Bemerkungen über meine Intelligenz zu machen. Wenn du Platon mit mir diskutieren willst, bitte, jederzeit.«

»Ich hab Platon gelesen«, sagte er ein wenig defensiv, was sie freute.

»Auf griechisch?«

Danach wurde nichts mehr gesprochen, bis Daisy schließlich einnickte. Im Schlaf suchte sie nach einem bequemen Kissen und fand es an Alex' Schulter.

Eine ungehorsame Haarsträhne flatterte im Luftzug und strich über seine Lippen. Er ließ sie eine Weile gewähren, ließ sie sich über Mund und Kiefer streichen. Sie roch süß und teuer, wie Wiesenblumen in einem Juwelierladen.

Sie hatte recht, was gestern abend betraf. Er hatte sich wie ein Arschloch benommen. Aber diese Feier hatte ihn vollkommen überrascht; er wollte diese Sache so klein wie möglich halten und nicht auch noch öffentlich zelebrieren. Wenn er nicht gut aufpaßte, setzte sie es sich womöglich in den Kopf, die Heirat ernst zu nehmen.

Er glaubte nicht, je eine Frau getroffen zu haben, die so sehr das Gegenteil von ihm war. Sie hatte gesagt, er wäre wie ein Roboter, ohne jedes Gefühl, aber da irrte sie sich. Er hatte schon Gefühle. Bloß nicht die, die sie für wichtig hielt, die, deren er unfähig war, wie ihn seine Erfahrung gelehrt hatte.

Obwohl er sich ermahnte, die Augen auf der Straße zu halten, konnte sein Blick dem kleinen, schlanken Körper, der sich so warm an ihn kuschelte, einfach nicht widerstehen. Sie hatte einen Fuß unter das andere Bein gesteckt, so daß er die weiche, weiße Haut ihres schön geformten Oberschenkels sehen konnte. Sein altes T-Shirt war zum hundertsten Mal hochgerutscht, und sein Blick fiel auf das magere Stückchen eisblauer Seide zwischen ihren Schenkeln. Als sich die Wärme in seinen Lenden zu stauen begann, blickte er rasch und ärgerlich weg. An dieser Folter war er selbst schuld, aber Herrgott, sie war schön.

Sie war außerdem oberflächlich und verwöhnt und über alle Maßen eitel. Er war noch nie einer Frau begegnet, die öfter in den Spiegel schaute als sie. Doch trotz ihrer Fehler mußte er zugeben, daß sie nicht ganz das selbstsüchtige, egoistische Partygirl war, wie er ursprünglich angenommen hatte. Sie besaß eine Süße, die ebenso unerwartet wie beunruhigend war, denn dadurch wurde sie um so vieles verletzlicher, als er es sich wünschte.

Als Daisy aus der Damentoilette des Truck-Stops kam, wo sie sich von einer Lastwagenfahrerin eine Zigarette hatte erschnorren können, sah sie, daß Alex wieder mit einer Kellnerin flirtete. Obwohl er ihr klipp und klar gesagt hatte, daß er nicht beabsichtigte, ihre Ehe ernst zu nehmen, deprimierte sie dieser Anblick. Während sie zusah, wie er eine Bemerkung der Kellnerin mit einem Nicken kommentierte, erkannte sie, daß sich hier die perfekte Gelegenheit für sie bot, ihrem Ehegelübde den Rücken zu kehren. Nach der schrecklichen Szene mit dem Hochzeitskuchen und dem, was er danach gesagt hatte, lagen die Dinge, was ihn betraf, eigentlich sonnenklar. Er hatte nicht die leiseste Absicht, sich an sein Eheversprechen zu halten, also warum sollte sie?

Weil ich keine andere Wahl hab. Ihr Gewissen ließ ihr keine Wahl.

Sie nahm all ihren Mut zusammen, setzte ein Lächeln auf und ging zu der Nische mit den orangen Plastikbezügen. Weder die Kellnerin noch Alex achteten auf sie, als sie auf ihren Sitz glitt. Ein Namensschild, das wie ein Teekessel geformt war, identifizierte diese Kellnerin als Tracy. Sie war ziemlich stark geschminkt, aber unbestreitbar attraktiv. Und Alex war ganz Mr. Charme, komplett mit einem gemächlichen Lächeln und Wanderaugen.

Schließlich ließ er sich dazu herab, ihre Anwesenheit zur Kenntnis zu nehmen. »Schon wieder da, Schwesterchen?«

Schwesterchen!

Er lächelte, und in seinen Augen stand ein herausforderndes Blitzen. »Tracy und ich haben uns schon ein wenig kennengelernt.«

»Ich versuch Ihren Bruder dazu zu überreden, noch ein Weilchen hier rumzuhängen«, sagte Tracy. »Meine Schicht endet in 'ner Stunde.«

Daisy wußte, wenn sie dem nicht sofort ein Ende setzte, würde er die nächsten sechs Monate so weitermachen. Sie streckte den Arm aus und tätschelte die Hand der Kellnerin, wo sie sich auf die Tischkante gestützt hatte.

»Also, das finde ich einfach unheimlich nett von Ihnen. Er ist immer so unsicher mit Frauen, seit seine Krankheit diagnostiziert wurde. Aber ich sag ihm immer – bei den wunderbaren Medikamenten und Antibiotika heutzutage sind diese lästigen kleinen Geschlechtskrankheiten wirklich kein Problem mehr.«

Tracys Lächeln erlosch. Sie starrte erst Daisy, dann Alex an, und ihre gebräunte Haut nahm einen leicht grauen Ton an. »Mein Boss wird sauer, wenn ich mich zu lang mit den Gästen unterhalte. Tschüß dann.« Sie eilte davon.

Alex' Kaffeetasse landete scheppernd auf seinem Unterteller.

Daisy hielt seinem Blick energisch stand. »Mach das lieber nicht mit mir, Alex. Wir haben ein Gelübde abgelegt.«

»Ich glaub das einfach nicht.«

»Du befindest dich in einem Umstand, Alex, und Männer, die in einem Umstand sind, flirten nicht mit Kellnerinnen. Bitte vergiß das nicht.«

Er schrie sie den ganzen Weg zum Pickup an, bewarf sie mit Worten wie »unreif«, »intrigant« und »mit Wahnvorstellungen behaftet«. Erst nachdem sie wieder auf der Straße waren, ließ er endlich von ihr ab.

Sie waren kaum eine Meile weit gekommen, als sie glaubte, etwas wie ein Glucksen von ihm zu hören, doch als sie zu ihm hinsah, hatte er dieselbe strenge Miene mit den ernst zusammengekniffenen Lippen auf wie immer, seit sie ihn kannte. Da sie wußte, daß Alex Markovs dunkle russische Seele nicht einen Hauch von Humor besaß, kam sie zu dem Schluß, sich verhört zu haben.

Am späten Nachmittag war sie hundemüde. Nur indem sie sich bis an ihre physischen Grenzen trieb, war sie in der Lage gewesen, den Trailer von oben bis unten sauberzumachen und aufzuräumen, eine Dusche zu nehmen, sich etwas zum Essen zu machen und es trotzdem noch rechtzeitig zum roten Waggon zu schaffen, um ihren Part am Ticketschalter zu übernehmen. Das Ganze hätte sogar noch länger gedauert, wenn Alex die Überreste des Hochzeitskuchens nicht gestern abend noch aufgewischt hätte. Da sie ihn ja geworfen hatte, war ihr seine Hilfe schon ein wenig unerwartet gekommen.

Es war Samstag, und aus Gesprächen, die sie im Vorübergehen mitbekam, erfuhr sie, daß die Arbeiter heute abend ihren wöchentlichen Gehaltsscheck erwarteten und sich dementsprechend darauf freuten. Alex hatte ihr gesagt, daß nicht wenige von ihnen Alkoholiker und Drogensüchtige waren, weil die Löhne beim Zirkus so niedrig und die Arbeitsbedingungen so hart waren, daß nicht gerade die verläßlichsten Kräfte zur Verfügung standen. Ein paar waren schon seit Jahren beim Zirkus tätig, einfach weil sie nichts anderes hatten, wo sie hingehen konnten. Andere waren Abenteurer, angezogen von der Romantik des Zirkuslebens, doch diese blieben gewöhnlich nie lange.

Alex blickte von seinem zerkratzten Schreibtisch auf, als sie eintrat, und sein Mund war wieder auf diese ihr mittlerweile schon bekannte Weise zusammengekniffen. »Die gestrigen Einnahmen stimmen nicht mit den Quittungen überein«, sagte er gepreßt.

Sie hatte beim Herausgeben des Wechselgelds ganz besonders sorgfältig aufgepaßt und war sicher, keinen Fehler gemacht zu haben. Sie ging um den Schreibtisch herum und trat hinter ihn, um einen Blick auf die sorgfältig niedergeschriebenen Zahlen zu werfen.

»Wo denn?«

Er wies auf das vor ihm liegende Papier. »Ich hab die Zahl der verkauften Eintrittskarten mit den Quittungen verglichen, und die liegen drunter.«

Sie brauchte nur einen Augenblick, um auf die Ursache zu kommen. »Die Diskrepanz ergibt sich aus den Freikarten, die ich rausgegeben habe. Es waren nur ungefähr zwölf oder dreizehn.«

»Freikarten?«

»Die Familien sahen so arm aus, Alex.«

»Und da hast du ihnen einfach die Eintrittskarten geschenkt?«

»Ich konnte doch nicht ihr Geld nehmen.«

»Doch, das konntest du, Daisy. Und von nun an wirst du das auch. In den meisten Städten wird der Zirkus von örtlichen Vereinen gesponsert. Die vergeben auch die Freikarten, außer es handelt sich um was Besonderes. In diesem Fall regle ich die Sache. Du nicht. Verstanden?«

»Aber –«

»Verstanden?«

Sie nickte widerwillig.

»Gut. Wenn du der Meinung bist, daß jemand eine Freikarte nötig hat, dann kommst du zu mir, und ich kümmere mich darum.«

»Okay.«

Er erhob sich und runzelte die Stirn. »Sheba kommt heute zurück und wird dafür sorgen, daß du ein Trikot für die Spec kriegst. Wenn sie dich für die Anprobe haben will, schick ich dir jemanden vorbei, der den Schalter übernimmt.«

»Aber ich bin keine Artistin.«

»Das hier ist der Zirkus, Engelchen. Da ist jeder ein Artist.«

Ihre Neugier auf die mysteriöse Sheba, bei deren Erwähnung sich das Gesicht ihres Gatten umwölkte, wuchs. »Brady sagt, sie war mal eine ganz berühmte Trapezkünstlerin.«

»Sheba ist die letzte der Cardozas. Ihre Familie war in der Trapezkunst das, was die Wallendas im Seiltanz waren.«

»Aber sie tritt jetzt nicht mehr auf?«

»Sie könnte schon. Sie ist erst neununddreißig und hält sich in Topform. Aber sie ist nicht länger die Beste, also hat sie sich vom aktiven Zirkusleben zurückgezogen.«

»Sie nimmt das alles offenbar sehr ernst.«

»Zu ernst. Geh ihr so weit wie möglich aus dem Weg.« Er schritt zur Tür. »Vergiß nicht, was ich dir über die Kasse gesagt hab. Nie aus den Augen lassen.«

»Ich werd dran denken.«

Er nickte brüsk und verschwand.

Der Ticketverkauf für die erste Vorstellung verlief reibungslos. Während die Vorstellung dann lief, wurde es ein wenig ruhiger, und sie setzte sich auf die Trailerstufe, um sich den lauen Abendwind ein wenig um die Nase wehen zu lassen.

Ihr Blick fiel auf das Menageriezelt, und sie mußte an Sinjun, den Tiger dort drinnen, denken. Sie hatte heute schon mal an ihn denken müssen, während sie versuchte, die schlimmsten Flecken aus dem Wohnwagenteppich rauszukriegen, was vielleicht daran lag, daß es leichter war, über den Tiger nachzudenken als über ihre konfusen und zutiefst beunruhigenden Gefühle für Alex. Was sie im Moment jedoch am meisten verstörte, war ihr starker Drang, sich das Raubtier noch einmal ansehen zu wollen, wenn auch nur aus sicherer Entfernung.

Ein brandneuer Cadillac stob, eine Staubwolke hinter sich herziehend, auf den Vorplatz. Eine eindrucksvolle Frau mit rostroter Haarmähne stieg aus. Sie trug ein enganliegendes

Trägertop sowie einen knöchellangen bedruckten Wickelrock, dessen Schlitz lange, wohlgeformte Beine mit einem Paar straßbesetzter Sandalen enthüllte. Große Goldcreolen blitzten aus ihrer modisch gestylten Löwenmähne hervor, und ein paar dazu passende Goldarmreife zierten ihre schmalen Handgelenke.

Als die Frau auf den Eingang des *big tops* zueilte, erhaschte Daisy einen Blick auf ihr Gesicht: weiße Haut, scharfgeschnittene Züge, volle, kirschrot bemalte Lippen. Es lag etwas sehr Selbstbewußtes in der Art, wie sie sich bewegte, was sie von einem gewöhnlichen Zirkusbesucher unterschied, und Daisy beschloß, daß es sich hierbei nur um Bathsheba Quest handeln konnte.

Ein Besucher kam heran, um Tickets für die Abendvorstellung zu kaufen. Daisy schwatzte ein paar Minuten lang mit ihm, und als er ging, war auch Sheba verschwunden. Als niemand mehr am Schalter stand, begann sie ein paar alte Zeitungsartikel durchzulesen, die in einem Hängeordner gesammelt worden waren.

Alex' Nummer mit der Peitsche wurde mehrmals darin erwähnt, allerdings alles in Artikeln, die mindestens zwei Jahre alt waren, und dann erst wieder im letzten Monat. Sie wußte, daß ein Zirkus seine Nummern von Zeit zu Zeit routinemäßig austauscht, und fragte sich, was er wohl tat, wenn er nicht mit Quest Brothers herumzog.

Als die Nachmittagsvorstellung zu Ende war, tauchte einer der Schaubudenarbeiter, ein dürrer alter Mann mit einem großen Leberfleck auf der Wange, auf. »Ich heiß Pete. Alex sagt, ich soll für 'ne Weile übernehmen. Sie soll'n geh'n und sich Ihr Trikot aussuchen.«

Daisy bedankte sich bei ihm und machte sich auf den Weg zum Trailer. Als sie eintrat, sah sie zu ihrer Überraschung Sheba Quest am Spülbecken stehen und das Geschirr waschen, das noch vom Nachmittag, als Alex und Daisy rasch etwas gegessen hatten, übriggeblieben war.

»Das wär doch nicht nötig gewesen.«

Sheba drehte sich um und zuckte mit den Schultern. »Ich sitz nicht gern rum und warte.«

Daisy kam sich gleich zweifach gerügt vor: einmal für ihre offenbar schlampige Küche und fürs Unpünktlichsein. Da wollte sie nicht auch noch als schlechte Gastgeberin dastehen. »Möchten Sie eine Tasse Tee? Oder vielleicht einen Saft.«

»Nein.« Die Frau nahm ein Geschirrtuch und trocknete sich die Hände ab. »Ich bin Sheba Quest, aber das wissen Sie ja wahrscheinlich schon.«

Jetzt, aus der Nähe, konnte Daisy feststellen, daß das Make-up der Zirkusinhaberin ein wenig greller war, als sie es selbst bevorzugt hätte. Nicht übertrieben, das keineswegs. Ihre grelle, leicht provokante Art, sich zu kleiden, zusammen mit den phantasievollen Accessoires, wies lediglich darauf hin, daß ihr Schönheitsbegriff von einem Leben im Manegenlicht geformt worden war.

»Ich bin Daisy Devereaux. Oder besser Daisy Markov. Ich hab mich noch nicht an den neuen Namen gewöhnt.«

Abscheu und Feindseligkeit verzerrten einen Moment lang Shebas Gesicht. Daisy wußte instinktiv, daß sie in Sheba Quest keine Freundin gefunden hatte.

Sie zwang sich, unter Shebas kalt musterndem Blick ruhig zu bleiben. »Alex ißt gerne. Sie haben kaum was im Kühlschrank.«

»Ich weiß. Ich bin nicht sehr gut im Organisieren.« Sie besaß nicht den Mut zu sagen, daß Sheba kein Recht hatte, in ihrem Kühlschrank herumzuschnüffeln.

»Er mag Spaghetti und Lasagne und liebt mexikanisches Essen über alles. Aber verschwenden Sie Ihre Zeit nicht mit Riesendesserts. Er ist kein Liebhaber von Süßem, außer zum Frühstück.«

»Vielen Dank für den Tip.« Daisy war ein wenig übel.

Sheba fuhr mit der Hand über die aufgesprungene Anrichte. »Was für ein schreckliches Loch. Alex hatte ursprünglich einen neueren Wohnwagen, aber letzte Woche hat er ihn weggegeben und sich den dafür geholt, obwohl ich ihm einen besseren angeboten habe.«

Daisy konnte ihre Bedrücktheit nicht ganz verbergen. Warum bestand Alex darauf, daß sie in einer solchen Behausung lebten, wenn es unnötig war? »Ich hab vor, den Trailer ein wenig herzurichten«, sagte sie, obwohl sie bis zu diesem Augenblick nie daran gedacht hatte.

»Die meisten Männer möchten ihre Braut an einen hübschen Ort bringen. Es überrascht mich, daß Alex nicht von meinem Angebot Gebrauch gemacht hat.«

»Ich bin sicher, er hatte seine Gründe.«

Sheba musterte Daisys zierliche Figur. »Sie haben keine Ahnung, worauf Sie sich eingelassen haben, stimmt's?«

Sheba schien ganz auf einen Streit aus zu sein, aber da Daisy ziemlich sicher war, in einem solchen Fall den kürzeren zu ziehen, wies sie mit einer Kopfbewegung auf die beiden Trikots, die über einer Stuhllehne hingen. »Soll ich die da anprobieren?«

Sheba nickte.

Daisy nahm sich das oben liegende und mußte feststellen, daß sie nicht mehr als eine Ansammlung mitternachtsblauer Stoffstreifen in der Hand hielt. »Kommt mir ziemlich knapp vor.«

»Soll's ja auch. Das ist der Zirkus. Das Publikum erwartet, jede Menge Haut zu sehen.«

»Muß es denn meine sein?«

»Sie sind schließlich nicht fett. Ich versteh nicht, wo das Problem liegt.«

»Ich bin nicht gerade ein sportlicher Typ. Es ist mir nie gelungen, ein Gymnastikprogramm mehr als nur ein paar Minuten durchzuhalten.«

»Sie müssen sich schon ein bißchen Selbstdisziplin zulegen.«

»Nun ja, das war auch nie meine Stärke.«

Sheba betrachtete sie kritisch. Offenbar hatte sie erwartet, daß Alex Markovs Frau ein wenig mehr Rückgrat beweisen würde. Doch aus dem Zusammenleben mit ihrer Mutter hatte Daisy gelernt, sich nicht auf ein Gefecht mit einem Meisterkämpfer einzulassen. Ehrlichkeit war die einzige Defensive gegen arglistige Menschen.

Sie ging ins Bad und zog sich bis aufs Höschen aus, aber als sie das knappe Trikot überzog, merkte sie, daß der Beinausschnitt so hoch lag, daß man es sehen konnte. Also zog sie es aus und fing noch mal von vorne an.

Als es schließlich saß, betrachtete sie sich im Spiegel und kam sich auf einmal vor wie ein leichtes Mädchen. Zwei Stoffstreifen mit Spangen bedeckten ihre Brüste und ein breiterer Streifen ihre Leistengegend. Der Body bestand aus nichts weiter als einem dünnen, silbernen Glitternetz. Sheba hatte ihr nicht mal Strümpfe dazu gegeben.

»Ich glaub nicht, daß ich das tragen kann«, rief sie durch die Tür.

»Lassen Sie sehen.«

Sie trat heraus. »Es ist ein bißchen zu –« Sie brach ab, als sie Alex im Kosakenkostüm neben der Spüle stehen sah. Am liebsten wäre sie sofort wieder im Bad verschwunden und hätte es auch getan, wenn Sheba nicht dagewesen wäre. Warum mußte er ausgerechnet jetzt auftauchen, wo sie so aussah?

»Komm raus, damit wir dich richtig ansehen können«, sagte er.

Daisy trat widerwillig einen Schritt vor. Sheba stellte sich neben ihn und formte auf diese Weise wortlos eine vereinte Front gegen Daisy.

Alex sagte nichts, aber die Art, wie er sie ansah, gab Daisy das Gefühl, vollkommen nackt zu sein.

»Dreh dich um«, befahl Sheba.

Daisy kam sich vor wie eine Prostituierte, die einem Stammkunden vorgeführt wird. Auch wenn der Spiegel im

Bad zu klein war, um sich auch von hinten ansehen zu können, hatte sie eine ziemlich genaue Vorstellung von dem, was die beiden in diesem Moment sahen: zwei runde, nackte Hinterbacken mit einem schmalen blauen Stoffstreifen dazwischen, um die Pospalte zu verdecken. Ihre Wangen brannten, als sie sich wieder umdrehte.

»Wir sind ein Zirkus für Kinder und Familien«, sagte Alex. »Also, mir gefällt's nicht.«

Sheba trat zu ihr und fing an, am Oberteil rumzuzupfen. »Ich glaube, du hast recht. Sie hat wirklich nicht genug Oberweite, um das Trikot richtig auszufüllen. Es klafft ja.« Daisy fühlte, wie die Frau in ihrem Nacken herumnestelte. »Mal sehen, ob das andere besser aussieht.«

Ohne Vorwarnung öffnete Sheba das Trikothäkchen und riß ihr das Oberteil herunter, so daß Daisy auf einmal bis zu den Hüften nackt war. Mit einem überraschten Quieken versuchte Daisy, das Durcheinander von Stoffstreifen wieder hochzuziehen, aber ihre Finger waren so fahrig, daß sie sich vorkam, als würde sie versuchen, Watte zu entwirren. Ihr Blick flog zu Alex.

Er lehnte lässig an der Spüle, die Beine über Kreuz, die Hände auf die Anrichte hinter sich gestützt. Daisy bat ihn mit einem flehentlichen Blick wegzusehen, aber er wandte die Augen nicht ab.

»Lieber Himmel, Daisy, Sie erröten ja wie ein Teenager«, Shebas Lippen formten ein dünnes Lächeln. »Ich bin überrascht, daß jemand, der mit Alex im Bett war, überhaupt noch erröten kann.«

Die Pailletten an seiner Schärpe blitzten auf, als er vortrat. »Das ist genug, Sheba. Laß sie in Ruhe.«

Sheba wandte sich ab, um das andere Trikot zu nehmen. Alex stellte sich zwischen die beiden Frauen, beinahe als wolle er Daisys nackten Oberkörper vor Shebas Blicken schützen, was lächerlich war, da er ja derjenige war, vor dem sie sich verstecken wollte.

»Gib's mir.« Seine weiten Hemdsärmel bauschten sich, als er Sheba das Trikot mit den roten Pailletten aus der Hand nahm, sich ansah und dann an Daisy weiterreichte. »Das hier sieht besser aus. Schau, ob's dir paßt.«

Sie riß ihm das Trikot aus der Hand und verschwand eilig im Bad. Als sie die Tür hinter sich zugemacht hatte, lehnte sie sich mit klopfendem Herzen dagegen und versuchte, ihren aufgeregten Atem wieder ein wenig unter Kontrolle zu bekommen. Ihr war ganz heiß vor Scham. Sie war von einer Mutter aufgezogen worden, die es gewohnt war, splitternackt Sonnenbäder zu nehmen, und sie sagte sich, daß sie sich nicht so anstellen sollte. Aber es störte sie dennoch.

Sie schaffte es schließlich, sich das Trikot überzustreifen, und zu ihrer Erleichterung war an diesem ein wenig mehr dran als an dem anderen. Eine flammenförmige Paillettenbahn zog sich vom Höscheneinsatz hinauf bis zu den Brüsten, wo sie in unregelmäßigen Spitzen auslief. Der Beinausschnitt reichte beinahe bis zu den Hüften. Zögernd öffnete sie die Badezimmertür und trat hinaus. Wenigstens war nun ihr Bauch bedeckt.

Alex stand allein da, die Hüften an den Küchentisch gelehnt. Daisy schluckte heftig. »Wo ist Sheba?«

»Sie mußte mit Jack reden. Dreh dich um.«

Sie biß sich auf die Unterlippe und rührte sich nicht. »Ihr beiden hattet mal was miteinander, stimmt's?«

»Jetzt nicht mehr, also braucht's dich nicht zu bekümmern.«

»Sie scheint immer noch was für dich zu empfinden.«

»Stimmt. Sie haßt mich wie die Pest.«

Trotz all dem Gerede von Alex über seinen Stolz schien er nicht viel Ehre zu besitzen, oder er hätte sich nicht von ihrem Vater kaufen lassen, und da gab es etwas, das sie unbedingt wissen mußte.

»War sie mit Owen Quest verheiratet, als ihr eure Affäre hattet?«

»Nein. Jetzt hör auf rumzubohren und laß dich von hinten ansehen.«

»Ich glaub nicht, daß es Bohren ist, wenn ich mehr über dich wissen will. Ich hab mir zum Beispiel heute die Zeitungsartikel in dem Hängeordner angesehen und festgestellt, daß du letztes Jahr nicht bei Quest Brothers warst. Wo warst du dann?«

»Welchen Unterschied macht das schon?«

»Ich will bloß ein bißchen mehr über dich wissen.«

»Deine Neugier ist nicht mein Problem.«

Er war der verschwiegenste Mensch, der ihr je untergekommen war, und mehr war nicht aus ihm herauszubekommen. »Ich mag dieses Trikot nicht, alle beide nicht. Ich seh billig darin aus.«

»Du siehst aus wie ein Showgirl.« Da sie sich nicht wie verlangt umgedreht hatte, trat er nun hinter sie. Sie haßte es, so auf dem Präsentierteller zu stehen, und wollte schon ausweichen, doch er hielt sie an der Schulter fest. »Bleib stehen.« Mit der anderen Hand strich er über ihre Taille. »Das paßt dir besser und löst auch keinen Aufruhr aus, wenn wir in die Staaten des Bibelgürtels kommen.«

»Es ist zu knapp.«

»Eigentlich nicht. Die anderen Mädchen tragen ebenso knappe Trikots und sehen nicht annähernd so gut darin aus wie du.«

Er stand so dicht bei ihr, daß ihre Brüste über den weichen Stoff seines Hemds streiften, als sie sich zu ihm umdrehte. Sie hatte auf einmal ein ganz komisches Gefühl im Magen. »Findest du wirklich, daß ich gut aussehe?«

»Fischst du etwa nach einem Kompliment?«

Sie nickte. Ihre Knie fühlten sich an wie Gummi.

Er ließ die Hand, die auf ihrer Hüfte lag, tiefer gleiten, über den Ausschnitt ihres Höschens, und umschloß schließlich sanft ihre Pobacke. »Dann betrachte dies als ein Kompliment.« Seine Stimme klang auf einmal heiser.

Hitze durchschoß sie wie ein Blitz. Sie wich ein wenig zurück, nicht weil sie von ihm weg wollte, sondern weil sie gar zu gerne dort geblieben wäre, wo sie war.

»Wir kennen uns eigentlich noch gar nicht.«

Ohne seine Hand zu entfernen, senkte er den Kopf und begann an ihrem Hals zu knabbern. Ihre Haut kribbelte, als sie seinen Atem an ihrem Ohr fühlte. »Wir sind verheiratet. Es ist in Ordnung.«

»Wir befinden uns in einem Umstand.«

Er zog sich gerade so weit zurück, daß sie die bernsteinfarbenen Flecken in seinen Augen sehen konnte. »Ich glaub, es ist Zeit, diesen Umstand zu vollziehen, findest du nicht?«

Ihr Puls schnellte hoch, und sie hätte sich in diesem Moment nicht vom Fleck bewegen können, selbst wenn sie gewollt hätte. Während sie zu ihm aufsah, merkte sie, wie ihre Umgebung langsam verblaßte, bis es nichts mehr gab außer ihnen beiden.

Sein Mund wirkte eigenartig zärtlich für etwas mit so harten Kanten. Seine Lippen öffneten sich und strichen zart über die ihren. Gleichzeitig zog er sie an sich, wo sie ihn schwer und hart fühlen konnte. Als der Druck seiner Lippen sich ein wenig verstärkte, wurde ihr auf einmal ganz wundersam zumute. Sein Mund war warm und sanft, so ganz anders als der Rest von ihm.

Auch sie teilte ihre Lippen, weil sie eher zum Mond hätte fliegen können, als sich vor ihm zu verschließen. Er saugte an ihrer Unterlippe und berührte ihre Zungenspitze mit der seinen. Dabei wurde ihr ganz schwindlig, und sie schlang die Arme um seine Hüften, wobei sie den seidenweichen Stoff unter ihren Händen fühlte. Sie krallte die Hände sanft in seinen Popo.

Er stöhnte an ihrem Mund. »O Gott, ich will dich.« Und dann stieß er seine Zunge in sie hinein.

Ihr Kuß wurde heiß und wild. Zügellos. Er hob sie hoch, so daß ihre Füße den Kontakt zum Boden verloren, und ging mit ihr vorwärts, bis er sie gegen die Anrichte pressen konnte. Sie hob die Hände, um sich an seinem Rücken festzukrallen, weil sie Angst hatte, das Gleichgewicht zu verlieren. Er stellte sich zwischen ihre Beine, und die Pailletten an seiner Schärpe gruben sich in die weiche Haut an der Innenseite ihrer Oberschenkel.

Ihre Zunge liebkoste die seine. Sein leises Stöhnen echote in ihrer Mundhöhle. Sie fühlte seine Hände an ihrem Nacken herumfummeln. Er trat gerade so weit zurück, um ihr das Oberteil bis zur Taille herunterzuziehen.

»Gott, bist du schön«, murmelte er und musterte sie hungrig. Er wiegte ihre Brüste in den Händen und strich mit den Daumen über ihre Knospen, was heiße Blitze durch ihren Körper zucken ließ. Er fing wieder an sie zu küssen, während er ihre Brustwarzen liebkoste. Sie packte seine Arme und fühlte deren Stärke durch dic weiten Ärmel seines Hemds.

Er gab ihre Brüste frei und glitt mit den Händen an die Rückseite ihrer Oberschenkel, dort, wo sie in ihren nackten Po übergingen. Das alles war einfach zuviel für sie. Die harten Pailletten, die sich in ihre Oberschenkel gruben ... seine sanft liebkosenden Hände ...

»Noch fünf Minuten bis zur Spec!« Eine Faust schlug gegen die Tür des Trailers. »Fünf Minuten, Alex!«

Sie zuckte zusammen wie ein schuldbewußter Teenager und glitt von der Anrichte herunter. Ihm den Rücken zuwendend, machte sie sich an ihrem Trikot zu schaffen. Ihr war ganz heiß und schwach, und sie war vollkommen durcheinander. Wie hatte sie sich ihm nur so an den Hals werfen können? Einem Mann, der kaum ein freundliches Wort zu ihr sagte, ein Mann, der nicht an die Einhaltung eines Gelübdes glaubte?

Sie hastete zum Bad, doch seine leise, heisere Stimme stoppte sie, bevor sie die Tür erreichte.

»Mach dir nicht die Mühe, die Couch herzurichten, Engelchen. Du schläfst heute nacht bei mir.«

7

Während Sheba zunächst die Geldschublade und dann einen Stapel Papiere durchging, verkaufte Daisy Eintrittskarten für die Abendvorstellung an einige Spätankömmlinge. Ihre Bewegungen waren mechanisch, ihr Lächeln automatisch, denn der leidenschaftliche Kuß, den sie und Alex miteinander geteilt hatten, wollte ihr nicht mehr aus dem Kopf gehen.

Sie war so durcheinander, daß sie kaum hörte, was die Leute zu ihr sagten. Ihr wurde ganz warm bei der Erinnerung, aber gleichzeitig schämte sie sich auch. Sie hätte sich nie derart schamlos vergessen dürfen, wo er ihrer Ehe so wenig Respekt erwies.

Die Paradenmusik endete, und Sheba verließ wortlos den Wagen. Daisy machte den Ticketschalter zu und ordnete gerade das Geld in die Schublade, als Heather hereinkam. Sie trug ihr Trikot mit den Goldspangen, und ihr starkes Makeup wirkte hart auf einem so jungen Gesicht. Fünf rote Ringe baumelten wie riesige Armreife an ihrem kleinen schmalen Handgelenk, und Daisy fragte sich, ob sie sie denn überallhin mitnahm.

»Hast du Sheba gesehen?«

»Sie ist vor ein paar Minuten weg.«

Heather blickte sich um, wie um sich davon zu überzeugen, daß sie alleine waren. »Hast du 'ne Zigarette?«

»Ich hab meine letzte heute morgen geraucht. Es ist 'ne furchtbare Angewohnheit, ganz zu schweigen von teuer, und ich versuch aufzuhören. Es wird dir leid tun, wenn du dich erst mal dran gewöhnt hast, Heather.«

»Ich hab mich nicht dran gewöhnt. Ich rauch bloß so, weil mir langweilig ist.« Heather begann, unschlüssig im Büro auf und ab zu gehen, berührte hier den Schreibtisch, fuhr da über den Aktenschrank und blätterte einen Wandkalender durch.

»Weiß dein Vater, daß du rauchst?«

»Jetzt wirst du mich wohl verpetzen.«

»Das hab ich nicht gesagt.«

»Na los, tu's ruhig«, entgegnete sie kampflustig. »Er schickt mich wahrscheinlich sowieso zurück zu meiner Tante Terry.«

»Hast du dort vorher gelebt?«

»Ja. Sie hat schon vier Kinder, und sie nimmt mich nur deshalb, weil mein Dad sie dafür bezahlt, und sie braucht das Geld. Außerdem kriegt sie auf die Weise 'ne kostenlose Babysitterin. Meine Mom konnte sie nie ausstehen.« Ihr Gesicht wurde bitter. »Er kann's kaum erwarten, mich loszuwerden.«

»Das kann ich mir nicht vorstellen.«

»Du hast keine Ahnung, stimmt's? Er mag nur meine Brüder. Sheba sagt, es ist nicht meine Schuld, denn er weiß nicht, wie er mit 'ner Frau umgehen soll, mit der er keinen Sex hat, aber sie will mich bloß aufmuntern. Ich denk die ganze Zeit, wenn ich bloß besser jonglieren könnte, dann läßt er mich vielleicht hierbleiben.«

Jetzt verstand Daisy, warum Heather immer die Ringe mit sich herumschleppte. Sie wollte damit die Zuneigung ihres Vaters gewinnen. Daisy kannte sich aus damit. Auch sie hatte einen Vater, dem sie nie etwas recht machen konnte, egal wie sehr sie sich auch mühte. Eine Welle des Mitgefühls übermannte sie für dieses feenhafte Mädchen mit der Gossenschnauze. »Hast du versucht, mit ihm zu reden? Vielleicht weiß er nicht, wie ungern du zu deiner Tante zurückgehen würdest.«

Sie setzte ihr hartes Ist-mir-doch-scheißegal-Gesicht auf. »Als ob ihm das was ausmachen würde. Und du bist sowieso die Richtige, anderen Ratschläge zu erteilen. Alle reden über dich. Daß Alex dich bloß geheiratet hat, weil du schwanger bist.«

»Das stimmt nicht.« Das Zelltelefon schnurrte, bevor Daisy noch mehr sagen konnte, und sie ging zum Schreibtisch, um abzuheben. »Zirkus Quest.«

»Alex Markov, bitte«, sagte eine männliche Stimme am anderen Ende der Leitung.

»Tut mir leid, aber er ist im Moment nicht da.«

»Würden Sie ihm bitte sagen, daß Jacob Solomon angerufen hat? Er hat meine Nummer. Oh, und Dr. Theobald versucht auch, ihn zu erreichen.«

»Ich richt's ihm aus.« Als Daisy aufhängte und die Nachricht für Alex notierte, fragte sie sich, wer diese Leute wohl waren.

Es gab so viel, das sie nicht von ihm wußte, das sie nicht verstand, und er schien nicht bereit zu sein, irgend etwas preiszugeben.

Sie merkte, daß Heather irgendwann während des Telefonats verschwunden war. Mit einem Seufzer sperrte sie die Geldschublade zu, knipste das Licht aus und verließ den Trailer.

Die Arbeiter hatten das Menageriezelt bereits abgebaut, und wieder einmal ertappte sie sich dabei, wie sie an den Tiger dachte. Widerwillig, beinahe als könne sie nicht anders, schlenderte sie dorthin, wo das Zelt gestanden hatte.

Der Käfig ruhte auf einem knapp einen Meter hohen Sockel. Das harte Flutlicht warf unheimliche Schatten über den Käfig und das Tier darinnen. Mit wild klopfendem Herzen näherte sie sich vorsichtig und blieb schließlich stehen. Sinjun erhob sich und wandte sich ihr zu.

Sie erstarrte, als sich diese unheimlichen goldenen Raubtieraugen wieder auf sie richteten. Sein Blick war starr und hypnotisch; er blinzelte nicht. Ein Schaudern überlief sie, und sie fühlte, wie sie langsam in diesen goldenen Tigeraugen versank.

Schicksal.

Das Wort dröhnte durch ihren Kopf, beinahe als hätte sie es nicht selbst gedacht, sondern als käme es von dem Tiger.

Schicksal.

Sie merkte erst, daß sie näher gekommen war, als sie den

moschusartigen Geruch des Tigers roch, ein Geruch, der eigentlich unangenehm hätte sein sollen, es aber nicht war. Sie ging bis fast einen Meter an den Käfig heran, bevor sie regungslos stehenblieb. Die Sekunden tickten vorbei, wurden zu Minuten. Sie verlor jegliches Zeitgefühl.

Schicksal. Das Wort dröhnte und echote durch ihren Kopf.

Der Tiger war ein riesiges Männchen, mit enormen Tatzen und einem weißen Dreieck unter der Kehle. Sie begann zu zittern, als er die Ohren verdrehte, so daß sie die ovalen weißen Flecken auf deren Rückseite sehen konnte. Irgendwie wußte sie, daß es keine freundliche Geste war. Seine Schnurrhaare sträubten sich. Er fletschte die Zähne. Der Schweiß tröpfelte ihr zwischen den Brüsten herunter, als er ein zischendes Brüllen ausstieß, wie das eines Monsters aus einem Horrorfilm.

Sie konnte den Blick nicht senken, obwohl sie spürte, daß es das war, was er wollte. Sein starrer Blick war herausfordernd auf sie gerichtet: *Sie* sollte als erste wegsehen. Das wollte sie auch – sie hatte nicht den Wunsch, einem Tiger zu trotzen –, war aber wie gelähmt.

Die Gitterstäbe schienen sich in Luft aufzulösen, so daß sie auf einmal schutzlos vor ihm stand. Ein Schlag seiner riesigen Tatze mit den scharfen Krallen würde genügen, um ihr die Kehle aufzureißen. Dennoch konnte sie sich nicht rühren. Sie starrte ihn an und hatte das Gefühl, als hätte sich ein Fenster zu ihrer Seele geöffnet.

Die Zeit verrann. Minuten. Stunden. Jahre.

Mit Augen, die nicht länger die ihren zu sein schienen, sah sie all ihre Schwächen und Unzulänglichkeiten, die Ängste, mit denen sie sich selbst in einen Käfig gesperrt hatte. Sie sah sich durch ein Leben voller Privilegien gleiten, mitgerissen von willensstärkeren Menschen, immer voller Angst vor Konfrontationen, immer bemüht, es allen recht zu machen, allen, außer sich selbst. Die Augen des Tigers zeigten ihr all das, was sie vor sich selbst zu verbergen versucht hatte.

Und dann blinzelte er.

Der Tiger.

Nicht sie.

Mit einer Art ungläubigem Erstaunen sah sie, wie die weißen Flecken auf seinen Ohren verschwanden. Er streckte seinen großen Leib wieder auf dem Käfigboden aus und betrachtete sie ernst und vernichtend. Dann fällte er sein Urteil über sie.

Du bist schwach und feige.

Sie sah die Wahrheit in den Augen des Tigers, und das Siegesgefühl, das sie soeben noch empfunden hatte, weil sie ihren Anstarr-Wettbewerb gewonnen hatte, verpuffte, und sie merkte erst, wie weich und zittrig ihre Knie waren. Sie sank auf die unkrautbewachsene Wiese, wo sie die Knie anzog, die Arme darum schlang und ihn schweigend anstarrte, nicht länger so ängstlich, nur noch ausgelaugt.

Sie hörte die Musiker die Melodie für die letzte Nummer spielen und war sich entfernt der Stimmen der Arbeiter gewahr, die über den Platz gingen, und der Budenbesitzer, die für den Tag dichtmachten. Sie hatte in der letzten Nacht so wenig geschlafen, daß sie schläfrig wurde. Ihre Lider senkten sich ein wenig, aber nicht ganz. Sie legte die Wange auf ein Knie und blickte den Tiger aus halbgeschlossenen Augen an. Er starrte gelangweilt zurück.

Sie waren ganz allein auf der Welt, zwei verlorene Seelen. Sie fühlte jedes Pochen seines Herzens. Es kam ihr vor, als würde sein Atem ihre Lungen füllen, und allmählich wich ihre Furcht vollkommen. Statt dessen breitete sich ein Gefühl tiefen Friedens in ihr aus. Ihre Seele verschmolz mit der seinen – sie wurden eins –, und in diesem Moment wäre sie mit Freuden sein Futter, seine Nahrung gewesen, denn es gab keine Barrieren mehr zwischen ihnen.

Und dann – es ging schneller, als sie sich das je hätte vorstellen können – zerbarst ihr innerer Friede, und sie wurde von einer derartigen Schmerzwelle erfaßt, daß sie laut aufstöhnte. Irgendwo in den fernsten Winkeln ihres Verstands begriff sie, daß der Schmerz von dem Tiger ausging, nicht von ihr, doch das machte ihn auch nicht erträglicher.

Lieber Gott. Sie hielt sich den Bauch und krümmte sich. Was geschah bloß mit ihr? *Lieber Gott. Mach, daß es aufhört!* Es war unerträglich.

Sie sackte nach vorn, drückte die Wange an die Erde. Sie wußte, daß sie sterben würde.

So plötzlich, wie der Schmerz gekommen war, verschwand er wieder. Sie rang nach Luft. Zitternd richtete sie sich auf die Knie auf.

Die Augen des Tigers glommen vor Wut.

Jetzt weißt du, wie sich ein Gefangener fühlt.

Alex war fuchsteufelswild. Er stapfte über den Zirkusplatz, Sheba Quest an seiner Seite und eine Peitsche aufgerollt in der Faust. Es war Samstagabend, Zahltag für die Arbeiter, und ein paar von ihnen waren bereits betrunken, also trug er die Peitsche als Abschreckung bei sich. Im Moment jedoch waren es nicht die Arbeiter, die ihm Kopfzerbrechen bereiteten.

»Mich bestiehlt niemand!« verkündete Sheba, »und auch Daisy wird nicht damit durchkommen, bloß weil sie deine Frau ist.« Der leise, abgehackte Ton der Zirkusbesitzerin unterstrich ihren Zorn. Ihr rotes Haar flatterte wie eine Racheflamme, und ihre Augen schossen Blitze.

Das Versprechen, das Alex Owen an seinem Totenbett gegeben hatte, führte zu einem dauernden Machtkampf zwischen ihm und seiner Witwe. Sheba Quest war seine Arbeitgeberin, und sie war entschlossen, ihn so weit zu treiben, wie sie konnte, wohingegen Alex ebenso entschlossen war, Owens Wünsche zu achten. Das Ergebnis war, bisher zumindest, eine Reihe von Kompromissen, die eigentlich keinen von beiden so recht zufriedenstellte, so daß ein offenes Klingenkreuzen eigentlich unvermeidlich gewesen war.

»Es gibt keinen Beweis dafür, daß Daisy das Geld genommen hat.«

Noch während er sprach, ärgerte er sich über sich selbst, daß er überhaupt den Versuch machte, sie zu verteidigen. Es gab keinen anderen Verdächtigen. Er hätte ihr zwar durchaus zugetraut, daß sie sich an *seinem* Geld vergriff – das schien sie ohnehin als ihr rechtmäßiges Eigentum zu betrachten –, aber er hätte wirklich nicht geglaubt, daß sie in die Kasse des Zirkus greifen könnte. Was bloß zeigte, wie sein Sexualtrieb seinen gesunden Menschenverstand trübte.

»Mach dich nicht lächerlich«, schnauzte sie. »Ich hab die Geldschublade überprüft, nachdem sie zum Dienst kam. Mach dir nichts vor, Alex. Deine Frau stiehlt.«

»Ich habe nicht die Absicht, sie zu verurteilen, bevor ich nicht mit ihr gesprochen habe«, erwiderte er dickköpfig.

»Das Geld ist weg, oder etwa nicht? Und Daisy hatte die Verantwortung. Wenn sie's nicht gestohlen hat, warum ist sie dann verschwunden?«

»Ich werd sie finden und fragen.«

»Ich will, daß sie verhaftet wird, Alex. Sie hat mich bestohlen, und ich werde die Polizei rufen, sobald du sie gefunden hast.«

Er blieb abrupt stehen. »Wir rufen nie die Polizei. Das weißt du ebensogut wie alle anderen. Wenn sie wirklich schuldig ist, werd ich mich um die Sache kümmern, so wie ich mich um jeden kümmere, der hier Mist baut.«

»Die letzte Person, um die du dich ›gekümmert‹ hast, war dieser Fahrer, der den Arbeitern Drogen verkauft hat. War nicht mehr viel von ihm übrig, als du mit ihm fertig warst. Ist es das, was dir für Daisy vorschwebt?«

»Laß gut sein.«

»Du bist ein richtiger Mistkerl, weißt du das? Du wirst deine dumme kleine Schlampe diesmal nicht beschützen können. Ich will jeden einzelnen Cent zurückhaben, und dann will ich, daß sie bestraft wird. Wenn die Strafe nicht zu meiner Zufriedenheit ausfällt, sorge ich dafür, daß sich die Behörden der Sache annehmen.«

»Ich hab gesagt, ich kümmere mich drum.«

»Dann sieh zu, daß du's auch tust.«

Sheba war die kompromißloseste Frau, die er kannte, und nun blickte er ihr direkt in die Augen. »Daisy hat nichts mit dem zu tun, was zwischen uns war. Ich will nicht, daß du versuchst, dich über sie an mir zu rächen.«

Er sah Verletzlichkeit in ihren Zügen aufblitzen, etwas, das nur sehr selten geschah, doch war sie ebenso schnell wieder verschwunden. »Es tut mir leid, ein wenig Luft aus deinem aufgeblasenen Ego lassen zu müssen, aber mir scheint, du hast eine übertriebene Vorstellung von der Rolle, die du in meinem Leben spielst.«

Sie ließ ihn stehen, und er blickte ihr nach. Er wußte, daß sie log.

Beide konnten auf eine lange, komplizierte gemeinsame Vergangenheit zurückblicken. Angefangen hatte es in dem Sommer, als er sechzehn Jahre alt war, als er seine Schulferien beim Wanderzirkus Quest verbrachte und Owens Ansichten über Männlichkeit lauschte. Die Flying Cardozas gehörten in jenem Sommer ebenfalls zur Truppe, und Alex verliebte sich auf der Stelle in die einundzwanzigjährige Königin der Manege.

Nachts schlief er mit sehnsüchtigen Gedanken an ihre Schönheit, ihre Grazie und ihre Brüste ein. Die Mädchen, die er bis dahin gekannt hatte, kamen ihm im Vergleich zu der sinnlich-üppigen, unnahbaren Sheba Cardoza wie Kinder vor. Neben seiner unleugbaren Lust empfand er auch eine Art Seelenverwandtschaft mit ihr. Auch er war ein geradezu besessener Perfektionist und wollte überall der Beste sein. Sheba, so erkannte er, besaß einen ebenso starken, ebenso unbeugsamen Willen wie er.

Sie besaß darüber hinaus jedoch auch eine selbstsüchtige Ader, die von ihrem Vater genährt wurde und die Alex nicht mit ihr teilte. Sam Cardoza erzog Sheba im Glauben, besser zu sein als alle anderen. Doch sie besaß darüber hinaus auch eine weiche, mütterliche Seite und liebte es, obwohl sie noch jung war, die anderen Mitglieder der Truppe zu bemuttern, sie zu tadeln, wenn sie sich danebenbenahmen, ihre Mägen mit ihren selbstgekochten Spaghettigerichten zu füllen und sie in Liebesdingen zu beraten.

Schon mit einundzwanzig liebte sie es, die große Matriarchin zu spielen, und es dauerte nicht lange, bevor sie auch Alex in ihr Grüppchen mit aufnahm. Er tat ihr leid, dieser elternlose Sechzehnjährige, der sie mit heißen, sehnsüchtigen Blicken verfolgte. Sie sorgte dafür, daß Alex immer ausreichend und gut aß, und lag Owen beständig in den Ohren, daß er vor den ausfallenden, streitlüsternen Arbeitern geschützt werden müsse, ohne dabei die Tatsache in Betracht zu ziehen, daß er schon viel zu lange beim Zirkus lebte, um jetzt noch beschützt werden zu müssen.

Alex wollte mehr von ihr, als bemuttert zu werden, doch ein gutaussehender mexikanischer Trapezkünstler namens Carlos Mendez stand ihm dabei im Weg. Wie Sheba stammte auch Carlos aus einer alten Zirkusfamilie und war von ihrem Vater als neuer Fänger engagiert worden. Aber Sam Cardoza ging es um mehr als nur ihre Nummer. Carlos Mendez' Ahnengalerie war zwar nicht so beeindruckend wie die der Cardozas, in Sams Augen jedoch akzeptabel genug, um aus ihm einen geeigneten Zeuger für die nächste Generation von Cardozas zu machen, und Sheba tat ihrem Vater den Gefallen und verliebte sich in Carlos.

Alex war zerfressen vor Eifersucht. Seine Ahnenreihe war weit beeindruckender als die der Mendez, aber Sheba sah in ihm nur einen aufgeschossenen Teenager, der gut mit Pferden und der Peitsche umgehen konnte. Sie erzählte ihm von ihren Plänen, den feschen Mexikaner zu heiraten, und meinte im Vertrauen, daß Sam Carlos bereits die Einwilligung abgerungen habe, ihre Kinder mit dem Namen der Cardozas aufzuziehen.

Als der Sommer zu Ende ging und Alex sich bereit machte,

wieder zur Schule zurückzukehren, erhielten die Cardozas die Nachricht, daß sie in der nächsten Saison bei Ringling auftreten könnten. Carlos stolzierte daraufhin wie ein Pfau durch die Gegend, doch er besaß mehr Arroganz als Verstand, denn an dem Tag, an dem Alex gehen sollte, tauchte Sheba unerwartet in Carlos' Trailer auf und erwischte ihn dabei, wie er gerade ein Showgirl auszog.

Diese Nacht würde Alex nie vergessen. Er kam aus dem *big top* und fand Sheba vor, die auf ihn gewartet hatte. Ihre Augen waren trocken, und sie war beinahe unheimlich ruhig.

»Komm.«

Es wäre ihm nie eingefallen, sich zu weigern. Sie zog ihn von den anderen fort und führte ihn an den Rand des Zeltplatzes, wo sie zwischen zwei dicht zusammenstehende Budenwagen schlüpften. Sein Herz begann wie wild zu klopfen angesichts ihrer Heimlichtuerei und der finsteren Entschlossenheit, die ebenso verboten auf ihn wirkte wie der Moschusgeruch ihres Parfüms.

Sie blickte ihm tief in die Augen. Ohne daß ein Wort zwischen ihnen fiel, öffnete sie ihre Bluse und ließ sie über ihre Schultern herabgleiten. Ihre vollen Brüste mit den dunklen Warzen schimmerten im Licht eines Mondstrahls, der sich zwischen die Waggons gestohlen hatte. Sie nahm seine Hände und legte sie auf ihre Brüste.

Wie viele hundert Male hatte er sich etwas Derartiges ausgemalt? Doch all seine Phantasien hatten ihn nicht auf die Realität dieses Moments vorbereiten können, in dem er tatsächlich ihre Brüste anfassen durfte, in dem er ihre großen Brustwarzen unter seinen Fingern spürte.

»Küß sie«, sagte sie.

Aufstöhnend beugte er sich vor, vollkommen überwältigt von der Tatsache, daß eine so herrliche Frau ihm ein solches Geschenk offerierte. Er war zwar keine Jungfrau mehr, doch seine sexuellen Erfahrungen waren limitiert, und eine so heftige Erregung hatte er noch nie verspürt. Seine Erektion pulste groß und hart in seiner engen Hose. Gleichzeitig war er erfüllt von Ehrfurcht und einer beinahe überwältigenden Dankbarkeit für ihr Geschenk.

Ihre Finger nestelten an seinem Reißverschluß. Er keuchte an ihrem feuchten Fleisch. Sie griff in seine Hose. Er fühlte, wie sie ihn berührte, und verlor die Kontrolle. Mit einem leisen Stöhnen explodierte er.

Er zitterte vor Leidenschaft und Erniedrigung. Sie preßte ihre Lippen an seinen Mund und bot ihm einen langen, tiefen Kuß an. Dann hob sie den Kopf und wandte sich, die nackten Brüste noch naß von seinen Küssen, der Öffnung am Ende der Budenwagen zu.

Das war der Moment, in dem Alex Carlos erblickte, der dort stand und ihnen zusah.

Das harte, triumphierende Glitzern in Shebas Augen verriet Alex, daß sie die ganze Zeit über gewußt hatte, daß er da war, und da konnte er kaum mehr atmen, so betrogen fühlte er sich von ihr. Sie machte sich gar nichts aus ihm. Sie hatte ihn nur benutzt, um sich an Carlos zu rächen.

Sie starrte ihren Ex-Geliebten an und schien vollkommen vergessen zu haben, daß Alex überhaupt existierte. »Ich suche mir einen neuen Fänger«, sagte sie kalt, »du bist gefeuert«.

»Du kannst mich nicht feuern«, sprudelte der Fänger erregt hervor. »Ich bin ein Mendez.«

»Du bist ein Niemand. Selbst dieser Junge ist mehr Mann als du.«

Sie wandte sich ab und preßte die Lippen erneut auf Alex' jungen Mund. Durch seine Lust, durch den Nebel des Betrugs, fuhr ihm blitzartig Bewunderung für sie durch den Leib, und das ängstigte ihn mehr, als die Peitsche seines Onkels es je vermocht hatte. Er verstand ihren rücksichtslosen Stolz. Wie er würde auch Sheba niemals zulassen, daß jemand das bedrohte, was sie war, egal wieviel es sie kosten mochte.

Auch wenn er sie dafür haßte, daß sie ihn benutzte, so empfand er dennoch Respekt für sie.

Sheba verbrachte die nächsten sechzehn Jahre als berühmte und geachtete Zirkusartistin in den größten Zirkussen der Welt und schloß sich Quest Brothers erst wieder an, als ihre Karriere am Abklingen war. Zu der Zeit war ihr Vater bereits gestorben und Sheba, die nach wie vor ledig und kinderlos war, war die einzige noch lebende Cardoza.

Owen empfing sie mit offenen Armen in seinem Zirkus und baute seine Show um sie herum auf. In seinen seltenen Telefongesprächen mit Owen erfuhr Alex gerade so viel, um zu merken, daß der alte Mann eine Besessenheit für sie entwickelte.

Vor zwei Sommern waren Alex und Sheba einander dann wieder begegnet, und es wurde sofort klar, daß sich die Machtverhältnisse zwischen beiden inzwischen umgekehrt hatten. Mit zweiunddreißig war er am Zenit seiner Männlichkeit angelangt und mußte sich und anderen nichts mehr beweisen, während sie ihre besten Jahre als Artistin hinter sich hatte. Er wußte, was er wert war, und hatte die Selbstzweifel seiner Jugendjahre längst hinter sich gelassen. Sie war schön, rastlos und, aus Gründen, die er nicht sofort verstand, noch unverheiratet und kinderlos.

Das Feuer flammte heftig auf zwischen ihnen, doch diesmal war sie diejenige, die hinter ihm her war. Er wollte Owen nicht verletzen, also ignorierte er ihre sexuellen Vorstöße zunächst. Es wurde jedoch schnell deutlich, daß der Zirkusbesitzer auf eine Affäre zwischen ihnen gefaßt gewesen und auf seine eigenartige Weise sogar gekränkt war, als Alex fortfuhr, die Frau zu ignorieren, die er vor allen anderen schätzte und achtete.

Alex ließ sie also irgendwann in sein Bett. Sie war kurvenreich und geschmeidig, erdig und leidenschaftlich, und er hatte Sex nie mehr genossen. Er mochte ihre Zähigkeit ebenso wie die Tatsache, daß sie nicht länger die Macht besaß, ihm weh zu tun. Doch er liebte sie nicht, so sehr er sie auch mochte.

»Warum hast du nie geheiratet?« fragte er sie eines Abends, als er sich an den Tisch in ihrem luxuriösen Wohnwagen setzte, wo sie ihm, zum zweiten Mal an diesem Tag, eine Mahlzeit zubereitete. Beide trugen Bademäntel, seiner ganz schlicht, ihrer mit einem exotischen Paisleymuster, das das rostrote Feuer in ihrem Haar noch hervorhob. »Ich dachte, du wolltest unbedingt Kinder haben. Ich weiß, daß es dein Vater von dir erwartet hat.«

Sie stellte einen Teller Lasagne vor ihn hin und ging dann zum Herd zurück, um sich ihre Portion zu holen. Doch sie kam nicht gleich wieder. Statt dessen blieb sie stehen, wo sie war, und starrte auf das Essen, das sie zubereitet hatte. »Ich glaube, ich wollte wohl zuviel. Du weißt so gut wie ich, daß es Dinge gibt, die man nicht lernen kann. Um ein wirklich guter Flieger zu sein, muß man schon ein angeborenes Talent haben, also mußte der Mann, den ich heiraten wollte, aus einer guten Familie stammen. Darunter ging's nicht. Aber ich wollte ihn eben auch lieben. Liebe und Abstammung, das ist 'ne verdammt schwer zu findende Mischung.«

Sie kam mit ihrem Teller zum Tisch. »Mein Vater hat immer gesagt, lieber sollten die Cardozas aussterben, als Enkel ohne gutes Zirkusblut zu bekommen.« Sie setzte sich nieder und nahm ihre Gabel zur Hand. »Nun, und ich hab meine eigene Regel. Besser, die Cardozas sterben aus, als daß ich irgend so einen Schwächling heirate, den ich nicht respektieren kann.«

»Gut für dich.«

Sie gabelte einen Bissen auf, setzte ihn dann jedoch abrupt ab und starrte ihm offen ins Gesicht, ein schelmisches Glitzern in den Augen. »Die Markovs gehen weiter zurück als selbst die Cardozas. Sam hat mir vor all den Jahren gesagt, daß ich dich nicht hätte gehenlassen sollen. Ich hab ihn ausgelacht, weil du nur ein junger Spund warst, aber die fünf

Jahre Altersunterschied machen jetzt nicht mehr viel aus, stimmt's? Wir stammen beide aus einer der letzten großen Zirkusdynastien.«

Er schüttelte belustigt den Kopf. »Und ich hab nicht die Absicht, die Markov-Dynastie weiterzuführen. Tut mir leid, Süße, aber du mußt dich nach einem anderen für deine Trapezfliegersamenbank umsehen.«

Sie lachte, nahm eine Semmel und versuchte scherzhaft, sie ihm in den Mund zu stopfen. »Gut, daß ich nichts von dir will. Denn wenn es so wäre, hättest du nicht die leiseste Chance.«

Ihre Affäre brannte lustig weiter, so heiß und erregend, daß er den zunehmend besitzergreifenden Blicken, mit denen sie ihn ansah, keine Bedeutung zumaß und auch nicht der Tatsache, daß sie allmählich aufhörte, ihn wegen seiner angeblichen Unterlegenheit ihr gegenüber zu necken. »Wir sind Seelenverwandte«, sagte sie eines Abends mit heiserer, emotionsgeladener Stimme. »Wenn du als Frau auf die Welt gekommen wärst, dann wärst du ich.«

Sie hatte recht, aber etwas tief in seinem Innern rebellierte gegen diesen Vergleich. Er bewunderte Sheba, doch sie besaß eine Rücksichtslosigkeit, die ihn abstieß, vielleicht deshalb, weil er zuviel von sich selbst darin erblickte. Damit sie nicht noch mehr sagte, stieß er ihre muskulösen Oberschenkel auseinander und drang mit einem heftigen Stoß in sie ein.

Trotz der subtilen Veränderungen in ihrem Verhalten war er nicht auf das vorbereitet, was sie eines schwülen Nachmittags auf einer Zeltwiese außerhalb von Waycross, Georgia, zu ihm sagte. An diesem Tag sagte ihm Sheba, daß sie ihn liebte. Und als sie es sagte, sah er, daß sie es ernst meinte.

»Es tut mir leid«, sagte er so sanft, wie er nur konnte, als sie fertig war, »aber ich glaub nicht, daß es funktionieren würde.«

»Aber natürlich wird's das. Es ist Schicksal.«

Sie wollte nicht zuhören, als er ihr sagte, daß er nie jemanden lieben konnte – diese Fähigkeit war als Kind aus ihm herausgeprügelt worden –, und das Glitzern in ihren Augen sagte ihm, daß sie seine Zurückweisung als Herausforderung, als ein Spiel betrachtete. Und sie stellte sich dieser Herausforderung mit derselben Entschlossenheit, mit der sie sich den dreifachen Salto angeeignet hatte. Sie begriff erst, als er sich nach der letzten Vorstellung ans Kofferpacken machte. Er meinte es ernst. Er würde gehen. Er liebte sie nicht. Und er würde sie nicht heiraten.

Als die Endgültigkeit seines Entschlusses endlich einsank, da brach ihre ganze Überzeugung, alles bekommen zu können, was sie sich wünschte, wie ein Kartenhaus in sich zusammen, und sie rastete aus. Etwas Unvorstellbares geschah, etwas, das sie sich nie vergeben würde: Sie flehte ihn an, nicht zu gehen.

Er war wahrscheinlich der einzige Mensch auf der Welt, der das Ausmaß dessen, was sie damit anrichtete, als sie in Tränen ausbrach und sich vor ihm auf die Knie warf, wirklich verstehen konnte. Sie warf ihren Stolz über Bord und damit alles, was sie zu dem machte, was sie war.

»Sheba, hör auf. Du mußt aufhören.« Er versuchte, sie hochzuziehen, aber sie krallte sich an ihm fest und schluchzte derart verzweifelt, daß er es noch bis ins Grab hören würde. Und genau in diesem Moment fühlte er auch, wie sich ihre Liebe in Haß verwandelte.

Owen Quest, den der Lärm alarmiert hatte, kam in den Wohnwagen gestürzt und überflog die Szene mit einem Blick. Dann sah er Alex in die Augen und wies mit einer Kopfbewegung zur Tür. »Geh ruhig. Ich kümmere mich jetzt um sie.«

Eine Woche später heiratete sie Owen, einen Mann, der beinahe doppelt so alt war wie sie und ihr keine Kinder mehr schenken konnte, und Alex war der einzige, der den Grund dafür verstand. Seine Zurückweisung hatte sie bis ins Mark getroffen, und sie konnte sich nur dadurch wieder in die Augen sehen, indem sie sich mit einem einflußreichen, mächtigen Mann verband, der sie auf ein Podest stellte. Da ihr Vater tot war, wandte sie sich an Owen.

»Alex!« Heathers verängstigte Stimme durchbrach seine verstörenden Erinnerungen. »Ich hab Daisy gesehen! Sie ist bei Sinjuns Käfig.«

Sheba hörte, was Heather gesagt hatte, und ließ Jack Daily stehen, um zu Alex zurückzueilen. »Ich regle das.«

»O nein. Das ist mein Job.«

Während sie einander zornig in die Augen sahen, verfluchte er Owen Quest innerlich dafür, daß er ihnen beiden das antat. Erst nach Owens Tod war ihm klargeworden, wie raffiniert der alte Bussard ihn manipuliert hatte. Er zählte darauf, daß Alex und Sheba ihre Streitigkeiten beilegten, heirateten und Quest Brothers weiterführten. Owen hatte ihrer beider Charaktere nie richtig verstanden. Und ganz gewiß hatte er nicht mit einem diebischen kleinen Biest namens Daisy Devereaux gerechnet, das seine Pläne verderben würde.

Heather rannte neben ihm her, bemüht, mit ihm Schritt zu halten. Ihre Stirn war angstvoll gerunzelt. »Es war nicht viel Geld. Bloß zweihundert Dollar. Das ist nicht so viel.«

Er schlang den Arm um ihre Schultern und drückte sie tröstend. »Ich will, daß du dich da raushältst, Heather. Hast du verstanden?«

Sie blickte mit großen, angstvoll aufgerissenen Augen zu ihm auf. »Du wirst sie doch nicht auspeitschen, Alex? Das hat mein Bruder jedenfalls behauptet. Er sagt, du wirst sie jetzt sicher auspeitschen.«

Daisy wurde von einem Stimmengewirr geweckt. Sie hob den Kopf von ihren angezogenen Knien und merkte, daß sie vor Sinjuns Käfig eingenickt war. Während sie sich streckte, fielen ihr wieder die Schmerzen ein, die sie so plötzlich überfallen hatten, und dieses unheimliche Gefühl, mit dem Tiger eins zu sein. Wirklich bizarr. Sie mußte das alles geträumt haben, aber es war ihr so real vorgekommen.

Sie blickte auf den Käfig. Sinjun hatte den Kopf gehoben und die Ohren gedreht, so daß wieder die weißen Flecken zu sehen waren. Sie folgte seinem Blick und sah Alex auf sich zustürmen, Sheba und Heather im Schlepptau. Langsam richtete sie sich auf die Füße.

»Wo ist es?« fragte Sheba barsch.

»Ich regle das«, fauchte Alex.

Daisy lief ein unheimlicher Schauder über den Rücken, als sie den kalten, entschlossenen Ausdruck auf seinem Gesicht sah. Sinjun begann rastlos auf und ab zu laufen. »Was regeln? Was ist los?«

Sheba musterte sie mit eiskalter Verachtung. »Spielen Sie nicht die Unschuldige. Wir wissen, daß Sie das Geld genommen haben, also rücken Sie's raus. Oder haben Sie's schon irgendwo versteckt?«

Sinjun knurrte.

»Ich hab gar nichts versteckt. Wovon reden Sie eigentlich?«

Alex nahm die Peitsche von einer Hand in die andere. »Aus der Geldschublade fehlen zweihundert Dollar, Daisy.«

»Das ist unmöglich.«

»Es ist wahr.«

»Ich hab's nicht genommen.«

»Das werden wir sehen.«

Sie konnte nicht glauben, was da passierte. »Ich war nicht die einzige, die dort gearbeitet hat. Vielleicht hat Pete was gesehen. Er hat für mich übernommen, während ich Trikots anprobierte.«

Sheba trat näher. »Sie vergessen, daß ich reinkam und die Schublade überprüft hab, gleich nachdem Sie wieder anfingen. Alles hat gestimmt. Die zweihundert Dollar sind danach verschwunden.«

»Das ist unmöglich. Ich war die ganze Zeit da. Es konnte nicht verschwinden.«

»Ich werd sie durchsuchen, Alex. Vielleicht hat sie's ja noch bei sich.«

Alex sprach leise, doch seine Stimme enthielt einen unüberhörbaren Befehlston. »Du rührst sie nicht an.«

»Was ist los mit dir?« rief Sheba aus. »Seit wann hast du dein Hirn in der Hose?«

»Kein Wort mehr.« Er blickte Heather an, die der Auseinandersetzung atemlos lauschte. »Geh jetzt, Schätzchen. Morgen ist alles geklärt.«

Heather entfernte sich zögernd, doch Daisy bemerkte, daß ein paar andere näher kamen. Neeco Martin, der Elefantendompteur, schlenderte mit Jack Daily heran, und Brady kam mit einem Showgirl im Schlepptau.

Alex bemerkte ebenfalls, daß sich die Leute um sie zu sammeln begannen, und wandte sich wieder an Daisy. »Es ist besser, wenn du das Geld jetzt gleich herausrückst, Daisy, glaub mir.«

»Aber ich hab's nicht!«

»Dann muß ich eben danach suchen, und ich werde bei dir anfangen.«

»Nein!«

Er packte sie am Arm, und Sinjun stieß ein donnerndes Gebrüll aus, als Alex sie wegzerrte, um zu ihrem Trailer zu gehen. Sheba ging an Alex' linker Seite und machte so unmißverständlich klar, daß sie nicht die Absicht hatte, sich abschütteln zu lassen.

Aus den Augenwinkeln sah Daisy die finsteren, kompromißlosen Mienen der andern, jener Leute, die noch am gestrigen Abend um ihren Hochzeitskuchen herumgestanden waren. Jill war unter ihnen, doch diesmal wich sie Daisys Blick aus. Madeline wandte sich ab, und Brady Pepper funkelte sie zornig an.

Während Alex sie grob mitzerrte, schoß ein solch schmerzhaftes Gefühl des Verratenseins durch sie hindurch, daß es sie bis in ihre Seele erschütterte. »Bitte hör auf damit. Du weißt, daß ich nie stehlen würde.«

»Tatsächlich weiß ich nichts dergleichen.« Sie waren am

Trailer angekommen, und er langte mit der Hand, in der er die Peitsche hielt, um sie herum und öffnete die Tür. »Geh rein.«

»Wie kannst du das bloß tun?«

»Ist mein Job.« Mit einem Stoß beförderte er sie die Stufe hinauf.

Sheba folgte ihnen. »Wenn du unschuldig bist, hast du ja nichts zu befürchten, nicht wahr?«

»Ich bin unschuldig!«

Er warf die Peitsche auf einen Stuhl. »Dann hast du ja nichts dagegen, wenn ich dich durchsuche.«

Ihre Augen flogen von einem zum andern, und die kalte Entschlossenheit, die sie in beiden Mienen las, machte sie ganz krank. Egal, was ursprünglich zwischen den beiden gestanden haben mochte, nun bildeten sie eine vereinte Front gegen sie.

Er trat einen Schritt näher, und sie wich zur Anrichte zurück, an der er sie, nur wenige Stunden zuvor, noch so leidenschaftlich geküßt hatte. »Ich kann das nicht zulassen«, stieß sie verzweifelt hervor. »Wir haben einen heiligen Eid geleistet, Alex. Bitte vergiß das nicht.« Sie wußte, daß sie sich mit ihrem Verhalten in deren Augen nur noch schuldiger machte, aber eine Ehe beruhte nun mal auf gegenseitigem Vertrauen, und wenn er das zerstörte, hatten sie keine Chance mehr.

»Komm schon, es ist gleich vorbei.«

Sie wich seitwärts an der Anrichte entlang aus. »Ich kann nicht zulassen, daß du mich anfaßt. Bitte glaub mir doch! Ich hab das Geld nicht gestohlen! Ich hab noch nie im Leben was gestohlen!«

»Hör auf damit, Daisy. Du machst es nur noch schlimmer für dich.«

Sie sah, daß er nicht nachgeben würde. Mit einer Entschlossenheit, die ihr angst machte, drängte er sie gegen den Küchenschrank.

Sie blickte wie benommen zu ihm auf. »Tu's nicht«, flüsterte sie. »Bitte. Ich flehe dich an.«

Er erstarrte einen Moment lang. Dann legten sich seine Hände an ihre Seiten. Während Sheba zusah, strich er über ihre Taille und Hüften, dann über ihren Bauch, ihren Rücken und die Brüste, die er nur Stunden zuvor so zärtlich gehalten hatte. Als er ihr zwischen die Beine griff, schloß sie die Augen, weil ihr auf einmal ganz schlecht wurde.

»Du hättest mir glauben sollen«, flüsterte sie, als er fertig war.

Er trat einen Schritt zurück und sah sie verwirrt und besorgt an. »Wenn du's nicht bei dir hast, warum hast du dich dann gewehrt?«

»Weil ich wollte, daß du mir vertraust. Ich bin keine Diebin.«

Sie blickten einander tief in die Augen. Er sah aus, als wollte er etwas sagen, doch in diesem Augenblick trat Sheba nach vorn.

»Sie hatte jede Menge Zeit, das Geld loszuwerden. Warum durchsuchst du nicht den Trailer, und ich seh mal in deinem Pickup nach?«

Alex nickte, und Sheba ging. Daisy fing an, mit den Zähnen zu klappern, obwohl es eine warme Nacht war. Es verriet eine Menge über das Verhältnis zwischen Alex und Sheba, daß sie einander, zumindest in dieser Sache, vertrauten. Keiner von beiden jedoch vertraute ihr.

Daisy sank auf die Couch und schlang die Arme um ihre Knie, damit sie aufhörten zu zittern. Sie sah nicht zu, wie Alex die Schränke und Fächer und ihre Sachen durchsuchte. Ein Gefühl von Unausweichlichkeit überkam sie. Sie konnte sich nicht mehr daran erinnern, wie es sich anfühlte, die Kontrolle über ihr eigenes Leben zu haben. Vielleicht hatte sie das ja nie gehabt. Zuerst hatte sie sich den Wünschen ihrer Mutter gebeugt, dann denen ihres Vaters. Und nun hatte dieser gefährliche neue Ehemann ihr Leben in seine Hand genommen.

Das Rascheln verstummte. Eine schwere Stille legte sich über den Raum. Sie starrte auf das Muster des alten, abgelaufenen Teppichs. »Du hast das Geld gefunden, stimmt's?«

»Ganz unten in deinem Koffer, dort, wo du's versteckt hast.«

Sie blickte auf und sah ein offenes Säckchen zu seinen Füßen liegen. Ein kleiner Stapel zusammengefalteter Geldscheine lag auf seiner Handfläche. »Jemand hat's dahin getan. Ich hab's nicht versteckt.«

Er steckte das Geld in seine Tasche. »Hör auf, Spielchen zu spielen. Du bist ertappt. Hab zumindest den Mut, die Wahrheit zu sagen und die Konsequenzen zu ziehen.«

»Ich hab das Geld nicht gestohlen. Jemand will mir was anhängen.« Für Daisy war es offensichtlich, daß Sheba dahintersteckte. Alex mußte das doch auch sehen. »Ich hab's nicht getan! Du mußt mir glauben.«

Ihre Worte erstarben, als sie seine fest zusammengebissenen Kiefer sah und erkannte, daß sie nichts tun konnte, um ihn umzustimmen. Resigniert sagte sie: »Ich werd jetzt aufhören, mich zu verteidigen. Ich hab die Wahrheit gesagt, und mehr kann ich nicht tun.«

Er ging zu dem Stuhl, der vor ihr stand, und setzte sich. Er sah müde aus, aber lange nicht so, wie sie sich fühlte. »Holst du jetzt die Polizei?«

»Wir kümmern uns selbst um unsere Probleme.«

»Und du bist hier der Richter.«

»So läuft's hier.«

Ein Zirkus sollte eigentlich ein Ort der Magie, des Zaubers sein, doch alles, was sie gefunden hatte, waren Mißtrauen und Zorn. Sie starrte ihn an, versuchte, hinter seine undurchdringliche Fassade zu blicken. »Und wenn du nun einen Fehler machst?«

»Mache ich nie. Das kann ich mir nicht leisten.«

Ein kalter Schauder lief ihr über den Rücken, als sie dies hörte, wie eine Art dunkler Vorahnung. Eine solche Arroganz lud Desaster geradezu ein. Ein Kloß stieg ihr in den Hals. Sie hatte gesagt, sie würde sich nicht länger verteidigen, doch der Gefühlssturm, der sie durchtoste, drohte, sie mitzureißen. Sie schluckte hart, starrte die häßlichen, schlaffen Vorhänge am Fenster hinter ihm an und sagte: »Ich hab die zweihundert Dollar nicht gestohlen, Alex.«

Er erhob sich und ging zur Tür. »Mit deiner Strafe befassen wir uns morgen. Du bleibst hier. Versuch nicht davonzulaufen. Ich finde dich, wenn du's tust, verlaß dich drauf.«

Sie hörte die Kälte in seiner Stimme und fragte sich, welche Strafe er wohl verhängen würde. Eine harte, dessen war sie sicher.

Er machte die Tür auf und verschwand in der Dunkelheit. Sie hörte das Brüllen des Tigers und erschauerte.

Sheba sah zu, wie Alex von ihr wegging. Sie blickte die zweihundert Dollar an, die er ihr gegeben hatte, und wußte, daß sie wegmußte, und schon wenige Augenblicke später raste sie in ihrem Cadillac über die Schnellstraße. Es war ihr egal, wo sie hinfuhr, sie wollte bloß allein sein, allein, um Alex' Demütigung zu feiern. So stolz, so arrogant, und dennoch hatte Alex Markov eine ganz gewöhnliche kleine Diebin geheiratet.

Erst vor wenigen Stunden, als Jill Dempsey ihr erzählte, daß Alex verheiratet war, hatte sie noch sterben wollen. Sie hatte die häßliche Erinnerung an den Tag, an dem sie ihren Stolz über Bord geworfen und sich vor ihm erniedrigt hatte, nur deshalb ertragen, weil sie wußte, daß er nie eine andere heiraten würde. Wie könnte er auch eine Frau finden, die ihn ebenso verstand wie sie, seinen Zwilling, die andere Hälfte seines Selbst? Wenn er sie nicht heiratete, heiratete er keine, und das hatte ihren Stolz wieder aufgerichtet.

Doch heute war das alles zu Ende gegangen. Sie konnte nicht glauben, daß er sie abgewiesen hatte, nur um sich dieses nutzlose kleine Nichts zu suchen, und die Erinnerung an damals, als sie vor ihm auf den Knien lag und ihn unter Tränen anflehte, sie zu lieben, war wieder so frisch in ihr aufgestiegen, als wäre es gestern geschehen.

Und jetzt, rascher, als sie dies je für möglich gehalten hätte, wurde Alex dafür bestraft, und sie konnte wieder mit hocherhobenem Haupt einhergehen. Sie konnte sich keinen schlimmeren Schlag gegen seinen Stolz vorstellen als das hier. Ihre Demütigung war zumindest zwischen ihnen beiden und Owen geblieben, doch die seine vollzog sich vor aller Augen.

Sheba drehte ihr Autoradio voll auf und ließ sich von Hardrock überfluten. Armer Alex. Er tat ihr richtig leid. Er hatte die Chance, die Königin der Manege zu heiraten, verspielt und saß nun mit einer gewöhnlichen kleinen Diebin da.

Während Sheba Quest über den mondbeschienenen Highway raste, kauerte Heather Pepper mit angezogenen Knien hinter dem Airstream ihres Vaters, die dünnen Arme um die Brust geschlungen, die Wangen tränennaß.

Wie hatte sie nur etwas so Schreckliches tun können? Wenn ihre Mom noch leben würde, hätte sie mit ihr reden können, hätte erklären können, wie das alles einfach passiert war, wie sie die offene Geldschublade einfach gesehen hatte und wie sie Daisy haßte, und da war's eben einfach passiert. Ihre Mom hätte ihr geholfen, die Sache in Ordnung zu bringen.

Aber ihre Mom lebte nicht mehr. Und Heather wußte, wenn ihr Dad je herausbekam, was sie getan hatte, dann würde er sie für immer hassen.

8

»Da hamse die Schaufel, Miss«, sagte der Elefantenwärter. »Und hier is die Schubkarre. Mistense man den Anhänger aus.«

Digger, der sich für Neeco Martin, den Dompteur, um die Elefanten kümmerte, drückte ihr die Schaufel in die Hand und hinkte davon. Der alte Mann war gichtig und dürr. Seine Wangen waren eingefallen, weil er fast keine Backenzähne mehr hatte. Digger war ihr neuer Boss.

Daisy starrte die Schaufel benommen an. Das war ihre Strafe. Irgendwie hatte sie erwartet, daß Alex sie im Trailer einsperren würde, eine fahrende Gefängniszelle sozusagen, doch sie hätte sich denken können, daß es nicht so einfach werden würde.

Letzte Nacht hatte sie sich auf der Couch in den Schlaf geweint. Sie hatte keine Ahnung, wann er hereingekommen war oder ob überhaupt. So wie die Dinge standen, hätte er ebensogut die Nacht mit einem der Showgirls verbracht haben können. Verzweiflung wallte in ihr auf. Während der Fahrt heute vormittag hatte er kaum ein Wort mit ihr gewechselt, außer um ihr zu sagen, daß sie von nun an für Digger arbeiten würde und den Platz nicht ohne seine Erlaubnis verlassen dürfe.

Sie blickte von der Schaufel in ihrer Hand auf das Innere des Trucks. Die Elefanten waren bereits durch die weiten Schiebetüren an der Seite über eine Rampe aus dem riesigen Anhänger ausgeladen worden. Ihr Magen krampfte sich zusammen, und ihr wurde speiübel. *Haufen* lagen da drinnen, riesige Haufen. Einige davon waren beinahe hübsch und ordentlich, mit Strohhalmen dazwischen. Andere dagegen waren von gigantischen Füßen zerquetscht worden.

Und der Gestank.

Sie wandte den Kopf ab und rang nach Luft. Ihr Mann hielt sie für eine Diebin und Lügnerin und hatte sie zur Strafe zur Arbeit mit den Elefanten verdonnert, obwohl er wußte, daß sie Angst vor Tieren hatte. Wieder warf sie einen Blick in den Anhänger.

Heilige Maria Mutter Gottes.

Eine tiefe Niedergeschlagenheit übermannte sie, und da wußte sie, daß sie versagt hatte. Sie konnte es einfach nicht. Andere Menschen schienen geheime Kraftreserven zu besitzen, aus denen sie in Krisenzeiten schöpfen konnten, aber sie nicht. Sie war schwach und nutzlos. Alles, was ihr Vater über sie gesagt hatte, stimmte. Alles, was Alex gesagt hatte. Sie war zu nichts nütze, außer zu oberflächlichem Partygeplauder, und das war wertlos in dieser Welt hier. Die späte Morgensonne brannte ihr auf den Kopf, und sie blickte tief in ihre Seele, konnte jedoch nicht mal das kleinste Quentchen Mut darin finden. *Ich geb auf.* Die Schaufel glitt ihr aus den Händen und fiel scheppernd auf die Rampe.

»Hast du endlich genug?«

Sie blickte auf Alex herunter, der am Fuß der Rampe stand. Sie nickte langsam.

Er blickte zu ihr hinauf, die Hände in die Hüften seiner ausgewaschenen Jeans gestützt. »Die Männer haben gewettet, ob du's überhaupt in den Anhänger hinein schaffst.«

»Und wie hast du gewettet?« Ihre Stimme war nur mehr ein heiseres Flüstern.

»Du bist nicht zum Mistschaufeln geschaffen, Engelchen. Jeder kann das sehen. Aber damit du's weißt, ich hab mich rausgehalten.«

Nicht aus Loyalität natürlich, dessen war sie sicher, sondern um seinen Ruf als Boss zu wahren. Sie betrachtete ihn beinahe neugierig. »Du wußtest von Anfang an, daß ich das nicht könnte, stimmt's?«

Er nickte langsam. »Ich wußte es.«

»Warum hast du mich dann dazu gezwungen?«

»Du mußtest einsehen, daß du's hier nicht schaffen kannst. Aber es hat lange gedauert, Daisy. Ich hab versucht, Max begreiflich zu machen, daß du hier nicht den Hauch einer Chance hast, aber er wollte nicht auf mich hören.« Seine Stimme wurde beinahe sanft, und aus irgendeinem Grund störte sie das mehr als seine Verachtung. »Geh zurück zum Wohnwagen, Daisy, und zieh dich um. Ich besorg dir ein Rückflugticket.«

Aber wo sollte sie hingehen? Sie hatte kein Zuhause mehr.

Sie hörte Sinjuns zorniges Brüllen und schaute sich nach seinem Käfig um, doch der Wasserwagen verstellte ihr die Sicht.

»Ich geb dir ein bißchen Geld zum Leben, bis du einen Job gefunden hast.«

»In der Limousine hab ich dich gebeten, mir was zu leihen, aber du wolltest nicht. Warum jetzt?«

»Ich hab deinem Vater versprochen, dir 'ne faire Chance zu geben. Ich hab mein Wort gehalten.«

Mit diesen Worten drehte er sich um und ging auf den Wohnwagen zu, ohne sich nach ihr umzudrehen, so sicher war er, daß sie ihm folgen würde. Diese Gewißheit war es, die ihre Verzweiflung blitzartig durchbrach und durch heiße Wut ersetzte, ein Gefühl, das ihrer sonst so sonnigen Natur derart fremd war, daß sie es nicht gleich erkannte. Er war so überzeugt von ihrer Rückgratlosigkeit, daß er an ihrem Aufgeben nicht eine Sekunde lang zweifelte.

Und sie gab ja auch auf, oder nicht?

Sie blickte hinunter auf die Schaufel zu ihren Füßen. Getrockneter Mist klebte an Blatt und Griff, was einen Schwarm Fliegen anzog. Während sie sie anstarrte, wurde ihr klar, daß diese dreckverschmierte Schaufel das Symbol für alle Entscheidungen war, die sie bis jetzt in ihrem Leben getroffen hatte beziehungsweise denen sie ausgewichen war.

Aufschluchzend schnappte sie sich die Schaufel und stürzte sich kopfüber in das stinkende Innere des Anhängers. Mit angehaltenem Atem stieß sie das Schaufelblatt unter den nächstbesten Haufen, hievte ihn mühsam hoch und balancierte ihn mit zittrigen Armen zum Schubkarren. Ihre Lungen brannten vor Anstrengung. Sie rang keuchend nach frischer Luft und erstickte beinahe an dem Gestank. Ohne sich Zeit zum Überlegen zu lassen, stürzte sie sich auf den nächsten Haufen und den nächsten. Ihre Arme fingen an zu schmerzen, aber sie hielt nicht inne.

Alex Stiefelschritte ertönten auf der Rampe. »Hör auf damit, Daisy, und komm raus.«

Sie schluckte hart, denn sie hatte einen Kloß im Hals. »Hau ab.«

»Du schaffst es hier nicht. Mit deiner Dickköpfigkeit zögerst du das Unvermeidliche bloß raus.«

»Du hast wohl recht.« Sie verlor ihren Kampf gegen die Tränen. Mit einem Mal rannen sie ihr in dicken Tropfen über die Wangen. Sie schnüffelte, hörte aber nicht auf zu schaufeln.

»Das einzige, was du mir damit beweist, ist, wie töricht du bist.«

»Ich versuch gar nicht, *dir* irgendwas zu beweisen, und jetzt will ich wirklich nicht länger darüber reden.« Mit einem zittrigen Schluchzer hievte sie eine weitere Schaufel voll hoch und schleppte sie mit letzter Kraft zur Schubkarre.

»Weinst du?«

»Hau ab.«

Er kam hinein und ging um sie herum, bis er vor ihr stand. »Du weinst ja.«

Ihre Stimme zitterte. »Entschuldige, aber du stehst mir im Weg.«

Er langte nach der Schaufel, aber sie riß sie weg, bevor er sie erwischen konnte. Wieder stieg heiße Wut in ihr hoch und gab ihr die Kraft, die Schaufel unter einen weiteren Haufen zu rammen, ihn aufzunehmen und damit in seine Richtung zu fuchteln. »Hau ab! Ich mein's ernst, Alex! Wenn du mich nicht sofort in Ruhe läßt, schmeiß ich dir den Misthaufen ins Gesicht!«

»Das wagst du nicht.«

Ihre Arme zitterten, und Tränen tropften ihr vom Kinn auf das T-Shirt, aber sie blickte ihm furchtlos in die Augen. »Du solltest niemanden reizen, der nichts zu verlieren hat.«

Einen Moment lang stand er nur regungslos da. Dann schüttelte er langsam den Kopf und wich zurück. »Wie du willst, aber du machst's dir nur noch schwerer.«

Sie brauchte zwei Stunden, um den Anhänger sauber zu bekommen. Den schweren Schubkarren über die Rampe nach unten zu befördern war das Schwerste von allem. Beim ersten Mal kippte er um, und sie mußte wieder ganz von vorne anfangen. Sie weinte die ganze Zeit, hielt aber keine Sekunde lang inne. Gelegentlich blickte sie auf und sah Alex vorbeischlendern, die goldenen Augen wachsam auf sie gerichtet, doch sie ignorierte ihn. Ihre Arme taten mittlerweile unerträglich weh, aber sie biß die Zähne zusammen und zwang sich irgendwie weiterzumachen.

Als sie schließlich den Innenraum mit dem Schlauch ausgespritzt hatte, stand sie im Rahmen der Schiebetür. Die Jeans und das T-Shirt, die ihr Alex vor zwei Tagen gekauft hatte, waren so dreckverkrustet wie alles übrige an ihr. Ihr Haar stand ihr in Strähnen vom Kopf ab, und all ihre Fingernägel waren abgebrochen. Sie ließ den Blick über ihr Werk schweifen und versuchte, etwas Stolz auf das Erreichte aufzubringen, doch alles, was sie fühlte, war Erschöpfung.

Sie sank an die Schiebetür. Von dort oben auf der Rampe konnte sie die großen Elefanten sehen, die am Straßenrand angekettet worden waren, um Reklame für den Zirkus zu machen.

»Kommense runter, Miss«, sagte Digger. »'S gibt noch 'ne Menge zu tun.«

Sie hinkte die Rampe herunter, ohne dabei die kleinen Elefanten aus den Augen zu lassen, die keine zehn Meter von ihr entfernt frei herumliefen.

Er wies mit einer Handbewegung auf die Kleinen. »Meine Babies brauchen Wasser. Nehmense diesen Bullenhaken, un treibense se zur Tränke.« Er hielt einen etwa einen Meter langen Stab mit einem Eisenhaken am Ende hoch und ging damit zu den Elefantenbabies, von denen jedes fast eine Tonne wiegen mußte. Mit einer Mischung aus Befehlen und leichten Stößen mit dem Bullenhaken brachte er sie dazu, zu dem nahe stehenden eisernen Wassertank zu marschieren. Daisy, der das Herz bis zum Hals schlug, hielt sich so weit wie möglich fern.

Er warf einen Blick zu ihr zurück. »So kriegense de Arbeit nich hin, wennse so weit weg stehen.«

Sie ging vorsichtig ein paar Schritte vor, wobei sie sich einredete, daß die Tiere trotz ihrer Größe ja noch Babies waren. Und keine biestigen kleinen Hunde.

Sie sah zu, wie einige von ihnen mit den Mäulern das Wasser direkt aus dem Trog schlürften, während andere es in ihren Rüssel saugten und dann ans Maul brachten. Digger bemerkte, wie sehr sie sich immer noch zurückhielt. »Se haben doch nich etwa Bammel vor denen, Miss?«

»Nennen Sie mich Daisy.«

»Se dürfen 'nem Tier nie zeigen, dasse Bammel haben.«

»Das sagt mir jeder.«

»Se müssen denen zeigen, wer der Boß is. Zeigense ihnen, wer der Herr im Haus is.«

Er schlug einem Tier auf die Flanke, um es beiseite zu schieben, damit die anderen auch noch Platz hatten. Von ihrem Sitz aus, während der Vorstellung, hatte sie die Babies noch so süß gefunden, mit ihren riesigen, flappigen Ohren, den langen, gebogenen Wimpern und ernsten Gesichtern, doch nun hatte sie eine Todesangst.

Sie sah Neeco Martin mit den großen Elefanten – den Bullen, wie man sie nannte, obwohl alles Weibchen waren. Sie zuckte zusammen, als er einem einen harten Schlag mit dem Bullenhaken versetzte. Sie mochte ja nicht gerade eine Tierliebhaberin sein, aber etwas in ihr rebellierte bei diesem Anblick. Diese Elefanten hatten sich das Leben im Zirkus nicht ausgesucht, und es war nicht fair, sie zu quälen, bloß weil sie den Regeln, die die Menschen für sie aufgestellt hatten, nicht folgten, noch dazu, wo diese Regeln ihren natürlichen Instinkten widersprachen.

»Ich muß Neeco helfen, de Elefanten zum Reiten fertigzumachen«, sagte Digger. »Bringense die Babies wieder zum Zaun zurück. Ich helf Ihnen dann in 'n paar Minuten beim Festbinden.«

»O nein! Ich glaub nicht –«

»Das hier is Pudding. Das is Tater. Die da am Ende is Pebbles und das hier is BamBam. Wir nennen ihn einfach Bam. Also los, Pebbles. Und benimm dich, hörste?« Er drückte Daisy den Bullenhaken in die Hand und machte sich aus dem Staub.

Daisy blickte verzweifelt von dem Haken in ihrer Hand zu den Elefanten. Bam machte das Maul auf, um zu gähnen oder auch um sie zu fressen, sie war sich da nicht ganz sicher und sprang sicherheitshalber zurück. Zwei Elefanten tauchten ihre Rüssel in die Tränke.

Jetzt geb ich wirklich auf, dachte sie. Sie hatte es geschafft, diesen Anhänger auszumisten, aber noch näher an die Elefanten ranzugehen überstieg einfach ihre Fähigkeiten. Sie hatte nun wirklich ihre Grenzen erreicht.

Sie sah Alex in der Ferne stehen und ihr zusehen, wie ein Geier, der darauf wartet, sich auf ihren nutzlosen Kadaver stürzen zu können.

Sie erschauderte und ging zögernd einen Schritt auf die Elefantenbabies zu. »Äh – also los dann.« Sie wies versuchsweise mit dem Bullenhaken auf den Zaun.

Bam, oder vielleicht war's auch Pebbles, hob den Kopf und schnaubte sie verächtlich an.

Sie tastete sich noch einen Schritt vor. »Bitte macht mir keine Schwierigkeiten. Ich hatte einen harten Tag.«

Tater hob den Rüssel aus der Tränke und drehte sich zu ihr um. Ehe sie sich's versah, spritzte er ihr das Wasser mitten ins Gesicht.

»Oh!« Nach Luft schnappend, sprang sie zurück.

Tater wackelte davon, aber nicht in Richtung Zaun, sondern auf die Wohnwagen zu.

»Komm sofort zurück!« rief sie und wischte sich das Wasser aus den Augen. »Laß das sein! Bitte!«

Neeco eilte herbei; in der Hand hielt er einen langen Metallstab mit einem U-förmigen Zinken daran. Er stieß damit nach Tater, wobei er sich einen Punkt hinter dem Ohr aussuchte. Der kleine Elefant stieß ein schmerzerfülltes Quieken aus, zuckte zurück und marschierte sofort in Richtung Zaun. Die anderen folgten ihm auf dem Fuße.

Daisy starrte den Tieren nach, dann blickte sie Neeco an. »Was haben Sie mit ihm gemacht?«

Er nahm den Stab in die linke Hand und fuhr sich mit der Rechten durch sein spülwasserblondes Haar. »Das ist ein sogenannter *hot shot,* ein Stromstab. Ich nehm ihn nur, wenn's sein muß, aber sie wissen, daß sie einen Schlag kriegen, wenn sie sich nicht benehmen.«

Sie starrte den *hot shot* angeekelt an. »Sie geben ihnen einen Stromschlag? Ist das nicht ein bißchen brutal?«

»Mit Tieren können Sie sich keine Sentimentalitäten leisten. Ich liebe sie, aber deshalb bin ich noch lang nicht dumm. Sie müssen wissen, wer der Boss ist, oder es wird noch ein Besucher verletzt.«

»Ich kann das sicher nicht, Neeco. Ich hab jedem gesagt, daß ich Angst vor Tieren hab, aber keiner hört auf mich.«

»Sie kommen schon drüber weg. Sie müssen bloß ein bißchen Zeit mit ihnen verbringen. Sie mögen keine plötzlichen Geräusche oder daß man von hinten an sie ranschleicht, also nähern Sie sich immer von vorn.« Er nahm ihr den Bullenhaken aus der Hand und reichte ihr den *hot shot.* »Wenn sie sehen, daß Sie den hier in der Hand haben, werden sie Sie respektieren. Die Kleinen sind leicht zu kontrollieren; ein paar kurze Stromschläge, und sie hören auf Sie. Wenn Sie den Bullenhaken benutzen, hauen Sie sie hinter die Ohren. Da sind sie am empfindlichsten.«

Sie kam sich vor, als hätte er ihr eine Obszönität in die Hand gedrückt. Sie warf einen Blick auf die Elefantenbabies und sah, daß Tater sie anblickte. Er schien den *hot shot* in ihrer Hand zu bemerken, und vielleicht bildete sie sich das nur ein, aber sie glaubte, daß er enttäuscht aussah.

Als Neeco wieder davonschritt, näherte sie sich den Babies,

wobei sie immer mal wieder diskret hustete, damit sie durch ihre Annäherung nicht überrascht wurden. Sie hoben die Köpfe und traten unruhig von einem Fuß auf den anderen, als sie sahen, was sie in der Hand hatte. Bam machte das Maul auf und gab ein lautes, unglückliches Trompeten von sich.

Sie mußten daran gewöhnt sein, mit Stromschlägen zur Räson gebracht zu werden, und auf einmal merkte sie, wie ihr Neeco Martin unsympathisch wurde. Der *hot shot* machte sie ganz krank, anstatt ihr ihre Angst zu nehmen. Egal, wie sehr sie sich auch vor den Tieren fürchtete, sie würde es nie übers Herz bringen, ihnen weh zu tun. Sie legte den *hot shot* hinter einen Heuhaufen.

Sie warf einen sehnsüchtigen Blick auf Alex' Wohnwagen. Noch vor drei Tagen war er ihr potthäßlich vorgekommen, doch nun erschien er ihr wie eine paradiesische Zuflucht. Sie sagte sich, daß sie es schließlich geschafft hatte, den Anhänger auszumisten. Also würde sie auch das hier überleben.

Wieder näherte sie sich vorsichtig, diesmal jedoch ohne Stromstab. Sie beobachteten sie einen Moment lang. Dann, offenbar zufrieden darüber, daß sie nicht länger eine Bedrohung darstellte, scharrten sie weiter fröhlich in der Erde.

Alle außer Tater. Bildete sie sich das bloß ein, oder grinste er? Und besaß dieses Grinsen nicht etwas entfernt Diabolisches?

»Süßes Elefanti. Liebes B-babylein«, flötete sie. »Und liebe Daisy. Ganz, ganz liebe Daisy.«

Pebbles und BamBam hoben die Köpfe und blickten einander an, und sie hätte schwören können, daß sie verächtlich die Augen verdrehten. Tater hatte inzwischen ein Büschel Heu mit dem Rüssel genommen und warf es sich nun auf den Rücken. Die anderen Elefantenbabies ließen sie nicht aus den Augen, nur Tater schien sich nicht länger an ihrer Anwesenheit zu stören, was ihn in ihren Augen zum Ungefährlichsten von der ganzen Bande machte.

Er bestäubte sich den Rücken mit noch einem Heubüschel.

Sie näherte sich vorsichtig bis auf etwa drei Meter, wobei sie den anderen auswich, und er begann an der Erde zu schnüffeln.

»Lieber Tater. Gaanz liebes Elefanti.« Sie schob sich noch ein paar Zentimeter weiter vor, wobei sie auf ihn einsprach, als ob er ein richtiges Baby wäre. »Hübscher Junge. Und so brav.« Ihre Stimme hatte angefangen zu zittern. »Tater ist ja so brav.« Sie war jetzt fast nahe genug herangekommen, um seinen Rüssel streicheln zu können, und der Schweiß brach ihr aus allen Poren. »Tater mag Daisy. Daisy ist Taters Freundin.« Sie streckte langsam die Hand aus, Zentimeter um Zentimeter, wobei sie sich sagte, daß Elefanten keine Menschen fraßen, daß alles –

Zack!

Der Rüssel des kleinen Elefanten traf sie quer über der Brust, und sie flog nach hinten. Sie landete so hart auf dem Boden, daß sie förmlich Sternchen sah. Ihre linke Seite tat höllisch weh. Sie konnte gerade rechtzeitig wieder sehen, um zu beobachten, wie ein zufriedener kleiner Elefant den Rüssel hob und ein frisches, unüberhörbar siegesbewußtes Trompeten ausstieß.

Sie blieb sitzen, wo sie war, zu entmutigt, um aufzustehen. Lavendelblaue Sandalen mit kleinen Silbersternchen tauchten auf einmal in ihrem Blickfeld auf. Sie hob den Kopf und sah Bathsheba Quest mit Sonnenbrille auf sich herunterblicken. Sheba trug ein enganliegendes weißes Top und tiefsitzende weiße Shorts, die an den Hüften mit einem lavendelblauen Gürtel zusammengefaßt waren. Auf einer Hüfte saß ein dunkelhaariges Kleinkind, das Daisy mit einem der Toleabrüder und seiner Frau gesehen zu haben glaubte. Sheba starrte sie an, schob dann ihre Sonnenbrille hoch, wobei ihr Haar zurückgestrichen wurde, so daß Daisy ein Paar riesiger, sternförmiger, lavendelblauer Straßohrringe sehen konnte.

Daisy hatte einen triumphierenden Blick von Sheba erwartet, doch statt dessen las sie nur Befriedigung in ihren Augen und erkannte, daß sie mittlerweile so tief gesunken war, daß Sheba sie nicht einmal mehr als Bedrohung auffaßte.

»Wo hat Alex Sie bloß aufgegabelt, frage ich mich?«

Kopfschüttelnd trat Sheba über Daisys Füße hinweg, ging zu Tater und tätschelte ihm den Rüssel. »Du bist ein kleiner Stinker, weißt du das? Stimmt doch, nicht wahr, Theo?« Sie zwickte den kleinen Jungen scherzhaft in den Fuß.

Daisy war heute an jeder Front besiegt worden und konnte nicht mehr ertragen. Soweit es sie betraf, war ihre Tagesarbeit beendet, und sie hatte es überlebt, wenn auch nur knapp. Sie zog sich mühsam auf die Füße und wollte schon zum Trailer gehen, als sie sah, wie Alex ihn gerade betrat. Da sie nicht noch eine Auseinandersetzung mit ihm durchstehen konnte, wandte sie sich ab und begann ziellos über das Zirkusgelände zu schlendern.

Zwei Showgirls sahen sie kommen und wandten sich ab. Ein Clown tat, als habe er sie nicht bemerkt. Sie sehnte sich verzweifelt nach einer Zigarette.

Sie zuckte zusammen, als ein schreckliches Kreischen die Luft zerriß. Ihr Kopf schoß hoch, und sie sah Frankie neben einem der Trucks stehen. Er hielt sich an Jills Hand fest. Mit dem anderen Händchen deutete er auf sie und kreischte. Jill hob ihn hoch und ging ohne ein Wort davon.

Daisy war auf einmal ganz übel. Die Botschaft war klar. Man hatte sie ausgeschlossen.

Sie schritt ziellos weiter, bis sie sich auf einmal vor dem Menageriezelt wiederfand. Eine Seite war hochgeklappt, und alle Tiere schienen sich im Zelt zu befinden. Alle, bis auf Sinjun, dessen Käfig noch in der Sonne stand. Das Raubtier spitzte die Ohren, als sie herankam, und musterte sie verächtlich. Gestern abend war's zu dunkel gewesen, um den Zustand seines Käfigs beurteilen zu können, aber jetzt sah sie, daß er vor Dreck starrte. Die Menagerie gehörte ebenfalls zu Diggers Aufgaben, aber es sah nicht so aus, als ob diese Aufgabe oben auf seiner Liste stand.

Wieder blickten sie und der Tiger einander tief in die Augen, und wieder konnte sie sich nicht mehr von diesem Blickkontakt lösen. Gestern abend hatte das Fell des Tigers im Schein der Flutlichter geglänzt, doch jetzt wirkte es stumpf und struppig. Sie starrte in seine mysteriösen goldenen Augäpfel, und während die Sekunden vorübertickten, merkte sie, wie ihr auf einmal unerträglich heiß wurde.

Der Schweiß rann ihr über die Arme, Schweißströme sammelten sich in ihrer Halsgrube. Ihr Gesicht wurde ganz rot, ihre Brüste schweißnaß. Noch nie war ihr so heiß gewesen. Am liebsten hätte sie sich die Sachen vom Leib gerissen und sich in ein eiskaltes Wasserbecken gestürzt. Sie verbrannte förmlich, doch wußte sie irgendwie, daß diese Hitze nicht von ihr kam, sondern von dem Tiger.

»Da bist du ja.«

Ihr Kopf fuhr herum, und sie sah Alex auf sich zukommen. Er musterte sie vom Kopf bis zu den Füßen, und unter diesem kühlen, unpersönlichen Blick wurde ihr Blut wieder ganz kalt.

»Du hast noch ein bißchen Zeit bis zur Spec«, sagte er. »Warum gehst du nicht duschen, und dann machen wir uns ein frühes Abendessen?«

»Spec?«

»Ich hab dir gesagt, daß das zu deinen Aufgaben gehört.«

»Aber nicht heute abend. Heut abend geht's wirklich nicht. Sieh mich doch an!«

Alex musterte sie erneut und hätte beinahe nachgegeben. Jedes bißchen Anstand in ihm verlangte, daß er sie in Ruhe ließ. Sie war bleich vor Erschöpfung und so dreckig, daß er sie beinahe nicht wiedererkannte. Alles, was noch an Schminke auf ihrem Gesicht überlebt hatte, war ein wenig verschmierte Wimperntusche unter den Augen. Ihr kleiner weicher Mund hing traurig nach unten, und er glaubte nicht, daß er je jemanden gesehen hatte, der so offensichtlich am Ende seiner Kräfte war.

Gleichzeitig empfand er widerwillige Bewunderung angesichts der Tatsache, daß sie sich überhaupt noch auf den Beinen hielt. Er mußte daran denken, wie sie ihn sich mit der Mistschaufel vom Leib gehalten hatte, und wußte, wieviel Mut sie das gekostet hatte. Sie hatte ihn heute wirklich überrascht. Unglücklicherweise zögerte ihre kleine Rebellion das Unvermeidliche nur hinaus.

Warum gab sie nicht auf? Er wußte nicht, welche verborgene Kraftquelle sie gefunden hatte, aber das Ganze war sowieso nur eine Frage der Zeit, und er wollte sie nicht unnötig lange quälen. Er kämpfte seine weiche Seite, die ihn dazu drängte nachzugeben, nieder, denn er wußte, daß das im Grunde nur noch grausamer gewesen wäre. Je stärker er sie jetzt unter Druck setzte, desto eher würde sie der Wahrheit ins Auge sehen.

Um auch den letzten Zweifel zu beseitigen, erinnerte er sich daran, daß sie schließlich gestohlen hatte, und das war etwas Unverzeihliches, egal wie die Umstände lagen.

»Die erste Vorstellung ist um sechs. Du gehst mit den Elefanten.«

»Aber –«

Er entdeckte einen bösen Kratzer auf ihrem Handrücken und packte sie, um ihn sich näher anzusehen. »Wann hattest du deine letzte Tetanusimpfung?«

Sie blickte ihn verständnislos an.

»Tetanus. Gegen Wundstarrkrampf.«

Sie blinzelte und sah so erledigt aus, daß er dem Drang widerstehen mußte, sie einfach hochzuheben und zum Wohnwagen zurückzutragen. Er wollte nicht daran denken, wie es wäre, ihren kleinen weichen Körper auf den Armen zu halten. Wenn sie das Geld nicht gestohlen hätte, hätte sie die Nacht in seinem Bett verbracht, doch wie die Dinge lagen, war er so wütend gewesen, daß er sich nicht getraut hatte, sie anzufassen. Es gar nicht gewollt hatte.

»Wann war deine letzte Tetanusimpfung?« fragte er in schneidendem Ton.

Sie blickte auf den Kratzer an ihrer Hand. »Letztes Jahr. Ich hab mich geschnitten, als ich auf Biffy Brougenhaus' Jacht segelte.«

Herrgott. Wie konnte er bloß mit einer Frau verheiratet sein, die jemanden namens Biffy Brougenhaus kannte? Zur Hölle mit ihr.

»Schmier das mit einer antiseptischen Salbe ein«, fauchte er. »Und sieh zu, daß du rechtzeitig zur Spec auftauchst, oder ich laß dich auch noch den Pferdeanhänger ausmisten.«

Er stapfte davon, und sein Gesicht wurde noch finsterer. Er hatte sich immer etwas auf seine Fairneß zugute gehalten, aber sie gab ihm das Gefühl, ein launischer Kotzbrocken zu sein. Noch ein Punkt gegen sie auf seiner Liste.

Daisy überlebte die Spec, wenn auch nur, weil sie so erschöpft war, daß es ihr fast gar nicht mehr peinlich war, in aller Öffentlichkeit in ihrem knappen roten Showgirltrikot aufzutreten. Alex hatte ihr zwar befohlen, die Parade mit den Elefanten mitzumachen, doch sie hielt sich wohlweislich in sicherer Entfernung von den riesigen Dickhäutern, so daß es aussah, als gehöre sie zu den Flying Toleas.

Sie hatte ewig gebraucht, um sich wieder sauberzukriegen, weil ihre schmerzenden Armmuskeln dabei nicht mehr mitmachen wollten. Sie wusch und trocknete sich das Haar, legte frisches Make-up auf, stärker als gewöhnlich, wie Alex es ihr eingeschärft hatte. Zwischen den Vorstellungen schlief sie mit einem Butterbrot in der Hand im Trailer ein. Wenn er sie nicht wachgerüttelt hätte, hätte sie ihren Auftritt in der Parade verpaßt.

Nach der letzten Vorstellung paßte Neeco sie ab, als sie gerade aus der ›Hintertür‹, wie die Artisten ihren Eingang zum *big top* nannten, verschwinden wollte. »Helfen Sie Digger, die Elefantenbabies zum Anhänger zurückzutreiben.«

Digger sah nicht so aus, als brauchte er ihre Hilfe, doch offenbar gehörte das zu ihrem Job, und sie wollte nicht, daß

Alex ihr noch mehr vorwerfen konnte. »Ich glaub nicht, daß ich eine große Hilfe wäre«, sagte sie.

»Sie müssen sich bloß an sie gewöhnen, das ist alles.«

Sie schlüpfte in Alex' blauen Frotteebademantel, den sie von einem Haken im Bad genommen hatte. Er war viel zu groß für sie, selbst nachdem sie die Ärmel aufgekrempelt hatte, doch bedeckte er sie zumindest züchtig.

Die kleinen Elefanten kamen soeben aus der Hintertür, und sie ging vorsichtig auf Digger zu. »Sie brauchen meine Hilfe nicht, stimmt's?«

»Warum gehnse nich einfach mit uns mit, Miss. Die Kleinen sin immer noch nervös, wennse da sind.«

Sie schloß sich ihm zögernd an, immer ein wenig hinter Digger und mehrere Meter hinter den Elefantenbabies. Sie erspähte Tater beinahe sofort, da er der Kleinste war. Ihr fiel wieder ein, wie er ihr heute vormittag eins mit seinem kleinen Rüssel verpaßt hatte, und sie beäugte mißtrauisch, wie er sich mit dem Rüssel an Puddings Schwanz festhielt und brav mittrottete. Als sie den Zaun erreicht hatten, begann Digger die Kleinen anzubinden.

»Komm hierher, Bam. Sehense zu, Miss, wie's geht.«

Sie war so in das vertieft, was er mit Bam machte, daß sie gar nicht merkte, wie Tater sich von hinten an sie heranschlich. Das merkte sie erst, als sie auf einmal etwas Feuchtes fühlte, das sich in den Kragen ihres Bademantels schob. Sie jaulte auf und zuckte vor dem ausgestreckten Rüssel des kleinen Elefanten zurück.

Der kleine Frechdachs beäugte sie mit einem dickköpfigen Glimmen in den Augen, trat noch einen Schritt näher und streckte erneut den Rüssel aus. Regungslos vor Angst starrte sie auf den neugierig schnuppernden Rüssel, der ihr mit jeder Sekunde näher kam.

»B-braver Tater. B-braves Elefanti.« Sie stieß ein verängstigtes Quieken aus, als Tater mit dem Rüssel von vorn in den Ausschnitt ihres Bademantels krabbelte.

»Digger ...« krächzte sie.

Digger hob den Kopf und überflog die Szene mit einem Blick. »Hamse Perfüm dran?«

Sie schluckte und nickte panisch. Taters weiche Rüsselspitze krabbelte gerade hinter ihr Ohr.

»Tater is ganz verrückt nach Frauenperfüm.«

»Was soll ich jetzt tun?« keuchte sie.

Digger blickte sie verständnislos an. »Was meinense ›tun‹?«

»M-mit Tater.«

»Na, ich weiß auch nich, Miss. Was wollnse denn tun?«

Sie hörte ein rostiges Kichern hinter sich. »Ohnmächtig werden wahrscheinlich. Stimmt's, Daisy?«

Alex trat vor sie hin, und sie versuchte, ein wenig Mut zusammenzuraffen. »N-nicht unbedingt.«

»Du hast wohl Parfüm dran.« Er streckte den Arm aus und streichelte Pudding. Tater stieß derweil ein glückliches Schnüffeln aus und krabbelte mit seinem kleinen weichen Rüssel über Daisys Hals bis zu ihrer Halsgrube.

»K-keiner hat mir gesagt, daß ich nicht soll.« Zu ihrer Verzweiflung begann der Rüssel tiefer zu krabbeln, auf die roten Paillettenflammen ihres Trikots zu, die sich über ihre Brüste zogen. Ihr fiel ein, daß sie dort dazwischen auch einen Spritzer Parfüm verteilt hatte.

»Alex ...« Ein flehentlicher Blick in seine Richtung. »Er will – Er macht sich an meinen –« Taters Rüssel erreichte sein Ziel. »Meinen Busen ran!« quiekte sie.

»Ich glaub, du hast recht.« Er gab Taters Rüssel ein beiläufiges Tätscheln und schob ihn dann sanft, aber bestimmt beiseite. »Das reicht, Freundchen. Du kommst meinem Eigentum zu nahe.«

Sie war so überrascht über diesen Satz, daß sie gar nicht merkte, wie Tater sich zurückzog.

Digger stieß ein asthmatisches Lachen aus und wies mit einem Kopfnicken auf den kleinen Elefanten. »Sieht aus, als hätt er sich in Sie verschossen.«

»Das befürchte ich auch«, entgegnete Alex.

»In mich?« Sie warf den beiden Männern einen ungläubigen Blick zu.

»Sieht er etwa jemand anderen an?« erwiderte Alex.

Und es stimmte: Der kleine Elefant blickte sie sehnsüchtig an. »Aber er haßt mich. Heute nachmittag hat er mir eins mit dem Rüssel geklatscht.«

»Heute nachmittag hattest du auch kein Parfüm dran.«

Digger erhob sich mit knackenden Kniegelenken und ging zu dem Elefanten. »Komm schon, Junge. Deine Freundin is nich interessiert.«

Als Digger ihn wegführte, blickte sich Tater über die Schulter nach ihr um. Er sah wirklich aus wie ein liebeskranker Teenager. Daisy war hin- und hergerissen zwischen Furcht und einem Anflug von Dankbarkeit dafür, daß zumindest ein Wesen in diesem schrecklichen Zirkus sie zu mögen schien.

In dieser Nacht schlief sie ein, sobald ihr Kopf auf dem Kissen lag. Entfernt nahm sie noch wahr, wie Alex ein paar Stunden später den Wohnwagen betrat, und bevor sie wieder in tiefen Schlaf versank, spürte sie noch, wie er ihr die Bettdecke fürsorglich über die Schultern zog.

9

Um zehn Uhr am nächsten Vormittag stolperte Daisy die Rampe des Anhängers hinauf. Ihre Beinmuskeln protestierten bei jedem Schritt, und ihre Arme fühlten sich an, als hätte sie auf einer Streckbank gelegen. »Tut mir leid, Digger. Ich bin einfach im Pickup eingeschlafen.«

Trotz ihrer totalen Erschöpfung gestern abend war sie irgendwann gegen drei Uhr morgens aus einem Traum erwacht, in dem sie und Alex sich in einem rosaroten Schwanenboot durch einen nostalgischen Liebestunnel hatten treiben lassen. Alex hatte sie geküßt, und sein Gesicht war so voller

Zärtlichkeit gewesen, daß sie einfach dahingeschmolzen war, in das Boot, das Wasser, ja in seinen Körper. Mit diesem Gefühl war sie aufgewacht, und dann hatte bis zum Morgengrauen wachgelegen und über den schmerzlichen Gegensatz zwischen ihrem wundervollen Traum und der Realität ihrer Ehe mit ihm nachgedacht.

Als sie dann an dem neuen Spielort auf dem Parkplatz eines Einkaufszentrums in High Point, North Carolina, ankamen, war der Anhänger mit den Elefanten noch nicht dagewesen, also hatte sie gedacht, sie könne noch ein kurzes Nickerchen im Pickup machen. Zwei Stunden später war sie dann mit steifem Genick und einem schweren Kopf wieder aufgewacht.

Als sie oben auf der Rampe ankam, sah sie, daß Digger mit dem Ausmisten des Anhängers beinahe fertig war. Erleichterung durchzuckte sie, doch gleichzeitig fühlte sie sich auch schuldig. Das war ihr Job. »Ich mach jetzt fertig.«

»Das Schlimmste hab ich schon erledigt.« Er sprach wie einer, der's gewohnt war, im Leben immer den kürzeren zu ziehen.

»Es tut mir leid. Wird nicht wieder vorkommen.«

Er grunzte auf eine Art, die verriet, daß er das erst mal abwarten wollte.

Von der Rampe aus hatte sie einen guten Überblick über den neuen Platz, der sich zwischen einem Pizza Hut und einer Tankstelle erstreckte. Die meisten Artisten, so hatte Alex erzählt, bevorzugten einen asphaltierten Zeltplatz, nicht eine Wiese, was jedoch bedeutete, daß die Löcher für das *big top* nachher wieder zugemacht werden mußten.

Der Zeltstangenbohrer ratterte, und sie ließ den Blick über den Zeltplatz schweifen. Weiter hinten sah sie Heather in einem Liegestuhl vor einem Wohnwagen sitzen. Sheba stand hinter ihr und flocht ihr Haar zu einem dicken Zopf. Gestern hatte sie flüchtig gesehen, wie Sheba Heather bei ihren Turnübungen half. Außerdem hatte sie gesehen, wie die Zirkusbesitzerin einen Arbeiter verarztete und den sechsjährigen Jungen der Lipscombs tröstete, weil er hingefallen war. Sheba Quest war voller Widersprüche: häßlich zu ihr und warm und mütterlich zu allen anderen.

Ein kräftiges Trompeten ließ sie zusammenzucken, und sie blickte auf und sah Tater am Fuß der Rampe stehen und aus seinen unglaublich langen Wimpern sehnsüchtig zu ihr hochblicken.

Digger kicherte. »Ihr Freund is auf 'nen Besuch vorbeigekommen.«

»Ich muß ihn leider enttäuschen. Heute hab ich kein Parfüm dran.«

»Wird er wohl selbst rausfinden müssen, schätz ich. Nehmense ihn mit den anderen rüber zur Tränke, okay? Sie brauchen Wasser.« Ein Kopfzucken. »Der Bullenhaken is gleich da drüben.«

Sie warf einen angewiderten Blick auf das betreffende Instrument, das an den Anhänger gelehnt war. Tater, immer noch am Fuß der Rampe stehend, trompetete erneut und fing an, sich im Kreis zu drehen, so wie in der Manege. Dann blieb er stehen und hob abwechselnd ein Bein und dann das andere, wie bei seinem kleinen Steptanz im Ring. Wenn sie sich nicht sehr irrte, dann zog er da unten eine kleine Show für sie ab.

»Was soll ich bloß mit dir machen, Tater? Weißt du denn nicht, daß ich eine Heidenangst vor dir hab?«

All ihren Mut zusammennehmend, schritt sie vorsichtig die Rampe hinunter, griff in ihre Jeanstasche und zog eine alte, verrunzelte Möhre hervor, die sie noch im Kühlschrank gefunden und für alle Fälle mitgebracht hatte. Sie hoffte, daß sie ihn mit dem Futter in der Hand hinter sich herlocken konnte, und hielt ihm die Möhre mit zittriger Hand entgegen.

Er streckte den Rüssel aus und schnupperte versuchsweise. Das kitzelte. Sie wich einen Schritt zurück, wobei sie die Möhre als Köder benutzte, um ihn zu den anderen zurückzulocken. Er schnappte sie sich von ihrer Handfläche und ließ sie schwupps in seinem Mäulchen verschwinden.

Beunruhigt beobachtete sie, wie sein nun leerer Rüssel wieder näher kam. »K-kein Fressi mehr.«

Aber Fressi wollte er gar nicht; er wollte an Parfüm riechen. Sein Rüsselchen schob sich schnuppernd in den Kragen ihres T-Shirts, auf der Suche nach dem über alles geliebten Duft. »T- tut mir leid, Kleiner, aber –«

Zack! Mit einem tief gekränkten Trompeten schlug er ihr den Rüssel um die Ohren, so daß sie erneut aufs Pflaster geschleudert wurde. Sie jaulte auf. Tater reckte zur gleichen Zeit den Rüssel und verkündete lautstark ihren Verrat. *Kein Parfüm!*

»Daisy, mit dir alles in Ordnung?« Alex tauchte wie aus dem Nichts auf und ging besorgt neben ihr in die Hocke.

»Ist schon okay.« Sie zuckte zusammen, weil ihr die Hüfte so höllisch weh tat.

»Verdammt nochmal! Du darfst dir das von den Tieren nicht länger bieten lassen. Sheba meint, er hat dich gestern auch schon umgestoßen.«

Natürlich hatte Sheba den Mund nicht halten können, dachte Daisy, die schmerzhaft zusammenzuckte, während sie ihr Gewicht verlagerte.

Aus den Augenwinkeln sah sie, daß Neeco auf sie zukam. »Ich regle das.«

Sie sog zischend den Atem ein, als er sich den Bullenhaken schnappte. »Nein! Tun Sie ihm nichts! Es war meine Schuld. Ich –« Ohne weiter auf ihren zerschundenen Körper zu achten, kämpfte sie sich auf die Füße und sprang vor, um sich zwischen ihn und den kleinen Elefanten zu werfen, aber es war zu spät.

Voller Entsetzen sah sie, wie Neeco den Kleinen auf die empfindliche Stelle hinter seinem Ohr schlug. Tater quiekte und wich zurück. Neeco wollte sich erneut mit hocherhobenem Bullenhaken über ihn hermachen.

»Das genügt, Neeco.«

Sie hörte Alex' ruhig geäußerte Warnung nicht, weil sie sich bereits auf ihn stürzte. »Schlagen Sie ihn ja nicht noch mal!« Mit einem empörten Aufschrei packte sie ihn an den Schultern und versuchte ihm den Bullenhaken aus der Hand zu reißen.

Neeco stolperte überrascht, fing sich jedoch wieder und fuhr fluchend herum. Ihre Hände rutschten von seinen Schultern, und sie merkte, wie sie selbst das Gleichgewicht verlor, doch anstatt zum zweiten Mal an diesem Tag auf dem Asphalt zu landen, fing Alex sie gerade noch unter den Achseln auf. »Immer langsam.«

Sheba kam herbeigeeilt. »Um Himmels willen, Alex, es sind Leute von der örtlichen Presse hier.«

Als er sie wieder auf die Füße stellte, machte sich Daisy auf eine Standpauke gefaßt. Doch zu ihrer Überraschung wandte er sich an Neeco. »Ich glaube, Tater hat's schon beim ersten Mal kapiert.«

Neeco versteifte sich. »Du weißt genausogut wie ich, daß es nichts Gefährlicheres gibt als einen wildgewordenen Elefanten.«

Daisy konnte den Mund nicht halten. »Er ist doch bloß ein Baby! Und außerdem war's meine Schuld. Ich hatte kein Parfüm dran, und das hat ihn aufgeregt.«

»Sei still, Daisy«, sagte Alex ruhig.

»Er ist ein Baby, das eine Tonne wiegt.« Neeco preßte die Lippen zusammen. »Sentimentalitäten dulde ich nicht unter meinen Arbeitern. Wir gehen *immer* auf Nummer Sicher, was die Tiere betrifft. Besucher könnten verletzt werden, und die Tiere müssen wissen, wer hier der Boß ist.«

Ihre Frustration fand mit einem Mal ein Ventil. »Die Tiere haben auch Rechte! Tater hat nicht darum gebeten, in diesem abscheulichen Zirkus leben zu müssen. Er hat nicht darum gebeten, in einem stinkenden Anhänger durch die Lande geschleppt zu werden, angekettet zu werden und vor einem Haufen von Ignoranten paradieren zu müssen! Der liebe Gott hat Elefanten nicht erschaffen, damit sie Kopfstände und Kunststückchen machen. Elefanten sollten frei sein.«

Sheba verschränkte die Arme und zog sarkastisch die Augenbraue hoch. »Als nächstes kippt sie noch rote Farbe über Pelzmäntel, Alex. Entweder du bringst deine Frau zur Räson, oder sie verschwindet aus meinem Zirkus.«

Kein Muskel regte sich in seinem Gesicht, als er Sheba nun direkt in die Augen blickte. »Daisy soll sich um die Elefanten kümmern. Soweit ich das sehe, tut sie das auch.«

Ihr Herz setzte einen Schlag lang aus. Hatte er sie wirklich gerade verteidigt?

Ihr Freude verschwand, als er sich daraufhin an sie wandte und mit einer Kopfbewegung auf den Elefantenanhänger wies. »Es ist schon spät, und es sieht nicht so aus, als hättest du den Anhänger schon ausgespritzt. Also sieh zu, daß du dich an die Arbeit machst.«

Sie wandte sich von ihm ab. Insgeheim wünschte sie alle drei zum Teufel, machte sich jedoch ohne Murren an ihre Arbeit. Sie wußte, daß die Tiere, wenn sie mit dem Zirkus herumreisten, unter strenger Kontrolle gehalten werden mußten, aber der Gedanke, daß man sie zu einem widernatürlichen Leben zwang, störte sie gewaltig. Vielleicht fand sie ihre Umstände ja deshalb so unerträglich, weil sie das Gefühl hatte, etwas mit ihnen gemein zu haben. Auch sie wurde gegen ihren Willen festgehalten, und auch sie war ihrem Wärter wehrlos ausgeliefert.

Sheba hatte den roten Waggon beinahe erreicht, als Brady Pepper unversehens hinter ihr auftauchte. So sehr Brady Pepper sie auch irritierte, sie konnte nicht bestreiten, wie attraktiv er war, mit seiner sonnengebräunten Haut und den scharfen, ebenmäßigen Zügen. Sie wußte genau, daß er bereits zweiundvierzig war, doch sein drahtiges Haar zeigte kaum Grau, und an seinem muskulösen Akrobatenkörper war kein Gramm Fett zuviel.

»Schläfst du etwa mit Neeco?« sagte er auf jene typisch aggressive Art, die sie immer auf die Palme brachte.

»Das geht dich nichts an.«

»Ich wette, du tust's. Er ist genau der Typ, der dir gefällt. Gutaussehend und nichts im Hirn.«

»Fahr zur Hölle.« Ihre Irritation wuchs, da sie tatsächlich das eine oder andere Mal mit Neeco geschlafen hatte, zu Beginn der Zirkussaison. Sie hatte jedoch rasch das Interesse verloren und nun nicht mehr den leisesten Wunsch, diese Erfahrung zu wiederholen. Sie würde jedoch nie im Leben zugeben, daß Sex langsam an Attraktivität für sie verlor.

»Mit einem Typen wie Neeco kannst du bestimmen, wo's langgeht, stimmt's? Aber mit jemandem wie mir …«

»Jemand wie du könnte mich nie und nimmer befriedigen.«

Sie schenkte ihm ein falsches Lächeln und strich mit dem Fingernagel über seinen Bizeps, der sich deutlich unter seinem enganliegenden T-Shirt abzeichnete. »Die Showgirls sagen, du kriegst ihn nicht mehr hoch. Stimmt das?«

Zu ihrem Ärger ging er nicht auf ihre Stichelei ein, sondern lachte statt dessen. »Du hast eine giftige Zunge, Sheba Quest. Und irgendwann bringt sie dich in Schwierigkeiten, glaub mir.«

»Ich mag Schwierigkeiten.«

»Das glaub ich gern. Besonders die männliche Sorte Schwierigkeiten.«

Sie machte sich wieder auf den Weg zum roten Waggon, doch statt den Wink zu verstehen und sich zu verziehen, schloß er sich ihr an. Seine langen Schritte, seine gerade, selbstbewußte Haltung, all das verriet, wie sehr er davon überzeugt war, Gottes Geschenk an die Frauen zu sein. Außerdem war er ein passionierter Chauvinist, was bedeutete, daß sie ihm immer wieder ins Gedächtnis rufen mußte, wer hier der Boß war. Und dennoch, sosehr er sie auch reizte, war er die Art Artist, die sie am liebsten mochte: stolz, hart arbeitend und ehrlich. Unter seiner rauhen Schale lag außerdem ein weicher, großzügiger Kern, und er besaß, im Gegensatz zu Alex Markov, keine versteckten Tiefen.

Er ließ den Blick über sie gleiten, wie er es immer tat. Brady machte nie ein Geheimnis daraus, daß er Frauen schätzte, und trotz seines Herumgetändels mit den jungen Showgirls hatte er eine Art, sie anzusehen, daß sie sich immer unglaublich jung und attraktiv vorkam. Nicht, daß sie ihm das je sagen würde. Sein schwingender Gang konnte nämlich nicht über die Tatsache hinwegtäuschen, daß er der Sohn eines New Yorker Metzgers war, ohne einen Tropfen Zirkusblut in den Adern.

»Du und Heather habt in letzter Zeit 'ne Menge Zeit miteinander verbracht«, sagte er.

»Ich hab ihr heute das Haar geflochten, falls du das meinst.«

Er ergriff sie beim Arm und brachte sie zum Stehen. »Das meine ich nicht, und das weißt du ganz genau. Ich rede von all dem Extra-Training, das du ihr zukommen läßt.«

»Was ist damit?«

»Ich will nicht, daß du ihr falsche Hoffnungen machst. Du weißt, daß sie nicht das Zeug zu 'ner richtigen Artistin hat.«

»Wer sagt das? Du hast ihr noch keine richtige Chance gegeben.«

»Machst du Witze? Ich arbeite mit ihr, seit sie hier ist, und sie stinkt noch genauso zum Himmel!«

»Ist das ein Wunder?«

»Und was soll das schon wieder heißen?«

»Es heißt, daß du ein großartiger Artist bist, aber ein lausiger Trainer.«

»Von wegen! Ich bin ein toller Trainer.« Er tippte sich mit dem Daumen an die Brust. »Ich hab meinen Söhnen alles beigebracht, was sie können.«

»Matt und Rob sind genauso dickschädelig wie du. Es ist was anderes, zwei junge Rowdies zu trainieren oder ein sensibles junges Mädchen. Wie kann sie überhaupt was lernen, wenn du sie die ganze Zeit anbrüllst?«

»Was zum Teufel weißt du schon von sensiblen jungen Mädchen? Von dem, was ich so höre, bist du mit purem Arsen gestillt worden.«

»Sehr witzig.«

»Mach mir bloß nicht weis, dein Alter hätte dich in Watte gepackt, als er dir den dreifachen Salto beibrachte.«

»Das brauchte er nicht. Ich wußte, daß er mich liebte.«

Er preßte angriffslustig den Mund zusammen. »Willst du damit sagen, daß ich meine Tochter nicht liebe?«

Sie stemmte die Fäuste in die Hüften. »Du Riesendummkopf. Ist dir nie in den Sinn gekommen, daß es im Moment wichtiger ist, Heathers Vater zu sein statt ihr Trainer? Wenn du aufhören würdest, sie so gnadenlos anzutreiben, könnte sie vielleicht auch mal was lernen.«

»Wo sind wir denn hier? Bei Frau Schullehrerin, oder was?«

»Paß ja auf, was du sagst.«

»Da redet ja die Richtige. Ich warne dich, Sheba, mach nicht mit Heather rum. Es ist schon schwer genug für sie, auch ohne daß du sie gegen mich aufhetzt.«

Er stakste wutentbrannt von dannen.

Sie blickte ihm einen Augenblick lang nach, dann schloß sie die Tür zum roten Waggon auf und stampfte hinein. Sie und Brady stritten sich schon, seit sie einander begegnet waren, aber es bestand darüber hinaus auch eine starke sexuelle Anziehungskraft zwischen ihnen, die sie zur Vorsicht mahnte. Die Erfahrung – eine harte Erfahrung! – hatte sie gelehrt, vorsichtig zu sein, wenn es um die Männer ging, die sie sich als Liebhaber suchte, und an dem Tag, an dem sie Owen Quest geheiratet hatte, hatte sie sich geschworen, sich nie mehr einen Mann zu suchen, den sie nicht beherrschen konnte. Sie besaß eine selbstzerstörerische Ader, wenn es um Männer ging, die sie bereits zweimal beinahe kaputtgemacht hätte: zuerst Carlos Mendez und dann, weit schlimmer, Alex Markov.

Carlos Mendez hatte bezahlt, dafür hatte sie gesorgt, und auch Alex hatte seine Strafe bekommen, das durfte sie nicht vergessen. Sie trat ans Fenster und sah Daisy Markov, die sich gerade mit einer Heugabel abkämpfte. Sie tat ihr beinahe leid – wäre es irgend jemand anderer gewesen, sie hätte Mitleid gehabt –, aber Daisy war das Instrument für Alex' Bestrafung. Wie erniedrigend das für ihn sein mußte.

Sie war fast sicher, daß Daisy schwanger war; es gab keinen anderen Grund, warum er eine derart nutzlose Frau geheiratet haben konnte. Aber sosehr sie Alex auch haßte, der Zirkus bedeutete ihr alles, und es kam ihr fast obszön vor, das Blut der Markovs – einer der berühmtesten Zirkusfamilien in der Geschichte – mit einer verzogenen kleinen Diebin wie ihr zu vermischen. Jedesmal, wenn sie Daisy sah, fragte sich Sheba, wie sie den Kopf hätte hochhalten können, wenn die Wahrheit über sie nicht herausgekommen wäre.

Daisy konnte sich später nicht daran erinnern, wie sie die ersten anderthalb Wochen überhaupt überlebt hatte, während der Zirkus langsam durch North Carolina zog und schließlich die Grenze zu Virginia überschritt. Tagsüber sah sie kaum etwas von Alex, außer wenn sie in seinem Pickup zum nächsten Spielort fuhren, und auch dann ließ er sich nur selten dazu herab, mit ihr zu sprechen. Wenn er es tat, dann in einem so eisigen Ton, daß Daisy das Gefühl hatte, mit Eispickeln gepiekst zu werden. Sie aßen nicht einmal mehr gemeinsam. Alex machte gewöhnlich irgendeine Dose auf, während sie sich im Bad für die Spec fertigmachte, und ließ ihr dann einen Teller davon stehen, während er sich anzog. Er fragte sie nie, was sie essen wollte, oder bat sie, etwas zum Abendessen zu kochen, nicht, daß sie dazu noch Kraft gehabt hätte.

Manchmal dachte sie, sie habe jenen einen leidenschaftlichen Kuß nur geträumt. Sie berührten einander nicht einmal mehr, außer bei den Gelegenheiten, wenn sie im Pickup einschlief und an ihn gekuschelt wieder aufwachte. Wenn das geschah, zuckte sie gewöhnlich sofort zurück, doch die sexuelle Spannung zwischen ihnen war in jenen Momenten dann beinahe greifbar, ebenso wie der heiße Wind, der durch die Fensterscheiben blies.

Oder vielleicht bildete sie sich das ja auch bloß ein. Vielleicht fand er sie ja gar nicht anziehend. Wie konnte er auch jemanden attraktiv finden, der Blasen an den Händen hatte, eine sonnenverbrannte Nase, aufgeschürfte Ellbogen und immer schmutzige Arbeitskleidung anhatte? Irgendwann in der vergangenen Woche hatte sie aufgehört, sich zu schminken, bevor sie sich zur Parade fertigmachte. Tagsüber band sie ihr Haar zu einem Pferdeschwanz zusammen, wobei ihr die kürzeren Haare in Nacken und Gesicht fielen. Innerhalb von zwei Wochen hatte sie lebenslang eingedrillte Gewohnheiten in bezug auf die Körperpflege abgelegt. Sie kannte sich kaum mehr, wenn sie in den Spiegel blickte.

Und sie war immer erschöpft. Sie schlief noch vor Mitternacht auf der Couch ein, doch sobald Alex einmal in den Trailer kam, war es ihr nahezu unmöglich, wieder einzuschlafen. Sie wälzte sich dann stundenlang hin und her, bis sie schließlich in eine Art Halbschlaf verfiel, aus dem er sie knurrend weckte, lange bevor sie ausgeruht war. Sie war vollkommen ausgelaugt, durcheinander und unglaublich einsam.

Da sie jeder für eine Diebin hielt, wurde sie von den Zirkusleuten auch weiterhin gemieden, und ihr Verhältnis zu den Elefanten hatte sich ebenfalls nicht gebessert. Tater benahm sich immer noch, als ob sie ihn irgendwie betrogen hätte. Mehrmals hatte Daisy überlegt, ob sie nicht Parfüm benutzen sollte, doch sie hatte mehr Angst vor seiner Zuneigung als vor seiner Abneigung. Wenn Neeco und Digger in der Nähe waren, ließen die Elefanten sie in Ruhe, aber sobald sie allein mit ihnen war, suchten sie nach Gelegenheiten, um sie mit den Rüsseln umzuwerfen. Sie war schon so oft von ihnen niedergeschlagen worden, daß sie überall grün und blau war.

Die anderen Elefantenbabies hatten rasch gespannt, daß sie ein leichtes Ziel war, und nun spielten sie ihr andauernd Streiche. Sie besprühten sie mit Wasser, trompeteten sie an und klatschten ihr eine, wenn sie ihnen zu nahe kam. Noch schlimmer war, daß sie immer warteten, bis sie neben ihnen stand, bevor sie ihr Geschäft erledigten. Digger meinte, solange sie sich weigerte, den Bullenhaken zu benutzen, verdiene sie nichts anderes, aber sie war dennoch nicht bereit, die Kleinen zu schlagen.

Obwohl sie sich von Sinjun fernhielt, hatte sie aus den Erzählungen der anderen eine Menge über ihn erfahren. Er war ein alter Tiger, etwa achtzehn Jahre, und stand im Ruf, besonders launenhaft zu sein. Laut Digger war es bis jetzt noch keinem Dompteur gelungen, sich mit ihm anzufreunden, so daß jedermann ihn für unberechenbar und gefährlich hielt.

Genau wie ihr Göttergatte. Alex brachte sie so durcheinander, daß sie nicht mehr wußte, was sie denken sollte. Sobald sie entschieden hatte, daß er nichts weiter als ein sadistisches Monster war, tauchte er gewöhnlich mit irgendwas für sie am Elefantenanhänger auf, einmal waren es ein neues Paar Arbeitshandschuhe oder eine Baseballmütze, damit sie keinen Sonnenbrand mehr bekam. Und mehr als einmal tauchte er genau dann auf, als sie dabei war, die schwere Schubkarre die Rampe herunterzubalancieren, und nahm sie ihr ab. Meistens jedoch machte er ihr einfach nur Kummer.

Es war ein ungewöhnlich heißer Tag für Mitte Mai. Die Temperaturen waren über die Dreißig-Grad-Marke geklettert, und es war so schwül, daß einem das Atmen schwerfiel. Sie hatten die Zelte wieder einmal auf einem Parkplatz aufgeschlagen, diesmal in einer kleinen Stadt südlich von Richmond, und der schwarze Asphalt machte die Hitze noch schlimmer. Die Elefanten hatten sie bereits zweimal umgenietet, wobei sie sich beim zweiten Mal den Ellbogen böse aufschürfte. Und um die Dinge noch schlimmer zu machen, schien jedermann im Zirkus zu faulenzen, außer ihr.

Brady und Perry Lipscomb saßen bei einem kühlen Bierchen im Schatten der Markise des Airstream der Peppers und hörten sich ein Baseballspiel im Radio an. Jill besprenkelte sich mit Wasser und lümmelte sich dann mit der neuesten Ausgabe der *Cosmopolitan* in einen Liegestuhl. Sogar Digger machte ein Nickerchen im Schatten.

»Daisy, beweg deinen Arsch und mach was mit dem Heu da!«

Neeco brüllte diesen Befehl aus dem Türrahmen des Wohnwagens, den die Showgirls benutzten, und schlang dann den Arm um Charlenes Schulter. Seit ihrem Streit wegen des Bullenhakens verhielt sich Neeco ihr gegenüber feindselig. Er gab ihr die schlimmsten Arbeiten und ließ sie so lange schuften, bis Alex auftauchte und sagte, daß es genug wäre.

Als sie mit dem Heuschaufeln anfing, merkte sie, daß jeder Muskel in ihrem Körper brannte. Ihr schweißdurchtränktes T-Shirt hatte einen Riß an der Schulternaht; ihre Jeans starrten vor Dreck; Erde, Heu und Mist klebten an jedem Zentimeter ihrer feuchten Haut. Ihr Haar war schweißnaß, und ihre dreckigen Fingernägel waren ebenso gebrochen wie ihr Geist.

Auf der anderen Seite des Zeltplatzes hockte Sheba und süffelte etwas Kaltes aus einem orangen Plastikshaker, während sie sich die Nägel lackierte. Der Schweiß rann Daisy in die Augen, und sie brannten, doch ihre Hände waren zu schmutzig, um ihn wegzuwischen.

»Nun mach schon, Daisy«, rief Neeco, und Charlene kicherte. »Wir erwarten noch 'ne Ladung.«

Da platzte etwas in ihr. Sie war's leid, jedermanns Schuhabtreter zu sein. Sie war's leid, von Elefantenbabies umgehauen und von den Erwachsenen mit Verachtung behandelt zu werden.

»Mach's doch selber!« Sie warf die Heugabel hin und stapfte davon. Sie hatte genug. Sie wollte Alex suchen und das versprochene Flugticket verlangen. So schlimm wie hier konnte es zu Hause gar nicht werden.

Ein lautes Brüllen schallte über den Zeltplatz. Gleichzeitig begann ihre Haut vor Hitze zu brennen, und ihre Kehle war auf einmal wie ausgedörrt. Sie sah einen Schlauch, der vom Wassertank zur Menagerie führte, und eilte mit leiser Panik darauf zu, denn ihr war noch nie im Leben so heiß gewesen.

Wieder hörte sie ein Brüllen, und als sie aufblickte, sah sie, daß Sinjuns Käfig in der prallen Sonne stand. Die Hitze stieg in Wellen vom Asphalt auf, so daß das orange-schwarz-gestreifte Fell des Tigers in der Hitze waberte.

Nicht alle Tiere befanden sich im Menageriezelt. Einige waren in einer kleinen umzäunten Umfriedung zwischen dem Menageriezelt und dem *big top* stehengelassen worden. Chester, ein räudig aussehendes Kamel, und Lollipop, ein cremefarbenes Lama mit Schlafzimmeraugen, waren nicht weit davon angebunden worden. Ein großes Stück milbiger Zeltleinwand sorgte über ihnen für ein wenig Schatten, doch Sinjun in seinem Käfig war dem schrägen Einfallswinkel der Sonne direkt ausgesetzt. Wie sie schien auch er jedermanns Fußabtreter zu sein.

Er starrte sie mit einer Art trauriger Resignation an, ja stellte nicht einmal seine Ohren auf. Hinter ihm stieß das Lama einen komisch glucksenden Ton aus, während sie von dem Kamel geflissentlich irgnoriert wurde. Die Hitze vom Asphalt drang durch ihre dünnen Turnschuhe und verbrannte ihr die Fußsohlen. Der Schweiß rann ihr zwischen den Brüsten herunter. Sinjuns Augen brannten sich in ihre Seele.

Heiß. Mir ist so heiß.

Sie haßte diesen Ort, wo Tiere in Käfigen gehalten und von den Menschen angestarrt wurden. Das komische Schnalzen des Lamas vibrierte in ihren Ohren. Sie hatte Kopfschmerzen, und vom schimmeligen Geruch der Zeltleinwand wurde ihr ganz schlecht. Sie wich unwillkürlich einen Schritt zurück, um sich vor der Sonne und diesen unglücklichen Tieren und der schrecklichen Hitze zu verstecken. Mit einem Turnschuh trat sie in eine Wasserpfütze. Sie blickte zu Boden und sah, daß das Verbindungsstück des Schlauchs, der die Tränke der Menagerietiere versorgte, leckte.

Ohne zu überlegen, folgte sie dem Schlauch, bis sie das Messingventil fand, aus dem das Wasser in die Tränke sprudelte. Sie nahm das Schlauchende aus dem Wasser und wollte das Ventil zudrehen. Das Wasser war wundervoll kühl.

Sie mußte die Augen zusammenkneifen, weil sie die schmutzige weiße Zeltplane blendete, dann fühlte sie wieder Sinjuns Augen, die sich in ihre ohnehin überhitzte Haut brannten.

Heiß. Mir ist so heiß.

Sie blickte das tropfende Schlauchventil in ihrer Hand an. So herrlich kühl. Mit einer energischen Drehung öffnete sie das Ventil ganz und lenkte den kalten Wasserstrahl direkt auf den Tigerkäfig.

O ja!

Sofort spürte sie eine Erleichterung in ihrem Körper.

»He!« Digger kam angerannt, so schnell ihn seine arthritischen Knie tragen wollten. »Hörnse sofort auf damit, Miss! Hörnse sofort auf!«

Der Tiger fletschte ihn böse an. Sie wirbelte herum und schickte den Wasserstrahl direkt in Richtung des alten Mannes, wobei sein schmutziges Arbeitshemd völlig durchnäßt wurde. »Bleiben Sie, wo Sie sind!«

Er zuckte zurück. »Was tunse da? Se werden de Katze noch umbringen! Katzen mögen kein Wasser nich.«

Sie richtete den Strahl wieder auf den Tiger und fühlte, wie sich die Kühle in ihrem Körper weiter ausbreitete, ganz als würde sie sich selbst besprühen. »Dieser schon.«

»Aufhörn, sag ich! Das könnse nich tun.«

»Sinjun mag's. Sehen Sie ihn an, Digger.«

Und wirklich, statt vor dem Wasser zurückzuschrecken, genoß es der Tiger förmlich, drehte und wand seinen großen Leib in dem kühlen Strahl. Während sie fortfuhr, den Tiger abzuspritzen, hätte sie Digger am liebsten gesagt, daß das gar nicht nötig wäre, wenn er seine Arbeit besser getan hätte, aber sie wußte, daß er überarbeitet war, und hielt deshalb den Mund.

»Gib das her!«

Neeco war plötzlich hinter ihr aufgetaucht und langte nach dem Schlauch, um ihn ihr aus der Hand zu reißen. Sie hatte die Schnauze voll von Neeco Martin und hielt eisern fest.

Wasser spritzte in alle Richtungen. Sie rang nach Luft, als sie den kräftigen Strahl voll ins Gesicht bekam, ließ jedoch keine Sekunde locker.

Er drehte ihr das Handgelenk um. »Hör sofort auf, Daisy! Gib den Schlauch her.«

Sinjuns wildes Gebrüll vibrierte in der schweren Nachmittagsluft und erstickte alle anderen Geräusche. Der Käfig zitterte, als er sich mit seinem ganzen Gewicht gegen die Gitterstäbe warf, fast als versuche er, sie vor Neeco zu beschützen. Überrascht ließ der Dompteur ihr Handgelenk fahren und wandte sich dem furchteinflößenden Geräusch zu.

Sinjun legte die Ohren zurück und zischte ihn an. Daisy riß den Schlauch los.

»Verdammter verrückter Tiger«, brummte Neeco. »Man hätte ihn schon vor Jahren einschläfern lassen sollen.«

Daisy richtete den Wasserstrahl wieder auf den Käfig. Mehr aus Ärger als aus Überzeugung sagte sie: »Er mag's nicht, wenn du mich angreifst.«

»Sieh dir das an, Neeco«, sagte Digger. »Der Hundesohn mag's.«

»Was ist hier los?«

Alle drehten sich um, als Alex herankam. Daisy wischte sich die Augen mit ihrem schmutzigen Ärmel ab, hielt jedoch die ganze Zeit den Strahl auf den Tiger gerichtet.

»Daisy hat beschlossen, Sinjun 'ne Dusche zu verpassen«, sagte Neeco.

»Daisy hat beschlossen?« Alex blickte sie mit seinen undurchdringlichen russischen Augen an.

»Sinjun war heiß«, erklärte sie müde. »Er wollte, daß ich ihn ein bißchen abkühle.«

»Hat er dir das gesagt?«

Sie war zu erschöpft, um zu antworten. Außerdem, wie hätte sie erklären können, daß Sinjun es ihr tatsächlich gesagt hatte? Sie verstand die mystische Verbindung, die sie mit dem Tiger zu haben schien, ja selbst nicht.

Sie richtete den Wasserstrahl auf den Kot, der sich im Käfig angesammelt hatte. »Diese Käfige starren vor Dreck. Sie müßten öfter gesäubert werden.«

Digger nahm die Bemerkung sofort persönlich. »Ich kann nich alles machen. Wennse die Käfige so schlimm finden, dann machense se doch selber sauber.«

»Also gut, ich mach's.«

Was sagte sie denn da? Noch vor ein paar Minuten war sie fest entschlossen gewesen, Alex um ein Rückflugticket zu bitten, und nun halste sie sich freiwillig noch mehr Arbeit auf? Wie konnte sie überhaupt noch mehr machen, wenn sie es kaum schaffte, all ihre derzeitigen Arbeiten zu erledigen?

Alex runzelte die Stirn. »Du machst schon genug. Du kannst so schon kaum die Augen offenhalten. Ich lasse nicht zu, daß du noch mehr übernimmst.«

Sie war es allmählich leid, daß ihr Gatte alles in ihrem Leben bestimmte. »Ich hab gesagt, ich mach's, und das werde ich auch. Also, wenn du und Neeco nicht genauso naß werden wollt wie Digger, dann laßt mich am besten in Ruhe.«

Überraschung blitzte in Alex' Augen auf. Neeco drängte sich vor. »Sie schafft ja nicht mal die Arbeiten, die ich ihr auftrage. Wie soll sie sich da noch um die Menagerie kümmern?«

»Das wird sie nicht«, entgegnete Alex entschlossen.

»O doch.«

»Daisy –«

»Du kannst mir nicht vorschreiben, was ich in meiner freien Zeit mache.«

»Du hast keine freie Zeit«, erinnerte er sie.

»Dann werde ich halt ein wenig schneller arbeiten müssen.«

Er blickte sie einen langen Augenblick an. Was dachte er? War es Anerkennung oder gar Respekt, was sie in seinen Augen zu lesen glaubte? »Willst du das wirklich machen?« fragte er.

»Ja.«

»Weißt du auch, worauf du dich da einläßt?«

Sie blickte ihm ohne zu blinzeln in die Augen. »Ich hab nicht die blasseste Ahnung.«

Etwas wie Zärtlichkeit huschte über seine Züge und verschwand sofort wieder. Er nickte brüsk. »Also gut, ich werd's die nächsten paar Tage mit dir versuchen. Du kannst in der Früh ein paar Stunden hier arbeiten und dann Neeco aushelfen.«

Digger fing an zu stottern. »Aber ich brauch mehr Hilfe! Ich kann nich alles machen.«

»Daisy ebensowenig«, entgegnete Alex ruhig.

Sie starrte ihn überrascht an.

Er erwiderte ihren Blick mit hochgezogener Augenbraue. »Noch was?«

Zu spät fiel ihr ein, daß sie sich ja vor Tieren fürchtete, doch jetzt war nicht der rechte Zeitpunkt, ihn daran zu erinnern, also schüttelte sie den Kopf.

»Dann gehört die Menagerie ganz dir.«

Als sie davonging, kam ihr der Gedanke, daß er sie, immer wenn sie ihn als den Hauptbösewicht in ihrem Leben abstempelte, irgendwie überraschte. Außerdem merkte sie, daß sie sich nicht länger vor ihm fürchtete. Sein Verhaltenscode war streng und hart und, in ihren Augen, unfair, aber er hielt sich immer daran, und sie konnte sich beim besten Willen nicht vorstellen, daß er jemals etwas tat, das gegen seine Überzeugungen ging.

Während der nächsten paar Stunden spritzte sie die Käfige aus und beseitigte den angehäuften Mist, wobei sie versuchte, sich so weit von den Tieren fernzuhalten wie möglich. Als sie schließlich fertig war, war sie dreckiger als zuvor, da nun auch noch Schlamm an ihren ohnehin schmutzstarrenden Sachen klebte.

Sie überredete einen Arbeiter, Sinjuns Käfig in den Schatten zu bugsieren, und streute dann frisches Heu für Chester und Lollipop aus. Das Kamel versuchte, sie zu treten, aber das Lama blieb ruhig, und als Daisy in Lollipops große Schlafzimmeraugen blickte, stellte sie fest, daß sie hier endlich ein Tier gefunden hatte, das sie mochte. »Du bist eine süße kleine Lady, Lollipop. Vielleicht kommen wir beiden ja gut miteinander aus.«

Das Lama spitzte die Lippen und spuckte ihr eine großzügige Portion stinkenden Speichel an den Kopf.

Soviel zum Thema Dankbarkeit.

10

Alex stellte fest, daß er noch nie einen bejammernswerteren Anblick vor sich gehabt hatte als den seines kleinen hohlköpfigen Frauchens. Er stand gerade am Herd und kochte einen Topf Chili, als sie in den Wohnwagen gestolpert kam. Ihre Sachen waren dreckiger als die der unordentlichsten Arbeiter. Strohhalme ragten aus ihren verstruwwelten Haaren hervor, und alle möglichen Arten von Tierfutter klebten an dem, was noch von ihrem Pferdeschwanz übrig war. Ihre Arme waren dreckverkrustet. Außerdem stank sie.

Da er selbst mehr als einmal zur Zielscheibe eines vergrätzten Lamas geworden war, kannte er den Geruch.

»Zu nah an Lollipop rangekommen, was?«

Sie murmelte etwas Unverständliches und schleppte sich in Richtung Klo.

Lächelnd rührte er in seinem Chili. »Das hab ich nicht ganz verstanden. Was hast du gesagt?«

Sie antwortete ihm mit der höflichen, wohlerzogenen Aussprache einer jungen Dame, die an die feineren Dinge des Lebens gewöhnt ist. »Fahr zur Hölle.« Sie schloß die Tür mit einem Knall hinter sich.

Er gluckste. »Hab ich dich richtig verstanden, daß das dein erster Zusammenstoß mit einem Lama war?«

Sie antwortete nicht.

Er tat noch einen Teelöffel Chilipulver in den Topf und dann noch etwas Tabascosauce, wo er schon dabei war. Dann probierte er. Zu mild.

Aus dem Bad kam noch immer kein Geräusch, nicht mal Wasserrauschen. Stirnrunzelnd stellte er die Tabascosauce beiseite. »Daisy?« Als keine Antwort kam, ging er rasch zur Tür und klopfte. »Daisy? Alles in Ordnung mit dir?«

Nichts.

Er drehte am Türknauf und sah hinein. Sie stand wie erstarrt vor dem Spiegel, und Tränen liefen ihr lautlos über die Wangen, während sie sich darin betrachtete.

Etwas Weiches, Unvertrautes regte sich in ihm. »Was ist los, Schätzchen?«

Sie regte sich nicht, und die Tränen rannen ihr weiter leise über die Wangen. »Ich war nie richtig hübsch, nicht so wie meine Mutter, aber jetzt bin ich häßlich.«

Statt verärgert zu sein, fand er ihre schlimm angeschlagene Eitelkeit irgendwie rührend. »Ich finde dich wunderschön, Engelchen, sogar wenn du schmutzig bist. Du wirst sehen, es geht dir besser, wenn du dich geduscht hast.«

Sie regte sich immer noch nicht, sondern starrte wortlos in den Spiegel, während ihr die Tränen vom Kinn tropften.

Er ging neben ihr in die Hocke, hob erst das eine, dann das andere Bein und zog ihr Schuhe und Socken aus.

»Bitte geh.« Sie sprach mit derselben ruhigen Würde, die er in den letzten zehn Tagen öfter an ihr beobachtet hatte, während sie sich abmühte, eine schwere Arbeit nach der anderen zu erledigen. »Du machst das nur, weil ich schon wieder heule, aber das tu ich nur, weil ich müde bin. Es tut mir leid. Du mußt dir nichts draus machen.«

»Ich hab gar nicht gemerkt, daß du heulst«, log er, knöpfte ihre Jeans auf und zog sie, nach kurzem Zögern, herunter. Der süße Schwung ihrer schlanken Beine erregte ihn sofort, und er mußte den Blick von dem verführerischen Dreieck ihres mintgrünen Höschens losreißen.

Wie lange konnte er noch die Finger von ihr lassen? In den letzten anderthalb Wochen war sie so erschöpft gewesen, daß sie sich kaum mehr auf den Beinen hatte halten können, aber alles, woran er denken konnte, war, sich in diesem kleinen, weichen, willigen Körper zu vergraben. Er war inzwischen so weit, daß er sie nicht mal mehr ansehen konnte, ohne steif zu werden, und das irritierte ihn höllisch. Er war es gewohnt, über jeden Aspekt seines Lebens die Kontrolle zu bewahren, doch hier war das eindeutig nicht mehr der Fall.

Selbst eine Frau, die beim Zirkus aufgewachsen war, hätte es schwer gehabt, mit all der Arbeit fertig zu werden, die er Daisy aufhalste. Er sagte sich andauernd, daß es sich nur noch um ein paar Tage – vielleicht nur Stunden – handeln konnte, bevor sie das Handtuch warf und ging. Das bedeutete, daß er sie nicht anfassen durfte, nicht so, wie er es sich wünschte. Sex würde die Situation zwischen ihnen im Moment nur noch mehr komplizieren.

Aber sie hatte noch immer nicht aufgegeben, und er wußte nicht, wie lange er sich noch von ihr fernhalten konnte. Wenn er nachts ins Bett fiel, war er sich ihres zusammengerollten kleinen Körpers auf der Couch so sehr bewußt, daß es ihm schwerfiel einzuschlafen. Und ihr bloßer Anblick während des Tages genügte, es ihm unmöglich zu machen, sich länger auf seine Arbeit zu konzentrieren.

Warum war sie noch nicht gegangen? Sie war schwach. Und weich. Sie heulte bei jedem kleinsten Anlaß. Doch noch während er ihren Charakter auseinandernahm, fiel ihm ein, daß sie den Mut gehabt hatte, es mit Neeco Martin aufzunehmen und sich für diese armen, armen Tiere in der Menagerie einzusetzen. Daisy Devereaux Markov war nicht der Schwächling, für den er sie hielt.

Die Tatsache, daß sie sich nicht als so vorhersehbar erwies, wie er geglaubt hatte, irritierte ihn mächtig, fast ebensosehr wie ihre beinahe schmerzhafte Wirkung auf seinen Körper, und so sagte er brüsk: »Arme hoch.«

Die Ereignisse des Tages hatten sie vollkommen ausgelaugt, und sie gehorchte automatisch. Er zog ihr das T-Shirt über den Kopf, so daß sie nur mehr in ihrem mintgrünen Spitzen-BH und Höschen, die an ihrer verschwitzten Haut klebten, vor ihm stand. Sie war derart erschöpft, daß ihr Kopf auf die Brust fiel, aber er war schon so erregt, daß er sich nicht traute, ihr auch den Rest auszuziehen, und das ärgerte ihn noch mehr. Er wandte sich von ihr ab, drehte die Dusche auf und half ihr dann samt Unterwäsche hinein.

»Du kriegst was zu essen, sobald du fertig bist. Ich hab's satt, immer Dosen zu essen, also hab ich zum Abendessen Chili gemacht.«

»Ich kann auch kochen«, murmelte sie.

»Du hast im Moment genug zu tun.«

Sie stellte sich unter den Duschkopf und ließ sich, samt Unterwäsche, vom lauwarmen Wasser überspülen.

Als sie schließlich aus dem Badezimmer kam, hatte sie sich das nasse Haar aus dem ungeschminkten Gesicht gekämmt und sich in seinen blauen Frotteebademantel gewickelt. Sie sah nicht älter aus als ein Teenager, als sie auf die Sitzbank hinter dem Küchentisch schlüpfte.

Er stellte ihr eine Schüssel Chili hin und ging dann zum Herd, um sich selbst was zu holen.

»Dürfte ich die Spec heute ausfallen lassen?« fragte sie.

»Bist du krank?«

»Nein.«

Er stellte seine Schüssel auf den Tisch, setzte sich ihr gegenüber und verschloß sich mit einiger Anstrengung vor ihrer ruhigen Würde. »Dann darfst du sie nicht ausfallen lassen.«

Seine Ablehnung schien sie nicht zu überraschen, und das störte ihn mehr, als wenn sie mit ihm gestritten hätte. »Ich bin noch nie angespuckt worden.«

»Lamas tun das eben. Nimm's nicht persönlich.«

»Frankie haßt mich ebenfalls. Heute hat er mir eine Schachtel Tierfutter an den Kopf geworfen.«

»Das muß ein Versehen gewesen sein. Frankie ist die Sanftmut in Person. Er mag wirklich jeden.«

Sie stützte den Ellbogen auf den Tisch und den Kopf in die Hand, während sie lustlos in ihrem Chili herumrührte. »In einem knappen Showgirltrikot in der Manege herumzumarschieren ist die schlimmste Form von sexueller Ausbeutung.«

»Und außerdem gut für die Kasse.«

Er bedauerte seine Stichelei sofort, weil sie im Moment wirklich nicht in der Lage war, die Klingen mit ihm zu kreuzen. In Wahrheit störte ihn ihr Trikot wahrscheinlich mehr als sie selbst. Sie war nicht so groß wie die anderen Showgirls und auch nicht so üppig, aber mit ihrer frischen, rotwangigen Schönheit und ihrem süßen Lächeln hob sie sich von den anderen ab, und er hatte schon mehr als ein paar übereifrige männliche Besucher davon abhalten müssen, sich nach der Vorstellung an sie ranzumachen. Zu seinem Erstaunen schien sie den Aufruhr, den sie verursachte, überhaupt nicht zu bemerken.

Sie bröckelte einen Sodacracker in ihr Chili. »Trotz all deinem Gerede, wie ordentlich hier alles gehandhabt wird, die Menagerie ist eine Schande.«

»Da stimme ich dir zu. Ich schimpfe schon seit Jahren darüber, aber Owen liebte seine Menagerie und weigerte sich, sie abzuschaffen.«

»Und was ist mit Sheba?«

»Sie ist im großen und ganzen derselben Meinung wie ich. Ich hoffe, daß sie sie irgendwann schließt, aber der Markt für alte Zirkustiere ist klein. Und hier sind sie immer noch besser dran, als wenn wir sie an irgendeine rückständige Touristenfalle verkaufen würden.«

Sie hob einen Löffel Chili an den Mund, setzte ihn dann jedoch wieder ab, als ob ihr die Anstrengung des Essens zu groß wäre.

Er hielt es nicht länger aus. Es war ihm egal, wenn die anderen ihm vorwarfen, er würde seiner Frau eine Vorzugsbehandlung zukommen lassen, doch er konnte die blaulila Schatten unter ihren Augen keinen Tag länger ertragen. »Geh schlafen, Daisy. Ich hab meine Meinung geändert. Du kannst die Spec heute abend auslassen.«

»Wirklich? Im Ernst?«

Ihre Freude vergrößerte seine Schuldgefühle noch. »Ich hab's gesagt, oder etwa nicht?«

»Ja! Ja, das hast du. Oh, vielen Dank, Alex. Das werd ich dir nicht vergessen.«

Daisy verschlief die erste Vorstellung, tauchte jedoch zu Alex' Überraschung rechtzeitig auf, um sich der Parade für die zweite noch anzuschließen. Ihr zweistündiges Nickerchen hatte Wunder gewirkt, und sie sah erholter aus als seit langem. Während er auf Mischa die Arena umkreiste, konnte er sie ein Stückchen vor ihm sehen, wie sie winkte und den Kindern Kußhändchen zuwarf, ohne zu merken, was sie und ihr blutrotes Fähnchen unter den Vätern der Kinder anrichteten. Alex mußte gegen den Drang ankämpfen, dem einen oder anderen eins mit der Peitsche über die Baseballkappe zu geben.

Als die Vorstellung zu Ende war, ging er zum Wohnwagen, um sich umzuziehen. Gewöhnlich war Daisy bereits da, doch diesmal fehlte sie.

Mit einem unguten Gefühl zog er sich rasch die Arbeitssachen an und machte sich auf den Weg zurück zum *big top*.

Ein Aufblitzen von roten Pailletten am Publikumseingang zog seine Aufmerksamkeit auf sich, und er sah, daß seine Frau von drei gutaussehenden Burschen aus der Stadt umringt war. Alle benahmen sich recht höflich, und sie war gewiß nicht in Gefahr, dennoch hatte er gute Lust, ihnen eins mit der Faust in die jungen grinsenden Gesichter zu schlagen.

Einer von ihnen sagte etwas, und sie lachte, ein melodiöses Geräusch, das durch die klare Abendluft zu ihm drang. Er fluchte leise.

»Was bist du so angepißt?«

Brady war hinter ihm aufgetaucht, und Alex zwang sich zur Ruhe. »Wie kommst du darauf, daß ich angepißt bin?«

Brady steckte sich einen Zahnstocher in den Mundwinkel. »Na, so wie du diese Burschen aus der Stadt anschaust.«

»Ich weiß nicht, wovon du redest.«

»Ich versteh dich wirklich nicht, Alex. Hatte gedacht, du machst dir nicht die Spur aus ihr.«

»Halt dich da raus.«

»Um die Wahrheit zu sagen, hab ich vorhin erst beschlossen, mal mit dir über sie zu reden.« Er bugsierte den Zahnstocher mit der Zunge in den anderen Mundwinkel. »Ich finde, auch wenn sie geklaut hat und du sie nicht ausstehen kannst, hast du nicht das Recht, eine Schwangere derart anzutreiben.«

»Wer hat gesagt, daß sie schwanger ist?«

»Wir alle denken das. Du kamst mir nicht gerade wie der glückliche Bräutigam vor, als wir die Überraschungsparty für euch geschmissen haben.«

Alex spannte die Kiefermuskeln an. »Sie ist nicht schwanger.«

Brady fiel der Zahnstocher aus dem Mund. »Warum zum Teufel hast du sie dann geheiratet?«

»Geht dich verdammt nichts an.« Er stakste davon.

Es war kurz vor Mitternacht, als sie mit dem Zeltabbau fertig waren. Gewöhnlich, wenn er den Wohnwagen betrat, schlief Daisy bereits, doch statt sich in ein Nest aus zerknautschten Bettlaken zu kuscheln, wie sonst immer, lag sie in ihrem Trikot auf der Couch, gerade so, als hätte sie sich kurz hingesetzt und wäre dann eingenickt. Er beschloß, daß es eine Sache war, sie abzuhärten, aber eine andere, sie bis an ihre Grenzen zu treiben, und da wußte er auf einmal, daß er sie nicht weiter so unbarmherzig antreiben konnte. Soweit es ihn betraf, hatte sie ihre Schuld an die Gesellschaft abgeleistet, und es war an der Zeit, es ihr ein wenig leichter zu machen.

Ihr dunkles Haar fiel in einer seidigen Wolke über das Sofakissen, und ihre Lippen waren leicht geöffnet. Sie schlief auf dem Bauch, und sein Mund wurde ganz trocken, als er ihren süßen kleinen Hintern sah, der nur von ihren großmaschigen schwarzen Netzstrümpfen bedeckt war. Das schmale Paillettenband, das in der Mitte darüberlief, machte den Anblick nur noch verlockender. Er mußte sich zwingen, den Blick von ihr loszureißen und sich rasch auszuziehen. Dann stakste er ins Bad, wo er sich prompt unter die eiskalte Dusche stellte.

Das Geräusch des laufenden Wassers mußte sie aufgeweckt haben, denn als er mit einem Handtuch um die Hüften herauskam, stand sie in seinem blauen Bademantel am Spülbecken. Obwohl sie die Ärmel aufgekrempelt hatte, waren ihre kleinen Hände kaum zu sehen, während sie eine Packung Roggenbrot öffnete.

»Möchtest du auch ein Sandwich?« Sie klang frischer als seit Tagen. »Ich bin eingeschlafen, bevor ich was essen konnte, und jetzt hab ich Hunger.«

Ihr Bademantel klaffte, und er sah ihre wohlgerundeten kleinen Brüste unter den flammendroten Pailletten ihres Trikots. Er riß den Blick davon weg und fauchte sie an, anstatt ihr für ihr freundliches Anerbieten zu danken. »Wenn Sheba dich erwischt, wie du in einem ihrer Trikots rumliegst, kannst du dich auf was gefaßt machen.«

»Dann muß ich eben aufpassen, daß sie mich nicht erwischt.«

Der frische Ton in ihrer Stimme hob auch seine Laune. »Nun, du kannst schließlich nicht alles auf einmal lernen, denke ich.«

Sie drehte sich um, doch was immer sie auch hatte sagen wollen, erstarb auf ihren Lippen. Ihr Blick glitt an ihm hinab, über seine Brust bis zu dem hellgelben Handtuch, das er sich locker um die Hüften geschlungen hatte.

Am liebsten hätte er sie angeschrien, ihn nicht so anzusehen, wenn sie sich nicht im nächsten Moment flach auf dem Rücken wiederfinden wollte. Seine ohnehin angeschlagene Selbstbeherrschung wurde noch wackeliger.

»Hättest du gerne deinen – äh – Bademantel wieder?« fragte sie.

Er nickte.

Sie zerrte am Gürtel, schlüpfte aus dem Kleidungsstück und reichte es ihm.

Er ließ es zu Boden fallen.

Sie starrte ihn an. »Ich dachte, du wolltest ihn haben.«

»Ich wollte, daß du ihn ausziehst.«

Sie leckte sich die Lippen, und er sah, wie sie sich um eine Antwort mühte. Er schimpfte sich einen Idioten, den größten Trottel, den es gab, doch er wußte gleichzeitig, daß er sich keine weitere Nacht mehr von ihr fernhalten konnte.

»Ich bin mir nicht sicher, was du damit meinst«, sagte sie zögernd.

»Ich meine damit, daß ich die Finger nicht länger von dir lassen kann.«

»Ich hab befürchtet, daß du das meinst.« Sie holte tief Luft und reckte ihr Kinn. »Tut mir leid, aber ich hab beschlossen, daß ich das nicht mit dir tun kann. Es wäre nicht richtig.«

»Warum nicht?«

»Weil es nicht heilig wäre. Für mich bedeutet es viel, mit jemandem zu schlafen. Ich tu das nicht mit jedem.«

»Freut mich, das zu hören.« Wie von einer unsichtbaren Kraft gezogen, näherte er sich.

Sie wich zur Anrichte zurück, ließ ihn jedoch nicht aus den Augen. »Ich tu das nicht einfach so.«

»Ich hoffe, das heißt, daß ich mir keine Sorgen um eine von diesen lästigen Geschlechtskrankheiten machen muß, die du vor 'ner Zeit gegenüber dieser Kellnerin erwähnt hast.«

»Natürlich nicht!«

»Gut. Um mich brauchst du dir auch keine Sorgen machen. Ich bin blitzsauber.«

»Das ist schön für dich, aber –«

»Hat man dir schon mal gesagt, daß du zuviel redest?« Er stützte die Handflächen auf die Anrichte hinter ihr und hatte sie auf diese Weise wirkungsvoll eingeschlossen.

»Wir *müssen* darüber reden. Es ist wichtig. Es –«

»Was wir *müssen*, ist aufhören zu reden.« Er legte die Hände an ihre Taille. »Wir haben lang genug Katz und Maus gespielt, Engelchen. Findest du nicht auch, daß es Zeit ist, ernst zu machen?«

Ihr zartes Parfüm stieg ihm in die Nase und erregte ihn noch mehr. Er blickte hinunter auf ihren Körper, so verführerisch in dem flammroten Paillettenkostümchen, und ihr sanfter Atem strich über seine Brusthaare.

»Wie – wie kannst du überhaupt dran denken, so was mit jemand zu machen, den du nicht respektierst?«

Ihre Augen fielen wie von selbst zu, als er seinen Kopf niederbeugte und an ihrem Hals zu knabbern begann. »Warum überläßt du das nicht mir?«

»Du hältst mich für eine Diebin.«

»Nun, ich hab mich inzwischen ein wenig abgekühlt.«

Sie bog den Kopf zurück, um zu ihm aufzublicken, und erneut überkamen ihn Schuldgefühle, als er sah, wie ihre veilchenblauen Augen auf einmal vor Freude leuchteten und sich ihr weicher, kindlicher Mund zu einem Lächeln verzog. »Du glaubst mir! Du weißt, daß ich das Geld nicht gestohlen hab!«

Das hatte er nicht gesagt. Er war bloß nicht länger zornig deswegen. Obwohl er ihre Tat nicht gutheißen konnte, so wußte er, daß sie aus Verzweiflung gehandelt hatte, und wollte nicht länger ihr Richter sein.

»Ich glaube, daß du höllisch sexy bist.« Er strich mit dem Daumen über ihre Unterlippe und stellte fest, daß sie ein wenig feucht war. »Nimmst du was zur Verhütung, oder willst du, daß ich mich darum kümmere?«

Ihre Augen blitzten auf. »Ich nehme die Pille, aber –«

»Das ist gut.«

Er senkte den Kopf und fing ihren Mund mit dem seinen ein. Ihr Mund zitterte. Gott, war sie süß. Sie mußte eine von den reifen Pflaumen aus der Tüte auf dem Küchentisch gegessen haben, denn er konnte sie noch schmecken.

Ihre Lippen öffneten sich ein wenig, doch sehr zögerlich, als ob sie noch nicht so recht wüßte, was sie wollte. Er fand ihre vorsichtige, unsichere Einladung unglaublich erregend. Gleichzeitig wußte er jedoch, daß er ihr keine Zeit mehr zum Überlegen geben konnte, und zog sie fester an sich.

Außerhalb der kleinen Welt ihres Wohnwagens begannen die ersten Regentropfen zu fallen. Sanft klopften sie an die dünne Metallhülle, die sie umgab. Das Geräusch war unheimlich beruhigend, ja geradezu hypnotisch. Das sanfte Prasseln des Regens isolierte sie irgendwie, trennte sie vom Rest des Universums und ließ eine eigene, private Welt, in der es nur sie beide gab, erstehen.

Daisy seufzte unter Alex' sanftem, geduldigem Kuß. Sein Medaillon rieb sich an ihrer Brust, und als er mit der Zungenspitze über die sensible Innenseite ihrer Unterlippe strich, floß es wie warmer Honig durch ihre Adern. In diesem Moment verflogen all ihre Zweifel und Vorbehalte, all ihre Prinzipien und auch ihre Vorsätze, ihn nicht an sich heranzulassen. Von Anfang an hatte sie sich das hier gewünscht, hatte ihn so spüren wollen, und sie vermochte es nicht länger, der Kraft, die sie zu ihm hinzog, zu widerstehen.

Sie öffnete ihren Mund und ließ ihn ein.

Er nahm sich Zeit, überfiel sie nicht sofort, doch als er schließlich vordrang, tat er dies ganz und gar. Sie reagierte heiß, und er ließ nach Belieben mit sich spielen.

Sie benutzte ihre Zunge und ihre Lippen, küßte seinen harten Mund, die Mundwinkel, tauchte erneut mit der Zunge in ihn ein. Sie schlang die Arme um seine Schultern, stellte sich auf die Zehenspitzen und knabberte an seinem Ohrläppchen. Sie hinterließ kleine Zahnabdrücke an der Linie seines Kiefers, bevor sie wieder zu seinem Mund zurückkehrte und untertauchte.

Eindringen und spielen.

Zurückziehen und erforschen.

Und wieder hinein.

Ihre Erregung wuchs, genährt von seinem keuchenden Atem und seinen Händen, die sie so fest umklammerten, eine an ihrer Taille, die andere flach auf ihrem Rücken. Wie hatte sie sich je vor ihm fürchten können? Sie mußte kurz an die Peitschen in der Schublade unter seinem Bett denken, doch sie schob diesen Gedanken rasch beiseite. Er würde ihr nicht weh tun. Er konnte gar nicht.

Sie leckte einen süßen Pfad von seinem Hals zu seiner Brust, wo sie ihre kleine Zungenspitze durch sein dunkles Haar, das seine kräftigen Brustmuskeln bedeckte, schob, bis sie auf die darunterliegende Haut stieß. Er atmete nun noch schneller, und seine Stimme, als er nun sprach, klang heiser vor Erregung.

»Wenn du so küßt, Engel, dann kann ich's kaum erwarten, wie du –« Er stöhnte, als sie seine Brustwarze fand.

Sie schlang die Arme um seinen Hals und blieb mit einem Finger in dem Goldkettchen mit seinem russischen Medaillon hängen. Dieses Spiel aus heißen Küssen und unbekannten Berührungen war so köstlich, daß sie gar nicht genug davon bekam. Sein Körper gehörte ganz ihr, um ihn nach Herzenslust zu erforschen, und sie sehnte sich danach, jeden Zentimeter davon kennenzulernen.

»Ich würde dir gerne das Handtuch runternehmen.«

Seine Finger versanken in ihrem Haar.

Sie langte nach dem Knoten, doch er hielt ihre Hand fest. »Nicht so schnell, Schätzchen. Zuerst mußt du mir was zeigen.«

»Was willst du denn sehen?«

»Das überlasse ich dir.«

»In diesem Ding hier ist, glaub ich, sowieso schon fast alles zu sehen, was ich habe.«

»Vielleicht würd ich's ja gern noch näher ansehen.«

Sie wußte, daß Sex sehr aufregend sein konnte, aber den sinnlich-neckenden Unterton in seiner Stimme hatte sie nicht erwartet. Ihr kam der Gedanke, daß sie ihm vielleicht sagen sollte, daß sie noch Jungfrau war, doch dann hielt er sie wahrscheinlich für ein Relikt aus der Steinzeit. Und wenn sie's ihm nicht sagte, würde er's auch nie erfahren, denn im Gegensatz zu den romantischen Vorstellungen überlebte ein zartes Jungfernhäutchen nicht sechsundzwanzig Jahre sportlicher Aktivitäten und ärztlicher Untersuchungen.

Als sie den Kopf zurückbog und zu ihm aufblickte, sah sie, daß er sie mit den Blicken verschlang, wie sie so vor ihm stand, in ihrem winzigen Showgirltrikot, und auf einmal fand sie den Gedanken, die erfahrene Femme fatale zu spielen, ungeheuer aufregend. Sie hatte jede Menge Bücher gelesen, also konnte ihr die Täuschung vielleicht sogar gelingen. Etwas Unartiges, sie wollte irgendwas richtig Unartiges tun. Was fiel ihr da ein?

Sie kehrte ihm den Rücken zu, um einen Moment in Ruhe überlegen zu können, und dabei sah sie, daß die schlaffen blauen Vorhänge über dem Küchenfenster nicht ganz geschlossen waren. Sie glaubte zwar nicht, daß bei dem Regen jemand vorbeikommen würde, wollte jedoch nichts riskieren und ging rasch zum Küchentisch. Mit einer Hand stützte sie sich auf die weiße Plastikfurnieroberfläche und beugte sich vor, um die Vorhänge zuzumachen.

Sie hörte ein ersticktes Geräusch hinter sich, beinahe wie ein Stöhnen. »Gute Wahl, Schätzchen.«

Sie hatte keine Ahnung, wovon er sprach, bis sie fühlte, wie er hinter sie trat und sich an ihrem nach hinten gereckten Popo rieb. Er massierte das feste, in Netzstrümpfe gehüllte Fleisch. Ihre Brustwarzen verhärteten sich, und ihre Haut wurde ganz warm von den ganz neuen Gefühlen, die sie mit einem Mal durchströmten. Gleichzeitig nahm jedoch ihre Nervosität schlagartig zu. Egal, was sie ihm weiszumachen versuchte, sie hatte keinerlei Erfahrung mit normalem Sex, geschweige denn mit etwas Ausgefallenerem.

Einer seiner Finger schlüpfte unter den paillettenbesetzten Stoffstreifen und strich über ihre Pogrube. Sie biß sich auf die Lippen, um nicht vor Erregung aufzustöhnen. Sein Finger kroch tiefer.

Überwältigt von ihrer Erregung richtete sie sich zittrig auf und drehte sich in seinen Armen herum. »Ich – ich würd lieber wieder küssen.«

Er stöhnte. »Deine Küsse gehen im Moment ein wenig über meine Kräfte.« Er rückte den Knoten über seinen Lenden zurecht, und sie sah, daß das Handtuch nicht länger flach anlag. Tatsächlich war es himmelweit davon entfernt, flach anzuliegen.

Sie starrte auf die betreffende Stelle, und ihr Mund wurde ganz trocken. »I-ich würd trotzdem gern weiterküssen.«

»Wie wär's mit einem Kompromiß? Du machst das Trikothäkchen in deinem Nacken auf, und dann küssen wir uns, so viel du willst.«

Sie löste zögernd den Blick von seinem Handtuch und hob die Arme, um das Häkchen aufzumachen. Als es offen war, ging ihr Oberteil auf und begann herunterzurutschen. Sie hielt es sich hastig vor die Brust.

Er senkte den Kopf, strich über ihre Lippen und ergriff ihre Handgelenke, jedes mit einer Hand. Als seine Zunge in ihren Mund schlüpfte, fiel ihr das Trikot bis zur Taille herunter. Er drängte sie an die Wand neben dem Küchentisch, hob ihre Handgelenke und drückte sie an beiden Seiten ihres Kopfes gegen die Wand.

»Das ist nicht fair«, wisperte sie in seinen Mund, während er sie an der Wand festnagelte. »Du bist stärker als ich.«

»Jetzt bin ich an der Reihe, mit dir zu spielen«, flüsterte er zurück.

Und das tat er auch.

Ihre Handgelenke sanft festhaltend, benutzte er nur seine Zunge, um sie zu erregen. Er knabberte an ihrem Ohrläppchen und darunter an ihrem Hals. Er biß zärtlich in ihr Brustbein und ihren Halsansatz. Dann zog er sich gerade so weit zurück, um sich ihren nackten Oberkörper ansehen zu können.

In ihrer Position, mit erhobenen Armen, hatten sich ihre Brüste aufgerichtet. Er spielte zuerst mit der einen, dann mit der anderen, saugte und lutschte, bis sie die Erregung, die sich zwischen ihren Beinen und in ihrem Bauch sammelte, kaum mehr ertragen konnte.

»Hör auf«, keuchte sie. »Laß mich los.«

Er gab sofort ihre Handgelenke frei. »Hab ich dir weh getan?«

»Nein, aber – aber du machst zu schnell.«

»Zu schnell?« Er betrachtete sie mit einem schiefen Lächeln. »Kritisierst du etwa meine Technik?«

»O nein. Deine Technik ist wundervoll.« Die Worte sprudelten nur so aus ihr hervor, beinahe übereifrig, und er mußte lächeln. Verlegen wich sie seinem Blick aus, indem sie sich auf seinen Mund konzentrierte. Dann erkannte sie, daß sie, wenn sie mit diesem stolzen, leidenschaftlichen Mann mithalten wollte, nicht zurückstecken durfte.

Sie hob den Kopf und blickte ihm tief in die Augen. »Ich

will nicht, daß du jetzt schon die Zügel in die Hand nimmst. Später vielleicht, aber jetzt noch nicht.«

»Ist das deine Art, mir zu sagen, daß du noch 'ne Weile bestimmen willst, wo's langgeht?«

Sie nickte. Auch wenn sie nervös war, sie würde sich durch nichts davon abhalten lassen, die wundervollen Dinge, die sich unter diesem Handtuch verbargen, zu erforschen.

»Unter einer Bedingung, Engel.« Er hakte die Finger unter ihr Trikot, dort, wo es um ihre Hüften hing. »Nur du und diese Netzstrümpfe. Alles andere muß runter.«

Sie schluckte. Die Strümpfe besaßen keinen Zwickel. Es gab nur das Netz, vom Gummiband bis zu den Zehen, und das war so grobmaschig, daß alles zu sehen sein würde.

Er zog eine Augenbraue herausfordernd hoch, ließ sie dann los und setzte sich auf die Bettkante. »Ich möchte dir beim Ausziehen zusehen.«

Also jetzt wurde es allmählich *wirklich* unartig. Sie räusperte sich und meinte so gleichgültig wie möglich: »Du meinst, jetzt gleich? Mit dem Licht an und allem?«

»Hör auf, Zeit zu schinden. Zieh dich aus, aber schön langsam.«

Sie nahm all ihren Mut zusammen, entschlossen, mit ihm mitzuhalten. »Dir ist klar, daß dein Handtuch als nächstes runterkommt, nicht wahr?«

»Immer eins nach dem anderen.«

Sie zog sich das Trikot langsam über die Hüften herunter, wobei sie sich vorbeugte, um ihre Blöße vor ihm zu verbergen. Das Kleidungsstück fiel zu Boden. Sie wischte eine Fluse vom Teppich, inspizierte interessiert das Webmuster und lauschte dem Trommeln des Regens auf dem Wohnwagendach.

»O nein, das wirst du nicht.« Er lachte leise. »Na los, komm hoch. Und laß das Trikot schön auf dem Boden liegen.«

Der rauchige Unterton in seiner Stimme raubte ihr beinahe die Beherrschung. Ihre Hände zitterten, als sie sich wie befohlen aufrichtete.

»Wie schön«, flüsterte er, als sie vor ihm stand, nackt bis auf die dünnen schwarzen Netzstrümpfe, die den unteren Teil ihres Körpers eher hervorhoben als verbargen.

Sie beschloß, daß es nun an der Zeit war, ihn auf die Probe zu stellen. »Leg dich aufs Bett«, sagte sie sanft.

Er zögerte einen Moment lang, bevor er sich auf die Seite legte und mit dem Ellbogen aufstützte. »So?«

»O nein. So nicht. Auf den Rücken, wenn ich bitten darf.«

Zu ihrem Entzücken tat er wie geheißen. Außerdem schob er sich zwei Kissen unter den Kopf, um auch ja nichts zu verpassen.

Sie leckte sich die Lippen, unsicher, ob sie ihr Vorhaben auch durchziehen konnte, doch entschlossen, ihr Bestes zu versuchen. »Jetzt die Arme hoch und an die Wand legen. Und, Alex, ich will, daß du sie dort läßt, verstanden?«

Er lächelte sie so liebevoll an, daß ihr die Knie weich wurden. »Bist du sicher?«

»Ganz sicher.«

Er tat, wie ihm geheißen, was sie wiederum vor Stolz anschwellen ließ. Sie trat näher. Seine Augen ruhten derart brennend auf ihren Brüsten und ihrem Bauch, daß sie sich mit den Strümpfen entblößter vorkam, als es ohne der Fall gewesen wäre. Als sie beim Bett ankam, kribbelte ihr ganzer Körper vor Erregung und Vorfreude. Einen Moment lang stahl sich die Vorstellung von den Peitschen unter dem Bett in ihre Gedanken, doch sie schob sie sofort wieder beiseite.

Sie blickte auf ihn hinab, wie er so vor ihr dalag, wie ein Gefangener. Ihr Gefangener. Solange er blieb, wie er war, gehörte sein Körper ihr, konnte sie ihn nach Herzenslust erforschen, einschließlich der beeindruckenden Wölbung, die sich unter dem Handtuch abzeichnete. Sie riß ihren Blick davon fort und setzte sich auf die Bettkante.

»Vergiß nicht, was ich gesagt hab«, flüsterte sie. »Du darfst deine Arme nicht bewegen. Du kannst sie nicht bewegen.«

»Wenn du deine Beine ein wenig aufmachst, Schätzchen, bin ich so kooperativ, wie ich nur sein kann.«

Fair ist fair, entschied sie und öffnete vorsichtig ihre Schenkel. Er starrte die von ihr enthüllte Stelle an. Sein rechter Arm zuckte, als ob er ihn bewegen wollte, doch dann entspannte er sich wieder.

Sie senkte den Kopf und begann erneut, an ihm zu knabbern und zu lecken, beginnend bei seiner untersten Rippe. Sein Fleisch war fest und muskulös. Ihre Hände glitten über seinen Brustkorb, und sie genoß die Mischung aus Brusthaaren und leicht feuchter Haut. Seinen braunen kleinen Brustwarzen konnte sie einfach nicht widerstehen und fuhr mit den Lippen darüber, worauf sie sich eifrig aufrichteten und er sich voller Erregung hin und her wand. Den Arm ausstreckend, umklammerte sie seinen Bizeps und drückte fest. Ihre Daumen entdeckten die pulsierenden Adern unter seiner Haut. Sie strich daran entlang, bis sie das weiche Haar unter seinen Achseln gefunden hatte. Er bekam eine Gänsehaut, als sie ein wenig dort verweilte, und stieß ein unartikuliertes, tiefes Ächzen aus. Sie hob langsam den Kopf und blickte ihm tief in die Augen.

»Ich nehme jetzt dein Handtuch ab.«

»Was du nicht sagst.«

Die rohe Lust in seinen Augen erinnerte sie daran, daß sie hier mit dem Feuer spielte. Aber sie hatte nicht die Absicht, jetzt einen Rückzieher zu machen, und ließ die Hände zu seinem Handtuch gleiten. Mit einer geschmeidigen Bewegung öffnete sie es und zog es auseinander.

»Oh …« Er war einfach herrlich. Sie streckte die Hand aus und berührte ihn vorsichtig mit der Fingerspitze. Er zuckte hoch, und sie zog rasch ihre Hand zurück.

Ihr Blick flog zu seinem Gesicht. Es war verzerrt, als ob er Schmerzen hätte. »Hab ich dir weh getan?«

»Du hast genau sechzig Sekunden«, krächzte er, »und dann beweg ich meine Arme.«

Erregtes Entzücken durchzuckte sie, als ihr klar wurde, daß das alles zu ihrem Spiel dazugehörte. »Nicht bevor ich dir die Erlaubnis dazu gebe«, sagte sie streng.

»Fünfzig Sekunden«, entgegnete er.

Sie beeilte sich, ihn wieder anzufassen, ließ ihre neugierigen Fingerspitzen über jeden Zentimeter hinweggleiten, streichelte ihn hier und dort. Sie stubste seine Schenkel auseinander, um noch mehr Stellen berühren zu können.

»Zwanzig Sekunden«, ächzte er.

»Hör auf, so schnell zu zählen.«

Er lachte gequält und stöhnte dann, was wiederum sie zum Lächeln brachte. Doch dann verging ihr das Lachen. Wie sollte ihr kleiner Körper, nach all diesen Jahren, etwas so Großes wie das hier in sich aufnehmen? Während sie ihn mit der Hand umschloß, kam ihr der Gedanke, daß ihre Geschlechtsteile aufgrund mangelnder Nutzung sehr gut zusammengeschrumpelt sein könnten. Sie bewegte die Hand.

»Das war's!«

Ohne Vorwarnung fand sie sich auf einmal flach auf dem Rücken wieder, sein Gewicht auf ihr. »Ich glaub, es ist an der Zeit, daß du ein wenig von deiner eigenen Medizin zu schlucken bekommst, Schätzchen. Nimm die Position ein.«

»Was meinst du?«

»Hände an die Wand.«

Sie schluckte und mußte an die Peitschen denken. Vielleicht hatte ihr Plan, die Femme fatale zu spielen, ja zu gut funktioniert. Er hielt sie für weit erfahrener, als sie war.

»Alex?«

»Wir reden erst, wenn du gelernt hast, Befehle zu befolgen.«

Sie hob die Arme langsam zum Kissen.

»An die Wand, hab ich gesagt.«

Sie tat, wie ihr befohlen. Nie war sie erregter gewesen oder hatte sich wehrloser gefühlt. Als ihre Fingerknöchel die dünnen Paneele hinter ihrem Kopf berührten, wurde sie von einer beunruhigenden Mischung aus Angst und tiefem sexuellem Hunger überwältigt. Am liebsten hätte sie ihn angefleht, vorsichtig zu sein und ihr nicht weh zu tun.

Gleichzeitig jedoch wünschte sie sich, daß er sie mit all seiner Kraft und Leidenschaft lieben möge.

Sie lag wie eine Gefangene unter seinen Blicken. Irgendwie machte die Tatsache, daß sie nicht wirklich gefesselt war, ihre Position völliger Unterwerfung nicht weniger real. Er war so viel stärker als sie, so viel mächtiger, er konnte mit ihr machen, was er wollte, egal was sie dazu sagte. Ein Hauch von Alarm durchzuckte sie und störte einen Moment lang ihre Erregung, wich jedoch rasch, als er nun mit der Fingerspitze über ihren Bauch strich, vor und zurück, vor und zurück über die Netzstrumpfhose, bis sie hätte schreien können vor Erregung. Seine Hand glitt tiefer, und er berührte ihr Schamdreieck.

»Mach auf, Schätzchen.«

Sie tat wie geheißen, doch offenbar war er noch nicht zufrieden damit, denn er nahm ihre Schenkel und schob sie noch weiter auseinander.

Die Strümpfe stellten kein Hindernis dar, und auf einmal kam sie sich zu offen, zu entblößt, zu verletzlich vor. Ihre Hände entfernten sich langsam von der Wand.

»Das kannst du gleich wieder vergessen, mein Schatz«, flüsterte er und streichelte mit der Hand über die Schätze, die er enthüllt hatte.

Stöhnend sank sie wieder zurück. Dann fühlte sie, wie er sie mit den Daumen durch das feuchte Netz der Strumpfhose öffnete. Sein Kopf tauchte ab. Sie schrie auf, und ihre Handrücken schlugen gegen die Wand, als er sie mit seinem Mund berührte und durch das Netz liebkoste. Ein tiefes, ersticktes Stöhnen blieb in ihrem Hals stecken. Sie fühlte das Netz, wie es sich fest spannte und in ihre weichen Falten grub.

Seine Schultern drückten ihre Beine auseinander, und er hielt ihre Brüste in seinen Händen, während er sie liebkoste.

Der Regen trommelte auf den Blechbauch, der sie beide umschloß, und ihr eigener Bauch zuckte angesichts dessen, was mit ihr geschah. Während sie in einen Strudel der Sinne gerissen wurde, fühlte sie, wie der Donner durch ihre Hände in ihren Körper und in jedes Nervenende zuckte. Sie bäumte sich wild auf und überließ sich einem alles mitreißenden Höhepunkt.

Er hielt sie fest, bis ihre Zuckungen verebbt waren. Erst als sie langsam wieder zu sich kam, wurde sie sich eines seltsamen Zerrens zwischen ihren Beinen gewahr. Sie begriff erst, was er getan hatte, als er sich über sie schob und sie jenes lang erwartete Dehnen am Scheideneingang spürte.

»Du hast ein Loch in meine Strümpfe gerissen«, murmelte sie zusammenhanglos, schlang die Arme um ihn und genoß das Gefühl seines herrlichen Gewichts auf ihr.

Er strich mit den Lippen über ihre Schläfe. »Ich kauf dir 'ne neue, ich schwör's.« Er stieß sanft zu.

Und kam nicht weiter.

Sie erstarrte. Ihre schlimmsten Ängste waren Wirklichkeit geworden. Sie war nach so vielen jungfräulichen Jahren zusammengeschrumpft.

Er zog sich ein wenig zurück und blickte lächelnd auf sie nieder, aber sie konnte die unheimliche Anspannung in seinem Körper fühlen und wußte, daß er nahe daran war, die Kontrolle zu verlieren.

»Ich dachte, du wärst bereit, aber ich war wohl doch nicht gründlich genug.« Er verlagerte sein Gewicht ein klein wenig und begann sie zu streicheln.

Innerhalb von Sekunden schien seine Stimme nur mehr aus weiter Ferne zu ihr zu dringen. »Du bist so eng, Schätzchen. Es ist schon 'ne Weile her für dich, stimmt's?«

Sie grub die Nägel in seine Schultern. »Es – ja. Ich bin –« sie keuchte, als eine neuerliche Gefühlswelle über sie hereinbrach »– vielleicht ein bißchen eng geworden.«

Er stöhnte und positionierte sich erneut. »Dann wollen wir

dich wieder ein wenig ausdehnen.« Mit diesen Worten drang er bis zum Ansatz in sie ein.

Sie schrie auf und versuchte von ihm wegzukommen oder noch näher zu ihm hinzukommen, sie wußte es nicht genau. Ihre Scheide brannte nach dieser süßen, herrlichen Dehnung. Er packte ihren Po und rammte sich tiefer in sie hinein. Gleichzeitig verschlang er sie mit seinem Mund. Er nahm sie hart und wild, aber die schreckliche Anspannung in seinem Körper verriet ihr, daß er sich noch immer zurückhielt. Sie verstand nicht, warum, bis sie sein kaum hörbares Flüstern vernahm.

»Laß los, Schätzchen. Laß los.«

Da wußte sie auf einmal, daß er noch auf sie wartete, und seine zärtlichen Worte schleuderten sie erneut in einen wirbelnden Abgrund.

Als sie wieder zurückkam, war seine Haut unter ihren Händen schweißnaß, sein Körper zum Zerreißen gespannt. Aber er war ein starker, ein großzügiger Liebhaber.

»Noch mal, Schätzchen. Noch mal.«

»Nein, ich –«

»Doch!« Er stieß erneut zu, tief und sicher.

Draußen grollte der Donner und drinnen tat sie, wie ihr geheißen. Doch diesmal riß es auch ihn mit.

Die Zeit tickte vorbei, während sie regungslos dalagen, die Glieder ineinander verschlungen, sein Körper noch mit dem ihren vereint.

Sie würde es nie vergessen. Trotz der schrecklichen Dinge, die zu diesem Augenblick geführt hatten, hätte sie sich keine schönere Einführung in die Liebe wünschen können, und dafür war sie ihm auf immer dankbar.

Sie preßte die Lippen an seine Brust und streichelte ihn mit den flachen Händen. Nach all dieser Zeit war es endlich passiert. »Ich bin keine Jungfrau mehr.«

Sie fühlte, wie er erstarrte. Erst da merkte sie, daß sie ihr Geheimnis laut ausgesprochen hatte.

11

»*Was hast du gesagt?*« Alex schoß in die Höhe und verharrte drohend über ihr. Sie hätte sich am liebsten die Zunge abgebissen. Wie konnte sie nur so blöd sein, ihre Gedanken laut auszusprechen? Sie war so erschöpft und zufrieden, daß sich ihr Verstand einfach ausgeschaltet hatte. »N-nichts«, stotterte sie. »Ich hab gar nichts gesagt.«

»Ich hab dich gehört.«

»Warum fragst du dann?«

»Du hast gesagt, du bist keine Jungfrau mehr.«

»Hab ich?«

»Daisy ...« Seine Stimme klang warnend. »Soll ich das etwa wörtlich nehmen?«

Sie versuchte ihn mit ein wenig Hochmütigkeit abzuwimmeln. »Das geht dich wirklich nichts an.«

»Bullshit.« Er sprang vom Bett, packte seine Jeans und streifte sie über, als ob es ungeheuer wichtig wäre, eine Art Barriere zwischen ihnen zu errichten. Er wirbelte angriffslustig zu ihr herum. »Was für ein Spiel spielst du hier eigentlich?«

Sie konnte nicht anders, als zu bemerken, daß er den Reißverschluß nicht zugezogen hatte, und sie mußte die Augen förmlich von dem verlockenden V, in dem sein wundervoller Waschbrettbauch zu sehen war, losreißen. »Ich will nicht drüber reden.«

»Erwartest du ernsthaft von mir zu glauben, daß du noch Jungfrau warst?«

»Natürlich nicht. Ich bin schließlich sechsundzwanzig Jahre alt.«

Er fuhr sich mit der Hand durch die Haare und fing an, am Fußende des Betts auf und ab zu laufen. Er redete dabei, als ob er sie gar nicht gehört hätte. »Du warst so eng. Ich dachte, vielleicht ist's ja eine Weile her, aber ich hätte nie gedacht –

wie konntest du bloß all die Jahre rumlaufen, ohne je gebumst zu haben?«

Sie schoß in den Kissen hoch. »Das ist kein Grund, solche Wörter zu benutzen, und ich will, daß du dich sofort dafür entschuldigst!«

Er starrte sie an, als hätte sie den Verstand verloren. Sie starrte unnachgiebig zurück. Wenn er dachte, sie würde in dieser Sache nachgeben, dann hatte er sich geschnitten.

Sie hatte in ihren sechsundzwanzig Jahren mit Lani so viel Schimpfwörter und dreckige Ausdrücke gehört, daß es ihr für den Rest ihres Lebens reichte. »Ich warte.«

»Antworte auf meine Frage.«

»Wenn du dich entschuldigt hast.«

»Es tut mir leid!« brüllte er. Nun verlor er doch noch seine vielgerühmte Selbstbeherrschung. »Und jetzt sagst du mir sofort die Wahrheit, oder ich erwürge dich mit dieser Strumpfhose, werf dich in einen Straßengraben und tanze Samba auf dir!«

Als Entschuldigung war das nicht viel wert, aber sie sagte sich, daß er zu mehr im Moment wohl nicht fähig war. »Ich bin keine Jungfrau mehr«, meinte sie vorsichtig.

Einen Moment lang blickte er erleichtert drein, doch dann beäugte er sie mißtrauisch. »Du bist jetzt keine Jungfrau mehr, aber wie war das, als du in den Wohnwagen kamst?«

»Könnt sein, daß ich's da noch war«, brummte sie.

»Könnt sein?«

»Also gut. Da war ich's noch.«

»Das glaubst du wohl selbst nicht! Niemand, der so aussieht wie du, wird sechsundzwanzig, ohne je –«

Sie schoß ihm einen warnenden Blick zu.

»– ohne es *getan* zu haben, du lieber Gott! Warum bloß?«

Sie spielte mit einem Bettdeckenzipfel. »Mein ganzes Leben lang hatte meine Mutter eine Drehtür an ihrem Schlafzimmer.«

»Was hatte das mit dir zu tun?«

»Mit blanker Promiskuität aufzuwachsen ist keine schöne Sache, und ich hab rebelliert.«

»Rebelliert?«

»Ich beschloß, das Gegenteil von meiner Mutter zu werden.«

Er sank aufs Fußende des Betts. »Daisy, sich ab und zu mit einem Mann einzulassen, macht einen noch lange nicht promiskuitiv. Du bist eine sehr sinnliche Frau.«

»Ich war nicht verheiratet.«

»Na und?«

»Alex, ich halte nichts von außerehelichem Geschlechtsverkehr.«

Er starrte sie verständnislos an.

»Ich halte nichts von außerehelichem Geschlechtsverkehr«, wiederholte sie. »Nicht für Frauen. Und für Männer auch nicht.«

»Du machst Witze.«

»Ich verurteile deswegen niemanden, aber das ist nun mal meine Meinung. Wenn du lachen willst, lach ruhig.«

»Wie kann jemand heutzutage überhaupt noch so denken?«

»Ich bin ein uneheliches Kind, Alex, und da beginnt man, die Dinge mit anderen Augen zu sehen. Du hältst mich vielleicht für prüde, aber so denke ich nun mal.«

»Nach dem, was heute abend zwischen uns passiert ist, fällt es mir ziemlich schwer, dich für prüde zu halten.« Zum ersten Mal lächelte er. »Wo hast du bloß all die Tricks her?«

»Welche Tricks?«

»Na, das mit dem ›Hände an die Wand‹, zum Beispiel.«

»Ach, das.« Sie merkte, wie sie rot wurde. »Ich hab ein paar schmutzige Bücher gelesen.«

»Schön für dich.«

Sie runzelte unsicher die Stirn. »Hat's dir nicht gefallen? Ich kann konstruktive Kritik vertragen. Ich will was lernen, du kannst mir also ruhig die Wahrheit sagen.«

»Es hat mir höllisch gefallen.«

»Aber vielleicht war's nicht erfinderisch genug für dich.« Sie mußte an die Peitschen denken. »Um ehrlich zu sein, ich glaub nicht, daß ich noch unartiger werden kann. Außerdem solltest du besser gleich wissen, daß ich keinen Sadomaso-Sex mag.«

Er sah einen Moment lang verwirrt drein, dann lächelte er. »Du hast's wirklich mit den Peitschen, oder?«

»Es ist ein bißchen schwer, nicht dran zu denken, wenn sie die ganze Zeit irgendwo rumliegen.«

»Es fällt mir schwer zu glauben, daß jemand, der so an unartigen Liebesspielen interessiert ist wie du, so strikte sexuelle Moralvorstellungen hat.«

»Ich hab nicht gesagt, daß ich daran interessiert bin; ich wollte bloß, daß wir uns verstehen. Und was meine strikten Moralvorstellungen betrifft – kurz bevor Mutter starb, hatte sie Liebhaber, die jünger waren als ich. Das hat mich wirklich gestört.«

Er erhob sich vom Fuß des Betts. »Warum hast du mir nicht gleich gesagt, daß du noch Jungfrau warst?«

»Hätte das was geändert?«

»Ich weiß nicht. Ja, vielleicht. Auf jeden Fall wäre ich nicht so rauh mit dir umgesprungen.«

Sie riß die Augen auf. »Du warst rauh?«

Die harten Linien um seinen Mund glätteten sich. Er setzte sich zu ihr und strich mit dem Daumen über ihre Unterlippe. »Was soll ich bloß mit dir anfangen?«

»Ich weiß was, aber das wird dir vielleicht nicht gefallen.«

»Sag's mir.«

»Könnten wir – ich weiß nicht, wie lang du brauchst, bis du wieder ... also bis du wieder ... du weißt schon. Aber wenn du kannst, dann ...«

»Versuchst du etwa, mir zu sagen, daß du's noch mal machen willst?«

»Ja, bitte.«

Er lächelte sie an, doch gleichzeitig schien er sich Sorgen zu machen. »Also gut, Schätzchen, ich glaub, jeder, der so lang gewartet hat, hat ein wenig Aufholbedarf.«

Sie öffnete erwartungsvoll die Lippen, doch anstatt des gewünschten Kusses zog er ihr die Bettdecke weg und setzte der Peinlichkeit die Krone auf, indem er darauf bestand, nicht eher weitermachen zu wollen, als bis er sich davon überzeugt hatte, daß er ihr nicht weh getan hatte. Ohne auf ihren Protest zu achten, zog er ihr die Strumpfhose aus, oder zumindest das, was noch davon übrig war, und tat genau das. Als er schließlich zu seiner Beruhigung festgestellt hatte, daß mit ihr alles in Ordnung war, begann er sie erneut zu lieben. Der Regen trommelte leise an die Fenster, und als sie fertig waren, fiel sie zum ersten Mal seit Monaten in einen tiefen, erholsamen Schlaf.

Sie waren kaum losgefahren am nächsten Morgen, als er auch schon begann, sie in der Luft zu zerreißen. Und alles bloß, weil sie sich von ihm hatte ablenken lassen, bevor sie Gelegenheit gehabt hatte, ein winziges Detail zu klären.

»Ich hab's angenommen. *Angenommen!* Herrgott, was bin ich doch für ein Arschloch. Ich *verdiene* es, mit dir verheiratet zu sein. Wie konnte ich bloß annehmen, du hättest das geregelt, wo du doch sonst nichts zustande bringst?«

Nach dem zärtlichen Zauber von letzter Nacht war seine Attacke doppelt schmerzlich. Anfangs, als sie einander begegnet waren, war seine Wut kalt und ruhig gewesen, doch nun schien eine Sicherung bei ihm durchgebrannt zu sein.

»Hättest du den Rest nicht auch noch sagen können?« tobte er. »Nein, natürlich nicht. Das wär viel zu logisch gewesen.«

Sie blinzelte hart und haßte sich mit aller Macht dafür, daß sie nicht der Typ war, der zurückschreien konnte.

»Als du sagtest, du nimmst die Pille, hättest du auch den Rest erzählen müssen, Daisy. Du hättest mir sagen müssen, daß du gerade erst damit angefangen hast und sie noch keinen vollen Monat nimmst, daß noch die Möglichkeit besteht, *daß du schwanger wirst, Gottverdammtnochmal!* Hättest du das nicht sagen können, Daisy?«

Sie grub die Fingernägel in die Handflächen, um nicht in Tränen auszubrechen. Gleichzeitig haßte sie sich dafür, daß sie sich so von ihm runterputzen ließ.

»Antworte mir sofort!«

Der Kloß in ihrer Kehle war so groß, daß sie ihre Worte nur erstickt hervorbrachte. »I-ich war v-von Leidenschaft übermannt.«

Er schien sich ein wenig zu entspannen, als er das hörte. Dann nahm er den Fuß ein wenig vom Gas und blickte stirnrunzelnd zu ihr hinüber. »Heulst du etwa?«

Sie reckte ihr Kinn und schüttelte den Kopf, obwohl gleichzeitig eine Träne über ihre Wange kullerte. Sie haßte es, schon wieder vor ihm zu heulen. Sie hatte es schon immer gehaßt, daß sie wegen jeder Kleinigkeit heulen mußte.

Er fuhr langsamer und meinte mit sanfterer Stimme: »Daisy, es tut mir leid.« Er warf einen Blick in den Seitenspiegel und machte Anstalten, an den Straßenrand zu fahren.

»Wage es ja nicht, dieses Auto anzuhalten!« stieß sie heftig hervor.

Ihre Wünsche wie immer ignorierend, hielt er den Wagen samt Anhänger an, wobei Kies unter den Rädern aufspritzte. Er langte nach ihr, aber sie zuckte zurück.

»Ich bin keine Heulsuse!« Sie schlug seinen Arm weg und wischte sich zornig die Tränen vom Gesicht.

»Hab ich auch nicht gesagt.«

»Aber gedacht! Ich heul eben leicht, das ist nun mal so. Aber es heißt nicht, daß ich versuche, dich mit Tränen zu manipulieren. Ich will, daß du dich entschuldigst, weil du dich wie ein Mistkerl benimmst, nicht weil ich leicht heule und du dich deswegen schuldig fühlst.«

»Ich benehm mich ganz eindeutig wie ein Mistkerl.«

»Ich kann eben einfach nicht anders. Ich war schon immer ziemlich gefühlsbetont. Neugeborene Babies, Yes-Törtchen-Werbung, ein guter Country-und-Western-Song. Ich seh was oder hör was, und bevor ich weiß, wie mir geschieht –«

»Daisy, ich versuch mich zu entschuldigen. Du kannst ruhig heulen, wenn du willst, aber hör auf zu reden, okay?«

Sie schniefte und griff in ihre Handtasche, um sich ein Tempo rauszuholen. »Okay.«

»Ich hatte kein Recht, dich so anzuschreien. Ich war wütend auf mich selbst und hab's an dir ausgelassen. Ich war derjenige, der dir gestern abend das Wort abgeschnitten hat, bevor du was erklären konntest. Es ist meine Schuld. Ich war noch nie derart unverantwortlich und kann mir das einfach nicht erklären. Ich werd wohl einfach ...« Er zögerte.

Sie wischte sich die Nase ab. »Von Leidenschaft übermannt worden sein?«

Er lächelte. »Ist wohl 'ne ganz gute Erklärung dafür. Aber Daisy, wenn du jetzt wegen meiner Dummheit schwanger sein solltest ...«

Als sie die Angst und Fassungslosigkeit in seiner Stimme hörte, wäre sie am liebsten gleich wieder in Tränen ausgebrochen. Statt dessen schneuzte sie sich kräftig und meinte energisch: »Ich glaub nicht, daß das wahrscheinlich ist. Es ist einfach nicht die richtige Zeit. Meine Periode müßte in ein paar Tagen losgehen.«

Sie konnte seine Erleichterung beinahe mit Händen greifen, und das verletzte sie noch mehr. Nicht, daß sie schwanger sein wollte, das wollte sie wirklich nicht. Aber ebensowenig gefiel es ihr, daß ihn der bloße Gedanke so abschreckte.

Er fuhr sich nervös durch die Haare. »Ich raste immer ein wenig aus bei diesem Thema, ich kann einfach nicht anders. Ich will keine Kinder, Daisy.«

»Du brauchst dir wirklich keine Sorgen machen. Amelia hat mich vor ein paar Wochen zu ihrem eigenen Frauenarzt geschickt.«

»Das ist gut. Ich kann dir gar nicht sagen, wie ernst es mir damit ist. Wenn ich sage, ich will keine Kinder haben, dann meine ich, wirklich niemals. Ich wäre ein schrecklicher Vater, und kein Kind hätte das verdient. Versprich mir, daß du deine Pillen nie vergißt.«

»Das würde ich nie tun. Und ehrlich gesagt, Alex, ich bin's allmählich leid, dauernd wie ein Dummkopf behandelt zu werden.«

Er warf einen Blick in den Seitenspiegel und fuhr wieder auf die Straße hinaus. »Ich werd bis zu deiner Periode Kondome benutzen. Danach ist es sicher.«

Es gefiel ihr nicht, wie selbstverständlich er annahm, daß sie auch weiterhin mit ihm schlief. »Ich bin nicht sicher, ob das überhaupt nötig ist.«

Er warf ihr einen Seitenblick zu. »Wie meinst du das?«

»Du tust, als ob das, was letzte Nacht passiert ist, wieder passieren wird.«

»Vertrau mir. Es wird wieder passieren.«

Seine Selbstgefälligkeit irritierte sie gewaltig. »Da wäre ich mir an deiner Stelle nicht so sicher.«

»Tu nicht, als ob's dir nicht gefallen hätte. Ich war dabei, schon vergessen?«

»Das will ich gar nicht. Es war wundervoll. Das Wundervollste, was mir je passiert ist. Ich will dir bloß klarmachen, daß deine Einstellung zu Sex eine Menge zu wünschen übrig läßt.«

»Was stimmt nicht damit?«

»Es fehlt dir an Respekt und Achtung. Nimm mal deine Ausdrucksweise, zum Beispiel. Die Wörter, die du benutzt. Sie sind eindeutig respektlos.«

»Ich kann das einfach nicht glauben.«

»Sex sollte etwas Heiliges sein.«

»Es sollte schmutzig, schweißig und herrlich sein.«

»Das auch, schätze ich. Aber eben auch heilig.«

»Heilig?« Er betrachtete sie ungläubig. »Wie kann jemand, der mit 'nem Haufen High-Society-Parasiten aufgewachsen ist, nur so prüde sein?«

»Ich wußte es! Ich wußte, daß du mich für prüde hältst, bloß warst du gestern abend nicht ehrlich genug, es auch zuzugeben.«

»Jetzt hab ich kapiert. Du versuchst absichtlich, mich in den Wahnsinn zu treiben. Egal was ich sage, du wirst sauer auf mich, stimmt's?« Er warf ihr einen Seitenblick zu, der sie noch mehr in Rage brachte.

»Hör auf, den Smarten zu spielen. Du bist zu gemein dafür.«

Er blickte sie mit zur Seite geneigtem Kopf an, und zu ihrer Überraschung schien er ehrlich verletzt zu sein. »Hältst du mich wirklich für gemein?«

»Nicht immer«, räumte sie ein. »Aber meistens. Meistens bist du eindeutig gemein.«

»Alle im Zirkus werden dir sagen, daß ich der fairste Manager bin, für den sie je gearbeitet haben.«

»Du scheinst fair zu sein.« Sie hielt inne. »Zu allen außer mir.«

»Ich war fair zu dir.« Er zögerte. »Vielleicht war ich nicht ganz fair, als man uns mit diesem Kuchen überraschte, aber ich war einfach überrumpelt – das ist keine Entschuldigung, stimmt's? Es tut mir leid, Daisy. Ich hätte dich nicht so bloßstellen dürfen.«

Sie musterte ihn schweigend, dann nickte sie kurz. »Ich nehme deine Entschuldigung an.«

»Und letzte Nacht war ich auch nicht gemein.«

»Ich will nicht über letzte Nacht reden. Und ich will, daß du mir versprichst, nicht zu versuchen, mich heute nacht noch mal zu verführen. Ich brauch ein wenig Zeit zum Nachdenken, und das werde ich auf der Couch tun.«

»Ich wüßte nicht, was es da nachzudenken gibt. Du hältst nichts von außerehelichem Geschlechtsverkehr. Wir sind verheiratet. Wo liegt also das Problem?«

»Wir befinden uns in einem Umstand«, verwies sie ihn ruhig. »Das ist ein kleiner Unterschied.«

Er murmelte einen besonders unflätigen Fluch. Bevor sie ihn dafür zur Rede stellen konnte, warf er das Lenkrad nach rechts herum und holperte auf den Parkplatz des *Cozy Corner Truck Stop*.

Diesmal war ihre Kellnerin eine mürrische Person mittleren Alters, also war sich Daisy relativ sicher, ihn für ein Weilchen allein lassen und aufs Klo gehen zu können. Sie hätte es jedoch besser wissen müssen, denn als sie wieder rauskam, hatte er ein Gespräch mit einer hübschen Blondine aus der gegenüberliegenden Sitznische angefangen.

Sie wußte, daß er sie gesehen hatte, und dennoch schlüpfte die Frau soeben mit ihrem Kaffee aus ihrer Nische und setzte sich neben ihn. Sie glaubte sogar zu wissen, warum er das machte. Er wollte ihr klarmachen, daß sie dem, was zwischen ihnen vorgefallen war, keine emotionale Bedeutung zukommen lassen sollte.

Sie biß die Zähne zusammen. Ob es Alex Markov nun paßte oder nicht, er war ein verheirateter Mann, und auch wahlloses Herumflirten änderte nichts daran.

Sie marschierte zu dem Münztelefon, das nicht weit von ihrer Nische, in der die Blondine soeben Alex' Muskeln bewunderte, an der Wand hing. Sobald sie sich wieder einigermaßen in der Hand hatte, nahm sie den Hörer und hielt ihn sich ans Ohr, während sie bis fünfundzwanzig zählte. Schließlich drehte sie sich zu ihrem Göttergatten um und rief laut: »Alex, Liebling! Rate mal!«

Er hob den Kopf und blickte sie mißtrauisch an.

»Gute Neuigkeiten!« flötete sie. »Der Arzt sagt, diesmal werden's Drillinge!«

Erst als sie beim neuen Zeltplatz ankamen, geruhte Alex endlich wieder, mit ihr zu sprechen. Während er aus dem Pickup stieg und den Wohnwagen abhängte, sagte er ihr, daß sie von nun an nicht mehr mit den Tieren arbeiten würde. Sie würde statt dessen leichtere Arbeiten übernehmen, wie das Flicken von Kostümen und die allabendliche Teilnahme an der Parade natürlich.

Sie blickte ihn stirnrunzelnd an.

»Ich dachte, es würde dich freuen, nicht mehr so hart arbeiten zu müssen«, sagte er. »Was stimmt jetzt schon wieder nicht?«

»Warum hast du bis heute vormittag gewartet, um mir die Arbeit zu erleichtern?«

»Aus keinem besonderen Grund.«

»Bist du sicher?«

»Hör auf, auf den Busch zu klopfen, und sag, was dir auf der Seele liegt.«

»Ich komm mir ein bißchen wie ein Flittchen vor, das für geleistete Dienste bezahlt wird.«

»Das ist doch lächerlich. Ich hab das beschlossen, bevor wir miteinander ins Bett gegangen sind. Außerdem, wer sagt, daß dir Bezahlung zusteht. Ich hab doch wohl ebensoviel geleistet.«

Sie ignorierte seine Stichelei. »Ich sagte, ich übernehme die Menagerie, und das meine ich auch.«

»Und ich sag dir, daß das nicht mehr nötig ist.«

»Aber ich will's nun mal.« Es stimmte. Nach ihren Erfahrungen mit den Elefanten wußte sie, daß die Arbeit hart werden würde, aber sie konnte gar nicht schlimmer sein als das, was sie bereits mitgemacht hatte. Und sie hatte es durchgestanden. Sie hatte Mist geschaufelt, bis sie Blasen an den Händen hatte, hatte schwere Schubkarren herumgewuchtet, war von zänkischen Elefantenbabies niedergeschlagen worden. Sie hatte ihren schlimmsten Ängsten ins Auge geschaut und war immer noch auf den Beinen – angeschlagen vielleicht, ganz sicher mit etlichen blauen Flecken, aber dennoch auf den Beinen.

Er betrachtete sie mit einer Mischung aus Ungläubigkeit

und etwas, das beinahe wie Bewunderung aussah, obwohl sie wußte, daß es das nicht sein konnte. »Du willst es also wirklich durchziehen, nicht wahr? Du willst nicht davonlaufen.«

»Ich will mich noch nicht festlegen. Immer ein Tag nach dem anderen, mehr schaffe ich im Moment nicht.« Sie kaute stirnrunzelnd an ihrer Unterlippe. »Alles, was ich weiß, ist, daß ich es tun muß.«

»Daisy, es ist zuviel für dich.«

»Ich weiß.« Sie lächelte. »Deshalb muß ich's ja tun.«

Er blickte sie lange an, und dann senkte er zu ihrer Überraschung den Kopf und küßte sie. Mitten auf dem Zeltplatz, auf dem die Arbeiter geschäftig hin und her gingen, auf dem Brady und seine Söhne ihre Akrobatikkunststücke übten und Heather jonglierte, gab er ihr einen langen, sinnlichen Kuß.

Als sie sich schließlich voneinander lösten, war sie ganz atemlos und erhitzt. Er hob den Kopf und blickte sich um. Sie erwartete, daß ihm ihr öffentlicher Kuß peinlich sein würde, doch das war er nicht. Vielleicht versuchte er ja, den Vorfall mit dem Hochzeitskuchen wiedergutzumachen, oder seine Motivation war komplizierter als das, doch aus welchem Grund auch immer, er hatte jeden im Zirkus wissen lassen, daß sie ihm etwas bedeutete.

Sie hatte kaum Zeit, über den Vorfall nachzudenken, während sie sich an ihre Arbeit in der Menagerie machte. Ein junger Arbeiter namens Trey Skinner tauchte auf und meinte, Alex habe ihm aufgetragen, ihr ein wenig zur Hand zu gehen. Auf ihr Geheiß bugsierte er Sinjuns Käfig in den Schatten und schaffte einen Ballen Heu für sie heran, dann ließ sie ihn gehen.

Zu ihrer Erleichterung versuchte Lollipop nicht mehr, sie anzuspucken, dennoch machte sie wohlweislich einen weiten Bogen um das Lama. Außer Lollipop, Sinjun und Chester beinhaltete die Menagerie einen Leoparden namens Fred, einen Geier mit gestutzten Flügeln und einen Gorilla. Es gab außerdem eine Boa Constrictor, die jedoch zu Daisys immenser Erleichterung Jills Haustier geworden war und bei ihr im Wohnwagen wohnte, wenn sie nicht dem Publikum vorgeführt wurde.

Gemäß Diggers vagen Anweisungen begann sie die Tiere zu füttern und danach die Käfige zu reinigen, wobei sie mit Sinjuns anfing. Der Tiger betrachtete sie mit arroganter Verachtung, während sie ihm seine Dusche gab. Er benahm sich, als ob es ein Privileg für sie wäre, ihm dienen zu dürfen.

»Ich mag dich auch nicht«, brummelte sie, während sie den Wasserstrahl auf ihn richtete.

Lügnerin.

Der Schlauch fiel ihr fast aus der Hand. »Hör auf damit«, zischte sie. »Hör auf, mir Gedanken in den Kopf zu pflanzen.«

Er gähnte und duckte sich in Richtung des Wasserstrahls, und sie kam sich prompt unglaublich albern vor.

Als sie mit dem Abbrausen von Sinjun fertig war, schlenderte sie ins Zelt zurück und starrte das Flachlandgorillaweibchen namens Glenna an, deren Käfig in einer Ecke stand. Ihre bitterschokoladefarbenen Augen blickten traurig und resigniert durch die Gitterstäbe des viel zu kleinen Käfigs. Etwas an der stillen Resignation des Tiers faszinierte Daisy, und sie ertappte sich dabei, wie sie sich langsam dem Käfig näherte.

Glenna saß ganz ruhig da und beobachtete sie; sie schien zu überlegen, was für ein Mensch das wohl sein mochte, der sich ihr da näherte. So viele, endlos viele waren schon an ihrem Käfig vorbeimarschiert. Daisy blieb stehen und wartete, da sie irgendwie das Gefühl hatte, Glennas Erlaubnis einholen zu wollen, bevor sie näher trat, als ob das Gorillaweibchen in diesem einen Fall einmal eine Wahl haben sollte.

Glenna trat an die Gitterstäbe und beobachtete sie. Langsam hob sie den Arm und streckte ihre Hand durch die Eisenstäbe. Daisy starrte sie an, und mit einem Mal wurde ihr klar, daß das Gorillaweibchen nach ihr verlangte.

Glenna wartete geduldig mit ausgestreckter Hand. Daisys Herz hämmerte wie wild. Sie konnte sich ja kaum dazu bringen, ein Kätzchen zu streicheln, geschweige denn ein ungezähmtes Tier zu berühren, und am liebsten wäre sie auf und davon gegangen, doch der Gorilla war auf eine Art so menschlich, daß es ihr wie eine unverzeihliche Unhöflichkeit vorkam, seine Geste zu ignorieren, und so trat sie zögernd nach vorn.

Glennas Hand war mit der Handfläche nach oben ausgestreckt. Mit großem Zögern streckte Daisy ihre eigene Hand aus und berührte vorsichtig mit ihrer Fingerspitze Glennas Fingerspitze. Sie war weich und glatt. Ein wenig mehr Mut fassend, strich sie über die gesamte Länge des Fingers. Glenna schloß die Augen und stieß einen sanften Gorillaseufzer aus.

Daisy blieb eine Weile bei ihr, streichelte ihre Hand und hatte das Gefühl, als ob ihr Dasein auf einmal einen Sinn bekommen hätte.

Im Lauf des Vormittags begannen sich ihre Fragen über die richtige Pflege der Tiere zu häufen. Mehrmals rannte sie hinüber zu Digger, um ihn um Rat zu fragen, was Futter und die alltäglichen Verrichtungen betraf, und jedesmal, wenn sie auftauchte, wurde sie mit einem unverschämten Trompeten von Tater begrüßt.

Digger beantwortete ihre Fragen nur zögernd, und sie wußte, daß er ihr immer noch wegen gestern böse war. Als sie sich nach dem zweiten Mal zum Gehen wandte, spuckte er hinter ihr aus und verfehlte ihre Turnschuhe nur um Haaresbreite.

»Hab keine Zeit nich mehr für Ihre dämlichen Fragen, Miss. Soll ja schließlich keiner denken, ich wär *faul* oder so was.«

»Digger, ich hab nicht gesagt, daß Sie faul sind. Ich hab mir bloß Sorgen um den Zustand der Menagerietiere gemacht.« Sie fragte sich insgeheim, wieviel Digger wirklich über die richtige Pflege der Menagerietiere wußte. Die Elefanten liebte er, aber aus den anderen machte er sich nicht viel. Er hatte jedenfalls nicht gewußt, daß Tiger Wasser liebten. Sie beschloß, in den nächsten Tagen selbst ein paar Nachforschungen anzustellen.

Seine verschnupften Augen waren voller Verachtung auf sie gerichtet. »Hab schon seit fuffzich Jahren mit de Viecher zu tun. Un Sie?«

»Erst seit zwei Wochen. Deshalb brauch ich ja Ihren Rat.«

»Hab keine Zeit nich für Gequatsche. Hab zu viel Arbeit.« Er blickte an ihr vorbei, und seine Lippen verzogen sich zu einem Lächeln, bei dem ein löchriges gelbes Gebiß sichtbar wurde. Zu spät erkannte sie, was ihn so belustigte. Tater hatte sich von hinten an sie herangeschlichen.

Zack!

Sie hatte das Gefühl, ein eng aufgerolltes Teppichstück vor die Brust geknallt bekommen zu haben. Der Schlag war so hart, daß sie quer über den Platz flog und schließlich an einem Heuballen landete. Ihre Hüfte schlug schmerzhaft auf der Erde auf und schickte Schmerzsignale in alle Nervenenden ihres Körpers. Diggers asthmatisches Lachen klang ihr in den Ohren. Als sie den Kopf hob, sah sie gerade noch den Ausdruck in Taters Augen. Es war eindeutig Schadenfreude.

In ihrem Gehirn explodierte mit einem Mal ein Feuerwerk. Sie hatte die Schnauze voll!

Die Schmerzen in Bein und Hüfte mißachtend, sprang sie auf die Füße und brach wie das Jüngste Gericht über den kleinen Elefanten herein. Sie schüttelte wütend die Faust. »Mach das ja nicht noch mal! *Nie wieder!* Hörst du?«

Der kleine Elefant wich einen wackeligen Schritt zurück, als sie sich ihm weiter näherte. »Du bist grob, unartig und *hundsgemein!* Und wenn du das noch mal wagst, dann kannst du was erleben! Das laß ich mir nicht länger gefallen! *Hast du mich verstanden?*«

Tater stieß ein erbärmliches kleines Tröten aus und duckte sich, aber sie hatte eindeutig genug. Ohne daran zu denken, daß sie sich ja davor fürchtete, Tiere anzufassen, tippte sie ihm an den Rüssel. »Wenn du meine Aufmerksamkeit haben willst, dann verdien sie dir gefälligst, indem du *nett* zu mir bist! Du verdienst sie dir nicht, indem du mir eine runterhaust, sobald ich in deine Nähe komme!«

Sein Rüssel sackte traurig herunter, und ein großes Schlappohr klappte untröstlich nach vorn. Sie richtete sich streng zu ihrer vollen Größe auf. »*Haben wir uns nun verstanden oder nicht?*«

Er hob den Kopf gerade hoch genug, um sie damit sanft an der Schulter zu stupsen. Die Arme vor der Brust verschränkt, wies sie sein Friedensangebot zurück. »Ich kann nicht einfach so tun, als ob nichts passiert wäre.«

Er stupste sie erneut, die braunen Äuglein flehentlich auf sie gerichtet. Sie stählte sich gegen diese unglaublich dichten, langen Wimpern. »Tut mir leid, aber das wird noch ein Weilchen dauern. Du hast eine Menge wiedergutzumachen. Wenn du mich also jetzt entschuldigst, ich muß zurück zur Menagerie.« Sie wandte sich zum Gehen.

Er trötete. Herzzerreißend. Ein kleiner Junge mit gebrochenem Herzen.

Ihre Schritte verlangsamten sich, und ihr wurde weich ums Herz, als sie den völlig verzweifelten kleinen Elefanten mit seinen herunterhängenden Ohren und kummervollen braunen Augen ansah. Sein kleiner Rüssel hing niedergeschlagen zu Boden, die Nüstern kräuselten sich im Staub.

»Das hast du dir selbst zuzuschreiben«, meinte sie streng.

Ein winziges, flehentliches Trompeten.

»Ich hab versucht, nett zu dir zu sein.«

Noch ein Tröten. Und dann sah sie zu ihrer Überraschung, wie Tränen langsam aus seinen Augen kullerten. Digger hatte ihr gesagt, daß Elefanten zu den gefühlvollsten Tieren überhaupt gehörten, die erwiesenermaßen weinen konnten, aber sie hatte ihm nicht geglaubt. Doch als sie jetzt die Tränen über Taters Elefantenhaut kullern sah, verpuffte ihr Zorn.

Zum zweiten Mal an diesem Tag vergaß sie, daß sie Tiere nicht gerne anfaßte. Sie streckte die Hand aus und streichelte Taters Rüssel. »Das ist unfair. Du bist eine genauso große Heulsuse wie ich.«

Sein Köpfchen schoß hoch, und er machte ein paar zögerliche Schritte auf sie zu. Als er näher gekommen war, hielt er inne, wie um sie zu fragen, ob es ihr recht war, bevor er den Kopf an ihrer Schulter rieb.

Wieder flog sie beinahe über den Platz, doch diesmal war der Schubs liebevoll gemeint. Sie rubbelte ihm über die Stirn. »Glaub ja nicht, daß du mich jetzt rumschubsen kannst, bloß weil ich dir verzeihe. Achte auf deine Manieren, oder es ist aus zwischen uns.«

Er kuschelte sich sanft wie ein Kätzchen an sie.

»Keine Schläge mehr, keine üblen Toilettentricks.«

Er prustete sanft, und sie schmolz unwiderruflich dahin. »Dummes Kleines.«

Während Daisy ihr Herz verlor, stand Alex am Hintereingang des *big top* und beobachtete alles. Er sah, wie der kleine Elefant seinen Rüssel um ihren Arm schlang, und lächelte leise. Ob Daisy es nun wußte oder nicht, sie hatte gerade einen Freund fürs Leben gefunden. Er lachte leise und schritt hinüber zum roten Waggon.

Heather war noch nie so unglücklich gewesen. Sie saß am Küchentisch des Airstream und starrte ihr Hausaufgabenheft an, aber die Schrift verschwamm ihr immer wieder vor den Augen. Wie die anderen Zirkuskinder auch, absolvierte sie ihre Schulausbildung über eine Fernschule, die Calvert School in Baltimore, die sich auf das Unterrichten von Kindern spezialisiert hatte, die keinen regelmäßigen Schulunterricht besuchen konnten. Alle paar Wochen traf ein fetter Umschlag mit Schulbüchern, Schul- und Hausaufgaben ein.

Sheba hatte in dieser Sache die Betreuung von Heather übernommen, doch ihre eigene Schulbildung war nicht gerade großartig, so daß sie nicht viel taugte, außer beim Überwachen der Extemporalen. Heather hatte Probleme mit Geometrie, und in ihrem letzten Englischaufsatz hatte sie eine Fünf bekommen.

Jetzt schob sie ihr Heft beiseite und starrte auf ihren Schulblock, auf den sie ein paar Zeilen gekritzelt hatte. *Mrs. Alex Markov. Heather Markov. Heather Pepper Markov.*

Shit. Warum hatte er das zugelassen? Warum hatte Alex sich so vor allen Leuten von Daisy küssen lassen? Sie wäre am liebsten gestorben, als sie diesen Kuß sah. Sie haßte Daisy, haßte sie, und das Beste an den letzten beiden Wochen war gewesen, Daisy dreckverschmiert und stinkend vom Mistschaufeln zu sehen. Sie verdiente es, Mist zu schaufeln.

Wieder und wieder versuchte Heather ihre Schuldgefühle wegen Daisy zu beschwichtigen, indem sie sich sagte, daß Daisy es nicht anders verdiente. Sie gehörte nicht zu ihnen. Sie paßte nicht zu ihnen. Und sie hätte Alex nie heiraten dürfen. Alex gehörte ihr, Heather.

Sie hatte sich auf den ersten Blick in ihn verliebt, vor sechs Wochen, als sie hier ankam. Im Gegensatz zu ihrem Vater hatte er immer Zeit, mit ihr zu reden. Es machte ihm nichts aus, wenn sie ihm nachrannte, und vor Daisys Auftauchen hatte er sie sogar manchmal auf Besorgungsgänge mitgenommen. Einmal, in Jacksonville, war er mit ihr in diese Kunstgalerie gegangen und hatte ihr alle möglichen Sachen über die Bilder erklärt. Er hatte sie außerdem dazu ermuntert, mit ihm über ihre Mutter zu reden, und hatte ihr auch erklärt, warum ihr Dad seiner Meinung nach so stur war.

Doch sosehr sie ihn auch liebte, sie wußte, daß sie in seinen Augen immer noch ein Kind war. In letzter Zeit mußte sie immer öfter daran denken, daß die Dinge vielleicht anders gelaufen wären, daß er Daisy vielleicht nicht geheiratet hätte, wenn er sie als Frau gesehen hätte.

Wieder stiegen Schuldgefühle in ihr hoch. Sie hatte nicht vorgehabt, das Geld zu stehlen und in Daisys Koffer zu verstecken, aber sie war im roten Waggon gewesen, und Daisy hatte dieses Telefonat geführt, die Geldschublade war offen gewesen, und da war es eben einfach passiert.

Was sie getan hatte, war nicht richtig, aber sie sagte sich immer wieder, daß es so falsch nun auch nicht gewesen war. Alex wollte Daisy nicht – Sheba sagte das auch. Daisy machte ihn bloß unglücklich, und das konnte er aufgrund ihrer, Heathers, Tat nun um so schneller herausfinden.

Aber dieser Kuß, den sie heute morgen beobachtet hatte, verriet ihr deutlich, daß Daisy ihn nicht so einfach gehenlassen würde. Heather konnte noch immer nicht fassen, wie sie sich ihm so an den Hals hatte werfen können. Alex brauchte sie nicht! Er brauchte Daisy nicht, wenn er sie haben konnte.

Aber wie sollte er wissen, was sie für ihn empfand, wenn sie es ihm nie gesagt hatte? Sie stieß ihre Unterlagen beiseite und sprang auf. Sie konnte es nicht länger aushalten. Sie mußte ihm zeigen, daß sie kein Kind mehr war. Er mußte begreifen, daß er Daisy nicht nötig hatte.

Ohne sich Zeit zum Nachdenken zu lassen, eilte sie aus dem Wohnwagen und zum roten Waggon.

Alex blickte vom Schreibtisch auf, als Heather hereinschlenderte. Sie hatte die Daumen in die Taschen ihrer Karoshorts geschoben, die nur noch am Saum unter dem voluminösen weißen T-Shirt hervorguckten. Sie wirkte blaß und unglücklich, wie eine kleine Fee mit gestutzten Flügelchen. Sie ging ihm sofort ans Herz. Sie hatte es nicht leicht, aber sie kämpfte sich durch, und das mochte er an ihr.

»Was ist los, Schätzchen?«

Sie sagte zuerst einmal nichts. Statt dessen begann sie, ziellos im Wohnwagen umherzuschlendern, hier die Armlehne der Couch berührend, dort einen Griff am Aktenschrank. Er sah einen kleinen blaßorgangefarbenen Fleck auf ihrem Wangenknochen, wo sie versucht hatte, einen Pickel zu überschminken, und ein Gefühl von Zärtlichkeit wallte in ihm auf. Eines nicht so fernen Tages würde sie eine richtige Schönheit sein.

»Probleme?«

Ihr Kopf fuhr hoch. »Ich doch nicht.«

»Das ist gut.«

Er sah, wie sie schluckte. »Ich hab bloß gedacht, du solltest wissen ...« Sie zog erneut den Kopf ein und fing an, an einem abgebissenen Fingernagel herumzuzupfen.

»Was?«

»Ich hab gesehen, was Daisy heut mit dir gemacht hat«, stieß sie hastig hervor, »und ich wollte bloß, daß du weißt, daß ich weiß, daß du nichts dafür konntest, du weißt schon.«

»Was hat Daisy mit mir gemacht?«

»Na, wie sie ... du weißt schon.«

»Ich fürchte nein.«

»Du weißt schon.« Sie beäugte einen bestimmten Fleck auf dem Teppich. »Wie sie dich abgeknutscht hat, vor allen Leuten. Wie sie dich blamiert hat.«

Soweit er sich erinnern konnte, hatte er mit dem Knutschen angefangen. Es gefiel ihm nicht, daß jeder im Zirkus ihren Bauch anstarrte und die Monate zählte. Außerdem gefiel ihm nicht, wie die Leute sich hinter ihrem Rücken über sie lustig machten, noch dazu, wo er wußte, daß er selbst zum Teil dafür verantwortlich war.

»Ich versteh nicht, was das mit dir zu tun hat, Heather.«

Sie preßte die Arme fest an den Körper und sprudelte alles heraus. »Jeder weiß, was du über sie denkst und so. Daß du sie nicht magst. Und als mein Dad mir sagte, daß sie gar nicht schwanger ist oder so was, wußte ich erst nicht, warum du sie geheiratet hast. Dann fiel mir wieder ein, daß Typen leicht ausflippen, wenn ein Mädchen richtig hübsch ist und wenn sie – du weißt schon – was mit ihr anfangen wollen, und sie sagt nein, nicht bevor wir heiraten und so'n Zeug. Also hab ich gedacht, das ist der Grund, warum du sie geheiratet hast.

Aber was ich dir sagen wollte, ist – ich mein, wenn du willst, daß sie wieder geht und so ...«

Zum ersten Mal, seit sie mit ihrer Tirade begonnen hatte, sah sie ihm direkt in die Augen, und er erkannte die Verzweiflung darin. Sie verkrampfte ihr Gesichtchen und stieß auch noch den Rest hervor. »Ich weiß, du hältst mich noch für'n Kind, aber das bin ich nicht. Ich bin schon sechzehn. Ich bin vielleicht nicht so hübsch wie Daisy, aber ich bin trotzdem eine Frau, und ich könnte – ich könnte mit dir schlafen und so, damit du nicht mehr mit ihr ...«

Alex war wie vor den Kopf geschlagen, vollkommen perplex, und ihm fiel beim besten Willen nicht ein, was er darauf sagen sollte. Ihre Wangen waren flammend rot geworden – seine wahrscheinlich auch –, und sie starrte erneut Löcher in den Boden.

Er erhob sich langsam. Er hatte es mit gewalttätigen Betrunkenen zu tun gehabt und mit messerschwingenden Fernfahrern, aber mit so was war er noch nie konfrontiert worden. Sie hatte seine Freundschaft mißverstanden, und er mußte das auf der Stelle in Ordnung bringen.

»Heather ...« Er räusperte sich und ging um den Schreibtisch herum. Als er stehenblieb, tauchte Daisy hinter Heather im Türrahmen auf, aber der Teenager war so in Gedanken versunken, daß sie nichts bemerkte. Daisy fühlte wohl, daß hier etwas Wichtiges im Gange war, denn sie hielt sofort still und wartete ab.

»Heather, wenn ein junges Mädchen für einen Mann schwärmt ...«

»Es ist keine Schwärmerei!« Heather riß den Kopf hoch und richtete die Augen flehentlich auf ihn. Sie waren tränenfeucht. »Ich hab mich auf den ersten Blick in dich verliebt und hab gedacht, vielleicht magst du mich auch, aber weil ich noch so jung bin und so, hast du Angst gehabt, was zu sagen. Deshalb hab ich beschlossen, es dir zu sagen.«

Er wünschte, Daisy würde in die Bresche springen, aber sie

verharrte schweigend und nahm die Szene in sich auf. Heather zuliebe mußte er Klarheit schaffen. »Du liebst mich nicht, Heather.«

»Doch, das tu ich!«

»Das glaubst du bloß. Aber du bist jung, und es ist bloß eine dumme Schwärmerei. Du kommst schon drüber weg. Glaub mir, in ein paar Monaten lachen wir beide darüber.«

Heather sah aus, als hätte er sie geohrfeigt, und er merkte, daß er das Falsche gesagt hatte. Entsetzt überlegte er, wie er seinen Fehler wiedergutmachen konnte.

»Ich mag dich, Heather. Aber du bist erst sechzehn. Ich bin ein erwachsener Mann, und du bist noch ein Kind.« Er konnte an ihrem Gesicht sehen, daß er es nur noch schlimmer machte. Er war sich noch nie im Leben so hilflos vorgekommen und schoß Daisy einen flehentlichen Blick zu.

Zu seiner Verärgerung verdrehte sie die Augen, als ob er der größte Dummkopf auf der Welt wäre. Dann kam sie mit gezückten Kanonen auf die arme Heather zugeschossen.

»Wußte ich doch, daß ich dich hier finde, du kleine Schlampe! Du glaubst wohl, bloß weil du jung und unglaublich hübsch bist, kannst du mir meinen Mann stehlen.«

Heather fiel der Unterkiefer herunter, und sie wich instinktiv einen Schritt zurück. Alex starrte Daisy ungläubig an. Unter all den hirnrissigen Dingen, die sie gemacht hatte, war dies die absolute Krönung. Sogar ein Trottel konnte sehen, daß sie das alles nur inszenierte.

»Es ist mir egal, wie jung und schön du bist!« rief sie dramatisch aus. »Ich lasse nicht zu, daß du meine Ehe ruinierst!« Mit einer weitausholenden Armbewegung wies sie mit dem Zeigefinger zur Tür. »Und jetzt verschwindest du besser, bevor ich noch etwas tue, das ich hinterher bereue.«

Heather klappte den Mund zu. Gleichzeitig stolperte sie zur Tür und verschwand.

Daisy betrachtete ihn mitleidig. »Für einen klugen Mann besitzt du nicht gerade viel Verstand.«

12

Alex starrte die Tür an, durch die Heather soeben verschwunden war, dann wieder seine Frau. »Das war die lausigste Vorstellung, die ich je gesehen hab. Hast du wirklich gesagt: ›Ich werde um ihn kämpfen‹?«

»Sie hat's mir geglaubt, und das ist alles, was zählt. Nach dem, was du zu ihr gesagt hast, brauchte sie jemanden, der sie wie eine Erwachsene behandelt.«

»Ich wollte ihr nicht weh tun, aber was hätte ich tun sollen? Sie ist keine Erwachsene; sie ist noch ein Kind.«

»Sie hat dir ihr Herz geschenkt, Alex, und du hast ihr gesagt, es bedeutet nichts.«

»Sie hat mir nicht nur ihr Herz angeboten. Kurz bevor du aufgetaucht bist, hat sie mich wissen lassen, daß ihr Körper gewissermaßen mit inbegriffen ist.«

»Sie war verzweifelt. Wenn du sie beim Wort genommen hättest, wär' sie wahrscheinlich zu Tode erschrocken.«

Er schauderte. »Sechzehnjährige stehen nicht auf meiner Liste von Perversionen.«

»Was dann?« Sie biß sich sofort auf die Lippe. Warum konnte sie nie nachdenken, bevor sie etwas sagte?

Er schenkte ihr ein Wahnsinnslächeln, bei dem ihr ganz warm und kribbelig wurde. »Es macht mehr Spaß, wenn du das selbst rausfindest.«

»Warum sagst du's mir nicht einfach?«

»Warum wartest du's nicht einfach ab.«

Sie musterte ihn. »Hat es was mit –?«

»Zerbrichst du dir schon wieder den Kopf wegen der Peitschen?«

»Eigentlich nicht«, log sie.

»Gut. Denn da besteht wirklich kein Grund zur Sorge.« Er hielt inne. »Wenn ich's richtig mache, tut's fast gar nicht weh.«

Sie riß die Augen auf. »Wirst du wohl aufhören!«

»Womit?«

Sein Unschuldsgesicht täuschte sie keinen Augenblick. »Hör auf mit diesen Andeutungen.«

»Ich hab doch gar nichts gemacht. Das alles spielt sich bloß in deiner Vorstellung ab.«

»Aber nur, weil du dauernd deine Spielchen mit mir treibst. Du ärgerst mich schon damit, seit wir uns kennengelernt haben, und ich mag das nicht. Eine einfache Frage: Ja oder nein? Hast du je eine Frau ausgepeitscht?«

»Ja oder nein?«

»Genau das.«

»Keine Einschränkungen?«

»Keine.«

»Also gut. Ja, ich hab schon mal eine Frau ausgepeitscht.«

Sie schluckte und sagte schwach: »Ich nehm das mit den Einschränkungen zurück.«

»Sorry, Schätzchen, du hast deine Chance gehabt.« Grinsend nahm er wieder hinter dem Schreibtisch Platz. »Ich hab noch was zu tun, also sag mir besser gleich, warum du mich sprechen wolltest.«

Einige Sekunden vergingen, bevor sie ihre Gedanken wieder soweit beisammen hatte, um sich zu erinnern, weswegen sie eigentlich hergekommen war. »Es geht um Glenna.«

»Was ist mit ihr?«

»Sie ist ein großes Tier, und dieser Käfig ist viel zu klein für sie. Wir brauchen einen neuen.«

»Einfach so? Du willst, daß wir einen neuen Gorillakäfig anschaffen?«

»Es ist einfach unmenschlich, jemanden auf so engem Raum einzusperren. Sie ist total traurig, Alex. Sie hat diese wundervollen weichen Finger und streckt sie durch die Gitterstäbe, als ob sie völlig ausgehungert wäre nach Kontakt zu einem anderen Wesen. Und das ist nicht alles. Sämtliche Käfige sind so alt, daß man nicht mal sicher sein kann, ob sie überhaupt halten. Das Schloß am Leopardenkäfig beispielsweise wird nur noch mit Draht zusammengehalten.«

Er nahm einen Bleistift und tippte abwesend mit dem Radiergummiende auf eine zerkratzte Schreibunterlage. »Da bin ich deiner Meinung. Ich hasse diese verdammte Menagerie – sie ist einfach barbarisch –, aber Käfige sind teuer, und Sheba überlegt immer noch, ob sie die Tiere nicht einfach verkaufen soll. Bis dahin mußt du eben einfach dein Bestes tun.« Er erspähte etwas draußen vor dem Fenster, und sein Stuhl knarzte, als er sich zurücklehnte, um es besser sehen zu können. »Also, sieh sich einer das an. Mir scheint, du hast Besuch.«

Sie blickte aus dem Fenster und sah einen kleinen Elefanten vor dem roten Waggon stehen. »Es ist Tater.«

Während sie hinausschaute, hob er das Rüsselchen und trompetete wie ein tragischer Held, der seiner verlorenen Geliebten nachtrauert. »Was will er hier?«

»Hat wohl nach dir gesucht, schätze ich.« Er lächelte. »Elefanten formen starke Familienbande, und Tater scheint dich als Ersatzmutter angenommen zu haben.«

»Ein bißchen groß für ein Haustier.«

»Ich bin froh, daß du das so siehst, weil er auf keinen Fall in unserem Bett schlafen wird, egal wie sehr du mich auch anbettelst, Daisy.«

Sie lachte. Gleichzeitig verkniff sie sich die Bemerkung, daß sie noch gar nicht sicher war, ob sie überhaupt dort schlafen würde. Es gab noch zuviel Ungeklärtes zwischen ihnen.

Als Sheba zu Alex ging, war sie in äußerst schlechter Stimmung. Erst heute morgen hatte ihr Brady erzählt, daß Daisy gar nicht schwanger war. Der Gedanke, daß diese Person Markov-Babies gebären sollte, war so abschreckend, daß sie eigentlich erleichtert hätte sein müssen, doch statt dessen machte sich ein häßliches Gefühl in ihrem Magen breit. Wenn Alex Daisy nicht deshalb geheiratet hatte, weil sie schwanger war, dann mußte er es freiwillig getan haben. Er mußte es aus Liebe getan haben.

Das Gefühl brannte wie Säure in ihrem Magen. Wie konnte er bloß diese unnütze reiche Göre heiraten, wenn er sie geliebt hatte? Konnte er denn nicht sehen, wie unwürdig Daisy war? Hatte er seinen ganzen Stolz verloren?

Jetzt beabsichtigte sie, einen Plan in die Tat umzusetzen, der ihr schon seit Tagen im Kopf herumgeisterte. Es machte Sinn, geschäftlich gesehen – und sie tat nie etwas, das nicht gut für den Zirkus war, egal wie sie persönlich dazu stand –, aber diese Idee mochte Alex vielleicht endlich die Augen öffnen, was seine Frischangetraute betraf.

Sie kam von hinten an ihn heran, während er gerade am Zeltstangenbohrer arbeitete. Sein verschwitztes T-Shirt klebte an seinen kräftigen Rückenmuskeln. Sie mußte daran denken, wie sich diese glatte, feste Haut unter ihren Händen angefühlt hatte, doch anstatt erregt zu werden, empfand sie bei dieser Erinnerung bloß Abscheu und Selbsthaß. Sheba Quest, die Königin der Manege, hatte diesen Mann um seine Liebe angebettelt und war zurückgewiesen worden. Ihr Magen verkrampfte sich vor Verachtung.

»Ich muß mit dir über deine Nummer reden.«

Er hob einen schmutzigen Stoffetzen auf und wischte sich die Hände damit ab. Er war ein erstklassiger Mechaniker und hatte es irgendwie geschafft, den altersschwachen Zeltstangenbohrer flott zu halten, doch im Moment konnte sie keine Dankbarkeit für die Kosten aufbringen, die er ihr damit erspart hatte.

»Schieß los.«

Sie beschattete ihre Augen und ließ sich Zeit, ließ ihn warten. Schließlich geruhte sie zu sprechen. »Ich finde, deine Nummer braucht ein wenig Abwechslung. Du hast nur ein paar Kleinigkeiten geändert, seit du letztes Mal mit uns auf Tour warst, und die Saison ist noch zu lange, um jetzt schon schal zu werden.«

»Und was schwebt dir so vor?«

Sie nahm ihre Sonnenbrille vom Kopf und faltete sie zusammen. »Ich will, daß du Daisy mit reinnimmst.«

»Vergiß es.«

»Angst, daß sie's nicht schafft?«

»Du weißt, daß sie's nicht schafft.«

»Nun, dann mußt du sie eben dazu zwingen. Oder hat sie die Hosen bei euch an?«

»Was hast du vor, Sheba?«

»Daisy ist jetzt eine Markov. Es ist Zeit, daß sie anfängt, sich auch wie eine zu benehmen.«

»Das ist meine Sache, nicht deine.«

»Nicht, solange mir der Zirkus gehört. Daisy kann's gut mit dem Publikum, und das gedenke ich auszunützen.« Sie blickte ihm lange und hart in die Augen. »Ich will sie in der Vorstellung haben, Alex, und du hast zwei Wochen Zeit, um sie darauf vorzubereiten. Falls sie einen Schubs braucht, kannst du sie gerne daran erinnern, daß ich immer noch Anzeige wegen Diebstahls gegen sie erstatten kann.«

»Ich hab deine ewigen Drohungen allmählich satt.«

»Dann denk dran, wie gut es dem Zirkus täte.«

Als Alex mit dem Reparieren des Zeltstangenbohrers fertig war, ging er zum Trailer, um sich das Schmieröl von den Händen zu schrubben. Er nahm eine Nagelbürste und ein Stück Kernseife aus einer angeknacksten Seifenschale unter dem Küchenspülbecken und mußte sich dabei eingestehen, daß Sheba im Grunde recht hatte. Daisy besaß tatsächlich eine außergewöhnliche Wirkung auf das Publikum, und obwohl er dies Sheba gegenüber nicht zugegeben hatte, so hatte er selbst schon des öfteren daran gedacht, sie in seine Nummer aufzunehmen. Er hatte jedoch bis jetzt gezögert, weil er wußte, wie schwierig es werden würde, sie zu trainieren. Die Assistentinnen, mit denen er in der Vergangenheit gearbeitet hatte, waren allesamt erfahrene Zirkusartistinnen gewesen, und die Peitschen hatten ihnen nichts ausgemacht, aber Daisy war voller Ängste. Wenn sie zum falschen Zeitpunkt zuckte …

Er verdrängte den Gedanken sofort wieder. Er konnte ihr beibringen, nicht zu zucken. Er war schließlich von seinem Onkel Sergei trainiert worden. Selbst wenn die Vorstellung vorüber war und der perverse Hurensohn ihn wegen irgendeines vermeintlichen Vergehens grün und blau prügelte, hatte er sich vollkommen still gehalten.

Er war den dornigen Pfad seiner Kindheit schon viel zu oft im Geiste durchgegangen und hatte wirklich keine Lust, alte Wunden aufzureißen, also schob er die verstörenden Bilder sofort wieder beiseite. Daisy in seinen Akt mit aufzunehmen besaß übrigens noch einen Vorteil, einen, der ihm im Moment sogar noch wichtiger war als die Bereicherung der Vorstellung. Er hatte dann nämlich einen stichhaltigen Grund, ihre Arbeitslast einzuschränken, und zwar einen Grund, dem sie nicht widersprechen konnte.

Er konnte immer noch nicht glauben, daß sie sich geweigert hatte, es sich leichter machen zu lassen. Heute morgen, als er schon auf seinem Befehl beharren wollte, hatte er etwas in ihrem Gesicht gelesen, etwas, das ihn dazu veranlaßte, es gut sein zu lassen. Ihre Arbeit war wichtig für sie geworden, erkannte er, ein Durchhaltetest.

Aber egal, was in ihr vorging, er hatte nicht die Absicht zuzulassen, daß sie sich bis zur Erschöpfung verausgabte. Und ob ihr das nun klar war oder nicht, mit ihm im Ring aufzutreten war weit weniger anstrengend, als Elefantenkot zu schaufeln und Tierkäfige zu säubern.

Während er die Hände unter das laufende Wasser hielt und dann nach einem Papierhandtuch langte, um sie abzutrocknen, mußte er daran denken, wie zerbrechlich sie sich letzte Nacht in seinen Händen angefühlt hatte. Mit ihr zu schlafen war so gut gewesen, daß es ihm direkt angst machte. Er war nicht sicher, was er sich eigentlich erwartet hatte, aber er hätte nie gedacht, daß Daisy so viele Facetten besitzen könnte: heiß und verführerisch, scheu und unschuldig, sowohl nehmend als auch gebend. Er wollte sie erobern, sie sollte ganz ihm gehören, doch gleichzeitig wollte er sie auch behüten und beschützen, und das verwirrte ihn zutiefst.

Am anderen Ende des Zeltplatzes trat Daisy soeben aus dem roten Waggon. Alex würde nicht gerade erfreut sein, wenn er sah, daß sie von seinem Handy aus Ferngespräche geführt hatte, doch sie war mehr als zufrieden mit dem, was sie vom Wärter des San Diegoer Zoos erfahren hatte. Er hatte ein paar Änderungsvorschläge gemacht, die sie befolgen würde: neue Futterkombinationen, zusätzliche Vitamine, andere Fütterungszeiten.

Sie schritt zum Wohnwagen, in den sie ihren Mann vor ein paar Minuten hatte verschwinden sehen. Als sie ihre Arbeit in der Menagerie beendet gehabt hatte und zu Digger gegangen war, um ihm zu helfen, hatte der alte Mann sie angeknurrt, daß er ihre Hilfe nicht mehr bräuchte, und so hatte sie beschlossen, die Extrazeit zu nutzen, um in der Stadtbücherei vorbeizuschauen. Sie hatte sie heute morgen bei ihrer Ankunft bemerkt, als sie durch die Stadt fuhren, und sie wollte ein wenig über die Tiere, die nun ihrer Obhut oblagen, nachlesen. Zuerst jedoch mußte sie Alex dazu bringen, sich von seinem Zündschlüssel zu trennen, was er bis jetzt immer verweigert hatte.

Als sie den Trailer betrat, sah sie, daß er am Spülbecken stand und sich die Hände abtrocknete. Auf einmal war sie ganz glücklich und aufgeregt. Er sah so groß aus in dem engen Wohnwagen, und sie fand, daß er mit seiner finsterattraktiven Erscheinung besser in eine alte englische Moorlandschaft der Jahrhundertwende paßte als in einen modernen Wanderzirkus des zwanzigsten Jahrhunderts. Er drehte sich zu ihr um, und ihr stockte der Atem, als sich diese bernsteinfarbenen Augen auf einmal mit solcher Intensität auf sie richteten.

»Ich würd mir gerne kurz deinen Pickup ausleihen«, sagte

sie, als sie ihre Stimme wiedergefunden hatte. »Ich muß ein paar Besorgungen machen.«

»Sind dir etwa schon wieder die Zigaretten ausgegangen?«

»Falls es dir noch nicht aufgefallen sein sollte, ich hab aufgehört zu rauchen.«

»Ich bin stolz auf dich.« Er warf das Papierhandtuch in den Abfall, und sie sah, wie sein T-Shirt an seiner verschwitzten Brust klebte. Ein schwarzer Schmierölfleck zierte einen kurzen Ärmel. »Wenn du noch 'ne Stunde wartest, dann fahr ich dich.«

»Ich würd lieber allein gehen. Heute vormittag ist mir ein Waschsalon aufgefallen, gleich neben der Stadtbücherei. Ich dachte, ich bring die Wäsche dorthin und mach gleich noch einen Abstecher in die Bibliothek; ich will was nachlesen. Das geht doch, oder?«

»Sicher geht das. Ich find's bloß besser, wenn ich dich fahre.«

»Hast du Angst, ich mach mich mit deinem Wagen aus dem Staub?«

»Nein. Es ist bloß – der Wagen gehört eigentlich nicht mir. Er gehört dem Zirkus, und du bist wahrscheinlich noch nie mit einem so großen Wagen gefahren.«

»Ich bin eine ausgezeichnete Autofahrerin. Ich werd schon nichts kaputtmachen.«

»Das kannst du nicht wissen.«

Sie streckte entschlossen die Hand aus. Diesmal würde sie nicht nachgeben. »Bitte gib mir die Schlüssel.«

»Ich hätte selbst nichts gegen einen Trip in die Bücherei einzuwenden.«

Sie funkelte ihn so streng an, wie sie konnte. »Die Wagenschlüssel, bitte.«

Er rieb sich mit dem Fingerknöchel übers Kinn, als ob er überlegen würde. »Ich will dir was sagen. Wenn du deine Bluse aufknöpfst, kriegst du die Schlüssel.«

»Was?«

»Ist mein bestes Angebot. Nimm's oder laß es.«

Als sie das vergnügte Funkeln in seinen Augen sah, fragte sie sich, wie ein Mensch, der sonst immer so ernst war, so verspielt sein konnte, wenn es um Sex ging. »Du erwartest wirklich von mir ...«

»Mhm.« Er lehnte sich an die Spüle und verschränkte erwartungsvoll die Arme vor der Brust.

Ein heißes Gefühl durchzuckte sie, als seine Augen sie so begehrlich musterten. Sie war keineswegs sicher, ob sie für eine weitere sexuelle Begegnung schon bereit war, doch andererseits, was konnte ein wenig Geplänkel schon schaden? Ihre schweißnasse Bluse erinnerte sie daran, daß sie den ganzen Vormittag hart gearbeitet hatte und nicht gerade sauber war. Andererseits war er das ebensowenig, und das Ganze war ja nur ein Spiel, also was machte es schon?

Sie blickte ihn von oben herab an, ihre beste Imitation königlicher Arroganz. »Falls du glaubst, ich würde meinen Körper feilbieten, irrst du dich gewaltig. Das ist einfach widerlich.«

»Tut mir leid, daß du so darüber denkst.« Er holte die Schlüssel aus seiner Hosentasche und warf sie mit übertriebener Unschuld hoch, dann fing er sie geschickt wieder auf. Das machte er ein-, zweimal.

Ihre Brüste unter der feuchten Bluse fingen an zu prickeln, und die Warzen richteten sich auf. »Wie würde es dir gefallen, wenn ich so was mit dir machen würde?«

»Schätzchen, ich wär hingerissen.«

Ein Lächeln unterdrückend, öffnete sie langsam den obersten Blusenknopf. »Nun, vielleicht ein ganz kurzer Blick.« Eine innere Stimme sagte ihr, daß sie mit dem Feuer spielte, aber sie beachtete sie nicht.

»Ein kleiner Blick bringt dir vielleicht den Kofferraumschlüssel ein, aber nicht den Zündschlüssel.«

Sie machte noch einen Knopf auf. »Was muß ich tun, um den Zündschlüssel zu kriegen?«

»Hast du einen BH an?«

»Ja.«

»Den mußt du ausziehen.«

Sie hätte dem Ganzen augenblicklich ein Ende machen sollen, doch statt dessen öffnete sie einen weiteren Knopf.

»Du bist schließlich für den Pickup verantwortlich, also ist es nur fair, daß du die Bedingungen diktierst, finde ich.«

Er sah belustigt drein.

Sie nahm sich Zeit mit den letzten Knöpfen. Als alle offen waren, nahm sie die Blusenzipfel leicht in die Hände und spielte damit herum, neckte ihn, obwohl sie wußte, daß das ein gefährliches Spiel war. »Ich denke, ich sollte mir das Ganze doch noch mal überlegen.«

»Du solltest mich lieber nicht reizen.« Sein rauhes Wispern war nicht im mindesten bedrohlich, dennoch lief ihr ein Schauder über den Rücken.

»Nun, wenn du's so sagst ...« Sie öffnete ihre Bluse und zeigte ihm ihren zarten BH mit dem Blumenmuster, der auf ihrer schweißnassen Haut klebte.

»Mach den Verschluß auf.«

Sie spielte damit, öffnete ihn jedoch nicht.

»Tu, was ich dir sage, und niemand wird verletzt.«

Nun mußte sie doch lächeln, während sie den Verschluß öffnete. Langsam schälte sie die feuchten Körbchen von ihrem Busen und stand nun vor ihm, vollkommen angezogen, nur daß ihre Bluse offen stand und sie ihm schamlos ihre nackten Brüste zeigte.

»Wunderschön.« Bei seinem geflüsterten Kompliment kam sie sich vor wie die kostbarste Frau auf Erden.

»Gut genug für den Zündschlüssel?«

»Gut genug für den ganzen verdammten Pickup.«

Mit zwei langen Schritten war er bei ihr und zog sie in seine Arme. Sein Mund senkte sich in Windeseile über den ihren, und auf einmal drehte sich alles um sie. Er schob ihr mit einer ungeduldigen Bewegung die Bluse von den Schultern, dann packte er sie bei den Hüften und hob sie gerade hoch genug, um sie an sein hungriges Geschlecht zu pressen. Sie fühlte, wie hart und groß er war, und wußte, daß die Zeit für Spielchen vorbei war.

Das Blut rauschte mit kraftvoller Sehnsucht durch ihre Adern. Sie öffnete den Mund für seine Zunge, und er schwang sie in seine Arme und trug sie zum Bett, wo er sie nicht allzu sanft auf die Matratze plumpsen ließ.

»Ich bin verschwitzt und dreckig.«

»Ich auch, also ist das kein Problem.« Mit einer kraftvollen Armbewegung zog er sich sein dreckverschmiertes T-Shirt über den Kopf. »Und außerdem hast du zuviel an.«

Sie kickte ihre schmutzigen Turnschuhe von den Füßen und zerrte an ihrer Jeans, doch es ging ihm immer noch nicht schnell genug.

»Du brauchst zu lange.« Innerhalb weniger Augenblicke hatte er sie ausgezogen, so daß sie nun ebenso nackt war wie er.

Ihre Augen verschlangen seinen nackten, drahtig-muskulösen Körper und seine Arbeiterbräune. Krause Haarbüschel umgaben das Medaillon auf seiner Brust. Sie mußte ihn wirklich danach fragen. Sie mußte ihn so vieles fragen.

Als er sich neben sie legte, roch sie den erdigen Duft von Schweiß und harter Arbeit, der von ihrer beider Körper ausströmte, und fragte sich, warum sie sich nicht abgestoßen fühlte. Auf diese Weise zusammenzukommen besaß etwas Primitives, das sie auf eine Weise erregte, wie sie es sich nie hätte vorstellen können. Ihre Schamlosigkeit war ihr peinlich. »Ich muß mich duschen.«

»Nicht, bevor wir fertig sind.« Er zog ein Kondom aus einer kleinen Nachttischschublade, riß es auf und streifte es über.

»Aber ich bin so dreckig.«

Er stieß ihre Knie auseinander. »So will ich dich ja, Daisy.«

Sie stöhnte und biß ihn in die Schulter, als er mit einem heftigen Stoß in sie eindrang. Sie schmeckte Salz und Schweiß und wußte, daß er dasselbe auf ihren Brüsten schmeckte. Ihre Stimme klang erstickt, als sie sagte: »Ich muß mich wirklich duschen.«

»Später.«

»O Gott, was machst du da?«

»Wonach sieht's aus?«

»Sieht aus, als ob du –«

»Genau. Willst du mehr?«

»Ja. O ja ...«

Wie er roch, wie er schmeckte ... Wie er sich anfühlte. Wie er sie anfaßte. Der Schweiß und der Dreck. Die Stöße. Das Hämmern.

Ihr Haar klebte ihr an den Wangen, und ein Strohhalm piekste sie in den Nacken. Er stieß die Finger in ihre Pospalte und drehte sie mit sich herum, wobei er ihr die Schmiere von seinem Arm an die Seite schmierte. Er drückte und knetete die Rückseiten ihrer Oberschenkel.

»Los, reite.«

Sie tat, wie ihr geheißen. Sie bäumte sich auf und ließ sich auf ihn niederfallen, bewegte sich ganz aus Instinkt, und dann zuckte sie zusammen, weil sie sich auf ihm weh tat.

»Ganz langsam, Schätzchen. Ich geh nirgendwohin.«

»Ich kann nicht.« Sie blickte ihn durch den Nebel ihrer Schmerzen und ihrer Leidenschaft an und sah sein schweißnasses Gesicht, sah, wie er die Lippen aufeinanderpreßte, wie blaß sie waren. Schmiere klebte an seinen gemeißelten, russischen Wangenknochen, und Strohhalme hingen in seinem glänzenden schwarzen Haar. Der Schweiß tröpfelte ihr über die Brüste. Sie ließ sich erneut niederfallen und keuchte auf vor Schmerzen.

»Nicht, Süßes. Sch ... laß dir Zeit.«

Er ließ die Hände über ihren Rücken hochgleiten und zog sie zu sich herab, so daß sie ausgestreckt auf ihm lag, die Brüste an seinen muskulösen Oberkörper gepreßt, wo er ihr half, einen neuen Rhythmus zu finden.

Die Innenseiten ihrer Schenkel umklammerten die Außenseiten von seinen, die Medaille rieb sich an ihrer Haut, während sie sich auf ihm bewegte, langsam zunächst, dann sich windend wie eine Schlange, denn sie liebte das Gefühl, diesmal die Kontrolle zu haben, den Rhythmus und die Tiefe der Stöße bestimmen zu können. Jetzt gab es keine Schmerzen mehr, nur noch wundervolle, herrliche Gefühle.

Er packte ihr Hinterteil und ließ sie gewähren. An der unglaublichen Anspannung seiner harten Muskeln fühlte sie, was es ihn kostete, die Kontrolle aufzugeben. Er grub seine Zähne in das zarte Fleisch unter ihrem Hals, eine Geste, mit der er ihr nicht weh tun, sondern bloß noch mehr von seinem Körper mit ihr füllen wollte.

Sie überließ sich dem Gefühl und Geruch von nackter Haut, Schweiß und Moschus. Er stieß unzusammenhängende Laute aus, und sie antwortete ihm in derselben Sprache. Beide vergaßen alles Zivilisierte, befanden sich wieder im Dschungel, in der ursprünglichen, animalischen Wildnis, und einen unglaublichen Moment lang verschmolzen sie mit der Quelle der Schöpfung.

Sie verließ ihn, sobald sie konnte, und schloß sich im Badezimmer ein. Erschüttert über diesen neuen, animalischen Teil, den sie gerade an sich entdeckt hatte, stand sie unter dem Duschstrahl. War das heilig oder profan? Wie hatte sie sich nur so mit einem Mann vergessen können, den sie nicht liebte? Die Frage quälte sie förmlich.

Als sie wieder herauskam, in ein Handtuch gewickelt, die Haut sauberer geschrubbt als ihre gequälte Seele, stand er an der Spüle. Er hatte nur seine dreckigen Jeans an und hielt eine Bierflasche in der Hand.

Als er ihr Gesicht sah, runzelte er die Stirn. »Ich seh schon, du machst das Ganze komplizierter, als es ist, stimmt's?«

Sie zog ein paar saubere Sachen aus der Schublade und

drehte ihm den Rücken zu, um sich anzuziehen. »Ich weiß nicht, was du meinst.«

»Ich kann's an deinem Gesicht sehen. Dir gehen alle möglichen Zweifel durch den Kopf.«

»Dir etwa nicht?«

»Warum denn? Sex ist im Grunde eine ganz einfache Sache, Daisy. Er macht Spaß und ist ein herrliches Gefühl. Er muß nicht kompliziert sein.«

Sie wies mit einem Kopfnicken auf das Bett. »Kam dir das eben etwa simpel vor?«

»Es war gut. Mehr zählt nicht.«

Sie zog den Reißverschluß ihrer Shorts hoch und stieg mit den Füßen in ihre Sandalen. »Du warst schon mit ziemlich vielen Frauen zusammen, stimmt's?«

»Ich hab nicht wahllos rumgeschlafen, falls du das meinst.«

»Ist es immer so?«

Er zögerte. »Nein.«

Ihre innere Anspannung löste sich ein wenig. »Da bin ich froh. Ich möchte, daß es etwas bedeutet.«

»Alles, was es bedeutet, ist, daß wir vom Verstand her Schwierigkeiten miteinander haben, unsere Körper aber gar nicht.«

»Ich glaub nicht, daß es so einfach ist.«

»Sicher ist es das.«

»Die Erde hat sich bewegt«, sagte sie leise. »Das muß mehr sein als zwei Körper, die sich verstehen.«

»Manchmal funktioniert's zwischen zwei Leuten, manchmal eben nicht. Und es funktioniert zwischen uns, das ist alles.«

»Glaubst du das wirklich?«

»Daisy, hör mir mal zu. Du wirst dir nur weh tun, wenn du anfängst, dir Dinge einzubilden, die nicht geschehen werden.«

»Ich weiß nicht, was du meinst.«

Er blickte ihr tief in die Augen, und sie hatte das Gefühl, als würde er ihr direkt in die Seele schauen. »Ich werde mich nicht in dich verlieben, Schätzchen. Das wird nicht geschehen. Ich mag dich, und es liegt mir was an dir, aber ich liebe dich nicht.«

Seine Worte taten weh. Wollte sie Liebe von ihm? Es gelüstete sie nach ihm. Sie respektierte ihn. Aber wie konnte sie sich in jemanden verlieben, der so wenig Achtung vor ihr hatte? Tief in ihrem Innern wußte sie ganz genau, daß sie nicht stark genug war, um einen Mann wie Alex Markov zu lieben. Er brauchte jemanden, der genauso dickköpfig und arrogant war wie er selbst, jemanden, der ebenso stur und nicht einzuschüchtern war, eine Frau, die ihren Mann stehen konnte, die sich von seinen finsteren Launen nicht einschüchtern ließ, die ebensogut herausgeben wie einstecken konnte. Eine Frau, die sich im Zirkus zu Hause fühlte, die vor Tieren keine Angst hatte oder vor harter Knochenarbeit. Er brauchte –

Sheba Quest.

Eifersucht übermannte sie. Während sie mit dem Verstand einsah, wie gut Sheba und Alex zueinander passen würden, wies ihr Herz den bloßen Gedanken weit von sich.

Das Zusammensein mit ihm hatte sie etwas über Stolz gelehrt, und sie reckte den Kopf. »Ob du's glaubst oder nicht, ich hab nicht meine ganze Zeit damit verbracht, mir den Kopf darüber zu zerbrechen, wie ich dich in mich verliebt machen könnte.« Sie hob den überquellenden Wäschekorb auf. »Wenn du's genau wissen willst, ich will deine Liebe gar nicht. Was ich will, sind die verdammten Autoschlüssel!«

Sie schnappte sie von der Anrichte und stürmte zur Tür. Er trat ihr rasch in den Weg. Ihr den Korb aus der Hand nehmend, sagte er: »Ich will dir nicht weh tun, Daisy. Ich mag dich. Das wollte ich nicht, aber ich kann scheint's nichts dagegen machen. Du bist süß, und du bist lustig, und es ist eine Freude, dich anzuschaun.«

»Wirklich?«

»Mhm.«

Sie hob die Hand und rieb mit dem Daumen einen Schmierfleck von seiner Wange. »Nun, du bist launisch und humorlos, aber es ist auch eine Freude, dich anzuschaun.«

»Da bin ich froh.«

Sie lächelte und wollte ihm den Wäschekorb abnehmen, doch er hielt ihn fest. »Bevor du gehst ... Sheba und ich haben beschlossen, daß du eine neue Aufgabe bekommst.«

Sie beäugte ihn mißtrauisch. »Ich helfe ja schon bei den Elefanten mit und hab auch noch die Menagerie übernommen. Ich glaub nicht, daß ich für mehr noch Zeit habe.«

»Du bist ab sofort von der Pflege der Elefanten befreit, und Trey kann die Menagerie übernehmen.«

»Die Menagerie ist meine Sache.«

»Auch recht. Du kannst ihn anleiten. Tatsache ist, Daisy, das Publikum mag dich, und Sheba möchte das ausnutzen. Ich nehm dich mit in meine Nummer.«

Sie starrte ihn verständnislos an.

»Morgen beginnen wir mit den Proben.«

Sie merkte, daß er ihrem Blick auswich. »Was denn proben?«

»Nun, im wesentlichen mußt du bloß rumstehen und hübsch aussehen.«

»Was noch?«

»Du mußt was für mich halten. Nichts Besonderes.«

»Etwas halten? Was soll das heißen – halten?«

»Was ich gesagt habe. Wir reden morgen drüber.«

»Sag's mir jetzt.«

»Du hältst was für mich, das ist alles.«

»Halten?« Sie schluckte. »Und du schlägst es mir mit der Peitsche aus der Hand, stimmt's?«

»Aus deiner Hand.« Er hielt inne. »Aus deinem Mund.«

Sie merkte, wie ihr Kopf blutleer wurde. »Aus meinem Mund?«

»Ist ein ganz gewöhnlicher Standardtrick. Hab ihn schon hundertmal gemacht, du brauchst dir also überhaupt keine Sorgen zu machen.« Er öffnete die Tür für sie und drückte ihr den Wäschekorb in die Hände. »Wenn du noch in der Bücherei vorbeischauen willst, gehst du jetzt besser. Bis später.«

Mit einem sanften Schubs beförderte er sie nach draußen. Sie wandte sich um, um ihm zu sagen, daß sie auf keinen Fall mit ihm in den Ring steigen würde, aber die Tür schloß sich, bevor sie ein Wort herausbrachte.

13

»Könntest du's diesmal vielleicht mal mit offenen Augen probieren?«

Daisy merkte, daß Alex allmählich die Geduld ausging. Sie standen hinter den Wohnwagen auf einem Baseballfeld in Maryland, ganz wie das, auf dem sie gestern gestanden hatten, und am Tag davor und die Tage davor, in den letzten zwei Wochen, seit sie mit dem Probieren begonnen hatten. Ihre Nerven waren so angespannt, daß sie fürchtete, sie könnten jeden Moment reißen.

Tater stand ein wenig abseits von ihr und blickte sie ein ums andere Mal sehnsüchtig seufzend an, um sich dann wieder dem Scharren in der Erde zu widmen. Nach ihrem Zusammenstoß mit dem kleinen Elefanten vor ein paar Wochen hatte Tater damit angefangen auszubrechen, um sie zu suchen, und schließlich war Digger gezwungen gewesen, ihn mit dem Bullenhaken zu bestrafen. Daisy konnte das nicht ertragen, also hatte sie prompt die Verantwortung für den kleinen Elefanten übernommen, zumindest tagsüber, wenn es am wahrscheinlichsten war, daß er sich losriß. Jeder im Zirkus, außer Daisy, schien sich an den Anblick gewöhnt zu haben, den sie mit dem kleinen Elefanten im Schlepptau bot.

»Wenn ich die Augen aufmach, zucke ich zusammen«,

sagte Daisy zu ihrem peitschenschwingenden Göttergatten, »und du hast gesagt, es passiert mir nichts, solange ich mich nicht bewege.«

»Du hältst das Ding ja so weit von deinem Körper entfernt, daß du *Schwanensee* tanzen könntest, und ich würde dich nicht treffen.«

Da war was dran. Das Papierröhrchen in ihrer Hand war dreißig Zentimeter lang, und sie hielt es mit ausgestrecktem Arm, doch jedesmal, wenn die Peitsche knallte und ein Endchen der Röhre abflog, zuckte sie zusammen. Sie konnte nicht anders.

»Vielleicht mach ich morgen die Augen auf.«

»In drei Tagen stehst du im Ring. Du machst es also besser vorher.«

Daisy riß die Augen auf, als sie Shebas Stimme vernahm, ätzend und vorwurfsvoll. Die Zirkusbesitzerin stand etwas abseits neben einer von Alex' Peitschen, die aufgerollt wie eine Schlange am Boden lag. Sie hatte die Arme verschränkt, und ihr offenes, schulterlanges rotes Haar sprühte im Sonnenschein Funken.

»Du solltest dich inzwischen eigentlich daran gewöhnt haben.« Sie bückte sich und hob ein fünfzehn Zentimeter langes Papierröhrchen vom Boden auf. Das waren die eigentlichen Röhrchen, die Daisy während der Vorstellung halten sollte, doch bis jetzt war es Alex nicht gelungen, sie dazu zu bringen, mit irgendwas, das kürzer als ein Schullineal war, zu probieren.

Sheba rollte das kleine, zigarettenförmige Röhrchen zwischen den Fingern, dann schritt sie zu Daisy und stellte sich neben sie. »Mach Platz.«

Daisy wich zurück.

Sheba funkelte Alex herausfordernd an. »Laß sehen, was du drauf hast.« Sie wandte ihm ihr Profil zu, strich sich die Haare aus dem Gesicht und steckte sich das Röhrchen zwischen die Lippen.

Alex verharrte einen Moment lang regungslos, und Daisy hatte das Gefühl, daß etwas zwischen ihnen vorging, etwas, von dem Daisy keine Ahnung hatte. Es sah fast so aus, als würde Sheba ihn herausfordern, aber zu was? So plötzlich, daß sie die Bewegung kaum wahrnahm, holte Alex mit dem Arm aus und bewegte fast unmerklich das Handgelenk.

Knall! Die Peitsche explodierte nur wenige Zentimeter von Shebas Gesicht entfernt, und ein Stück Röhrchen flog ab.

Sheba rührte sich nicht. Sie stand so gelassen da wie ein Gast auf einer Gartenparty, wahrend Alex die Peitsche wieder und wieder knallen ließ und dabei jedesmal ein weiteres Stück Röhrchen abhackte. Zentimeter um Zentimeter verkürzte er das Röhrchen, bis nur mehr ein Stummel zwischen Shebas Lippen steckte.

Sie nahm es aus dem Mund, bückte sich und hob ein frisches Röhrchen auf, das sie Daisy hinstreckte. »Jetzt du.«

Daisy wußte sehr wohl, wann sie herausgefordert wurde, aber diese Leute waren dazu erzogen worden, die Gefahr zu suchen. Wieviel Mut auch immer ihr in die Wiege gelegt worden sein mochte, sie hatte alles aufgebraucht, als sie sich Tater entgegenstellte. »Vielleicht ein andermal.«

Alex seufzte und warf die Peitsche zu Boden. »Sheba, das funktioniert einfach nicht. Ich mach die Nummer weiter alleine.«

»Ist es wirklich so weit gekommen, Alex? Fünf Generationen Zirkusblut, und du gibst den Markovnamen an eine Frau weiter, die nicht genug Mumm hat, um mit dir in den Ring zu treten.«

Ihre grünen Augen verdunkelten sich vor Verachtung, als sie sich auf Daisy richteten. »Keiner hat dich gebeten, auf einem Seil zu balancieren oder ohne Sattel zu reiten. Alles, was du tun mußt, ist hier zu stehen. Aber du schaffst nicht mal das, stimmt 's?«

»Ich – es tut mir leid, aber ich kann so was einfach nicht.«

»Was kannst du denn überhaupt?«

Alex trat vor. »Das ist nicht fair. Daisy hat die Menagerie übernommen, obwohl sie nicht mehr dort arbeiten müßte, und die Tiere waren nie in besserer Verfassung.«

»Ja, verteidige sie nur.« Shebas Blick war ebenso scharf wie die Peitsche, und Daisy war ihr Opfer. »Weißt du überhaupt was über die Markovs?«

»Alex redet nicht viel über seine Kindheit.« Über sein derzeitiges Leben ebensowenig. Immer wenn sie ihn nach seinem Leben außerhalb des Zirkus fragte, wechselte er das Thema. Sie wußte inzwischen, daß er aufs College gegangen und daß sein goldener Anhänger ein Familienerbstück war, aber nicht viel mehr.

»Laß es, Sheba«, warnte er.

Sheba schritt an ihm vorbei, den Blick unverwandt auf Daisy gerichtet. »Die Markovs sind eine der berühmtesten Zirkusfamilien in der Geschichte. Alex' Mutter war die beste Kunstreiterin ihrer Zeit. Alex wäre vielleicht ein ebenso guter Kunstreiter geworden, wenn er nicht so schnell und so groß gewachsen wäre.«

»Daisy interessiert das nicht«, sagte er.

»Doch. Bitte erzähl weiter, Sheba.«

»Die Familie seiner Mutter reicht fünf Generationen weit nach Rußland zurück, wo die Markovs noch vor den Zaren auftraten. Das Interessante an den Markovs ist, daß sich der Großteil ihrer Geschichte auf ihre Frauen zurückführen läßt. Egal, wen sie heirateten, sie haben den Namen Markov behalten und an ihre Kinder weitergegeben. Aber die Markov-Männer waren ebenfalls großartige Zirkusartisten, Meister der Peitsche und mit die besten Kunstreiter, die der Zirkus je hervorgebracht hat.«

Alex begann die Röhrchen in eine alte Leinentasche zu stopfen. »Komm, Daisy. Ich hab genug für heute.«

Shebas Gesichtsausdruck wurde bitter. »Die Markov-Männer haben die Tradition immer aufrechterhalten und ihre Frauen sorgfältig ausgewählt. Bis Alex zumindest.« Sie hielt inne. Ihre Augen funkelten eiskalt vor Verachtung. »Du bist es nicht wert, auch nur in seinem Schatten zu stehen, Daisy, geschweige denn den Namen Markov zu tragen.«

Damit wandte sie sich ab und schritt von dannen, die Haltung so würdevoll, daß ihre heruntergekommene Umgebung beinahe königlich wirkte.

Daisy war übel. »Sie hat recht, Alex. Ich bin für all das einfach nicht geeignet.«

»Unsinn.« Er rollte die Peitschen zusammen und hängte sie sich über die Schulter. »Für Sheba ist Zirkustradition so was wie eine Ersatzreligion. Hör einfach nicht auf sie.«

Daisy starrte den Beutel mit Papierröhrchen an. Wie betäubt bückte sie sich und nahm eins heraus.

»Was machst du da?«

»Ich versuch, eine Markov zu sein.«

»Um Himmels willen, leg das wieder weg. Ich hab dir gesagt, du sollst nicht auf sie hören. Sie sieht die Geschichte der Markovs sowieso ganz verzerrt. Es gab auch eine Menge Mistkerle in meiner Familie. Mein Onkel Sergei zum Beispiel war der mieseste Bastard, der mir je untergekommen ist.«

»Du willst mich bloß trösten, aber ich kann nicht einfach vergessen, was sie gesagt hat.« Sie ging wieder zu der Stelle, an der sie vorhin gestanden hatte und wandte ihm ihr Profil zu. »Ich hab's satt, dauernd als schwächlich und unwürdig angesehen zu werden.«

Als sie das Röhrchen an die Lippen hielt, zitterten ihr die Knie so stark, daß es ihm ganz sicher auffiel. Wenn Alex verfehlte, konnte er ihr Gesicht treffen und sie möglicherweise für ihr Leben zeichnen.

»Hör auf damit, Daisy.«

Sie machte die Augen zu.

»Daisy …«

Sie nahm das Röhrchen aus dem Mund und sagte, ohne ihn anzusehen: »Tu's einfach, Alex. Bitte. Je länger du wartest, desto schwerer machst du's mir.«

»Bist du dir sicher?«

Das war sie ganz und gar nicht, aber sie steckte das Röhrchen trotzdem wieder zwischen die Lippen, schloß die Augen und betete, daß er nicht danebenhaute.

Knall!

Sie schrie auf, als es so dicht neben ihren Ohren knallte, daß sie einen heftigen Luftzug spürte. Ihre Ohren klingelten. Tater machte das Maul auf und blökte.

»Hab ich dich getroffen? Verdammt, ich weiß, daß ich dich nicht getroffen hab!«

»Nein … nein … alles in Ordnung. Ich bin –« Sie bückte sich und hob das Röhrchen, das ihr aus dem Mund gefallen war, wieder auf. Dabei bemerkte sie, daß ein Stückchen vom Ende abgetrennt worden war. »Ich bin bloß ein bißchen nervös, das ist alles.«

»Daisy, du mußt nicht …«

Sie steckte das Röhrchen wieder zwischen die Lippen und machte die Augen zu.

Knall!

Wieder schrie sie laut auf.

Alex' Stimme klang trocken. »Daisy, mit deinem Geschrei machst du *mich* langsam nervös.«

»Ich bin schon still! Werd bloß nicht nervös, egal was du tust.« Sie hob das Röhrchen wieder auf – das jetzt viel kürzer war als zu Anfang. »Wie oft noch?«

»Noch zweimal.«

»Zweimal?« Ihre Stimme quiekte vor Entsetzen.

»Zweimal.«

Diesmal steckte sie nur so viel von dem Röhrchen zwischen die Lippen wie unbedingt nötig, damit es nicht herausfiel.

»Du schummelst.«

Ein Schweißtropfen rollte zwischen ihren Brüsten herunter, während sie das Röhrchen richtig zwischen die Lippen steckte. Sie holte tief Luft …

Knall! Ein heftiger Luftzug ließ eine Haarsträhne an ihre

Wange flattern. Sie fiel beinahe in Ohnmacht, schaffte es aber doch irgendwie, ihren Schrei herunterzuschlucken. Nur noch einmal. Ein einziges Mal.

Knall!

Langsam und vorsichtig öffnete sie die Augen.

»Du hast's geschafft, Daisy. Es ist vorbei. Alles, was du jetzt noch tun mußt, ist, dich vorm Publikum zu verbeugen.«

Sie lebte noch und war unverletzt. Vollkommen perplex drehte sie sich zu ihm und flüsterte heiser: »Ich hab's geschafft.«

Er lächelte und warf die Peitsche weg. »Das hast du, Baby. Ich bin stolz auf dich.«

Mit einem Freudenschrei rannte sie auf ihn zu und warf sich in seine Arme. Er fing sie ganz automatisch. Als er sie fest an sich zog, breitete sich ein heißes Prickeln in ihr aus. Er mußte es ebenfalls fühlen, denn er setzte sie abrupt wieder ab.

Sie wußte, daß er nicht gerade glücklich war über ihre Entscheidung, vorerst nicht mehr mit ihm zu schlafen. Jener Nachmittag, an dem sie sich mit solch animalischer Leidenschaft geliebt hatten, hatte sie zutiefst verstört. Ihre Periode hatte ihr zunächst einen Vorwand geliefert, doch die war nun schon seit ein paar Tagen vorbei. Sie hatte ihn gebeten, ihr ein wenig Zeit zu geben, um sich über ihre Gefühle klarzuwerden, und er war einverstanden gewesen, aber sie wußte, daß er nicht gerade glücklich darüber war.

»Jetzt bleibt nur noch ein Trick«, sagte er, »und dann sind wir für heute fertig.«

»Vielleicht sollten wir damit bis morgen warten.«

»Der hier ist leichter als das, was wir gerade gemacht haben. Komm, wir bringen's hinter uns, solange du noch die Nerven dafür hast. Geh, stell dich wieder da hinten hin.«

»Alex ...«

»Na komm schon. Es tut nicht weh. Ehrenwort.«

Sie ging zögernd wieder zu der Stelle, an der sie vorhin gestanden hatte.

Er wählte die längste Peitsche aus und hielt den Griff locker in der Hand. »Du kannst ruhig die Augen zumachen.«

»Lieber nicht.«

»Vertrau mir, Schätzchen. Du willst ganz sicher die Augen zumachen.«

Sie tat, wie ihr geheißen, aber ihr rechtes Augenlid zuckte.

»Jetzt streck die Arme über den Kopf.«

»Über den Kopf?«

»Ja, über den Kopf, und verkreuz die Handgelenke.«

Ihre Augen flogen wieder auf. »Ich glaub, ich hab vergessen, Trey wegen Sinjuns neuem Futter Bescheid zu sagen.«

»Alle Markov-Frauen in der Geschichte haben diesen Trick gemacht.«

Mit einem Gefühl von Unabänderlichkeit hob sie die Arme, verkreuzte die Handgelenke und machte die Augen zu, wobei sie sich einredete, daß nichts schlimmer sein konnte, als ein Papierröhrchen aus dem Mund geschlagen zu bekommen.

Knall!

Der Peitschenknall war kaum ertönt, als sie auch schon fühlte, wie sich das Ding eng um ihre Handgelenke schlang und sie so zusammenband.

Diesmal kam ihr Schrei aus dem Grund ihrer Seele. Sie ließ die Arme so rasch fallen, daß ihr die Schultergelenke weh taten. Fassungslos schaute sie ihre gefesselten Handgelenke an. »Du hast mich getroffen! Du hast gesagt, du würdest mich nicht treffen, aber das hast du.«

»Halt still, Daisy, und hör auf zu schreien. Es hat nicht weh getan.«

»Nicht?«

»Nein.«

Sie starrte ihre Handgelenke an und merkte, daß er recht hatte. »Aber wie –?«

»Ich habe die Peitsche schnalzen lassen, bevor ich dich damit berührte.« Er machte eine winzige Bewegung mit dem

Handgelenk, was die Spannung aus dem Peitschenstrick nahm, so daß sie sich aus den losen Schlingen befreien konnte.

»Es ist ein uralter Trick, und das Publikum ist ganz verrückt danach. Aber wenn ich deine Handgelenke gefesselt habe, mußt du die Augen aufmachen und lächeln, damit die Leute wissen, daß ich dir nicht weh getan hab. Sonst werde ich deinetwegen noch verhaftet.«

Sie rieb sich erst das eine, dann das andere Handgelenk. Zu ihrem absoluten Erstaunen waren beide unversehrt. »Was ist, wenn – wenn du die Peitsche erst schnalzen läßt, wenn du meine Handgelenke erwischt hast?«

»Das werd ich nicht.«

»Aber es könnte dir ein Fehler unterlaufen, Alex. Du kannst nicht immer alles richtig machen.«

»Sicher kann ich. Ich mach das schon seit Jahren und hab noch nie eine Assistentin verletzt.« Er begann seine Peitschen einzusammeln, und sie bewunderte seine unglaubliche Arroganz, auch wenn ihr dabei ein wenig flau wurde.

»Heute ging's ein bißchen besser«, sagte sie, »aber ich weiß wirklich nicht, wie ich's schaffen soll, in zwei Tagen mit dir in den Ring zu gehen. Jack meinte, ich soll ein wildes Zigeunermädchen spielen, aber ich glaub nicht, daß wilde Zigeunermädchen so kreischen wie ich.«

»Uns fällt schon was ein.« Zu ihrer Überraschung gab er ihr einen raschen Kuß auf die Nasenspitze, ging ein paar Schritte, blieb dann jedoch stehen und drehte sich wieder zu ihr um. Er blickte sie lange an, dann kam er mit ein paar ausholenden Schritten zurück, senkte den Kopf und fing ihren Mund mit dem seinen ein.

Ihre Arme schlangen sich wie von selbst um seinen Hals, als er sie fest an sich zog. Ihr Verstand sagte ihr, daß Sex etwas Heiliges sein sollte, doch ihr Körper sehnte sich qualvoll nach ihm, konnte nicht genug von ihm bekommen.

Als sie sich schließlich voneinander lösten, blickte er einen langen, süßen Moment lang auf sie nieder und flüsterte dann: »Du schmeckst wie Sonnenschein.«

Sie lächelte.

»Ich geb dir noch ein paar Tage, Schätzchen, weil ich weiß, daß das alles ziemlich neu für dich ist, aber mehr nicht.«

Sie brauchte nicht zu fragen, was er meinte. »Ich werd vielleicht noch ein bißchen länger brauchen. Wir müssen uns erst besser kennenlernen. Respekt voreinander aufbauen.«

»Schätzchen, wenn's um Sex geht, hab ich nichts als Respekt vor dir.«

»Bitte tu nicht so, als würdest du nicht verstehen, was ich meine.«

»Ich mag Sex. Du magst Sex. Wir beide tun's gern miteinander. Mehr ist da nicht.«

»Und ob da mehr ist! Sex ist etwas Hei –«

»Sag's nicht, Daisy. Sag's ja nicht. Wenn du dieses Wort noch mal sagst, dann schwör ich dir, daß ich mit jeder Truck-Stop-Kellnerin von hier bis Cincinnati flirte.«

Sie verengte die Augen. »Das möcht ich mal sehen. Und *heilig* ist kein schmutziges Wort, Alex. Komm Tater, wir haben noch was zu tun.«

Sie stolzierte mit ihrem kleinen Elefanten von dannen. Wenn es ihr eingefallen wäre, sich umzublicken, hätte sie etwas gesehen, das sie überrascht hätte. Sie hätte ihren harten, humorlosen Gatten grinsen sehen wie einen kleinen Jungen.

Trotz Alex' Protesten arbeitete sie weiter in der Menagerie, wenn auch viele ihrer täglichen Pflichten von Trey übernommen worden waren. Sinjun beäugte Tater mißbilligend, als sich die beiden näherten. Elefanten und Tiger waren natürliche Feinde, aber Sinjun schien sich lediglich über Taters Anwesenheit zu ärgern. Alex meinte, er wäre eifersüchtig, aber ein solches Gefühl konnte sie sich bei dem launischen alten Tiger beim besten Willen nicht vorstellen.

Sie musterte Sinjun zufrieden. Nachdem sie sein Futter ein wenig verbessert hatte und ihn auch täglich abduschte, meinte sie sehen zu können, daß sein Fell bereits ein wenig gesünder wirkte. Sie machte einen gespielt ehrerbietigen Knicks vor ihm. »Guten Morgen, Eure Hoheit.«

Er fletschte sie an, was sie als seine Art deutete, sie daran zu erinnern, daß sie nicht zu frech werden sollte.

Es hatte seit dem letzten Mal keine jener mystischen Momente der Kommunikation mehr zwischen ihnen gegeben, und sie fing an zu glauben, daß sie sich das Ganze nur eingebildet hatte, weil sie so erschöpft gewesen war. Dennoch, seine bloße Nähe erfüllte sie mit Ehrfurcht.

Sie hatte eine Tüte Leckerbissen, die sie von ihrem Haushaltsgeld gekauft hatte, bei einem Heuhaufen zurückgelassen und nahm sie nun mit hinüber zu Glennas Käfig. Das Gorillaweibchen hatte sie bereits erblickt und preßte nun geduldig wartend das Gesicht an die Gitterstäbe.

Glennas stille Schicksalsergebenheit und ihre unheimliche Sehnsucht nach menschlichem Kontakt brachen Daisy das Herz. Sie streichelte die wunderbar weiche Handfläche, die sich ihr aus den Gitterstäben entgegenstreckte. »Hallo, Liebes. Ich hab was für dich.« Sie holte eine reife lila Pflaume aus ihrem Beutel. Die Frucht erinnerte sie an Glennas sanfte Finger. An die feste, glatte Haut. An die Weichheit darunter.

Glenna nahm sich die Pflaume, hockte sich hin und aß sie mit kleinen, vorsichtigen Bissen, während sie Daisy mit trauriger Dankbarkeit ansah.

Daisy reichte ihr noch eine und sprach weiter auf sie ein. Als das Gorillaweibchen fertig war, kam sie erneut an die Gitterstäbe, doch diesmal streckte sie die Hand nach Daisys Haaren aus.

Beim ersten Mal, als sie das tat, war Daisy ziemlich erschrocken, aber jetzt wußte sie, was Glenna wollte, und zog das Gummiband von ihrem Pferdeschwanz.

Eine sehr lange Zeit stand sie einfach nur ruhig vor dem Käfig und ließ sich von Glenna lausen, als wäre sie ihr Baby. Als dieses Ritual beendet war, merkte Daisy, daß ihr ein Kloß im Hals saß. Egal, was die Leute sagten, es war einfach nicht richtig, ein so gefühlvolles, menschenähnliches Wesen in einen Käfig zu sperren.

Zwei Stunden später waren Daisy und ihr kleiner Elefant auf dem Rückweg zum Wohnwagen, als sie Heather erblickte, die am Rand des Baseballfelds stand und mit ihren Ringen Jonglieren übte. Jetzt, wo sie nicht länger bis auf die Knochen erschöpft war, hatte Daisy Zeit gehabt, ein wenig über jenen Abend, an dem das Eintrittsgeld gestohlen worden war, nachzudenken, und sie fand, daß es an der Zeit war, mit Heather zu reden.

Heather ließ einen Ring fallen, als sie auf sie zukam. Sie bückte sich, um ihn aufzuheben, doch beäugte sie Daisy dabei mißtrauisch aus den Augenwinkeln.

»Ich muß mit dir reden, Heather. Komm, setzen wir uns auf die Bänke dort.«

»Ich hab dir nichts zu sagen.«

»Auch gut. Dann rede eben ich. Los, beweg dich.«

Heather blickte sie mürrisch und böse an, gehorchte jedoch ihrem strengen Ton. Sie sammelte ihre Ringe ein und folgte Daisy dann mit merklichem Widerwillen zu den Sitzbänken.

Daisy setzte sich in die dritte Reihe, während Heather eine Reihe tiefer Platz nahm. Tater fand ein Plätzchen am Rand des Spielfelds, wo er in der staubigen Erde zu wühlen begann, um sich den Dreck dann über den Rücken zu streuen, eine Geste, mit der sich Elefanten instinktiv abkühlten.

»Jetzt wirst du mich wohl wegen Alex anschreien.«

»Alex ist verheiratet, Heather, und eine Ehe ist ein heiliges Band zwischen zwei Menschen. Keiner hat das Recht, es auseinanderzureißen.«

»Das ist nicht fair! Du verdienst ihn überhaupt nicht.«

»Das hast nicht du zu entscheiden.«

»Du bist 'ne richtige Moralpredigerin, stimmt's?«

»Wie könnte ich?« entgegnete Daisy ruhig. »Ich bin eine Diebin, schon vergessen?«

Heather blickte auf ihre Finger und zupfte an der Nagelhaut ihres Daumens herum. »Alle hassen dich dafür, daß du das Geld geklaut hast.«

»Das weiß ich. Und das ist ungerecht, stimmt's?«

»Nö, isses nicht.«

»Aber wir beide wissen, daß ich's nicht getan hab.«

Heather wurde stocksteif und wartete den Bruchteil einer Sekunde zu lange, bevor sie antwortete. »Haste doch.«

»Du warst an jenem Abend in der Zeit, nachdem Sheba die Geldschublade überprüft und ich abgeschlossen hab, im roten Waggon.«

»Na und? Ich hab das Geld nich geklaut, und du kannst mir's auch nicht in die Schuhe schieben!«

»Da kam ein Anruf für Alex. Ich nahm ihn an, und während ich abgelenkt war, hast du in die Geldschublade gegriffen und die zweihundert Dollar rausgenommen.«

»Hab ich nich! Du kannst überhaupt nix beweisen!«

»Dann hast du dich heimlich in unseren Trailer geschlichen und das Geld in meinem Koffer versteckt, damit jeder glaubt, ich hätt's gestohlen.«

»Du lügst!«

»Ich hätt gleich draufkommen sollen, aber ich war so müde von all dem Neuen, daß ich vollkommen vergessen hab, daß du ebenfalls da warst.«

»Du lügst«, wiederholte Heather, diesmal jedoch mit weniger Vehemenz. »Und wenn du jetzt zu meinem Dad gehst und petzt, wird's dir noch leid tun.«

»Du kannst mir nichts Schlimmeres antun, als was du mir bereits angetan hast. Ich hab keine Freunde, Heather. Keiner will mit mir reden, weil alle glauben, ich hätte was gestohlen. Nicht mal mein Mann glaubt mir.«

Heathers Gesicht war ein Abbild des schlechten Gewissens, und da wußte Daisy, daß sie recht gehabt hatte. Sie blickte dem Mädchen traurig in die Augen. »Was du da getan hast, war sehr, sehr schlecht.«

Heather zog den Kopf ein, und ihr feines blondes Haar fiel nach vorn und verbarg ihr Gesicht. »Du kannst überhaupt nix beweisen«, murmelte sie wieder.

»Willst du wirklich auf diese Weise durchs Leben gehen? Indem du unehrlich bist? Indem du andere mit Gemeinheit behandelst? Wir alle machen Fehler, Heather, und zum Erwachsenwerden gehört, für unsere Fehler einzustehen.«

Das Mädchen ließ die Schultern sinken, und Daisy konnte genau den exakten Moment sehen, in dem sie aufgab. »Wirst du's meinem Dad sagen?«

»Ich weiß nicht. Aber ich muß es Alex sagen.«

»Wenn du's ihm sagst, dann geht er sofort zu meinem Dad.«

»Wahrscheinlich. Alex hat einen ausgeprägten Gerechtigkeitssinn.«

Eine Träne fiel auf Heathers Oberschenkel, aber Daisy verhärtete ihr Herz gegen das aufkeimende Mitleid.

»Mein Dad sagt, wenn ich Schwierigkeiten mache, schickt er mich wieder zu meiner Tante Terry zurück.«

»Daran hättest du besser vorher gedacht, bevor du mir das mit dem Geld angehängt hast.«

Heather sagte nichts, und Daisy drängte sie auch nicht. Schließlich wischte sie sich die Augen mit einem Zipfel ihres T-Shirts ab. »Wann sagst du's ihm?«

»Darüber hab ich noch nicht nachgedacht. Heute abend wahrscheinlich. Oder vielleicht morgen.«

Heather nickte abrupt. »Ich – das Geld war einfach da, und ich hab's nicht geplant oder so.«

Daisy versuchte ihr Mitleid herunterzuschlucken. Immerhin war dieses Mädchen schuld daran, daß ihr Mann sie nun für eine Diebin hielt, und ihre Ehe war vergiftet worden, bevor sie überhaupt anfangen konnte. »Was du getan hast, war nicht richtig. Du mußt schon für die Folgen einstehen.«

»Jaha, weiß ich.« Sie versuchte, sich ungeschickt die Tränen aus dem Gesicht zu wischen. »Irgendwie bin ich sogar froh, daß du draufgekommen bist. Ich hab's kaum noch ausgehalten. Ich weiß, daß ich's nicht verdien, aber könntest du's vielleicht zuerst Sheba sagen, statt Alex? Dann kann sie's meinem Dad sagen. Die zwei streiten sich zwar andauernd und so, aber ich glaub', sie respektieren sich auch, und vielleicht flippt er ja nicht total aus, wenn sie's ihm sagt.«

Daisy richtete sich ein wenig gerader auf. »Wird dein Dad etwa gewalttätig?«

»Ja, glaub schon. Ich mein, er brüllt jedenfalls rum und so.«

»Verhaut er dich auch?«

»Dad? Nö, das macht er nie. Aber er wird so wütend, daß ich mir manchmal wünsche, er würd's tun.«

»Aha.«

»Und ich denk, ich wär wohl sowieso früher oder später bei meiner Tante gelandet. Ich weiß, sie braucht mich, damit ich ihr mit den Kindern helf und so. Ich glaub, es war wohl ziemlich egoistisch von mir, hierbleiben zu wollen. Es ist bloß – die Kinder sind richtige Bälger, und manchmal, wenn sie was anstellen, läßt sie's an mir aus und so.«

Daisy sah mehr, als ihr lieb war, und merkte, wie ihre Schuldgefühle immer größer wurden, wie eine Schlinge, die sich um ihren Hals zusammenzog.

Das Mädchen erhob sich und blickte Daisy mit tränennassen Augen an. »Tut mir leid, daß ich so'n Miststück war und dich in solche Schwierigkeiten gebracht hab.« Eine Träne tropfte von ihren Wimpern. »Ich glaub, ich sollte besser als jeder andere wissen, wie man sich dabei fühlt, wegen Terrys Kindern und so. Ich hätt's nie tun dürfen, aber ich war so schrecklich eifersüchtig wegen Alex.« Sie sprach jetzt abgehackt und mußte immer wieder nach Luft ringen. »Ich war so dumm. Er is viel zu alt ... und würd jemand wie mich eh nicht wollen. Aber er ist immer so nett zu mir, und ich glaub

… ich glaub, das wollt ich immer, obwohl« – sie rang nach Luft – »obwohl ich wußte, daß es nie funktionieren würd. Es tut mir leid, Daisy.«

Aufschluchzend wandte sie sich ab und floh.

Daisy ging zu Tater, und der kleine Elefant schlang den Rüssel um sie. Sie lehnte sich an ihn und überlegte, was sie nun tun sollte. Bevor sie sich Heather vorgeknöpft hatte, war alles so klar gewesen, doch nun war sie sich nicht mehr so sicher. Wenn sie Alex nicht die Wahrheit über Heather sagte, würde er sie weiterhin für eine Diebin und Lügnerin halten. Aber wenn sie's ihm sagte, würde Heather hart bestraft werden, und sie war nicht sicher, ob sie damit leben konnte.

Sie sah, wie Alex drüben an der Straße in seinen Wagen stieg und in Richtung Stadt fuhr. Er hatte ihr zuvor gesagt, daß er sich um ein Problem mit der Firma, die die Donnicker lieferte, kümmern mußte und vielleicht für einige Stunden weg sein würde. Sie hatte vorgehabt, die Zeit dafür zu nutzen, all die heimlichen Einkäufe hervorzuholen, die sie über die letzten Wochen getätigt hatte und die den häßlichen kleinen Wohnwagen in eine Art Heim verwandeln sollten, doch ihre Auseinandersetzung mit Heather hatte ihr ein wenig von ihrer Begeisterung genommen. Nun, es war trotzdem besser, etwas zu tun, statt herumzuhocken und zu brüten.

Während sie zum Wohnwagen zurückeilte, merkte sie, wie sich ihre Stimmung wieder hob. Endlich konnte sie etwas tun, worin sie wirklich gut war. Sie konnte kaum abwarten, Alex' Gesicht zu sehen.

14

»Was hast du jetzt schon wieder angestellt, verdammt noch mal?« Alex stand wie erstarrt im Türrahmen.

»Ist es nicht wunderschön?« Daisy ließ den Blick zufrieden über die Veränderungen, mit denen sie den kleinen Trailer in ein gemütliches, warmes Nest verwandelt hatte, schweifen. Genau, wie sie sich's vorgestellt hatte.

Eine wollweiße Tagesdecke mit einem fröhlichen Muster aus lila und blauen Veilchen mit gelben Tupfen hie und da zierte die häßliche alte Couch, während Sofakissen in denselben Farben die alten Möbelstücke bequem und einladend machten. Sie hatte zierliche Messingstangen über den verblichenen gelben Fensterjalousien angebracht und ungebleichten Musselinstoff bauschig darum geschlungen. Das Ganze hatte sie dann noch in langen Schlingen aus blauen und lavendelfarbenen Bändern in verschiedenen Dicken und Materialien umwickelt, so daß ihre Kreation nun weichbauschig herunterhing.

Ein blaulila Seidenschal verhüllte den eingerissenen Lampenschirm, der in einer Ecke stand. Außerdem hatte sie überall schöne Körbe verteilt, in denen sie all den Krimskrams wie Zeitschriften und Papiere sammelte. Ein attraktives Sortiment unterschiedlicher Behälter, von Milchglasvasen über irdene Töpfchen bis zu einer blauen Wedgewood-Karaffe zierten die zerkratzte Küchenanrichte. Davor hatte sie einen fröhlichen bunten Strick gespannt, damit nichts herunterfiel, wenn sie mit dem Wohnwagen unterwegs waren.

Den Tisch hatte sie mit blaulila Platzdeckchen in einem Paisleymuster gedeckt sowie einem Porzellangeschirr in dazu passenden Blautönen. Weißlackierte Tontassen und zwei Kristallgläser, von denen eins direkt über dem Stiel einen feinen Haarriß hatte, standen neben indigofarbenen Salatschüsselchen aus Glas. In der Mitte des Tisches stand ein glasierter Porzellanhahn, an dem ein Eckchen abgesprungen war. Darin steckte ein Strauß bunter Wiesenblumen, die sie am Rand des Zeltplatzes gepflückt hatte.

»Mit dem Teppich war nicht mehr viel zu machen«, erklärte sie atemlos, da sie in letzter Minute noch ein paar Dinge zurechtgerückt hatte, als sie ihn kommen hörte, »aber ich hab die schlimmsten Flecken rausgekriegt, also ist es nicht mehr so schlimm. Wenn ich genug Geld habe, werd ich auch das Bett herrichten, und zwar mit einer dieser hübschen indianischen Tagesdecken und noch mehr Sofakissen. Ich bin zwar nicht grad eine Leuchte im Nähen, aber ich glaube, daß ich …«

»Wo hast du das Geld dafür her?«

»Von meinem Gehaltsscheck.«

»Du hast dein eigenes Geld ausgegeben?«

»Ich hab alles mögliche in den Supermärkten und Secondhandläden der Städtchen gefunden, durch die wir gekommen sind. Weißt du, daß ich bis vor zwei Wochen noch nie in 'nem Wal-Mart gewesen bin? Es ist einfach unglaublich, wie lange man mit einem Dollar reicht, wenn man aufpaßt, und –« Sie registrierte den Ausdruck auf seinem Gesicht und verstummte. Ihr Lächeln erstarb. »Es gefällt dir nicht.«

»Das hab ich nicht gesagt.«

»Das mußt du nicht. Ich kann's an deinem Gesicht sehen.«

»Es ist nicht, daß es mir nicht gefällt; ich halte es einfach für eine Geldverschwendung, den Trailer aufmöbeln zu wollen.«

»Ich halt's nicht für eine Verschwendung.«

»Es ist bloß ein lausiger Trailer, Herrschaftzeiten. So lang wohnen wir hier gar nicht.«

Das war nicht der eigentliche Grund für seine Einwände. Sie sah ihm in die Augen und erkannte, daß ihr zwei Möglichkeiten blieben. Sie konnte davonstürmen und die – wohlverdientermaßen! – Beleidigte spielen, oder sie konnte ihn dazu zwingen, ehrlich zu ihr zu sein. »Sag mir bitte genau, was dir nicht paßt.«

»Hab ich ja«

»Nein, hast du nicht. Sheba sagte, du hättest einen besseren Wohnwagen zurückgewiesen und statt dessen diesen hier genommen.«

Er zuckte mit den Schultern.

»Du wolltest es mir so schwer wie möglich machen, stimmt's?«

»Nimm's nicht persönlich. Ich hab dich noch nicht mal gekannt, als ich die Entscheidung wegen des Trailers getroffen hab.«

»Aber mein Vater hat dir von mir erzählt.«

Er ging zum Kühlschrank und nahm eine Flasche Wein heraus, die er gestern gekauft und die sie für zu teuer für ihr Budget gehalten hatte.

Sie ließ sich nicht so leicht abwimmeln. »Wolltest du etwa weiter so in dem Trailer leben?«

»Er war doch in Ordnung.« Er langte in die Schublade nach dem Korkenzieher.

»Das glaub ich dir nicht. Du bist ein Mensch, der schöne Dinge genießt. Ich hab gesehen, wie du die Landschaft bewunderst, wenn wir unterwegs sind, oder mich immer wieder auf hübsche Dinge in Schaufenstern aufmerksam machst. Gestern, als wir bei diesem Stand am Straßenrand anhielten, hast du gesagt, der Früchtekorb erinnert dich an einen Cézanne.«

»Willst du auch ein Glas Wein?«

Sie schüttelte den Kopf, und während sie ihn ansah, verstand sie plötzlich. »Ich hab mal wieder die Grenze überschritten, stimmt's?«

»Ich weiß nicht, was du meinst.«

»Diese unsichtbare Grenze, die du in deinem Geist errichtet hast zwischen einer richtigen und einer gespielten Ehe. Ich hab sie schon wieder überschritten, stimmt's?«

»Du redest Unsinn.«

»Tu ich nicht. Du hast eine ganze Latte von Regeln aufgestellt für unsere gespielte Ehe. Ich soll dir aufs Wort und ohne Fragen folgen, ich soll dir möglichst aus dem Weg gehen, außer wenn du mit mir schlafen willst. Aber vor allem soll ich mich in keiner Weise emotional binden. Ich darf dich nicht mögen, ich darf mir keine Gedanken um dich, um unsere Ehe oder unser gemeinsames Leben machen. Ja, ich darf mir noch nicht mal Gedanken um diesen schäbigen kleinen Hasenstall hier machen.«

Sie war endlich zu ihm durchgedrungen, und er schlug mit der flachen Hand auf die Anrichte, so daß die Weinflasche wackelte. »Ich will einfach nicht, daß du dich hier *einrichtest*, das ist alles! Das wäre eine ganz schlechte Idee.«

»Dann hatte ich also recht«, sagte sie ruhig.

Er fuhr sich aufgebracht durchs Haar. »Du bist eine so verdammte Romantikerin, Daisy. Manchmal, wenn du mich ansiehst, hab ich das Gefühl, du siehst überhaupt nicht mich. Du siehst statt dessen den, den du sehen willst. Und mit diesem – diesem legalen Band zwischen uns machst du dasselbe. Du versuchst was draus zu machen, was es nicht ist.«

»Es ist eine Ehe, Alex, nicht bloß eine legale Bindung. Wir haben einen heiligen Schwur geleistet.«

»Für sechs Monate! Begreifst du denn nicht, daß ich mir Sorgen um dich mache? Alles, was ich will, ist, dich beschützen. Ich will verhindern, daß dir am Ende weh getan wird.«

»Mich beschützen? Ach so.« Sie holte tief Luft. »Prüfst du deshalb immer nach, ob ich auch meine Anti-Baby-Pillen nehme?«

Sein Gesicht wurde steinern. »Was hat das damit zu tun?«

»Zuerst konnte ich mir keinen Reim drauf machen, warum die Pillen auf dem obersten Fach im Medizinschränkchen lagen, wo ich sie doch ins unterste gelegt hatte. Doch dann wurde mir klar, daß du mir nachspionierst.«

»Ich wollte bloß sichergehen, daß du sie nicht vergißt.«

»Mit anderen Worten, du hast mir nachgeschnüffelt.«

»Ich werd mich nicht deswegen entschuldigen. Ich hab dir gesagt, wie sehr ich gegen Kinder bin.«

Sie blickte ihn traurig an. »Wir haben auch gar nichts, stimmt's? Keinen Respekt, keine Zuneigung, kein Vertrauen.«

»Wir haben Zuneigung, Daisy. Ich zumindest empfinde

Zuneigung für dich.« Er zögerte. »Und meinen Respekt hast du dir auch verdient. Ich hätte nie geglaubt, daß du deine Arbeit so ernst nehmen könntest. Du hast wirklich Mumm, Daisy.«

Sie weigerte sich, Dankbarkeit für seine Worte zu empfinden. »Aber dein Vertrauen hab ich nicht.«

»Ich weiß, daß du's gut meinst.«

»Aber du hältst mich außerdem für eine Diebin. So gut kann ich's deiner Meinung nach also gar nicht meinen.«

»Du warst verzweifelt, als du das Geld genommen hast. Du warst erschöpft und voller Angst, sonst hättest du's bestimmt nicht getan. Das weiß ich jetzt.«

»Ich hab das Geld nicht genommen.«

»Es ist schon in Ordnung, Daisy. Ich werf's dir nicht länger vor.«

Die Tatsache, daß er ihr noch immer nicht glaubte, hätte eigentlich nicht so weh tun sollen. Die einzige Art und Weise, ihn zu überzeugen, bestand darin, Heather anzuprangern, und das konnte sie nicht, das wußte sie jetzt. Wozu auch? Sie wollte nicht dafür verantwortlich sein, daß Heather fortgeschickt wurde. Und wenn sie Alex erst Beweise vorlegen mußte, damit er an ihre Unschuld glaubte, dann war es ohnehin bedeutungslos.

»Wenn du mir vertraust, warum schnüffelst du mir dann nach?«

»Ich kann einfach nichts riskieren. Ich will kein Kind haben.«

»Das hab ich sehr gut verstanden.« Am liebsten hätte sie ihn gefragt, ob es der bloße Gedanke an ein Kind war, der ihn so abschreckte, oder der Gedanke, eins mit ihr zu haben, aber sie fürchtete sich vor der Antwort. »Ich will nicht, daß du mir in dieser Sache weiter hinterherspionierst. Ich hab dir gesagt, daß ich sie nehme, und das werde ich auch. Du wirst mir wohl oder übel vertrauen müssen.«

Sie sah, wie er mit sich rang. Obwohl ihre Mutter sie auf

so häßliche Weise mit Noel Black betrogen hatte, hatte sie den Glauben an das Gute im Menschen nicht verloren. Alex jedoch schien niemandem außer sich selbst zu trauen.

Zu ihrer Überraschung merkte sie, wie ihre Empörung wich und Mitleid an deren Stelle trat. Wie schrecklich mußte es sein, wenn man durchs Leben ging, indem man immer nur das Schlechteste von seinen Mitmenschen annahm.

Sie strich ihm mit den Fingerspitzen über den Handrücken. »Ich würde dir nie absichtlich weh tun, Alex. Es wäre wirklich schön, wenn du mir wenigstens so weit vertrauen könntest.«

»Das ist nicht so leicht.«

»Ich weiß. Aber du mußt's trotzdem.«

Er blickte sie lange an, bevor er abrupt nickte. »Okay. Kein Rumschnüffeln mehr.«

Irgendwie spürte sie, wieviel ihn dieses Zugeständnis kostete, und sie war berührt.

»Uuuuund nuun, Ladies und Gentlemen, zum ersten Mal in der Manege des Zirkus Quest begrüßen wir Theodosia, die wunderschöne Braut von Alexi, dem Kosaken!«

Daisys Knie zitterten so stark, daß sie stolperte und ihren ersten Auftritt ruinierte. Was war bloß aus dem wilden Zigeunermädchen geworden, fragte sie sich panisch, während sie Jacks neuer Story zum ersten Mal lauschte. Heute vormittag bei der Probe hatte er mit dem Zigeunerthema angefangen, war dann jedoch frustriert hinausmarschiert, als sie ein paarmal aufschrie. Und als Sheba ihr dann brüsk dieses neue Kostüm in die Hand gedrückt hatte, wußte sie, daß sie es wohl mit einer neuen Idee probieren würden. Leider war Sheba gleich wieder davonmarschiert, ohne die Höflichkeit zu besitzen, sie diesbezüglich aufzuklären.

Die Balalaikamusik zitterte sehnsuchtsvoll durch das *big top*, das diesmal auf einem Parkplatz des Kurorts Seaside Heights in New Jersey errichtet worden war. Alexi stand mit der Peitsche in der Hand auf der anderen Seite der Manege. Roter Konfettiglitter von den Ballons, die er soeben hatte zerplatzen lassen, klebte an seinen polierten Reitstiefeln, und die roten Pailletten auf seiner Schärpe funkelten wie frische Blutstropfen.

»Finden Sie, daß sie nervös aussieht, Ladies und Gentlemen?« Jack machte eine weit ausholende Armbewegung in ihre Richtung. »Also ich finde, sie sieht nervös aus. Keiner von uns begreift wirklich, wieviel Mut es dieses behütete Mädchen kostet, zusammen mit ihrem Mann in den Ring zu treten.«

Daisys Kleid raschelte leise, als sie weiter in die Manege hineintrat. Das schmal geschnittene, ganz in jungfräulichem Weiß gehaltene Kleid reichte ihr vom Hals bis zu den Knöcheln, und kurz bevor Alex in die Arena hinausgeritten war, hatte er ihr eine rosa Papierblume angesteckt und gesagt, daß sie zu ihrem Kostüm gehöre.

Sie fühlte die Blicke des Publikums. Jacks Stimme erhob sich zusammen mit der russischen Musik, und die Zeltplanen blähten sich gemächlich in der Meeresbrise. »Theodosia, das Kind reicher französischer Aristokraten, wurde – ganz von der Welt abgeschnitten – in einem Nonnenkloster erzogen.«

Nonnen? Was hatte Jack bloß vor?

Während der Ringansager fortfuhr, begann Alex mit seinem langsamen Peitschentanz, der zuvor der Höhepunkt seiner Nummer gewesen war. Daisy stand regungslos im Licht eines einzigen Scheinwerfers und sah ihm zu. Die Beleuchtung wurde gedämpfter, und während die Zuschauer Jacks Geschichte lauschten, starrten sie fasziniert auf Alex' anmutige Bewegungen.

»Sie traf den Kosaken, als der Zirkus in einem Städtchen nahe dem Kloster gastierte, in dem sie lebte, und die beiden verliebten sich auf den ersten Blick ineinander. Doch ihre Eltern rebellierten dagegen, daß ihre wohlerzogene Tochter einen Mann heiraten wollte, den sie für einen Barbaren hielten, und sie enterbten sie. Theodosia mußte alles Gewohnte zurücklassen.«

Die Musik wurde dramatischer, und Alex' Peitschentanz wandelte sich von einem athletischen Kraftakt in einen sinnlichen Brautwerbungstanz. »Und jetzt, Ladies und Gentlemen, geht sie zusammen mit ihrem Mann in den Ring, aber es ist nicht leicht für sie. Diese junge Frau hat schreckliche Angst vor der Peitsche, und wir möchten Sie daher bitten, so ruhig wie möglich zu sein, während sie sich ihren schlimmsten Ängsten entgegenstellt. Vergessen Sie nicht, daß sie die Arena mit nur einem Schutzschild betritt« – Alex' Tanz erreichte seinen Höhepunkt – »nämlich ihrer Liebe zu ihrem wilden Kosaken.«

Die Musik brach nach einem wilden Crescendo ab, und Alex ließ die Peitsche ohne Vorwarnung in einem dramatischen Schwung über dem Kopf knallen. Sie stieß einen erstickten Schrei aus und lies das Papierröhrchen fallen, das sie soeben aus einer verborgenen Tasche geholt hatte, die ihr Sheba erst vor wenigen Stunden in ihr Kostüm genäht hatte.

Das Publikum rang nach Luft, und sie erkannte, daß Jacks übertriebene Geschichte funktionierte. Anstatt sie auszulachen, litt das Publikum mit ihr.

Zu ihrer Überraschung ging Alex zu ihr, hob das Röhrchen auf und überreichte es ihr, als hielte er eine einzelne Rose in der Hand. Dann senkte er den Kopf und hauchte ihr einen Kuß auf den Mund.

Seine Geste war so romantisch, daß sie beinahe sicher glaubte, eine Frau in der ersten Reihe seufzen gehört zu haben. Sie selbst hätte ebenfalls geseufzt, wenn sie nicht gewußt hätte, daß er lediglich eine Show fürs Publikum abzog. Mit zitternden Fingern hielt sie danach das Röhrchen so weit ausgestreckt, wie sie nur konnte.

Sie schaffte es, nicht die Fassung zu verlieren, als er es Stück für Stück abschnitt, doch als der Trick mit dem Mund an die

Reihe kam, fingen ihre Knie wieder an zu zittern. Sie steckte das Röhrchen zwischen die Lippen, schloß die Augen und wandte ihm ihr Profil zu.

Die Peitsche knallte, und ein Ende flog ab. Sie ballte ihre herunterhängenden Hände zu Fäusten. Falls sie geglaubt hatte, daß es vor einem Publikum leichter werden würde, dann sah sie sich nun getäuscht.

Er knallte noch zweimal mit der Peitsche, bis nur noch der Stummel zwischen ihren Lippen steckte. Ihr Mund war so trocken, daß sie kaum schlucken konnte.

Jacks dramatisch gesenkte Stimme unterbrach sie. »Ladies und Gentlemen, ich bitte Sie um Ihre Unterstützung bei Alexis letztem Versuch, das kleine Papierröhrchen, das im Mund seiner jungen Frau steckt, abzuhacken. Er braucht dazu absolute Ruhe. Vergessen Sie nicht, daß die Peitsche so nahe am Gesicht seiner Frau vorbeischnellen wird, daß schon die kleinste Fehlkalkulation ihr eine schwere Gesichtsnarbe zufügen könnte.«

Daisy wimmerte. Ihre Fingernägel gruben sich so fest in ihre Handflächen, daß sie fürchtete, sich verletzt zu haben.

Der Knall der Peitsche explodierte in ihren Ohren, während Alex auch den letzten Stummel abhackte.

Die Menge brach in tosenden Jubel aus. Daisy riß die Augen auf. Ihr war so schwindlig, daß sie fürchtete, in Ohnmacht zu fallen. Alex deutete ihr mit einem gebieterischen Wink an, sich vor dem Publikum zu verbeugen. Mehr als ein schwaches Kopfnicken brachte sie jedoch einfach nicht zustande.

Als sie den Kopf hob, kam die Peitschenschnur durch die Luft auf sie zugeflogen, und die rosa Papierblume, die er zwischen ihren Brüsten festgesteckt hatte, explodierte in einem Regen zarter Blütenblätter.

Sie sprang mit einem alarmierten Zischen zurück, und das Publikum applaudierte. Er machte eine heftige, aufwärtsgehende Armbewegung in ihre Richtung, eine Aufforderung, ihre Arme zu heben und ihre Handgelenke zu verkreuzen. Wie betäubt gehorchte sie.

Die Peitsche knallte, und die Zuschauer rangen nach Luft, als sich die Peitschenschnur um ihre Handgelenke wickelte. Er wartete einen Moment lang, bevor er den Zug aus der Schnur nahm. Ein undeutliches Murmeln ging durch die Reihen. Er blickte sie stirnrunzelnd an, und ihr fiel wieder ein, daß sie ja lächeln sollte. Sie brachte ein gezwungenes Lächeln zustande und streckte ihre Handgelenke vor, um zu zeigen, daß sie unversehrt waren. Während sie das tat, knallte die Peitsche schon wieder.

Sie zuckte zusammen und blickte nach unten. Die Peitschenschnur schlang sich um ihre Waden. Das hatte er vorher noch nie getan, und sie bedachte ihn mit einem besorgten Blick. Er lockerte die Schnur und zog warnend die Augenbraue hoch. Sie schenkte dem Publikum ein erfrorenes Lächeln. Wieder deutete er an, sie solle die Arme heben. Da ihr keine Wahl blieb, gehorchte sie.

Knall!

Ein gellender Schrei entfuhr ihr, als sich die Peitsche auf einmal um ihre Taille schlang. Sie wartete darauf, daß er die Schnur lockerte, doch diesmal tat er es nicht. Statt dessen zog er an der Peitsche und zwang sie, zu ihm zu kommen. Erst als ihr Kleid seine Oberschenkel streifte, lockerte er abrupt die festen Schlingen und riß sie für einen dramatischen Kuß in die Arme, ein Kuß, der dem Cover eines Liebesromans zur Ehre gereicht hätte.

Das Publikum jubelte.

Ihr war schwindlig, und sie war wütend auf ihn, gleichzeitig war sie aber auch überglücklich. Er stieß einen schrillen Pfiff aus, und Mischa galoppierte in die Arena. Er gab sie frei und sprang mit beherztem Schwung von hinten aufs Pferd, während dieses vorbeigaloppierte. Ein Kribbeln überlief sie. Er würde doch nicht –

Sie verlor den Boden unter den Füßen, als er, an der Seite

des Pferdes hängend, an ihr vorbeigaloppierte und sie schwungvoll mit dem Arm hochnahm. Bevor sie wußte, wie ihr geschah, saß sie vor ihm auf dem Pferd.

Die Lichter gingen aus, und die Arena versank in Finsternis. Der Applaus war ohrenbetäubend. Er lockerte einen Arm, während sie sich panisch an seine Hüften klammerte. Einen Moment später gab es eine Explosion, und die große Feuerpeitsche tanzte über ihren Köpfen.

Daisy überquerte die kleine Asphaltstraße, die den Parkplatz, auf dem der Zirkus seine Zelte aufgeschlagen hatte, vom nun menschenleeren Strand trennte. Zu ihrer Linken blinkten die grellbunten Lichter der Mole mit ihrem Vergnügungspark: das Riesenrad und die Achterbahn, das Karussell und die Schaubuden.

Ihr Debüt markierte gleichzeitig das erste Gastspiel des Zirkus in diesem Stranderholungsort, und nun war sie viel zu verspannt, um schlafen zu können. Das Publikum in der zweiten Vorstellung hatte sogar noch begeisterter reagiert, und sie fühlte sich trotz ihrer Müdigkeit wunderbar; sie hatte es geschafft. Sogar Brady Pepper hatte sein übliches abweisendes Schweigen außer acht gelassen und ihr frostig zugenickt.

Sie atmete tief den würzigen Algengeruch der See ein und ging die Stufen zum Sand hinunter, der seine Sonnenwärme bereits abgegeben hatte und kühl in ihre Sandalen rieselte. Sie hielt sich unheimlich gerne am Meer auf und war froh, daß dies einer der Orte war, an dem der Zirkus mehr als eine Nacht Aufenthalt hatte.

»Daisy.«

Sie drehte sich um und sah Alex an der Treppe zum Strand stehen. Sein hochgewachsener, athletischer Körper zeichnete sich vor dem sanft schimmernden Nachthimmel ab. Der Wind strich durch sein Haar und preßte sein Hemd an seinen Körper. »Ist das ein Privatspaziergang, oder darf man mitkommen?«

»Bist du bewaffnet?«

»Die Peitschen hab ich alle schlafen gelegt.«

»Dann komm.« Sie streckte ihm lächelnd die Hand entgegen.

Er zögerte einen Moment lang, und sie fragte sich, ob ihre Geste wohl zu persönlich für ihn war. Es sprach Bände über ihre Beziehung, daß ihm Händchenhalten intimer vorkam, als mit ihr zu schlafen. Dennoch ließ sie den Arm nicht sinken. Dies war bloß eine Herausforderung mehr für sie.

Die Sohlen seiner Arbeitsstiefel machten dumpfe Geräusche auf den Holzstufen, als er zu ihr herunterkam. Er ergriff ihre Hand, und die Schwielen auf seinen Handflächen erinnerten sie daran, daß er ein Mann war, der an harte körperliche Arbeit gewöhnt war. Seine Hand umfing die ihre warm und stark.

Der Strand war verlassen, doch überall lag noch der Müll herum, den die Tagesbesucher hinterlassen hatten: leere Coladosen, ein Haargummi, der zerbrochene Deckel einer Styropor-Kühltasche. Sie gingen zum Meer hinunter.

»Dem Publikum hat die neue Nummer gefallen.«

»Ich hatte solche Angst, daß mir die Knie schlotterten. Wenn wir nicht diese neue Geschichte gehabt hätten, wär' das Ganze eine Katastrophe geworden, aber als ich mich danach bei Jack bedanken wollte, meinte er, es wär deine Idee gewesen.« Sie blickte lächelnd zu ihm auf. »Findest du nicht, das mit den französischen Nonnen war ein wenig übertrieben?«

»Ich hab deine Moralpredigten gehört, mein Schatz. Wenn ich mich nicht sehr irre, hast du einen Teil deiner verrückten Schulbildung in einer Klosterschule gemacht.«

Sie widersprach ihm nicht.

Sie gingen eine Weile schweigend einher. Der Wind fuhr ihr in die Haare, und die Brandung übertönte den schwachen Lärm des Vergnügungsparks, was ihr das Gefühl vermittelte, ganz allein mit ihm auf der Welt zu sein. Sie wartete darauf, daß er ihre Hand losließ, doch das tat er nicht.

»Du hast gute Arbeit geleistet heute abend, Daisy. Du warst wirklich fleißig und sehr diszipliniert.«

»Findest du? Findest du wirklich, daß ich diszipliniert bin?«

»Ja, das bist du.«

»Danke. Das hat noch nie jemand zu mir gesagt.« Sie stieß ein leises, sarkastisches Lachen aus. »Und wenn's jemand gesagt hätte, hätte ich's nicht geglaubt.«

»Aber mir glaubst du's«

»Du bist nicht jemand, der leichtfertig Lob austeilt.«

»Soll das ein Kompliment sein?«

»Weiß ich nicht.«

»Das ist unfair.«

»Was?«

»Ich hab was Nettes über dich gesagt. Da wird dir doch zumindest eine nette Sache zu mir einfallen.«

»Aber sicher. Du machst tolles Chili.«

Zu ihrer Überraschung runzelte er die Stirn. »Okay. Vergiß, daß ich was gesagt hab.«

Vollkommen perplex erkannte sie, daß sie seine Gefühle verletzt hatte. Sie hatte gedacht, er machte nur Spaß, doch bei ihm sollte sie es wirklich besser wissen. Dennoch überraschte es sie, daß ihm etwas an ihrer Meinung lag. »Die guten Sachen kommen noch. Hab mich nur warmgemacht«, sagte sie.

»Es ist egal. Wirklich. Vergiß es.«

Aber es war durchaus nicht egal, und das freute sie. »Laß mich nachdenken.«

»Vergiß es.«

Sie drückte voller Zuneigung seine Hand. »Du tust, was du für richtig hältst, auch wenn die andern anderer Meinung sind, also *sollte* ich deine Integrität eigentlich bewundern, aber –« Sie faltete die Finger um seine Hand. »Willst du wirklich, daß ich ehrlich bin?«

»Hab ich doch gesagt, oder?«

Sie ignorierte sein trotzig vorgerecktes Kinn. »Du hast ein wundervolles Lächeln.«

Er sah ein wenig perplex drein, und seine Hand, mit der er die ihre festhielt, entspannte sich ein wenig. »Du magst mein Lächeln?«

»Ja, wirklich. Ehrlich.«

»Das hat noch niemand zu mir gesagt.«

»Nicht viele kriegen es zu sehen.« Sie mußte selbst ein Lächeln verbergen, als sie sah, wie ernsthaft er darüber nachdachte. »Da ist noch was, aber ich weiß nicht, wie du's aufnehmen wirst.«

»Schieß los.«

»Du hast einen wirklich tollen Körper.«

»Einen tollen Körper? Ist das alles? Das ist das Zweitbeste, mit dem du aufwarten kannst?«

»Ich hab nicht gesagt, daß es das Zweitbeste ist. Alles, was ich tue, ist, was Gutes über dich zu sagen, und das ist was richtig Gutes.«

»Mein Körper?«

»Er ist einfach toll, Alex, wirklich.«

»Danke.«

»Gern geschehen.«

Das Rauschen der Brandung füllte die kurz eingetretene Stille.

»Deiner auch«, sagte er.

»Was?«

»Dein Körper. Ich mag ihn.«

»Meiner? Aber daran ist doch überhaupt nichts Tolles. Meine Schultern sind zu schmal für meine Hüften, und meine Oberschenkel sind zu fett. Mein Bauch –«

Er schüttelte den Kopf. »Also das nächste Mal, wenn mir eine Frau sagt, wie neurotisch Männer sind, werde ich an das hier denken. Du erzählst mir, du magst meinen Körper, und was sage ich? Dankeschön. Dann sag ich dir, daß ich deinen mag, und was höre ich? Eine Liste von Klagen.«

»Das ist wohl das, was man den Barbiekomplex nennt; meine Generation leidet besonders darunter.« Sein verächtliches Grunzen freute sie irgendwie. »Danke für das Kompliment, aber – sei ehrlich. Findest du meine Brüste nicht ein wenig zu klein?«

»Das ist eine Trickfrage, stimmt's?«

»Sag einfach die Wahrheit.«

»Bist du sicher, daß du das willst?«

»Ja.«

»Also gut.« Er nahm sie bei den Schultern, so daß sie mit dem Gesicht zum Meer stand, dann trat er hinter sie. Seine Arme glitten um sie herum und seine Hände schlossen sich über ihren Brüsten. Ihre Haut kribbelte vor Sehnsucht, als er das weiche Fleisch langsam drückte und knetete. Er fuhr mit den Daumen über die weichen Rundungen und strich über ihre härter werdenden Brustwarzen.

Ihr Atem ging schneller. Seine Lippen kitzelten an ihrem Ohrläppchen, als er ihr zuflüsterte: »Ich finde sie perfekt, Daisy. Genau die richtige Größe.«

Sie drehte sich zu ihm um, und keine Macht der Welt hätte sie in diesem Moment davon abhalten können, ihn zu küssen. Sie schlang die Arme um seinen Nacken, stellte sich auf die Zehenspitzen und preßte ihren Mund auf den seinen, die Lippen weich und sinnlich. Seine Zunge spielte mit ihr, und die ihre reagierte darauf. Sie verlor jegliches Zeitgefühl, während sie langsam mit ihm verschmolz. Ihr Körper wurde zu einem Teil des seinen und seiner ein Teil des ihren.

»Schau mal, Dwayne! Das sind die zwei aus dem Zirkus.«

Daisy und Alex fuhren auseinander wie zwei Teenager, die beim Knutschen am Strand von der Polizei ertappt worden waren.

Die Besitzerin dieses lauten Organs war eine füllige Frau mittleren Alters, die ein limonengrünes Blumenkleid anhatte und eine große schwarze Handtasche trug. Der blau-weiße Strohhut ihres Mannes verbarg höchstwahrscheinlich eine

Glatze. Er hatte die Hosen bis zu den Knien aufgekrempelt, und sein Sporthemd spannte sich über seinen Bierbauch.

Die Frau strahlte sie geradezu an. »Wir haben Sie in der Vorstellung gesehen. Mein Dwayne hier hat mir nicht geglaubt, daß Sie wirklich ein Liebespaar sind. Er meint, es war alles gespielt, aber ich hab ihm gesagt, so was kann man gar nicht spielen.« Sie tätschelte den Bauch ihres Göttergatten. »Ich und Dwayne, wir sind schon seit zweiunddreißig Jahren verheiratet, also wissen wir Bescheid über die wahre Liebe.«

Alex, der neben ihr stand, wurde stocksteif, was Daisy die Aufgabe überließ, das Pärchen anzulächeln. »Das glaub ich gern.«

»Nichts is besser als 'ne gute Ehe, um auf dem Teppich zu bleiben.«

Alex nickte ihnen kurz angebunden zu und packte Daisy am Arm, um sie fortzuziehen. Daisy drehte sich noch mal um und rief den beiden zu: »Ich wünsche Ihnen noch mal zweiunddreißig Jahre!«

»Wir Ihnen auch, Schätzchen!«

Sie ließ sich von Alex fortziehen, da sie wußte, daß kein Protestieren genutzt hätte. Das Thema Liebe machte ihn derart kopfscheu, daß sie den absurden Wunsch verspürte, ihn zu trösten. Als sie die Holztreppe zur Promenade erreichten, gab sie ihrem Impuls nach.

»Alex, es ist schon okay. Ich verlieb mich schon nicht in dich.«

Noch während sie die Worte sprach, spürte sie ein eigenartiges kleines Herzflattern. Das machte ihr angst, denn sie wußte, daß es eine Katastrophe wäre, sich in ihn zu verlieben. Sie waren einfach zu verschieden. Er war hart, streng und zynisch und sie das glatte Gegenteil.

Warum, so fragte sie sich, rührte er dann etwas so Tiefes, so Elementares in ihr an? Und warum schien sie ihn so gut zu verstehen, wo er ihr doch nichts über sich erzählte, weder über seine Kindheit noch über sein Leben außerhalb des Zirkus? Dennoch wußte sie, auf eine Weise, die sie sich nicht ganz zu erklären vermochte, daß er ihr geholfen hatte, sich selbst völlig neu zu erschaffen. Dank ihm empfand sie jetzt ein nie gekanntes Gefühl von Freiheit. Zum ersten Mal in ihrem Leben mochte sie sich wirklich.

Er ging die Treppe hinauf. »Du bist hoffnungslos romantisch, Daisy. Es ist nicht so, daß ich mich für so unwiderstehlich halte – das tu ich weiß Gott nicht –, aber ich hab über die Jahre gelernt, daß, sobald ein Mann eine rote Fahne vor einer Frau hochhält, sie diese in ihrer Vorstellung in eine grüne verwandelt.«

»Puuh.«

Sie waren oben angekommen. Er lehnte sich ans Geländer und sah ihr in die Augen. »Ich hab's schon zu viele Male mitangesehen. Frauen wollen immer das, was sie nicht haben können, selbst wenn's nicht gut für sie ist.«

»So denkst du also über dich? Du glaubst, daß du nicht gut für die Leute bist.«

»Ich will dir einfach nicht weh tun. Deshalb hab ich mich so aufgeregt, als ich sah, was du mit dem Wohnwagen gemacht hast. Es sieht toll aus und ist jetzt ganz sicher gemütlicher, aber ich will nicht, daß wir Mann und Frau spielen. Egal, wie die Rechtslage auch sein mag, wir haben bloß ein Verhältnis, nicht mehr.«

»Ein *Verhältnis?*«

»Eine Affäre. Was auch immer. Okay – einen *Umstand.*«

»Du Mistkerl!«

»Du bestätigst nur, was ich sagen will.«

Sie kämpfte den aufsteigenden Zorn nieder. »Warum hast du mich dann geheiratet? Zuerst dachte ich, weil Vater dich dafür bezahlt hat, aber jetzt nicht mehr.«

»Was hat deine Meinung geändert?«

»Ich hab dich besser kennengelernt.«

»Und jetzt glaubst du nicht mehr, daß ich mich kaufen lasse?«

»Ich weiß es.«

»Jeder hat seinen Preis.«

»Was ist dann der deine?«

»Ich hab deinem Vater einen Gefallen geschuldet. Mehr ist es nicht.«

»Das muß aber ein ziemlich großer Gefallen gewesen sein.«

Seine Miene versteinerte sich, und sie war überrascht, als er nach einer langen Stille fortfuhr. »Meine Eltern sind in Österreich bei einem Zugunglück umgekommen, als ich zwei war, und ich kam zu meinem engsten Verwandten, dem Bruder meiner Mutter, Sergei. Er war ein sadistisches Schwein und hat sich aufgegeilt, indem er mir die Seele aus dem Leib prügelte.«

»O Alex ...«

»Ich erzähl dir das nicht, damit ich dir leid tue. Ich will bloß, daß du verstehst, worauf du dich eingelassen hast.«

Er setzte sich auf die Bank und schien sich wieder ein wenig zu beruhigen. Er beugte sich vor und rieb seinen Nasenrücken zwischen Daumen und Zeigefinger. »Setz dich, Daisy.«

Jetzt, wo es zu spät war, fragte sie sich, ob es klug gewesen war, damit anzufangen, doch sie hatte sich schon zu weit vorgewagt, um jetzt noch einen Rückzieher machen zu können, also setzte sie sich neben ihn. Er starrte müde und ausgelaugt vor sich hin.

»Du hast sicher von mißhandelten Kindern gelesen, die man jahrelang irgendwo eingesperrt hat.« Sie nickte. »Die Psychologen sagen, wenn diese Kinder gerettet werden, entwickeln sie sich nicht wie andere Kinder. Sie haben nicht dieselben sozialen Fähigkeiten. Wenn sie nicht bis zu einem bestimmten Alter mit Sprache in Kontakt gebracht wurden, lernen sie nie mehr zu sprechen. Ich glaube, mit der Liebe ist es genauso. Ich hab keine erfahren, als ich ein Kind war, und jetzt kann ich auch keine geben.«

»Wie meinst du das?«

»Ich bin nicht einer von diesen Zynikern, die behaupten, es gäbe keine Liebe, denn ich hab sie in den Beziehungen anderer Leute erlebt. Aber ich selbst kann keine Liebe empfinden. Nicht für eine Frau. Für niemanden. Das konnte ich nie.«

»O Alex ...«

»Es ist nicht so, als ob ich's nicht versucht hätte. Mir sind in meinem Leben ein paar ganz wundervolle Frauen begegnet, aber am Ende hab ich ihnen bloß immer weh getan. Deshalb mache ich mir solche Gedanken um deine Anti-Baby-Pillen. Weil ich nie ein Kind haben darf.«

»Du glaubst nicht, daß eine Beziehung zu einer Frau von Dauer sein kann? Für dich, meine ich? Ist es das?«

»Ich weiß es. Aber es geht noch tiefer.«

»Das verstehe ich nicht. Stimmt was nicht mit dir?«

»Hast du mir denn nicht zugehört?«

»Ja, aber ...«

»Ich kann die Gefühle, die andere Menschen haben, nicht fühlen. Für niemanden. Nicht mal für ein Kind. Jedes Kind verdient es, von seinem Vater geliebt zu werden, aber ich kann das nicht.«

»Das glaub ich dir nicht.«

»Glaub es! Ich weiß es, und das ist nicht nur so eine Laune von mir. Eine Menge Leute nehmen das Kinderkriegen viel zu leicht, aber ich nicht. Kinder brauchen Liebe, und wenn sie keine kriegen, geht was in ihnen kaputt. Ich könnte nicht mehr mit mir leben, wenn ich einem Kind so was antäte.«

»Jeder ist fähig, zu lieben, und ganz besonders das eigene Kind. Du klingst, als würdest du dich für ein ... ein Monster oder so was halten.«

»Für verkrüppelt, das ist, glaub ich, der bessere Ausdruck. Meine Kindheit hat mich für immer von der Norm getrennt. Ich kann den Gedanken nicht ertragen, ein Kind zu haben, das in der Gewißheit aufwächst, daß sein eigener Vater es nicht liebt. Der Mißbrauch hat mit mir angefangen, und mit mir endet er auch.«

Die Nacht war lau, aber sie erschauerte, als sie erkannte, daß Alex das häßliche Erbe seiner brutalen Kindheit nie losgeworden war. Und nun war auch sie in seinen kalten Schatten geraten, und sie schlang die Arme um ihren Oberkörper. Sie hatte sich nie bewußt vorgestellt, ein Kind mit ihm zu haben, doch irgendwie mußte sich der Gedanke in ihr Unterbewußtsein gestohlen haben, denn nun empfand sie eine schmerzliche Leere.

Sie blickte ihn an und sah sein Profil vor dem sich drehenden Karussell in der Ferne. Dieser Gegensatz erfüllte sie mit tiefem Mitgefühl. Die fröhlich bunten Pferdchen mit ihren hölzernen Mähnen schienen alles Unschuldige, Sorglose und Kindliche zu repräsentieren, während Alex mit seinem brütenden Blick und dem leeren Herzen zu den Verdammten gehörte. Die ganze Zeit hatte sie gedacht, sie wäre diejenige, der etwas fehlte, doch er war noch weit schlimmer verwundet worden als sie.

Auf dem Rückweg zum Wohnwagen sprachen sie nicht miteinander, da es nichts gab, das sie hätte sagen können. Tater hatte sich einmal mehr losgerissen und erwartete sie vor dem Trailer. Er trottete heran und trötete leise zur Begrüßung.

»Ich bring ihn zurück«, sagte Alex.

»Ist schon okay, ich mach's. Ich muß sowieso eine Weile allein sein.«

Er nickte und rieb sich mit dem Daumen über die Wange, den Blick so hoffnungslos, daß sie es kaum ertragen konnte. Sie wandte sich ab und streichelte Taters Rüssel. »Komm, mein Schatz.«

Sie führte ihn zu den anderen Elefantenbabies und band ihn an, dann nahm sie sich eine alte Wolldecke und breitete sie am Boden neben ihm aus. Als sie sich darauf setzte und die Arme um die Knie schlang, kam Tater zu ihr. Einen Moment lang fürchtete sie schon, er würde auf sie drauftreten, und sie zuckte zusammen, aber statt dessen stellte er seine Vorderbeine rechts und links von ihr auf und ließ seinen Rüssel herunterhängen.

Sie saß in einer warmen Elefantenhöhle. Sie preßte die Wange an die rauhe, faltige Haut zwischen seinen Beinen und hörte das kräftige Klopfen seines süßen, verspielten Elefantenherzens. Sie wußte, daß sie eigentlich von dort hätte weggehen sollen, doch obwohl sie unter einer Tonne Elefant begraben saß, fühlte sie sich so geborgen wie noch nie zuvor in ihrem Leben. Während sie so dort hockte, mußte sie an Alex denken und wünschte, er wäre klein genug, um auch hier drunter zu passen, wo sie saß, direkt unter Taters Herz.

15

Alex schlief schon, als Daisy zum Wohnwagen zurückkehrte. Sie zog sich so leise wie möglich aus und schlüpfte dann in eins von seinen T-Shirts. Als sie zur Couch gehen wollte, hörte sie ein heiseres Flüstern.

»Heute nicht, Daisy. Ich brauch dich.«

Sie drehte sich um und blickte in halbgeschlossene Augen, dunkel vor Erregung. Seine Haare waren zerzaust, und sein Goldanhänger funkelte im Mondlicht, das in einem Strahl durchs Rückfenster hereindrang. Sie hörte noch Taters ruhigen Herzschlag, mit dem er ihr seine bedingungslose Liebe geschenkt hatte, und nichts auf der Welt hätte sie dazu bringen können, sich von ihrem Mann abzuwenden.

Diesmal gab es kein Lachen, keine Neckereien. Er nahm sie wild, ja beinahe verzweifelt, und als es vorbei war, zog er sie an sich und ließ sie nicht mehr los. Seine Hand umfing ihre Brust, als sie einschliefen.

Sie kehrte nicht mehr zu ihrem Sofa zurück, weder in der nächsten Nacht noch in der danach. Sie blieb im Bett ihres Mannes und stellte fest, wie sich ihr Herz allmählich mit einem Gefühl anfüllte, das sie sich fürchtete, näher zu betrachten.

Eine Woche später erreichten sie Zentral-New-Jersey, wo sie die Zelte wieder einmal auf einem Schulhof aufschlugen, der diesmal in einem Vorort lag, wo es überall zweistöckige Familienhäuschen mit Garten und Schaukel gab und dem obligatorischen Mini-Van vor der Garage. Auf dem Weg zur Menagerie, wo sie Tater festgemacht hatte, schaute sie noch rasch im roten Waggon vorbei, um noch einige Änderungen in den Futterbestellungen vorzunehmen. Als sie eintrat, saß Jack gerade über ein paar Akten.

Er nickte ihr kurz zu. Sie erwiderte sein Nicken und ging zum Schreibtisch, um sich die benötigten Formulare herauszusuchen. Das Zelltelefon klingelte, und sie ging ran.

»Zirkus Quest.«

»Ich würde gerne Dr. Markov sprechen«, sagte ein Mann mit einem leichten britischen Akzent. »Ist er zufällig da?«

Sie sank in den Schreibtischsessel. »Wen?«

»Dr. Alex Markov.«

Ihr Kopf schwirrte. »Er ist – äh – im Moment grade nicht da. Kann ich was ausrichten?«

Ihre Hand zitterte, als sie den Namen des Mannes und seine Nummer notierte. Als sie schließlich auflegte, war ihr ganz schwindlig. Alex war ein Doktor! Sie wußte, daß er eine gute Schulbildung genossen hatte und noch ein Leben außerhalb des Zirkus führte, aber so etwas hätte sie sich in ihren kühnsten Träumen nicht vorgestellt.

Die Geheimnisse um ihren Mann vertieften sich, aber sie hatte keine Ahnung, wie sie die Wahrheit herausfinden sollte. Bis jetzt hatte er sich nämlich geweigert, auch nur eine ihrer Fragen zu beantworten, und benahm sich weiter so, als gäbe es jenseits des Zirkus nichts in seinem Leben.

Sie fuhr sich mit der Zunge hinter die trockenen Lippen und blickte zu Jack hinüber. »Das war ein Mann, der mit Alex sprechen wollte. Er nannte ihn *Doktor* Markov.«

Jack steckte, ohne aufzublicken, ein paar Akten in die offene Aktenschublade zurück. »Leg die Nachricht einfach auf dem Schreibtisch. Er sieht sie dann schon, wenn er reinkommt.«

Er zeigte keinerlei Reaktion, also wußte er offenbar mehr über das Leben ihres Mannes als sie. Das tat weh. »Ich weiß, er hat's bloß vergessen, aber Alex hat mir nie gesagt, für welchen Bereich der Medizin er seinen Doktortitel hat.«

Jack nahm eine andere Akte zur Hand. »Dann will er's wohl so haben.«

Die Frustration nagte an ihr. »Erzähl mir, was du über ihn weißt, Jack.«

»Wir Zirkusleute haben gelernt, anderen nicht allzu viele Fragen über ihr Privatleben zu stellen. Wenn jemand über seine Vergangenheit reden will, dann tut er's auch. Ansonsten geht's niemand etwas an.«

Sie merkte, daß sie nicht mehr erreicht hatte, als sich zu blamieren. Sie tat, als würde sie ihre Papiere durchsehen, und floh dann, so rasch sie konnte.

Sie fand Alex bei Mischa. Er war in die Hocke gegangen und untersuchte soeben die Fußfessel des Tiers. Sie starrte ihn eine Weile an. »Du bist Tierarzt.«

»Wovon redest du?«

»Du bist ein Veterinär.«

»Seit wann?«

»Etwa nicht?«

»Ich weiß nicht, woher du immer deine Ideen nimmst.«

»Da war gerade ein Anruf für dich. Jemand wollte mit Doktor Markov sprechen.«

»Na und?«

»Wenn du kein Tierarzt bist, was für eine Art Doktor bist du dann?«

Er richtete sich auf und klopfte Mischa auf den Hals. »Ist dir je der Gedanke gekommen, daß es ein Spitzname sein könnte?«

»Ein Spitzname?«

»Aus meinen Knasttagen. Du weist doch, wie sich Knackis immer gegenseitig Spitznamen geben.«

»Du warst nie im Gefängnis!«

»Das hast du doch behauptet. Für den Mord an dieser Kellnerin.«

Sie stampfte wütend mit dem Fuß auf. »Alex Markov, du sagst mir jetzt sofort, was du tust, wenn du nicht beim Zirkus bist!«

»Warum willst du das wissen?«

»Ich bin deine Frau! Ich habe ein Recht auf die Wahrheit.«

»Alles, was du wissen mußt, ist, was du vor dir hast – ein mies gelaunter Zirkusmanager mit einem lausigen Sinn für Humor. Alles andere würde dich bloß verwirren.«

»Also das ist das Herablassendste, Arroganteste –«

»Ich wollte wirklich nicht arrogant sein, Schätzchen. Ich will bloß nicht, daß du dein hübsches Köpfchen mit falschen Vorstellungen vollstopfst. Das hier ist alles, was es für uns gibt. Quest Brothers. Eine Saison. Der Trailer und jede Menge harter Arbeit.« Sein Gesichtsausdruck wurde sanfter. »Ich tu verdammt alles, um dir nicht weh zu tun. Hilf mir ein bißchen, okay? Stell nicht so viele Fragen.«

Wenn er feindselig reagiert hätte, hätte sie sich nicht abwimmeln lassen, doch gegen den verletzlichen Unterton in seiner Stimme war sie machtlos. Sie blickte ihm tief in die Augen. Sie waren so golden wie Sinjuns Augen und ebenso rätselhaft.

»Das gefällt mir nicht, Alex«, sagte sie ruhig. »Das gefällt mir ganz und gar nicht.« Sie drehte sich um und ging zurück zur Menagerie.

Etwas später kam Heather ins Zelt, gerade als Daisy mit dem Abspritzen von Glennas Käfig fertig war. »Kann ich kurz mit dir reden?«

»Okay.« Sie drehte den Schlauch ab und sah die blaßlila Ringe unter Heathers Augen. Sie konnte ihre Anspannung förmlich fühlen.

»Warum hast du nicht mit Sheba geredet, wegen dem Geld?«

Sie rollte den Schlauch auf und legte ihn beiseite. »Ich hab beschlossen, es nicht zu tun.«

»Du sagst ihr nichts?«

Daisy schüttelte den Kopf.

Heathers Augen füllten sich mit Tränen. »Ich kann nicht fassen, daß du ihr nichts gesagt hast, nach allem, was ich getan hab.«

»Du kannst es wiedergutmachen, indem du mir versprichst, ab sofort mit dem Rauchen aufzuhören.«

»Alles, was du willst! Ich tu alles. Das werd ich dir nie vergessen, Daisy. Nie.« Heather schnappte sich den Schlauch, den Daisy soeben aufgerollt hatte. »Warte, ich helf dir. Egal was, ich tu's. Ich tu alles.«

»Danke für dein Angebot, aber ich bin schon fertig.« Sie rollte den Schlauch noch mal auf, doch diesmal nahm sie ihn mit hinaus und lehnte ihn gegen das Zelt.

Heather kam ihr nach. »Würdest du – ich weiß, ich bin nur ein Kind und so, aber da du wegen mir keine Freunde hast, könnten wir ja vielleicht mal was zusammen machen.« Es war offensichtlich, daß sie sich das Hirn zermarterte nach einem gemeinsamen Interesse, mit dem sie sowohl ihre belastete Vorgeschichte als auch ihren Altersunterschied überbrücken konnten. »Vielleicht könnten wir ja mal auf 'ne Pizza gehen. Oder uns gegenseitig frisieren.«

Daisy konnte nicht anders, sie mußte lachen, als sie den vorsichtig-hoffnungsvollen Ton in ihrer Stimme hörte. »Das wär' nett.«

»Ich mach's wieder gut, ich versprech's.«

Es gab Dinge, die sich nicht wiedergutmachen ließen, aber das sagte sie Heather nicht. Ihre Entscheidung war gefallen, und sie würde jetzt nicht das Schuldbeil über Heathers Kopf halten.

Sie wurden von Brady Pepper unterbrochen, der wie ein Gewitter in ihre Mitte stob. »Was hast du hier zu suchen,

Heather? Ich hab dir doch gesagt, du sollst dich von hier fernhalten.«

Heather wurde knallrot. »Daisy war echt nett zu mir, und ich wollte ihr bloß ein bißchen helfen.«

»Geh und such Sheba. Sie will dir mit dem Kopfstand helfen.«

Heather wurde immer niedergeschlagener. »Daisy ist echt supernett, Dad. Sie ist nich so, wie du denkst. Sie kann gut mit Tieren umgehen, und sie behandelt mich –«

»Auf der Stelle, junge Dame.«

»Geh ruhig, Heather.« Daisy nickte ihr tröstend zu. »Danke, daß du mir helfen wolltest.«

Heather verschwand zögernd.

Brady vibrierte förmlich vor Feindseligkeit – Sylvester Stallone auf einer Doppeldosis Testosterone. »Halt dich ja von ihr fern, hörst du? Alex mag ja vielleicht zeitweise blind geworden sein, was dich betrifft, aber wir andern vergessen nicht so leicht.«

»Ich muß mich für nichts schämen, das ich getan hab, Brady.«

»War das Verbrechen etwa nicht schwer genug? Wenn's zweitausend statt zweihundert Dollar gewesen wären, würdest du dich dann schämen? Sorry, Babe, aber in meinen Augen bleibt ein Dieb ein Dieb.«

»Hast du in deinem Leben nie was getan, das dir hinterher leid tat?«

»Ich hab nie gestohlen, soviel ist mal klar.«

»Du stiehlst deiner Tochter das Gefühl von Sicherheit. Zählt das nicht?«

Er preßte die Lippen aufeinander »Wage es ja nicht, mir gute Ratschläge zu geben, wie ich meine Tochter zu erziehen hab. Du und Sheba. Keine von euch hat ein Kind, also haltet gefälligst eure vorlauten Mäuler.«

Er stampfte davon, die Muskeln schweißglänzend, die Schwanzfedern aufgeplustert.

Daisy seufzte. Es war noch nicht mal eins. Sie hatte sich mit Alex gestritten und sowohl Jack als auch Brady aufgebracht. Was konnte an diesem Tag noch schieflaufen?

Ein helles Stimmengewirr zog ihre Aufmerksamkeit auf sich, und sie sah eine Gruppe von Kindern, die von der gegenüberliegenden Grundschule herübergekommen waren. Den ganzen Vormittag schon besuchte eine Klasse nach der anderen das Zirkusgelände, und wo so viele Kinder herumliefen, hatte sie Tater extra fest angebunden, was ihm natürlich überhaupt nicht gefiel. Diese Kinder waren bis jetzt die kleinsten. Sie mußten aus dem angegliederten Kindergarten stammen.

Sie betrachtete sehnsüchtig die Frau mittleren Alters, die die Kinder herumführte. Erzieherin zu werden war sicher nicht jedermanns Wunschtraum, doch es war der ihre.

Sie sah, wie geschickt die Erzieherin die Kinder davon abhielt, wild herumzulaufen, und einen Moment lang stellte sie sich vor, sie wäre an ihrer Stelle. Sie hielt sich jedoch nicht lange mit ihrer Wunschvorstellung auf. Um Erzieherin werden zu können, brauchte man einen Collegeabschluß, und dafür war sie schon viel zu alt.

Sie konnte der Versuchung nicht widerstehen, sich ihnen anzuschließen, als sie sich vor Sinjuns Käfig versammelten, der mit einem Seil abgesperrt worden war, damit keiner der kleinen Besucher dem Raubtier zu nahe kam. Nachdem sie der Erzieherin zugelächelt hatte, wandte sie sich an ein süßes, pummeliges kleines Engelchen in einem grellrosa Overall, das den Tiger mit offenem Mündchen anstarrte.

»Er heißt Sinjun und ist ein sibirischer Tiger. Sibirische Tiger sind die größten Tiger, die es gibt.«

»Ißt er Menschen?« fragte das Engelchen.

»Menschen nicht, aber er frißt Fleisch. Man nennt das Fleischfresser.«

Der kleine Junge neben ihr meldete sich zu Wort. »Mein Hamster frißt Hamsterfutter.«

Daisy lachte.

Die Erzieherin lächelte. »Ich wette, Sie wissen eine Menge über Tiger. Würde es Ihnen etwas ausmachen, den Kindern ein wenig über Sinjun zu erzählen?«

Ein aufgeregtes Kribbeln durchlief sie. »Aber gerne!« Rasch überflog sie im Geiste alles, was sie während ihrer letzten Ausflüge in die Büchereien über diese Tiere gelernt hatte, und wählte die Dinge aus, die die Kinder wohl am leichtesten verstehen würden. »Vor hundert Jahren gab es noch überall auf der Welt Tiger, die in freier Wildbahn lebten, aber jetzt nicht mehr. Die Menschen haben sich auf dem Land der Tiger angesiedelt ...« Sie versuchte, ihre Erklärungen über die allmähliche Ausrottung der Tiger so einfach wie möglich zu halten, und wurde belohnt, indem die Kinder an ihren Lippen hingen.

»Darf man ihn streicheln?« fragte eins.

»Nein. Er ist alt und nicht sehr freundlich und würde nicht verstehen, daß du ihm nicht weh tun willst. Er ist nicht wie ein Hund oder eine Katze.«

Sie beantwortete noch eine Reihe anderer Fragen, darunter eine danach, wann und wie Sinjun Gassi ging, was allgemeines Kichern hervorrief. Ein Kind erzählte ihr, wie sein Hund gestorben war, und ein anderes verkündete, daß es gerade die Windpocken überstanden hätte. Sie waren so süß, daß sie am liebsten den ganzen Tag mit ihnen verbracht hätte.

Als sich die Gruppe zum Weitergehen bereit machte, bedankte sich die Erzieherin überschwenglich bei ihr, und das dicke Engelchen im rosa Overall umarmte sie stürmisch. Daisy schwebte auf Wolken.

Sie blickte ihnen noch nach, während sie zum Wohnwagen zurückging, um sich rasch etwas zum Mittagessen zu machen. Da sah sie eine ihr vertraute Gestalt in dunkelbrauner Hose und blaßgelbem Polohemd aus dem roten Waggon auftauchen. Wie vom Donner gerührt, blieb sie stehen. Gleichzeitig wurde sie sich ihrer schmutzigen Arbeitskleidung und ihres zerzausten Haars bewußt, das unter Glennas letzter Entlausungsaktion gelitten hatte.

»Hallo, Theodosia.«

»Dad? Was tust du denn hier?« Ihr Vater war in ihrer Vorstellung eine derart machtvolle Figur, daß ihr nur selten auffiel, daß er von eher zierlichem Wuchs war, kaum größer als sie. Er trug die Insignien des Wohlstands mit Leichtigkeit: silbergraues Haar, exzellent getrimmt von einem Friseur, der einmal die Woche in seinem Büro vorbeikam, sündteure, aber dezente Armbanduhr, konservative italienische Lederschuhe mit einer diskreten Goldschnalle. Es fiel ihr schwer, sich vorzustellen, daß er je lange genug seine Würde außer acht gelassen hatte, um sich in ein Fotomodell zu verlieben und ein illegitimes Kind zu zeugen, aber sie war der lebende Beweis dafür, daß ihr Vater wenigstens einmal in seinem Leben menschlich gewesen war.

»Ich kam her, um Alex einen Besuch abzustatten.«

»Ach.« Sie versuchte, so gut sie konnte, zu verbergen, wie weh es ihr tat, daß er nicht wegen ihr gekommen war.

»Außerdem wollte ich nach dir sehen.«

»Wirklich?«

»Ich wollte sehen, ob du immer noch bei ihm bist. Daß du nicht irgendwelche Dummheiten angestellt hast.«

Einen Moment lang überlegte sie, ob Alex ihm wohl von dem gestohlenen Geld erzählt hatte, aber dann wußte sie, daß er das nicht tun würde. Dabei wurde ihr warm ums Herz.

»Wie du sehen kannst, bin ich immer noch hier. Wenn du mich zum Wohnwagen begleitest, kann ich dir was zu trinken anbieten. Oder ich mach dir ein Sandwich, falls du hungrig bist.«

»Eine Tasse Tee wäre nett.«

Sie führte ihn zum Wohnwagen. Er blieb stehen, als er sah, wie heruntergekommen er aussah. »Ach du meine Güte. Sag bloß nicht, daß du da drin lebst.«

Sie empfand das seltsame Bedürfnis, ihr Heim vor ihm zu

verteidigen. »Drinnen sieht's nicht so schlimm aus. Ich hab die Einrichtung ein wenig verbessert.«

Sie machte die Tür auf und ließ ihn herein, doch trotz der Veränderungen, die sie vorgenommen hatte, war er vom Innern ebensowenig beeindruckt wie vom Äußeren. »Alex könnte sich wahrhaftig etwas Besseres als dies hier leisten.«

Eigenartigerweise trieb sie seine Kritik in die Defensive. »Für uns reicht's.«

Sein Blick verharrte einen Moment lang auf dem einzigen Bett. Sie hoffte, daß ihn der Anblick unbehaglich machte, konnte jedoch nicht sagen, was in ihm vorging.

Als sie zum Herd ging, um Wasser für den Tee aufzusetzen, sah sie die Art, wie er Platz nahm, als ob er fürchtete, sich was Ansteckendes zu holen. Sie setzte sich auf den Stuhl neben ihm und wartete darauf, daß das Wasser zu kochen anfing.

Eine verlegene Stille trat ein, die schließlich von ihrem Vater gebrochen wurde. »Wie kommt ihr beide miteinander zurecht?«

»Wir kommen ganz gut klar.«

»Er ist schon ein erstaunlicher Mann. Nicht jeder könnte eine so harte Kindheit überstehen. Hat er dir je erzählt, wie wir einander begegnet sind?«

»Er sagte, du hast ihm das Leben gerettet.«

»Davon weiß ich nichts, aber als ich ihn fand, hatte ihn sein Onkel auf dem Boden, hinter einem Lastwagen. Er hielt ihn mit dem Fuß am Boden fest und prügelte ihn mit einer dicken Rute.«

Sie zuckte zusammen. Alex hatte ihr erzählt, daß er mißhandelt worden war, aber dasselbe von ihrem Vater zu hören, machte es irgendwie noch viel entsetzlicher.

»Sein Hemd war zerrissen. Er hatte rote Striemen auf dem Rücken; einige davon bluteten. Sein Onkel schimpfte ihn wegen irgendeines unwichtigen Vergehens, während er mit aller Kraft auf ihn einschlug.« Sie machte die Augen zu und hoffte inständig, daß ihr Vater aufhören wurde, doch er fuhr fort.

»Woran ich mich noch am besten erinnere, ist, daß Alex vollkommen stillhielt. Er weinte nicht. Er rief nicht um Hilfe. Er ertrug es einfach. Das war das Tragischste, was ich je gesehen habe.«

Daisy war ganz übel. Kein Wunder, daß Alex nicht an Liebe glauben konnte.

Ihr Vater lehnte sich auf dem Sofa zurück. »Ironischerweise hatte ich anfangs überhaupt keine Ahnung, wer das Kind war. Sergei Markov reiste zu der Zeit mit dem alten Zirkus Curzon herum, und aus einer Laune heraus beschloß ich, ihn aufzusuchen, als der Zirkus in der Nähe von Fort Lee haltmachte. Ich hatte Gerüchte über den Stammbaum der Familie gehört. Man sagte mir, sie wären authentisch, aber ich war schon immer skeptisch, wenn es um Geschichten wie diese ging, und hab's nicht geglaubt.«

Obwohl sie um die Leidenschaft ihres Vaters für russische Geschichte wußte, hätte sie nicht vermutet, daß sie sich bis in den Zirkus erstreckte. Als der Kessel pfiff, ging sie zum Herd. »Die Verbindungen sind wirklich authentisch. Die Markovs sind eine der berühmtesten Zirkusfamilien in der Geschichte.«

Er warf ihr einen eigenartigen Blick zu, während sie den Tee zubereitete. »Die Markovs?«

»Sie scheinen den größten Teil ihrer Familientradition auf ihre Frauen zurückzuführen. Findest du das nicht auch ungewöhnlich?«

»Als ob das eine Rolle spielt. Die Markovs waren Bauern, Theodosia. Zirkusleute.« Er preßte verächtlich die Lippen zusammen. »Ich habe mich nur deshalb für Sergei Markov interessiert, weil es Gerüchte über die Heirat seiner Schwester Katja gab – Alex' Mutter.«

»Wovon redest du?«

»Die Familie von Alex *Vater* war es, die mich interessierte. Die Familie, in die Katja Markov eingeheiratet hat. Um Himmels willen, Theodosia, die Markovs sind vollkommen bedeutungslos. Weißt du denn gar nichts über deinen Ehemann?«

»Nicht viel«, gestand sie, während sie zwei große Tassen Tee zum Sofa brachte und ihm eine davon reichte. Sie umklammerte ihre Tasse mit aller Kraft, als sie am anderen Ende der Couch Platz nahm.

»Ich hätte gedacht, er würde dir davon erzählen, aber er ist derart verschwiegen, ich hätte wissen sollen, daß er dir nichts davon sagen würde.«

»Was sagen?« Sie hatte lange darauf gewartet, doch nun, da die Zeit gekommen war, war sie nicht mehr so sicher, ob sie es wissen wollte.

Seine Stimme zitterte merklich vor Erregung. »Alex ist ein Romanov, Theodosia.«

»Ein Romanov?«

»Von seiner Vaterseite her.«

Ihre erste Reaktion war Belustigung, doch die verschwand rasch, als ihr klar wurde, daß ihr Vater so besessen von russischer Geschichte war, daß er auf eine wilde Zirkusgeschichte hereingefallen war. »Dad, das stimmt nicht. Alex ist kein Romanov. Er ist ein Markov, durch und durch. Diese Romanov-Geschichte gehört bloß zu seiner Nummer, er hat das erfunden, um seinen Auftritt noch dramatischer zu machen.«

»Du solltest mir doch ein Mindestmaß an Intelligenz zugestehen, Theodosia. Ich würde wohl kaum auf irgendeine Zirkusgeschichte hereinfallen.« Er schlug ein Bein über das andere. »Du hast ja keine Ahnung, was ich alles unternommen habe, um Alex' Herkunft zu verifizieren. Sobald das einmal geschehen war, mußte ich ihn natürlich für immer von Sergei Markov losbekommen – der Bastard ist erst vor zehn Jahren gestorben. Dann mußte ich mich auch um Alex' Schulbildung kümmern, die bis zu jenem Zeitpunkt geradezu unglaublich vernachlässigt worden war. Ich kümmerte mich um eine gute Internatsschule, doch er bestand darauf, den Collegebesuch selbst zu finanzieren, was es mir unmöglich machte, ihn vom Zirkus fernzuhalten. Glaubst du wirklich, ich hätte mir das alles angetan, wenn ich nicht absolut sicher wäre, was seine Herkunft betrifft?«

Ein kalter Schauder überlief sie. »Wer ist er denn nun?«

Ihr Vater lehnte sich bedeutungsvoll zurück. »Alex ist der Urenkel von Zar Nikolaus II.«

16

Daisy starrte ihren Vater an. »Das ist unmöglich. Das glaub ich nicht.«

»Es ist wahr, Daisy. Alex' Großvater war der einzige Sohn des Zaren, Alexei Romanov.«

Daisy wußte alles über Alexei Romanov, den jungen Sohn von Nikolas II. 1918 wurde er, im Alter von vierzehn, zusammen mit seinen Eltern und seinen vier Schwestern von den Bolschewiken in den Keller eines Hauses in Jekaterinburg getrieben und exekutiert. Das sagte sie ihrem Vater auch.

»Die ganze Familie wurde ermordet. Zar Nikolaus, seine Frau Alexandra, die Kinder. Man hat die Überreste der Familie 1993 in einem Wald im Ural gefunden. Es wurden DNA-Tests durchgeführt.«

Er nahm sich seine Tasse. »Bei den DNA-Tests wurden der Zar, Alexandra und drei der vier Töchter identifiziert. Eine Tochter fehlte – manche Leute glauben, es handle sich um Anastasia. Und die Überreste des Kronprinzen Alexei wurden ebenfalls nicht gefunden.«

Daisy versuchte, das alles zu verdauen. Seit der Ermordung hatte es immer wieder Leute gegeben, die behaupteten, Kinder des ermordeten Zaren zu sein, die meisten davon Frauen, die sich als Prinzessin Anastasia ausgaben. Ihr Vater hatte sie alle verächtlich als Betrüger abgetan. Er war ein vorsichtiger Mann, und sie konnte sich nicht vorstellen, daß er auf einen

Schwindel hereinfiel. Warum glaubte er also, daß der russische Kronprinz entkommen sein könnte? War er derart besessen, daß ihm sein klares Urteilsvermögen abhanden gekommen war?

Sie formulierte ihre nächsten Worte sorgfältig. »Ich kann mir nicht vorstellen, wie der Kronprinz ein so schreckliches Massaker hätte überleben können.«

»Er wurde von Mönchen gerettet, die ihn mehrere Jahre lang bei einer Familie in Südrußland versteckt haben, bis ihn eine zaristische Gruppe aus dem Land schmuggeln konnte. Das war 1920. Er hatte am eigenen Leib erlebt, wie brutal die Bolschewiken sein konnten, also war es nur verständlich, daß er danach ein sehr ruhiges Leben führte. Er heiratete schließlich und hatte ein Kind, Alex' Vater Vasily. Vasily begegnete Katja Markov, als diese mit dem Zirkus in München gastierte, und ist wie ein Dummkopf mit ihr durchgebrannt. Er war nicht mehr als ein Teenager, sein Vater war gerade gestorben; er war rebellisch und undiszipliniert. Sonst hätte er nie so weit unter seinem Stand geheiratet. Er war erst zwanzig, als Alex geboren wurde. Etwas über zwei Jahre später kamen er und Katja dann in einem Zirkuszugunglück ums Leben.«

»Es tut mir leid, Dad. Ich will wirklich nicht an deinem Wort zweifeln, aber ich kann das alles einfach nicht glauben.«

»Glaube es, Theodosia. Alex ist ein Romanov. Und nicht bloß ein Romanov. Der Mann, der sich Alex Markov nennt, ist der direkte Erbe der russischen Krone.«

Sie starrte ihren Vater voller Verzweiflung an. »Alex ist ein Zirkusartist, das ist alles.«

»Amelia hat mich davor gewarnt, daß du so reagieren würdest.« Mit einer für ihn uncharakteristischen Geste tätschelte er sie am Knie. »Du brauchst einfach nur ein wenig Zeit, um dich an den Gedanken zu gewöhnen, aber ich hoffe, du kennst mich gut genug, um zu wissen, daß ich nie eine solche

Behauptung aufstellen würde, wenn ich mir nicht absolut sicher wäre.«

»Aber –«

»Ich habe dir schon oft von meinem Stammbaum erzählt, aber offenbar hast du alles vergessen. Seit dem neunzehnten Jahrhundert haben Petroffs den russischen Zaren gedient; das reicht zurück bis Alexander I. Wir waren über Pflicht und Tradition mit dieser Dynastie verbunden, doch nie durch Heirat. Bis jetzt.«

Sie hörte ein Flugzeug am Himmel über sie hinwegrauschen, hörte das Röhren des Dieselgenerators. Ganz langsam ging ihr ein Licht auf.

»Du hast das alles geplant, nicht wahr? Du hast diese Ehe zwischen mir und Alex arrangiert wegen dieser verrückten Idee, die du in bezug auf seine Abstammung hast.«

»Sie ist nicht mal ansatzweise verrückt. Frag nur Alex.«

»Das werde ich.« Sie erhob sich. »Jetzt verstehe ich endlich. Du hast mich zu einem Pfand in diesem absurden dynastischen Wunschtraum von dir gemacht. Du wolltest die beiden Familien miteinander vereinen, genau wie die Väter im Mittelalter. Das ist so barbarisch, daß ich's kaum fassen kann.«

»Einen Romanov zu heiraten würde ich kaum als barbarisch bezeichnen.«

Sie preßte die Finger an ihre Schläfen. »Unsere Ehe dauert doch nur fünf Monate. Was nützt dir das? Eine Kurzzeitehe kann doch wohl kaum der Beginn einer Dynastie sein!«

Er stellte seine Tasse ab und kam langsam zu ihr. »Ihr müßt euch nicht scheiden lassen. Tatsächlich hoffe ich, daß ihr's nicht tut.«

»O Dad ...«

»Du bist eine attraktive Frau, Daisy. Vielleicht nicht so schön wie deine Mutter, aber dennoch sehr anziehend. Wenn du bloß nicht ganz so frivol wärst, könntest du Alex vielleicht sogar halten. Um eine gute Ehefrau zu sein, muß man ein paar Dinge wissen, weißt du. Die Wünsche des Mannes haben immer an erster Stelle zu stehen. Sei fügsam.« Er musterte stirnrunzelnd ihre dreckigen Jeans und ihr T- Shirt. »Und du solltest außerdem ein wenig mehr auf dein Äußeres achten. Ich hab dich noch nie so unordentlich gesehen. Weißt du, daß dir Strohhalme im Haar stecken? Vielleicht wäre Alex nicht so versessen darauf, dich wieder loszuwerden, wenn du die Art Frau wärst, auf die man sich abends beim Heimkommen freut.«

Sie betrachtete ihn abfällig. »Willst du, daß ich ihn mit den Hausschlappen in der Hand an der Wohnwagentür erwarte?«

»Das ist *genau* die Art von respektloser Bemerkung, die jemanden wie Alex verjagt. Er ist ein sehr ernsthafter Mensch. Wenn du deinen unangebrachten Humor nicht ein wenig zügelst, hast du nicht den Hauch einer Chance, ihn zu halten.«

»Wer sagt, daß ich das überhaupt will?« Doch noch während sie sprach, spürte sie, wie sich ihr Magen schmerzvoll zusammenzog.

»Ich sehe schon, du hast nicht die Absicht, es mir leichtzumachen, also werde ich jetzt gehen.« Er ging zur Tür. »Aber spiel bloß nicht die Trotzige, Theodosia, nur um mir eins auszuwischen. Vergiß nicht, du bist eine Frau, die nicht gut alleine zurechtkommt. Mal abgesehen von seiner Abstammung, ist Alex ein verläßlicher und vertrauenswürdiger Mann, und ich kann mir keinen besseren vorstellen, der sich um dich kümmert.«

»Ich brauch keinen Mann, der sich um mich kümmert!«

»Warum hast du dann überhaupt in die Heirat eingewilligt?«

Ohne auf ihre Antwort zu warten, machte er die Tür auf und trat in den Sonnenschein hinaus. Wie konnte sie ihm erklären, wie sie sich innerlich verändert hatte, seit sie hierhergekommen war? Sie wußte, daß sie nicht mehr derselbe Mensch war, der sein Haus vor über einem Monat verlassen hatte, aber das würde er ihr ohnehin nicht glauben.

Die Kindergartenkinder, mit denen sie vorhin gesprochen hatte, hatten sich um ihre Erzieherin herum versammelt und machten sich zur Rückkehr bereit. Während des vergangenen Monats hatte sie sich an die Gerüche und den Anblick des Zirkus gewöhnt, doch nun sah sie das Ganze auf einmal mit ganz neuen Augen.

Alex und Sheba standen in der Nähe des *big top* und stritten sich über irgend etwas. Die Clowns übten einen Jongliertrick, während Heather vor dem kritisch dreinblickenden Brady einen Handstand versuchte. Frankie spielte neben Jill auf dem Boden, die wiederum mit ihren kleinen Hunden arbeitete, japsenden nackten Kreaturen, bei denen Daisy regelmäßig ein Schauder über den Rücken lief. Sie roch Hamburgerfleisch, das auf einem Grill brutzelte, den die Showgirls aufgebaut hatten, hörte das allseits präsente Summen des Generators, das Flattern der Zeltleinwände im Sommerwind.

Und dann schrie ein Kind.

Der Schrei war derart schrill, daß jedermann hochschreckte. Alex' Kopf fuhr hoch. Heather kippte aus ihrem Handstand, und die Clowns ließen die Keulen fallen, mit denen sie jongliert hatten. Ihr Vater blieb abrupt stehen und blockierte ihr die Sicht. Sie hörte ihn aufkeuchen und drängte sich an ihm vorbei, um zu sehen, woher der ganze Aufruhr kam. Ihr Herz setzte einen Schlag lang aus.

Sinjun war aus seinem Käfig ausgebrochen.

Er stand auf dem schmalen Grasflecken zwischen der Menagerie und dem *big top,* und hinter ihm hing die Tür zu seinem Käfig schief an einer einzigen Angel herunter. Die weißen Flecken auf seinen Ohren waren zu sehen, und seine goldenen Augen waren auf ein kaum zehn Meter entferntes Objekt gerichtet.

Das pummelige kleine Engelchen im rosa Overall.

Das Kind hatte sich irgendwie von der Gruppe getrennt, und sein schriller Schrei war es gewesen, der Sinjuns Aufmerksamkeit erregt hatte. Das kleine Mädchen stand stocksteif da und heulte vor Angst, während ihre kleinen Ärmchen zuckten und ruderten. Ein Fleck breitete sich auf ihrem Overall aus, wo sie sich in die Hosen gemacht hatte.

Sinjun brüllte und zeigte seine messerscharfen, gebogenen Reißzähne, die dazu dienten, seine Beute festzuhalten, während er sie mit seinen riesigen Tatzen zerfetzte. Das kleine Mädchen schrie wieder, noch schriller. Sinjuns mächtige Muskeln zuckten, und Daisy wurde kreidebleich. Sie fühlte, daß er sich zum Sprung bereit machte. Dem Tiger mußte das Kind mit seinen wild fuchtelnden Armen und schrillen Schreien wie eine besonders bedrohliche Beute erscheinen.

Neeco tauchte wie aus dem Nichts auf und eilte direkt auf Sinjun zu. Daisy sah den Elektroschocker in seiner Hand und machte unwillkürlich einen Schritt nach vorn. Sie wollte ihn warnen, das lieber nicht zu tun. Sinjun war nicht an den Schocker gewöhnt. Er würde sich nicht davon einschüchtern lassen wie die Elefanten; es würde ihn nur noch zorniger machen. Aber Neeco reagierte ganz instinktiv, er behandelte den Tiger auf die einzige ihm bekannte Art, als wäre er ein ungehorsamer Elefantenbulle.

Als sich Sinjun von dem Mädchen ab- und Neeco zuwandte, kam Alex von der anderen Seite her angerannt. Er sprintete auf das Kind zu, riß es hoch und brachte es in Sicherheit.

Und dann überstürzten sich die Ereignisse. Neeco rammte dem Tiger den Schocker in die Schulter. Das wütende Tier stieß ein Gebrüll aus, daß einem das Blut in den Adern gefror, und warf seinen massigen Leib Neeco entgegen. Der Elefantendompteur wurde zu Boden geschleudert und verlor dabei den Schocker, der außer Reichweite rollte.

Daisy hatte noch nie im Leben solche Angst gehabt. Sinjun würde Neeco in Stücke reißen, und sie konnte nichts dagegen tun.

»Sinjun!« Verzweifelt rief sie seinen Namen.

Zu ihrem Erstaunen hob der Tiger seinen Kopf. Ob er sie

nun gehört hatte oder ob er einem namenlosen Instinkt folgte, sie konnte es nicht sagen. Ihre Beine waren derart schwach, daß sie sie kaum bewegen konnte, dennoch ging sie los. Sie hatte keine Ahnung, was sie tun sollte. Sie wußte nur, daß sie etwas tun mußte.

Der Tiger verharrte zusammengekauert über Neecos flach ausgestrecktem Körper. Einen Moment lang glaubte sie schon, der Dompteur wäre tot, doch dann merkte sie, daß er sich lediglich vollkommen still hielt, weil er hoffte, der Tiger würde ihn dann möglicherweise vergessen.

»Daisy, keinen Schritt weiter.« Sie hörte den ruhigen Befehlston ihres Mannes. Und dann die Stimme ihres Vaters etwas schriller.

»Was tust du da? Komm sofort her!«

Sie ignorierte beide. Der Tiger drehte sich ihr leicht zu, und sie starrten einander an. Er hatte seine scharfen, gebogenen Zähne gefletscht und die Ohren flach angelegt. Seine Augen funkelten irr. Sie fühlte sein Entsetzen.

»Sinjun«, sagte sie sanft.

Lange Sekunden tickten vorüber. Sie sah etwas Rotbraunes zwischen Sinjun und dem *big top* aufblitzen, Sheba Quests Feuermähne, wahrend sie rasch zu Alex rannte, der das schreiende kleine Mädchen soeben an seine Erzieherin übergab. Sheba reichte Alex etwas, aber Daisys Verstand war viel zu erstarrt, als daß sie hätte sagen können, was es war.

Der Tiger trat über Neecos flach ausgestreckten Körper und richtete all seine wilde Aufmerksamkeit auf sie. Jeder Muskel in seinem herrlichen Körper war angespannt und sprungbereit.

»Ich hab eine Pistole.« Alex Stimme war nicht mehr als ein Flüstern. »Beweg dich nicht.«

Er wollte Sinjun töten. Ihr Mann wollte Sinjun töten. Sie begriff, daß es logisch war – es standen überall Leute herum; der Tiger war außer sich vor Angst und ganz eindeutig eine Gefahr –, doch gleichzeitig wußte sie, daß sie es nicht zulassen konnte. Dieses herrliche Tier durfte nicht getötet werden, bloß weil er nach den Instinkten seiner Spezies handelte.

Sinjun hatte nichts Falsches getan, außer sich wie ein Tiger zu verhalten. Die Menschen waren diejenigen, die die Schuld trugen. Sie hatten ihn aus seiner natürlichen Umgebung gerissen, in einen winzigen Käfig gesperrt und ihn gezwungen, sein Leben unter den Blicken seiner Todfeinde zu fristen. Und jetzt würde er getötet werden, bloß weil sie übersehen hatte, daß sein Käfig zu den reparaturbedürftigen gehörte.

Sie bewegte sich so rasch, wie sie es wagte, und stellte sich zwischen ihren Mann und den Tiger.

»Geh aus dem Weg, Daisy.« Das ruhige Timbre seiner Stimme machte seinen Befehl nicht weniger autoritär.

»Ich laß nicht zu, daß du ihn tötest«, flüsterte sie zurück. Und dann ging sie langsam auf den Tiger zu.

Seine goldenen Augen glühten sie an. Brannten sich durch sie hindurch. Sie fühlte, wie seine Angst in jede ihrer Körperzellen sickerte und sie mit ihm eins machte. Ihre beiden Seelen verschmolzen miteinander, und sie hörte ihn in ihrem Herzen.

Ich hasse sie.

Ich weiß.

Bleib stehen.

Ich kann nicht.

Sie kam immer näher, bis sie nur noch etwa anderthalb Meter von ihm entfernt stand. »Alex wird dich töten«, wisperte sie, tief in die goldenen Augen des Raubtiers blickend.

»Daisy, bitte.« Sie hörte die Anspannung in Alex Stimme, und es tat ihr leid, daß sie ihm so viel Kummer machen mußte, aber sie konnte einfach nicht anders handeln.

Als sie sich dem Tiger noch mehr näherte, fühlte sie, daß Alex seine Position veränderte, damit er einen klaren Schuß aus einer anderen Richtung bekam. Sie wußte, daß ihr nicht mehr viel Zeit blieb.

»Ich kann nicht zulassen, daß du stirbst«, flüsterte sie.

»Komm mit mir.« Langsam streckte sie die Hand nach ihm aus.

Ein Teil von ihr erwartete, daß seine mächtigen Kiefer jeden Moment um ihren Arm zuschnappten, während ein anderer Teil von ihr – ihre Seele wahrscheinlich, denn nur die Seele konnte sich der Stimme der Logik so hartnäckig widersetzen –, der Teil von ihr also, der ihre Seele war, kümmerte sich nicht länger darum, ob sie nun einen Arm hatte oder nicht, ob sie starb oder nicht. Vorsichtig, ganz vorsichtig berührte sie ihn am Oberkopf, zwischen seinen Ohren.

Sein Fell fühlte sich gleichzeitig weich und stoppelig an. Sie ließ ihm Zeit, sich an ihre Berührung zu gewöhnen und fühlte, wie seine Körperwärme in ihre Handfläche sickerte. Die weiche Innenseite ihres Arms strich über seine Schnurrhaare, und sie fühlte seinen Atem durch den dünnen Baumwollstoff ihres T-Shirts. Er verlagerte sein Gewicht und sank langsam zu Boden, die Vordertatzen ausgestreckt.

Ruhe sickerte in ihren Körper und trat an die Stelle der Angst. Sie hatte das wundervolle Gefühl, endlich nach Hause gekommen zu sein, ein Gefühl des Friedens, wie sie es noch nie verspürt hatte. Sie wurde eins mit dem Tiger, der Tiger wurde sie, und sie wurde der Tiger. In einem Sekundenbruchteil verstand sie auf einmal alle Mysterien der Schöpfung, verstand, daß alle Lebewesen zusammengehörten, Teil des anderen waren, und alle ein Teil von Gott, verbunden durch die Liebe auf Erden, um füreinander zu sorgen. Da wußte sie auf einmal, daß Angst, Krankeit und Tod bloß eine Illusion waren. Nichts existierte wirklich, außer der Liebe.

Und in diesem Moment erkannte sie auch, daß sie Alex auf die irdische Weise liebte, in der eine Frau einen Mann lieben konnte.

Es kam ihr ganz natürlich vor, die Arme um den Hals des Tigers zu schlingen. Noch natürlicher war es, die Augen zu schließen und die Wange in sein Fell zu kuscheln. Die Zeit verrann. Sie hörte das Pochen seines Herzens und darüber ein tiefes, rollendes Schnurren.

Ich liebe dich.

Ich liebe dich.

»Ich muß dich wieder zurückbringen«, flüsterte sie schließlich, und Tränen sickerten durch ihre geschlossenen Augenlider. »Aber ich werde dich nie verlassen. Niemals.«

Das Schnurren verschmolz mit dem Herzschlag.

Sie blieb noch eine Weile so bei ihm sitzen, die Wange an seinen Hals gekuschelt. Sie hatte noch nie einen so tiefen inneren Frieden empfunden, nicht mal, als sie zwischen Taters Vorderbeinen gesessen hatte. Es gab so viel Böses auf der Welt, aber nicht hier. Dieser Ort war heilig.

Nur allmählich rückten die anderen wieder in ihr Blickfeld. Sie standen stocksteif da, wie Statuen. An den Seiten. Vor ihr. Hinter ihr.

Alex hatte die Pistole noch immer auf Sinjun gerichtet, der dumme Mann. Als ob sie zulassen würde, daß er diesem Tier weh tat. Seine tiefgebräunte Haut war kalkweiß geworden, und sie wußte, daß er ihretwegen schreckliche Angst ausstehen mußte. Mit dem Echo von Sinjuns Herzschlag an ihrer Wange erkannte sie auf einmal, daß sie Alex' Welt auf unverzeihliche Weise aus den Angeln gehoben hatte. Wenn dies hier vorbei war, würde sie sich den Folgen stellen müssen, und die würden schrecklich sein.

Ihr Vater, der ganz alt und abgehärmt aussah, stand nicht weit hinter Alex, gleich neben Sheba. Heather klammerte sich an Bradys Arm. Die Kindergartenkinder waren vollkommen still.

Die Außenwelt war wieder hereingebrochen, und sie konnte nicht länger bleiben, wo sie war. Langsam erhob sie sich. Die Hand auf Sinjuns Nacken ruhend, vergrub sie vorsichtig die Finger in seinem Fell.

»Sinjun kehrt jetzt zurück in seinen Käfig«, verkündete sie. »Bitte haltet euch von ihm fern.«

Sie fing an zu gehen und war gar nicht überrascht, als der Tiger sich ihr anschloß, denn ihre Seelen waren so eng miteinander verbunden, daß ihm keine Wahl blieb. Ihr Bein berührte seine Flanke, während sie ihn zum Käfig zurückführte. Mit jedem Schritt war sie sich der Pistole bewußt, die Alex auf Sinjun gerichtet hielt.

Je näher sie ihrem Ziel kamen, desto stärker spürte sie die Traurigkeit des Tigers. Sie wünschte, ihm begreiflich machen zu können, daß dies der einzige Ort war, an dem er in Sicherheit war. Als sie beim Käfig angekommen waren, verweigerte er auf einmal.

Sie kniete nieder und blickte ihm tief in die Augen. »Ich bleib noch eine Weile bei dir.«

Er betrachtete sie auf seine typische Weise, ohne zu blinzeln. Und dann, zu ihrem Erstaunen, rieb er die Wange an ihrem Kopf. Seine Schnurrhaare strichen über ihren Hals, und noch einmal hörte sie dieses tiefe, schroffe Schnurren.

Und dann war er weg. Mit einem kräftigen Satz seiner mächtigen Hinterbeine war er in den Käfig gesprungen.

Sie hörte hektische Bewegungen hinter sich und fuhr gerade noch herum, um zu sehen, wie Neeco und Alex auf den Käfig zugerannt kamen, bereit, nach der zerbrochenen Käfigtür zu greifen und sie zuzudrücken.

»Halt!« Sie streckte die Arme aus, um sie aufzuhalten. »Kommt ja nicht näher.«

Sie erstarrten.

»Aus dem Weg, Daisy.« Alex' Stimme zitterte vor Anspannung, die auch seine attraktiven Gesichtszüge auf einmal ganz hart wirken ließ.

»Laßt uns in Ruhe.« Sie trat direkt vor die offene Käfigtür und kehrte ihnen den Rücken zu.

Sinjun beobachtete sie. Jetzt, wo er wieder eingesperrt war, stand er arrogant da, wie immer: königlich und voller Hochmut. Alles hatte er verloren, außer seiner Würde. Irgendwie wußte sie, was er wollte, und konnte es nicht ertragen. Er wollte, daß sie ihn wieder einsperrte. Er hatte sie dazu erwählt, die kaputte Tür zuzumachen und ihn wieder einzusperren.

Sie hatte gar nicht gemerkt, daß sie weinte, bis sie spürte, wie ihr die Tränen über die Wangen kullerten. Sinjuns golden schimmernde Augen musterten sie mit der gewohnten Verachtung, was bei ihr immer ein Gefühl der Unterlegenheit auslöste.

Nun mach schon, Schwächling! befahlen seine Augen. *Jetzt gleich.*

Sie riß sich zusammen und hob die Arme, um die Käfigtür zu packen. Die gebrochene Angel machte es ihr schwer, sie zu bewegen, und mit einem Aufschluchzen schaffte sie es, sie zu schließen.

Alex eilte an ihre Seite und langte nach der Tür, um sie zu sichern, doch sobald er sie berührte, fletschte Sinjun die Zähne und stieß ein markerschütterndes Brüllen aus.

»Laß mich das machen!« rief sie. »Du regst ihn bloß auf. Bitte. Ich mach das schon.«

»Verdammt!« Er trat rasch zurück, voller Wut und Frustration.

Ihre Position war denkbar ungünstig. Die Plattform, auf der der Käfig stand, war mindestens einen Meter hoch, und sie mußte die Arme hochstrecken, um die Tür zuzuhalten. Neeco tauchte auf einmal mit einem Holzschemel auf, den er neben ihr abstellte. Dann gab er ihr ein Seil.

Einen Moment lang wußte sie nicht, was sie damit anfangen sollte.

»Binde die Tür damit an die Gitterstäbe, dort, wo die Angel gebrochen ist«, sagte Alex. »Lehn dich an die Tür, während du das machst, damit sie nicht wieder aufgeht. Und um Himmels willen, spring runter, falls er dich angreifen sollte.«

Er trat hinter sie und schlang die Arme um ihre Taille, um sie zu halten. Das gab ihr ein wenig Stabilität, während sie versuchte zu tun, was er gesagt hatte, und die Tür mit der Schulter zudrückte, während sie das Seil um die kaputte Türangel schlang. Sie fing an zu zittern in ihrer unbequemen Position. Sie fühlte die Ausbuchtung der Pistole, wo er sie in den Bund seiner Jeans gesteckt hatte.

Er umklammerte sie noch fester. »Du hast's gleich geschafft, mein Schatz.«

Der Knoten war groß und ungeschickt, aber er hielt. Sie ließ die Arme sinken. Alex hob sie vom Schemel und schloß sie in seine Arme.

Dort blieb sie ein paar tröstliche Sekunden lang, bevor sie hochblickte in die Augen, die denen des Tigers so sehr glichen. Ihre neue Gewißheit, daß sie diesen Mann liebte, erfüllte sie mit Ehrfurcht. Sie waren so unterschiedlich, und dennoch hörte sie den Ruf seiner Seele so klar, als hätte er laut zu ihr gesprochen. »Tut mir leid, daß ich dir angst gemacht hab.«

»Darüber reden wir später.«

Jetzt würde er sie zum Wohnwagen zurückschleppen, um ihr eine private Standpauke zu halten. Vielleicht war dies ja der Tropfen, der das Faß zum Überlaufen brachte, und er würde sie fortschicken. Sie schob den Gedanken sofort beiseite und trat einen Schritt zurück. »Ich kann jetzt noch nicht weg. Ich hab Sinjun versprochen, noch ein Weilchen bei ihm zu bleiben.«

Der angespannte Zug um seine Mundwinkel vertiefte sich noch, doch er fragte nicht weiter. »Na gut.«

Ihr Vater kam angestürmt. »Du hast doch noch nicht einmal den Verstand eines Idioten – Es ist ein Wunder, daß du noch am Leben bist! Was ist bloß in dich gefahren? Tu so was ja nie wieder. Wenn du auch nur –«

Alex unterbrach ihn. »Halt den Mund, Max. Ich kümmere mich schon darum.«

»Aber –«

Alex zog eine Augenbraue hoch, und Max Petroff verstummte. Das war alles, was Alex tat – eine Augenbraue hochziehen –, aber es genügte. Sie hatte noch nie gesehen, daß ihr dominanter Vater einem anderen gegenüber so rasch klein beigab, und dabei fiel ihr wieder ein, was er ihr vorhin erzählt hatte. Seit Jahrhunderten war es die Pflicht der Petroffs, sich den Wünschen der Romanovs zu fügen.

In diesem Moment akzeptierte ein Teil von ihr, was sie von ihrem Vater gehört hatte, doch sie richtete ihre Aufmerksamkeit auf Sinjun, der rastlos und nervös wirkte.

»Amelia fragt sich sicher schon, wo ich geblieben bin«, sagte ihr Vater hinter ihr. »Ich gehe jetzt besser. Auf Wiedersehen, Theodosia.« Er berührte sie nur selten, so daß sie überrascht war, als er ihr leicht mit der Hand über die Schulter strich. Bevor sie darauf reagieren konnte, hatte er sich jedoch bereits an Alex gewandt und sagte auch ihm auf Wiedersehen, dann verschwand er.

Die Leute machten sich wieder an ihre normalen Beschäftigungen. Jack unterhielt sich mit der Erzieherin und half ihr, die Kinder zum Kindergarten zurückzuführen. Neeco und die anderen gingen wieder an die Arbeit. Sheba kam zu ihr. »Gute Arbeit, Daisy.«

Ihre Worte kamen nur widerwillig. Daisy glaubte zwar, so etwas wie Respekt in den Augen der Zirkusbesitzerin erkennen zu können, hatte jedoch gleichzeitig das unheimliche Gefühl, daß Sheba sie nun noch mehr haßte. Sheba vermied es, Alex anzusehen, und ließ sie allein bei Sinjun zurück.

Der Tiger stand angespannt und wachsam in seinem Käfig, betrachtete die beiden jedoch gleichzeitig mit dem für ihn typischen Hochmut. Sie legte die Hände um die Käfigstangen. Sinjun regte sich. Sie hörte Alex aufkeuchen, als der Tiger mit einem Mal seinen riesigen Schädel an ihren Fingern rieb.

»Ich wünschte, du würdest das nicht tun.«

Sie griff noch weiter zwischen die Stäbe, um Sinjun hinter den Ohren zu kraulen. »Er tut mir nichts. Er respektiert mich zwar nicht, aber er liebt mich.«

Alex stieß ein leises Lachen aus und trat zu ihrer Überraschung von hinten an sie heran und nahm sie in seine Arme, während sie den Tiger weiter streichelte. Er rieb seinen Kiefer an ihrem Kopf. »Ich hab noch nie im Leben eine solche Angst gehabt.«

»Es tut mir leid.«

»Nein, mir tut's leid. Du hast mich wegen der Käfige gewarnt, und ich hätte alle überprüfen müssen. Es ist meine Schuld.«

»Nein, meine. Ich bin für die Menagerie verantwortlich.«

»Wag es ja nicht, dir die Schuld zuzuschieben. Das lasse ich nicht zu.«

Sinjuns Zunge liebkoste ihr Handgelenk. Sie fühlte, wie sich Alex' Armmuskeln anspannten, als der Tiger sie ableckte.

»Würdest du jetzt bitte die Hände aus diesem Käfig nehmen?« fragte er leise. »Ich krieg noch einen Herzanfall wegen dir.«

»Gleich.«

»Das hat mich ohnehin schon zehn Jahre meines Lebens gekostet. Mehr zu verlieren, kann ich mir beim besten Willen nicht leisten.«

»Ich mag ihn streicheln. Außerdem ist er dir sehr ähnlich. Er verschenkt seine Zuneigung nicht leichtfertig, und ich will ihn nicht beleidigen, indem ich ihn jetzt zurückweise.«

»Er ist ein Tier, Daisy. Er hat keine menschlichen Gefühle.«

Sie war viel zu zufrieden, um sich mit ihm darüber zu streiten.

»Schätzchen, du mußt aufhören, dich mit wilden Tieren anzufreunden. Zuerst Tater und jetzt Sinjun. Weißt du was, du brauchst ganz offensichtlich ein Haustier. Wir ziehen gleich morgen früh los, um dir einen Hund zu kaufen.«

Sie blickte erschrocken zu ihm auf. »O nein, das können wir nicht.«

»Warum nicht?«

»Weil ich Angst hab vor Hunden.«

Er blickte sie vollkommen perplex an, dann begann er zu lachen. Zuerst war es nur ein leises, tiefes Lachen, das aus seiner Brust kam, doch schon bald wurde daraus ein herzliches, befreites Lachen, das über den Zirkusplatz schallte.

»Das paßt«, brummte sie in gespielter Bitterkeit, während auch sie zu lächeln begann. »Alex Markov lacht endlich mal, und das natürlich auf meine Kosten.«

Er wandte sein Gesicht zur Sonne hinauf, zog sie noch fester an sich und lachte noch lauter.

Sinjun betrachtete die beiden leicht irritiert, dann streckte er sich am Käfigboden, dicht bei den Gitterstäben, aus und leckte seelenruhig an Daisys Daumen.

Alex drängte sich durch die Traube von Reportern und Fotografen, die Daisy am Ende der letzten Abendvorstellung umringten. »Meine Frau hat für heute genug. Sie muß sich ausruhen.«

Ohne auf ihn zu achten, schob ihr ein Reporter ein kleines Tonbandgerät unter die Nase. »Was ging in Ihnen vor, als Sie merkten, daß sich der Tiger losgerissen hatte?«

Daisy machte schon den Mund auf, um zu antworten, doch Alex unterbrach sie. Er wußte, daß Daisy so verdammt höflich war, daß sie die Fragen der Reporter bis zum Umfallen beantworten würde. »Tut mir leid, das war's.« Er schlang den Arm um sie und führte sie weg.

Es hatte nicht lange gedauert, bis die Geschichte über den ausgebrochenen Tiger auch an die Ohren der Medien gedrungen war, und die Reporter wimmelten schon seit der Nachmittagsvorstellung auf dem Zirkusgelände herum, um ein Interview mit ihr zu ergattern. Sheba war zunächst hocherfreut über die Publicity gewesen. Doch dann hatte sie Daisys Kommentare zur Menagerie gehört, wie grausam und unmenschlich es doch wäre, Tiere einzusperren. Da war sie fuchsteufelswild geworden. Und als sie dann versuchte, das

Interview zu unterbrechen, hatte Daisy sie bloß mit diesem Unschuldsblick angesehen und ohne eine Spur von schlechtem Gewissen gesagt: »Aber Sheba, die Tiere hassen die Menagerie. Sie sind dort so unglücklich.«

Als er und Daisy zum Wohnwagen gingen, war er so froh darüber, daß sie unverletzt und noch am Leben war, daß es ihn nicht viel kümmerte, was sie sagte. Sie stolperte, und er merkte, daß er zu schnell ging. Das machte er immer mit ihr. Immer zerrte er sie irgendwohin. Immer trieb er sie an. Brachte sie zum Stolpern. Und wenn ihr heute nun etwas zugestoßen wäre? Wenn Sinjun sie getötet hätte?

Panik überfiel ihn, während er sich die entsetzlichen Bilder vorstellte: Sinjuns mächtige Pranken, die ihren kleinen, zierlichen Körper zerrissen. Wenn ihr irgend etwas zugestoßen wäre, hätte er sich das nie verzeihen können. Sie war zu wichtig für ihn. Er brauchte sie zu sehr.

Ihr süßer, würziger Duft stieg zu ihm auf, vermischt mit noch etwas, dem Duft des Guten und Redlichen vielleicht. Wie hatte sie es bloß geschafft, sich in so kurzer Zeit so tief in sein Herz zu schleichen? Sie war überhaupt nicht sein Typ, aber sie rief Gefühle in ihm hervor, die er sich nie hätte vorstellen können, und gleichzeitig warf sie jede Logik über den Haufen, so daß Schwarz Weiß wurde und Ordnung zu Chaos. Nichts an ihr war rational. Sie machte Tiger zu Haustieren und schreckte angsterfüllt vor einem kleinen Hündchen zurück. Sie lehrte ihn zu lachen. Außerdem hatte sie etwas geschafft, was keinem mehr gelungen war, seit er ein ganz kleines Kind gewesen war. Sie hatte seine eiserne Selbstbeherrschung erschüttert, und vielleicht tat ja deshalb auf einmal alles so weh.

Ein Bild tauchte vor seinem geistigen Auge auf, zuerst unklar, dann immer deutlicher. Er mußte an kalte Wintertage denken, an denen er zu lange draußen gewesen war und hereinkam, um sich wieder aufzuwärmen. Er erinnerte sich wieder daran, wie weh es tat, wenn seine Hände auftauten. Der

Schmerz des Auftauens. Geschah das im Moment mit ihm? Fühlte er den Schmerz auftauender Emotionen?

Daisy warf einen Blick zurück auf die Reporter. »Die halten mich jetzt sicher für unhöflich, Alex. Ich hätte nicht so abrupt gehen sollen.«

»Es ist mir scheißegal, was sie denken.«

»Weil du ein ausgeprägtes Selbstbewußtsein hast. Ich andererseits hab ein ziemlich niedriges –«

»Fang bloß nicht an.«

Tater, der neben ihrem Wohnwagen festgebunden war, trötete kläglich, als er Daisy erblickte. »Ich muß ihm noch gute Nacht sagen.«

Seine Arme fühlten sich ganz leer an, als sie sich von ihm losmachte, zu Täter hinüberging und die Wange an seinen Kopf schmiegte. Er umschlang sie mit seinem Rüssel, und Alex mußte gegen den Impuls ankämpfen, sie von ihm wegzuziehen, bevor sie noch von dem überschwenglichen kleinen Elefanten erdrückt wurde. Eine Katze. Vielleicht konnte er ihr eine Hauskatze besorgen. Ohne Krallen, damit sie nicht gekratzt wurde.

Der Gedanke beruhigte ihn jedoch auch nicht. Wie er Daisy kannte, fürchtete sie sich wahrscheinlich auch vor ganz gewöhnlichen Katzen.

Sie ließ Tater schließlich stehen und folgte ihm in den Trailer, wo sie Anstalten machte, ihr Trikot auszuziehen, nur um sogleich aufs Bett zu sinken. »Na los, dann schrei mich ruhig an. Ich weiß, daß du schon den ganzen Tag darauf wartest.«

Alex hatte sie noch nie so verloren gesehen. Warum mußte sie immer das Schlimmste von ihm annehmen? Doch obwohl sein Herz ihn drängte, es ihr nicht so schwer zu machen, sagte ihm sein Verstand, ihr eine Standpauke halten zu müssen, die sie so schnell nicht wieder vergaß. Der Zirkus war voller Gefahren, und er würde alles tun, damit ihr nichts zustieß.

Während er seine Gedanken zusammennahm, blickte sie zu ihm auf, und in den veilchenblauen Tiefen dieser Augen stand der ganze Schmerz der Welt. »Ich konnte nicht zulassen, daß du ihn umbringst, Alex. Ich konnte einfach nicht.«

Seine guten Vorsätze schwanden dahin. »Ich weiß.« Er setzte sich zu ihr aufs Bett, pickte ein paar Strohhalme aus ihren Haaren und sprach mit Mühe. »Was du heute gemacht hast, war das Mutigste, was ich je gesehen hab.«

»Und das Dümmste. Sag's ruhig.«

»Das auch.« Mit dem Zeigefinger strich er ihr eine rabenschwarze Locke aus dem Gesicht. Er blickte in ihr Gesicht, das zu ihm aufgewandt war, und konnte sich nicht erinnern, je etwas Bewegenderes gesehen zu haben. »Als wir uns zum ersten Mal begegnet sind, habe ich nur das reiche, verzogene Gör gesehen, oberflächlich und eitel, schöner als ihr guttut.«

Wie erwartet schüttelte sie den Kopf. »Ich bin nicht schön. Meine Mutter –«

»Ich weiß. Deine Mutter war ein Knaller, und du bist potthäßlich.« Er lächelte. »Tut mir leid, all deine vielgeliebten Illusionen zerstören zu müssen, aber ich seh's anders.«

»Weil du sie nicht kanntest.«

Sie sagte das mit einem solchen Ernst, daß er das Lachen, das schon wieder in ihm hochsprudeln wollte, unterdrücken mußte. »Hätte deine Mutter einen Tiger in seinen Käfig zurückführen können?«

»Das vielleicht nicht, aber sie konnte es sehr gut mit Männern. Sie taten alles für sie.«

»Dieser Mann würde alles für dich tun.«

Sie riß die Augen auf, und er hätte seine Worte am liebsten zurückgenommen, denn sie enthüllten viel zuviel. Er hatte sich geschworen, sie vor ihrer romantischen Träumerei zu beschützen, doch nun hatte er ihr gerade gezeigt, wieviel ihm tatsächlich an ihr lag. Wie er Daisy kannte, mit ihren altmodischen Ansichten über die Ehe, würde sie seine Zuneigung sicher als Liebe auslegen und anfangen, Zukunftsträume in ihrem hübschen Köpfchen zu spinnen, Zukunftsträume, die er aufgrund seiner emotionalen Störung nicht würde erfüllen können. Die einzige Möglichkeit, sie jetzt noch zu schützen, bestand darin, ihr ein für allemal zu beweisen, mit was für einem gemeinen Hundskerl sie sich zusammengetan hatte.

Aber das war schwer. Gott, war das schwer. Von all den gemeinen Streichen, die ihm das Schicksal schon gespielt hatte, war dies der gemeinste: ihn mit dieser wunderhübschen, hochanständigen Frau zusammenzuführen, mit ihren herrlichen Augen und dem viel zu warmen, großzügigen Herzen. Zuneigung war nicht genug für diese Frau. Sie mußte von echter, aufrichtiger Liebe umgeben sein. Sie brauchte Kinder und einen guten Ehemann – einen von diesen Typen, die auf Labor-Day-Paraden mitmarschierten, sonntags in die Kirche gingen und sie bis zum Wahnsinn liebten.

Etwas in ihm krampfte sich zusammen bei dem Gedanken, daß sie irgendwann mit einem anderen verheiratet sein könnte, doch er schob ihn energisch beiseite. Was immer er auch tun mußte, er würde sie beschützen.

»Meinst du das wirklich, Alex? Du würdest wirklich alles für mich tun?«

Trotz all seiner Vorsätze nickte er wie ein Trottel.

»Dann bleib ganz still sitzen, und laß mich dich lieben.«

Seine Lenden verhärteten sich qualvoll, und er wollte sie so sehr, daß er kaum noch atmen konnte. Im allerletzten Moment, kurz bevor ihn seine Sehnsucht, sein Hunger nach ihr überwältigte, formte sich ihr Mund zu einem Lächeln, so sanft und süß, daß er das Gefühl hatte, einen Magenschwinger versetzt bekommen zu haben.

Sie hielt nichts zurück. Gar nichts. Sie bot ihm alles: ihr Herz, ihren Körper und ihre Seele. Wie konnte ein Mensch bloß so selbstzerstörerisch sein? Er riß sich wieder zusammen. Wenn sie nicht auf sich aufpassen konnte, würde er's für sie tun.

»Sex muß mehr sein als nur zwei Körper«, sagte er barsch. »Das hast du mir selbst gesagt. Du hast gesagt, er muß etwas Heiliges sein, aber das wird bei uns nie der Fall sein. Zwischen uns gibt es keine Liebe. Vergiß das ja nicht. Zwischen uns gibt's nur Sex.«

Zu seinem Erstaunen lächelte sie ihn zärtlich, ja beinahe ein wenig mitleidig an. »Du dummer Mann. Natürlich gibt es Liebe zwischen uns. Weißt du das denn nicht? Ich liebe dich.«

Wieder hatte er das Gefühl, einen harten Tritt in den Magen bekommen zu haben.

Sie besaß die Frechheit zu lachen. »Ich liebe dich nun mal, Alex, und es besteht kein Grund, jetzt steif und abwehrend zu werden. Ich weiß, ich hab gesagt, es würd nicht passieren, aber ich kann nun mal nichts dagegen tun. Ich bin vor der Wahrheit davongelaufen, aber Sinjun hat mir heute gezeigt, was ich wirklich fühle.«

Trotz all seiner Warnungen und Drohungen, trotz seiner Vorsichtsmaßnahmen und Manöver hatte sie beschlossen, daß sie in ihn verliebt war. Und das war seine Schuld. Er hätte mehr Distanz wahren sollen. Warum war er am Strand mit ihr spazierengegangen? Warum hatte er ihr all das über seine Kindheit erzählt? Und vor allem, warum hatte er sie nicht aus seinem Bett raushalten können? Jetzt mußte er sie davon überzeugen, daß das, was sie für Liebe hielt, nichts weiter war als eine Reflexion ihrer romantischen Vorstellungen vom Leben, und das würde weiß Gott nicht einfach werden.

Bevor er sie noch auf ihren Irrtum hinweisen konnte, legte sie ihren Mund auf den seinen, und in seinem Hirn gab es einen Kurzschluß. Er wollte sie. Er mußte sie haben.

Sie fuhr mit der Zungenspitze über seine Lippen, dann drang sie zart vor. Er nahm ihren Kopf und vergrub seine Finger in ihrem seidenweichen Haar. Sie wurde sofort butterweich in seinen Armen, bot ihm alles und gab ihm alles.

Sie stieß einen leisen, miauenden Laut aus. Einen verletzlichen Laut. Einen sehnsüchtigen Laut. Dieser Laut drang durch den Nebel seines Bewußtseins und riß ihn in die Realität zurück. Er mußte sie daran erinnern, wie es zwischen ihnen beiden war. Um ihretwillen mußte er hart werden. Besser ihr jetzt ein wenig weh tun, als sie später möglicherweise kaputtzumachen.

Er machte sich abrupt von ihr los. Mit einer Hand stieß er sie aufs Bett zurück, und die andere legte er über die enorme Wölbung in seiner Jeans. »Ein guter Fick ist mir jeden Tag lieber als Liebe.«

Innerlich zuckte er zusammen, als er den geschockten Ausdruck sah, der bei seinen Worten über ihr gerötetes Gesicht glitt. Er kannte seine Frau und machte sich auf etwas Ordentliches gefaßt. Gleich würde sie hochfahren und ihm Bescheid sagen, daß ihm die Ohren klingelten.

Aber das tat sie nicht. Ihr Schock wandelte sich statt dessen in einen Ausdruck von leisem Mitleid, wie er ihn zuvor schon gesehen hatte.

»Ich wußte, daß du deswegen Schwierigkeiten machen würdest. Du bist so durchschaubar.«

Durchschaubar? So sah sie ihn also? Verdammt, er versuchte sie zu verschonen, und alles, was ihr dazu einfiel, war, sich über ihn lustig zu machen! Nun, sie würde schon sehen.

Er zwang seinen Mund zu einem häßlichen Lächeln. »Zieh das Kostüm aus. Ich bin in der Stimmung für ein paar härtere Sachen und will es nicht zerreißen.«

»Härtere Sachen?«

»Du hast richtig gehört, Baby. Und jetzt zieh dich aus.«

17

Daisy schluckte. »Du willst, daß ich mich ausziehe?«

Sie wußte, daß sie wie eine Idiotin klang, aber Alex hatte sie wirklich überrascht. Was genau meinte er mit ›härtere Sachen‹? Ihre Augen flogen durch den Raum zu den Peitschen, die er aufgerollt auf der Couch hatte liegenlassen. Sie hatte ihn mit ihrer Liebeserklärung zu Tode erschreckt, aber so etwas hätte sie nun doch nicht erwartet. Doch er war derart nervös, was dieses Thema betraf, daß sie mit einer Überreaktion hätte rechnen müssen.

»Hör auf, Zeit zu schinden.« Er zog sich das T-Shirt aus. Seine Jeans hingen tief an seinen Hüften, was ihn grimmig und gefährlich aussehen ließ, wie er so vor ihr stand, mit nacktem Oberkörper und dieser geraden schwarzen Haarlinie, die seinen Waschbrettbauch überzog und mit all der Subtilität einer blinkenden Neonanzeige auf den Ort der Gefahr hinwies.

»Wenn du harte Sachen sagst …«

»Meine ich damit, daß es Zeit für ein wenig Abwechslung ist.«

»Um ehrlich zu sein, ich glaub nicht, daß ich die Grundübungen schon gemeistert hab.«

»Ich dachte, du liebst mich, Daisy. Wie wäre es mit einem Beweis?«

Er wollte sie ganz zweifellos provozieren, und sie zählte in Gedanken bis zehn.

»Ich bin nicht der romantische Typ, der einer Frau Blumen und Herzchen schenkt. Das weißt du. Ich mag Sex. Ich mag's oft, und ich mag's wild.«

Ach du liebe Güte! Sie hatte ihm tatsächlich einen Heidenschrecken eingejagt. Sie knabberte an ihrer Unterlippe. Trotz ihrer vorherigen Worte war Alex keineswegs so durchschaubar, also war Vorsicht durchaus angebracht. Andererseits hatte sie eins von Tater und seinen Genossen gelernt: Wer's mit großen Tieren zu tun hat, darf keine Angst zeigen, oder er kriegt eins mit dem Rüssel.

»Also gut«, sagte sie. »Was soll ich tun?«

»Hab ich schon gesagt. Zieh dich aus.«

»Ich hab gesagt, ich will dich lieben, nicht andersherum.«

»Vielleicht will ich ja nicht Liebe machen. Vielleicht will ich bloß ficken.«

Diese *Ratte*! Er provozierte sie absichtlich, und sie mußte sich auf die Zunge beißen, um nicht in seine Klauen zu fallen. Wenn sie jetzt die Beherrschung verlor, hatte er gewonnen, und genau das wollte er ja. Irgendwie mußte sie es schaffen, sich ihm entgegenzustellen, und sie mußte es auf ihre eigene, ganz persönliche Art tun. Sie liebte ihn zu sehr, um sich jetzt so von ihm in die Enge treiben zu lassen.

Sie überlegte kurz, dann stand sie vom Bett auf und begann sich auszuziehen. Er sagte nichts, sah ihr einfach bloß zu. Sie kickte ihre Schuhe von den Füßen und schlüpfte aus ihrem Kostüm, aber als sie dann nur noch in BH und Unterhöschen vor ihm stand, merkte sie, daß sie nicht mehr weiterkonnte. Er war ungeheuer erregt, eine Tatsache, die seine enganliegenden Jeans nicht verbergen konnten, und er war überdies in einer so gefährlichen Stimmung, daß sie nicht wußte, was von ihm zu erwarten war. Ablenkung war vielleicht keine so schlechte Idee. Vielleicht konnte sie auf diese Weise ja ein wenig Zeit gewinnen.

So viel war seit dem letzten Gespräch mit ihrem Vater passiert, daß sie noch gar keine Gelegenheit gehabt hatte, mit Alex über die erstaunlichen Behauptungen ihres Vaters zu sprechen. Wenn sie das Thema jetzt zur Sprache brachte, konnte sie ihn vielleicht aus dem Konzept bringen. Eine Unterhaltung über seine Familiengeschichte konnte außerdem seine unberechenbare Stimmung ein wenig entschärfen.

»Dad hat mir erzählt, daß du ein Romanov bist.«

»Zieh mir die Jeans aus.«

»Und nicht bloß ein Romanov. Er meinte, dein Vater wäre der Enkel von Zar Nikolaus II. gewesen.«

»Ich möchte mich nicht wiederholen.«

Er musterte sie mit einer solchen Arroganz, daß es ihr nicht schwerfiel, sich ihn auf dem Thron von Katharina der Großen vorzustellen, wo er den Befehl erteilte, das aufmüpfige Petroff-Weib in die Wolga zu werfen.

»Er sagte, du wärst der Thronerbe.«

»Halt den Mund und tu, was ich dir sage.«

Sie unterdrückte ein Seufzen. Himmel noch mal, war der vielleicht schwierig. Offenbar gab es nichts Schlimmeres für diesen russischen Kosaken als eine Liebeserklärung. Es fiel ihr schwer, seinem Blick mit zumindest ein wenig Würde zu begegnen, solange sie in Höschen und BH vor ihm stand und er so erschreckend potent aussah, aber sie tat, was sie konnte. Dies war ganz offensichtlich nicht der Zeitpunkt dafür, die Antworten aus ihm herauszulocken, die sie suchte.

Er grinste sie höhnisch an. »Knie nieder, wenn du mir die Jeans ausziehst.«

Dieser unerträgliche *Scheißkerl!*

Er preßte die Lippen zusammen. »Aber sofort.«

Sie holte dreimal tief Luft. Sie hätte sich nie gedacht, daß er derart ausflippen könnte. Es war schon erstaunlich, was Angst aus einem Mann machte. Er wollte sie so lange provozieren, bis sie ihm ihre Liebeserklärung um die Ohren klatschte. Wie viele Tiger mußte sie heute denn noch zähmen?

Während sie seine arrogant verengten Augen studierte, die unverschämt aufgeblähten Nasenflügel, spürte sie, wie mit einemmal Zärtlichkeit in ihr aufwallte. Ihr armer Liebling. Er ging mit seiner Angst auf die einzige Art um, die er kannte, und ihn deswegen anzugreifen würde ihn nur noch mehr in die Defensive drängen. *O Alex, was hat die Peitsche deines Onkels bloß aus dir gemacht*?

Sie blickte ihm tief in die Augen und sank langsam auf die Knie. Ihr Bauch und ihre Lenden zogen sich zusammen, als sie sah, wie erregt er war. Nicht einmal seine Angst hatte das zerstören können.

Er ballte die Hände zu Fäusten. »Verdammt! Wo bleibt dein Stolz?«

Sie sank auf die Hacken zurück und blickte zu ihm auf, in seine harten, kompromißlosen Züge mit diesen ausgeprägten russischen Backenknochen, die Schatten über sein Gesicht warfen, und den angespannten Linien um seinen Mund. »Mein Stolz? In meinem Herzen natürlich.«

»Du läßt dich von mir erniedrigen!«

Sie lächelte. »Das kannst du gar nicht. Ich kann mich nur selbst erniedrigen. Und ich knie nur deshalb vor dir, weil es mich erregt.«

Eine schwere Stille breitete sich aus. Er blickte derart zerquält drein, daß sie es nicht mehr ertragen konnte. Sie richtete sich wieder auf die Knie auf und preßte die Lippen an seinen harten Bauch, gleich über dem Bund seiner Jeans. Während sie dort knabberte, zwang sie den Hosenknopf durchs Knopfloch. Dann kämpfte sie mühsam den Reißverschluß herunter.

Er bekam eine starke Gänsehaut, und seine Stimme klang atemlos und zerquält. »Ich versteh dich einfach nicht.«

»Doch, ich glaub schon. Du verstehst dich nur selbst nicht.«

Er packte sie bei den Schultern und zog sie auf die Füße. Seine Augen blickten so verzweifelt und unglücklich, daß sie es kaum ertragen konnte. »Was soll ich bloß mit dir machen?« flüsterte er.

»Mich wiederlieben?«

Er stieß gepeinigt den Atem aus und stürzte sich mit dem Mund auf sie. Sie spürte seine Verzweiflung, war jedoch machtlos, ihm zu helfen. Sein Kuß überwältigte sie beide. Wie in einen Strudel wurden sie hinabgewirbelt.

Sie wußte nicht, ob sie sich selbst auszogen oder einer den anderen, doch schon kurz darauf lagen sie nackt auf dem Bett. Warme, dicke Gefühlsströme breiteten sich von ihrem Bauch in ihrem ganzen Körper aus. Sein Mund war auf ihrer Schulter, ihren Brüsten, strich über ihre Knospen. Er küßte ihren Bauch. Sie öffnete die Beine für ihn und ließ sich von ihm die Knie hochheben.

»Ich will dich überall kosten«, murmelte er an der weichen Innenseite ihres Oberschenkels.

Und das tat er. O Gott, ja, das tat er.

Er konnte sie nicht mit seinem Herzen lieben, aber mit seinem ganzen Körper, und das tat er mit einer Großzügigkeit, die sie überwältigte. Sie nahm, was er zu geben hatte, und versuchte gleichzeitig, es ihm zu vergelten, ihn zu lieben, mit den Händen, den Brüsten, ihrer zarten Haut, der Wärme ihres Mundes.

Als er sich schließlich tief in ihr vergrub, schlang sie die Beine um ihn und klammerte sich an ihn.

»Ja«, flüsterte sie. »O ja.«

Die Barrieren zwischen ihnen zerfielen, und während sie miteinander den Gipfel erklommen, begann sie zu sprechen. »O ja. Genau so. Ich liebe ... Ja. Tief. O ja. So, bitte.«

Sie sprach aus Leidenschaft und aus Instinkt. Wenn sie aufhörte zu reden, würde er versuchen zu vergessen, wer sie war, und sie zu einem namenlosen Frauenkörper machen. Das konnte sie nicht ertragen. Sie war Daisy. Sie war seine Frau.

Also sprach sie weiter zärtlich und leidenschaftlich auf ihn ein, klammerte sich an ihn und raste mit ihm auf den Gipfel der Leidenschaft.

Schließlich wich alle Finsternis, und einen langen Augenblick lang herrschte nur noch Licht.

»Es war heilig.«

»Es war nicht heilig, Daisy. Es war Sex.«

»Laß es uns noch mal machen.«

»Ich fahr hundert, wir hatten nicht mehr als drei Stunden Schlaf und werden ohnehin mit Verspätung in Allentown ankommen.«

»Doofer Spießer.«

»Wen nennst du Spießer?«

»Dich.«

Er blickte sie mit einem teuflischen Funkeln in den Augen an. »Das sag mir mal, wenn du nackt bist.«

»Ich zieh mich aber nicht mehr aus, bevor du zugibst, daß es heilig war.«

»Wie wär's mit etwas Besonderes? Denn es war ganz eindeutig etwas Besonderes.«

Sie warf ihm einen Das-weiß-ich-besser-Blick zu und beließ es dabei. Letzte Nacht war mehr als etwas Besonderes gewesen, und beide wußten es. Sie hatte es in der beinahe verzweifelten Leidenschaft ihrer Vereinigung gefühlt und auch in der Art, wie sie einander danach noch festhielten. Als sie einander in die Augen blickten, hatte keiner mehr etwas versteckt, nichts mehr zurückgehalten.

Heute morgen hatte sie erwartet, daß er ihr wieder auf die alte Tour kommen würde, mürrisch und abweisend, mit einem Wort unmöglich, aber zu ihrer Überraschung war er statt dessen zärtlich und lustig. Es war, als hätte er den Kampf aufgegeben. Mit jedem Pochen ihres romantischen Herzens wollte sie glauben, daß er sich in sie verliebt hatte, aber sie wußte, daß es nicht so einfach sein würde. Im Moment konnte sie jedoch dankbar dafür sein, daß er seine Maske abgelegt hatte.

Regen begann in fetten, amöbenförmigen Tropfen auf das staubige Fenster der Windschutzscheibe zu klatschen. Es war ein kühler, trüber Vormittag, und laut Wettervorhersage würde es nur noch schlimmer werden. Er warf ihr einen Seitenblick zu, und sie hatte das Gefühl, daß er ihre Gedanken lesen konnte.

»Ich kann dir einfach nicht widerstehen«, sagte er ruhig. »Das weißt du, nicht wahr? Und ich bin's leid, so zu tun, als ob ich's könnte.« Seine Züge umwölkten sich noch mehr. »Aber ich liebe dich nicht, Daisy, und ich kann dir gar nicht sagen, wie leid mir das tut, denn wenn ich jemanden lieben könnte auf dieser Welt, dann wärst du es.«

Sie zwang sich, trotz des Kloßes in ihrem Hals zu sprechen. »Die Sache mit der Verkrüppelung?«

»Das ist nicht lustig.«

»Entschuldige. Es ist bloß, daß es so unglaublich –« *dumm* ist. Es war dumm, aber sie biß sich auf die Zunge. Solange er glaubte, nicht lieben zu können, trieb sie ihn bloß in die Defensive, wenn sie versuchte, es ihm auszureden. Außer es stimmte. Dieser unglückliche Gedanke schoß ihr durch den Kopf. Was war, wenn er recht hatte und so durch seine gewalttätige Kindheit geschädigt worden war, daß er nie wieder jemanden lieben konnte? Oder wenn er bloß sie nicht lieben konnte?

Der Regen prasselte nun auf das Dach der Fahrerkabine. Sie blickte auf ihre Hände, die auf ihrem Schoß lagen, und auf ihren Ehering. »Sag mir, wie es wäre. Wenn du mich lieben würdest.«

»Wenn ich dich lieben würde?«

»Ja.«

»Es ist bloß Zeitverschwendung, über etwas zu reden, was nie sein kann.«

»Weißt du, was ich glaube? Ich glaub, es kann nicht viel besser sein, als es jetzt ist. Jetzt ist wirklich schön.«

»Aber es wird nicht andauern. Wenn unsere sechs Monate vorbei sind, ist auch diese Ehe vorbei. Ich könnte nicht mehr mit mir leben, wenn ich zusehen müßte, wie du allmählich bitter wirst, weil ich dir nicht geben kann, was du verdienst. Ich kann dir keine Liebe geben. Ich will dir keine Kinder schenken. Das alles brauchst du, Daisy. Du bist die Art von Frau, und ohne das gehst du ein.«

Seine Worte ließen kleine Schmerzblasen in ihrem Innern platzen, aber sie würde ihn nicht für seine Ehrlichkeit bestrafen, indem sie ihn jetzt angriff, bloß weil es ihr wehtat. Sie wußte aber auch, daß sie mehr im Moment nicht ertragen konnte, also wechselte sie das Thema. »Weißt du, was ich wirklich will?«

»Ich nehm an, ein paar Wochen auf einer luxuriösen Schönheitsfarm und 'ne frische Maniküre.«

»Nein, ich will Erzieherin werden.«

»Echt?«

»Doof, nicht wahr? Ich müßte dazu erst aufs College gehen, und dafür bin ich schon zu alt. Ich wär' über dreißig, bis ich den Abschluß hätte.«

»Wie alt wärst du, wenn du nicht aufs College gehst?«

»Wie bitte?«

»Die Jahre vergehen so oder so, ob du nun aufs College gehst oder nicht.«

»Willst du mir ernsthaft sagen, ich soll's tun?«

»Ich wüßte nicht, was dagegen spräche.«

»Weil ich schon oft genug in meinem Leben versagt hab und wirklich nicht noch mehr ertragen kann. Ich weiß, daß ich nicht dumm bin, aber meine bisherige Schulbildung ist bestenfalls lückenhaft, und außerdem hab ich überhaupt keine Disziplin. Ich kann mir nicht vorstellen, in einer Klasse mit einem Haufen glanzäugiger Achtzehnjähriger zu sitzen, die alle eine ganz normale Schulbildung hinter sich haben.«

»Vielleicht ist es Zeit, daß du aufhörst, dich so klein zu machen. Vergiß nicht, du bist eine Lady, die Tiger zähmen kann.« Er schenkte ihr ein rätselhaftes Lächeln, bei dem sie sich unwillkürlich fragte, welchen Tiger er eigentlich meinte – Sinjun oder sich selbst. Aber nein, Alex war zu arrogant, um sich selbst je als gezähmt zu betrachten.

Sie bemerkte ein paar Pfeile, die an einen Strommast getackert worden waren. »Da vorn kommt 'ne Abzweigung.«

Nach den Routenpfeilen des Zirkus Ausschau zu halten war für Alex ebenso selbstverständlich wie das Atmen, also vermutete sie, daß er sie bereits gesehen hatte, doch er nickte. Der Regen war jetzt stärker, und er stellte die Scheibenwischer auf höchste Stufe.

»Ich nehm nicht an, daß wir das Glück haben, heute abend auf einem netten, flachen Asphaltplatz die Zelte aufschlagen zu können«, sagte sie.

»Fürchte nein. Wir sind auf 'ner Wiese.«

»Dann werd ich wohl aus erster Hand erfahren, warum man Wanderzirkusse wie Quest Brothers Schlammshows nennt. Ich hoffe, der Regen macht den Tieren nichts aus.«

»Die sind okay. Die Arbeiter sind es, die am meisten leiden.«

»Und du. Du mußt auch da raus. Wie immer.«

»Ist nun mal mein Job.«

»Ein komischer Job für einen künftigen Zaren.« Sie warf ihm einen Seitenbick zu. Falls er geglaubt hatte, sie würde dieses spezielle Thema vergessen, hatte er sich geschnitten.

»Sind wir jetzt wieder bei diesem Thema?«

»Sag mir einfach die Wahrheit, und ich werd's nie wieder erwähnen.«

»Ist das ein Versprechen?«

»Ich schwör's.«

»Also gut.« Er holte tief Luft. »Es besteht die Wahrscheinlichkeit, daß es stimmt.«

»*Was!*« Ihr Kopf fuhr so schnell herum, daß er ihr beinahe vom Hals flog.

»Ich hab zweifellos Romanovs in der Familie, und von dem, was Max rausgekriegt hat, würde ich sagen, es besteht durchaus die Möglichkeit, daß ich der Urenkel von Nikolaus II. bin.«

Sie sank gegen die Sitzlehne. »Das glaub ich nicht.«

»Um so besser. Dann müssen wir ja nicht weiter drüber reden.«

»Bist du wirklich?«

»Max verfügt über ein paar ziemlich überzeugende Beweise. Aber da ich nicht vorhab, etwas zu unternehmen, hat's auch keinen Sinn, weiter drüber zu diskutieren.«

»Du bist also der Erbe des russischen Throns?«

»Rußland hat keinen Thron. Falls du's schon vergessen hast, es ist keine Monarchie.«

»Aber wenn's eine wäre –«

»Dann würden überall Romanovs aus den Löchern gekrochen kommen und behaupten, sie wären der rechtmäßige Thronerbe.«

»Und nach dem, was mein Vater sagt, hast du eine bessere Chance als alle anderen, deinen Anspruch zu behaupten, stimmt's?«

»Wahrscheinlich. Aber wozu? Die Russen hassen die Romanovs noch mehr als die Kommunisten, also werden sie wohl kaum die Monarchie wieder einführen.«

»Und wenn sie's täten?«

»Dann würde ich meinen Namen ändern und auf irgendeiner Südseeinsel untertauchen.«

»Das würde meinen Vater sicher wahnsinnig ärgern.«

»Dein Vater übertreibt das Ganze.«

»Du weißt, daß er diese Heirat nur deshalb arrangiert hat, nicht wahr? Ich dachte erst, er will mich bestrafen, indem er den unmöglichsten Mann aussucht, den er sich für mich vorstellen kann, aber das war's gar nicht. Er wollte die Petroffs und die Romanovs miteinander vereinen und hat mich dazu benutzt.« Sie schauderte. »Das ist wie eins von diesen byzantinischen Ränkespielen. Mich schaudert's, wenn ich nur dran denke. Weißt du, worüber er gestern mit mir reden wollte?«

»Wahrscheinlich über dasselbe wie mit mir. All die Gründe, warum wir verheiratet bleiben sollen.«

»Er hat gesagt, wenn ich dich halten will, muß ich meinen ausufernden Charakter ein wenig zügeln. Außerdem soll ich dich mit deinen Hausschlappen an der Tür empfangen.«

Alex lächelte. »Mir hat er empfohlen, deinen ausufernden Charakter zu ignorieren und mich statt dessen auf deinen süßen kleinen Körper zu konzentrieren.«

»Das hat er gesagt?«

»Nicht mit diesen Worten, aber das war der Gedanke, der dahinterstand.«

»Ich versteh das nicht. Warum macht er sich all diese Mühe für eine Ehe, die nur sechs Monate dauert?«

»Ist das nicht offensichtlich? Er hofft, daß wir nachlässig werden und ich dich schwängere.«

Sie starrte ihn verblüfft an.

»Er will die Zukunft der Monarchie sichern. Und er will, daß das Kind von den Romanovs und von Petroffs abstammt, damit er seinen Platz in der Geschichte einnehmen kann. Dein Vater hat das alles bis ins Kleinste geplant. Du bringst dieses mystische Baby auf die Welt, und dann ist es ihm sogar egal, ob wir verheiratet bleiben oder nicht. Ja, ich glaub sogar, daß es ihm lieber wäre, ich würde verschwinden, damit er dich dazu bringen kann, ihm die Erziehung des Kindes zu überlassen.«

»Aber er weiß, daß ich die Pille nehme. Amelia hat mich zu ihrem eigenen Hausarzt mitgenommen. Sie hat das Rezept sogar selbst ausgefüllt, weil sie meinte, sie würde mir nicht zutrauen, alles richtig zu machen.«

»Offenbar ist Amelia nicht so versessen darauf wie dein Vater, einen kleinen Petroff-Romanov im Haus rumlaufen zu haben. Oder vielleicht will sie einfach keine Großmutter werden. Ich schätze, er weiß nichts davon, und ich bezweifle, daß deine Stiefmutter es ihm verrät.«

Sie starrte trübe durch die Windschutzscheibe auf die vierspurige Schnellstraße, an der sich ein Supermarkt neben den anderen reihte. Ein Taco Bell flog an ihnen vorbei, daneben ein Subaru-Händler. Irgendwie kam ihr das alles auf einmal so irreal vor, diese Monumente moderner Zivilisation, während sie sich über uralte Monarchien unterhielten. Und dann schoß ihr ein schrecklicher Gedanke durch den Kopf.

»Prinz Alexei war Bluter, und das ist erblich. Du hast das doch nicht auch, Alex, oder?«

»Nein. Es wird nur über Frauen weitergegeben. Alexei hatte die Krankheit zwar, aber er war kein Träger.« Er wechselte auf die linke Spur. »Laß dir was von mir sagen, Daisy, und schlag dir das alles aus dem Kopf. Wir bleiben sowieso nicht verheiratet, und du wirst auch nicht schwanger, also hat meine Herkunft überhaupt nichts mit dir zu tun. Ich hab dir das alles nur erzählt, damit du aufhörst zu bohren.«

»Ich bohre nicht.«

Seine Augen glitten lüstern über ihren Körper. »Das ist, wie wenn du sagst, du –«

»Moment mal. Wenn du jetzt dieses Wort mit ›f‹ sagst, dann wird es dir sehr leid tun.«

»Was ist das für ein Wort? Sag's mir ins Ohr, damit ich weiß, was du meinst.«

»Ich sag's dir ganz bestimmt nicht ins Ohr.«

»Dann buchstabier's.«

»Ich buchstabier's auch nicht.«

Er triezte sie die ganze Strecke bis zum Zeltplatz damit, konnte sie aber nicht dazu bringen, es zu sagen.

Am frühen Nachmittag war aus dem Regen eine Sturzflut geworden. Obwohl sie die von Alex geborgte Regenhaut obenrum trocken hielt, waren ihre Jeans, als sie endlich mit der Menagerie fertig war und auch bei Tater vorbeigeschaut hatte, bis zu den Fußgelenken voller Schlamm, und ihre Turnschuhe fühlten sich an wie glitschige Bleigewichte.

An diesem Nachmittag, kurz vor der ersten Vorstellung, kamen alle bei ihr vorbei, um kurz mit ihr zu reden. Brady entschuldigte sich wegen seines unhöflichen Verhaltens von gestern, und Jill lud sie zu einem Einkaufsbummel irgendwann in dieser Woche ein. Die Toleas und Lipscombs gratulierten ihr ausdrücklich zu ihrem Mut, und die Clowns überreichten ihr einen Papierblumenstrauß.

Trotz des schlechten Wetters hatte die Publicity um Sinjun eine beträchtliche Zuschauermenge angelockt, und die Vierzehn-Uhr-Vorstellung lief prima. Jack wrang die Geschichte von Daisys Heldentat bis zum letzten Tropfen aus, doch sie ruinierte den Effekt ein wenig, indem sie aufjaulte, als Alex ihre Handgelenke mit der Peitsche umschlang.

Als die Vorstellung vorbei war, zog sie sich in einer eilends improvisierten Umkleidezone am Hintereingang, die die Artisten benutzten, damit ihre Trikots nicht naß wurden, ihre schlammverschmierten Jeans wieder über. Nachdem sie die Regenhaut bis zum Hals zugeknöpft und die Kapuze aufgezogen hatte, duckte sie sich und stürzte sich hinaus in die Sintflut. Obwohl es noch nicht ganz vier Uhr nachmittags war, waren die Temperaturen bereits rapide gesunken, so daß ihr die Zähne klapperten, als sie schließlich beim Wohnwagen ankam. Sie stieg aus den nassen Jeans, drehte eine kleine Elektroheizung auf und machte alle Lichter an, weil es draußen so grau und trübe war.

Im Wohnwagen wurde es langsam wärmer, und das weiche Licht beleuchtete ihre angesammelten Einrichtungs- und Dekorationsschätze. Sie merkte auf einmal, daß ihr das Innere des Trailers noch nie so gemütlich vorgekommen war wie in diesem Augenblick. Sie zog einen kuscheligen pfirsichfarbenen Jogginganzug an und ein Paar Wollsocken, dann machte sie sich in der kleinen Küche zu schaffen. Sie aßen gewöhnlich vor der letzten Vorstellung, und in den vergangenen Wochen hatte sie den Großteil des Kochens übernommen, was ihr auch gefiel, solange sie sich nicht an irgendein Kochbuch halten mußte.

Sie schnitt summend eine Zwiebel auf und ein paar runzelige Stücke Sellerie. Das Ganze briet sie dann in einer kleinen Pfanne an und fügte am Schluß noch Knoblauch und einen Hauch Rosmarin hinzu. Sie entdeckte eine Packung Wildreis mit weißem Reis gemischt, warf jedoch die Gewürzmischung weg und fügte ihre eigenen frischen Kräuter hinzu. Auf der Anrichte stand ein Kofferradio, und sie suchte sich einen Sender mit klassischer Musik heraus. Die köstlichen Gerüche ihres selbstgekochten Mahls und die kräftigen Töne von Rachmaninoffs Prelude in cis-Moll erfüllten den Wohnwagen. Sie machte einen Salat, fügte Hühnerbrüstchen in den Topf zu der Zwiebel-Sellerie-Mischung hinzu und goß das Ganze mit ein wenig Weißwein aus einer Flasche an, die sie vor ein paar Tagen geöffnet hatten.

Die Wohnwagenfenster begannen sich zu beschlagen, und Kondenswasser rann daran herab. Der Regen prasselte auf den Metallbehälter des Trailers, während sie die sanfte Musik und die gemütlichen Küchengerüche in einen warmen Kokon hüllten. Sie deckte den Tisch mit ihrem angeschlagenen blauen Porzellangeschirr, irdenen Salatschüsselchen, zwei nicht zueinander passenden Weingläsern und einem alten Honigtopf mit einem kleinen Strauß roten Wiesenklees, den sie gestern gepflückt hatte, bevor alles passierte. Während sie den Blick über den Tisch und dann auch den Rest des Raums gleiten ließ, ertappte sie sich bei dem Gedanken, daß keine der wunderschönen Villen, in denen sie schon gelebt hatte, so perfekt gewesen war wie dieser verbeulte, kleine alte Wohnwagen.

Die Tür schwang auf, und Alex kam herein. Das Wasser rann ihm von seiner gelben Regenhaut, und das Haar klebte ihm am Kopf. Sie langte nach einem Handtuch, als er die Tür zumachte, und reichte es ihm. Ein ferner Donnerschlag ließ den Trailer erzittern.

»Hmm, riecht gut hier.« Er blickte sich in dem warm beleuchteten Raum um, und sie glaubte so etwas wie Sehnsucht in seinen Augen lesen zu können. Hatte er je ein Zuhause gehabt? Nicht als Kind natürlich, aber als Erwachsener?

»Das Abendessen ist gleich fertig«, sagte sie. »Warum ziehst du dich derweil nicht um.«

Während er sich trockene Sachen anzog, schenkte sie die Weingläser halb voll und machte den Salat an. Aus dem Radio ertönte jetzt Debussy. Als er in Jeans und einem grauen Sweatshirt an den Tisch trat, verteilte sie gerade Hähnchen und Reis auf den Tellern.

Er wartete, bis sie sich gesetzt hatte, bevor auch er Platz nahm, dann ergriff er sein Weinglas und erhob es in einem stummen Toast.

»Ich weiß nicht, ob's schmeckt«, sagte sie. »Ich hab einfach genommen, was da war.«

Er nahm einen Bissen. »Schmeckt toll.«

Eine Zeitlang aßen sie friedlich schweigend, eingelullt vom Essen, der Musik und der Gemütlichkeit des Trailers, während draußen der Regen herunterrauschte. »Ich kauf dir eine Pfeffermühle, wenn ich meinen nächsten Gehaltsscheck bekomme«, sagte sie. »Dann kannst du frische Pfefferkörner nehmen, anstatt dieses Packerlzeugs.«

»Ich will nicht, daß du dein Geld für eine Pfeffermühle für mich ausgibst.«

»Aber du magst doch Pfeffer.«

»Darum geht's nicht. Worum es geht –«

»Wenn ich nun gerne Pfeffer mögen würde, würdest du mir dann nicht auch eine hübsche Pfeffermühle kaufen?«

»Wenn du eine haben willst.«

Sie lächelte.

Er blickte sie verwirrt an. »Willst du das? Willst du, daß ich dir eine Pfeffermühle kaufe?«

»Ach nein. Ich bin kein großer Pfefferfan.«

Sein Mund verzog sich zu einem Lächeln. »Ich schäme mich, das zuzugeben, Daisy, aber ich fang tatsächlich langsam an, deinen verdrehten Gedankengängen zu folgen.«

»Überrascht mich nicht. Du bist nämlich ziemlich schlau.« Sie lächelte ihn frech an.

»Lady, du bist schon ein Knaller.«

»Und sexy.«

»Das brauche ich wohl nicht erst zu sagen.«

»Würdest du's trotzdem? Bitte?«

»Also gut.« Sein Gesicht wurde weich und zärtlich. Er streckte den Arm über den Tisch und nahm ihre Hand. »Du bist zweifellos ungeheuer sexy. Eine, die so sexy ist wie du, ist mir noch nie begegnet. Und so süß.«

Sie bekam einen Kloß im Hals und verlor sich in den goldenen Tiefen seiner Augen. Wie hatte sie je glauben können, daß sie kalt waren? Sie senkte den Kopf, bevor er sah, daß ihre Augen feucht wurden.

Er fing an, über die Vorstellung zu reden, und schon bald lachten sie über ein Mißgeschick, das einem der Clowns mit einer mehr als wohlproportionierten jungen Dame unterlaufen war. Sie erzählten sich die Kleinigkeiten, die heute so passiert waren: ein Problem, das Alex mit einem Arbeiter hatte,

Taters Unmut darüber, in einem Zelt angebunden sein zu müssen. Sie planten für den nächsten Vormittag einen dringend nötigen Ausflug zum Waschsalon, und Alex sprach davon, beim Pickup einen Ölwechsel vornehmen zu müssen. Sie hätten gut und gerne ein ganz gewöhnliches Ehepaar sein können, dachte sie, das seinen Alltag teilt, und sie konnte ein Gefühl der Hoffnung, daß sich doch noch alles zum Guten wenden würde zwischen ihnen, nicht ganz unterdrücken.

Er sagte, er würde das Geschirr waschen, wenn sie dablieb, um ihm Gesellschaft zu leisten, dann beschwerte er sich gutgelaunt über die riesige Anzahl von Töpfen und Pfannen, die sie benutzt hatte. Während er sie neckte, nahm eine Idee in ihrem Gehirn Gestalt an.

Alex hatte zwar offen über seine Romanov-Abstammung mit ihr geredet, ihr aber immer noch nichts über sein jetziges Leben erzählt, was ihr weit wichtiger war. Bevor er ihr nicht sagte, was er tat, wenn er nicht mit dem Zirkus herumreiste, gab es kein wirkliches Verständnis zwischen ihnen. Aber sie wußte nicht, wie sie an die Wahrheit herankommen sollte, außer durch Schwindel. Aber vielleicht war ein wenig Schwindel ja gar nicht so schlimm, wenn ihrer beider Glück auf dem Spiel stand.

»Alex, ich glaub, ich krieg eine Ohrenentzündung.«

Er hielt sofort inne und blickte sie so besorgt an, daß sie ein schlechtes Gewissen bekam. »Dein Ohr tut weh?«

»Ein bißchen. Nicht schlimm. Bloß ein bißchen.«

»Wir werden einen Arzt aufsuchen, sobald die letzte Vorstellung vorbei ist.«

»Aber dann haben die Praxen doch schon geschlossen.«

»Dann bring ich dich zur Notaufnahme eines Krankenhauses.«

»Ach nein, das will ich nicht. So schlimm ist es nicht, da bin ich mir sicher.«

»Ich will nicht, daß du mit einer Ohrenentzündung rumläufst.«

»Ich glaub, du hast recht.« Sie zögerte, weil sie wußte, daß nun der schwierigste Teil kam. »Aber ich hab eine andere Idee«, sagte sie vorsichtig. »Könntest du – wär's möglich, daß du dir das Ohr mal ansiehst?«

Er verharrte vollkommen regungslos. »Du willst, daß ich's mir ansehe?«

Die Schuldgefühle breiteten sich in ihrem ganzen Körper aus. Sie senkte den Kopf und spielte mit einem Zipfel ihrer Papierserviette. Gleichzeitig mußte sie daran denken, wie er wegen der Tetanusimpfung in sie gedrungen war, und auch, wie oft sie schon gesehen hatte, wie er einen Arbeiter verarztete. Sie hatte das Recht, die Wahrheit zu erfahren.

»Ich nehme an, daß du, egal, worauf du spezialisiert bist, eine einfache Ohrenentzündung behandeln kannst. Außer du bist tatsächlich ein Tierarzt.«

»Ich bin kein Tierarzt.«

»Also dann ...«

Er sagte gar nichts. Sie saß angespannt da, rückte den Honigtopf mit dem Klee zurecht und auch Salz- und Pfefferstreuer. Sie zwang sich, daran zu denken, daß dies zu seinem eigenen Besten geschah. Ihre Ehe konnte nicht funktionieren, solange er so viele Geheimnisse vor ihr hatte.

Sie hörte, wie er sich regte. »Also gut, Daisy. Ich seh's mir mal an.«

Ihr Kopf schoß hoch. *Sie hatte es geschafft!* Sie hatte ihn endlich doch noch in die Falle gelockt. Mit aller Durchtriebenheit, derer sie fähig war, war es ihr gelungen, ihm die Wahrheit zu entlocken. Ihr Mann war ein Arzt, und sie hatte ihn gerade dazu gebracht, es zuzugeben.

Sie wußte, daß er ärgerlich sein würde, wenn er sie untersuchte und sah, daß sie gar keine Ohrenentzündung hatte, aber damit wurde sie schon fertig, wenn es soweit war. Ganz sicher konnte sie ihm begreiflich machen, daß sie es nur zu seinem Besten getan hatte. So viel Geheimniskrämerei war nicht gut für ihn.

»Komm, setz dich aufs Bett«, sagte er. »Neben die Lampe, wo ich dich besser sehen kann.«

Sie tat, wie ihr geheißen.

Er trocknete sich umständlich die Hände ab, bevor er das Geschirrtuch beiseite legte und zu ihr kam.

»Brauchst du nicht deine Arzttasche?«

»Sie ist im Kofferraum, und ich hab keine Lust, wieder naß zu werden, wenn's nicht unbedingt sein muß. Im übrigen kann man eine Ohrenentzündung auf mehr als nur eine Art feststellen. Welches Ohr ist es?«

Sie zögerte eine Sekunde zu lang, dann wies sie auf ihr rechtes Ohr. Er strich ihr das Haar zurück und beugte sich vor, um es sich anzusehen.

»Das Licht reicht nicht aus. Leg dich zurück.«

Sie legte den Kopf aufs Kissen. Die Matratze hob sich, als er sich neben sie setzte und die Hand um ihren Hals legte. »Schluck mal.«

Das tat sie.

Seine Fingerspitzen drückten ein wenig stärker. »Noch mal.«

Sie schluckte ein zweites Mal.

»Hmm. Jetzt mach den Mund auf und sag ›ah‹.«

»Ahhh.«

Er bog ihren Kopf zur Lampe.

»Was denkst du?« fragte sie schließlich.

»Du hast ganz sicher eine Entzündung, aber ich weiß nicht, ob sie von deinem Ohr kommt.«

Sie hatte eine *Entzündung?*

Er fuhr mit der Hand unter ihren Hosenbund und drückte auf ihren Bauch. »Tut das weh?«

»Nein.«

»Gut.« Er drehte sich um, griff nach einem Bein und rückte es leicht vom anderen ab. »Lieg still. Ich will noch woanders den Puls fühlen.«

Sie lag ganz still. Ihre Stirn war sorgenvoll gerunzelt. Wie konnte sie sich eine Entzündung zugezogen haben? Sie fühlte sich doch ganz gut. Dann fiel ihr ein, daß sie heute morgen leichte Kopfschmerzen gehabt hatte und daß ihr manchmal schwindlig wurde, wenn sie zu schnell aufstand. Vielleicht war sie ja krank und wußte es gar nicht.

Sie sah ihn besorgt an. »Ist mein Puls normal?«

»Pscht.« Er bewegte auch das andere Bein, so daß sie gespreizt dalag, und umfaßte dann sanft beide Knie. »Hattest du in letzter Zeit irgendwelche Gelenkschmerzen?«

Hatte sie? »Ich glaub nicht.«

»Gewöhnlich erwarte ich in so einem Fall Gelenkschmerzen.«

»Wirklich?«

Er schob mit einer raschen Bewegung ihr Sweatshirt hoch und berührte ihre Brust. »Tut hier was weh?«

»Nein.«

Seine Finger strichen über ihre Brustwarze, und ihre Augen verengten sich mißtrauisch, obwohl seine Berührung vollkommen unpersönlich zu sein schien. Sie entspannte sich wieder, als sie den konzentrierten Ausdruck auf seinem Gesicht sah. Er war eben einfach nur gründlich, wie man das von einem Profi erwartete; an seinem Verhalten war nichts Lüsternes.

Er berührte ihre andere Brust. »Und wie ist es hier?« Nichts.

Er zog ihr Sweatshirt wieder züchtig herunter, und sie schämte sich für ihr Mißtrauen.

Er blickte nachdenklich drein. »Ich fürchte ...«

»Was?«

Er tätschelte tröstend ihre Hand. »Daisy, ich bin zwar kein Gynäkologe, und normalerweise würde ich das auch nicht tun, aber ich würde dich gern untersuchen. Macht's dir was aus?«

»Ob's mir was ausmacht?« Sie zögerte. »Nein, natürlich nicht, denk ich. Ich meine, wir sind schließlich verheiratet, und du hast's schon gesehen und so – aber was stimmt denn deiner Meinung nach nicht?«

»Ich bin fast sicher, daß nichts ist, aber Drüsenprobleme können ganz schön kompliziert sein, da will ich eben einfach auf Nummer Sicher gehen.« Er schob die Daumen unter den Gummibund ihrer Jogginghose. Sie hob die Hüften und ließ sich die ausgebeulte Hose samt Slip von ihm runterziehen.

Als er ihre Sachen beiseite warf, kam erneut Mißtrauen in ihr hoch, doch als sie sah, daß er sie nicht einmal anblickte, schwand es wieder. Er wirkte zerstreut, als wäre er tief in Gedanken versunken. Wenn sie nun irgendeine seltene Krankheit hatte und er überlegte, wie er's ihr beibringen sollte?

»Möchtest du, daß ich dich mit der Bettdecke zudecke?« fragte er.

Sie wurde knallrot. »Das – äh – das mußt du nicht. Ich meine, unter diesen Umständen ...«

»Also gut.« Er schob sanft ihre Knie auseinander. »Sag mir, wenn was weh tut.«

Es tat nicht weh. Nicht ein bißchen. Ihr fielen die Augen zu, während er sie untersuchte, und sie begann zu schweben. Er hatte wirklich erstaunliche Hände. So sanft. Einfach wundervoll. Hier ein Streicheln. Dort ein sanftes Bohren. Herrlich. Seine Finger hinterließen einen weichen, feuchten Pfad. Sein Mund – *Mund!*

Ihr Kopf schoß aus dem Kissen. »Du perverser Mistkerl!« kreischte sie.

Er stieß ein dröhnendes Gelächter aus und fiel, sich den Bauch haltend, aufs Bett zurück.

»Du bist gar kein Arzt!«

»Das hab ich dir doch gesagt! Du bist so leichtgläubig.« Er lachte noch lauter. Sie stürzte sich auf ihn, und er wehrte sie mit einer Hand ab, während er sich mit der anderen den Hosenschlitz aufzog. »Das hast du verdient, du kleine Betrügerin, mit deiner falschen Ohrenentzündung.«

Ihr Blick verengte sich, als sie sah, daß er an seiner Jeans zog. »Was tust du da?«

»Es gibt nur ein Rezept gegen das, was dir fehlt, Schätzchen. Und ich bin zufällig genau der richtige Mann dafür.«

Seine Augen funkelten vor Fröhlichkeit, und er wirkte derart zufrieden mit sich, daß ihre Wut langsam schwand und sie sich bemühen mußte, ernst zu bleiben. »Ich bring dich um!«

»Nicht, bevor ich meinen Lohn habe.« Seine Jeans flog in hohem Bogen auf den Boden, und die Unterhose steckte noch drin. Mit einem wölfischen Grinsen schob er sich über sie und drang mit einem glatten Stoß in sie ein.

»Du Abartiger! Du abscheulicher ... ah ... du ... schrecklicher ... mmm ...«

Sein Grinsen reichte von einem Ohr bis zum anderen. »Was hast du gesagt?«

Sie kämpfte entschlossen gegen ihre aufsteigende Erregung. So leicht würde sie ihm nicht in die Hände fallen. »Ich dachte, es stimmt was nicht mit mir, und und die ganze Zeit hast du nur – ahh ... hast du mich bloß begrabschen wollen!«

»So spricht man nicht.«

Sie stöhnte und packte ihn mit beiden Händen an den Hüften. »Das sagte einer, der gerade seinen hippokratischen Eid gebrochen hat ...«

Er stieß ein schallendes Gelächter aus, das wohlige Vibrationen bei ihr auslöste. Als sie zu ihm aufblickte, sah sie, daß der angespannte, gefährliche Fremde, den sie geheiratet hatte, verschwunden war. An seine Stelle war ein Mann getreten, den sie noch nie gesehen hatte – beinahe schmerzhaft jung, fröhlich und voller Überschwang. Ihr Herz jubelte.

Seine Augen wurden ein wenig glasig. Er saugte an ihrer Unterlippe.

»O Alex ...«

»Sei still, Liebes. Sei still und laß mich dich lieben.«

Bei seinen Worten schnellte ihr Puls hoch. Sie paßte sich seinem Rhythmus an und klammerte sich an ihn, während sich ihre Augen mit Tränen füllten. In ein paar Stunden würde sie ihm in der Arena gegenübertreten müssen, doch jetzt, in diesem Augenblick, gab es keine Gefahr, nur Glück, unfaßbares Glück. Es erfüllte sie vom Kopf bis zu den Zehen und explodierte in einem wahren Sternenrausch.

Danach, als sie vor dem Badspiegel stand und sich für die nächste Vorstellung schminkte, verpuffte ihr Wohlgefühl mit einem Mal. Egal, was sie auch glauben wollte, es gab keine wirkliche Intimität zwischen ihnen, solange Alex so viele Geheimnisse vor ihr hatte.

»Willst du noch 'ne Tasse Kaffee, bevor wir wieder in den Regen raus müssen?« rief er.

Sie legte den Lippenstift beiseite und trat aus dem Badezimmer. Er stand in der Küche, hatte nur seine Jeans an und eins von den gelben Handtüchern um den Hals. Sie schob die Hände in die Taschen seines blauen Frotteemantels. »Was ich will ist, daß du dich hinsetzt und mir sagst, was du machst, wenn du nicht beim Zirkus bist.«

»Sind wir jetzt wieder bei dem Thema?«

»Ich glaub, wir waren immer dabei. Mir reicht's, Alex. Ich will die Wahrheit wissen.«

»Wenn's hier um das geht, was ich gerade gemacht hab ...«

»Das hat's bloß wieder aufgebracht. Keine Geheimnisse mehr. Wenn du kein Arzt bist und auch kein Veterinär, was für eine Art Doktor bist du dann?«

»Wie wär's mit einem Zahnarzt?«

Er sah so hoffnungsvoll aus, daß sie beinahe gelächelt hätte. »Du bist kein Zahnarzt. Zufällig weiß ich, daß du nicht jeden Abend Zahnseide benutzt.«

»Tu ich doch.«

»Lügner. Höchstens jeden zweiten Tag. Und ein Psychiater bist du auch nicht, obwohl du eindeutig neurotisch genug dazu wärst.«

Er nahm seine Kaffeetasse von der Anrichte und starrte in deren braune Tiefen. »Ich bin ein Collegeprofessor, Daisy.«

»Du bist was?«

Er blickte sie an. »Ich bin Professor für Kunstgeschichte an einem kleinen, privaten College in Connecticut. Im Moment bin ich auf Urlaub.«

Sie war auf eine Menge gefaßt gewesen, aber auf das nicht. Obwohl, wenn sie so darüber nachdachte, dann sollte es sie eigentlich nicht so überraschen. Es hatte mehrere unauffällige Hinweise gegeben. Ihr fiel wieder ein, wie Heather ihr erzählt hatte, daß Alex sie einmal mit in eine Kunstgalerie genommen und ihr die Bilder erklärt hatte. Dann waren da die Kunstzeitschriften, von denen sie angenommen hatte, daß sie ein Vorbewohner hatte liegenlassen, sowie die Bemerkungen, die er zu einigen berühmten Bildern gemacht hatte.

Sie ging zu ihm. »Warum hast du so ein Geheimnis daraus gemacht?«

Er zuckte die Schultern und nahm einen Schluck Kaffee.

»Laß mich raten. Das ist dasselbe wie mit dem Wohnwagen, stimmt's? Du hast den hier genommen, obwohl es was Netteres gegeben hätte. Du wußtest, daß ich mich mit einem Collegeprofessor viel wohler gefühlt hätte als mit Alexi, dem Kosaken, und du wolltest nicht, daß ich mich wohl fühle.«

»Ich konnte nicht zulassen, daß du vergißt, wie verschieden wir sind. Ich bin trotz allem ein Zirkusartist, Daisy. Alexi der Kosake ist ein ganz wichtiger Teil von mir.«

»Aber du bist außerdem ein Collegeprofessor.«

»Ist bloß ein altes, heruntergekommenes College.«

Sie mußte an das löchrige alte T-Shirt mit der Collegeaufschrift denken, das sie manchmal zum Schlafen anzog. »Bist du auf die *University of North Carolina* gegangen?«

»Da hab ich meinen ersten Abschluß gemacht. Promoviert hab ich dann an der Uni von New York.«

»Es fällt mir nicht leicht, das zu verdauen.«

Er strich ihr mit dem Daumen übers Kinn. »Es ändert überhaupt nichts. Es gießt immer noch wie verrückt, wir müssen 'ne Vorstellung durchziehen, und du siehst im Moment so schön aus, daß ich dir am liebsten diesen Bademantel ausziehen und noch mal mit dir Doktor spielen würde.«

Sie zwang sich, ihre Sorgen für den Moment beiseite zu schieben und lieber die Gegenwart zu genießen. »Da bist du aber ganz schön mutig.«

»Wieso?«

»Weil du diesmal der Patient bist.«

An diesem Abend nahm der Wind während der letzten Vorstellung alarmierend zu. Die Nylonwände des *big top* blähten sich im Wind wie übergroße Blasebälge. Alex ignorierte Shebas Versicherung, der Wind würde sich schon wieder legen, und befahl Jack, die Vorstellung zu stoppen.

Der Ringansager verkündete die Entscheidung in ruhigem, vernünftigem Ton. Er erzählte den Zuschauern, daß sie das *big top* aus Sicherheitsgründen abbrechen müßten und natürlich jeder sein Eintrittsgeld zurückerhalten würde. Während Sheba vor Wut schäumte und nachrechnete, wieviel sie dabei verloren, bat Alex die Musiker, etwas Lebhaftes zu spielen, damit die Leute das Zelt schneller verließen.

Einige Zuschauer wollten unter der Zeltmarkise bleiben, um nicht naß zu werden, und mußten zum Gehen aufgefordert werden. Während er bei der Evakuierung half, mußte er immer wieder an Daisy denken und ob sie wohl seinen Anweisungen gefolgt war und sich in den Pickup gesetzt hatte, bis der Sturm vorüber war.

Wenn sie nun nicht tat, was er gesagt hatte? Wenn sie da draußen im Wind herumirrte und nach irgendeinem verlorengegangenen Kind suchte oder einem älteren Menschen zu seinem Fahrzeug half? Verdammt, das wäre wieder typisch für sie! Sie besaß mehr Herz als Verstand und würde nicht zweimal überlegen, bevor sie jemandem zu Hilfe eilte.

Am liebsten wäre er sie suchen gegangen.

Der kalte Schweiß brach ihm aus, und er mußte all seine Selbstbeherrschung aufbieten, um ruhig auszusehen, während die Leute das Zelt verließen. Er sagte sich die ganze Zeit, daß sie schon in Ordnung war, und brachte sogar ein Lächeln zustande, als ihm wieder einfiel, wie übel er sie heute nachmittag hereingelegt hatte.

Er hatte in der kurzen Zeit, seit sie sich kannten, mehr gelacht als sein ganzes bisheriges Leben lang. Er wußte nie, was sie als nächstes tun würde; bei ihr fühlte er sich wie der kleine Junge, der er nie gewesen war. Was sollte er bloß tun, wenn sie weg war? Er weigerte sich, daran zu denken. Er würde schon damit fertig werden, das war alles, so wie er mit allem anderen fertig geworden war. Das Leben hatte einen Einzelgänger aus ihm gemacht, und so wollte er es auch.

Als auch der letzte Zuschauer das *big top* verlassen hatte, wurde es noch stürmischer, und der nasse Nylonzeltstoff flatterte und blähte sich. Alex hatte Angst, daß sie das Zelt verlieren könnten, wenn sie es nicht schnell genug abbauen konnten, und so ging er von einer Arbeitergruppe zur anderen und half mit, die Seile zu lockern, um die niedrigeren Zeltstangen so schnell wie möglich herunterzubekommen. Ein Arbeiter ließ ein Seil zu schnell los und wurde davon ins Gesicht geschlagen, aber das war nicht das erste Mal, daß ihm so etwas passierte, und er kümmerte sich nicht um die Schmerzen.

Kalter Regen rann ihm in den Halskragen und in die Augen, und vom Sturm klebte ihm die Regenhaut an der Brust. Doch die ganze Zeit über dachte er nur an Daisy. *Du sitzt besser im Wagen, Engel. Du bringst dich besser in Sicherheit. Für mich.*

Daisy kauerte, an Sinjun gekuschelt, in dessen Käfig, während der Regen herunterprasselte und durch die Gitterstäbe hereingepeitscht wurde. Alex hielt den Wohnwagen in einem solchen Sturm nicht für sicher und hatte ihr gesagt, daß sie im Wagen warten solle, bis der Wind wieder abflaute. Sie war gerade auf dem Weg dorthin gewesen, als sie Sinjuns wildes Brüllen gehört und gewußt hatte, daß ihm der Sturm angst machte.

Man hatte ihn draußen, mitten im Gewitter, stehenlassen, während sich die Arbeiter um das *big top* kümmerten. Zuerst hatte sie vor dem Käfig gestanden, aber der harte Regen und der heftige Wind machten es ihr schwer, sich auf den Beinen zu halten. Er brach in Panik aus, als sie versuchte, unter dem Käfig Zuflucht zu suchen, was ihr keine andere Wahl ließ, als zu ihm in den Käfig zu kriechen.

Jetzt hatte er sich wie ein riesiger alter Kater um sie zusammengerollt. Sie spürte die Vibrationen seines ruhigen Atems in ihrem Rücken, und sein mächtiger Körper hielt sie schön warm. Sie kuschelte sich noch enger an ihn und fühlte sich beinahe so friedlich wie ein paar Stunden zuvor, als sie in Alex' Armen gelegen hatte.

Daisy war nicht im Pickup.

Sie war nicht im Wohnwagen.

Alex rannte über den Zeltplatz und suchte panisch nach ihr. Was hatte sie diesmal wieder angestellt? Wo war sie? Verdammt, das war alles seine Schuld! Er wußte, wie gedankenlos sie sein konnte, und hätte besser auf sie aufpassen sollen. Sobald der Sturm ausbrach, hätte er sie zum Wagen zurücktragen und am Rad festbinden sollen.

Er bildete sich etwas darauf ein, in einer Krise immer einen kühlen Kopf zu behalten, doch jetzt konnte er auf einmal nicht mehr denken. Der Sturm hatte ein wenig nachgelassen, nachdem das *big top* abgebaut worden war, und er hatte sich ein paar Minuten genommen, um zu sehen, ob es irgendwelche größeren Schäden gab. Herumfliegende Gegenstände hatten die Windschutzscheibe eines Lastwagens getroffen, und ein Budenwagen war umgeweht worden. Es gab ein paar Risse im Zeltstoff, aber keine größeren Schäden, also hatte er sich auf die Suche nach Daisy gemacht. Als er beim Pickup ankam, war sie jedoch nicht dagewesen, und da geschah es, daß er in Panik ausbrach.

Warum hatte er bloß nicht besser auf sie achtgegeben? Sie

war zu zart für dieses Leben, zu vertrauensselig. Lieber Gott, mach, daß ihr nichts zugestoßen ist.

Auf der anderen Seite des Zeltplatzes sah er Licht aufblitzen, doch eine Plane blockierte ihm die Sicht. Als er darauf zurannte, hörte er Daisys Stimme, und ihm wurde ganz schwach vor Erleichterung. Er eilte um die Leinwand herum und meinte, nie etwas Schöneres gesehen zu haben als seine Frau, die eine Taschenlampe in der Hand hielt und zwei Arbeiter dirigierte, Sinjuns Käfig in den Menagerielastwagen zu laden.

Er hätte sie am liebsten gepackt und geschüttelt, weil sie ihm einen solchen Schrecken eingejagt hatte, aber er widerstand dem Drang. Sie konnte ja nichts dafür, daß er sich in einen erbärmlichen Schwächling verwandelt hatte.

Als sie ihn sah, glitt ein so glückliches Lächeln über ihr Gesicht, daß es ihm bis zu den Zehen herunter warm wurde. »Da bist du ja! Ich hab mir solche Sorgen um dich gemacht.«

Er räusperte sich und holte tief Luft. »Braucht ihr Hilfe?«

»Ich glaub, wir haben's gerade geschafft.« Sie krabbelte in den Lastwagen.

Obwohl er nichts mehr wollte, als sie zum Wohnwagen zurückzutragen und die ganze Nacht lang zu lieben, verstand er sie mittlerweile gut genug, um zu wissen, daß sie nichts dazu bringen konnte, aus dem Lastwagen rauszukommen, bevor sie nicht sicher war, daß ihre Lieblinge es gut für die Nacht hatten. Wenn er es zuließe, würde sie ihnen wahrscheinlich auch noch eine Gute-Nacht-Geschichte erzählen.

Schließlich tauchte sie wieder auf und streckte, ohne auch nur eine Sekunde zu zögern, die Arme aus und warf sich von der Rampe herunter an seine Brust. Er fing sie auf und drückte sie an sich. Das mochte er an ihr wohl am liebsten, daß sie nie zögerte. Sie wußte, daß er sie auffangen würde, egal was auch passierte.

»Bist du während des Sturms im Lastwagen geblieben?« Er drückte ihr einen rauhen, beinahe verzweifelten Kuß auf ihr nasses Haar.

»Hmmm ... kalt ist mir nicht geworden, soviel kann ich dir versichern.«

»Gut. Dann laß uns zum Wohnwagen zurückgehen. Wir könnten beide eine heiße Dusche vertragen.«

»Aber zuerst muß ich –«

»Nach Tater sehen. Ich komme mit.«

»Aber schau ihn nicht wieder so böse an.«

»Ich schau nie böse.«

»Letztes Mal schon. Es hat seine Gefühle verletzt.«

»Er hat keine –«

»Hat er doch, Gefühle meine ich.«

»Du verziehst ihn.«

»Er ist nur temperamentvoll, nicht verzogen. Das ist ein Unterschied.«

Er warf ihr einen bedeutungsvollen Blick zu. »Glaub mir, ich weiß alles über den Unterschied zwischen Temperament und Verzogensein.«

»Willst du damit andeuten –«

»War als Kompliment gemeint.«

»Klang aber nicht so.«

Sie kabbelten sich den ganzen Weg bis zum Elefantenwagen, doch er ließ ihre Hand nicht eine Sekunde lang los. Und nicht eine Sekunde lang schaffte er es, das Grinsen von seinem Gesicht zu wischen.

18

In den Monaten Juni und Juli erreichte der Zirkus das Herzstück seiner Tour und wand sich gen Westen, durch die kleinen Städte von Pennsylvania und Ohio. Manchmal folgten sie den Flüssen, kleinen und großen: dem Allegheny und dem Monongahela, dem Hocking, Scioto und Maumee. Sie gaben Vorstellungen in den kleinen Städten, die von den großen Shows vergessen worden waren: Städtchen, in denen früher

Kohle abgebaut worden war, deren Minen jetzt jedoch stillgelegt waren, ebenso wie die Stahlfabriken in anderen. Die große Industrie mochte die kleinen Leute von Pennsylvania und Ohio vergessen haben, doch Quest Brothers dachte an sie, und der Zirkus zog weiter.

In der ersten Augustwoche überquerten sie die Grenze zu Indiana, und Daisy war nie glücklicher gewesen. Jeder Tag war ein neues Abenteuer. Sie fühlte sich wie ein völlig neuer Mensch: stark, selbstbewußt und in der Lage, für sich selbst einzustehen. Seit Sinjun aus dem Käfig ausgebrochen war, hatte sie sich den Respekt der anderen erworben und war nicht länger ein Außenseiter. Die Showgirls tratschten mit ihr, die Clowns fragten sie nach ihrer Meinung zu ihren neuesten Tricks. Brady suchte sie auf, um sich mit ihr über Politik zu unterhalten und sie dazu zu bringen, ihre schlaffen Muskeln mit ein wenig Bodybuilding aufzumöbeln. Und Heather verbrachte jeden Tag ein wenig Zeit mit ihr, aber nur, solange Alex nicht in der Nähe war.

»Hast du je was über Psychologie gelernt?« fragte sie an einem Nachmittag Anfang August, als Daisy sie zum Mittagessen in ein MacDonalds in dem Städtchen im Osten von Indiana eingeladen hatte, in dem sie gerade die Zelte aufschlugen.

»Ja, kurz mal. Ich mußte aber die Schule wechseln, bevor ich den Kurs abschließen konnte.« Daisy nahm sich ein Pommes frites, biß herunter und legte es wieder weg. Frittiertes bekam ihr in letzter Zeit nicht besonders. Sie drückte die Hand auf den Magen und versuchte, sich auf das zu konzentrieren, was Heather sagte.

»Ich glaub, ich will mal Psychologin werden oder so was, wenn ich erwachsen bin. Ich mein, nach allem, was ich durchgemacht hab, könnte ich sicher vielen Kids helfen.«

»Das könntest du ganz bestimmt.«

Heather wirkte bedrückt, was nicht ungewöhnlich war. Von dem sorglosen Teenager war nicht mehr viel übrig, und

Daisy wußte, daß ihr die Sache mit dem Diebstahl immer noch schwer auf der Seele lag, obwohl sie es nie wieder erwähnt hatte.

»Hat Alex – ich mein, hat er je was drüber gesagt, wie blöd ich war und so?«

»Nein, Heather. Ich bin mir sicher, daß er nicht mal mehr dran denkt.«

»Immer wenn ich dran denk, könnt ich sterben.«

»Alex ist es gewöhnt, daß sich ihm die Frauen an den Hals werfen. Um dir die Wahrheit zu sagen, ich glaube, er merkt es nicht mal mehr.«

»Echt? Du sagst das bloß, damit ich mich nicht so mies fühle.«

»Er mag dich sehr, Heather. Und er hält dich ganz sicher nicht für blöd.«

»Du warst ganz schön sauer, als du uns überrascht hast.«

Daisy mußte ein Lächeln unterdrücken. »Eine ältere Frau empfindet es als äußerst bedrohlich, wenn sich eine Jüngere an ihren Mann ranmacht.«

Heather nickte weise. »Yep. Aber Daisy, ich glaub nich, daß er dich je betrügen würde, weißt du. Jill und Madeline und die anderen reden dauernd drüber, daß er sie überhaupt nicht mehr bemerkt, nicht mal, wenn sie im Bikini rumliegen. Ich glaub, das pißt sie ganz schön an.«

»Heather ...«

»Sorry. Es *ärgert* sie.« Sie zerpflückte abwesend ihren Hamburger. »Kann ich dich was fragen? Es ist ... also ... wenn man mit jemandem schläft und so. Ist das nicht furchtbar peinlich?«

Daisy bemerkte, daß Heathers Fingernägel vollkommen abgebissen waren, und wußte, daß das nicht daran lag, daß sie sich Sorgen um Sex machte, sondern an ihrem schlechten Gewissen. »Wenn es der Richtige ist, dann ist es überhaupt nicht peinlich.«

»Aber wann weiß man, daß es der Richtige ist?«

»Man läßt sich Zeit und lernt einander besser kennen. Und, Heather, man wartet, bis man verheiratet ist.«

Heather verdrehte die Augen. »Niemand wartet heutzutage mehr, bis er verheiratet ist.«

»Ich schon.«

»Ja, aber du bist ja auch irgendwie –«

»Verstaubt?«

»Ja. Aber auf nette –« Sie riß die Augen auf, und ihr Gesicht belebte sich das erste Mal seit Wochen. Sie setzte ihre Cola ab. »O Gott, schau bloß nicht hin!«

»Wohin?«

»Zur Tür. Bei der Tür. Dieser Junge, der gestern noch rumhing, um mit mir zu reden, ist grad reingekommen. Er ist – o Gott, er ist *soo* süß.«

»Wo?«

»Da, bei der Kasse. Schau nicht hin! Er hat 'n schwarzes ärmelloses T-Shirt und Shorts an. Beeil dich, aber laß dich nicht dabei erwischen, daß du ihn ansiehst.«

Daisy überflog den Kassenbereich so unauffällig, wie sie konnte. Sie erspähte den Teenager, wie dieser gerade die Anzeigentafel mit dem Menü studierte. Er war etwa in Heathers Alter, besaß strähniges braunes Haar und einen herrlich einfältigen Ausdruck auf dem Gesicht. Daisy freute es unheimlich, daß sich Heather ausnahmsweise mal wie ein ganz normaler Teenager benahm statt wie jemand, der das Gewicht der ganzen Welt auf den Schultern trägt.

»Wenn er mich nun sieht?« heulte Heather. »O Shit! Meine Haare –«

»Nicht fluchen, Heather. Und deine Haare sehen prima aus.«

Heather duckte sich, und da wußte Daisy, daß der Junge zu ihnen kam.

»Hi.«

Heather rührte erst einmal umständlich die Eiswürfel in ihrer Cola um, bevor sie aufblickte. »Hi.«

Beide wurden rot, und Daisy konnte sehen, daß sich beide fieberhaft den Kopf nach etwas Brillantem zerbrachen. Schließlich stürzte sich der Junge kopfüber ins Gespräch. »Was machste so?«

»Nix.«

»Äh, hängste heute auch rum? Ich mein, im Zirkus und so.«

»Schon.«

»Okay.«

»Ja, ich bin da.«

Wieder eine lange Pause, die diesmal von Heather unterbrochen wurde. »Das ist Daisy. Du erinnerst dich vielleicht noch an sie von der Vorstellung und so. Sie is so was wie meine beste Freundin. Daisy, das ist Kevin.«

»Hallo, Kevin.«

»Hi. Ich, äh, du warst toll in der Vorstellung.«

»Danke.«

Da dieses Thema damit erschöpft war, wandte er sich wieder an Heather. »Ich und dieser Typ, Jeff – du kennst ihn nicht, aber er is echt cool –, wir haben gedacht, daß wir vielleicht 'ne Weile bei euch rumhängen.«

»Okay.«

»Vielleicht seh ich dich ja.«

»Klar. Wär' cool.«

Stille.

»Okay, ich seh dich dann.«

»Ja, tschüßi.«

Während er davonstolperte, breitete sich ein verträumter Ausdruck auf Heathers Gesicht aus, der jedoch beinahe sofort von Unsicherheit verdrängt wurde. »Glaubst du, er mag mich?«

»Ganz bestimmt.«

»Was mach ich bloß, wenn er mich fragt, ob ich mit ihm ausgehe, zwischen den Vorstellungen oder so was? Du weißt, daß Dad mich nie gehen läßt.«

»Du wirst Kevin die Wahrheit sagen müssen. Dein Vater ist sehr streng, und du darfst erst Verabredungen haben, wenn du dreißig bist.« Heather verdrehte wieder die Augen, aber Daisy ließ sich nicht beirren.

Sie dachte über Heathers Dilemma nach. Eine kleine Romanze wäre gut für sie, selbst eine ganz kurze. Sie mußte sich mal wie ein normaler Teenager benehmen, statt immer nur auf dem Büßerstühlchen zu sitzen. Doch sie wußte, daß Heather recht hatte. Brady hatte was dagegen.

»Wie wär's, wenn du Kevin ein wenig rumführst? Das würde ihm sicher gefallen. Wenn ihr euch dann zu den Lastwagen setzt, kann dein Vater dich im Auge behalten, und ihr habt gleichzeitig ein wenig Ruhe.«

»Ich glaub, das würd gehen.« Heather kräuselte flehentlich die Stirn. »Redest du mit Dad und sorgst dafür, daß er mich nicht blamiert?«

»Ich rede mit ihm.«

»Laß nicht zu, daß er was Dummes sagt, wenn Kevin dabei ist. Bitte, Daisy.«

»Ich tu mein Bestes.«

Sie ließ den Kopf sinken und stieß mit dem Finger an ihre leere Pommesfritestüte. Wieder ließ sie die Schultern hängen, und Daisy konnte richtig sehen, wie sich die Wolke der Schuldgefühle wieder über sie senkte.

»Wenn ich dran denk, was ich dir angetan hab, fühl ich mich wie der letzte Arsch – Dreck! Ich meinte Dreck.« Sie blickte auf. »Du weißt, daß es mir leid tut, nicht wahr?«

»Ja.« Sie wußte nicht, wie sie ihr helfen sollte. Heather hatte alles versucht, was es gab, um ihr Vergehen wiedergutzumachen. Das einzige, was sie nicht getan hatte, war, zu ihrem Vater zu gehen und ihm die Wahrheit zu sagen, und das wollte Daisy auch gar nicht von ihr. Das Verhältnis zwischen Heather und Brady war ohnehin schon angespannt genug, und ein Geständnis wie dieses würde alles nur noch schlimmer machen.

»Daisy, ich würd nie ... Ich mein, das mit Alex ist bloß passiert, weil ich noch so unreif war. Er war so nett zu mir, aber ich würd mich nie an ihn ranmachen oder so, falls du dir deswegen Sorgen machst.«

»Danke, daß du mir das sagst.« Daisy sammelte rasch ihren Tischabfall ein, damit Heather nicht sah, wie sie lächelte.

Das Mädchen rümpfte die Nase. »Is echt keine Beleidigung, Daisy. Er ist sexy und so, aber er is echt alt.«

Daisy verschluckte sich.

Heather blickte zur Kasse, wo Kevin endlich seine Bestellung aufgab. »Er ist *soo* süß.«

»Alex?«

Heather blickte sie entsetzt an. »Nein! Kevin!«

»Ach so. Nun, Alex ist kein Kevin, soviel ist sicher.«

Heather nickte todernst. »Soviel ist mal sicher.«

Jetzt konnte Daisy nicht mehr anders. Sie fing an zu kichern, und zu ihrer Freude fiel Heather mit ein.

Als sie wieder beim Zeltplatz ankamen, machte sich Heather davon, um mit Sheba zu trainieren. Daisy packte die zuvor eingekauften Lebensmittel aus und sammelte das Gemüse und Obst zusammen, das sie extra für ihre Tiere gekauft hatte. Sie war froh, daß Alex nie etwas zu diesen Extraausgaben sagte. Jetzt, wo sie wußte, daß er nur ein armer Collegeprofessor war, versuchte sie sogar noch sparsamer zu sein, aber lieber würde sie die Lebensmittelausgaben für sie beide einschränken, als den Tieren weniger zukommen zu lassen.

Wie inzwischen gewohnt, ging sie zuerst beim Elefantenwagen vorbei, um Tater abzuholen, dann schlenderten sie zu zweit zur Menagerie. Sinjun, jeder Zoll ein König, ignorierte den kleinen Elefanten normalerweise, doch diesmal hob er seinen stolzen Kopf und betrachtete seinen Rivalen mit hochmütiger Herablassung.

Mich liebt sie am meisten, du kleiner Wurm, vergiß das ja nicht.

Lollipop und Chester standen angebunden draußen vor

dem Zelt, und Tater nahm seinen üblichen Platz in der Nähe ein, wo ihn ein Haufen frisches Heu erwartete. Daisy ging hinüber zu Sinjun, griff durch die Gitterstäbe und kraulte ihn hinter den Ohren. Babysprache fand er erniedrigend, also flötete sie nicht, wie sie es mit den anderen machte.

Sie schätzte ihre Zeit mit den Tieren über alles. Sinjun war unter ihrer Pflege förmlich aufgeblüht, und sein braun-oranges Fell glänzte jetzt vor Gesundheit. Manchmal, sehr früh am Morgen, wenn noch alles ruhig war und sie sich in einer verlassenen Gegend befanden, kroch Daisy aus ihrem warmen Nest an Alex' Seite und ließ Sinjun aus seinem Käfig, damit die große Raubkatze frei herumlaufen konnte, wenn auch nur für ein kleines Weilchen.

Zusammen tollten sie dann über das taufeuchte Gras, Sinjun immer mit sorgfältig eingezogenen Krallen und Daisy mit einem wachen Auge auf eventuelle Frühaufsteher. Jetzt, wo sie ihn streichelte, fühlte sie, wie sie langsam von Müdigkeit übermannt wurde.

Sinjun starrte ihr tief in die Augen. *Sag's ihm.*

Das werd ich.

Sag's ihm.

Bald. Ich sag's ihm bald.

Wie lange dauerte es noch, bis das neue Leben in ihr sich zu regen begann? Sie konnte nicht mehr als sechs Wochen schwanger sein, also würde es schon noch ein Weilchen dauern. Da sie ihre Pille nicht ein einziges Mal vergessen hatte, hatte sie die Symptome zunächst für Streß gehalten, doch als sie sich letzte Woche auf einer Toilette in einem Truck-Stop übergeben mußte, hatte sie sich schließlich einen Schwangerschaftstest besorgt und die Wahrheit erfahren.

Sie spielte mit einem von Sinjuns Ohren. Sie wußte, daß sie es Alex bald sagen mußte, war aber einfach noch nicht bereit. Er würde sich sicher aufregen – darüber machte sie sich keine Illusionen –, aber sobald er sich an den Gedanken gewöhnt hatte, würde er sich sicher freuen. Er mußte sich einfach freuen, sagte sie sich fest. Er liebte sie. Er hatte es bloß noch nicht zugegeben. Und er würde auch ihr Baby lieben.

Obwohl er die Worte, die sie so sehr hören wollte, noch nicht laut geäußert hatte, wußte sie, daß er tiefe Gefühle für sie hegte. Wie sollte sie sich sonst den zärtlichen Ausdruck erklären, der in den unerwartetsten Augenblicken in seinen Augen stand, oder die beinahe greifbare Zufriedenheit, die er ausstrahlte, wenn sie beide zusammen waren? Manchmal fiel es ihr schwer, sich daran zu erinnern, wie selten er am Anfang ihrer Beziehung gelacht hatte.

Sie wußte, daß er gerne mit ihr zusammen war. Angesichts der Enge, in der sie in dem Wohnwagen zusammenlebten, und den langen gemeinsamen Fahrtstunden jeden Vormittag verbrachten sie mehr Zeit miteinander als die meisten Paare, dennoch suchte er sie auch während des Tages immer wieder auf, um ihr etwas zu erzählen, das ihr, wie er wußte, gefallen würde, um sich brummend über ein Problem mit einem örtlichen Behördenvertreter zu beklagen oder um ihr einfach einen besitzergreifenden Klaps auf den Hintern zu versetzen. Ihr tägliches Abendessen, das gewöhnlich zwischen der Nachmittags- und den beiden Abendvorstellungen stattfand, war für beide zu einem wichtigen Ritual geworden. Und in der Nacht, nachdem die Arbeit getan war, liebten sie sich mit einer Leidenschaft und Hemmungslosigkeit, die sie nie für möglich gehalten hätte.

Sie konnte sich ein Leben ohne ihn nicht länger vorstellen, und während die Tage vergingen und er aufhörte, ihre bevorstehende Scheidung zu erwähnen, da wußte sie, daß auch er sich eine Trennung nicht länger vorstellen konnte. Das war der eigentliche Grund, warum sie ihm noch nichts von dem Baby erzählen wollte. Sie wollte ihm noch ein wenig mehr Zeit geben, sich an seine Liebe zu ihr zu gewöhnen.

Am nächsten Morgen brach die Hölle los. Alex war aufgewacht, kurz nachdem sie sich aus dem Bett geschlichen hatte, und hatte sie auf der einsamen Wiese hinter den Wohnwagen erwischt, wo sie mit Sinjun herumtollte. Zwei Stunden später hatte er sich immer noch nicht beruhigt.

Heute war sie mit Fahren dran. Sie hatten angefangen, sich beim Fahren abzuwechseln, als er merkte, daß sie dem Getriebe nicht den Garaus machte und gern hinterm Steuer saß.

»Ich sollte heute eigentlich fahren«, sagte er. «Dann wären meine Hände wenigstens beschäftigt, und ich hätte nicht ständig das Bedürfnis, dir damit an die Gurgel zu gehen.«

»Jetzt beruhig dich doch mal, Alex.«

»Beruhigen – Himmel, Arsch und Zwirn!«

Sie warf ihm einen strengen Blick zu.

Er funkelte wütend zurück. »Versprich mir, daß du Sinjun nicht mehr aus dem Käfig läßt.«

»Wir waren ja nicht in einer Stadt, und keine Menschenseele war wach, also hör auf, dir Gedanken darüber zu machen.«

»Das klingt nicht wie ein Versprechen.«

Sie blickte über das weite, flache Farmland von Indiana, das sich beiderseits der zweispurigen Landstraße erstreckte. »Ist dir aufgefallen, daß Jack und Jill in letzter Zeit 'ne Menge Zeit miteinander verbringen? Wär's nicht lustig, wenn sie heiraten würden? Wegen ihrer Namen, meine ich.«

»Hör auf, dich um's Thema herumzudrücken, und gib mir sofort dein Wort, daß du aufhörst, deinen Hals zu riskieren.« Er nahm einen Schluck aus der irdenen Kaffeetasse, die er in der Faust hielt.

»Glaubst du wirklich, Sinjun würde mir was tun?«

»Er ist keine Hauskatze, auch wenn du so mit ihm umgehst. Wilde Tiere sind unberechenbar. Du wirst ihn nicht mehr aus dem Käfig lassen, verstanden? Unter gar keinen Umständen.«

»Ich hab dich was gefragt. Glaubst du wirklich, er würde mir was tun?«

»Nicht absichtlich. Ein Bonding hat zwischen euch stattgefunden, soviel ist sicher, aber der Zirkus ist voll von Geschichten über angeblich friedliche Tiere, die am Ende über ihre Wärter oder Dompteure herfielen. Und Sinjun läßt sich wohl kaum als friedlich bezeichnen.«

»Er ist mit mir zusammen, und er haßt den Käfig. Wirklich, Alex. Ich hab dir vorher gesagt, daß ich ihn nie in einer Wohngegend rauslassen würde. Und dir ist sicher aufgefallen, daß heute morgen weit und breit niemand war. Wenn sich irgendwo was geregt hätte, hätte ich nie die Käfigtür aufgemacht.«

»Die machst du sowieso nie mehr auf, also ist es egal.« Er trank seinen Kaffee aus und stellte die Tasse auf dem Boden zwischen seinen Füßen ab. »Was ist bloß aus der Frau geworden, die ich geheiratet hab? Die, die der Ansicht war, daß zivilisierte Leute nicht vor elf Uhr aufstehen?«

»Sie hat einen Zirkusartisten geheiratet.«

Sie hörte sein leises, tiefes Lachen und richtete ihre Aufmerksamkeit wieder auf die Straße. Sie wußte, daß die Sache mit Sinjun für ihn damit erledigt war, und konnte nur hoffen, daß ihm nicht auffiel, daß sie keine Versprechungen gemacht hatte.

Heather zog die Tür des Airstream hinter sich zu und trat in die kühle Nacht hinaus. Sie trug ein gelbes Schlafshirt mit einem großen Garfield darauf, und ihre nackten Füße versanken im taufeuchten Gras. Das *big top* war abgebaut, aber sie hatte viel zuviel Angst, um auf die vertrauten Verrichtungen um sie herum zu achten. Ihre Aufmerksamkeit war vielmehr auf ihren Vater gerichtet, der in einem blau-weiß-gestreiften Plastikliegestuhl vor ihrem Airstream saß und die eine Zigarre rauchte, die er sich pro Woche gönnte.

Ausnahmsweise war er mal nicht von Frauen umlagert. Keine Showgirls und keine Mädchen aus den Kleinstädten, durch die sie kamen und die immer hinter ihm her waren. Der Gedanke, daß ihr Dad mit Frauen schlief, war ihr unvorstellbar, obwohl sie wußte, daß es wahrscheinlich der Fall war. Aber zumindest sorgte er dafür, daß sie es nicht mitkriegte, was man von ihren Brüdern nicht behaupten konnte. Ihr Dad pfiff die beiden dauernd herunter, weil sie in ihrer Gegenwart dreckige Wörter benutzten.

Er hatte sie noch nicht gesehen. Seine Zigarrenspitze glühte rot auf, als er einen Zug nahm. Heather hatte nichts zu Abend gegessen, doch war ihr speiübel, als ob sie sich jeden Moment übergeben müßte, wenn sie nur daran dachte, was sie jetzt tun mußte. Wenn sie sich doch bloß die Ohren zuhalten und die Stimme ihres Gewissens verstummen lassen könnte, doch sie wurde mit jedem Tag lauter. Es war mittlerweile so schlimm geworden, daß sie nachts nicht mehr schlafen und kein Essen mehr bei sich behalten konnte. Nichts zu sagen war zu einer schlimmeren Strafe für sie geworden, als alles zu beichten.

»Dad – äh – kann ich mal mit dir reden?« Sie hatte einen Wahnsinnsfrosch im Hals, so daß ihre Worte ein wenig heiser herauskamen.

»Ich dachte, du schläfst schon.«

»Ich kann nicht.«

»Schon wieder? Was ist los mit dir, in letzter Zeit?«

»Es ist –« Sie rang die Hände. Er würde ausflippen, wenn sie's ihm sagte, aber so ging es einfach nicht weiter, zu wissen, daß sie Daisy böse hintergangen und nichts unternommen hatte, um die Sache richtigzustellen.

Wenn Daisy sich als Miststück erwiesen hätte, wär's vielleicht anders gewesen, aber sie war der netteste Mensch, der ihr je begegnet war. Manchmal wünschte sie, Daisy hätte sie gleich entlarvt, dann wäre alles längst vorbei.

»Was ist los, Heather? Machst du dir immer noch Gedanken darüber, daß du heut abend dein Stichwort überhört hast?«

»Nö.«

»Nun, das solltest du aber vielleicht. Ich weiß wirklich

nicht, warum du dich nicht besser konzentrieren kannst. Als Matt und Rob in deinem Alter waren –«

»Ich bin nicht Matt und Rob!« Ihre zum Zerreißen gespannten Nerven gaben nach. »Immer sind es nur Matt und Rob, Matt und Rob! Sie tun alles perfekt, und ich bin die Versagerin!«

»Das hab ich nicht gesagt.«

»Aber gedacht. Immer vergleichst du uns. Wenn ich gleich zu dir hätt kommen können, als Mom starb, anstatt bei Terry bleiben zu müssen, dann wär' ich jetzt schon viel weiter.«

Er wurde nicht sauer. Er rieb sich statt dessen den Arm, und da wußte sie, daß ihm seine Sehnenentzündung wieder zu schaffen machte. »Heather, ich hab getan, was ich für dich für am besten hielt. Das hier ist ein hartes Leben. Ich wünsch mir was Besseres für dich.«

»Es gefällt mir hier. Ich mag den Zirkus.«

»Du verstehst mich nicht.«

Sie sank auf den Stuhl neben ihm, weil sie sich nicht mehr auf den Beinen halten konnte. Das war der beste und gleichzeitig der schlimmste Sommer ihres Lebens. Am besten war, mit Daisy und Sheba zusammen sein zu können. Obwohl die beiden nicht miteinander auskamen, kümmerten sie sich beide um sie. Auch wenn sie das Daisy gegenüber nie zugeben würde, sie mochte ihre Moralpredigten über Fluchen, Rauchen, Sex und all das. Außerdem war Daisy lustig, und sie streichelte andere gerne. Immer rieb sie ihr über den Arm, den Rücken oder so.

Sheba gluckte auf andere Art um sie rum. Sie setzte sich für sie ein, wenn ihre Brüder sich mal wieder aufführten, und sorgte dafür, daß sie anständiges Essen zu sich nahm und nicht nur Junk Food. Sie half ihr bei ihren Akrobatikübungen und schrie sie nie an, nicht mal, wenn sie was falsch gemacht hatte. Sheba streichelte ebenfalls gerne, immer rubbelte sie ihr übers Haar, richtete ihre Haltung oder klopfte ihr nach der Vorstellung auf die Schulter.

Die Begegnung mit Kevin letzte Woche war ebenfalls richtig gut gewesen. Er hatte versprochen, ihr zu schreiben, und Heather hatte vor, ihm zu antworten. Er hatte sie nicht geküßt an dem Abend, aber sie glaubte, daß er gerne gewollt hätte.

Wenn bloß alles andere in diesem Sommer nicht so schrecklich gewesen wäre. Sie hatte sich bis auf die Knochen blamiert vor Alex. Ihr schauderte immer noch jedes Mal, wenn sie nur daran dachte. Ihr Dad war dauernd sauer auf sie. Und am allerschlimmsten war, was sie Daisy angetan hatte, das war so schrecklich, daß sie nicht eine Minute länger damit leben konnte.

»Dad, ich muß dir was sagen.« Sie verkrallte ihre Hände. »Was Schlimmes.«

Er erstarrte. »Du bist doch nicht schwanger, oder?«

»Nein!« Sie wurde knallrot. »Immer denkst du nur das Schlimmste von mir!«

Er sank in den Liegestuhl zurück. »Tut mir leid, Schätzchen. Es ist bloß, du wirst langsam älter, und du bist so hübsch. Ich mach mir einfach Sorgen um dich.«

Das war das Netteste, was er den ganzen Sommer über zu ihr gesagt hatte, aber wegen dem, was sie ihm noch sagen mußte, konnte sie sich nicht darüber freuen. Vielleicht hätte sie erst Sheba Bescheid sagen sollen, aber vor Sheba hatte sie keine Angst; ihr Vater war es, den sie fürchtete. Ihre Augen brannten, aber sie blinzelte die aufsteigenden Tränen fort, denn Männer haßten Tränen. Matt und Rob hatten gesagt, daß nur doofe Tussies heulten.

»Ich – ich hab was angestellt. Und ich kann's nicht länger für mich behalten.«

Er sagte nichts. Er sah sie nur an und wartete.

»Es ist – es ist bloß so, da wächst was in mir, was ganz Häßliches, es wächst und wächst und hört einfach nicht auf zu wachsen.«

»Vielleicht sagst du's mir besser.«

»Ich« – sie schluckte heftig – »das Geld – alle dachten, Daisy hätt's gestohlen ...« Die Worte sprudelten heraus. »Ich war's.«

Einen Moment lang tat er gar nichts, dann schoß er aus dem Stuhl. »Was hast du gesagt?!«

Sie blickte zu ihm auf, und selbst in der Dunkelheit konnte sie sein wutverzerrtes Gesicht sehen. Ihr Magen krampfte sich zusammen, aber sie zwang sich weiterzusprechen. »Ich war's. Ich – ich hab das Geld genommen und mich dann in ihren Wohnwagen geschlichen und es in ihrem Koffer versteckt, damit jeder glaubte, sie hätt's gestohlen.«

»Ich glaub das einfach nicht!« Er holte aus und trat mit dem Fuß gegen ihren Liegestuhl. Bevor sie damit umkippen konnte, packte er sie beim Arm und riß sie hoch. »Warum hast du das getan? Verdammt noch mal! Warum hast du gelogen?«

Panisch versuchte sie, sich von ihm loszureißen, aber er hielt sie eisern fest, und da konnte sie die Tränen nicht länger zurückhalten. »Ich – ich wollte Daisy eins auswischen. Ich war –«

»Du kleine Ratte.«

»Ich hab ihr gesagt, wie leid es mir tut!« Sie schluchzte. »Und es tut mir ehrlich leid! Sie ist jetzt meine Freundin! Ich wollte nicht –«

Er schüttelte sie kräftig. »Weiß Alex davon?«

»N-nein.«

»Du hast alle glauben lassen, daß Daisy eine Diebin ist, dabei warst du es. Du machst mich krank.«

Ohne Vorwarnung zerrte er sie über den Zeltplatz. Ihr lief die Nase, und sie hatte solche Angst, daß ihr die Zähne klapperten. Sie hatte gewußt, daß er sich aufregen würde, aber nicht, daß es so schlimm werden würde.

Er zog sie um Shebas Wohnwagen herum zu Alex' und Daisys, der daneben stand. Er holte weit aus und schlug donnernd gegen die Tür. Drinnen brannte noch Licht, und Alex kam sofort an die Tür.

»Was ist los, Brady?«

Daisys Kopf tauchte hinter Alex' Schulter auf, und als sie Heather erblickte, erschrak sie. »Was ist passiert?«

»Sag's ihm«, befahl ihr Vater.

Heather sprach schluchzend. »Ich – ich hab –«

»Sieh ihn an, wenn du mit ihm redest!« Er packte ihr Kinn und riß ihren Kopf hoch, so daß sie Alex in die Augen sehen mußte. Sie wäre am liebsten gestorben.

»Ich hab das Geld genommen!« heulte Heather. »Nicht Daisy. Ich war's! Ich hab mich in euren Trailer geschlichen und es in ihrem Koffer versteckt.«

Alex erstarrte, und sein Gesicht war dem ihres Vaters auf einmal so ähnlich, daß sie zurückwich.

Daisy stieß einen alarmierten Laut aus. Obwohl sie nicht gerade groß war, schaffte sie es irgendwie, Alex so weit beiseite zu schieben, daß sie an ihm vorbei und die Metallstufen hinunterstürzen konnte. Sie streckte die Arme nach Heather aus, aber die wurde von ihrem Vater zurückgerissen.

»Wag es ja nicht, sie zu bemitleiden. Heather hat sich wie ein Feigling benommen und muß sich auf eine saftige Strafe gefaßt machen.«

»Aber das will ich nicht! Es ist schon Monate her. Es spielt keine Rolle mehr.«

»Wenn ich daran denke, wieviel Kummer ich dir gemacht hab –«

»Es spielt keine Rolle mehr.« Daisy hatte wieder diesen sturen Ausdruck, den sie immer hatte, wenn sie Heather wegen ihrer Ausdrucksweise zur Rede stellte. »Das ist meine Sache, Brady. Meine und Heathers.«

»Da irrst du dich. Sie ist mein Fleisch und Blut, ich bin für sie verantwortlich, und ich hätte nie gedacht, daß ich mich je so für sie schämen würde.« Er blickte Alex an. »Ich weiß, daß das eine Angelegenheit für den Zirkus ist, aber ich wär' dir dankbar, wenn du mir die Sache überlassen würdest.«

Heather wich zurück, als sie die Eiseskälte in Alex' Augen sah. Er nickte.

»Nein, Alex!« Wieder streckte Daisy den Arm aus, aber Alex erwischte sie und zog sie zurück.

Ihr Vater zerrte sie, ohne ein weiteres Wort zu sagen, zwischen den Wohnwagen hindurch, und Heather hatte noch nie im Leben solche Angst gehabt. Ihr Dad hatte sie noch nie geschlagen, aber sie hatte auch noch nie so was Schlimmes angestellt.

Er blieb abrupt stehen, als Sheba aus dem Schatten ihres großen, luxuriösen Wohnwagens trat. Sie trug ihren grünen, seidenen Morgenmantel mit den chinesischen Vögeln und Blumen darauf. Heather war so froh, sie zu sehen, daß sie sich am liebsten in ihre Arme gestürzt hätte, bis sie an dem schrecklichen Ausdruck auf ihrem Gesicht erkannte, daß Sheba alles gehört hatte.

Heather zog den Kopf ein, und wieder rollten ihr Tränen über die Wangen. Jetzt haßte sie auch Sheba. Das hätte sie erwarten müssen, denn Sheba verabscheute nichts mehr als Diebstahl.

Shebas Stimme zitterte. »Ich will mit dir reden, Brady.«

»Später. Ich hab erst was zu erledigen.«

»Wir reden jetzt.« Sie wies mit einer herrischen Kopfbewegung auf ihren Trailer.

»Geh ins Bett, Heather. Dein Vater und ich werden uns morgen um dich kümmern.«

Was schert's dich? hätte Heather am liebsten geschrien. *Du haßt Daisy doch.* Aber sie wußte, daß das jetzt keine Rolle mehr spielte. Sheba konnte ebenso hart wie ihr Dad sein, wenn's um die Einhaltung der Vorschriften im Zirkus ging.

Der Griff ihres Vaters lockerte sich ein wenig, und Heather stob davon. Sie wollte nur noch in ihr Zimmer und allein sein. Sie wußte, daß er sie nun nie mehr lieben würde. Ihre Chance war vorbei.

19

Brady war wütend auf Sheba. »Du mußt da nicht auch noch deine Nase reinstecken.«

»Reg dich ab und komm rein.«

Er stürmte die Stufen hinauf und riß die Metalltür auf. Er war viel zu aufgewühlt, um die teuren Einbauten und schicken Möbel zu bemerken, die Shebas Vehikel zum luxuriösesten unter den Wohnwagen im Zirkus machte. »Sie ist eine Diebin! Meine Tochter ist eine gottverdammte Diebin! Sie hat's Daisy absichtlich angehängt.« Er stieß ein paar Hanteln beiseite und sackte auf die Couch. Er fuhr sich erschöpft durch die Haare. Sheba holte eine Flasche Jack Daniels aus einem Küchenoberschrank und goß eine großzügige Menge in zwei Gläser. Keiner von beiden war ein starker Trinker, deshalb überraschte es ihn, als sie ihres auf einen Zug ausleerte, bevor sie ihm das andere brachte. Beim Gehen flatterte ihr der Morgenmantel um die Beine, was ihn, wenn auch nur für einen Moment, von seinen Problemen ablenkte.

Sheba hatte so eine Art, ihm total den Verstand zu verdrehen. Das gefiel ihm nicht, und er wehrte sich dagegen, seit er sie kannte. Sie war eine Männermörderin – hart, dickköpfig und verzogen. Sie mußte immer die Oberhand behalten, etwas, das er bei einer Frau nie zulassen würde, egal, wie sehr sie ihm auch den Kopf verdrehte. Und Sheba Quest verdrehte ihm ganz zweifellos den Kopf. Sie war die aufregendste Frau, der er je begegnet war. Und die irritierendste.

Sie reichte ihm den Whiskey in einem großen Schwenker und setzte sich neben ihn auf die Couch. Ihr Morgenmantel klaffte auf, so daß ein Bein vom Oberschenkel bis zum Fuß entblößt wurde. Das Bein war muskulös und durchtrainiert. Er hatte ihr schon oft bei ihrer Arbeit mit den Trapezartisten zugesehen und wußte daher, wie stark sie war. Überall im Wohnwagen lagen Fitneßgeräte herum, mit denen sie sich in

Form hielt. Im Durchgangsbogen zum Schlafzimmer hatte sie eine Eisenstange anbringen lassen, und in einer Ecke standen ein Stepper sowie eine Auswahl verschiedener Hanteln.

Sie lehnte sich gegen die Sofakissen und schloß die Augen. Ihr Gesicht verzerrte sich, als ob sie gleich in Tränen ausbrechen würde, etwas, das er bei ihr noch nie erlebt hatte. »Sheba?«

Ihre Augen sprangen auf. »Was willst du?« Sie verkreuzte die Beine wie ein Mann, Fußgelenk über Knie, eine Stellung, die derart unverschämt war, daß er sich fragte, wie sie es schaffte, dabei noch so unglaublich feminin auszusehen.

Er sah einen Streifen scharlachroter Seide zwischen ihren Schenkeln und hatte auf einmal ein Ventil für seine aufgestaute Wut gefunden. »Setz dich gefälligst hin wie eine Dame und nicht wie eine Schlampe!«

»Ich bin nicht deine Tochter, Brady. Ich kann mich hinsetzen, wie ich will.«

Er hatte noch nie im Leben eine Frau geschlagen, aber in diesem Moment wußte er, daß ihm der Kopf explodieren würde, wenn er ihr nicht weh tat. Mit einer so schnellen Bewegung, daß sie sie überhaupt nicht kommen sah, packte er sie am Kragen ihres Morgenmantels und zog sie auf die Füße. »Du hast's ja so gewollt, Babe.«

»Zu schade, daß du nicht Manns genug bist.«

Er konnte sich nicht erinnern, je so wütend gewesen zu sein, und Sheba wurde zur Zielscheibe all der in ihm brodelnden Emotionen. »Entwürdigst du dich da nicht ein bißchen, Sheba? Ein Kerl wie ich? Ich bin ein Metzgerssohn aus Brooklyn, schon vergessen?«

»Du bist ein grober, großmäuliger Bastard.«

Sie provozierte ihn absichtlich. Es kam ihm vor, als wollte sie, daß er ihr weh tat, und er war nur zu begierig, ihrem Wunsch Folge zu leisten. Mit einer brutalen Bewegung riß er ihr den Bademantel herunter. Sie war nackt bis auf das scharlachrote, hochgeschnittene Höschen. Sie hatte große

Brüste mit rotbraunen, halbdollargroßen Warzen. Ihr Bauch war nicht länger flach und ihre Hüften runder, als sie sein sollten. Sie war eine üppige Frau, voll gereift, ja schon ein wenig darüber, und nie hatte ihn ein Anblick mehr erregt als dieser.

Sie machte keinerlei Anstalten, ihre Blöße zu bedecken. Statt dessen blickte sie ihm direkt in die Augen, und mit einer Kühnheit, die ihm den Atem raubte, stellte sie sich in Pose. Sie richtete sich kerzengerade auf, stellte anmutig den linken Fuß vor den rechten und legte dann eine Handfläche an ihren Po. Ihre Brüste hoben sich, und er war verloren.

»Zur Hölle mit dir.«

Sie reizte ihn. »Worauf wartest du, Brady? Tu was, wenn du's willst.«

Er langte nach ihr, hatte jedoch vergessen, wie flink sie sein konnte. Mit wehendem Haar und wackelnden Brüsten sprang sie behende beiseite. Er hechtete hinter ihr her, aber sie entwich erneut. Und sie lachte, ein häßliches Lachen. »Wirst wohl allmählich zu alt, was, Brady?«

Er würde sie zähmen. Gott, er würde sie zähmen. Egal, was er tun mußte, die Frau gehörte ihm. »Du hast überhaupt keine Chance«, höhnte er.

»Das werden wir sehen.« Sie langte nach einer Hantel und warf sie wie eine Bowlingkugel nach ihm.

Er war zwar überrascht, wich aber dennoch mit Leichtigkeit aus. Er sah das herausfordernde Funkeln in ihren Augen und auch den Schweißfilm auf ihren Brüsten. Die Jagd hatte begonnen.

Er machte eine Finte nach links und stürzte sich dann von rechts kommend auf sie. Einen Augenblick lang wirkte sie überrascht, doch als seine Finger schon über ihren Arm strichen, sprang sie kerzengerade in die Luft und packte die Trainingsstange im Türbogen.

Mit einem triumphierenden Schrei begann sie, die Beine zu schwingen. Vorwärts. Zurück. Sie bäumte sich auf und pumpte ihre Beine, mit denen sie ihn auch abwehrte. Ihre Brüste schaukelten einladend, und ihr unverschämt kleines rotes Höschen rutschte gerade so weit herunter, daß er einen schmalen Streifen rotbrauner Locken erkennen konnte. Er hatte noch nie etwas Schöneres gesehen als dies hier: Sheba Cardoza Quest, die Königin der Manege, die ihm ihre ganz private Vorstellung gab.

Das Ganze konnte nur in einer Richtung enden. Er zog sich sein T-Shirt über den Kopf und kickte dann die Sandalen von den Füßen. Sie schwang hin und her und sah ihm zu, wie er sich die Shorts herunterzog. Er trug nicht gerne viel, also hatte er nichts darunter. Ihre Augen inspizierten jeden Körperteil, und er wußte, daß ihr gefallen mußte, was sie sah.

Als er einen Schritt näher trat, stieß sie mit dem Fuß nach ihm, und er packte beide Fußgelenke. »Na, na, was haben wir denn da.«

Langsam spreizte er ihre Beine zum Spagat.

»Du bist ein Teufel, Brady Pepper.«

»Du mußt's ja wissen.« Er küßte ihre Kniekehlen, dann fuhr er mit den Lippen über die harten Muskeln an der Innenseite ihrer Oberschenkel nach oben. Als er das winzige rote Dreieck zwischen ihren Beinen erreicht hatte, hielt er einen Moment inne und sah ihr tief in die Augen, bevor er den Kopf senkte und durch den zarten Stoff an ihr knabberte.

Sie stöhnte und legte ihre Schenkel über seine Schultern. Er packte ihre Hinterbacken mit beiden Händen und fuhr fort, sie mit Zunge und Lippen zu liebkosen. Sie ließ die Stange los und beugte sich vor. Er grub den Kopf tiefer zwischen ihre Schenkel, während sie auf seinen Schultern ritt und sich an ihn drängte.

Sie duckte sich, als er sie durch den Gang in das großzügige Schlafzimmer im hinteren Teil des Trailers trug. Sie fielen zusammen aufs Bett. Sie wurde wild, als er ihr das Höschen herunterriß und seine Finger in sie hineinschob. Dann fiel er über ihre Brüste her.

Sie wand sich wie eine Schlange, bis sie oben war. Dann wollte sie ihn besteigen, doch das ließ er nicht zu. »Du hast hier nichts zu melden.«

»Und du schon?«

»Darauf kannst du wetten, Babe.« Er schleuderte sie herum, so daß sie auf dem Bauch lag, und zog sie auf die Knie, um von hinten in sie einzudringen. Doch er mußte feststellen, daß er es so nicht konnte. Er mußte einfach ihr hochmütiges Gesicht sehen, wenn er in sie eindrang.

Bevor er noch etwas tun konnte, stieß sie ein tiefes, kehliges Knurren aus, warf sich mit einer mächtigen Bewegung herum, wobei sie ein Bein über seinen Kopf schwang, so daß sie nun auf dem Rücken lag und zu ihm aufblickte. Er konnte fühlen, daß sie ebenso erregt war wie er.

Ihre Brust hob und senkte sich wie ein Blasebalg. »Du kriegst mich nicht klein.«

»Vielleicht will ich das ja gar nicht.«

Seine Worte überraschten nicht nur ihn, und einen Moment lang sagte keiner etwas.

Sheba leckte sich die Lippen. »Gut. Denn das kannst du gar nicht.« Sie packte ihn bei seinen mächtigen Oberarmen und riß ihn zu sich herunter. Das brachte ihn in die dominante Position, aber weil sie es initiiert hatte, konnte er sich nicht als Sieger fühlen. Er bestrafte sie, indem er hart und heftig in sie eindrang.

Sie antwortete, indem sie die Hüften aufbäumte, um ihn willkommen zu heißen. Ihre heiser geflüsterten Worte drangen sanft an sein Ohr. »Laß dir Zeit, du Bastard, oder ich bring dich um.«

Er lachte. »Du bist ein mieses Stück, Sheba Quest. Ein richtig mieses Stück.«

Sie ballte eine Faust und schlug ihn damit auf den Rücken.

Der Kampf um die Oberhand hatte begonnen, und auf unausgesprochene Vereinbarung hin hatte derjenige verloren, der als erster kam. Ein Akrobat und eine Trapezkünstlerin –

die Flexibilität ihrer perfekt durchtrainierten Körper erfüllte ihr Liebesspiel mit unendlichen Möglichkeiten. Sie schwelgten in ihrer jeweiligen Eroberungssucht, doch die erotische Qual, die sie dem anderen zufügten, fügten sie auch sich selbst zu. Das zwang sie, ihre messerscharfen Zungen zu Hilfe zu nehmen.

Sie sagte: »Ich laß dich nur deshalb, damit du Heather nichts tust.«

»Von wegen.«

»Es war das einzige, was mir einfiel, damit du dich abregst.«

»Du lügst. Du hast einen Hengst gebraucht. Jeder weiß, daß die kleine Sheba ihre Hengste braucht.«

»Du bist kein Hengst. Du bist ein Trostpreis.«

»Alex war der einzige, von dem du je mehr wolltest, als besprungen zu werden, stimmt's nicht? Zu schade, daß er dich nicht wollte.«

»Ich hasse dich.«

Und so gingen sie weiter, die Verletzungen und Beleidigungen, bis sie an einen Punkt kamen, an dem es keine Worte mehr gab. Da klammerten sie sich aneinander und schossen gemeinsam gen Himmel, und in einem einzigen, zutiefst erschütternden Moment vergaßen sie alles um sich herum, außer diesen einen glückbringenden Augenblick.

Danach wollte sie sofort aus dem Bett springen, aber er hielt sie fest. »Bleib hier, Baby. Bloß noch ein bißchen.«

Und diesmal blieb ihre scharfe Zunge still, während sie sich in seine Arme kuschelte. Leuchtende braunrote Locken lagen wie Feuerzungen auf seiner Brust. Er fühlte, wie sie zitterte, als sie sprach.

»Jetzt ist Daisy eine Heldin.«

»Was sie auch verdient hat.«

»Ich hasse sie. Ich hasse ihn.«

»Sie haben nichts mit dir zu tun.«

»Das ist nicht wahr! Und du weißt es. Es war okay, solange

alle sie für eine Diebin hielten. Aber jetzt nicht mehr. Jetzt wird er denken, er hat gewonnen.«

»Laß gut sein, Baby. Laß gut sein.«

»Ich hab keine Angst vor dir«, sagte sie trotzig.

»Ich weiß. Ich weiß.«

»Ich hab vor nichts Angst.«

Er drückte einen zärtlichen Kuß auf ihre Schläfe und beließ es dabei. Und ob sie Angst hatte. Aus irgendeinem Grund wußte die Königin der Manege auf einmal nicht mehr, wer sie war, und das erschreckte sie zutiefst.

Alex starrte blind in das verdunkelte Schaufenster eines Supermarkts. Drei Türen weiter fiel Licht aus dem Eingang einer kleinen Pizzeria, und daneben flackerte das Neonschild einer Wäscherei, die bereits für den Abend geschlossen hatte, müde ihre Botschaft in die Dunkelheit. Er hielt Daisy den Diebstahl des Eintrittsgelds schon längst nicht mehr vor, hatte sie jedoch ebensowenig wirklich für unschuldig gehalten. Jetzt mußte er sich der Tatsache stellen, daß auch er zu dieser schrecklichen Ungerechtigkeit gegen sie beigetragen hatte.

Warum hatte er ihr bloß nicht geglaubt? Er war so stolz auf seine Fairneß, doch war er so sicher gewesen, daß sie Verzweiflung zu dem Diebstahl getrieben hatte, daß er ihr nicht einmal die Gunst des Zweifels zugestanden hatte. Er hätte wissen müssen, daß Daisys strikte Moralvorstellungen einen Diebstahl nie zulassen würden.

Sie wurde langsam unruhig. »Können wir jetzt gehen?«

Sie hatte ihn nicht auf diesen Abendspaziergang zu dem verlassenen Einkaufszentrum auf der anderen Straßenseite begleiten wollen, aber er wußte, daß er noch nicht bereit war, wieder in die Enge des kleinen Wohnwagens zurückzukehren, also hatte er darauf bestanden. Als er sich von dem Schaufenster mit den Keramikengeln und Fotoalben ab- und ihr zuwandte, merkte er, wie angespannt und besorgt sie war.

Tintenschwarze Locken fielen ihr ums Gesicht, und ihr

Mund sah weich und verletzlich aus. Ein Gefühl von Ehrfurcht durchströmte ihn, als ihm klar wurde, daß dieses süße kleine Hohlköpfchen mit dem eisernen Willen ihm gehörte. Er strich ihr mit dem Daumen über die Wange. »Warum hast du mir nichts von Heather gesagt?«

»Darüber reden wir später.« Ihr Blick zuckte unruhig zur Schnellstraße, und wieder versuchte sie, sich von ihm loszumachen.

»Moment mal.« Er ergriff sie sanft bei den Schultern, und sie stampfte mit dem Fuß auf wie ein trotziges Kind.

»Laß mich sofort gehen! Du hättest nie zulassen dürfen, daß Brady sie einfach so wegschleift. Du hast gesehen, wie wütend er war. Wenn er ihr jetzt was antut –«

»Ich hoffe, daß er ihr ordentlich den Hintern versohlt.«

»Wie kannst du so was sagen? Sie ist erst sechzehn und hat eine ziemlich schwere Zeit hinter sich.«

»Du aber auch. Wie kannst du sie verteidigen, nach dem, was sie dir angetan hat?«

»Das ist nicht mehr wichtig. Die Erfahrung hat mich härter gemacht, und das brauchte ich dringend. Warum hast du sie gehenlassen, wo er so wütend war? Du hast ihm praktisch die Erlaubnis gegeben, sie zu prügeln. Ich hätte mehr von dir erwartet, Alex, wirklich. Und jetzt bitte, ich *flehe dich an!* Laß mich gehen, damit ich sehen kann, ob alles in Ordnung ist mit ihr.«

Ich flehe dich an. Das sagte Daisy die ganze Zeit. Dieselben Worte, die Sheba Quests Geist vor zwei Jahren vergiftet hatten, als sie ihn um seine Liebe bat, gingen Daisy ohne weiteres von der Zunge. In der Früh zum Beispiel steckte sie sich die Zahnbürste in den Mund und rief: »Kaffee! Bitte! Ich flehe dich an!« Letzte Nacht hatte sie ihm heiß ins Ohr geflüstert: »Lieb mich, Alex, ich flehe dich an.« Als ob er erst darum gebeten werden müßte.

Aber Flehen verletzte Daisys Stolz überhaupt nicht. So redete sie eben einfach, und falls er je dumm genug war, anzudeuten, Betteln verletze den Stolz, dann sah sie ihn nur mit diesem mitleidigen Blick an, den er inzwischen so gut kannte, und meinte, er solle nicht so spießig sein.

Er fuhr mit dem Zeigefinger über ihre Unterlippe. »Weißt du überhaupt, wie leid mir das alles tut?«

Sie wischte seine Hand ungeduldig beiseite. »Ich vergebe dir! Jetzt laß uns gehen!«

Er wußte nicht, ob er sie küssen oder schütteln sollte. »Verstehst du denn nicht? Dank Heather hat dich jeder im Zirkus für eine Diebin gehalten. Nicht mal dein Ehemann hat dir geglaubt.«

»Das liegt daran, weil du von Natur aus pessimistisch bist. Aber das reicht jetzt, Alex. Ich verstehe, daß du dich schuldig fühlst, aber du mußt wirklich ein andermal damit fertig werden. Wenn Brady ihr irgendwas angetan hat –«

»So was macht er nicht. Er ist fuchsteufelswild, aber er wird sie nicht anrühren.«

»Das kannst du nicht wissen.«

»Brady hat ein ziemlich großes Mundwerk, aber Schläge sind nicht sein Stil, ganz besonders nicht, wenn's um seine eigene Tochter geht.«

»Es gibt immer ein erstes Mal.«

»Ich hab ihn mit Sheba reden hören, kurz bevor wir reingingen. Sie wird Heather wie eine Löwin beschützen.«

»Daß jemand wie sie Heather beschützt, beruhigt mich nicht gerade.«

»Sheba ist nur selektiv gemein.«

»Na, mich haßt sie ganz bestimmt.«

»Sie würde jede hassen, die ich heirate.«

»Kann sein. Aber nicht so wie mich. Anfangs war's nicht so schlimm, aber in letzter Zeit …«

»Es war leichter für sie, als dich alle nicht mochten.« Er rieb ihre Schulter. »Es tut mir leid, daß du in diesen Kampf, den Sheba mit ihrem Stolz ausficht, geraten mußtest. Sie war so begabt, auch als Kind schon, daß ihr die Leute Dinge durchgehen ließen, die sie nicht hätten durchgehen lassen sollen. Ihr Vater war streng, aber er hat ihr Ego auch unheimlich aufgebläht, und sie wuchs in dem Glauben auf, perfekt zu sein. Sie kann nicht akzeptieren, daß sie Schwächen hat wie wir alle, also schiebt sie die Schuld auf andere.«

»Muß nicht leicht sein, mit seinen eigenen Schwächen konfrontiert zu werden.«

»O nein, das wirst du nicht. Fang ja nicht an, sie zu bedauern. Du mußt aufpassen, wenn sie in der Nähe ist, hörst du?«

»Aber ich hab ihr doch gar nichts getan.«

»Du hast mich geheiratet.«

Sie runzelte die Stirn. »Was ist zwischen euch beiden vorgefallen?«

»Sie dachte, sie wär' in mich verliebt. Das war sie aber nicht – sie liebte nur meinen Stammbaum –, aber das war ihr damals nicht klar. Es gab eine häßliche Szene, und sie brach zusammen. Jede andere hätte das Ganze als unangenehme Erfahrung abgetan, aber nicht Sheba. Sie ist zu arrogant, um sich selbst dafür verantwortlich zu machen, also macht sie mich dafür verantwortlich, weil ich sie so sehen mußte. Unsere Heirat hat ihren Stolz schlimm angeknackst, doch solange du in Ungnade warst, war's nicht allzu schlimm für sie. Aber jetzt weiß ich nicht, wie sie reagieren wird.«

»Negativ, kann ich mir vorstellen.«

»Sie und ich, wir kennen einander ziemlich gut. Sie konnte mit der Vergangenheit leben, solange es etwas gab, das sie mir vor die Nase halten konnte, aber jetzt wird's wohl wieder von vorn losgehen. Sie wird mich dafür bestrafen wollen, daß ich glücklich bin, und ich hab bloß einen Schwachpunkt.« Er blickte sie an.

»Mich? Ich bin dein Schwachpunkt?«

»Wenn sie dir weh tut, tut sie damit mir weh. Deshalb möchte ich, daß du aufpaßt.«

»Mir kommt das wie eine Zeitverschwendung vor, so viel

Energie dafür aufzuwenden, alle davon überzeugen zu wollen, daß man besser ist als alle anderen. Ich versteh das einfach nicht.«

»Natürlich nicht. Du machst nichts lieber, als jedem, der's hören will, deine Fehler aufzuzählen.«

Anscheinend fand sie seinen Frust amüsant, denn sie lächelte. »Meine Fehler entdecken die Leute schon selbst, wenn sie nur lang genug mit mir zusammen sind. Also erspare ich ihnen gleich die Mühe.«

»Was die Leute entdecken ist, daß du die anständigste Person bist, der sie je begegnet sind.«

Ein Ausdruck, beinahe wie schlechtes Gewissen, huschte über ihr Gesicht, doch er konnte sich beim besten Willen nicht vorstellen, weswegen sie sich hätte schuldig fühlen sollen. Doch er wurde rasch wieder durch Besorgnis ersetzt. »Bist du sicher, daß Heather nichts geschieht?«

»Das hab ich nicht gesagt. Brady wird sie sicher bestrafen.«

»Aber da ich diejenige bin, der Unrecht getan wurde, sollte ich entscheiden, wie die Strafe ausfällt.«

»Brady sieht das sicher anders, und Sheba ebenso.«

»Sheba! Das ist so heuchlerisch! Sie genoß den Gedanken, daß ich gestohlen habe. Wie kann sie Heather dafür bestrafen, daß sie ihr ihren tiefsten Wunsch erfüllt hat?«

»Solange Sheba es für die Wahrheit hielt, war sie zufrieden. Aber sie hat einen stark ausgeprägten Gerechtigkeitssinn. Die Leute in einem Zirkus müssen auf engstem Raum miteinander leben, und es gibt nichts, das sie mehr hassen als einen Dieb in ihrer Mitte. Mit ihren Lügen und dem Diebstahl hat Heather alles verletzt, woran Sheba glaubt.«

»Ich halt sie immer noch für eine Heuchlerin, und nichts kann meine Meinung ändern. Wenn du nichts wegen Brady unternimmst, dann tu ich's.«

»Nein, das wirst du nicht.«

Sie machte den Mund auf, um ihm zu widersprechen, doch bevor sie noch ein Wort herausbrachte, hatte er sich heruntergebeugt und küßte sie. Sie widerstand ihm ganze zwei Sekunden lang, weil sie schließlich kein Schwächling war, doch dann wurde sie Wachs in seinen Händen.

Himmel, er liebte es, sie zu küssen, diese süße kleine Zunge zu fühlen, wie sie ihn streichelte, den sanften Druck ihrer weichen kleinen Brüste. Was hatte er bloß getan, um diese Frau zu verdienen? Sie war sein ganz spezieller Engel.

Ein leiser Frust wallte in ihm auf, weil sie nicht nach der Genugtuung verlangte, die ihr zustand. Rache war einfach nicht Teil ihrer Natur, und das machte sie so verwundbar.

Er zog sich nur weit genug zurück, um etwas sagen zu können. Seine Kehle war auf einmal wie zugeschnürt, was völlig ungewohnt für ihn war, und er mußte die Worte mühsam hervorstoßen. »Es tut mir leid, mein Schatz. Es tut mir so leid, daß ich dir nicht geglaubt hab.«

»Es ist nicht wichtig«, flüsterte sie.

Er wußte, daß ihr das ernst war, und sein Herz schwoll an, daß es platzen wollte.

20

Sheba stand im Schatten des Vorzelts und rang mit ihrer Verzweiflung, während sie Alex und Daisy zusah, wie sie lachend am Stand mit der Zuckerwatte standen. Er pickte einen Strohhalm aus ihrem Haar und berührte dann ihr Gesicht, eine ebenso intime Geste, als wenn er ihre Brust gestreichelt hätte.

Bitterkeit wallte in ihr auf wie Essigsäure, die alles verätzte. Es war vier Tage her, seit sie die Wahrheit über das gestohlene Geld erfahren hatte, und sie konnte den glücklichen Ausdruck auf seinem Gesicht nicht länger ertragen. Irgendwie hatte er sich dieses Glück auf ihre Kosten verdient und daher kein Recht darauf.

»Laß gut sein, Sheba.«

Sie fuhr herum und sah Brady herankommen. Seit ihrer gemeinsam verbrachten Nacht stolzierte er herum wie ein stolzer Hahn. Sie erwartete halbwegs, daß er sich die Fäuste unter die Achseln klemmen und krähen würde. Typisch Brady Pepper, dachte er außerdem, nur weil er einmal mit ihr geschlafen hatte, könne er sich nun nach Herzenslust in ihr Leben einmischen.

»Laß mich in Ruhe.«

»Das ist das letzte, was du von mir willst.«

Sie haßte den mitleidigen Ausdruck, mit dem er sie betrachtete. »Du weißt überhaupt nichts.«

»Laß gut sein, Sheba. Das mit Alex ist aus und vorbei. Laß ihn gehen.«

»Das paßt ja, daß ausgerechnet du so was sagst. Du bist ein Experte, wenn's darum geht, etwas gut sein zu lassen, stimmt's nicht?«

»Wenn du damit Heather meinst –«

»Und ob.«

Sie blickte zum Elefantentruck hinüber, wo Heather gerade dabei war, eine Schubkarre mit Mist die Rampe hinunterzumanövrieren. Sie hatten ihr die schlimmste Arbeit gegeben, die, die sie auch Daisy aufgehalst hatten, aber Brady war immer noch nicht zufrieden. Er hatte Vorkehrungen getroffen, sie wieder zu seiner Schwägerin Terry zurückzuschicken, sobald diese von einem Besuch bei ihrer Mutter in Wichita zurückkehrte.

»Heather geht nur mich was an. Statt dir wegen ihr den Kopf zu zerbrechen, solltest du lieber dran denken, wie gut wir letzte Nacht waren.«

»Gut? Wir haben uns beinahe umgebracht!«

»Yep. War schon toll, nicht?«

Er grinste bis über beide Ohren, und sie verspürte auf einmal eine verräterische Wärme. Es war wirklich gut gewesen: die Erregung, mit jemandem zusammenzukommen, der ebenso heißblütig und fordernd war wie sie selbst. Sie konnte kaum abwarten, noch mal mit ihm zu schlafen, deshalb stemmte sie die Faust in die Hüfte und kräuselte verächtlich die Lippen. »Lieber hätt ich einen Einlauf.«

»O Baby, und ich hab gerade das richtige Instrument dafür.«

Beinahe hätte sie gelächelt, doch da sah sie, wie Alex sich vorbeugte und Daisy einen Kuß auf die Nasenspitze gab. Wie sie ihn haßte. Sie haßte beide. Er hatte kein Recht, sie so anzusehen.

»Bleib mir ja vom Leib, Brady.« Sie schob sich brüsk an ihm vorbei und stürmte davon.

Drei Tage später war Daisy mit einer Tüte Gemüse und Obst auf dem Weg zur Menagerie. Sie hatte die Sachen heute morgen mit Alex gekauft, zusammen mit ihren Lebensmitteln. Tater trottete hinter ihr her, und beide blieben stehen, um Petre Toleas dreijährigem Söhnchen zuzusehen, wie es Purzelbäume für seine Mama Elena schlug. Die Frau des rumänischen Trapezkünstlers sprach kaum Englisch, aber sie und Daisy tauschten Grüße auf italienisch aus, eine Sprache, die beide fließend beherrschten.

Nachdem sie sich ein paar Minuten mit Elena unterhalten hatte, ging Daisy weiter zur Menagerie, wo sie ein wenig Zeit bei Sinjun verbrachte.

Sag's ihm.

Das werde ich.

Jetzt.

Sie wandte sich von dem mißbilligenden Ausdruck ab, den sie beinahe sicher in Sinjuns Augen zu erkennen glaubte. Alex war in letzter Zeit so glücklich, fast wie ein kleiner Junge, und sie brachte es einfach nicht übers Herz, ihm die Freude zu verderben. Sie wußte, daß es ihm schwerfallen würde, sich an den Gedanken an ein Kind zu gewöhnen, also war es wichtig, daß sie den richtigen Zeitpunkt wählte.

Sie nahm die Pflaumen für Glenna mit ins Zelt, wo sie prompt feststellte, daß der Käfig nicht mehr da war.

Sie rannte nach draußen. Tater ließ seinen Heuhaufen stehen und trottete glücklich hinter ihr her, als sie hinter das Zelt zum Lastwagen eilte, in dem die Käfige gewöhnlich transportiert wurden. Trey lag im Führerhäuschen und hielt ein Nickerchen. Sie beugte sich durchs offene Fenster und schüttelte ihn am Arm.

»Wo ist Glenna?«

Er stieß mit seinem abgewetzten Cowboyhut gegen den Rückspiegel, als er hochfuhr. »Hä?«

»Glenna! Ihr Käfig ist weg.«

Er gähnte. »Jemand hat sie heute morgen abgeholt.«

»Wer?«

»Irgend so ein Typ. Sheba war dabei. Er hat Glenna in einen Lieferwagen geladen und ist davongefahren.«

Verblüfft ließ sie seinen Arm los und trat zurück. Was hatte Sheba getan?

Sie fand Alex beim Inspizieren des *big top* nach eventuellen Rissen. »Alex! Glenna ist fort!«

»Was?«

Sie erzählte ihm, was sie soeben erfahren hatte, und Alex musterte sie grimmig. »Komm, laß uns Sheba suchen.«

Die Zirkusbesitzerin saß am Schreibtisch im roten Waggon und erledigte gerade Papierkram. Sie trug das Haar offen, und ihr tief ausgeschnittener Baumwolloverall war am Saum reich mit mexikanischen Motiven bestickt. Daisy drängte sich an Alex vorbei. »Was hast du mit Glenna gemacht?«

Sheba blickte auf. »Was geht das dich an?«

»Ich bin für die Menagerie verantwortlich. Sie ist eins meiner Tiere, und ich bin für sie verantwortlich.«

»Wie bitte? Eins *deiner* Tiere? Das glaube ich kaum.«

»Hör auf damit, Sheba«, fuhr Alex sie an. »Wo ist der Gorilla?«

»Ich hab sie verkauft.«

»Du hast sie verkauft?« sagte er.

»Du weißt, daß Quest Brothers zum Verkauf steht. Kein potentieller Käufer will sich mit der Menagerie herumschlagen, also hab ich beschlossen, sie zu verkaufen.«

»Findest du nicht, du hättest mir Bescheid sagen sollen?«

»Ist mir wohl entfallen.« Sie erhob sich und brachte einen Stapel Papiere zum Aktenschrank.

Daisy trat vor, als sie eine Schublade öffnete. »Wem hast du sie verkauft? Wo ist sie jetzt?«

»Ich weiß nicht, warum du dich so aufregst. Hast du nicht immer gesagt, wie unmenschlich unsere Menagerie ist?«

»Das heißt aber nicht, daß ich wollte, daß du Glenna an den Nächstbesten verkaufst. Ich will wissen, wo sie ist.«

»In einem neuen Heim.« Sie schob die Schublade zu.

»Wo?«

»Ich hab wirklich keine Lust, mich von euch verhören zu lassen.«

Alex legte Daisy die Hand auf die Schulter. »Warum gehst du nicht zur Menagerie zurück und überläßt mir das?«

»Weil ich wissen will, wo sie ist. Und, Alex, da sind Sachen, die der neue Besitzer unbedingt wissen muß. Glenna haßt laute Geräusche, und sie hat Angst vor Leuten mit großen Hüten.« Ein Kloß stieg ihr in den Hals, als sie an das sanfte Gorillaweibchen denken mußte. Sie wünschte sich ein neues Zuhause für Glenna, aber sie hätte sich ebenso gern von ihr verabschiedet. Sie mußte daran denken, wie das Gorillaweibchen sie immer gelaust hatte, und fragte sich, ob die neuen Besitzer das auch zulassen würden. Zu ihrer Verzweiflung merkte sie, wie ihr die Tränen kamen. »Sie liebt Pflaumen. Ich muß ihnen wegen der Pflaumen Bescheid sagen.«

Alex nahm ihren Arm. »Schreib einfach alles auf, Schätzchen. Ich sorge schon dafür, daß der neue Besitzer die Liste erhält. Und jetzt geh. Ich muß mit Sheba reden.«

Sie wollte protestieren, aber dann erkannte sie, daß Alex bessere Chancen hatte, Sheba zur Mitwirkung zu bewegen, wenn er allein mit ihr sprach. Sie ging zur Tür, wandte jedoch noch einmal den Kopf und musterte die Zirkusbesitzerin über die Schulter.

»Tu das ja nicht noch mal, hörst du? Das nächste Mal, wenn du vorhast, ein Tier zu verkaufen, will ich im voraus Bescheid wissen. Außerdem möchte ich dann mit dem neuen Besitzer reden.«

Sheba zog die Augenbrauen hoch. »Wo nimmst du bloß den Nerv her, mir Befehle zu erteilen?«

»Die Nerven hab ich. Sorg du bloß dafür, daß du meine Befehle auch mitkriegst.« Sie ging und ließ die beiden allein.

Einen Moment lang sagten weder Sheba noch Alex etwas. Er bezweifelte, daß Daisys kleine Rede Sheba eingeschüchtert hatte, war aber dennoch stolz auf seine Frau, daß sie sich gegen Sheba wehrte. Er betrachtete die Frau, mit der er einst ein Verhältnis gehabt hatte, und empfand nur Abscheu.

»Was ist los mit dir? Du warst immer hart, aber wenigstens nie grausam.«

»Ich weiß nicht, worüber du dich beschwerst. Du haßt die Menagerie mindestens ebenso sehr wie sie.«

»Komm, spiel nicht die Dumme. Du wolltest Daisy weh tun, und das ist dir gelungen. Du benutzt sie, um an mich ranzukommen, und das werde ich nicht zulassen.«

»Bild dir bloß nicht ein, daß du mir so wichtig bist.«

»Ich kenne dich, Sheba. Ich weiß, was in dir vorgeht. Alles war in Ordnung, solange die Leute Daisy für eine Diebin hielten, aber nun, da jeder die Wahrheit kennt, kannst du's nicht mehr ertragen.«

»Ich tu, was ich will, Alex. Das hab ich immer, und das wird auch so bleiben.«

»Wo ist dieser Gorilla?«

»Geht dich einen Dreck an.« Mit einem bitterbösen Blick rauschte sie an ihm vorbei aus dem Trailer.

Es fiel ihm nicht ein, ihr hinterherzulaufen, und er würde ihr auch nicht die Genugtuung verschaffen, noch mal nachzubohren. Statt dessen setzte er sich ans Telefon.

Er brauchte einen Tag, um den privaten Tierhändler ausfindig zu machen, an den Sheba das Gorillaweibchen verkauft hatte. Der Händler verlangte zweimal soviel, wie er Sheba bezahlt hatte, aber Alex zuckte nicht mit der Wimper.

Die nächsten Tage verbrachte er damit, ein geeignetes Heim für Glenna zu finden, und am Mittwoch der folgenden Woche konnte er Daisy schließlich mitteilen, daß das Gorillaweibchen auf dem Weg in den Brookfield-Zoo von Chicago war, der über ein ausgezeichnetes Primatengehege verfügte. Was er nicht erwähnte, war, daß nur sein Geld dies ermöglicht hatte.

Daisy brach in Tränen aus und meinte, er wäre der wundervollste Ehemann auf der ganzen Welt.

Brady stand mit Heather am Abflugschalter der TWA in Indianapolis und wartete mit ihr auf das Flugzeug nach Wichita. Sie hatte kein Wort mehr mit ihm gesprochen, seit sie heute morgen aufgebrochen waren, und es gefiel ihm nicht, wie sein schlechtes Gewissen an ihm nagte. Sheba hatte ihn bereits mit allen Namen beworfen, die ihr einfielen, und gestern hatte auch Daisy ihn vor einer der Buden zur Rede gestellt und ihm eine Standpauke gehalten, die sich gewaschen hatte. Wegen ihnen kam er sich mittlerweile vor wie der letzte Mistkerl. Aber sie hatten ja keine Ahnung, wie es war, eine Tochter zu haben, die man so liebte, daß man alles für sie tun würde.

Er blickte seiner Tochter zornig in die Augen. »Du benimmst dich gefälligst, wenn du bei deiner Tante Terry bist, hörst du? Ich ruf dich jede Woche an. Wenn du Geld brauchst, sag's mir. Und ich will nicht, daß du jetzt schon mit Jungen ausgehst.«

Sie blickte starr geradeaus, den kleinen Reiserucksack fest umklammert. Sie sah so hübsch aus, so zart und ätherisch, daß ihm das Herz weh tat. Er wollte sein kleines Mädchen vor allem Bösen in der Welt beschützen, wollte sie sicher und glücklich wissen. Er hätte sein Leben für sie gegeben.

»Ich schick dir für die Weihnachtsferien 'n Flugticket, damit du zu uns nach Florida kommen kannst«, sagte er barsch. »Vielleicht geh'n wir ja zusammen rüber nach Disney World oder so was. Ich wette, das wird dir gefallen.«

Sie sah ihn direkt an, und ihr Kinn zitterte. »Es ist mir egal, ob ich dich wiedersehe oder nicht.«

Ein ungeheurer Schmerz fuhr ihm in die Eingeweide. »Das meinst du nicht ernst.«

»Ich wünschte, du wärst nicht mein Vater.«

»Heather ...«

»Ich lieb dich nicht. Ich hab dich nie geliebt.« Mit trockenen Augen und steinernem Gesicht blickte sie direkt zu ihm auf. »Mom hab ich geliebt, aber dich nicht.«

»Sag das nicht, Schätzchen.«

»Du solltest froh sein. Jetzt mußt du dir keine Gedanken mehr drüber machen, daß du mich nicht liebst.«

»Wer hat gesagt, ich lieb dich nicht? Verdammt, haben dir das diese Jungs eingeredet?«

»Du hast's mir gesagt.«

»Das hab ich nie und nimmer. Wovon zum Teufel redest du?«

»Du hast's auf tausenderlei Weise gesagt.« Sie hängte sich ihren Rucksack über eine Schulter. »Das mit dem Geld tut mir wirklich leid, aber das hab ich dir ja schon gesagt. Ich muß jetzt zum Flugzeug. Du brauchst mich gar nicht anzurufen. Ich werd zu viel mit Hausaufgaben zu tun haben, um mit dir zu reden.«

Sie wandte sich ab, hielt der Stewardeß ihren Boardingpaß hin und verschwand in der Röhre zum Flugzeug.

Was hatte er getan? Was meinte sie, er hätte ihr auf tausenderlei Arten gesagt, daß er sie nicht liebte? Jesus, Maria und Josef, er hatte es wirklich gründlich verpatzt. Alles, was er wollte, war das Beste für sie. Das Leben war nun mal hart, und man mußte hart sein, wenn man Kinder erziehen wollte, oder sie würden zu nutzlosen Herumtreibern werden. Aber das hier hatte er nie gewollt.

Er wußte, daß er sie nicht gehen lassen konnte. Sheba und Daisy hatten die ganze Zeit über recht gehabt.

Er drängte sich an der Flugbegleiterin vorbei und bellte durch die Röhre. »Heather Pepper, du kommst sofort wieder hierher!«

Die erschrockene Stewardeß trat ihm in den Weg. »Sir, kann ich Ihnen irgendwie behilflich sein?«

Die Passagiere, die sich zwischen ihm und Heather befanden, drehten sich um, um zu sehen, woher die ganze Aufregung kam, aber Heather ging einfach weiter. »Du kommst sofort hierher! Hörst du mich?«

»Sir, ich muß die Wache rufen. Wenn es ein Problem gibt –«

»Na los, dann rufen Sie sie doch. Das ist meine Tochter, und ich will sie wiederhaben.«

Heather hatte das Flugzeug fast erreicht, als er sich schließlich zu ihr durchzwängte. »Keins meiner Kinder redet so mit mir!« Er zog sie beiseite und sagte ihr gehörig seine Meinung. »Wenn du glaubst, du könntest mit so 'ner Einstellung zu deiner Tante Terry abhauen, dann hast du dich geschnitten. Du bewegst deinen Hintern zum Zirkus zurück, junge Dame, und ich hoffe, du magst Elefantenmist schaufeln, denn das wirst du den ganzen restlichen Weg bis Florida machen.«

Sie starrte ihn an, und ihre Augen waren so groß wie zwei himmelblaue Luftballons. »Ich darf bleiben?«

»Du hast verdammt recht, du bleibst, und jetzt will ich nichts mehr hören.« Seine Stimme brach. »Ich bin dein Vater, und du hast mich besser genauso lieb wie ich dich, oder es wird dir leid tun.«

Bevor sie wußte, wie ihr geschah, packte er sie, und sie packte ihn, und all die Schwachköpfe mit ihren Taschen und Koffern stießen an sie an und drängten sich an ihnen vorbei, aber es war ihm egal. Er hielt die Tochter, die er so sehr liebte, so fest er konnte, und er würde sie nie wieder gehenlassen.

Es war Montag abend, und der Zirkus gab keine Vorstellung, was nur ganz selten vorkam. Alex hatte Daisy zum Abendessen in ein Restaurant eingeladen. Sanfte Musik erfüllte den schwach erleuchteten Raum des teuren, mitten im Stadtkern von Indianapolis gelegenen Restaurants, wo sie in einer gemütlichen und diskreten kleinen Sitznische saßen.

Jetzt, wo sie sich nicht länger um Glenna sorgen mußte, hatte sie das Gefühl, als wäre ihr ein Gewicht von den Schultern genommen worden. Was noch zu ihrem Wohlbefinden beitrug, war die Tatsache, daß Brady heute wieder mit Heather vom Flughafen zurückgekommen war. Er hatte sich stachelig wie ein Igel gegeben, als sie ihn fragte, was geschehen wäre, doch sie hatte bemerkt, daß er Heather fast den ganzen restlichen Tag über an seiner Seite behalten hatte. Und Heather hatte noch nie so glücklich ausgesehen.

Daisy fand, daß die letzten beiden Wochen eigentlich die glücklichsten in ihrem ganzen Leben gewesen waren. Alex war so zärtlich und fürsorglich, daß er ihr gar nicht mehr wie derselbe Mann vorkam. Sie hatte sich fest vorgenommen, ihm heute abend von dem Baby zu erzählen, obwohl sie immer noch nicht genau wußte, wie.

Er lächelte sie an und sah dabei so umwerfend attraktiv aus, daß ihr Herz einen komischen kleinen Flatterer machte. Die meisten Naturburschen sahen nicht besonders gut aus in Anzügen, doch er war definitiv eine Ausnahme.

»Du siehst umwerfend aus heute abend.«

»Ich hatte schon Angst, ich wüßte gar nicht mehr, wie man sich rausputzt.« Zum ersten Mal verspürte sie nicht den Drang, ihn darauf hinzuweisen, wieviel besser ihre Mutter ausgesehen hätte, vielleicht weil ihr ihr Äußeres nicht mehr so wichtig war wie früher. Sie hatte so viele Tage in Jeans und ohne auch nur einen Hauch von Schminke verbracht, daß sie sich heute abend ziemlich glamourös vorkam.

»Ich geb dir meine persönliche Garantie, daß du überhaupt nichts vergessen hast.«

Sie lächelte. Zu ihrem Abendessen zu zweit hatte sie sich das einzige hübsche Outfit angezogen, das sie hatte, eine beige, ärmellose Seidenbluse mit einem knappen, leicht schräg geschnittenen Seidenrock in derselben Farbe. Aus einem antiken goldenen Seidenschal hatte sie sich einen Gürtel gemacht, den sie sich zweimal um die Taille geschlungen hatte, wobei die Fransenenden locker an der Seite herunterhingen. Ihr Schmuck bestand aus ihrem Ehering und einem Paar schwerer mattgoldener Ohrringe. Weil sie kein Geld für den Friseur hatte rauswerfen wollen, war ihr Haar nun länger, als sie es seit Jahren getragen hatte, und nach so vielen Wochen, in denen sie es zum Pferdeschwanz hochgebunden hatte, fühlte es sich richtig sexy an, die Mähne im Nacken und über die Schultern fließen zu spüren.

Ihr Kellner tauchte auf und stellte zwei Salatteller vor sie hin, eine Mischung aus Artischockenherzen, Kichererbsen und Gurken mit einer Himbeervinaigrette und ein paar Bröckchen Fetakäse.

Als der Kellner wieder verschwand, flüsterte Daisy: »Vielleicht hätten wir lieber den Haussalat bestellen sollen. Der hier ist schrecklich teuer.«

Alex schien ihre Besorgnis zu belustigen. »Selbst arme Leute haben ab und zu ein Recht darauf, zu feiern.«

»Ich weiß, aber –«

»Mach dir keine Sorgen, Schätzchen. Ich werd's schon in unser Budget quetschen.«

Sie nahm sich insgeheim vor, in den nächsten Wochen nur noch preiswerte Gerichte zu kochen, um die Ausgabe wieder auszugleichen. Obwohl Alex nicht viel über Geld sprach, konnte sie sich nicht vorstellen, daß ein Professor an einem kleinen College viel verdiente.

»Willst du wirklich keinen Wein?«

»Nein, danke, das ist schon okay.« Während sie einen Schluck von ihrem Mineralwasser nahm, zwang sie sich, die Augen von dem Wein abzuwenden, der verführerisch in seinem Glas funkelte. Er hatte eine der teuersten Flaschen auf der Speisekarte bestellt, und sie hätte liebend gerne einen Schluck probiert, aber sie wollte nichts wegen dem Baby riskieren.

Sie sollten wirklich nicht so mit dem Geld herumwerfen, jetzt, wo das Baby bald kommen würde. Sobald der Zirkus seine Tour beendet hatte, würde sie sich einen Job suchen und bis kurz vor der Geburt arbeiten, damit sie ihm dabei helfen konnte, all die Extraausgaben zu bestreiten. Vor vier Monaten hätte sie sich so etwas nie vorstellen können, aber jetzt machte ihr der Gedanke an harte Arbeit überhaupt nichts mehr aus. Sie merkte, daß ihr gefiel, was aus ihr geworden war.

»Iß. Ich liebe es, dir dabei zuzusehen, wie du die Gabel in den Mund nimmst.« Seine Stimme wurde tiefer, bis sie ein unmißverständlich sinnliches Vibrato annahm. »Dabei muß ich an all die Dinge denken, die du sonst noch mit deinem Mund machst.«

Ihre Wangen wurden knallrot. Sie konzentrierte sich auf ihren Salat, fühlte jedoch, wie er jeden Bissen mit dem Blick verfolgte. Erotische Bilder schossen ihr durch den Sinn.

»Willst du wohl aufhören!« Ihre Gabel stieß klirrend gegen den Salatteller, als sie sie irritiert beiseite legte.

Er strich mit seinen langen, kräftigen Fingern am Stiel seines Weinglases entlang und dann über dessen Rand.

»Womit?«

»Mich zu verführen!«

»Ich dachte, du magst gern verführt werden.«

»Nicht, wenn ich in voller Montur mitten in einem Restaurant sitze!«

»Ah, ich versteh, was du meinst. Wie ich sehe, trägst du einen BH unter der Bluse. Hast du einen Slip an?«

»Natürlich, was glaubst du denn?«

»Sonst noch was?«

»Nein. Ich hab Sandalen an, also hab ich keine Seidenstrümpfe angezogen.«

»Gut. Also, du machst jetzt folgendes. Steh auf und geh auf die Damentoilette. Zieh dir jeden Fetzen Unterwäsche aus, den du anhast, und steck alles in deine Handtasche. Dann komm wieder zu mir zurück.«

Hitze breitete sich in den geheimsten Winkeln ihrer Anatomie aus. »Das werde ich ganz bestimmt nicht!«

»Weißt du, was passierte, als eine Petroff sich das letzte Mal einem Romanov wiedersetzt hat?«

»Das werd ich wohl gleich erfahren.«

»Sie wurde geköpft.«

»Aha, ich verstehe.«

»Aber nicht ohne Kopf. Du hast ganze zehn Sekunden.«

Obwohl sie ein mißbilligendes Gesicht wahrte, hatte ihr Puls bei seiner Alberei angefangen, schneller zu pochen. »Ist das ein königlicher Befehl?«

»Darauf kannst du deinen süßen kleinen Arsch verwetten.«

Seine Worte waren so zärtlich und sexy, daß sie förmlich dahinschmolz, doch sie schaffte es, die Lippen zusammenzupressen und mit demonstrativem Unwillen von ihrem Platz aufzustehen. »Sie sind ein Tyrann und ein Despot, Sir.«

Während sie aus dem Gastraum stolzierte, hörte sie noch sein tiefes Glucksen.

Als sie fünf Minuten später wieder auftauchte, konnte sie gar nicht schnell genug zu ihrer Sitznische zurückkommen. Obwohl das Dicht gedämpft war, war sie sicher, daß jeder im Raum sehen konnte, daß sie unter dem dünnen Seidenstoff splitternackt war. Alex musterte sie unverblümt, als sie auf ihn zukam. In seiner Haltung lag eine Arroganz, die ihn durch und durch als Romanov entlarvte.

Als sie sich neben ihn setzte, legte er den Arm um ihre Schultern und strich mit dem Finger über ihr Brustbein. »Eigentlich wollte ich mir deine Handtasche zeigen lassen, um zu sehen, ob du auch wirklich alles ausgezogen hast, aber das ist jetzt nicht mehr nötig.«

»Man kann alles sehen, stimmt's?« Ihr Blick überflog hektisch den Raum. »Jetzt weiß jeder, daß ich drunter nichts anhabe, und das ist alles deine Schuld. Ich hätte mich nie von dir dazu überreden lassen sollen.«

Seine Hand glitt unter ihr Haar und umfing ihren Nacken. »Soweit ich mich entsinne, blieb dir keine andere Wahl. Es war ein königlicher Befehl, schon vergessen?«

Er übertrieb es gewaltig, und sie genoß jede Minute. Sie funkelte ihn böse an, damit er nicht aufhörte. »Ich höre nicht auf königliche Befehle.«

Er beugte sich näher und hauchte ihr ins Ohr: »Mit einem einzigen Fingerschnippen kann ich dich ins Verlies werfen lassen, Schätzchen. Willst du's dir wirklich nicht noch mal überlegen?«

Der Kellner, der in diesem Moment auftauchte, ersparte ihr eine Antwort. Er hatte die Salatteller abgeräumt, während sie auf der Toilette war, und jetzt servierte er das Hauptgericht. Alex hatte geräucherten Lachs bestellt und Daisy Pasta. Ihre Linguini dufteten wunderbar nach frischen Kräutern und waren mit herrlich dicken, saftigen Shrimps und verschiedenen Gemüsen angemacht. Sie probierte und versuchte dabei zu vergessen, daß sie beinahe nackt war, doch Alex ließ sie nicht.

»Daisy?«

»Hmm?«

»Ich will dich ja nicht nervös machen, aber ...«

Er schlug die Serviettenenden eines Körbchens mit frischen, noch warmen Brötchen auseinander und musterte den Inhalt. Da jedes Brötchen genauso aussah wie das andere, sah sie keinen Grund, warum er so lange brauchen sollte, außer, um sie absichtlich nervös zu machen.

»Ja, was?« fragte sie ungeduldig. »Nun sag schon endlich.«

Er riß ein Brötchen auseinander und bestrich es langsam und genüßlich mit Butter. »Wenn du mich heute nacht nicht vollkommen befriedigst ...« Er blickte sie gespielt bedauernd an. »... dann muß ich dich leider meinen Männern überlassen.«

»Wie bitte?!« Sie zuckte hoch wie von der Tarantel gestochen.

»Bloß ein kleiner Anreiz für dich.« Mit einem teuflischen Lächeln senkte er seine kräftigen weißen Zähne in die Semmel und riß sie auseinander.

Wer hätte sich je vorstellen können, daß dieser strenge, tiefgründige Mann ein so einfallsreicher Liebhaber sein könnte! Sie beschloß, daß sie das auch konnte, und lächelte ihn süß an. »Ich verstehe, Eure Majestät. Und es würde mir nie im Traum einfallen, Euch zu enttäuschen, weil ich viel zu viel Respekt vor Euch habe.«

Eine Augenbraue schoß diabolisch in die Höhe, während er eine fette Garnele von ihrem Teller pickte und ihr an die Lippen hielt. »Mach auf, Schätzchen. Für mich.«

Sie schlürfte die Garnele aufreizend langsam in den Mund und fuhr dabei mit den Zehen an seiner Wade entlang nach oben. Sie war froh, daß der Raum im Halbdunkel und ihre Nische so abgeschieden lag, da sie sich auf diese Weise wenigstens nicht zu einem öffentlichen Spektakel machen konnten. Zu ihrer Befriedigung spürte sie, wie sich seine Wadenmuskeln zusammenzogen, und da wußte sie, daß er nicht halb so unberührt war, wie er erscheinen wollte.

»Hast du deine Beine übereinandergeschlagen?« fragte er.

»Ja.«

»Dann öffne sie.«

Sie verschluckte sich beinahe.

»Und halt sie den Rest des Abends gespreizt.«

Ihr Essen hatte mit einem Mal jeden Geschmack verloren, und alles, woran sie noch denken konnte, war, von hier zu verschwinden und mit ihm ins Bett zu fallen.

Sie stellte ihre Beine ein paar Zentimeter weit auseinander. Er berührte sie unter der Tischdecke am Knie, und seine Stimme klang nun auch nicht mehr so unbeteiligt wie zuvor.

»Sehr gut. Du verstehst zu gehorchen.« Er glitt mit der Hand unter ihren Rock und fuhr dann an der Innenseite ihres Schenkels nach oben.

Seine unglaubliche Frechheit nahm ihr den Atem, und in diesem Moment kam sie sich wirklich vor wie eine Sklavin, die dem künftigen Zaren als Gespielin dargeboten wird. Bei dieser Phantasie wurden ihre Knie butterweich.

Obwohl es sich keiner von beiden allzusehr anmerken ließ, aßen sie rasch auf und lehnten Kaffee oder Desserts ab. Schon bald befanden sie sich wieder auf der Schnellstraße, die zum Zirkus zurückführte.

Er sprach erst wieder, als sie im Wohnwagen waren, wo er die Schlüssel auf die Küchenanrichte warf und sich dann zu ihr umdrehte. »Genug Spielchen für heute abend, mein Schatz?«

Das Gefühl der Seide auf ihrer nackten Haut und die Gefahr des Entdecktwerdens hatten ihr die Hemmungen so ziemlich genommen, aber sie kam sich dennoch ein wenig töricht vor, als sie nun die Augen zu Boden schlug und versuchte, entsprechend devot auszusehen.

»Was immer Majestät wünschen.«

Er lächelte. »Dann zieh mich aus.«

Sie zog ihm das Anzugjackett und die Krawatte aus, knöpfte sein Hemd auf und drückte ihren weichen Mund auf seine Brust. Sein kräftiges schwarzes Brusthaar kitzelte ihre Lippen, und sie merkte, daß er eine Gänsehaut bekam. Sie berührte eine harte braune Brustwarze mit der Zungenspitze. Ungeschickt nestelte sie an seinem Gürtel herum, bis sie ihn schließlich aufbekam. Dann wollte sie ihm den Reißverschluß herunterziehen.

»Du ziehst dich zuerst aus«, sagte er. »Und gib mir diesen Schal.«

Mit zitternden Händen wickelte sie den schönen goldenen Schal von ihrer Taille und reicht ihn ihm. Sie nahm ihre Ohrringe ab und schüttelte dann die Sandalen von den Füßen. Mit einer geschmeidigen Bewegung zog sie sich die ärmellose

Bluse über den Kopf und enthüllte ihre Brüste. Das Häkchen an ihrem Rock öffnete sich unter ihren Fingern, und der feine Seidenstoff rutschte über ihre Hüften zu Boden. Sie trat aus dem Rock heraus und stand nun splitternackt vor ihrem Mann.

Er fuhr mit einer Hand über ihren Körper, von der Schulter über die Brüste und Rippen bis zu ihrem Oberschenkel, als würde er sein Territorium markieren. Diese Geste löste ein Welle der Wärme in ihr aus, die sie derart überflutete, daß sie sich kaum noch auf den Beinen halten konnte. Zufrieden zog er den goldenen Schal durch seine Hände und ließ ihn langsam durch seine Finger gleiten.

In dieser Geste lag eine Art erotischer Bedrohlichkeit, und sie konnte die Augen nicht von dem schimmernden Stoff abwenden. Was hatte er damit vor?

Sie hielt zischend den Atem an, als er ihn ihr um den Hals schlang, so daß die Enden über ihre Brüste fielen. Die fransenbesetzten Enden festhaltend, zog er langsam erst an der einen, dann an der anderen Seite. Vor und zurück. Die eingewobenen Metallicfäden rieben an ihren Brustwarzen wie feinste Fingernägel. Ein heißes, dickflüssiges Gefühl breitete sich in ihrem Bauchraum aus.

Seine Augen verdunkelten sich zu der Farbe alten Brandys. »Wem gehörst du?«

»Dir«, flüsterte sie.

Er nickte. »Damit du es auch nicht vergißt.«

Sie zog ihm auch die übrigen Sachen aus. Als er nackt war, fuhr sie mit den Handflächen über seine Oberschenkel und fühlte die harten Muskeln darunter. Er war herrlich erregt. Ihre Brüste fühlten sich schwer an, und sie wäre gerne weitergegangen, ergab sich jedoch dem Zauber ihres Spiels.

»Was soll ich jetzt tun?« fragte sie.

Er hatte die Kiefer zusammengebissen und stieß einen tiefen, kehligen Laut aus, während er sie an den Schultern nach unten drückte.

»Das.«

Ihr schwoll das Herz. Sie folgte seinem stummen Befehl und liebte ihn so, wie er es sich wünschte. Die Zeit verlor jede Bedeutung. Trotz ihrer unterwürfigen Position hatte sie noch nie solche Macht empfunden. Sein tiefes Ächzen und Stöhnen nährte ihre Erregung, und seine Hände, die er in ihrem Haar vergraben hatte, erzählten ihr wortlos von seinen Gefühlen.

Sie fühlte die harte Anspannung seiner Muskeln unter ihren Handflächen und den Schweißfilm, der sich auf seiner Haut bildete. Ohne Vorwarnung zog er sie auf die Füße und dann aufs Bett.

Er beugte sich gerade weit genug zurück, um ihr in die Augen sehen zu können. »Tu dein Bestes, und du darfst mir noch mal zu Diensten sein.«

Ach du lieber Gott. Er mußte ihren Schauer gefühlt haben, denn seine Augen verengten sich zufrieden. Sie spreizte die Beine.

»Nicht so schnell.« Er fing ihr Ohrläppchen mit den Zähnen ein und biß zärtlich zu. »Zuerst muß ich dich bestrafen.«

»Bestrafen?« Sie erstarrte und mußte an die Peitschen denken, die gleich unter ihnen, in der Bettschublade verstaut lagen.

»Du hast mich erregt, aber du hast nicht zu Ende gebracht, was du angefangen hast.«

»Weil du –«

»Genug.« Wieder fuhr er hoch und musterte sie mit all der hochmütigen Arroganz eines Romanov.

Sie entspannte sich wieder. Er würde ihr nie weh tun.

»Wenn ich deine Meinung hören will, Weib, dann frage ich dich danach. Bis dahin hütest du besser deine Zunge. Meine Kosaken haben schon lange keine Frau mehr gehabt.«

Sie bedachte ihn mit einem Blick aus verengten Augen, der ihm sagen sollte, daß er ein wenig übertrieb.

Einer seiner Mundwinkel zuckte, aber er lächelte nicht.

Statt dessen senkte er den Kopf und fuhr mit den Lippen über die Innenseite ihres Schenkels. »Es gibt nur eine angemessene Strafe für eine Sklavin, die den Mund nicht halten kann.«

Alles um sie herum begann sich zu drehen, als sie merkte, was er damit meinte, und sich ins Reich der Sinne und des höchsten Glücks entführen ließ. Sein Körper war schweißnaß und seine Schultermuskeln wogten unter ihren Händen, doch er hörte nicht auf. Erst als sie ihn anflehte, erzwang er sich den süßen Eintritt, den sie so ersehnte.

Er drang tief und heftig in sie ein, und jeglicher Schalk verschwand aus seinen Augen. »Jetzt will ich dich lieben«, flüsterte er.

In ihren Augen brannten Tränen, als er die Worte aussprach, die sie schon so lange hören wollte. Sie klammerte sich an ihn, und sie verfielen in einen Rhythmus, der so zeitlos war wie das Pochen ihrer Herzen. Sie bewegten sich in vollkommenem Einklang, und seine Liebe erfüllte sie, überschwemmte sie, ja drang bis in den letzten Winkel ihrer Seele.

Zusammen wirbelten sie dem Höhepunkt entgegen, Mann und Frau, Himmel und Erde, alle Elemente der Schöpfung in perfekter Verschmelzung.

Als es vorbei war, empfand sie ein nie gekanntes Glücksgefühl und auch eine Gewißheit, daß am Ende doch noch alles gut werden würde zwischen ihnen. *Ich will dich lieben*, hatte er gesagt. Nicht *ich will mit dir schlafen,* sondern *ich will dich lieben.* Und das hatte er. Er hätte sie nicht mehr lieben können, selbst wenn er die Worte hundertmal ausgesprochen hätte.

Sie wandte ihm den Kopf zu und blickte ihn an. Er lag mit dem Gesicht zu ihr gewandt da, die Augen halb geschlossen, vollkommen entspannt. Sie streckte den Arm aus und streichelte ihm über den Wangenknochen. Er drehte den Kopf und preßte die Lippen in ihre Handfläche.

Sie rieb mit dem Daumen über seinen Kiefer und genoß dabei das leichte Kratzen seiner Bartstoppeln. »Danke.«

»Ich hab dir zu danken.«

»Ich hoffe, das bedeutet, daß du mich nicht an deine Kosaken übergibst?«

»Ich würd dich mit niemandem teilen.«

Ihr erotisches Spielchen hatte sie vollkommen vergessen lassen, daß sie ihm ja von dem Baby erzählen wollte. Jetzt war es soweit.

»Du hast schon seit einer Weile nichts mehr über Scheidung gesagt.«

Er wurde sofort verschlossen und rollte sich auf den Rücken. »Ist mir einfach nicht in den Sinn gekommen.«

Sein abrupter Rückzug entmutigte sie, doch sie hatte gewußt, daß es schwierig werden würde, also drang sie weiter in ihn, so sanft sie konnte. »Da bin ich aber froh. Ich denke nicht gern daran.«

Er wandte ihr den Kopf zu und blickte sie an. In seinen Augen stand tiefe Verwirrung. »Ich weiß, was du hören willst, aber ich kann einfach noch nicht. Du mußt mir noch ein wenig Zeit geben, okay?«

Mit wild pochendem Herzen nickte sie.

Er sah so nervös aus wie ein wildes Tier, das man zu nahe an die Zivilisation gelockt hat. »Nehmen wir vorläufig einfach einen Tag nach dem anderen.«

Sie wußte, daß das Schlimmste, was sie tun konnte, war, ihm das Gefühl von Eingesperrtsein zu vermitteln, und die Tatsache, daß er nicht mehr darauf beharrte, daß ihre Ehe in zwei Monaten zu Ende sein würde, gab ihr den Mut, noch ein wenig länger zu warten. »Natürlich können wir das.«

Er schob sich hoch und lehnte sich an das Kopfende des Bettes, ein Kissen unter den Nacken schiebend. »Du weißt, daß du das Beste bist, was mir je passiert ist, nicht wahr?«

»Sicher weiß ich das.«

Er lachte leise und schien sich merklich zu entspannen. Sie rollte sich auf den Bauch, stützte sich auf die Ellbogen und strich mit den Fingern über seine Brusthaare.

»War Katharina die Große nicht eine Romanov?«

»Ja.«

»Ich hab gelesen, daß sie ziemlich leidenschaftlich war.«

»Sie hatte jede Menge Liebhaber.«

»Und eine Menge Macht.« Sie beugte sich vor und senkte ihre kleinen Zähne in seinen Brustmuskel. Er zuckte zusammen, also biß sie ihn noch mal.

»Autsch!« Er packte ihr Kinn und hob es. »Was geht da eigentlich vor, in deinem verschlagenen kleinen Köpfchen?«

»Ich hab mir bloß gerade all diese starken Männer vorgestellt, wie sie sich vor Katharina der Großen verneigen mußten.«

»Mhm.«

»Wie sie ihr dienen mußten. Sich ihr unterwerfen.«

»O-oh.«

Sie hauchte ihm einen Kuß auf den Mund. »Jetzt bist du dran, mein Großer. Du bist jetzt der Sklave.«

Einen Moment lang wirkte er vollkommen überrascht, dann stieß er einen Seufzer aus, der bis von seinen Zehen zu kommen schien. »Ich glaub, ich bin gerade gestorben und in den Himmel gekommen.«

21

Alex benahm sich schon die ganze Woche über unmöglich. Seit dem Abend, an dem er sie ins Restaurant ausgeführt und die erotischen Spielchen mit ihr gespielt hatte, suchte er nach Vorwänden, um auf sie einzuhacken, und jetzt funkelte er sie böse an, während er sich mit dem Armrücken den Schweiß von der Stirn wischte.

»Hättest du nicht was tanken können, als du in der Stadt zum Einkaufen warst?«

»Es tut mir leid. Ich hab nicht bemerkt, daß er schon fast leer war.«

»Du merkst nie was«, sagte er böse. »Glaubst du etwa, der Wagen fährt mit Luft?«

Sie knirschte mit den Zähnen. Es war, als wäre sie ihm an jenem Abend zu nahe gekommen, und nun hatte er das Gefühl, sich wieder von ihr distanzieren zu müssen. Bis jetzt war es ihr gelungen, sämtlichen auf sie abgefeuerten Granaten auszuweichen, aber es fiel ihr immer schwerer, sich zu beherrschen. Jetzt mußte sie sich zwingen, in einem vernünftigen Ton zu sprechen. »Ich wußte nicht, daß du wolltest, daß ich tanke. Das hast du doch sonst immer selbst erledigt.«

»Nun, falls es dir noch nicht aufgefallen sein sollte, ich hab in letzter Zeit 'ne Menge am Hals. Wir hatten ein paar kranke Pferde, ein Feuer im Küchenzelt, und jetzt hab ich auch noch diesen Arsch vom Gesundheitsamt am Hals, der mir völlig unberechtigte Strafandrohungen macht.«

»Ich weiß, daß du ganz schön unter Druck stehst. Wenn du was gesagt hättest, hätte ich gerne getankt.«

»Sicher hättest du das. Und wie oft hast du schon 'ne Pumpe bedient?«

Sie zählte still bis fünf. »Noch nie. Aber ich kann's ja lernen.«

»Mach dir keine Mühe.« Er stapfte davon.

Sie konnte sich nicht eine Sekunde länger im Zaum halten. Die Hände in die Hüften gestemmt, rief sie ihm nach: »Und ich wünsch dir auch noch einen recht schönen Tag.«

Er hielt inne, drehte sich langsam um und funkelte sie bitterböse an. »Reiz mich bloß nicht.«

Sie verschränkte die Arme über der Brust und tappte mit der Turnschuhspitze in den Sand. Bloß weil er vor einem Gefühlschaos flüchtete, mit dem er nicht fertig wurde, bedeutete das noch lange nicht, daß er seinen Frust die ganze Zeit an ihr auslassen konnte. Seit Tagen mühte sie sich nun schon um Geduld, aber was genug war, war genug.

Er preßte die Kiefer aufeinander und stürmte auf sie zu.

Sie richtete sich gerade auf und wich keinen Millimeter von der Stelle.

Direkt vor ihr blieb er stehen, sie bewußt mit seiner Körpergröße einschüchternd.

Sie mußte zugeben, daß ihm das ziemlich gut gelang.

»Paßt dir was nicht?« bellte er sie an.

Dieser ganze Streit war einfach lächerlich, und auf einmal saß ihr wieder der Schalk im Nacken. Sie mußte lächeln. »Falls dir je jemand sagt, daß du gut aussiehst, wenn du wütend bist, dann glaub's nicht.«

Sein Gesicht lief krebsrot an, und einen Moment lang fürchtete sie schon, er würde gleich explodieren. Statt dessen hob er sie an den Ellbogen hoch und drückte sie gegen die Zuckerwattebude. Dann küßte er sie, bis sie vollkommen außer Atem war.

Als er sie schließlich wieder auf die Füße stellte, sah er sogar noch mißgelaunter aus als vor dem Kuß. »Es tut mir leid!« brüllte er.

Als Entschuldigung war das nicht gerade beeindruckend, und als er danach davonstürmte, glich er mehr einem wildgewordenen Tiger als einem reuigen Ehemann. Sie wußte zwar, daß er ziemlich litt, doch es reichte ihr allmählich. Warum mußte er es ihnen nur immer so schwermachen? Warum konnte er nicht einfach akzeptieren, daß er sie liebte?

Sie mußte an die Verletzlichkeit denken, mit der er sie angesehen hatte, als er sie bat, ihm noch ein wenig Zeit zu geben, und sie vermutete, daß er sich fürchtete, dem, was er fühlte, einen Namen zu geben. Der Gegensatz zwischen dem, was er für sie empfand, und seinen bisherigen Erfahrungen mit sich selbst zerriß ihn.

Das redete sie sich zumindest ein, denn die Alternative – daß er sie möglicherweise überhaupt nicht liebte –, war nicht auszudenken, besonders, wo sie ihm noch immer nichts von dem Kind gesagt hatte.

Sie hatte alle möglichen Entschuldigungen für ihre Feigheit. Als es noch gut lief zwischen ihnen, hatte sie ihre Harmonie nicht zerstören wollen, und nun, da alles auseinanderbrach, hatte sie Angst, es ihm zu sagen.

Aber es war trotz allem Feigheit, und sie zwang sich, der Wahrheit ins Auge zu blicken. Probleme waren dazu da, daß man sich ihnen stellte, doch sie rannte die ganze Zeit vor ihnen davon. Es war nun beinahe schon einen Monat her, seit sie den Schwangerschaftstest gemacht hatte. Sie schätzte, daß sie so etwa zweieinhalb Monate schwanger war, doch sie hatte bis jetzt noch keinen Arzt aufgesucht, weil sie nicht riskieren wollte, daß Alex ihr draufkam. Die Tatsache, daß sie wie ein Luchs auf ihre Gesundheit achtete, war keine Entschuldigung dafür, keine ärztliche Betreuung in Anspruch zu nehmen, noch dazu, wo sie nicht einmal wußte, ob das Baby möglicherweise durch die Anti-Baby-Pillen geschädigt worden war, dic sie ja weiterhin eingenommen hatte, bevor sie merkte, daß sie versagt hatten und sie schwanger war.

Sie schob die Finger in die Taschen ihrer Jeans und fällte ihre Entscheidung. Kein Hinauszögern mehr, damit war jetzt Schluß. Er war im Moment ohnehin unerträglich, also was machte es für einen Unterschied? Bis heute abend würde sie es ihm gesagt haben. Es hatte zwei Leute gebraucht, um dieses Baby zu machen, und es war an der Zeit, daß sie beide auch die Verantwortung dafür übernahmen.

Sobald die Nachmittagsvorstellung vorüber war, machte sie sich auf die Suche nach ihm, aber sein Pickup war weg. Jetzt wurde sie allmählich nervös. Nachdem sie es so lange hinausgeschoben hatte, wollte sie es nun so schnell wie möglich hinter sich haben.

Ihre nächste Chance hätte sich beim Abendessen bieten sollen, doch Alex' Probleme mit dem Beamten vom Gesundheitsamt hielten ihn bis kurz vor der Abendvorstellung fest. Jetzt trat sie zum Hintereingang des Zelts, um auf ihren Auftritt zu warten, und sah ihn neben Mischa stehen, der lose an einem Pfahl festgebunden war. Eine Peitsche hing ihm aufgerollt von der Schulter, der Griff baumelte vor seiner Brust. Der Abendwind fuhr ihm durchs Haar, und das schwindende Licht warf dunkle Schatten über seine Züge.

Keiner war bei ihm. Es war, als hätte er einen unsichtbaren Kreis um sich und seinen Hengst gezogen, einen Kreis, der die ganze Welt ausschloß, einschließlich sie selbst. Ganz besonders sie selbst. Die roten Pailletten auf seiner Schärpe funkelten, als er mit der Hand über die Flanken des Pferdes strich, und ihre Frustration wuchs. Warum mußte er bloß so schrecklich sturköpfig sein?

Sie näherte sich ihm, während das Publikum drinnen in Gelächter und Applaus über die Späße der Clowns ausbrach. Mischa schnaubte und warf den Kopf hoch. Sie beäugte das Pferd ängstlich. Egal, wie oft sie die Nummer auch machte, sie würde sich nie daran gewöhnen, und das galt insbesondere auch für jenen schrecklichen Moment, wenn Alex sie vor sich auf den Sattel hob.

Sie blieb in sicherer Entfernung von dem Pferd stehen. »Glaubst du, du könntest jemand finden, der für dich einspringt, nach der Vorstellung? Wir müssen miteinander reden.«

Er hielt ihr den Rücken zugewandt, während er den Sattelgurt justierte. »Das muß warten. Ich hab zuviel zu tun.«

Sie war am Ende ihrer Geduld. Wenn sie nicht bald anfingen, über ihre Probleme zu reden, würden sie nie die Art von Ehe führen können, die sie beide brauchten. »Was immer es ist, es kann warten.«

Mit aufbauschenden Ärmeln fuhr er zu ihr herum. »Schau, Daisy, wenn's um die Sache mit dem Tanken geht, dafür hab ich mich doch schon entschuldigt. Ich weiß, daß mit mir in letzter Zeit nicht gut Kirschen essen ist, aber ich hab auch eine harte Woche hinter mir.«

»Von denen hattest du schon viele, aber bisher hast du's noch nie an mir ausgelassen.«

»Wie oft soll ich mich denn noch entschuldigen?«

»Hier geht es nicht um Entschuldigungen. Es geht um die Gründe, warum du mich von dir wegschiebst.«

»Laß gut sein, ja?«

»Das kann ich nicht.« Die Clownsnummer ging dem Ende zu, und sie wußte, daß das nicht der richtige Zeitpunkt zum Reden war, aber nun, da sie einmal angefangen hatte, konnte sie nicht mehr aufhören. »Wir befinden uns auf einer emotionalen Achterbahnfahrt und leiden beide darunter. Wir beide haben eine Zukunft, und wir müssen darüber reden.«

Sie berührte seinen Arm und erwartete schon, daß er ihn wegziehen würde, doch als er dies nicht tat, fand sie den Mut fortzufahren. »Die letzten Monate waren die glücklichsten meines Lebens. Du hast mir dabei geholfen, rauszufinden, wer ich wirklich bin, und vielleicht hab ich dir ja ähnlich geholfen.«

Sie legte sanft die Hände auf seine Brust und spürte seinen Herzschlag durch das dünne Seidenhemd. Die Papierblume zwischen ihren Brüsten raschelte leise, und der Peitschengriff stieß gegen ihre Hand. »Ist es nicht das, worum es in der Liebe geht? Daß man vereint besser ist als allein? Wir beide sind gut füreinander.« Ohne es geplant zu haben, brachen sich die Worte, die sie so lange zurückgehalten hatte, auf einmal Bahn. »Und wir sind gut für das Baby, das wir zusammen haben werden.«

Einen kurzen Augenblick lang war alles in Ordnung. Und dann nicht mehr. Seine Halsmuskeln schwollen an, und in seinen Augen stieg so etwas wie Panik auf. Dann verzerrten sich seine Züge zu einer Maske der Wut.

Sie fuhr zurück. All ihre Instinkte rieten ihr, die Beine in die Hand zu nehmen, aber sie war jetzt viel selbstbewußter und blieb, wo sie war. »Alex, ich hab dieses Kind nicht geplant; ich weiß nicht mal, wie das überhaupt passieren konnte. Aber ich werd dich nicht anlügen und dir sagen, daß es mir leid tut.«

Seine blutleeren Lippen bewegten sich beinahe unmerklich. »Ich hab dir vertraut.«

»Ich hab nichts Falsches getan.«

Seine Halsmuskeln arbeiteten, und seine Hände, die reglos an seinen Seiten hingen, ballten sich zu Fäusten. Einen Moment lang fürchtete sie, er würde sie schlagen. »Wie weit bist du?«

»Im dritten Monat, schätze ich.«

»Und wie lang weißt du's schon?«

»Vielleicht einen Monat.«

»Du weißt es seit einem Monat und sagst es mir erst jetzt?«

»Ich hatte Angst.«

Die fröhliche Musik der Clowns erreichte ihren Höhepunkt, was das Ende ihrer Nummer einläutete. Sie und Alex waren als nächste dran. Digger, der die Aufgabe hatte, Mischa am Höhepunkt der Nummer in die Arena zu schikken, kam heran, um das Pferd zu übernehmen.

Alex packte sie beim Arm und zog sie ein wenig von den anderen weg. »Es wird kein Kind geben, verstehst du, was ich meine?«

»Nein ... nein, ich verstehe nicht.«

»Morgen werden wir beide, du und ich, uns den Tag freinehmen. Und wenn wir wieder zurückkommen, wird es kein Baby mehr geben.«

Sie starrte ihn entsetzt an. Ihr wurde auf einmal speiübel, und sie preßte die Fingerknöchel vor den Mund. Die Zuschauermenge verstummte, als Jack Daily mit seiner dramatischen Vorstellung von Alexi dem Kosaken begann.

»Uuuund nun Ladies und Gentlemen, hier im Zirkus Quest, der einmalige ...«

»Du verlangst eine Abtreibung von mir?« wisperte sie.

»Schau mich bloß nicht so an, als ob ich eine Art Monster oder so was wäre! Wag es ja nicht! Ich hab dir von Anfang an gesagt, wie ich zu der Sache stehe. Ich hab mir die Seele aus dem Leib geredet, damit du mich verstehst. Aber wie üblich hast du entschieden, daß du es besser weißt. Du hast keinen anständigen Knochen im Leib, aber du weißt es besser!«

»Rede nicht so mit mir.«

»Ich hab dir vertraut!« Sein Mund verzerrte sich, während die ersten Akkorde der Balalaika durch die Abendluft zitterten, die Aufforderung für ihn, in die Manege zu treten. »Ich hab wirklich geglaubt, du würdest diese Pillen nehmen, aber die ganze Zeit über hast du mich angelogen.«

Sie schüttelte den Kopf und kämpfte gegen ihre aufsteigende Übelkeit. »Ich werd dieses Baby nicht abtreiben.«

»Doch, das wirst du, Teufel noch mal! Du tust, was ich dir sage.«

»Ich will das nicht. Es ist häßlich und abscheulich.«

»Nicht so abscheulich wie das, was du getan hast.«

»Alex!« zischte einer der Clowns. »Du bist dran!«

Er riß sich die aufgerollte Peitsche von der Schulter. »Das werd ich dir nie verzeihen, Daisy. Hörst du mich? Nie im Leben.« Er fuhr herum und verschwand mit langen Schritten im Zelt.

Sie stand wie betäubt da und so verzweifelt, daß sie kaum mehr atmen konnte. O Gott, sie war ein solcher Dummkopf gewesen. Sie hatte gedacht, er würde sie lieben, doch er hatte die ganze Zeit recht gehabt. Er wußte nicht, wie man jemanden liebte. Er hatte ihr gesagt, er könnte es nicht, aber sie hatte ihm nicht glauben wollen. Und jetzt mußte sie dafür bezahlen.

Zu spät fiel ihr wieder ein, was sie über den männlichen Tiger gelesen hatte. *Dieses Tier will nichts mit Familienleben zu tun haben. Es beteiligt sich nicht an der Aufzucht seiner Jungen, ja oftmals erkennt es sie nicht einmal als solche an.*

Alex ging sogar noch einen Schritt weiter. Er wollte dieses kleine Leben, das ihr bereits so kostbar geworden war, zerstören, bevor es seinen ersten Atemzug genommen hatte.

»Aufwachen, Daisy! Das ist dein Stichwort.« Madeline packte sie und stieß sie durch den Hintereingang ins *big top*.

Sie wurde vom Spotlight geblendet. Verwirrt und desorientiert hob sie den Arm, um ihre Augen zu schützen.

»... und keiner von uns begreift wirklich, wieviel Mut diese wohlbehütete junge Frau aufbringen mußte, um gemeinsam mit ihrem Mann in die Arena zu treten.«

Sie stolperte vorwärts, der Melodie der Balalaikamusik automatisch folgend, während Jack sein Garn über die junge Klosterschülerin und den wilden Kosaken spann. Sie hörte kaum hin. Alles, was sie sah, war Alex, ihren Verräter, der in der Mitte der Arena stand.

Blutroter Glitter hing noch an der Peitsche, die sich über seine glänzenden schwarzen Stiefel schlängelte, und blaue Lichter flackerten über sein dunkles Haar, während sich seine Augen in das Blaßgold eines in die Enge getriebenen Tiers verwandelten. Sie stand in ihrem kleinen Spotlight, und er begann mit seinem Peitschentanz. Doch heute abend hatte der Tanz nichts Verführerisches. Er war ein Ausdruck seiner wilden Wut.

Die Zuschauer waren zwar begeistert, doch während die Nummer ihren Fortgang nahm, wurde Daisys Beitrag nicht so gut aufgenommen wie sonst. Die instinktive Verbindung, die sie gewöhnlich zum Publikum hatte, war fort. Sie zuckte nicht einmal zusammen, als Alex ihr das Papierröhrchen aus dem Mund schlug. Sie verhielt sich wie eine Maschine, ihr Schmerz so groß, daß sie überhaupt keine Gefühle aufbringen konnte.

Die Nummer fiel langsam, aber sicher auseinander. Alex zerstörte ein Röhrchen mit zwei Hieben, das andere mit vier. Er vergaß eine Variante mit einer Papierschlange, die er erst kürzlich neu eingeführt hatte, und als er ihre Handgelenke mit der Peitsche fesselte, rückte das Publikum nervös auf den Sitzbänken hin und her. Es schien, als ob sich die zwischen ihnen herrschende Spannung irgendwie auf die Zuschauer übertragen würde, und was zuvor ein Akt der Verführung gewesen war, erschien nun roh und brutal. Statt des liebenden Bräutigams, der um seine Braut wirbt, hatte das Publikum das Gefühl, einen Mann vor sich zu haben, der kurz vor einem Gewaltausbruch stand.

Alex spürte, was los war, und sein Stolz meldete sich zu Wort. Er wußte, daß er ihr die Peitsche nicht mehr um die Taille schlingen konnte, ohne das Publikum total zu verprellen, doch er brauchte nichtsdestotrotz eine letzte Variante, um die Nummer zum Abschluß zu bringen, bevor er Digger signalisierte, Mischa hereinzutreiben.

Sie sah, wie sich sein Blick auf die purpurrote Papierblume zwischen ihren Brüsten richtete, und merkte jetzt erst, daß er sie zuvor vergessen hatte. Er signalisierte ihr sein Vorhaben mit einem unmerklichen Kopfnicken. Sie wandte sich ihm wie betäubt zu. Alles, was sie wollte, war, es hinter sich zu bringen, damit sie sich irgendwo vor der Welt verkriechen konnte.

Die Balalaikamusik schwoll an, und sie starrte ihm über die Arena hinweg in die Augen. Wäre sie nicht selbst so erstarrt gewesen, sie hätte die Verzweiflung und den tiefen Kummer darin gesehen, einen Kummer, der dem ihren in nichts nachstand.

Er holte aus und ließ das Handgelenk schnalzen. Die Peitschenspitze kam auf sie zugeflogen, wie schon Dutzende Male zuvor, nur daß es ihr diesmal wie Zeitlupe vorkam. Mit einer eigenartigen Entrücktheit wartete sie darauf, daß die Papierblume explodierte, doch statt dessen explodierte ihr Körper.

Die Luft wurde aus ihren Lungen gepreßt. Sie krümmte sich vornüber, während sie von einer flüssigen Feuerspur, die von der Schulter bis zum Oberschenkel reichte, durchschossen wurde. Die Manege begann sich zu drehen, und sie begann zu fallen. Die Sekunden tickten vorbei, und dann spielte auf einmal wieder die Musik, eine laute, fröhliche Melodie, die einen bizarren Gegensatz zu ihren Schmerzen bildete. Sie konnte kaum atmen, so weh tat es. Starke Arme fingen sie auf, und die Clowns kamen hereingerannt.

Sie war bei Bewußtsein, obwohl sie es am liebsten nicht gewesen wäre, und jemand sprach ein Stoßgebet; nicht sie selbst, wie sie glaubte. Die lebhafte Musik, die murmelnde

Menge, Jacks beruhigende Stimme, all das hallte wie aus weiter Entfernung an ihr Ohr, durchdrang kaum den Nebel des Schmerzes, der sie einhüllte.

»Aus dem Weg! Zurück!«

Alex' Stimme. Alex, der sie durch den Hintereingang nach draußen trug. Alex, der Feind. Der Verräter.

Sie fühlte den harten, kalten Boden unter ihrem Rücken, als er sie neben dem Zelt ablegte. Er beugte sich so über sie, daß er sie mit seinem Körper vor neugierigen Blicken abschirmte. »Schatz, es tut mir so leid. O Gott, Daisy, es tut mir so leid.«

Mit ihrem letzten bißchen Kraft wandte sie den Kopf von ihm ab und blickte die staubige Zeltleinwand an. Sie keuchte vor Schmerzen, als er vorsichtig versuchte, sich ihre Wunde durch den zerrissenen Stoff anzusehen.

Ihre Lippen waren ganz trocken und so taub, daß sie sie kaum bewegen konnte. »F-Faß mich nicht an.«

»Ich muß dir helfen.« Er atmete rasch und flach, und seine Stimme klang brüchig. »Ich werd dich zum Wohnwagen tragen.«

Sie stöhnte, als er sie wieder aufhob, und haßte ihn dafür, daß er es noch schlimmer machte. Sie fand gerade genug Luft, um zu flüstern: »Das werd ich dir nie verzeihen.«

»Ja ... ja, ich weiß.«

Der Feuerpfad lief über die Innenseite einer Brust und dann über ihren Bauch bis zu ihrer Hüfte. Es brannte so sehr, daß sie gar nicht merkte, mit welcher Behutsamkeit er sie über den Freiplatz und zum Wohnwagen trug, wo er sie vorsichtig aufs Bett legte.

Wieder wandte sie den Kopf von ihm ab und biß sich auf die Lippen, um nicht laut aufzuschreien vor Schmerzen, als er ihr behutsam das zerrissene Kleid herunterzog.

»Deine Brust ...« Er rang abgerissen nach Luft. »Da ist ein Striemen. Die – die Haut ist nicht aufgeplatzt, aber du wirst Blutergüsse kriegen.«

Die Matratze hob sich, als er sie verließ und viel zu schnell wieder zurückkehrte. »Das kühlt, du wirst sehen. Es ist eine kalte Kompresse.«

Sie zuckte zusammen, als er ihr ein nasses Handtuch über die Wunde legte. Sie drückte die Augen zu und wünschte sich inbrünstig, die Zeit möge schneller vergehen.

Als sich das Handtuch ein wenig angewärmt hatte, nahm er es weg und ersetzte es durch ein frisches. Wieder sank die Matratze ein, als er bei ihr Platz nahm, und dann fing er an zu sprechen, die Stimme leise und rostig.

»Ich bin nicht – ich bin nicht so arm, wie ich dich glauben ließ. Ich unterrichte, aber – also, ich handle außerdem mit russischer Kunst. Und ich berate einige der größten Museen des Landes.«

Tränen sickerten unter ihren Lidern hervor und rannen aufs Kissen. Die Kompresse begann zu wirken, und es brannte nicht mehr ganz so schlimm.

Seine Worte kamen zögernd und unsicher. »Ich gelte als führende Autorität auf dem Gebiet der russischen Ikonographie – in den Vereinigten Staaten. Ich hab Geld. Ich bin angesehen. Aber ich wollte nicht, daß du das erfährst. Ich wollte, daß du mich für einen primitiven Rohling hältst, der von der Hand in den Mund lebt. Ich wollte ... ich wollte dich abschrecken.«

Sie zwang ihre Lippen zum Sprechen. »Ist mir egal.«

Er sprach jetzt schneller, als ob ihm nicht mehr viel Zeit bliebe, um alles zu sagen, was er sagen mußte. »Ich besitze ein – ein großes Backsteinhaus auf dem Land. In Connecticut, nicht weit vom Collegegelände.« Mit federleichter Hand tauschte er die Kompresse aus. »Es ist voll wunderschöner Kunstgegenstände, und ich hab – ich hab eine Scheune im Hinterhof, mit einem Stall für Mischa.«

»Bitte laß mich in Ruhe.«

»Ich weiß nicht, warum ich immer noch mit dem Zirkus rumziehe. Jedesmal nehm ich mir vor, daß es das allerletzte

Mal ist, aber dann vergehen ein paar Jahre, und ich werd rastlos. Ob ich dann in Rußland oder in der Ukraine bin oder vielleicht auch in New York – es spielt keine Rolle –, ich weiß dann einfach, daß ich wieder losziehen muß. Ich glaub, ich werd immer mehr ein Markov sein als ein Romanov.«

Jetzt, wo es keine Rolle mehr spielte, erzählte er ihr all das, was sie seit Monaten sehnlichst hatte erfahren wollen. »Ich will nichts mehr hören.«

Er legte die Hand in einer seltsam beschützenden Geste an ihre Hüfte. »Es war ein Versehen. Das weißt du doch, oder? Du weißt, wie leid es mir tut.«

»Ich möchte jetzt schlafen.«

»Daisy, ich bin ein reicher Mann. An dem Abend, als wir zum Essen ausgingen, hast du dir wegen der Rechnung Sorgen gemacht ... Es gibt – du mußt dir nie wieder wegen Geld Sorgen machen.«

»Es ist egal.«

»Ich weiß, es tut weh. Aber morgen ist's schon besser. Es wird 'ne Weile weh tun, aber du behältst keine Narben.« Seine Stimme erstarb, als würde ihm klarwerden, was für eine Lüge das eigentlich war.

»Bitte«, sagte sie tonlos.« Wenn dir wirklich was an mir liegt, dann laß mich in Ruhe.«

Eine lange Stille folgte. Dann bewegte sich die Matratze, als er sich vorbeugte und ihr einen Kuß auf die nassen Augenlider hauchte. »Wenn du irgendwas brauchst, mach nur dieses Licht an. Ich bin dann sofort da.«

Sie wartete darauf, daß er ging. Wartete darauf, daß sie endlich in tausend Stücke zerspringen konnte.

Aber er kannte keine Gnade. Er schlug die Kompresse zurück und blies sanft über ihre Wunde, was herrlich kühlend war. Etwas Warmes und Nasses fiel auf ihre Haut, aber sie war viel zu taub, um sich zu fragen, was es war.

Schließlich erhob er sich, und ein paar Augenblicke lang füllte sich der Wohnwagen mit den vertrauten Geräuschen, die er immer machte, wenn er sein Trikot aus- und die Arbeitssachen anzog: seine Stiefel polterten auf den Boden, die Pailletten raschelten, als er die Schärpe abmachte, das Geräusch des Reißverschlusses, als er sich die Jeans zumachte. Eine Ewigkeit verging, bis endlich die Tür hinter ihm zufiel.

Das tiefe Knurren eines Tigers begrüßte Alex, als er den Wohnwagen verließ. Er stand draußen und rang nach Luft. Die Lichterketten funkelten, und die Zeltleinwände flatterten, aber er konnte nichts sehen außer dem obszönen roten Striemen auf ihrer zarten Haut. Tränen brannten in seinen Augen, und er bekam kaum noch Luft. Was hatte er bloß getan?

Er ging blindlings über den Zeltplatz und landete irgendwie beim Tigerkäfig. Die Vorstellung lief noch, und der Hintereingang war bis auf ein paar Clowns verlassen, die jedoch einen weiten Bogen um ihn machten.

Sein Timing hatte den ganzen Abend über nicht gestimmt. Warum hatte er die Nummer nicht gleich abgebrochen? Er hätte Digger ein Zeichen geben sollen, Mischa herzuholen und die Sache zu einem Abschluß zu bringen. Aber er war zu sehr in seiner Wut gefangen gewesen. Und sein Stolz hatte verlangt, daß er noch einen Trick machte, um die Nummer irgendwie zu retten. Nur ein Trick mehr, als ob das alles wieder in Ordnung gebracht hätte.

Er blinzelte hart. Ihre Haut war so weiß und zart. Der Striemen verunzierte ihre Brust und lief über diesen süßen flachen Bauch, der ihr Kind beherbergte. *Ihrer beider Kind.* Das Kind, das er abgetrieben haben wollte. Als ob Daisy überhaupt zu so etwas fähig wäre.

Und als ob er es je zugelassen hätte.

Seine häßlichen, abscheulichen Worte klangen ihm noch in den Ohren. Worte, die sie weder vergessen noch vergeben würde. Nicht einmal Daisys Herz war groß genug, um ihm zu verzeihen, was er gesagt hatte.

Als er beim Käfig ankam, betrachtete Sinjun ihn mit starrem Blick, einem Blick, der sich in die tiefsten Tiefen seiner Seele zu bohren schien. Was sah der Tiger? Er schwang sich über das Trennseil und umfaßte mit beiden Händen die Gitterstäbe. Die Kälte und Leere in ihm waren verschwunden – das wußte er jetzt –, aber was war an ihre Stelle getreten?

Sein Blick verhakte sich mit dem des Tigers, und seine Nackenhaare sträubten sich. Einen Moment lang stand alles still, und dann hörte er eine Stimme – seine eigene Stimme –, die ihm exakt sagte, was der Tiger sah.

Liebe.

Sein Herz hämmerte gegen seine Rippen. *Liebe.* Das war das Gefühl, das er nicht verstanden hatte, das Gefühl, das mit einem Schmelzen in ihm seinen Anfang nahm. Er hatte gelernt zu lieben. Daisy hatte es gesehen. Sie hatte gewußt, was mit ihm geschah, aber er hatte es geleugnet.

Er liebte sie. Blind. Absolut. Wie hatte er das nicht sehen können? Sie war viel kostbarer für ihn als all die alten Schmuckstücke und unbezahlbaren Kunstwerke, die sein Leben seit so langer Zeit vollkommen ausgefüllt hatten. Durch das Leben mit ihr hatte er das Glücklichsein gelernt. Er hatte gelernt, was Freude war, und Leidenschaft, und ein geradezu ehrfurchteinflößendes Gefühl von Demut. Und was hatte er ihr im Gegenzug geschenkt?

Ich liebe dich nicht, Daisy. Ich werde dich nie lieben.

Er preßte die Augen zu, als ihm einfiel, wie er ihr kostbares Geschenk wieder und wieder zurückgewiesen hatte. Aber mit einem geradezu atemberaubenden Mut hatte sie es ihm unbeirrt weiterhin angeboten. Egal wie oft er ihre Liebe von sich wies, sie bot sie ihm wieder an.

Und jetzt hatte diese Liebe ihre Verkörperung in dem Kind gefunden, das in ihr heranwuchs. Das Kind, das er nicht wollte. Das Kind, nach dem er sich mit jedem Pochen seines Herzens sehnte.

Was hatte er getan? Wie konnte er sie zurückgewinnen? Er

drehte den Kopf in Richtung Trailer und betete, das Licht möge an sein und ihn zurückrufen, doch alles blieb dunkel.

Er mußte sie zurückgewinnen und seine häßlichen Worte vergessen machen. Er war so verblendet und arrogant gewesen, so in seine Vergangenheit verstrickt, daß er seiner Zukunft den Rücken gekehrt hatte. Er hatte sie auf eine Weise verraten, die kein gewöhnlicher Mensch vergeben konnte.

Aber Daisy war kein gewöhnlicher Mensch. Zu lieben fiel ihr ebenso leicht wie das Atmen. Sie war genausowenig fähig, jemandem ihre Liebe vorzuenthalten, wie einem anderen absichtlich weh zu tun. Er würde ihre süße, großzügige Natur, ihr zartes, liebevolles Herz schamlos ausnützen. Er würde keine Geheimnisse mehr vor ihr haben. Er würde ihr alles anvertrauen, was er fühlte, und wenn sie das nicht milde stimmte, würde er sie an das heilige Gelübde erinnern, das sie abgelegt hatten. Er würde an ihr Mitleid appellieren, würde sie drängen, sie lieben, bis sie vergaß, daß er sie verraten hatte. Er würde sie daran erinnern, daß sie jetzt eine Markov war, und die Markov-Frauen hielten zu ihren Männern, auch wenn diese es nicht verdienten.

Die Fenster des Wohnwagens waren immer noch dunkel. Er beschloß, daß es besser war, sie vorläufig schlafen zu lassen, damit sie sich ein wenig erholen konnte, aber sobald der Morgen kam, würde er alles tun, um sie zurückzugewinnen.

Die Zuschauer verließen das *big top*, und er machte sich an die Arbeit. Während das große Zelt in sich zusammensank, wollte er ihr seine Liebe beweisen, ihr ein sichtbares Zeichen dafür geben, daß von nun an alles anders sein würde zwischen ihnen. Er warf einen Blick auf die dunklen Wohnwagenfenster, dann rannte er zu seinem Pickup. Zehn Minuten später fand er einen Supermarkt, der vierundzwanzig Stunden geöffnet hatte.

Die Auswahl war limitiert, aber er füllte seine Arme mit allem, was er finden konnte: eine Kinderpackung Tiercracker, eine blaue Plastikrassel und eine flauschige gelbe Plüschente, ein Raumschiff-Enterprise-Comic, einen Plastiklatz mit einem Häschen mit Hängeohren drauf, Fruchtsaft und Haferflocken, da sie sich ja gesund ernähren mußte.

Mit seinen Gaben raste er dann zum Zirkus zurück, und die Papiertüte riß, als er sie vom Beifahrersitz schnappte. Mit seinen großen Händen hielt er sie zusammen und rannte zum Wohnwagen. Wenn sie das alles sah, würde sie begreifen, was sie ihm bedeutete. Was ihm ihr Baby bedeutete. Sie würde wissen, wie sehr er sie liebte.

Die Rassel fiel herunter, als er am Türknauf drehte. Das Plastikding fiel klappernd auf die Metallstufen und rollte dann ins Gras. Er stürmte hinein. Sie war fort.

22

Max Petroff warf Alex einen irritierten Blick zu. »Warum verschwendest du hier deine Zeit? Ich hab dir doch gesagt, daß ich dich anrufe, sobald sie sich bei uns meldet.«

Alex starrte blind aus dem Fenster, das zum Central Park hinausging, und suchte nach einer Antwort. Er wußte nicht, wann er das letzte Mal eine anständige Mahlzeit gehabt oder mehr als ein paar Stunden am Stück geschlafen hatte, ohne dauernd hochzuschrecken. Sein Magen machte ihm Probleme, er hatte Gewicht verloren, und er wußte, daß er aussah wie eine Leiche.

Es war jetzt einen Monat her, seit Daisy davongelaufen war, und er war heute nicht weiter dran, sie aufzuspüren, als in der Nacht, in der sie geflohen war. Er war einer Spur nach der anderen nachgejagt und hatte dabei mehr Vorstellungen versäumt, als er zählen konnte, doch weder er noch der Privatdetektiv, den er angeheuert hatte, waren zu irgendeinem Ergebnis gekommen.

Max hatte ihm eine Liste mit Namen von Leuten gegeben, mit denen sich Daisy möglicherweise in Verbindung setzen könnte, und er hatte mit allen gesprochen, aber sie schien wie vom Erdboden verschluckt zu sein. Er hoffte nur, daß ihre Engelsflügel sie in der Luft halten würden.

Er drehte sich langsam zu Max herum. »Ich hab gedacht, du hättest vielleicht irgendwas übersehen. Sie hatte nicht mehr als hundert Dollar bei sich, als sie verschwand.«

Amelia meldete sich von der Couch zu Wort. »Also wirklich, Alex. Glaubst du, Max würde dir Informationen vorenthalten, wo er sich so bemüht hat, euch überhaupt zusammenzubringen?«

Amelias hochnäsige Art ging ihm ohnehin auf den Keks, doch jetzt, wo seine Nerven bis zum Zerreißen gespannt waren, konnte er seine Abneigung nicht mehr ganz verbergen. »Tatsache ist, daß meine Frau verschwunden ist, und keiner scheint zu wissen, wo sie abgeblieben ist, verdammt noch mal.«

»Beruhige dich, Alex. Wir machen uns genauso große Sorgen wie du.«

»Wenn du mich fragst«, sagte Amelia, »solltest du diesen Arbeiter fragen, der sie zum letzten Mal gesehen hat«.

Alex hatte Al Porter so lange ausgefragt, bis er davon überzeugt war, daß ihm der alte Mann wirklich nichts mehr zu sagen hatte. Während Alex seine Hals-über-Kopf-Fahrt zu dem nächtlichen Supermarkt machte, hatte Al Daisy am Rand der Schnellstraße stehen und den Daumen raushalten sehen. Ein achtzehnrädriger Truck hatte angehalten und sie mitgenommen. Sie hatte Jeans angehabt und Alex' kleinen Koffer dabei.

»Ich kann nicht fassen, daß sie getrampt ist«, sagte Max. »Sie hätte ermordet werden können.«

Diese schreckliche Möglichkeit hatte Alex drei schlaflose Nächte bereitet, bis Jack schließlich aus dem roten Waggon stürzte und erzählte, Daisy hätte gerade angerufen. Sie wollte wissen, ob es den Menagerietieren gutging. Als Jack in sie drang, ihm doch zu sagen, wo sie war, hatte sie einfach aufgehängt. Nach Alex hatte sie nicht gefragt.

Er hatte geflucht, daß er gerade in dem Moment nicht im roten Waggon gewesen war, doch dann war ihm wieder das halbe Dutzend Mal eingefallen, als das Telefon klingelte, nur um dann ein Klicken am anderen Ende der Leitung zu hören, nachdem er sich gemeldet hatte. Das mußte Daisy gewesen sein. Sie hatte gewartet, bis jemand anderer ranging, so daß sie nicht mit ihm reden mußte.

Max fing an, unruhig auf und ab zu laufen. »Ich kann nicht verstehen, warum die Polizei die Sache nicht ernster nimmt.«

»Weil sie freiwillig verschwunden ist.«

»Aber es hätte ihr doch inzwischen alles mögliche zustoßen können. Sie ist doch völlig unfähig, auf sich selbst aufzupassen.«

»Das stimmt nicht. Daisy ist clever, und sie fürchtet sich nicht vor harter Arbeit.«

Max tat seine Bemerkung mit einer Handbewegung ab. Trotz des Vorfalls mit Sinjun, dessen er Zeuge geworden war, hielt er seine Tochter immer noch für unfähig und vergnügungssüchtig. »Ich habe Freunde beim FBI, und es ist höchste Zeit, mich mit ein paar von ihnen in Verbindung zu setzen.«

»Hunderte von Zeugen haben gesehen, was an dem Abend im Ring passiert ist. Die Polizei glaubt, sie hätte einen triftigen Grund zum Verschwinden gehabt.«

»Das war ein Unfall, und trotz all ihrer Fehler, Daisy ist nicht rachsüchtig. Sie würde dir das nie nachtragen. Nein, Alex. An der Sache stimmt was nicht, und ich laß mich nicht länger von dir hinhalten. Ich rufe noch heute das FBI an.«

Alex hatte Max nie die ganze Wahrheit erzählt, und jetzt verstand er, warum er das Gefühl gehabt hatte, heute hierherkommen zu müssen. Solange er Max und Amelia nicht die ganze Geschichte erzählte, konnten sie auch nicht wirklich auf eine Idee kommen, wo sie sich versteckt haben mochte. Er gab wahrhaftig nicht gerne etwas so Häßliches über sich selbst preis, aber sein Stolz war lange nicht so wichtig wie Daisys Sicherheit und das Wohlergehen seines Kindes.

Er blickte Max aufmerksam an, und jetzt erst fiel ihm auf, daß der Mann im letzten Monat um einiges gealtert war. Er hatte ein wenig von seiner Diplomatenarroganz verloren. Seine Bewegungen wirkten langsamer, seine Stimme weniger fest. Auf seine eigene, wenn auch limitierte und engstirnige Art, so glaubte Alex, liebte Max Daisy, und er litt unter ihrem Verschwinden.

Alex blickte einen Moment lang den silbernen Samovar an, den er für Max in einer Pariser Kunstgalerie ergattert hatte. Der Entwurf stammte von Peter Carl Fabergé und war für den Zaren Alexander III. angefertigt worden. Auf dem Gefäß prangte der zweiköpfige Adler, die Insignien der russischen Monarchie. Der Händler hatte gemeint, der Samovar sei 1886 gefertigt worden, doch die Details des Stücks ließen Alex vermuten, daß es eher gegen 1890 gewesen sein mußte.

Über das Genie von Fabergé zu sinnieren war leichter, als an das zu denken, was er Max jetzt sagen mußte. Er schob die Hände in die Taschen seiner Anzughosen und zog sie wieder heraus. Er räusperte sich. »Daisy hatte mehr Grund davonzulaufen, als nur die Sache mit der Peitsche.«

Der alte Mann wurde sofort aufmerksam. »Ach ja?«

»Sie ist schwanger.«

»Ich hab's dir doch gesagt«, ertönte Amelias Stimme von der Couch.

Max und Amelia tauschten einen Verschwörerblick aus, der Alex sofort mißtrauisch machte. Max betrachtete sie voller Zuneigung. »Das hast du wirklich, meine Liebe.«

»Und Alex hat sich wie ein schlimmer Junge benommen, als er die Neuigkeit erfuhr.«

Amelia war zwar nervtötend, aber dumm war sie nicht, und der alte Schmerz durchzuckte ihn wieder, heiß und scharf. »Ja, ich hab mich schlimm benommen«, gab er zu.

Amelia betrachtete ihren Mann mit einem selbstgefälligen Blick. »Auch *das* hab ich dir gesagt, stimmt's nicht?«

Alex schluckte hart, bevor er die häßliche Wahrheit sagte. »Ich hab ihr befohlen, das Kind abzutreiben.«

Max' Lippen wurden dünn. »Das hast du nicht.«

»Du kannst mir nichts sagen, das ich mir nicht selbst schon gesagt hab.«

»Denkst du noch immer so darüber?«

»Natürlich tut er das nicht«, sagte Amelia. »Du mußt ihn dir bloß ansehen, um das zu wissen. Das schlechte Gewissen hängt wie eine schwarze Gewitterwolke über ihm.« Sie erhob sich. »Ich bin spät dran für meine Gesichtsmaske. Ihr beiden müßt das unter euch ausmachen. Gratuliere, Max.«

Alex registrierte sowohl Amelias letzte Worte als auch das vielsagende Lächeln, mit dem sie Max bedachte. Er starrte ihr nach, als sie den Raum verließ, und wußte, daß etwas Wichtiges zwischen den beiden hin- und hergegangen war.

»Hat Amelia recht?« wollte Max wissen. »Hast du deine Meinung geändert?«

»Ich hab das nicht ernst gemeint, als ich es sagte. Sie hat mir einen Heidenschrecken versetzt, und ich war wütend.« Er musterte Max genau. »Amelia war nicht überrascht, als sie von Daisys Schwangerschaft erfuhr, und doch wußte sie, daß sie die Pille nahm. Wie kommt das?«

Max ging hinüber zu einem Walnußholzkästchen und blickte durch die Glastüren auf die darin befindliche Porzellansammlung. »Wir haben eben einfach bloß gehofft, das ist alles.«

»Du lügst, verdammt noch mal! Daisy hat mir erzählt, Amelia hätte das Rezept selbst für sie ausgefüllt. Sag mir die Wahrheit.«

»Es war – wir taten nur, was wir für das Beste hielten.«

Vollkommene Reglosigkeit überkam Alex. Er dachte an das kleine Pillendöschen. Als würde er es nun zum ersten Mal sehen, fiel ihm wieder ein, daß die Pillen lose darin aufbewahrt gewesen waren. In einer Zeit, in der fast alle Medikamente eingeschweißt waren, lagen diese Pillen einfach so in dem Döschen, nur durch den Deckel vor dem Herauskollern geschützt.

Der Druck auf seiner Brust, der nun nie ganz verschwand, wurde noch größer. Wieder hatte er seiner Frau nicht vertraut, und wieder stellte sich heraus, daß er im Irrtum gewesen war. »Du hast das alles geplant, nicht wahr; so wie du auch alles andere geplant hast. Irgendwie hast du die Pillen ausgetauscht.«

»Ich weiß nicht, wovon du redest.«

»Aber sicher weißt du das. Die Wahrheit, Max. Jetzt sofort.«

Der ältere Mann schien in sich zusammenzusinken. Seine Knie gaben unter ihm nach, und er sackte in den nächststehenden Sessel. »Verstehst du denn nicht? Es war meine Pflicht.«

»Deine Pflicht. Klar, daß du das so sehen würdest. Ich kann nicht fassen, daß ich so dumm sein konnte. Ich hab immer gewußt, mit welcher Besessenheit du Stammbäume studierst, aber es wär' mir nie in den Sinn gekommen, daß du so was tun würdest.« Bitterkeit wallte in ihm auf. Von Anfang an waren er und Daisy bloß Marionetten in Max' Besessenheit von der Vergangenheit gewesen.

»Was tun? Mein Gott, du solltest mir dankbar sein.« Max schoß aus dem Sessel. Mit zitterndem Finger deutete er auf Alex. »Für einen Historiker hast du jämmerlich wenig Sinn für deine Abstammung. Du bist der Urenkel des Zaren!«

»Ich bin ein Markov. Das ist die einzige Abstammung, die mir was bedeutet.«

»Eine nutzlose Bande von Vagabunden. Vagabunden, hörst du mich? Du bist ein Romanov, und es ist deine Pflicht, ein Kind zu zeugen. Aber du wolltest ja nichts damit zu tun haben, nicht wahr?«

»Das hab ich zu entscheiden, nicht du!«

»Hier geht es um mehr als eine selbstsüchtige Laune von dir.«

»Als sie mir sagte, sie wäre schwanger, hab ich gedacht, sie hätte mich absichtlich reingelegt. Ich hab sie der Lüge bezichtigt, du Bastard!«

Max zuckte zusammen und verlor ein wenig von seiner selbstgerechten Empörung. »Sieh das doch mal von meiner Warte. Ich hatte bloß sechs Monate und mußte rasch etwas unternehmen. Sosehr ich mir auch gewünscht hatte, du würdest dich in sie verlieben, ich konnte doch kaum annehmen, daß ein Mann von deiner hohen Intelligenz an einem Hohlkopf wie meiner Tochter interessiert sein würde, außer natürlich sexuell.«

Alex wurde ganz schlecht vor Abscheu. Wie mußte es für seine sanfte, intelligente Frau gewesen sein, an einen Vater gekettet zu sein, der so wenig Achtung vor ihr hatte? »Dieser Hohlkopf ist klüger als wir alle beide.«

»Du mußt nicht höflich sein.«

»Das bin ich nicht. Du kennst deine Tochter überhaupt nicht.«

»Ich weiß eins: Ich konnte diese Ehe nicht enden lassen, ohne alles dafür zu tun, daß es einen Romanov-Erben gibt.«

»Das hattest nicht du zu entscheiden.«

»Das stimmt nicht ganz. Die Petroffs haben sich schon immer dem höheren Wohl der Romanovs verschrieben, selbst wenn die Romanovs anderer Ansicht gewesen sein mochten.«

Alex, der Max in die Augen sah, erkannte, daß Daisys Vater, was dieses Thema betraf, nicht ganz zurechnungsfähig war. Max mochte in allen anderen Dingen des Lebens ein durchaus vernünftiger Mann sein, aber nicht, was das betraf.

»Du wolltest die Linie aussterben lassen«, sagte Max. »Das durfte ich nicht zulassen.«

Es hatte keinen Zweck, weiter mit ihm über dieses Thema zu diskutieren. Für Max war dieses Kind bloß ein Pfand, aber für ihn selbst bedeutete es weit mehr, und auf einmal verspürte er den Instinkt eines Vaters, der sein Kind um jeden Preis beschützen will.

»Was für Pillen hat sie genommen? Was hast du ihr gegeben?«

»Nichts, das dem Baby schaden würde. Bloß harmlose Fluoridtabletten, das ist alles.« Max sackte wieder in den Stuhl zurück. »Du mußt sie finden, bevor sie was Dummes anstellt. Wenn sie es nun abgetrieben hat?«

Alex starrte den alten Mann an. Mitleid wallte in ihm auf und ersetzte seine Bitterkeit. Er mußte an all die Jahre denken, die Max verschwendet hatte, in denen er seine bemerkenswerte Tochter besser hätte kennenlernen können.

»Nichts auf der Welt könnte sie dazu bringen. Sie hat Mumm, Max. Und sie wird alles tun, was in ihrer Macht steht, um dieses Kind zu beschützen.«

Alex stieß am folgenden Vormittag wieder zum Zirkus, gerade als die ersten Lastwagen auf den Zeltplatz in Chattanooga rumpelten. Jetzt, wo die Tage allmählich kürzer wurden und der Sommer ein Ende nahm, wand sich der Zirkus gen Süden zurück, in sein Winterquartier in der Nähe von Tampa, in Florida, wo sie in der letzten Oktoberwoche auch ihre letzten Vorstellungen geben würden. Er war noch bis Januar vom College beurlaubt und hatte vorgehabt, eine Forschungsreise in die Ukraine zu machen. Doch nun wußte er nicht mehr, was er tun sollte. Ohne Daisy war ihm so ziemlich alles egal.

Er überflog automatisch den Zeltplatz und sah, daß er hügelig war. Es gab kaum genug Fläche, um das *big top* aufzustellen. Seine Augen brannten vor Müdigkeit, aber er war froh um die Herausforderung eines unebenen Bodens. Er wußte, daß er sie dadurch zwar nicht aus dem Kopf bekommen würde – das vermochte nichts –, aber zumindest würde dadurch die Zeit schneller vergehen.

Trey fuhr seinen Trailer heute vormittag zum nächsten Platz, aber er war bis jetzt noch nicht eingetroffen, also ging Alex hinüber zum Kochzelt, um sich eine Tasse von dem bitter-starken Kaffee zu genehmigen, der ihm ein Loch in seinen ohnehin bereits übersäuerten Magen brennen würde. Bevor er sich jedoch einschenken konnte, hörte er ein schrilles, befehlshaberisches Trompeten. Er fluchte leise und machte sich auf den Weg zu den Elefanten.

Als er dort ankam, war er nicht überrascht, Neeco verärgert vorzufinden. »Gib mir den Schocker zurück, Alex. Bloß ein Hieb, und wir haben Ruhe von diesem Theater.«

Alex wußte, daß Neeco, obwohl er sich im Moment aufregte, seit seiner Begegnung mit Sinjun im Grunde genug vom Schocker hatte. Er hatte den Eindruck, daß Daisys Art, mit den Tieren umzugehen, dem Elefantendompteur ein wenig die Augen geöffnet hatte, denn er ging nun sanfter mit den Elefanten um, und sie arbeiteten seitdem besser denn je für ihn. Doch er mußte Neeco dennoch begreiflich machen, daß es kein Zurück mehr zu seiner alten Methode gab.

»Solang ich hier Boss bin, wirst du den Schocker nicht mehr benutzen.«

»Dann schaff mir den kleinen Nervtöter bloß vom Leib.«

Alex ging hinüber zu Tater und ließ die Umarmung des kleinen Elefanten über sich ergehen. Die kleine Rüsselspitze krabbelte unter sein Hemd, um an seinem Hals zu schnüffeln, genau wie bei Daisy. Alex band ihn los und machte sich auf den Weg zum Spulenwagen, Tater im Schlepptau.

Als Daisy verschwand, hatte Tater aufgehört zu fressen, aber Alex war zu sehr in seine eigene private Hölle verstrickt gewesen, um es zu bemerken. Erst als sich der Zustand des Kleinen dramatisch verschlechterte, hatte Neeco Alex gezwungen, sich des Problems anzunehmen.

Er brauchte nicht lange, um festzustellen, daß der kleine

Elefant seine Gegenwart als tröstlich empfand, nicht wegen irgend etwas, das Alex tat, sondern weil er ihn mit Daisy assoziierte. Es dauerte nicht lange, und er fing wieder an zu fressen und folgte überdies von nun an Alex auf Schritt und Tritt.

Die beiden gingen zum Spulenwagen, wo die Zeltleinwand zum Entrollen bereitlag, sobald sie sich für einen geeigneten Platz zum Aufschlagen entschieden hatten. Brady war schon vor ihm eingetroffen, aber er trat beiseite, als Alex herankam. Alex wußte nicht, was er ohne Brady getan hätte. Er und Jack hatten immer dann für ihn übernommen, wenn er, wie in letzter Zeit so häufig, weggewesen war.

Die nächsten paar Stunden schuftete Alex an der Seite der Arbeiter, um das *big top* auf diesem schwierigen Terrain zu errichten. Er trug noch immer die Sachen, die er im Flugzeug angehabt hatte, hörte jedoch nicht mit Arbeiten auf, als Trey mit seinem Wohnwagen eintraf. Sein blaues Oxfordhemd war schweißdurchtränkt, und er hatte sich die graue Anzughose aufgerissen, doch das war ihm egal. Die schwere körperliche Arbeit hielt ihn wenigstens vom Grübeln ab.

Als er es nicht länger hinausschieben konnte, machte er sich auf den Weg zum Wohnwagen, Tater immer dicht auf seinen Fersen. Er machte das Tier bei einem Heuhaufen fest, den Digger für ihn dort hinterlassen hatte, und ging dann zögernd auf den Wohnwagen zu. Dort drinnen roch es überall nach Daisy, überall sah man ihre liebevolle Hand, und er haßte es, reinzugehen.

Er tat es dennoch, und während er sich umzog, wurde er von Vorstellungen heimgesucht, wie sie mit Dreck an Gesicht und Kleidung in der Tür auftauchte, Stroh in den wirren Haaren und ein glückliches Glänzen in den Augen. Er ging zum Kühlschrank, doch alles, was er darin fand, waren eine Dose Bier und ein Karton Joghurts, den Daisy für sich gekauft hatte. Sie waren schon vor zwei Wochen abgelaufen, aber er brachte es einfach nicht übers Herz, sie wegzuwerfen.

Er nahm sich das Bier und trug es mit nach draußen, wo er die Dose aufmachte, während er zu Tater ging. Der kleine Elefant kühlte sich mit Heuportionen auf dem Rücken ab. Er nahm einen frischen Haufen und bestäubte Alex freundlich damit. Alex hatte nicht lange gebraucht, um herauszufinden, warum Daisy dauernd Strohhalme in den Haaren gehabt hatte.

»Ich wette, sie vermißt dich, mein Freund«, sagte er leise, während er dem kleinen Elefanten über den Rüssel rieb.

Sinjun würde sie sicher noch viel mehr vermissen. Zwischen den beiden bestand eine eigenartige, sehr enge Verbindung, die er nie ganz begriffen hatte. Sie arbeitete unheimlich gerne mit den Tieren, für die sonst keiner Geduld aufbrachte: der freche kleine Elefant, das scheue Gorillaweibchen, der stolze alte Tiger. Es war sicher schwer für sie, nicht mehr mit den geliebten Tieren zusammensein zu können.

Er hielt ruckartig inne und bekam eine Gänsehaut. Sein Atem stockte. Wer sagte, daß sie nicht bei einem von diesen Tieren war?

Vierundzwanzig Stunden später stand er an der Abtrennung des Menschenaffengeheges im Brookfield-Zoo von Chicago und betrachtete Glenna, die auf einem Felsen in der Mitte des Geheges saß und an einer Selleriestaude knabberte. Er schlenderte schon seit Stunden über die schmalen, hügeligen Pfade um das geräumige Gehege herum. Seine Augen brannten vor Müdigkeit, sein Kopf schmerzte, und die Magensäure brannte ihm ein Loch durch die Eingeweide.

Und wenn er sich nun irrte? Wenn sie nun überhaupt nicht kam? Er war im Personalbüro des Zoos gewesen und wußte bereits, daß sie nicht dort arbeitete. Aber er war sicher, daß sie in Glennas Nähe würde sein wollen. Im übrigen wußte er nicht, wo er sonst noch hätte suchen sollen.

Du Trottel. Das Wort hämmerte durch sein Hirn wie der Zeltstangenbohrer. *Trottel. Trottel. Trottel. Trottel.*

Sein Kummer war zu intim, um ihn andere sehen zu lassen,

also ging er den gewundenen Pfad zum oberen Teil des Geheges hinauf, als er die lauten Stimmen einer weiteren Schulklasse herankommen hörte. Der Weg war mit tropischen Pflanzen bestanden und wurde von einem bambusgrüngestrichenen Eisengeländer begrenzt, das mit Seilen umwickelt worden war. Oben fand er ein stilles Plätzchen. Glenna zog an einem dicken Seil, das von einem der künstlichen Kletterbäume hing, oben auf dem Gipfel des Gorillahügels. Sie kam langsam näher. Sie sah gesund und zufrieden aus, schien sich also in ihrem neuen Heim wohlzufühlen. Sie hockte sich nicht weit entfernt hin und knabberte friedlich weiter, diesmal an einer Karotte.

Auf einmal fuhr ihr Kopf hoch, und sie stieß Schmatzlaute aus. Er folgte der Richtung ihres Blicks und sah Daisy am unteren Geländer stehen und zu dem Gorillaweibchen aufblicken.

Sein Herz fing wie wild an zu pochen, und ein unheimliches Glücksgefühl durchflutete ihn, das jedoch beinahe sofort von Sorge und Kummer ersetzt wurde. Selbst aus fünfzehn Metern Entfernung konnte er sehen, daß sie kein Makeup trug und unheimlich müde wirkte. Das Haar hatte sie im Nacken zusammengebunden, und zum ersten Mal, seit er sie kannte, wirkte sie beinahe farblos. Wo war die Daisy, die so gerne mit ihren Puderchen und Parfüms herummachte? Die Daisy, die sich so gerne mit Aprikosenduftlotion einrieb und himbeerfarbenen Lippenstift auftrug? Wo war die Daisy, die das ganze heiße Wasser aufbrauchte, wenn sie duschte, und einen klebrigen Haarsprayfilm an der Badezimmertür hinterließ? Sein Mund war auf einmal ganz trocken, während er ihren Anblick in sich aufsaugte. Etwas in ihm zerbrach in diesem Moment. Das war die Daisy, die er aus ihr gemacht hatte.

Das war Daisy ohne Leben in den Augen, ohne das Licht der Liebe darin.

Als er näher kam, sah er, daß ihre Wangen eingefallen waren. Sie mußte Gewicht verloren haben. Sein Blick flog zu ihrer Taille, aber der lose Blazer, den sie über einer dunklen Hose trug, kaschierte ihre Figur. Angst durchzuckte ihn. Wenn sie nun das Baby verloren hatte? War das etwa seine Strafe?

Ihre Aufmerksamkeit war ganz auf ihre stumme Zwiesprache mit dem Gorilla gerichtet, so daß sie ihn nicht sah, wie er um die Kinder herumging und von hinten an sie herantrat. Leise sagte er: »Hallo Daisy.«

Sie erstarrte und wandte sich dann um. Sie wurde noch bleicher, und ihre Hände zuckten krampfhaft. Sie sah aus, als würde sie gleich davonsprinten wollen, und er trat rasch einen Schritt näher, aber die Kälte in ihrem Gesichtsausdruck veranlaßte ihn zum Stehenbleiben. Das einzige andere Mal, daß er so leere Augen gesehen hatte, war, als er in den Spiegel geschaut hatte.

»Wir müssen miteinander reden.« Er wiederholte damit unbewußt die Worte, die sie so oft zu ihm gesagt hatte, und der steinerne Ausdruck, mit dem sie ihn nun ansah, mußte wohl dem ähneln, mit dem er sie oft angesehen hatte.

Wer war diese Frau? Ihrem Gesicht fehlte all die Lebendigkeit, an die er so gewöhnt war. Die veilchenblauen Augen wirkten so leblos, als würden sie niemals weinen. Es kam ihm vor, als wäre etwas in ihr abgestorben, und er fing an zu schwitzen. Hatte sie das Baby verloren? War sie deshalb so anders? Nicht das Baby. Bitte nicht.

»Es gibt nichts zu bereden.« Sie wandte sich um und ging fort, zurück durch den Seilvorhang, der als Eingangstür zum Habitat diente. Er folgte ihr nach draußen und ergriff sie, ohne zu überlegen, beim Arm.

»Laß mich los.«

Wie oft hatte sie das gesagt, während er sie über den Zeltplatz oder zu nachtschlafender Zeit aus dem Bett gezerrt hatte? Aber diesmal sprach sie die Worte ohne auch nur einen Anflug ihrer früheren Leidenschaft. Er blickte hinunter in ihr blasses, verschlossenes Gesichtchen. *Was hab ich dir angetan, mein Liebes?*

»Ich will bloß reden«, sagte er brüsk und zog sie etwas weiter weg, fort von den Leuten.

Sie blickte die Hand an, die immer noch ihren Arm festhielt. »Falls du vorhast, mich zu einer Abtreibungsklinik zu schleppen, dann ist es zu spät.«

Er hätte am liebsten den Kopf zurückgeworfen und laut aufgeheult. Sie hatte das Baby verloren, und es war alles seine Schuld.

Er ließ die Hand sinken und brachte die nächsten Worte kaum heraus. »Du weißt gar nicht, wie leid mir das tut.«

»Oh, das weiß ich«, sagte sie mit einer unheimlichen Ruhe. »Du hast es ja unmißverständlich klargemacht.«

»Ich hab gar nichts klargemacht. Ich hab dir nie gesagt, daß ich dich liebe. Ich hab häßliche Dinge zu dir gesagt, die ich nicht so gemeint hab.« Er hätte sie so gern in die Arme genommen, daß es richtig weh tat, aber sie hatte eine unsichtbare Barriere um sich herum errichtet. »All das liegt jetzt hinter uns, mein Schatz. Wir fangen noch mal neu an. Ich verspreche, daß ich's wieder gutmache.«

»Ich muß jetzt gehen. Ich muß bald in der Arbeit sein.«

Es war, als hätte er überhaupt nichts gesagt. Er hatte ihr gesagt, daß er sie liebte, aber es spielte überhaupt keine Rolle. Sie wollte weggehen und ihn nie wiedersehen.

Sein Entschluß wurde noch stärker. Er konnte das nicht zulassen. Mit dem Kummer konnte er sich später befassen. Vorerst einmal würde er alles tun, um seine Frau zurückzubekommen.

»Du kommst mit mir mit.«

»Nein, das werde ich nicht. Ich hab einen Job.«

»Du hast außerdem einen Ehemann.«

»Hab ich nicht. Das ist keine richtige Ehe. War es nie.«

»Jetzt schon. Wir haben ein Gelübde abgelegt, Daisy. Ein heiliges Gelübde. Richtiger geht's nicht.«

Ihre Unterlippe zitterte. »Warum tust du mir das an? Ich hab dir doch gesagt, es ist zu spät für eine Abtreibung.«

Er litt mit ihr. So tief sein Kummer auch sein mochte, er wußte, daß er nichts gegen den ihren war. »Es wird andere Babies geben, Schätzchen. Wir versuchen's noch mal. Sobald der Doktor sagt, es ist in Ordnung.«

»Wovon redest du?«

»Ich hab mir das Baby ebenso sehr gewünscht wie du, aber das hab ich erst in der Nacht gemerkt, als du wegranntest. Ich weiß, es ist meine Schuld, daß du das Baby verloren hast. Wenn ich besser auf dich achtgegeben hätte, wär das nie passiert.«

Sie runzelte die Stirn. »Ich hab das Baby nicht verloren.«

Er starrte sie verwirrt an.

»Ich bin immer noch schwanger.«

»Aber du hast gesagt – als ich sagte, ich müßte mit dir reden, hast du gesagt, es wäre zu spät für eine Abtreibung.«

»Ich bin im fünften Monat. Eine Abtreibung wäre illegal.«

Eine große Freude durchzuckte ihn, doch ihr süßer Mund verzog sich zu einer so zynischen Grimasse, wie er es sich nie hätte vorstellen können. »Das ändert die Dinge, nicht wahr, Alex? Jetzt, wo du weißt, daß der Braten noch in der Röhre steckt und auch dort bleibt, bist du sicher nicht mehr so versessen darauf, mich zurückzuhaben.«

Die Gefühle überfluteten ihn mit einer Geschwindigkeit, daß er sich nicht mehr auskannte. Sie trug immer noch ihr Baby. Sie haßte ihn. Sie wollte nicht mit ihm zurückkommen. Mit einem solchen Gefühlschaos wurde er nicht fertig, also konzentrierte er sich auf praktische Dinge.

»Bist du bei einem Arzt in Behandlung?«

»Da ist eine Klinik, nicht weit von hier.«

»Eine Klinik?« Er hatte ein Vermögen auf der Bank, und seine Frau wollte in eine Klinik. Er mußte sie von hier forttreiben, irgendwohin, wo er ihr diesen steinernen Ausdruck vom Gesicht küssen konnte, aber das schaffte er nur, indem er den harten Mann spielte.

»Falls das deine Vorstellung davon ist, wie man gut auf sich achtgibt, dann bin ich alles andere als beeindruckt. Du bist dünn, und du bist blaß. Und du siehst aus, als könntest du jeden Moment einen Nervenzusammenbruch kriegen.«

»Was kümmert's dich? Du willst doch dieses Baby gar nicht.«

»O doch, ich will dieses Baby, sehr sogar. Bloß weil ich mich wie ein Bastard benommen hab, als du mir davon erzählt hast, heißt das noch lange nicht, daß ich nicht zur Besinnung kommen kann. Ich weiß, daß du nicht mit mir mitkommen willst, aber vorläufig bleibt dir gar nichts anderes übrig. Du gefährdest dich und das Baby, Daisy, und das kann ich nicht zulassen.«

Er sah, daß er ihren Schwachpunkt getroffen hatte, aber sie wehrte sich immer noch gegen ihn. »Du hast hier überhaupt nichts zu sagen.«

»O doch, das hab ich. Und ich sorge dafür, daß dir und dem Baby nichts geschieht.«

Sie wirkte unsicher.

»Ich benutze schmutzige Tricks, wenn nötig«, sagte er ruhig. »Ich brauche nicht lang, um rauszukriegen, wo du arbeitest, und ich garantiere dir, ich sorge dafür, daß dein Job sich in Luft auflöst.«

»Das würdest du mir antun?«

»Ohne mit der Wimper zu zucken.«

Sie ließ die Schultern hängen, und da wußte er, daß er gewonnen hatte, doch er konnte keine Befriedigung verspüren.

»Ich liebe dich nicht mehr«, flüsterte sie. »Ich liebe dich überhaupt nicht mehr.«

Seine Kehle krampfte sich zusammen. »Das ist schon in Ordnung, Schätzchen. Ich liebe dich genug für uns beide.«

23

Alex fuhr Daisy zu einem kleinen Haus in der engen Straße einer Arbeitersiedlung, nicht weit vom Zoo entfernt. Im kleinen Vorgarten vor dem Haus stand eine Marienstatue, daneben ein Windrad in Form einer Sonnenblume, das ein Beet mit rosa Petunien bewachte. Sie hatte ein nach hinten gehendes Zimmer gemietet, mit Blick auf einen Drahtzaun, und während sie ihre mageren Habseligkeiten packte, schlüpfte er aus der Tür, um ihre Geldangelegenheiten mit ihrer Vermieterin zu regeln, nur um festzustellen, daß Daisy bereits die Miete für den ganzen Monat angewiesen hatte.

Von der geschwätzigen Frau erfuhr er, daß Daisy tagsüber in der Rezeption eines Schönheitssalons arbeitete und abends als Kellnerin in einer benachbarten Taverne. Kein Wunder, daß sie so müde aussah. Sie besaß kein Auto, also ging sie entweder zu Fuß oder nahm den Bus, und sie sparte all ihr Geld, um genug zu haben, wenn das Baby kam. Seine ohnehin überwältigenden Schuldgefühle wuchsen noch, als er daran dachte, wie sie hier gelebt hatte, während er zwei Luxuskarossen und eine Villa voller Kunstgegenstände zu Hause stehen hatte.

Als sie sich auf die Heimfahrt machten, überlegte er kurz, ob er sie nicht in sein Haus in Connecticut bringen sollte, verwarf den Gedanken jedoch wieder. Sie mußte sich mehr als nur körperlich erholen; sie mußte auch emotional genesen, und vielleicht halfen ihr die geliebten Tiere ja dabei.

Es war alles so vertraut, daß Daisy sich einen Moment lang richtig wohl fühlte, während der Pickup ruckelnd zum Stehen kam. Sie und Alex waren wieder einmal unterwegs zum nächsten Zeltplatz. Sie liebte ihn, und sie war schwanger – da zuckte sie zusammen, als mit einem Mal die Realität wieder über sie hereinbrach.

Er zog den Autoschlüssel ab und machte die Fahrertür auf. »Ich brauch unbedingt ein bißchen Schlaf, bevor ich uns noch gegen einen Brückenpfeiler fahre. Warte hier, während ich einchecke.« Er kletterte aus dem Pickup und schlug die Tür hinter sich zu.

Sie lehnte sich im Sitz zurück und schloß die Augen vor der untergehenden Sonne und ihr Herz vor der Zärtlichkeit, die sie in seiner Stimme gehört hatte. Er war voller Schuldgefühle, das konnte jeder sehen, aber sie würde sich nicht von ihm manipulieren lassen. Nach den Lügen, die er ihr zuvor aufgetischt hatte, fühlte er sich zweifellos besser, aber sie zu glauben würde bloß in eine Falle führen. Sie mußte an ihr Kind denken und konnte sich den törichten Optimismus nicht länger leisten.

Er hatte ihr erzählt, daß ihr Vater und Amelia ihre Pillen ausgetauscht hatten, und sich dafür entschuldigt, ihr nicht vertraut zu haben. Noch mehr Schuldgefühle. Sie versuchte nicht mehr an ihn zu denken.

Warum konnte er sie nicht in Ruhe lassen? Warum hatte er sie gezwungen, mit ihm zurückzukommen? Zum ersten Mal seit Wochen drohten all die Gefühle, die sie so hart unterdrückte, an die Oberfläche zu kommen. Sie preßte die Fingerknöchel gegen den Mund und zwang sich, sie wieder herunterzuschlucken und erneut jenen Panzer um sich herum zu errichten, ohne den sie den letzten Monat über nie hätte funktionieren können.

So lange sie zurückdenken konnte, hatte sie sich immer von ihren Gefühlen leiten lassen, doch das war nun nicht mehr möglich. Nicht, wenn sie überleben wollte. Stolz ist alles, hatte Alex zu ihr gesagt, und jetzt wußte sie, daß er recht hatte. Ihr Stolz hatte sie am Leben erhalten. Er ermöglichte es ihr, den Telefondienst zu machen und den ganzen Tag lang Köpfe zu shampoonieren, um dann am Abend schwere Tabletts mit fettigem Essen, bei dem sich ihr der Magen umdrehte, zu servieren.

Dank ihrem Stolz hatte sie ein Dach über dem Kopf gehabt und Geld beiseite legen können. Der Stolz hatte sie am Leben erhalten, wo Liebe sie getötet hätte.

Und was jetzt? Zum ersten Mal seit Wochen verspürte sie eine Angst, die nichts damit zu tun hatte, ob sie das Geld für ihre Miete aufbrachte oder nicht. Sie hatte Angst vor Alex. Was hatte er vor mit ihr?

Die größte Bedrohung für einen jungen Tiger ist ein älterer Tiger. Tiger empfinden keine starken Familienbande wie Löwen oder Elefanten. Es ist keineswegs ungewöhnlich, daß ein Tiger sein eigenes Junges tötet.

Sie tastete hektisch nach dem Türgriff, doch in diesem Moment kam ihr Mann schon wieder auf sie zu.

Alex zog einen Stuhl von dem Tisch zurück, auf dem der Zimmerkellner soeben das von ihm bestellte Essen angerichtet hatte. »Setz dich und iß, Daisy.«

Er hatte nicht bei einem billigen Motel haltgemacht, sondern sie beide in eine Luxussuite in einem blitzneuen Marriott-Hotel, das am Ufer des Ohio nahe der Grenze zu Kentucky gelegen war, eingebucht. Sie mußte daran denken, wie sie immer beim Einkaufen jeden Dollar umgedreht und ihm Vorwürfe wegen seiner Verschwendungssucht gemacht hatte, wenn er eine gute Flasche Wein kaufte. Er mußte sich innerlich gekugelt haben vor Lachen über sie.

»Ich hab dir doch gesagt, ich hab keinen Hunger.«

»Dann setz dich einfach zu mir an den Tisch.«

Es war einfacher, den angebotenen Stuhl anzunehmen, als sich mit ihm zu streiten. Er zog den Gürtel des weißen Frotteemantels fester, den er sich nach seiner Dusche übergezogen hatte, und setzte sich ihr gegenüber. Seine Haare waren noch feucht und kringelten sich ein wenig an den Schläfen. Er mußte mal wieder zum Friseur.

Sie blickte die Riesenmengen Essen an, die er für sie bestellt hatte: einen großen Teller Salat, Hähnchenbrüste in Pilzsauce, eine große Ofenkartoffel, dazu Spaghetti, zwei warme Brötchen, ein großes Glas Milch und ein dickes Stück Käsekuchen.

»Das kann ich nicht essen.«

»Ich bin am Verhungern. Ich nehm dir was ab.«

Obwohl er gerne und gut aß, war er kein so großer Esser, um all das hier zu vertilgen. Ihr Magen drehte sich um. Seit sie ihm davongelaufen war, fiel es ihr schwerer, das Essen bei sich zu behalten.

»Probier das hier mal.« Er schaufelte seine Gabel mit Lasagne von seinem eigenen Teller voll und hielt sie ihr an die Lippen. Als sie den Mund aufmachte, um zu protestieren, schob er die Gabel hinein, und sie mußte das Ganze wohl oder übel kauen.

»Ich hab dir doch gesagt, ich will nichts essen.«

»Bloß mal probieren. Schmeckt gut, nicht?«

Zu ihrer Überraschung schmeckte die Lasagne, nachdem ihr erster Schreck einmal vorüber war, tatsächlich sehr gut, obwohl sie das nie vor ihm zugegeben hätte. Sie nahm einen Schluck Wasser. »Ich will wirklich nichts mehr.«

»Überrascht mich nicht.« Er wies mit dem Finger auf ihr Hühnchen. »Sieht trocken aus.«

»Es schwimmt in Sauce. Sieht überhaupt nicht trocken aus.«

»Vertrau mir, Daisy. Dieses Hühnchen ist zäh wie Leder.«

»Du weißt ja nicht, wovon du redest.«

»Laß mich mal probieren.«

Sie stieß ihre Gabel in das Hühnchen, und als sie ein Stück heruntersäbelte, spritzte Fleischsaft heraus. »Da siehst du.« Sie streckte ihm böse die Gabel hin.

Er zog den Bissen gehorsam mit den Zähnen ab, kaute und zog dann eine Grimasse. »Zu trocken.«

Sie schnappte sich ihr Messer, säbelte ein Stück ab und aß es. Wie vermutet war es so köstlich, wie es aussah. Sie aß noch einen Bissen. »An diesem Hühnchen fehlt wirklich nichts.«

»Ich glaub, die Lasagne hat meine Geschmacksnerven beeinträchtigt. Laß mich mal von deinen Spaghetti probieren.«

Irritiert sah sie zu, wie er seine Gabel in ihren Spaghetti drehte und dann in den Mund schob. Einen Augenblick später fällte er sein Urteil. »Zu scharf für dich.«

»Ich mag gut gewürztes Essen.«

»Sag nicht, ich hätte dich nicht gewarnt.«

Sie stieß ihre Gabel in die Spaghetti und vertropfte ein wenig Sauce aufs Tischtuch, während sie die Gabel zum Mund führte. Die Sauce war mild und würzig. »Ist überhaupt nicht scharf.«

Sie wollte noch mal zugreifen, hielt jedoch mitten in der Bewegung inne. Ihr Blick flog zu seinen Augen, und sie merkte, daß er sie reingelegt hatte. Sie legte ihre Gabel ab. »Noch so ein Machtspiel.«

Seine langen, schlanken Finger umschlossen ihr Handgelenk, und er blickte sie mit einer Besorgnis an, die sie ihm keine Sekunde lang abkaufte. »Bitte, Daisy. Du bist so dünn, daß es mir angst macht. Du mußt um des Kindes willen essen.«

»Dazu hast du kein Recht!« Ein scharfer Schmerz durchfuhr sie. Sie würgte den Rest ihrer Worte zurück und verkroch sich wieder hinter ihrem harten, aber sicheren Panzer. Gefühle waren ihr Feind. Alles, woran sie zu denken hatte, war das Wohl ihres Kindes.

Ohne ein weiteres Wort machte sie sich wieder an ihr Essen und aß, bis sie nicht mehr konnte. Sie ignorierte seine Versuche, ein Gespräch anzufangen, und auch die Tatsache, daß er selbst kaum etwas aß. In Gedanken flüchtete sie zu einer wunderschönen Wiese, auf der sie und ihr Baby frei herumtollen konnten, bewacht von einem mächtigen Tiger namens Sinjun, der sie beide liebte und keinen Käfig mehr brauchte.

»Du bist total erschöpft«, sagte er, als sie schließlich die Gabel weglegte. »Wir brauchen beide Schlaf. Laß uns gleich zu Bett gehen.«

Sie erhob sich vom Tisch, suchte ihre Sachen zusammen und verschwand im Bad, wo sie sich eine lange, heiße Dusche gönnte. Als sie schließlich wieder rauskam, war es in der Suite ganz dunkel, nur durch einen Spalt im Vorhang drang noch ein wenig schwaches Licht. Alex lag auf dem Rücken auf der jenseitigen Seite des breiten Doppelbetts.

Sie war so müde, daß sie sich kaum mehr auf den Beinen halten konnte, aber der Anblick seiner nackten Brust ließ sie zögern.

»Ist schon okay«, hörte sie ihn im Dunkeln flüstern. »Ich faß dich schon nicht an, Schätzchen.«

Sie blieb, wo sie war, bis ihr klar wurde, daß es egal war, ob er sie anfaßte oder nicht. Sie würde ohnehin nichts fühlen.

Alex schob die Fäuste in die Taschen seiner Windjacke und lehnte sich an den Sturmzaun, der das entfernte Ende des Zeltplatzes, auf dem sie die nächsten beiden Tage verbringen würden, begrenzte. Sie befanden sich in Monroe County in Georgia. Es war Vormittag, und die kühle Oktoberluft trug bereits einen Hauch des kommenden Herbstes mit sich.

Brady trat zu ihm. »Du siehst verdammt schlecht aus.«

»Danke. Du siehst nicht viel besser aus.«

»Weiber«, schnaubte er. »Mit ihnen kann man nicht leben, und im Schlaf abmurksen kann man sie auch nicht.«

Alex brachte nicht mal ein Lächeln zustande. Brady mochte ja Probleme mit Sheba haben, aber sein Verhältnis zu Heather wurde immer besser. Die beiden verbrachten jetzt eine Menge Zeit gemeinsam, und Brady war ein viel geduldigerer Trainer geworden. Es zahlte sich aus, denn Heathers Leistungen hatten sich merklich gesteigert.

Er und Daisy waren nun seit zehn Tagen wieder zurück, und der ganze Zirkus wußte inzwischen, daß etwas ganz und gar nicht mit ihr stimmte. Sie lachte nicht mehr und hüpfte auch nicht mehr mit wippendem Pferdeschwanz über den Platz. Sie war zu allen höflich – ja half Heather sogar bei den

Schularbeiten –, aber all die besonderen Qualitäten, die sie zu dem machten, was sie war, schienen verloschen zu sein. Und jeder erwartete von ihm, sie wieder in Ordnung zu bringen.

Brady zog einen Zahnstocher aus seiner Hemdtasche und steckte ihn sich zwischen die Lippen. »Daisy hat sich ganz schön verändert, seit sie wieder hier ist.«

»Sie muß sich bloß an ihre Schwangerschaft gewöhnen, das ist alles.«

Brady ließ sich nicht täuschen. »Es fehlt mir, wie sie früher war. Immer hat sie sich in meine Sachen gemischt – also das vermiß ich wohl nicht –, aber es fehlt mir, wie sie sich immer um jeden gekümmert hat. Jetzt scheint sie sich um überhaupt niemanden mehr zu kümmern, außer um Sinjun und die Elefanten.«

»Sie wird schon drüber wegkommen.«

»Ja, wird sie wohl.«

Sie sahen stumm zu, wie ein Lastwagen auftauchte und eine Ladung Heu abließ. Alex sah Daisy mit einem langen Striegel zu Pudding gehen und ihn abbürsten. Er hatte ihr gesagt, er wolle nicht, daß sie noch länger arbeitete, aber sie meinte, sie hätte sich ans Arbeiten gewöhnt. Dann hatte er versucht, ihr zu befehlen, sich von den Elefanten, außer Tater, fernzuhalten, weil er fürchtete, sie könne wieder eins mit dem Rüssel erwischen. Sie hatte einfach durch ihn hindurchgesehen und das getan, was sie wollte.

Brady verschränkte die Arme über der Brust. »Ich denke, du solltest es wissen – ich hab sie gestern abend schon wieder im Tigerkäfig sitzen sehen.«

»Verflucht noch mal! Ich schwör bei Gott, ich leg ihr noch mal Handschellen an, wenn sie noch mal in diesen Käfig kriecht!«

»Also ich krieg jedesmal einen Heidenschrecken, wenn ich sie da sehe, das kann ich dir sagen. Sie gefällt mir überhaupt nicht.«

»Nun, da bist du nicht der einzige.«

»Warum unternimmst du nicht was?«

»Was denn, verdammt noch mal? Ich hab eins meiner Autos aus Connecticut herbringen lassen, damit sie nicht mehr in dem holprigen Pickup fahren muß, aber sie sagte, sie mag die alte Karre. Ich hab ihr Blumen geschenkt, und sie ignoriert sie. Ich hab versucht, 'nen neuen Trailer zu bestellen, aber sie kriegte einen Anfall, als sie's spitzbekam, und ich mußte die Sache wieder abblasen. Ich weiß einfach nicht, was ich sonst noch tun soll.« Er raufte sich die Haare. »Warum erzähl ich dir das überhaupt? Jemand, der sich mit Sheba einläßt, kann wohl nicht viel von Frauen verstehen.«

»Mich bringst du nicht dazu, einen Streit anzufangen.«

»Daisy kommt schon wieder in Ordnung. Ist bloß eine Frage der Zeit.«

»Sicher. Du hast sicher recht.«

»Darauf kannst du einen lassen.«

Wenn er sich's nur oft genug einredete, glaubte er's vielleicht ja irgendwann. Wie sehr er doch die alte Daisy vermißte. Sie weinte überhaupt nicht mehr. Das Weinen bei jedem möglichen und unmöglichen Anlaß hatte ebenso zu ihr gehört wie das Atmen, doch nun schien sie sich von allen Gefühlen abgeschottet zu haben. Er mußte daran denken, wie sie sich immer in seine Arme gestürzt hatte, von einer Lastwagenrampe herunter oder sonstwo, ihr glückliches Lachen, ihre Hand, wie sie über sein Haar streichelte. Er sehnte sich qualvoll nach ihr, sehnte sich nach ihr, wie er sich noch nie im Leben nach etwas gesehnt hatte, und letzte Nacht hatte er einfach den Kopf verloren.

Er zuckte zusammen, als er daran dachte.

Er hatte geträumt, sie lächelte ihn an, so wie früher, mit strahlendem Gesicht, ohne etwas zurückzuhalten. Er war aufgewacht und hatte festgestellt, daß er sich an sie drückte. Es war so lange her, und er wollte sie so sehr, daß er einfach nicht loslassen konnte.

Er hatte über ihre Hüfte und über die süße Wölbung ihres

Bauchs gestreichelt. Sie war sofort aufgewacht, und er hatte gespürt, wie sie erstarrte, während er sie liebkoste, doch sie war nicht zurückgewichen. Sie wehrte sich nicht mal, als er ihr die Beine auseinanderschob und sich über sie legte. Sie lag einfach nur passiv da, während er der Liste von Sünden, die er bereits an ihr begangen hatte, noch eine weitere hinzufügte. Er war sich vorgekommen wie ein Vergewaltiger, und als er sich heute morgen rasierte, hatte er sich nicht in die Augen sehen können.

»Sie spricht noch mit Heather«, sagte Brady. »Aber nicht so wie früher. Heather macht sich genauso große Sorgen wie wir alle.«

Heather aß die Tacos auf, die Sheba für sie gemacht hatte, und wischte sich die Finger an ihrer Papierserviette ab. »Willst du wissen, was Dad gestern abend zu mir gesagt hat?«

Sheba blickte vom Spülbecken auf. »Sicher.«

Heather warf sich grinsend in die Brust. »Er hat gesagt, verdammt noch mal, Heather, räum deinen Mist von der Couch. Bloß weil ich dich liebhab, heißt das noch lange nicht, daß ich dein Make-up überall am Hintern haben will.«

Sheba lachte. »Dein guter Dad versteht sich aber wirklich aufs Süßholzraspeln.«

»Damals am Flughafen ...« Sie blinzelte. »Da hatte er Tränen in den Augen, Sheba.«

»Er liebt dich wirklich.«

»Ich glaub, das weiß ich jetzt.« Ihr Lachen erstarb. »Irgendwie fühl ich mich schuldig, weil ich so glücklich bin und so, während es Daisy so schlecht geht. Gestern hab ich direkt vor ihr *Scheiße* gesagt, und sie hat's nicht mal gemerkt.«

Sheba wischte mit dem Geschirrtuch über die Anrichte. »Alle reden nur über Daisy. Ich bin's langsam leid.«

»Ja, weil du sie nicht magst, und das versteh ich einfach nicht. Ich mein, ich weiß, daß du und Alex, daß ihr mal zusammen wart und so, aber du machst dir doch nichts mehr aus ihm, und sie ist so traurig, also was soll's?«

»Die Sache ist die, daß Sheba es nicht ertragen kann, ausgebootet zu werden.« Brady stand im Türrahmen, und keiner hatte ihn kommen gehört.

Sheba wurde sofort kratzbürstig. »Klopfst du eigentlich nie an?«

Heather seufzte. »Fangt ihr beiden jetzt wieder an zu streiten?«

»Ich streite nicht«, sagte Brady. »Sie tut das.«

»Ha! Er denkt, er kann mir sagen, was ich zu tun hab, aber das laß ich nicht zu.«

»Dasselbe sagt er von dir«, meinte Heather geduldig. Und dann meinte sie, obwohl sie langsam das Gefühl hatte, bloß ihren Atem zu verschwenden: »Wenn ihr beiden bloß heiraten würdet, könntet ihr euch gegenseitig rumkommandieren und uns andere einfach in Ruhe lassen.«

»Den würde ich nie im Leben heiraten!«

»Die würd ich nicht heiraten, und wenn sie die letzte Frau auf der Welt wäre!«

»Dann solltet ihr auch nicht miteinander schlafen.« Heather setzte ihren besten Daisy-Markov-Ton auf. »Und ich weiß sehr wohl, daß du dich fast jede Nacht zu ihr rüberschleichst, Dad, obwohl Sex ohne ein festes Gelöbnis unmoralisch ist.«

Sheba wurde knallrot. Ihr Dad machte den Mund ein paarmal auf und zu, wie ein Goldfisch, dann plusterte er sich auf. »Du weißt ja gar nicht, wovon du redest, junge Dame. Sheba und ich sind bloß Freunde, das ist alles. Ihr Wassertank ist kaputt, und ich –«

Heather verdrehte die Augen. »Ich bin doch kein Schwachkopf.«

»Also, jetzt hör mir mal zu –«

»Was für eine Art Vorbild seid ihr beiden eigentlich? Erst gestern hab ich was über die Psychologie des Heranwachsenden gelesen, für meinen Hausaufsatz, ihr wißt schon, und ich muß sagen, ich bin ohnehin schon ziemlich vorbelastet.«

»Wie, vorbelastet?«

»Ich hab meine Mutter verloren und bin das Produkt eines gestörten Zuhauses. Wenn man dann noch in Betracht zieht, was ich bei euch, meinen wichtigsten Bezugspersonen, mitansehen muß, bin ich ein mehr als wahrscheinlicher Kandidat für eine Minderjährigenschwangerschaft.«

Die Augenbrauen ihres Dads schossen hoch bis fast zum Haaransatz, und sie hatte einen Augenblick lang das ernsthafte Gefühl, daß er sich gleich in die Hosen machen würde. Obwohl sie keine Angst mehr vor ihm hatte, nicht so wie früher jedenfalls, war sie keineswegs dumm. »Ich muß abhauen. Ich seh euch dann später.«

Sie verschwand türschlagend aus dem Wohnwagen.

»Gottverdammtnochmal!«

»Beruhige dich«, sagte Sheba. »Sie will uns bloß was deutlich machen.«

»Was denn?«

»Daß wir beide heiraten sollten.« Sheba schob sich ein letztes Stückchen Tacofleisch in den Mund. »Was bloß zeigt, wieviel Ahnung sie vom wirklichen Leben hat.«

»Da hast du recht.«

»Sie hat immer noch nicht kapiert, wie wenig wir beiden zusammenpassen würden.«

»Außer da drinnen.« Er wies mit einer Kopfbewegung auf das Schlafzimmer im hinteren Teil.

»Na ja ...« Ein sinnliches Lächeln glitt über ihre Züge. »Ihr Arbeiterburschen habt durchaus eure Vorteile.«

»Da hast du verdammt recht.« Er zog sie in die Arme, und sie drängte sich an ihn. Er fing an, sie zu küssen, hörte dann jedoch wieder auf, da sie beide noch zu tun hatten, und wenn sie einmal anfingen, war es schwer für sie, wieder aufzuhören.

An ihrem Blick sah er, daß sie sich Sorgen machte. »Die

Saison ist fast vorbei«, sagte sie. »Noch ein paar Wochen, und wir sind in Tampa.«

»Wir können uns im Winter doch auch sehen.«

»Wer sagt, daß ich dich sehen will?«

Sie log, und beide wußten es. Der eine war für den anderen wichtig geworden, und jetzt hatte er das Gefühl, daß sie etwas von ihm wollte, das er ihr nicht geben konnte.

Er vergrub den Mund in ihrem Haar. »Sheba, mir liegt sehr viel an dir. Ich glaub, ich liebe dich sogar. Aber ich kann dich nicht heiraten. Ich hab meinen Stolz, und du trampelst die ganze Zeit drauf rum.«

Sie versteifte sich und machte sich von ihm los. Ihre Augen schossen Blitze, und sie sah ihn an, als wäre er eine Art Küchenschabe. »Ich glaub nicht, daß dich irgend jemand darum gebeten hat zu heiraten.«

Er war nicht gut mit Worten, aber da gab es etwas, das er ihr schon lange sagen wollte, etwas Wichtiges. »Ich würd dich gerne heiraten. Aber es ist schwer, mit jemandem verheiratet zu sein, der einen dauernd runtermacht.«

»Was willst du damit sagen? Du machst mich ja auch dauernd runter.«

»Ja, aber ich mein's nicht ernst und du schon. Das ist ein Unterschied. Du hältst dich wirklich für besser als alle anderen. Du hältst dich für perfekt.«

»Das hab ich nie gesagt.«

»Dann sag mir irgendwas, was nicht mit dir stimmt.«

»Ich bin nicht mehr so gut auf dem Trapez wie früher.«

»Das meine ich nicht. Ich meine etwas in dir, das nicht so gut ist, wie's sein sollte. Jeder hat das.«

»Mit mir ist alles in Ordnung, und ich weiß wirklich nicht, wovon du redest.«

Er schüttelte bedauernd den Kopf. »Ich weiß, Baby. Und bevor du da nicht draufkommst, gibt es keine Hoffnung für uns.«

Er ließ sie los, doch bevor er die Tür erreichte, fing sie an zu keifen. »Du weißt überhaupt nichts! Bloß weil ich hart bin, heißt das noch lange nicht, daß ich kein guter Mensch bin. Ich bin ein guter Mensch, verdammt noch mal!«

»Du bist außerdem ein ganz schöner Snob«, sagte er, sich zu ihr umwendend. »Du denkst fast immer nur an deine Gefühle, nie an die der anderen. Du verletzt andere. Du bist besessen von der Vergangenheit, und du bist der arroganteste Mensch, der mir je untergekommen ist.«

Einen Moment lang stand sie vollkommen entgeistert da, dann fing sie an zu kreischen. »Lügner! Ich bin ein guter Mensch! Das bin ich!«

»Rede es dir nur weiter ein, Baby, vielleicht glaubst du's dann eines Tages sogar.«

Sie schrie auf vor Wut, und ihm rann eine Gänsehaut über den Rücken. Er hatte gewußt, daß sie sich wehren würde, und schaffte es gerade noch, die Tür hinter sich zuzuziehen, bevor die Platte mit Tacos dagegenkrachte.

Als Daisy an diesem Abend über den Zeltplatz schlenderte, ertappte sie sich bei dem Wunsch, immer noch mit Alex in der Manege stehen zu können. Zumindest hätte sie dann was zu tun. Als er ihr mitteilte, daß sie nicht wieder in den Ring mit ihm steigen würde, war sie weder erleichtert noch enttäuscht gewesen. Es war ihr einfach egal. In den letzten sechs Wochen hatte sie einen Schmerz entdeckt, der weit größer war als das, was er ihr mit der Peitsche zufügen konnte.

Sie sah zu, wie die Zuschauer langsam das *big top* verließen. Kinder hingen müde an ihren Müttern, und Väter trugen schlafende Kleinkinder mit Schokoladenschnuten. Vor nicht allzu langer Zeit waren ihr bei einem solchen Anblick immer die Tränen gekommen vor Sentimentalität. Sie hatte sich vorgestellt, wie Alex ihr Kind trug. Doch jetzt blieben ihre Augen trocken. Neben allem anderen hatte sie die Fähigkeit zum Weinen verloren.

Da der Zirkus in dieser Nacht nicht weiterziehen mußte,

hatten die Arbeiter für den Abend frei und machten sich auf in die Stadt, um sich ein Bier oder einen Schnaps zu genehmigen. Langsam wurde es ruhig auf dem Zeltplatz. Während Alex sich um Mischa kümmerte, schlüpfte sie in eins von seinen alten Sweatshirts und ging dann zu den schlafenden Elefanten und zu Tater. Sie kniete nieder und kroch zwischen seine Vorderbeine, und der kleine Elefant ließ seinen Rüssel über ihre angezogenen Knie baumeln.

Sie kuschelte sich tiefer in Alex' Sweatshirt. Der weiche Sweatshirtstoff roch nach ihm, nach dieser ganz besonderen Mischung aus Seife, Sonne und Leder, die sie überall erkannt hätte. Wurde ihr denn alles genommen, was sie liebte?

Sie hörte das Herannahen ruhiger Schritte. Tater ruckte ein wenig mit den Hinterfüßen, und ein Paar jeansbekleideter Beine tauchte vor ihr auf, die sie ohne Schwierigkeiten erkannte. Alex ging vor ihr in die Hocke, die Knie gespreizt, die Ellbogen aufgestützt und die Hände lose dazwischen herunterhängend. Er sah so müde aus, daß sie eine Sekunde lang das Bedürfnis hatte, ihn zu trösten. »Bitte komm da raus«, flüsterte er. »Ich brauch dich so.«

Sie legte die Wange an Taters runzliges Bein. »Ich glaub, ich bleib noch ein Weilchen hier.«

Er ließ die Schultern hängen und bohrte mit dem Finger in der Erde. »Mein Haus ... es ist ziemlich groß. Es gibt ein Gästezimmer auf der Südseite, das auf einen alten Obstgarten hinausgeht.«

Sie stieß den Atem mit einem leisen Seufzen aus. »Ist kühl heute abend. Der Herbst ist bald da.«

»Ich dachte, wir könnten vielleicht ein Kinderzimmer draus machen. Es ist ein hübsches Zimmer. Sehr sonnig, mit einem großen Fenster. Vielleicht könnten wir einen Schaukelstuhl reinstellen.«

»Ich hab den Herbst schon immer gemocht.«

Die Tiere regten sich, und eins schnaubte leise im Schlaf. Tater hob den Rüssel von ihrem Knie und legte ihn um die

Schulter ihres Mannes. Alex' Stimme klang zwar leise, doch die Bitterkeit darin war nicht zu überhören. »Du wirst mir nie verzeihen, stimmt's?«

Sie sagte nichts.

»Ich liebe dich, Daisy. Ich lieb dich so sehr, daß es weh tut.«

Sie hörte, wie er litt, sah, wie verwundbar sein Gesicht in diesem Moment wirkte, und obwohl sie wußte, daß das von seinen Schuldgefühlen kam, hatte sie selbst schon viel zuviel mitgemacht, um Gefallen daran zu finden, anderen weh zu tun, besonders jemandem, der ihr soviel bedeutete. So sanft sie konnte, sagte sie: »Du weißt nicht, was Liebe bedeutet, Alex.«

»Früher vielleicht nicht, aber jetzt schon.«

Vielleicht lag es daran, daß sie sich dort, wo sie saß, unter Taters Herz, so geborgen fühlte, oder auch daran, daß sie Alex' Schmerz spüren konnte, aber der eisige Panzer, den sie um sich herum errichtet hatte, bekam auf einmal Risse. Trotz allem, was sie gesagt hatte, liebte sie ihn immer noch. Sie hatte ihn und sich selbst angelogen, als sie sagte, sie liebte ihn nicht mehr. Er war ihr Seelenverwandter, und ihr Herz gehörte für immer ihm. Zusammen mit dieser Erkenntnis tauchte eine noch tiefere, noch bitterere Gewißheit in ihr auf. Wenn sie sich noch einmal der Liebe ergab, die sie für ihn empfand, könnte sie das sehr leicht zerstören, und um ihres Kindes willen durfte sie das nicht zulassen.

»Verstehst du denn nicht? Was du fühlst, ist dein schlechtes Gewissen, nicht Liebe.«

»Das ist nicht wahr.«

»Du bist ein stolzer Mann. Dein Ehrgefühl ist verletzt, und jetzt versuchst du, es wiedergutzumachen. Ich verstehe das, aber ich werd mein Leben nicht von Worten regieren lassen, die du nicht wirklich meinst. Dieses Baby ist mir zu wichtig.«

»Mir auch.«

Sie zuckte zusammen. »Bitte sag das nicht.«

»Ich würd dir meine Liebe ja beweisen, aber ich weiß nicht wie.«

»Du mußt mich gehen lassen. Ich weiß, daß das deinen Stolz verletzt, und das tut mir leid, aber weiter so zusammen zu sein ist einfach zu schwer für uns beide.«

Er sagte nichts. Sie schloß die Augen und versuchte sich hinter ihren Eispanzer zurückzuziehen, hinter dem sie bis jetzt sicher gewesen war, aber er hatte zu viele Risse bekommen. »Bitte, Alex«, flüsterte sie gebrochen. »Bitte laß mich gehen.«

Seine Stimme war kaum hörbar. »Willst du das wirklich?«

Sie nickte.

Sie hätte nie gedacht, daß sie ihn je besiegt sehen würde, aber in diesem Moment schien ein innerer Funke in ihm zu erlöschen. »Also gut«, sagte er heiser. »Ich tu, was du willst.«

Ein ungeheurer Schmerz durchzuckte sie, als ihr klar wurde, daß nun endlich alles vorbei war, und sie unterdrückte ein Schluchzen, als er sich erhob. Wenn es das war, was sie wollte, warum tat es dann so furchtbar weh?

Ein wenig abseits von ihnen regte sich ein Schatten, doch Daisy und Alex waren so mit ihrem tiefen Kummer beschäftigt, daß sie nicht merkten, wie ihr so überaus privates Gespräch belauscht worden war.

24

»Alex!«

Sein Kopf schoß vom Zeltstangenbohrer hoch, als er Daisys Stimme hörte, die genauso klang wie früher. Eine wilde Hoffnung wallte in ihm auf. Vielleicht war seine Zeit am Ende doch noch nicht abgelaufen. Vielleicht hatte sie nicht ernst gemeint, was sie vor zwei Nächten gesagt hatte, und er mußte sie nicht heute noch in ein Flugzeug nach New York setzen.

Er warf die Winde weg, mit der er am Bohrer herumgedreht hatte, und wandte ihr das Gesicht zu, doch seine Hoffnung erstarb, als er ihren Ausdruck sah.

»Sinjun ist verschwunden! Alle Tiere sind abgeladen, aber er war nicht dabei. Und Trey ist auch weg.«

Brady kam hinter dem Zeltstangenbohrer hervor, wo er Alex gerade geholfen hatte. »Da steckt Sheba dahinter. Darauf wette ich.«

Daisy wurde blaß vor Sorge.»Hat sie was zu dir gesagt?«

Daisy blickte Alex an, und zum ersten Mal, seit er sie vom Zoo abgeholt hatte, hatte er das Gefühl, daß sie ihn wirklich ansah. »Weißt du was davon?«

»Nein. Sie hat mir nichts gesagt.«

»Sie weiß, wie du zu dem Tiger stehst«, sagte Brady. »Ich schätze, sie hat ihn hinter deinem Rücken verkauft.«

»Aber das kann sie doch nicht! Er gehört mir!« Sie biß sich auf die Lippe, als fiele ihr auf einmal ein, daß das gar nicht stimmte.

»Ich hab zuvor schon nach Sheba gesucht«, sagte Brady, »aber sie ist noch nicht aufgetaucht. Shorty hat ihren Trailer gefahren, aber ihr Auto war nicht dabei.«

Daisy ballte die Hände zu Fäusten. »Sie hat was Schlimmes mit ihm gemacht. Ich weiß es.«

Alex wollte sie beruhigen, fürchtete jedoch, daß sie recht hatte. »Ich werd ein paar Anrufe machen und sehen, was ich rausfinden kann. Warum geht ihr beiden nicht rum und fragt die Arbeiter, ob die was wissen?«

Aber keiner wußte etwas. In den nächsten zwei Stunden sprachen sie mit jedem im Zirkus, mußten jedoch feststellen, daß Sheba seit dem gestrigen Abend nicht mehr gesehen worden war.

Daisy wurde immer nervöser. Wo war Sinjun? Was hatte Sheba mit ihm angestellt? Sie hatte genug über den Markt für alternde Zirkustiere erfahren, um zu wissen, daß der Tiger kaum Chancen hatte, von einem anständigen Zoo übernommen zu werden. Was würde mit ihm geschehen?

Es wurde Zeit für sie, zum Flughafen zu fahren, doch sie blieb. Alex hatte darauf bestanden, daß sie zu ihrem Vater ging, bis sie sich entschieden hatte, was sie tun wollte, aber jetzt kam ein Fortgehen überhaupt nicht mehr in Frage. Sie ignorierte den perlgrauen Lexus mit dem Nummernschild aus Connecticut – noch so eine von Alex' Schuldopfergaben – und hockte sich auf die Stoßstange des alten schwarzen Pickup, der sie auf dieser sommerlichen Seelenreise bis zu diesem trüben Oktoberabend getragen hatte. Von hier aus beobachtete sie den Zeltplatz.

Die erste Vorstellung endete, und dann auch die zweite. Die letzten Zuschauer verließen das Zelt. Dies war der letzte zweitägige Aufenthalt des Zirkus, bevor sie Tampa erreichten. Wieder machten sich die Arbeiter – mit einigen Showgirls im Schlepptau – auf den Weg in die Stadt und ließen den Zeltplatz verlassen zurück. Ihr war kalt, aber sie wartete, bis Alex sich umgezogen hatte und gegangen war, um nach Mischa zu sehen, bevor sie zum Wohnwagen zurückkehrte.

Ihr Koffer lag noch auf dem Bett. Sie ging daran vorbei und nahm sein altes graues Sweatshirt von einem Wandhaken. Nachdem sie hineingeschlüpft war, wollte sie schon hinausgehen, blieb jedoch unschlüssig vor dem schäbigen Einbauschrank stehen, in dem Alex' Sachen hingen. Sie ging in die Hocke, öffnete die unterste Schublade und schob seine Jeans beiseite, damit sie sehen konnte, was darunter lag: eine billige blaue Plastikrassel, eine gelbe Plüschente, eine Kinderpackung Tiercracker, ein Lätzchen mit einem Hasen drauf und ein Raumschiff-Enterprise-Comic.

Sie hatte diese Dinge vor ein paar Tagen entdeckt, als sie ein paar Kleidungsstücke aufräumte, aber Alex hatte sie nie erwähnt. Jetzt berührte sie die Rassel mit der Fingerspitze und versuchte zu verstehen, warum sie da war. Wenn sie bloß glauben könnte –

Nein. Sie durfte solche Gedanken gar nicht erst zulassen. Es stand zuviel auf dem Spiel.

Sie schob die Schublade mit einem Ruck wieder zu und war auf dem Weg zurück zum Wagen, als sie Shebas Cadillac neben ihrem Wohnwagen stehen sah und zornige Stimmen aus dem *big top* hörte. Alex hörte sie ebenfalls, und beide begannen in dieselbe Richtung zu rennen. Am Hintereingang trafen sie aufeinander.

»Du bleibst vielleicht besser hier«, sagte er.

Sie ignorierte ihn und ging eilends hinein.

Das *big top* war nur schwach erleuchtet; eine einzige Arbeitslampe warf Schatten über die Seile und Aufbauten unter dem Zeltdach, wohingegen die Zuschauerbänke im Dunkeln lagen. Der vertraute Geruch von Sägemehl, Tieren und altem Popcorn umhüllte sie. Wie sehr sie das vermissen würde.

Brady und Sheba standen gleich außerhalb des Rings. Brady hatte sie beim Arm gepackt und war ganz offensichtlich wütend. »Daisy hat dir nie auch nur das kleinste verdammte Ding getan, aber du kannst sie einfach nicht in Ruhe lassen, stimmt's?«

Sheba riß sich von ihm los. »Ich mach, was ich will, und laß mich von keinem Metzgerssohn rumkommandieren.«

»Hast du's denn nie über, das Luder zu spielen?«

Was immer Sheba auch darauf hatte sagen wollen, erstarb ihr auf den Lippen. »Nun, nun, wen haben wir denn da.«

Daisy trat eilends vor und stellte sich vor sie hin. »Was hast du mit Sinjun gemacht?«

Sie ließ sich Zeit mit ihrer Antwort – genoß die Macht, die sie über sie hatte. »Sinjun ist auf dem besten Weg in sein neues Zuhause. Sibirische Tiger sind äußerst wertvolle Tiere, wußtest du das? Sogar die alten.« Sie setzte sich auf die Sitzbank in der ersten Reihe und verkreuzte lässig die Beine. Zu lässig. »Nicht mal mir war klar, wieviel gewisse Leute für so ein Tier zahlen würden.«

»Was für Leute?« wollte Alex wissen und tauchte neben Daisy auf. »Wer hat ihn?«

»Noch niemand. Der betreffende Gentleman wird ihn erst morgen früh abholen.«

»Wo ist er dann jetzt?«

»An einem sicheren Ort. Trey ist bei ihm.«

Alex riß der Geduldsfaden. »Hör auf mit dem Mist! An wen hast du ihn verkauft?«

»Mehrere Leute waren an ihm interessiert, aber Rex Webley hat mir das beste Angebot gemacht.«

»Lieber Gott.« Bei Alex' Gesichtsausdruck lief Daisy eine Gänsehaut über den Rücken.

»Wer ist Rex Webley?« fragte sie.

Bevor Sheba antworten konnte, wurde sie von Alex unterbrochen. »Sag kein Wort, Sheba. Das hier geht nur uns beide an.«

Sheba bedachte ihn mit einem herablassenden Lachen, bevor sie sich wieder Daisy zuwandte. »Webley betreibt eine Safari-Ranch in Texas.«

Daisy verstand nicht. »Eine Safari-Ranch?«

»Die Leute bezahlen Webley dafür, die Tiere jagen zu dürfen, die er kauft«, sagte Brady voller Abscheu.

Daisy blickte von Sheba zu Brady. »Sie jagen? Aber kein Mensch jagt mehr Tiger. Sie sind eine bedrohte Tierart.«

Sheba erhob sich und schlenderte in die Mitte der Arena. »Was sie umso wertvoller für reiche Männer macht, denen die normale Jagd zu langweilig geworden ist und die sich wegen irgendwelcher kleinlicher Gesetze auch nicht den Kopf zerbrechen.«

Als Daisy allmählich dämmerte, was Sheba damit sagen wollte, meinte sie mit wachsender Angst in der Stimme: »Du hast Sinjun an irgendwelche Jäger verkauft, die ihn totschießen wollen?«

Vor ihrem geistigen Auge wallten die schrecklichsten Bilder auf. Sinjun besaß nicht die normale Scheu eines Tigers vor Menschen. Er würde nicht merken, daß die Männer mit den Gewehren kamen, um ihm weh zu tun. Sie konnte sehen, wie er zuckte, während die Kugeln Löcher in sein Fell rissen. Sie sah ihn am Boden liegen, das orange-braune Fell blutverschmiert, und da fiel sie mit Vehemenz über Sheba her.

»Das lasse ich nicht zu! Ich geh zu den Behörden. Die werden das unterbinden.«

»Werden sie nicht«, erwiderte Sheba. »Einen Tiger zu verkaufen ist nicht illegal. Webley hat gesagt, er würde Sinjun auf seiner Ranch zur Schau stellen. Das ist nicht ungesetzlich.«

»Außer daß er ihn erschießen lassen wird, stimmt's? Er läßt ihn töten.« Daisy bekam kaum noch Luft. »Ich geh zu den Behörden. Das werd ich. Die werden der Sache ein Ende machen.«

»Das bezweifle ich«, sagte Sheba. »Webley drückt sich schon 'ne ganze Weile um das Gesetz herum. Jemand müßte bezeugen, daß er bei der Jagd dabei war und die Tötung des Tigers mit eigenen Augen gesehen hat, und das ist ziemlich unwahrscheinlich. Außerdem wär's dann bereits zu spät, nicht wahr?«

Daisy hatte noch nie einen solchen Haß auf einen anderen empfunden. »Wie kannst du so was bloß tun? Wenn du mich so sehr haßt, warum machst du dich dann nicht hinter mir her? Warum mußt du's an Sinjun auslassen?«

Alex ging ebenfalls in die Mitte des Rings. »Ich bezahl dir doppelt soviel, wie Webley dir angeboten hat.«

»Diesmal nutzt dir dein Geld nichts, Alex. Du wirst Sinjun nicht aufkaufen, so wie Glenna. Ich hab das zu einer Bedingung des Handels gemacht.«

Daisys Kopf fuhr hoch. Alex hatte ihr nicht erzählt, daß er Glenna gekauft hatte. Sie wußte, daß er die Unterbringung im Brookfield-Zoo arrangiert hatte, aber ihr war nicht klar gewesen, daß dies nur sein Geld ermöglicht hatte. Das Gorillaweibchen hatte ihr geräumiges neues Zuhause nur ihm zu verdanken.

»Du hast an alles gedacht, nicht wahr?« fragte er.

»Webleys Leute holen Sinjun nicht vor morgen früh ab.«

Ein gerissener Ausdruck breitete sich auf ihrem Gesicht aus. »Ich hab die Papiere noch nicht unterzeichnet und kann immer noch meine Meinung ändern.«

Alex' Flüstern war kaum vernehmbar. »Jetzt kommen wir der Sache schon näher, nicht wahr, Sheba?«

Sheba blickte hinüber zu Daisy, die noch immer außerhalb des Rings neben Brady stand. »Das würde dir gefallen, nicht wahr, Daisy? Wenn ich alles abblasen würde. Ich kann's tun, weißt du. Ein einziger Anruf würde genügen.«

»Natürlich kannst du«, murmelte Alex. »Und was muß ich tun, damit du den Anruf machst?«

Sheba blickte ihm wieder in die Augen, und es schien, als ob Brady und Daisy auf einmal nicht mehr vorhanden wären und nur noch die beiden in der Mitte der Arena ständen, der Arena, in die sie beide hineingeboren worden waren. Sie trat näher, mit katzenhaft-geschmeidigen Bewegungen überbrückte sie die schmale Distanz zwischen ihnen, fast wie eine Geliebte, doch es bestand keine Liebe mehr zwischen ihnen, und sie baute sich vor ihm auf. »Du weißt, was du zu tun hast.«

»Spuck's aus.«

Sheba wandte sich an Daisy und Brady. »Ihr beiden müßt uns jetzt allein lassen. Das hier geht nur mich und Alex an.«

Brady explodierte. »So ein Scheiß! Wenn ich gewußt hätte, daß du sowas vorhast, ich hätte dir die Seele aus dem Leib geprügelt!«

Seine Aufregung ließ sie vollkommen kalt. »Wenn ihr beide nicht sofort verschwindet, könnt ihr den Tiger vergessen.«

»Geht schon«, sagte Alex. »Tut, was sie sagt.«

Brady sah aus, als hätte er alles verloren, woran er geglaubt hatte, und mit bitterer Stimme sagte er zu Alex: »Laß dir von ihr ja nicht die Eier abschneiden. Sie wird's versuchen, aber laß das ja nicht zu«.

»Hab nicht die Absicht«, erwiderte er ruhig.

Daisy warf ihm einen flehentlichen Blick zu, aber seine Aufmerksamkeit war bereits wieder Sheba zugewandt, und er bemerkte es nicht.

»Komm Daisy. Laß uns gehen.« Brady schlang den Arm um ihre Schultern und führte sie zum Hintereingang. In den letzten Monaten hatte sie gelernt, sich zu wehren, und genau das wollte sie tun, doch dann erkannte sie, daß Alex Sinjuns einzige Hoffnung war.

Sobald sie draußen standen, saugte sie tief die kühle Nachtluft in ihre Lungen, und ihre Zähne fingen an zu klappern. »Es tut mir leid, Daisy. Ich hätte nicht gedacht, daß sie so weit gehen würde.«

Von drinnen hörten sie Alex' verächtliche Stimme, nur leicht gedämpft durch die dünne Zeltleinwand. »Du bist eine Geschäftsfrau, Sheba. Wenn du Sinjun an mich verkaufst, wirst du's nicht bereuen. Nenn nur deinen Preis. Ich bezahle.«

Daisy und Brady standen wie angewurzelt da. Sie wußten, daß sie hätten gehen sollen, konnten jedoch nicht. Dann ergriff Brady ihre Hand und zog sie in den Schatten des Hintereingangs, wo man sie nicht sehen konnte, wo sie jedoch einen recht guten Blick auf die Ringmitte hatten.

Sie sah, wie Sheba Alex über den Arm streichelte. »Dein Geld will ich nicht. Das solltest du eigentlich wissen. Ich will deinen Stolz.«

Er entzog ihr den Arm, als könne er ihre Berührung nicht ertragen. »Was zum Teufel soll das heißen?«

»Wenn du den Tiger zurückhaben willst, mußt du mich schon anbetteln.«

»Fahr zur Hölle.«

»Der große Alex Markov muß auf die Knie gehen und mich anflehen.«

»Lieber sterbe ich.«

»Du willst es also nicht tun?«

»Nicht in einer Million Jahren.« Er stützte die Hände in die

Hüften. »Du kannst tun, was du willst, mit dem verdammten Tiger, aber ich geh nicht vor dir auf die Knie, weder vor dir noch vor sonstwem.«

»Das überrascht mich. Ich hab wohl gedacht, du würdest alles für das kleine Dummköpfchen machen. Ich hätte wissen sollen, daß du sie nicht wirklich liebst.« Einen Moment lang blickte sie hinauf in die Aufbauten über ihr, dann richtete sie ihre Aufmerksamkeit wieder auf ihn. »Das hab ich mir schon die ganze Zeit gedacht, und ich denke, ich hätte wohl auf mein Gefühl hören sollen. Wie könntest du sie auch lieben? Du bist zu verdammt kaltherzig, um überhaupt irgend jemanden zu lieben.«

»Du weißt überhaupt nichts über meine Gefühle für Daisy.«

»Ich weiß, daß du nicht genug für sie übrig hast, um auf die Knie zu gehen und für sie zu bitten.« Sie bedachte ihn mit einem hinterhältigen Blick. »Also hab ich wohl gewonnen. Nun, ich gewinne wohl in jedem Fall.«

»Du bist verrückt.«

»Und du schlau genug, es nicht zu tun. Ich bin einmal für die Liebe auf die Knie gefallen, und ich würd's keinem empfehlen.«

»Lieber Gott, Sheba. Tu das nicht.«

Ihre Stimme klang auf einmal ganz nüchtern. »Das muß ich aber. Niemand erniedrigt Sheba Quest und kommt ungeschoren davon. Und egal, wie du dich heute entscheidest, du bist am Ende der Verlierer. Bist du sicher, daß du's dir nicht noch mal überlegen willst?«

»Ich bin sicher.«

In diesem Moment wußte Daisy, daß sie Sinjun verloren hatte. Alex war nicht wie andere Männer. Er war stahlhart, mutig und voller Stolz. Sich auf diese Weise zu erniedrigen würde einen Mann wie ihn kaputtmachen. Sie ließ den Kopf sinken und wandte sich ab, doch Brady vertrat ihr den Weg.

Alex sprach mit harter, erstickter Stimme. »Weißt du, was

die Ironie an der Sache ist? Daisy würd's tun. Sie würde nicht eine Sekunde lang zögern.« Er stieß ein hartes, bellendes Lachen aus, das völlig ohne Humor war. »Sie würde, ohne mit der Wimper zu zucken, auf die Knie gehen, weil sie ein Herz hat, das stark und groß genug ist, um es mit der ganzen Welt aufzunehmen. Sie schert sich nicht um Stolz oder Ehre oder sonstwas, wenn das Wohlergehen eines geliebten Wesens auf dem Spiel steht.«

»Na und?« höhnte Sheba. »Hier geht es nicht um Daisy. Es geht um dich. Was ist dir nun wichtiger, Alex? Dein Stolz oder der Tiger? Setzt du nun alles für die Liebe aufs Spiel, oder klammerst du dich weiter an die Dinge, die du für so wichtig hältst?«

Eine lange Stille folgte. Daisy liefen die Tränen über die Wangen, und sie wußte, daß sie hier wegmußte. Sie versuchte sich von Brady loszumachen, hielt jedoch inne, als sie sein empörtes Stottern hörte.

»Der verdammte Hundesohn.«

Sie wirbelte herum und sah Alex mit hochaufgerichtetem Kopf vor Sheba stehen. Aber seine Knie begannen sich zu beugen. Diese mächtigen Romanov-Knie. Diese stolzen Markov-Knie. Langsam, ganz langsam sank er in die Sägespäne, hatte jedoch gleichzeitig nie arroganter, nie unbeugsamer ausgesehen.

»Sag bitte«, flüsterte Sheba.

»Nein!« Daisy war das Wort förmlich aus der Brust gerissen worden. Sie würde nicht zulassen, daß Sheba ihm das antat, nicht einmal für Sinjun! Was nützte es, einen herrlichen Tiger zu retten, wenn sie dafür den anderen zerstörte? Sie rannte durch den Hintereingang in die Arena, daß das Sägemehl nur so flog. Bei Alex angelangt, packte sie ihn beim Arm und versuchte ihn auf die Beine zu zerren.

»Steh auf, Alex! Tu das nicht! Laß dir das nicht von ihr antun!«

Er wandte die Augen keine Sekunde von Sheba Quest ab.

Sie brannten. »Es ist so, wie du mal gesagt hast, Daisy. Niemand kann mich erniedrigen. Das kann ich nur selbst.«

Er wandte das Gesicht zu Sheba auf, und sein Mund preßte sich verächtlich zusammen. Obwohl er auf den Knien lag, hatte er nie herrlicher ausgesehen. Er war jeder Zoll ein Zar. Der König der Manege. »Ich bitte dich, Sheba«, sagte er mit ausdrucksloser Stimme. »Verschone den Tiger.«

Daisys Hand krampfte sich um seinen Arm, und sie sank neben ihm auf die Knie.

Brady stieß einen scharfen Laut aus.

Und Sheba Quests Mund verzog sich zu einem schiefen Lächeln. Der Ausdruck, der nun über ihr Gesicht kam, war eine eigenartige Mischung aus Erstaunen und Befriedigung. »Teufel noch mal. Du liebst sie also wirklich.«

Sie blickte Daisy an, die neben ihm im Sägemehl kniete. »Falls du's immer noch nicht geschnallt hast, er liebt dich. Morgen früh hast du deinen Tiger wieder, und du kannst dich jederzeit bei mir bedanken. Also, hast du's jetzt kapiert, oder brauchst du noch mehr Hilfe?«

Daisy starrte sie fassungslos an und schüttelte den Kopf.

»Gut. Ich hab's nämlich allmählich satt, daß jeder im Zirkus den Kopf hängenläßt und sich Sorgen um dich macht.«

Brady fing an zu fluchen.

Alex' Augen verengten sich.

Und Sheba Quest, die Königin der Manege, rauschte hocherhobenen Kopfes und mit wehendem rotem Schopf an ihnen allen vorbei zum Ausgang.

Brady holte sie gerade noch ein. Doch bevor er etwas sagen konnte, wirbelte sie zu ihm herum und piekste ihn mit dem Zeigefinger in die Brust, so hart sie konnte.

»Sag ja *nie* wieder, ich wär' kein guter Mensch!«

Seine Fassungslosigkeit wich einem langsamen Lachen. Ohne ein Wort zu sagen, bückte er sich, rammte ihr die Schulter in den Bauch und trug sie aus dem top.

Daisy schüttelte verwirrt den Kopf und blickte Alex an.

Beide knieten noch immer in der Manege. »Sheba hat das alles inszeniert. Sie wußte, daß Brady und ich euch belauschen würden. Sie hat verstanden, wie's mir ging, und das alles inszeniert, damit ich endlich glaube, daß du mich wirklich liebst.«

Seine Augen flackerten über sie hinweg, kalt und hart wie Bernsteine. Er war furchtbar zornig. »Kein Wort mehr.«

Sie machte den Mund auf.

»Kein Wort!«

Sein Stolz war schwer angeschlagen, und er nahm das alles gar nicht gut auf. Sie wußte, daß sie schnell handeln mußte. Nach allem, was sie durchgemacht hatten, wollte sie ihn nicht jetzt noch verlieren.

Mit aller Kraft schubste sie ihn an der Brust. Da ihn ihre Bewegung unerwartet traf, purzelte er rücklings in den Sand. Bevor er sich wieder aufrichten konnte, warf sie sich über ihn.

»Mach jetzt bloß keinen Blödsinn, Alex, ich mein's ernst.« Sie packte große Büschel seines dichten, dunklen Haars. »Ich *flehe* dich an. Wir sind zu weit gekommen, um jetzt noch wegen irgendeines Blödsinns von dir alles zu verlieren. Davon hab ich genug geliefert. Genug für uns beide. Aber es war auch deine Schuld, das weißt du doch, oder? All das Gerede, daß du niemanden lieben könntest. Und dann, als du mich wirklich geliebt hast, hab ich's für Schuldgefühle gehalten. Ich hätt's wissen sollen. Ich hätte –«

»Geh runter, Daisy.«

Er hätte sie kinderleicht abwerfen können, aber sie wußte, daß er's nicht tun würde, wegen des Babys. Und weil er sie liebte.

Sie legte sich flach auf ihn, schlang die Arme in einem Würgegriff um seinen Hals und drückte die Wange an seinen Kopf. Mit dem ganzen Gewicht ihres kleinen Körpers und ihrer Beine legte sie sich auf ihn. Ihre Zehen krümmten sich über seinen Fußgelenken. »Lieber nicht. Du bist im Moment ganz schön wütend, aber in ein paar Minuten, wenn du dir alles kurz durch den Kopf hast gehen lassen, geht's dir schon besser. Bis dahin laß ich nicht zu, daß du was tust, was du hinterher bereust.«

Sie meinte zu spüren, wie er sich ein wenig entspannte, ließ jedoch nicht los, weil das ein Trick von ihm sein konnte. Es war ihm zuzutrauen, daß er sie reinlegte, um loskommen zu können.

»Geh jetzt von mir runter, Daisy.«

»Nein.«

»Das wird dir noch leid tun.«

»Du würdest mir nie im Leben was tun.«

»Wer sagt, daß ich dir was tun will?«

»Du bist sauer.«

»Ich war schon mal glücklicher.«

»Du bist stinksauer über das, was Sheba mit dir gemacht hat.«

»Sie hat gar nichts mit mir gemacht.«

»Sicher hat sie.« Daisy hob den Kopf weit genug, um ihm ins zornige Gesicht grinsen zu können. »Sie hat dich ganz schön über den Löffel balbiert, Alex. Und wie. Wenn wir ein Mädchen kriegen, sollten wir's vielleicht Sheba nennen.«

»Nur über meine Leiche.«

Sie kuschelte sich erneut an ihn und wartete einfach ab, lag friedlich auf ihm drauf, als wäre er die bequemste Federkernmatratze der Welt.

Seine Lippen strichen über ihr Ohr.

Sie kuschelte sich noch enger an ihn und flüsterte: »Ich will heiraten, bevor das Baby auf die Welt kommt.«

Sie spürte seine Hand in ihrem Haar. »Wir sind schon verheiratet.«

»Ich will noch mal heiraten.«

»Und ich will noch mal ...«

»Jetzt wirst du gleich vulgär, stimmt's?«

»Gehst du dann von mir runter?«

»Liebst du mich?«

»Ich liebe dich.«

»Das klingt aber nicht liebend. Es klingt, als würdest du die Zähne zusmmenbeißen.«

»Ich beiß auch die Zähne zusammen, aber das heißt nicht, daß ich dich nicht von ganzem Herzen liebe.«

»Wirklich?« Sie hob den Kopf und strahlte ihn an. »Warum willst du mich dann unbedingt von dir runterhaben.«

Er grinste hinterhältig. »Damit ich dir meine Liebe beweisen kann.«

»Jetzt machst du mich nervös.«

»Hast du Angst, du wärst mir nicht gewachsen?«

»O nein. Davor hab ich überhaupt keine Angst.« Sie neigte den Kopf und knabberte an seiner Unterlippe. Es dauerte etwa eine halbe Sekunde, bevor er das Ganze in einen tiefen, sinnlichen Kuß verwandelte. Und dann fing sie an zu weinen, weil alles so schrecklich wundervoll war.

Er küßte ihr die Tränen weg, und sie streichelte seine Wange. »Du liebst mich wirklich, stimmt's?«

»Ja, wirklich«, sagte er ein wenig heiser, »und diesmal möchte ich, daß du mir glaubst, Schätzchen. Ich flehe dich an.«

Sie lächelte unter Tränen. »Also gut. Dann laß uns heimgehen.«

Epilog

Daisy und Alex heirateten zehn Tage später zum zweiten Mal. Sie standen auf einer Wiese nördlich von Tampa. Die Zeremonie fand bei Morgengrauen statt, weil die Braut auf die Anwesenheit eines Gastes bestanden hatte, auf den die anderen gut und gerne verzichtet hätten.

Sinjun lag zu Füßen von Daisy, und die beiden waren mit einem langen silbernen Band miteinander verbunden. Das eine Ende war um seinen Nacken geschlungen und das andere um ihr Handgelenk. Aufgrund seiner Anwesenheit war das Grüppchen, das der Zeremonie um sechs Uhr morgens beiwohnte, relativ klein. Und verständlicherweise nervös.

»Ich weiß wirklich nicht, warum sie ihn nicht in seinem Käfig lassen konnte«, fuhr Sheba ihren Mann an, den Mann, den sie vor ein paar Tagen bei einer feierlichen Zeremonie im Ring geheiratet hatte, komplett mit einer Vorstellung der Flying Toleas.

»Erzähl mir ja nichts über dickköpfige Frauen«, sagte er. »Ich bin mit einer verheiratet.«

Sie bedachte ihn mit einem wissenden Blick. »Wie gut für dich.«

»Ja«, sagte er lächelnd. »Gut für mich.«

Heather stand links und streichelte Taters Rüssel, während sie Daisy kritisch beäugte. Wenn das ihre Hochzeit wäre, entschied sie, würde sie etwas Hübscheres angezogen haben als alte Jeans, besonders, wo sie genau wußte, daß Daisy sie gar nicht mehr zubekam. Und obendrein trug sie auch noch eins von Alex blauen Anzughemden, um die verräterischen Anzeichen zu kaschieren.

Nun, sie sah trotzdem richtig süß aus. Ihre Wangen waren ganz rosig, ihre Augen glänzten, und sie hatte einen Brautkranz aus Gänseblümchen auf. Alex hatte ihn ihr als Überraschung überreicht, zusammen mit einem so dicken Diamantring, daß sie sich glücklich schätzen konnten, daß die Sonne noch nicht ganz aufgegangen war, denn sonst wären sie möglicherweise alle erblindet.

So viel hatte sich in diesem Sommer in Heathers Leben verändert, daß sie's immer noch nicht ganz fassen konnte. Sheba behielt Quest Brothers nun doch, und Heather war sich ziemlich sicher, daß sie und ihr Dad an einem Baby arbeiteten. Sheba war die coolste Stiefmutter, die man sich vorstellen konnte. Sie hatte gesagt, Heather könne dieses Jahr mit Verabredungen anfangen, obwohl ihr Dad gemeint hatte, nur über seine Leiche. Und Sheba umarmte die Leute jetzt ebenso gern wie Daisy.

Daisy hatte Heather erzählt, daß sie auf Alex' College Kurse belegen würde, sobald das Baby auf der Welt war, um Erzieherin werden zu können, und die beiden hatten vor, im Dezember nach Rußland zu gehen, um irgendwas für dieses Riesenmuseum einzukaufen, das Alex repräsentierte. Aber am besten war, daß sie nächsten Sommer einen Monat lang mit Quest Brothers unterwegs sein würden, und Daisy hatte sogar gesagt, daß sie wieder mit Alex in den Ring steigen würde. Sie hatte gemeint, sie hätte keine Angst mehr, weil ihr das Schlimmste ja bereits passiert wäre.

Alex sprach seine Gelübde mit tiefer, ein wenig wackliger Stimme, und sein Gesicht, als er nun zu Daisy hinunterblickte, war so weich, daß jeder sehen konnte, wie sehr er sie liebte. Daisy fing natürlich an zu heulen, und Jill mußte ihr ein Tempo reichen.

Daisy schnüffelte und schneuzte sich, dann war die Reihe an ihr. »Ich, Daisy Devereaux Markov, nehme dich ...« Sie hielt inne.

Alex blickte sie an und zog die Augenbrauen hoch. »Sag

nichts. Du hast schon wieder meinen Namen vergessen.« Er wirkte ein wenig irritiert, aber Heather konnte sehen, daß er am liebsten gelacht hätte.

»Natürlich nicht. Aber du hast deinen Mittelnamen nicht gesagt, und ich hab gerade gemerkt, daß ich ihn gar nicht weiß.«

»Ach so.« Er beugte sich zu ihr herab und flüsterte ihr etwas ins Ohr.

»Perfekt.« Sie lächelte unter Tränen und blickte ihm nochmal tief in die Augen. »Ich, Daisy Devereaux Markov, nehme dich, Alexander Romanov Markov ...«

Wahrend sie weitersprach, hielt Alex ihre Hand richtig fest, und Heather hätte schwören können, daß auch in seinen Augen Tränen standen.

Sinjun erhob sich und reckte sich, bis er mindestens fünfzig Meter lang war. Sheba wurde ganz nervös und klammerte sich an den Arm von Heathers Dad, was etwas ganz Neues war. Heather war auch nicht gerade wild auf den Tiger, aber sie benahm sich jedenfalls nicht so feige wie Sheba.

Sheba hatte alle überrascht, als sie Daisy den Tiger zum Hochzeitsgeschenk machte, und Alex hatte sofort jemanden mit dem Bau eines richtig coolen Tigergeheges hinter seinem Haus in Connecticut beauftragt. Es mußte toll sein, wenn man so reich war. Es hatte zwar noch niemand was gesagt, aber Heather hatte das Gefühl, daß auch Tater den Winter in Alex' Scheune in Connecticut verbringen würde, anstatt in Tampa mit den anderen Elefanten.

»Ich erkläre euch nun zu Mann und Frau.«

Daisy und Alex blickten einander an, und einen Augenblick lang sah es so aus, als hätten sie alles um sich herum vergessen. Schließlich fiel Alex wieder ein, daß jetzt der Teil mit dem Kuß dran war, und er knutschte ihr so richtig einen auf. Heather konnte nicht sagen, ob's ein Zungenkuß war, aber es hätte sie nicht überrascht. Während sie sich küßten, wurden sie von Tater mit Heu besprenkelt, wie wenn es Reis wäre.

Alle fingen an zu lachen, außer Sheba, die Sinjun nicht aus den Augen ließ.

Daisy ließ Sinjuns silbernes Halsband los. Dann stieß sie einen Jubelschrei aus und warf sich Alex in die Arme. Der nahm sie hoch und wirbelte sie herum, aber er hielt sie dabei ganz vorsichtig, um dem Baby nicht weh zu tun und so.

Als er mit Rumwirbeln fertig war, küßte er sie noch mal. »Ich hab die beste Markov von allen.«

Daisy bekam diesen richtig weichen Ausdruck im Gesicht, den selbst Heather süß fand. »Und ich hab den besten Markov auf der Welt.«

Sie benahmen sich so albern, daß sich Heather ein bißchen für sie schämte, bloß daß sie selbst irgendwie heulte, weil sie Happy Ends so cool fand.

Dann merkte sie auf einmal, daß es überhaupt nicht zu Ende war. Sie ließ den Blick über all die Menschen schweifen, die sie so sehr liebte, und wußte auf einmal, daß alle hier gerade erst anfingen.

Danksagung

Eine Reihe von wunderbaren Menschen hat mir bei meiner Recherche für dieses Buch geholfen. Ganz besonderer Dank gilt meiner Mutter Lou Titus, die so hart am Hintergrundmaterial gearbeitet hat. Bedanken möchte ich mich weiterhin bei den freundlichen Angestellten der Nichols Library, die mir immer hilfreich zur Seite standen, ebenso wie Linda Barlow. Weiterer Dank gilt Kacy Frazier, dem Personal des Brookfield-Zoos, David Morgan und dem *World Circus Museum* für die Beantwortung meiner zahllosen Fragen.

Mein ganz spezieller Dank geht an Jill Barnett, deren umsichtige Kritikfähigkeit mich davor bewahrt hat, verrückt zu werden. Und meiner Lektorin Carrie Feron, die mir das beste Geschenk gemacht hat, das sich eine Schriftstellerin wünschen kann: die nötige innere Ruhe, um zu schreiben.